MITTE DE
NNENREICH
Theiß
Ostgoten
ATTILAS ORDU
SINGIDUNUM
Belgrad
SIRMIUM
Sremska Mitrovica
VIMINACIUM
Kostolac
RATIARIA
Arcăr
NAISSOS
Niş
SERDICA
Srjedec
SCHWARZES MEER
CONSTANTINOPOLIS
Konstantinopel
IA
ILLYRICUM
IEN
ORIENT
MISCHES REICH
OSTRÖMISCHES REICH

Tilman Röhrig

Ein Sturm wird kommen von Mitternacht

mit Illustrationen
von Tina Dreher

Tilman Röhrig

Historischer
Roman

Gustav Lübbe Verlag

Inhalt

Die Hauptpersonen des Romans

Die Burgunder

Goldrun, Sklavin bei den Hunnen, später Stallmeisterin des hunnischen Großkönigs
Sighilde, ihre Mutter
Giselher, ihr Bruder
Hildegund, ihre Freundin, Sklavin bei den Hunnen
Walther, ein burgundischer Adeliger, Sklave bei den Hunnen
Fulla, Sklavin, später Hofdame der hunnischen Großkönigin

Die Weströmer

Galla Placidia, Kaiserin und Regentin
Valentinian III., ihr Sohn, Kaiser des Weströmischen Reiches
Justa Grata Honoria, seine Schwester
Flavius Aëtius, Magister Militum und Procurator von Gallien
Carpilio, sein Sohn
Anatolius, Senator und General, Unterhändler bei den Hunnen
Eugenius, Hofmeister der Honoria
Hyacinthus, Eunuch, Kammerherr der Honoria

Leo I., Papst, Bischof von Rom
Anianus, Bischof von Orléans
Lupo, Bischof von Troyes

Die Oströmer

Theodosius II., Kaiser des Oströmischen Reiches
Aëlia Eudocia, Kaiserin, seine Gemahlin
Licinia Eudoxia, ihre Tochter, Gemahlin Valentinians III. und Kaiserin des Weströmischen Reiches
Chrysaphius, Eunuch, Kanzler am Hof von Konstantinopel
Pulcheria, älteste Schwester des Kaisers
Marcianus, Soldat, von Pulcheria zum Augustus erhoben
Arcadia und Marina, jüngere Schwestern des Kaisers
Maximinus, Gesandter des Kaisers an den hunnischen Hof
Priscus, Schriftsteller und Gesandter des Kaisers
Viglias, ein gotischer Dolmetscher
Zerkon, der berühmteste Narr der damaligen Welt

Die Hunnen

Bleda, Großkönig der Hunnen
Marpesa, seine Gemahlin und Großkönigin
Attila, Bledas Bruder und Mitregent, später Großkönig der Hunnen
Kreka, Attilas Gemahlin und Großkönigin
Ellac und Dengizik, ihre älteren Söhne
Ernak, ihr jüngster Sohn
Keve, ein hunnischer Truppführer
Mela, seine Frau
Tarcal, ihre Schwester, Oberin der hunnischen Zuchtställe
Ajarbas, Attilas Oheim und oberster Schamane der Hunnen
Basig, hunnischer Logade und Hofmeister
Edekon, Kommandant der Leibwache des Großkönigs
Odoaker, sein Sohn
Esla, hunnischer Logade

Onegesius, Ratgeber Attilas und Herr der Hofkanzlei
Scotta, sein Bruder
Constantius, Rufus und Orestes, Kanzleischreiber

Ardarich, König der Gepiden
Eudoxius, ein gallischer Arzt und Bagaudenführer
Andagis, ostgotischer Fürst und hunnischer Logade
Ildiko, seine Nichte

»... UND DU
KRÖNST IHN MIT EINER
GOLDENEN KRONE.«
(Ps. 21,4)

Warum? Die Frage war zu groß, keine Antwort würde je ausreichen. Goldrun irrte über das Schlachtfeld, die Augen geweitet. Die Lippen bebten beim Anblick der Pferdeleiber, der toten Kämpfer, hingemäht durch Pfeile, Speere und Schwerter.

Niemand hatte die Zehnjährige zurückgehalten, selbst ihre Mutter nicht. Unvermittelt war sie aufgestanden, hatte den seilumspannten Pferch der Gefangenen verlassen und war an den Zelten der Wachposten vorbeigegangen. Eine zarte Gestalt, das Kittelhemd mit einem Lederriemen gegürtet; vom Stirnband wurde ihr goldrot schimmerndes Haar gebändigt und fiel erst im Nacken lockig über die Schultern. Sah sie zum blassen Himmel und weiter nach Westen in den versinkenden Sonnenstreifen am Horizont, schien ihr die Welt so friedvoll wie gestern, blickte sie zu Boden, schrie der Tag sie aus aufgerissenen Gesichtern der Erschlagenen an.

Goldrun wich aus, suchte immer wieder einen neuen Pfad. »Es ist nicht wahr.« Verwundert lauschte sie ihrer Stimme; der helle Klang hob sich über das Elend und kehrte zu ihrem Mund zurück. »Ich weiß es.«

Schon am Rande der ausgedehnten Flussniederung war das Gras nicht mehr grün gewesen, war getränkt vom schwärzlichen Blut, die Blumen zertreten. Jetzt aber gab es kaum noch einen freien Fleck, auf den sie ihren Fuß setzen konnte. Unzählige Hügel aus Schilden, Helmen und Körpern mit zerrissenen Kleidern, zerfetzten Panzerhemden türmten sich vor ihr auf. Wie kahle Strünke wuchsen Pfeile und Speere aus den Toten. »Aber er wartet doch auf mich.« Zitternd stieg Goldrun über die Leichen, war bemüht, nur auf Eisen zu treten, ihre Sandalen aber rutschten immer wieder ab. Mit einem Mal bemerkte sie, dass lichtlose Augen sie von unten anstarrten und sie spürte das Grauen zwischen ihren nackten Beinen hochkriechen, sich in die Haut einnisten. »Nicht. Lasst mich.« Goldrun tastete nach dem ledernen Amulettbeutel unter ihrem Hemd und stapfte weiter.

Bilderfetzen kamen, drängten sich auf: In der Frühe hatte der Vater lachend von der Mutter Abschied genommen und war hoch zu Ross, gerüstet mit Kettenpanzer, Schwert, Lanze und Schild aus dem Hof geritten. »Heil König Gunther! Heute werden wir den Feind besiegen und davonjagen!«

Wie stets, wenn er in den Kampf zog, wartete Goldrun draußen vor dem Tor auf ihn. Sie wollte die Letzte sein, der er Lebewohl sagte. »Schönste Dame meines Herzens!« Er senkte die Lanze. »Kein Gegner wird mich daran hindern, zu Euch heimzukehren.« Goldrun hatte ihm noch lange nachgewunken. Die Morgensonne ließ den Helm blinken. So stark wie der Vater ist kein anderer Ritter im ganzen Reich der Burgunder, hatte sie voller Stolz gedacht. Ganz allein kann er den König und uns beschützen.

Als am späten Nachmittag das Waffengeklirr in der Rheinebene schwächer geworden war, keine langgezogenen Tubastöße zum erneuten Angriff erschallten, dafür das Siegesgeheul der hunnischen Horden lauter und lauter gellte, hatte die Mutter den kleinen Giselher an sich gedrückt: »Das Glück hat sich von uns abgewandt. Der Vater kommt nicht mehr. Wir sind jetzt allein, Mädchen, du, dein Bruder und ich.«

Goldrun verstand die Worte nicht, hatte die Mutter nur verwundert angeblickt.

Dann kamen Reiter auf struppigen Pferden wie ein Sturmwind auf den Hof. Wer sich von den Knechten nicht gleich ergab, dem spalteten sie den Schädel. Die übrigen wurden zusammen mit den Frauen und Kindern wie Vieh zu den Gefangenen in die Weide neben dem flachen Tümpel getrieben. Goldrun hatte hinüber zur Hauptstadt gestarrt: Die Tore waren geborsten. Flammen schlugen aus den Häusern. Schwarze Rauchwolken stiegen. Worms brannte.

»König Gunther ist tot«, hörte sie die Frauen flüstern. Weinen und Jammern wurden lauter. »Unsere Männer sind gefallen. Großer Gott erbarme dich. Was wird nun aus uns?«

Die Mutter wiegte Giselher auf den Knien. Verloren sagte sie immer wieder vor sich hin: »Der Vater kommt nicht mehr … Der Vater kommt nicht mehr …«

Nein, das ist nicht wahr, hatte Goldrun gedacht, er wartet nur, dass ich ihn abhole. Dann war sie aufgestanden …

Nun ängstigte, bedrohte sie längst die Wirklichkeit. Süßlicher Geruch nahm ihr den Atem. »Vater!« Seit mehr als einer Stunde suchte sie schon vergeblich nach ihm. Dämmerung fiel. Inmitten der Leichenberge stand sie hilflos da. Tränen rollten ihr über die Wangen. Mit matter Stimme rief sie. »Vater, hörst du mich?«

Seufzen. Nein, es klang eher wie ein Stöhnen.

»Vater?« Hoffnung weckte ihre letzten Kräfte. »Ich bin's.« Erneut antwortete ein Stöhnen ganz in ihrer Nähe. Sie starrte in die Richtung, folgte hastig dem Geräusch. Nach wenigen Schritten aber verstummte es wieder. Goldrun beugte sich über einen niedergestreckten Kämpfer. Er lag mit dem Gesicht nach unten. Er trug das gleiche Kettenhemd wie der Vater. Behutsam drehte sie seinen Kopf und schreckte gleich vor dem aufgerissenen starren Mund zurück. Sie ging zum nächsten, lüftete den Helm; das Haar war nicht blond. Dem Nachbarn steckte ein Pfeil in der Kehle. Goldrun stolperte weiter. Ihr Herz pochte, hämmerte. Wohin sie auch blickte, überall glaubte sie den Vater zu erkennen, eilte zu ihm, und erst wenn sie sich niederkauerte, war es ein fremder Mann. »Tot! Alle sind tot!« Die Schultern sanken, sie wehrte sich nicht länger gegen die Wahrheit. »Mutter hat Recht«, schluchzte sie. »Der Vater kommt nicht mehr.«

Tiefes Ausatmen. Direkt hinter ihr. Goldrun fuhr herum. Nichts, nur das gleiche unfassbare Elend. So schwer wurden die Beine. Müdigkeit. Du darfst nicht schlafen, befahl sie sich. »Ist da jemand?« Sie schleppte sich weiter. »Ich hab dich doch gehört.«

Wer es auch war, ganz gleich, sie wollte nur nicht allein sein. Vielleicht dort drüben? Goldrun musste einem gestürzten Pferd ausweichen. Es lag auf der Seite. Fliegen sirrten, bedeckten den wehrlosen Körper. Fast war sie schon vorüber, als sie erneut ein Seufzen vernahm. Die Stute hob den Kopf an, gleich sank er wieder zurück.

»Du warst es.« Goldrun hockte sich nieder, verscheuchte einen Schwarm der Plagegeister, sanft strich sie über den Nasenrücken bis zu den Nüstern. Bei der Berührung öffneten sich die langen Wimpern. Schmerz stand in dem fiebrigen Blick. Vertrockneter

Speichel klebte am Maul und Kinn. »Ich helfe dir.« Sie löste die Lederriemen und streifte das Zaumzeug ab. Ihre Hand glitt tröstend über das weiche Fell an der Kopfseite und weiter zum Hals. Zorniger sirrten die Fliegen. Dann wurden ihre Fingerkuppen nass und warm. Auf Knien rutschte das Mädchen vor die Brust der Stute. Den Sattel hatte sie beim Sturz verloren, trug nur noch den schweren Schurz aus engmaschigen Eisenringen. Dieser Schutzmantel sollte Schwerthiebe und Lanzenstiche abwehren. Am Übergang zur Schulter aber klaffte eine tiefe Wunde. Blut quoll in Stößen heraus, rann in einer breiten Spur durchs Fell und versickerte im Gras.

Es war kein Gedanke, eine innere Stimme bat: *Lindere die Qual.*

Goldrun legte beide Hände auf die pulsende Quelle. Das Blut war nicht einzudämmen. »Wie soll ich denn helfen?« Verängstigt blickte sie zum Himmel. »Heilige Maria, du Beschützerin. Lass uns nicht allein.« Kein Zeichen, keinen Rat erhielt sie von der göttlichen Mutter.

Nach einer Weile wischte sich Goldrun die Tränen von den Wangen. Dieser Kettenmantel ist zu eng, dachte sie, löste die Haken und schob den Schurz beiseite. »So kannst du leichter atmen«, tröstete sie mit leiser Stimme, »ich bin ja bei dir«, und wiederholte es, während sie mit hin und her wedelnder Hand die gierigen Fliegenschwärme von der Wunde fernhielt.

Lindere die Qual, verlangte die Stimme in ihr.

»Ich will es doch, aber ich weiß nicht wie.«

Goldrun presste erschreckt die Lippen zusammen. Einmal war sie Zeugin gewesen, als auf dem elterlichen Hof ein Wallach erkrankt war. Zwei Tage lag er mit aufgeblähtem Leib im Stall, Krämpfe schüttelten ihn. So sehr sich der Vater auch bemühte, alle Kräuter und Tinkturen halfen nicht. »Es ist zwecklos, mein Mädchen.« Er schüttelte bedauernd den Kopf. »Wir müssen das Tier von seinen Schmerzen erlösen.« Ohne Zögern nahm er sein Kurzschwert aus der Scheide, und ehe Goldrun begriff, hatte er dem Pferd mit einem harten Stoß die Klinge bis zum Heft ins Herz getrieben.

»Nein, das kann ich nicht«, flüsterte sie und strich über das klebrig braune Brustfell. Die Stute schnaubte leise. »Hab keine

Angst.« Wenn ich nur das Blut stillen könnte. Entschlossen erhob sich Goldrun. Wenige Schritte von ihr entfernt entdeckte sie die Satteldecke. Mehr als die Hälfte des Tuches lag unter zwei gefallenen Kämpfern begraben. Goldrun fasste nach einem Zipfel und zerrte. Doch die Toten hielten den Schatz fest. »Lasst los, bitte.« Heftiger ruckte sie, mit einem Mal bewegten sich die Körper, rollten schwerfällig auseinander und gaben die Decke frei.

Erschöpft kehrte Goldrun zu ihrem Schützling zurück. »Ich bleibe bei dir«, tröstete sie. »Keiner von uns beiden muss allein schlafen.« Behutsam breitete sie das Tuch über die Wunde, den Hals und die Brust. Sie beugte sich nah ans Ohr der Stute. »Mehr weiß ich nicht.«

Nur halb öffnete sich das Lid. Der Schmerz war gewichen; ohne Weh, ermattet blickte das große braune Auge. Goldrun drückte ihre Lippen auf die samtige Haut über den Nüstern. »So ist es gut.«

Unterhalb der Halsbeuge rollte sie sich im blutnassen Gras zusammen, rutschte mit dem Rücken näher an den großen Leib. »Wir wärmen uns gegenseitig.« Mit der Hand zog sie einen Teil der wollenen Decke über ihren Kopf. Tief sog sie den Geruch des Tieres ein, Schweiß vermischt mit Süße. Jeder Atemzug betäubte mehr, vertrieb die furchtbaren Bilder des Tages; bunte Bänder schwebten auf und nieder; leise begann eine Stimme in ihr zu singen. Goldrun lauschte dem Klang, er hob sie auf und trug sie in den Schlaf hinüber …

Jäh fuhren zwei Drachen aufeinander los, kämpften. Mäuler mit riesigen Zähnen schnappten zu. Fauchend erhoben sich die Kolosse auf die Hinterpranken. Immer heftiger prallten sie mit den Köpfen zusammen. Dann riss der Stärkere dem Gegner einen Fleischklumpen aus dem Hals. Blut spritzte und regnete nieder. Das verwundete Ungeheuer schrie, stieß krächzende Laute aus. Der Schuppenleib wankte. Es stürzte …

Goldrun wollte ausweichen, vergeblich, entsetzt öffnete sie die Augen und sah nichts. Ich liege unter dem Drachen … Aber warum ist er so leicht? … Klarer wurden die Gedanken. Sie spürte nur Stoff auf ihrem Gesicht. Ein Traum, dachte sie erleichtert und erinnerte sich an das Schlachtfeld, an die Stute, mit der sie die Decke teilte. »Keine Drachen«, flüsterte Goldrun. Aber das Kreischen wollte nicht verstummen. Vorsichtig schob sie das Tuch beiseite.

Der Morgen war angebrochen. Hoch oben am Himmel schimmerten rosafarbene Wolken. Jäh kam das Krächzen bedrohlich näher, schwarze Flügel verdunkelten den Blick. Raben flatterten dicht über ihr. Goldrun fühlte den Luftzug im Gesicht, dann floh die hungrige Meute davon.

Das Mädchen setzte sich auf und blickte den Vögeln nach. Nicht weit entfernt ließen sie sich auf einem Leichenhügel nieder. Ihre Schnäbel hackten in die Speise, die der Tod für sie aufgetischt hatte. Voller Ekel wandte Goldrun sich ab und hielt erschreckt den Atem an.

Direkt vor ihr standen Füße, sie steckten in Lederstiefeln. Unmerklich hob sie den Kopf. Die Schnürriemen reichten bis zum Knie. Eine Fellhose. Sie verschwand unter einem Schuppenpanzer aus Federn. Im breiten Gürtel steckte ein langer Dolch. Goldketten baumelten neben einem halb offenen Beutel, gefüllt mit blinkenden Ringen und Mantelbroschen.

»He? Was bist du?«

So fremd klang die Sprache. Kein Burgunder, dachte Goldrun. In der dunklen Stimme schwangen Unsicherheit und Drohung zugleich.

Sie blickte auf, sah die dünnen Bartsträhnen um den breiten Mund, die platte Nase, der lederne Helmsteg trennte zwei schwarze kleine Augen. »Ich bin …«

Der Hunne wich zwei Schritte zurück, gleich zückte er seinen Dolch. »Du kannst sprechen?«, keuchte er.

»Aber ja, ich bin die Tochter …«

»Guck weg. Ein Geist der Toten. Du sollst mich nicht angucken.«

Goldrun begriff seine Angst nicht und hob die Hand. Da heulte der Hunne auf, sprang vor, schon holte er zum Stich aus.

»Nein!« Keinen Augenblick dachte das Mädchen an die eigene Gefahr, glaubte, er wolle die Stute töten, und warf sich schützend über die Brust des Tieres. »Nicht. Tu ihr nichts. Sie ist verletzt.«

Goldrun blieb so. Über sich vernahm sie den scharfen Atem des Kriegers, erst nach einer Weile ging er ruhiger. »Das Pferd ist lange schon tot«, murmelte er. »Du bist sein Geist.«

»Nein, so glaub mir doch«, flüsterte Goldrun. Sie wagte sich hinzuknien. Langsam drehte sie den Kopf. Wieder wich der Hunne vor ihr zurück, die gespreizten Finger der linken Hand hielt er vors Gesicht, seine Rechte fuchtelte drohend mit der Waffe. »Du bist aus dem Pferd geschlüpft. Ein Blutwesen. O verflucht. Vielleicht sehe ich dich gar nicht? Wieso versteh ich dich? Nur unser großer Schamane kann mit euch Dämonen sprechen.«

»Nein, ich bin nur ein Mädchen. Eine Burgunderin. Ich hab meinen Vater gesucht. Und dann hab ich die Stute gefunden.«

Während sie sprach, bohrte er sich mit dem Finger ins Ohr, heftig schlug er sich gegen die Kopfseite. Goldrun sah ihn staunend an. »Und … und weil ich müde war, bin ich bei ihr eingeschlafen.«

»Das sagst du nur so. Aber warte.« Entschlossen steckte er die Waffe in den Gürtel und wandte ihr langsam den Rücken zu. Blitzschnell drehte er sich wieder um. Keine Täuschung. Das Wesen war immer noch da. Doch der Beweis genügte dem breitschultrigen, untersetzten Krieger nicht. »Mach die Augen zu«, knurrte er. »Wehe du guckst mich an. Ich komm jetzt zu dir.«

Goldrun gehorchte. Einen Atemzug später fühlte sie, wie seine Finger ihr klebriges Haar betasteten. Ein heftiger Ruck. Goldrun schrie auf und wehrte sich, schlug mit beiden Fäusten gegen den Arm. »Lass los! Du tust mir weh!«

Er zog heftiger.

»Hör auf!« Der Schmerz trieb sie in Wut. »Du verdammter Hunne. Ekelhafter Kerl!«

Lachen, es begann tief in der Brust, dann lachte der Krieger lauthals, zog das Mädchen an den Haaren hoch und freute sich an dem Geschrei. Längst hatte Goldrun die Lider geöffnet, blitzte ihn aus blauen Augen an. Sie trat ihm gegen das Schienbein, krallte sich an die schwielige Faust.

»Ein wildes Fohlen! Da hab ich mich vor einem burgundischen Fohlen gefürchtet.« Ehe er sich versah, hatte Goldrun zugebissen. Mit einem überraschten Grunzen lockerte er kurz den Griff. Schon war sie ihm entwischt und lief auf den nächsten Leichenhügel zu.

Der Schreck gab ihr einen kleinen Vorsprung. Flucht aber weckt das Jagdfieber. Im federnden Sprung flog der Hunne über die Stute; noch zwei Sätze, und seine Hand griff von hinten nach Gürtel und Kittelstoff. So hob er das Mädchen vom Boden, hob es wie eine zappelnde Puppe höher, bis die Gesichter sich ganz nahe waren. »Du kommst mit mir«, knurrte er. »Entweder freiwillig oder … Ich mein, du gehst auf deinen Füßen oder …« Das seltsam ockerfarbene Leuchten rund um das Blau der Augen verwirrte, ließ ihn den Satz nicht beenden. »Na ja, ich könnte dich auch still machen. Das mein ich.« Er schüttelte seine Beute. »Was ist?«

»Ich lauf nicht mehr weg. Ich versprech's.« Goldrun hörte auf sich zu wehren. »Bitte, lass mich runter.«

Er senkte den Arm. Erst dicht am Boden öffnete er die Faust und blieb wachsam über dem Mädchen stehen. Goldrun erhob sich. Ihr Blick suchte die Stute. »Darf ich?« Ohne seine Erlaubnis abzuwarten, ging sie langsam zu dem verendeten Tier hinüber. Noch einmal kniete sie sich nieder. Reglos lag die Stute da. Goldrun streichelte das Fell, ihre Fingerkuppen berührten die samtige Haut über den Nüstern. Wie sonderbar kühl war sie geworden! »Jetzt tut dir nichts mehr weh«, tröstete sie mit leiser wiegender Stimme und hüllte den Kopf mit der Satteldecke ein. »Ich muss fort. Schlaf du nur weiter.«

Als Goldrun zu dem Hunnen aufblickte, bog er den Oberkörper zurück. »Vielleicht bist du doch …?« Die schwarzen Bartsträhnen an den Mundwinkeln zuckten. »Ach was. Vorwärts jetzt.«

Zur Sicherheit griff er wieder in ihr langes Haar, zog aber nicht, sondern führte seine Beute wie ein Füllen an der Leine neben sich her.

»He, Keve, was für ein Tier hast du denn gefangen?« Breitbeinig erwarteten die Wachposten ihren Truppführer. »Gold und Schmuck solltest du einsammeln und nicht …« Beim Näherkommen erstarb das Grinsen der Männer; sie sahen sich an, starrten wieder ungläubig auf das zweibeinige, über und über von schwärzlichem Blut beschmierte Wesen; langsam wichen sie zur Seite.

»Maul halten«, zischte ihr Vorgesetzter und schritt mit dem Mädchen an ihnen vorbei auf die abgesperrte Wiese der Gefangenen zu.

Erst aus sicherer Entfernung rief ihm einer der Kumpane nach: »Wir haben Befehl zum Aufbruch! Gegen Mittag müssen wir beim Haupttross sein. Vorher aber teilst du mit uns die Beute. He, brauchst nicht mehr nach Sklaven und Weibern suchen, die besten sind schon auf den Karren. Beeil dich, Keve.«

Er drehte sich nicht um, drohte ihnen nur mit erhobener Faust über die Schulter.

Drei Wagen standen hintereinander, die Planen waren zurückgeschlagen. Aus den Augenwinkeln bemerkte Goldrun junge Frauen, hörte, wie sie sich gegenseitig trösteten. Auf den beiden anderen Ladeflächen lagen Männer, an Händen und Füßen gefesselt. Wenn der Vater im Herbst einen Teil unserer Mastschweine verkauft hat, erinnerte sie sich, dann hat er ihnen auch Stricke für den Transport angelegt. Vater? Jäh befiel Zittern die schmächtige Gestalt. Er kommt nicht mehr. Wo war die Mutter, wo Giselher? »Lässt du mich jetzt gehen?«

»Nein. Du gehörst mir.« Keve hielt kurz bei den Zugochsen inne, füllte einen Holzeimer aus dem Wassertrog und schob das Mädchen weiter. Innerhalb des seilumspannten Pferchs brummte er. »Waschen.«

»Warum?« Goldrun schüttelte den Kopf. »Was scherst du dich darum, wie ich aussehe?«

Sofort zerrte er an ihren Haaren.

»Ich, ich kann das nicht allein«, log sie tapfer und hoffte, dass er ihr glaubte. »Dabei muss mir meine Mutter helfen. Burgundische Mädchen dürfen sich nicht alleine waschen. Verstehst du?«

»Nein.« Für einen Moment betrachtete er unschlüssig seine Beute, dann spähte er über die Wiese. In Gruppen kauerten dort nur noch alte Frauen, zittrige Greise und Mütter mit Kleinkindern. »Meinetwegen. Wo ist sie?«

Goldrun ging voraus, und er blieb dicht hinter ihr. Bei der Mutter bin ich in Sicherheit; allein daran dachte sie. Das schmerzhafte Ziehen an ihrem Kopf störte sie nicht länger. Beim Vorübergehen bekreuzigten sich die vaterlosen Familien. Goldrun war es gleichgültig. Sie strebte eilig zum hinteren Ende der Weide nahe dem Tümpel hinüber.

Schon von weitem entdeckte sie die Mutter. Es schien, als hätte sich Frau Sighilde seit gestern nicht fortbewegt, als wäre dieser Platz der einzige Ort, der ihr noch geblieben war. Zusammengesunken saß sie da, die Stirn lehnte auf den angezogenen Knien.

Ihr kleiner Sohn stapfte um sie herum, in der Hand hielt er einen langen Stecken, wie Wächter die Lanze tragen. Dem kühnen Recken war anzusehen, dass er zugleich Burgherrin, Hort und seine letzte Zuflucht schützen wollte.

Kaum näherte sich der Hunne mit dem besudelten Mädchen, verknautschte Giselher das Gesicht zu einer grimmigen Miene und streckte ihnen den Stock entgegen. »Traut euch nicht her! Wehe. Sonst …«

»Dummer Kerl. Ich bin es doch nur.«

Beim Klang der Stimme vergaß der Fünfjährige den Mund zu schließen. Eine Weile beäugte er das Gesicht, schließlich nickte er. »Du bist viel zu dreckig. Das gibt Schimpfe.« Er berührte die Schulter seiner Burgfrau. »Mama, Goldrun ist wieder da.«

Ruckartig hob Frau Sighilde den Kopf, sah die Tochter und stieß einen Schrei aus. »O heilige Maria! Kind, bist du verletzt? O mein Gott, was hat man dir angetan?« Sie war auf den Füßen, ohne den Hunnen zu beachten, betastete sie die Brust, den Rücken. »Sag doch was? Hast du Schmerzen? Wo ist die Wunde? So sag doch.«

»Mir tut nichts weh. Hauptsache, dass ich wieder bei euch bin.«

Der breit gebaute Kämpfer setzte den Holzeimer ab. Grob stieß er der Mutter in die Seite. »Schluss jetzt, Weib.« Dann ließ er Goldrun frei. Sein Ton war hart. »Waschen! Sofort.« Zur Bekräftigung griff er sich Giselher und setzte ihm den Dolch an die Kehle.

»Bitte verschone den Jungen«, flehte Frau Sighilde. »Waschen? Ja, ja, ich gehorche.«

»Wird's bald. Und kein Wort will ich mehr hören.«

Mit fahrigen Fingern riss sie einen breiten Fetzen aus dem Saum ihres Rockes. So gut es ging, rieb sie mit dem trockenen Lappen die Blutkrusten aus Goldruns Gesicht, vom Hals, von den Armen und Beinen. Auf ihr Zeichen hin entkleidete sich die Tochter. Auch der Körper war mit der schwärzlichen Schicht überzogen. Schnell arbeitete Frau Sighilde, immer wieder floh ihr Blick zu der Dolchklinge. Giselher hatte die Augen weit aufgerissen, wagte aber keinen Laut von sich zu geben. Jetzt trennte die Mutter einen zweiten Fetzen ab und tauchte ihn ins Wasser. Blieben auch schmierige Spuren vom Blut der Stute zurück, kam dennoch da und dort etwas Weiß der Haut zum Vorschein.

Auf dem Gesicht des Hunnen breitete sich ein Grinsen aus. »Kein Geistwesen«, brummte er. »Ein kleines Burgunderweibchen ist es.«

Als Goldrun niederkniete, den Kopf über den Eimer beugte und die Mutter das verklebte Haar auswusch, pfiff Keve beim ersten Schimmer leise zwischen den Zähnen. »Da ist ja Gold drunter. Da hab ich mir ein Goldfohlen gefangen. Sauber machen, Weib.«

Frau Sighilde hob verzagt die Arme und wagte zu sprechen. »Ich habe getan, was ich konnte. Aber das Wasser im Eimer ist inzwischen rot verfärbt. Besser geht's nicht.«

Dumpfes Grollen entstieg der Brust des Hunnen. Einer der Kumpane kam über die Weide gelaufen. »Keve, verflucht, was treibst du da?«

»Halt's Maul! Warte bei den Karren! Ich komme gleich.« Keine Geduld mehr. Er nickte zum Tümpel hinüber. »Da rein mit dem Fohlen.«

Die Mutter zögerte. Einen Augenblick zu lange. Blitzschnell

bewegte sich die Dolchhand; ein Schnitt trennte Giselher die Hälfte des linken Ohres ab. Der Kleine schrie. Sein Peiniger presste ihm die Hand auf den Mund und erstickte den Schrei. »Wird's bald.«

»Komm, Mädchen. Schnell.«

Goldrun bewegte sich nicht, fassungslos starrte sie den Bruder an, auf das Stück Ohrmuschel vor seinen nackten Füßen. Mit Gewalt wurde sie von der Mutter zum Teich gezerrt und ins flache Wasser geworfen. Erst als Goldrun prustend wieder auftauchte, stammelte sie. »Warum hat er das getan?«

»Still, Kind«, flehte Frau Sighilde unterdrückt. Ihre Hände rieben über Brust, Bauch, den Rücken, über Po und Beine.

»Aber er kann doch nicht ...«

»Sei leise. Sonst tötet er uns alle. Beug dich zurück.« Die Mutter bündelte am Nacken das lange Haar mit der Hand und schlug es aufs Wasser. Endlich löste sich die klebrige Masse aus den Strähnen.

Regungslos hatte der hunnische Truppführer vom Uferrand zugesehen. »Das genügt.«

»Gleich«, rief ihm die Mutter zu. »Wir spülen die letzten Flecken ab. Gleich.« Damit stellte sie sich so, dass ihm der Blick auf das Mädchen versperrt wurde. »Tauch noch ein Mal unter.«

Goldrun gehorchte. Und die Mutter zog ihr Kind an den Achseln behutsam, beinahe feierlich aus dem Wasser, drückte die nackte Gestalt an sich. »Amen. Ich hab dich geboren, Goldrun, und liebe dich.« Schneller flüsterte sie: »Nie darfst du uns vergessen. Hörst du? Die heilige Maria wird dich beschützen und wieder zu uns heimbringen.«

»Wieso? Ich bin doch hier.«

Die Lippen berührten das nasse Haar. »Ach, mein Mädchen. Mein schönes Töchterchen.«

»Raus aus dem Wasser! Sonst stech ich ...«

Frau Sighilde fuhr erschreckt herum. »Nein, bitte. Ich flehe dich an.« Sie führte Goldrun an der Hand auf ihn zu. Keine Empörung, kein Aufbegehren schwang in der Stimme. »Mein Mann liegt erschlagen auf dem Feld. Jetzt nimmst du mir auch die Tochter. Lass mir wenigstens den Sohn.«

»Komm mir nicht so, Weib.« Seine Bartsträhnen zuckten. »Ihr Burgunder habt vor Jahren Fürst Oktar und mehr als zwanzigtausend Männer meines Volkes hinterrücks abgeschlachtet. Rache ...« Für einen Atemzug lang flackerten die schwarzen Augen rechts und links des Helmstegs, gleich kehrte die Kälte wieder zurück. »Gib deinen Rock dem Fohlen. Der Weg ist weit. Es soll mir nicht erfrieren.«

Erst als die Mutter sich entkleidet hatte und den Stoff wie eine Tunika um den schmalen Köper wickelte, begriff Goldrun. »Ich will nicht weg, Mutter. Du darfst mich doch nicht einfach weggeben.«

»Es muss sein«, flüsterte Frau Sighilde und Tränen rollten ihr über die Wangen. Sie löste eine Nadelspange aus dem Haar und befestigte das Tuch an Goldruns Schulter. »Immer werde ich auf dich warten.«

Pfiffe gellten von den Trosswagen herüber.

»Schluss jetzt!« Der Hunne schleuderte Giselher zur Seite und packte nach dem nassen, rotgoldenen Haar. »Du kommst mit!«

Da sprengte Verzweiflung das ängstliche Herz. Frau Sighilde hob drohend die Faust: »Raubtier! Verflucht sollst du sein! Gott wird dich strafen.«

»Halt's Maul! Dein Christengott hat keine Macht über uns.« Er starrte auf den entblößten Unterleib der Frau und schnalzte mit der Zunge. »Festes Fleisch. So einen weißen Arsch verschmäht keiner bei uns im Lager. Sei nur froh, Weib, dass ich kein Raubtier bin. Sonst würd ich dich auch mitnehmen.«

Grob zerrte er das Mädchen von der Mutter und dem Bruder weg. Größer wurden seine Schritte, Goldrun musste neben ihm herlaufen und wehrte sich nicht. Was die Mutter ihr nachrief, verstand sie nicht mehr, das laute Weinen Giselhers übertönte die Worte. In ihrem Kopf setzte Rauschen ein, roter Nebel fiel, die Gesichter der alten Frauen und Greise verschwammen ineinander und lösten sich auf...

Der hunnische Truppführer trug das ohnmächtige Mädchen zum Planwagen der gefangenen Burgunderinnen. »Gebt auf mein Fohlen acht!«, befahl er.

Peitschen knallten. Die Zugtiere stemmten sich ins Geschirr. Bald gab es kein Lärmen mehr. Die letzten Beutewagen entschwanden im Horizont. Und nur das Weinen blieb …

Wie ein Orkan waren die hunnischen Reiterhorden über das Rheintal und die Stadt Worms hereingebrochen und hatten Verwüstung und Tod zurückgelassen. Drei Tage im September genügten, um das Reich der stolzen Burgunder zu vernichten. Man schrieb das Jahr 436 christlicher Zeitrechnung.

Als Flavius Aëtius, der römische Oberbefehlshaber über alle Provinzen Galliens, vom blutigen Gemetzel am Rhein unterrichtet wurde, rieb er sich mit dem Handrücken über die hohe Stirn. »Zwanzigtausend Tote?« Sein Blick richtete sich gen Osten. »Attila, mein Freund, ich hatte dich um Beistand gebeten. Das aufrührerische Volk der Burgunder sollte gemaßregelt, nur in die Schranken gewiesen werden. Und du? Du schicktest zehntausend deiner reitenden Dämonen über die Donau, und wahllos fraßen sie Mensch und Tier. Welchen Befehl gabst du deinem Heerführer mit?«

Aëtius ließ sich Wein einschenken. In seiner Jugend hatte er zwei Jahre als römische Geisel am Königshof der Hunnen gelebt. Im Austausch für ihn verbrachte der Königssohn Attila diese Zeit als Unterpfand in der kaiserlichen Residenz zu Ravenna, lernte dort Sitten und Gebräuche des West-Imperiums kennen. Bei der vorzeitigen Rückkehr Attilas begegneten sich die jungen Männer und waren in der weiten Ebene Pannoniens gemeinsam einige Wochen auf die Jagd geritten. Noch unbeschwert von Ämtern und Pflichten hatten sie sich angefreundet. Zwei Welten trafen aufeinander, die eine beengt von steinernen Palästen, festgezurrt von Disziplin, Ordnung und Tradition, die andere nur geschützt von

Zelten und hölzernen Behausungen, ungebunden, wild und allein den Gesetzen ihrer Stämme und der Natur unterworfen.

Inzwischen waren mehr als zwanzig Jahre vergangen. Attila herrschte nun neben seinem Bruder über die hunnischen Völker, und Aëtius selbst war nach einer steilen Karriere mit dem Rang eines Magister Militum, eines römischen Heerführers, ausgezeichnet worden. Heute war er der mächtigste Arm des Kaisers in Gallien.

Nach einem tiefen Schluck drehte Aëtius den Kristallkelch zwischen den beringten Fingern. »Du und dein Bruder Bleda, seid ihr noch Verbündete Roms? Seid ihr wirklich verlässliche Partner? Oder nur barbarische Könige über Steppenreiter, die für Gold rauben und plündern? Attila! Oder willst du etwa mehr?« Hart setzte er den Kelch zurück. Roter Wein ergoss sich über seine Hand. »Ich werde vor dir auf der Hut sein müssen. Dienen sollst du meinen Plänen, und niemals, niemals darfst du sie durchkreuzen.«

Es gab keine Berge mehr. Sie waren zurückgeblieben. Auch der Sturm heulte nachts nicht mehr so laut und bedrängend wie noch zwei Wochen zuvor in den engen Felsschluchten. Goldrun hockte vorn an der aufgeklappten Plane des Frauenwagens und sah über den Rücken des Kutschers nach oben.

Heute gab es endlich eine Abwechslung. Seit Tagen war der Himmel bis zum Horizont leer geblieben. Jetzt aber zogen im durchsichtigen Blau vereinzelte weißgraue Wolkengebirge träge dahin, wurden überholt von Fratzenköpfen und reitenden Gnomen. Goldrun malte sich Geschichten aus, gab sie den Eiligen mit auf den Weg; für jede Wolkenform, die über ihr auftauchte, erfand sie neue Gestalten, und bald reiste ein ganzes Geisterheer dem Beute- und Sklaventross voraus in den weiten Osten. Dort irgendwo, noch hinter der Welt, die sie sehen konnte, sollte das Reich der Hunnen sein. Passt nur auf, ihr verfluchten Kerle, warnte sie und lächelte grimmig bei dem Gedanken, ich brauch nur zu wollen, dann werden meine Dämonen vom Himmel auf euch runterstürzen.

Hinter ihr im Halbdunkel dämmerten die gefangenen Burgunderinnen dahin. Leer geweint über die Trennung von ihren Familien und den Verlust der Heimat, angefüllt mit neuer Angst. Was erwartete sie am Ende der Reise? Auch Goldrun hätte es gern erfahren, doch sobald sich die Frauen darüber unterhielten, versanken ihre Stimmen, und bald schon war nur noch ersticktes Schluchzen und Flüstern zu hören.

»Was geschieht denn mit uns? So sagt es mir doch?«

»Du bist noch jung, Kleines«, antwortete Frau Fulla stellvertretend für ihre Leidensgefährtinnen.

»Ich bin kein Kind mehr.«

»Doch, doch und sei froh darüber.«

Mehr hatte sie von den Unglücklichen nicht erfahren.

Goldrun wurden die Beine taub. Sie stand auf, schlenkerte die Füße und dehnte den Rücken. Drüben, hinter dem anderen Ende der Kutschbank, lag Hildegund zusammengerollt im Winkel der aufgeschlagenen Plane.

»Schläfst du?«, flüsterte Goldrun, um die Frauen nicht zu stören. Keine Regung. Dem zwölfjährigen Mädchen lag einer der dicken blonden Zöpfe wie eine Binde über den Augen, bei jedem Atemzug bewegten sich leicht die Lippen. Hildegund war die Tochter eines vornehmen Adeligen, der bei Festgelagen am Hof zu Worms als Berater und enger Freund stets neben König Gunther gesessen hatte.

Gleich nachdem Keve von ihrer Abstammung hörte, hatte er gebrummt: »Da ist uns ein wertvolles Täubchen ins Netz gegangen«, und den Kumpanen befohlen: »Wehe euch! Keiner rupft ihm eine Feder aus. Wir müssen das Vögelchen heil und gesund abliefern. Großkönig Bleda soll entscheiden. Wer weiß, vielleicht will er das Täubchen füttern, um es später für einen guten Preis wieder an die Burgunder zu verkaufen. Also Finger weg!«

Von da an stand nicht nur sein Goldfohlen, sondern auch das Täubchen unter Keves persönlichem Schutz. Die beiden Mädchen waren die jüngsten auf dem überfüllten Wagen und hatten sich angefreundet. Viele Vorteile genossen sie nicht, hin und wieder brachte Keve ihnen etwas Milch oder auch ein Stück vom Braten, während die anderen sich mit dünner Suppe begnügen mussten. Keine der Frauen missgönnte den Kindern die Extraportionen. »Seid froh, dass ihr noch so jung seid«, sagten sie. »Aber später …« Diesen Satz beendeten sie nicht.

Goldrun ließ sich eine Weile vom schwankenden Karren schaukeln und setzte sich wieder. Wie lange der Tross schon unterwegs war, wusste sie nicht, doch es musste spät im Herbst sein, denn rechts und links der Fahrstraße bürstete der Wind das bunte Laub aus den Baumkronen.

Lang gezogene Hornrufe! Goldrun reckte den Kopf. Die Signale ertönten weit vorn an der Spitze des Zuges. Ihre Freundin wachte auf. Noch halb im Schlaf kroch sie näher. »Was ist los?«

»Ich weiß nicht. Vielleicht ein Überfall? Vielleicht werden wir befreit?«

»Was? Ach, sei nicht blöde.«

»Kann doch sein …«

Hildegund rieb sich die Augen. »Glaubst du immer noch daran? Es gibt keinen mehr, der uns retten kann. Die sind alle tot. Hör also endlich auf zu träumen.« Mit einem Kopfschlenker warf sie ihre Zöpfe nach hinten. »Außerdem sind wir schon viel zu weit weg von daheim. Hier haben die Hunnen keinen Feind zu fürchten.«

Gut zwanzig bewaffnete Reiter galoppierten entlang der Kolonne zu den Planwagen der Gefangenen. »Weiter, weiter!«, befahlen sie den Gespannführern auf den Kutschböcken und blieben als Eskorte neben ihnen.

Vorsichtig schoben die Freundinnen die Plane noch etwas zur Seite. Hildegund schüttelte sich. »Ekelhaft«, flüsterte sie. »Ich weiß gar nicht, wer scheußlicher aussieht, die Kerle oder ihre Gäule. Das sind doch keine Pferde. So klein … und so einen langen Kopf … und keine richtige Mähne.«

»Stimmt. Die tragen eine Bürste zwischen den Ohren.« Schnell presste Goldrun die Hand vor den Mund, um nicht laut zu kichern.

»Aber mir gefallen die Pferde besser als …« Erschreckt schwieg sie.

Der Reiter neben dem Wagen sah hoch. Einen Augenblick lang starrte er den Mädchen ins Gesicht, und zitternd versteckten sich beide hinter der Plane. Doch er hatte ihr Gespräch anscheinend nicht belauscht, denn sie hörten, wie er sich an den Kutscher wandte: »Wir erreichen gleich die Theiß. Such dir einen Platz am Ufer und warte. Erst schaffen wir die Beutewagen über den Fluss. Die Weiber kommen zum Schluss dran.«

Ho und Hü, Peitschenknallen. Gefährlich schwankte der Planwagen. Achsen ächzten, schneller ging die Fahrt bergab. Goldrun hielt sich an Hildegund fest, so verloren beide den Halt, fielen zu Boden, sie rollten über Mitgefangene, die empört aufschrien, größer noch wurde das Durcheinander, und dann mit einem Mal standen die Räder still. Der Fuhrmann drehte den Kopf und feixte beim Anblick des Gewühls auf der Ladefläche. »Na, lebt ihr noch? Wär sonst schad um eure schönen Ärsche.«

Mit Stöhnen rafften sich die Frauen auf. Jede half der Nachbarin, die Kleider wieder zu richten.

Goldrun hatte sich den Ellbogen gestoßen. »Das hat der verdammte Kerl absichtlich gemacht.«

»Glaub ich auch.«

»He, du blutest ja.« Aus dem linken Nasenloch der Freundin lief ein dünnes rotes Rinnsal.

»Nicht schlimm. Mir tut nichts weh.« Gründlich wischte Hildegund mit dem Handrücken die Oberlippe ab, dabei verschmierte sie das Blut über Mund und Kinn.

»Hör auf.« Goldrun zog Hildegund nach vorn ans Licht. »O Gott«, staunte sie. »Jetzt sieht's richtig gefährlich aus.«

Der Fuhrmann war gerade dabei, die Lederzügel um den Holm zu wickeln, als er aus den Augenwinkeln das verletzte Mädchen entdeckte und erbleichte. »Nein … Kleine Burgunderin … was ist …?« Unbeholfen hob er die Hände. »Ich hab dir nichts getan.«

Nur einen Lidschlag überlegte Hildegund, dann schlug sie die Hände vors Gesicht und heulte jämmerlich auf. Goldrun sah die

Freundin mit offenem Mund an. So schlimm ist es doch gar nicht, dachte sie. Da fühlte sie einen Stubser in der Seite; beim Atemholen vor dem nächsten herzzerreißenden Schrei zwinkerte ihr Hildegund zu, und endlich begriff Goldrun. Sie drohte dem Hunnen mit der Faust. »Da siehst du, was du angerichtet hast! Das arme vornehme Fräulein. Aufpassen solltest du. Und jetzt stirbt sie vielleicht.« Goldrun holte tief Luft und fiel, so laut sie konnte, in das Geheul mit ein.

Wie gelähmt starrte der Fuhrmann auf die Unglücklichen. Endlich fasste er sich. »So helft doch!«, verlangte er von den Burgunderinnen, doch die hatten das Spiel längst durchschaut und rührten sich nicht.

Der Lärm im Frauenwagen lockte einige Wachen näher, schlimmer noch, jetzt sprengte ihr Truppführer heran. »Was ist hier los«, donnerte er. Durchdringender zeterten die Mädchen. Mit einem Satz war Keve aus dem Sattel, mit dem zweiten stand er oben neben dem Fuhrmann. Das blutbeschmierte Gesicht sehen genügte ihm. Sein Fausthieb schlug den Kameraden von der Kutschbank. »Täubchen. Soll ich den Heilkundigen holen? Sag doch was?«

Hildegund beruhigte sich. »Nicht nötig. Ich bin tapfer.« Sie schniefte nur noch leise vor sich hin. Behutsam legte ihr Goldrun den Arm um die Schulter. »Und ich helfe ihr.«

»Das ist gut«, brummte Keve. »Gut ist das.« Er sprang vom Wagen. Unten riss er dem Kutscher die wollene Mütze vom Kopf. »Wenn dem Täubchen noch was zustößt, schneid ich dir die Ohren ab. Und jetzt sorg dafür, dass die Weiber sich die Beine vertreten.« Keve federte wieder in den Sattel, mit eingerollter Zunge stieß er zwei Pfiffe aus und gab seinen Wachmannschaften Befehl, die gefangenen Burgunder von den Wagen zu schaffen. Er war schon aus dem Blickfeld entschwunden, als die Mädchen noch hörten: »Nur Fußfesseln lösen! Die Hände bleiben so lange auf dem Rücken, bis ihr sie ans Ufer gebracht habt.«

Hildegund beugte sich zum Ohr der Freundin. »Ging doch gut?«

»Allein hätte ich mich so was nicht getraut.«

Vier bewaffnete Hunnen bezogen Posten neben dem Ochsengespann und der Kutscher winkte hinauf. »Alle Weiber absteigen. Aber schön langsam. Dann stellt ihr euch zu zweit hier auf. Wasser gibt's später. Los jetzt!«

Schnell kletterte Goldrun über die Lade, sie verzichtete auf das hölzerne Steigbrett und sprang so ins Gras. Ehe Hildegund folgen konnte, streckte der Kutscher ihr die Hand entgegen. »Sei vorsichtig, Fräulein.«

»Rühr mich nicht an, Kerl.« Aus den hellgrünen Augen sprühten Funken auf ihn nieder. »Hast du mich nicht schon genug gequält?« Hildegund drehte sich um, stieg mit huldvollem Poschwung ab und schritt an dem Hunnen vorbei auf Goldrun zu. »Liebste, danke, dass du mich gerettet hast.«

Zornröte stieg dem Fuhrmann ins Gesicht. »Verfluchte kleine Gans«, zischte er ihr nach. »Jetzt hab ich dich durchschaut. Wolltest mich nur beim Truppführer schlecht machen.« An ihrer statt stieß er Frau Fulla in den Rücken. »Beweg dich!«

Vom ersten winzigen Sieg seit ihrer Verschleppung beflügelt, vergaß die burgundische Adelstochter jede Vorsicht; ehe sie aber erneut eine schnippische Antwort geben konnte, kniff Goldrun ihr in den Arm. »Bitte. Reiz ihn nicht weiter. Sonst platzt er.«

Fulla hatte es gehört und nickte zustimmend. »Hör auf deine Freundin, uns allen zuliebe. Du hast von ihm kaum etwas zu befürchten, aber dafür wird der Kerl an uns seine Wut auslassen.«

Wie ertappt verschwand jeder Hochmut, Hildegund senkte den Kopf. »Entschuldige«, flüsterte sie. »Es ist einfach so in mir hochgekommen. Weil ich früher … Ach, entschuldige einfach. Wir gehören jetzt zusammen, das hab ich vergessen.«

Mit ihren fünfundzwanzig Jahren war Fulla nicht älter als die meisten der Mitgefangenen, doch gingen Ruhe und eine besondere Wärme von ihr aus. Bald nach der Verschleppung hatten sich alle Burgunderinnen um die kluge Frau geschart; ihr vertrauten sie und hörten auf ihren Rat. »Ja, Hildegund, Schwestern sind wir jetzt.« Bekümmert strich Fulla den Stoff über ihrem vollen Busen und presste die Hand gegen das Herz. »Manchmal hab ich dich und deine Eltern beim Kirchgang gesehen. So schöne Kleider hattest du. Goldspangen mit Edelsteinen in den Zöpfen. Ja, du hast auch viel verloren. Aber wer weiß, vielleicht wird es dir bei den Hunnen besser ergehen als den meisten von uns. Dann erinnere dich daran, dass wir vom gleichen Volk sind.«

»Gern. Nur, was kann ich schon ausrichten?«

»Vielleicht nicht gleich. Später vielleicht.«

Ein scharfer Knall riss das Gespräch ab. Gleich folgten zwei weitere. Als hätte er eine Viehherde zu treiben, ließ der Fuhrmann die lange Peitschenschnur wie eine gefährliche Schlange über den Köpfen der Frauen züngeln. »Vorwärts!« Rechts und links geleitet von je zwei Bewaffneten der Kampftruppe setzte sich der Zug in Bewegung.

Goldrun krauste die Nase. »Wo bringen die uns hin?« Für gewöhnlich blieben die Gefangenen bei einem Halt im Umkreis des Planwagens.

»Ist mir egal«, antwortete ihre Freundin einsilbig und sah zu Boden.

Na ja, macht nichts, dachte Goldrun, wir werden es bald erfahren. Nur zu gut verstanden die Mädchen inzwischen, was um sie herum gesprochen wurde.

Rufe, Befehle und Lachen erfüllten die Luft. Geschäftiges Treiben überall. Der lange Tross bereitete sich für die Überquerung des Flusses vor. Sobald die Burgunderinnen vorbeikamen, unterbrachen einige Männer kurz ihre Arbeit, stießen sich an, tauschten Zoten aus, ehe sie weiter an Schnüren und Decken zerrten, mit denen ihre erbeuteten Schätze auf den Ladeflächen gesichert waren. Weiter vorn kümmerten sich fellbehangene Hunnenfrauen um die Versorgungskarren, kaum eine schenkte den Gefangenen Beachtung.

Goldrun entdeckte lange Zeltstangen, Planen aus Filz, Vorratskörbe, Getreidesäcke, und an den Holmen hingen große Kochtiegel.

»Die haben alles dabei, was sie brauchen. Ob die wirklich nur in Zelten wohnen?«

»Was sagst du?« Hildegund kehrte aus ihren Gedanken zurück. »Nein, niemals. Die haben doch einen König. Wie heißt der? Bleda? Ja, Großkönig Bleda. Und kein König hat Lust, im Zelt zu wohnen.«

»Aber mein Vater hat mir erzählt, wenn die Hunnen keinen Krieg führen, dann ziehen sie mit ihren Viehherden in der Gegend rum, mal leben sie da und dann wieder woanders.«

»Glaub ich nicht. Die rauben so viel zusammen, Gold und wertvolle Sachen. Und wo bringen sie das Zeug hin? Ist doch klar, in ihre Hauptstadt. Und da sitzt der König in einem schönen Palast.«

Goldrun sah die Freundin von der Seite an. Und wenn's so ist, dachte sie und fühlte einen leichten Stich, dann darfst du da wohnen. Ich bestimmt nicht, weil ich nicht so wertvoll bin. Gleich wischte sie den Gedanken weg. »Ich muss mal.«

Hildegund rundete die Augen. »Ich auch.«

Einmal ausgesprochen wurde für beide die Notdurft drängender. Schritt für Schritt rieb Goldrun ihre Schenkel fester aneinander. »Wenn wir nicht bald dürfen, pinkel ich einfach beim Gehen.«

»Wehe!« Hildegund grinste gequält. »Dann stinkt dein Kittel und verpestet die Luft im Wagen. Willst du Ärger bekommen?« Um das Leben in der Enge zu ertragen, hatte Frau Fulla mit ihren Leidensgefährtinnen vereinbart, das Wasser möglichst bis zu einer Rast einzuhalten oder aber den einzigen Holzbottich zu benützen, der während der Fahrt sofort über die Rücklade des Wagens ausgeleert wurde.

Goldrun seufzte. »Keine Angst. Ich halt's noch aus.«

Die Theiß kam in Sicht. Ein breiter, träger Fluss. Der Fahrweg neigte sich bis ans sumpfige Ufer und stieg etwas südlicher auf der gegenüber liegenden Seite wieder an. Hier hatten die Hunnen keinen Hinterhalt zu befürchten. Erst gut hundert Schritt flussabwärts konnte ein Feind ihnen auflauern. Dort bestand die Böschung aus dichtem Gestrüpp, und dahinter dehnte sich ein weites Waldgebiet.

Reiter und Fuhrleute waren gerade dabei, die wertvollen Zugochsen hinüberzuführen. Trotz der Ruhe, mit der sie auf die Tiere einsprachen, herrschte große Anspannung zwischen den Männern.

Das Wasser in der Furt war nicht tief, umspülte nur die Brust der Tiere, dennoch lauerte Gefahr von Untiefen und Strudeln unterhalb der ruhig ziehenden Oberfläche.

»Kannst du schwimmen?«

»Bin ich ein Fisch?« Der Scherz gelang Hildegund nicht. Ihre Hand rutschte über den Bauch und drückte sich in den grünen Stoff zwischen den Schenkeln. »Jetzt wird's aber Zeit.«

Peitschenknall. »Da rüber!« Der Kutscher dirigierte seine Herde auf die leicht ansteigende Wiese neben der Senke. »Verhaltet euch ruhig, bis ihr an der Reihe seid.«

Eilig suchte sich jede Burgunderin einen Platz. Keine Scham mehr. Sie warfen die Röcke hoch und kauerten sich mit entblößtem Hintern nieder. Wie stets während einer Rast hatten die vier Bewaffneten auf diesen Moment gewartet, nun grinsten sie lüstern beim Anblick der vielen weißen Schenkel.

Goldrun hockte neben der Freundin. »Tut das gut. Das ist noch schöner als essen.« Vor Erleichterung lachten beide. »Gleich mach ich dir dein Gesicht sauber.«

Jetzt erst bemerkte Hildegund den neugierigen Blick, mit dem der Kutscher ihnen zusah. »Guck weg, du Schwein«, fauchte sie. Sofort umfasste der Hunne den Peitschenstiel fester, zögerte, schließlich wandte er sich wortlos ab und ging in Richtung des Planwagens davon.

»Hör auf, Hildegund. Du hast versprochen, ihn nicht mehr zu reizen.«

»Dann soll er uns nicht beim Pinkeln zusehen.«

»Na und? Mir ist der Kerl egal, solange er uns in Frieden lässt.«

Nachdem sich beide mit Grasbüscheln gereinigt hatten, beleckte Goldrun die Fingerkuppen und weichte das geronnene Blut an Kinn, Mund und Nase der Freundin auf, spuckte auf einen Zipfel ihres Kittels und rieb die Haut sauber. Behutsam betupfte sie die vollen geschwungenen Lippen. »Wenn ich ein Junge wär, würdest du mir gefallen.«

»Als Freundin bist du mir lieber.« Hildegund sah an ihrer Schulter vorbei. »Da kommen sie.«

Schnell drehte sich Goldrun um. »O nein!« Ihr Herz schlug hinauf bis in die Kehle. »Als … als wir losfuhren, waren es viel mehr. Ich hab sie doch gesehen. Wo sind denn die anderen?«

»Weiß ich auch nicht. Vielleicht kommen sie nach.«

»Meinst du?« Eine furchtbare Ahnung befiel Goldrun. »Ich glaub, den Armen geht es viel schlechter als uns.«

Von ihren Bewachern gestoßen und getreten, taumelten die burgundischen Sklaven zum Ufer hinunter. Bei ihrer Gefangennahme nach der Schlacht waren es sechzig stolze, kräftige Männer gewesen. Nur halb so viel sind noch übrig, dachte Goldrun, und wie elend sehen sie aus. Dort gingen ausgemergelte Gestalten, bärtig und zerlumpt.

Als jetzt einige Frauen winkten, sogar wagten, laut den Männer Trost zu spenden, schritten sofort die Bewaffneten ein. »Haltet das Maul!« Zur Bekräftigung blitzten Messer in den Fäusten auf, und furchtsam schwiegen die Mutigen.

Doch ihr Rufen hatte Erfolg. Die Sklaven sandten Blicke, da und dort sogar ein verlorenes Lächeln als Dank hinauf zur Wiese.

Hildegund beschattete die Augen. »Ich glaub, den kenne ich«, flüsterte sie. »Walther? Doch, er muss es sein.«

»Wen meinst du?«

»Da am Schluss, der Schmale zwischen den beiden Großen. Locken hat er.«

»Der mit dem blauen Hemd? Ja, ich seh ihn. Bist du sicher?«

»Genau weiß ich es nicht. Walther ist der Sohn von einem Freund meines Vaters.«

»Stammt er auch aus so einer vornehmen Familie wie du?«

Ohne den Blick abzuwenden, nickte Hildegund. »Eigentlich kenne ich ihn gar nicht. Er war letztes Jahr nur einmal mit seinen Eltern bei uns zu Gast. Geredet hat er nicht mir. Ich war ihm wohl zu klein.«

»Wie alt ist er denn?«

»Damals durfte er schon ein Schwert tragen, also älter als fünfzehn Winter ist er bestimmt.«

Den Gefangenen wurden die Handfesseln gelöst. Zur gleichen Zeit bezog Keve mit zehn Kämpfern Stellung entlang der Uferböschung. Wie von selbst lösten sich die Bögen von ihren Schultern, glitten die Pfeile aus den Köchern und schon lagen die gefiederten Schäfte auf den Sehnen. Keine hastige Bewegung, und doch hatten sie nicht länger als einen Lidschlag benötigt.

Von seinem erhöhten Platz aus wies Keve hinunter zum Stoß mit den zusammengebunden Baumstämmen. »Das erste Floß ins Wasser!«

Angetrieben von ihren Wächtern, gehorchten zehn der Sklaven; unter Stöhnen wuchteten sie das schwere Balkenboot vom Stapel. Noch am Ufer rollten sie einen Frachtwagen aufs Floß. Dann wirbelten zehn Wurfseile, und Schlingen legten sich um jede Brust. Wenig später waren längs der beiden Außenstämme je fünf Burgunder mit Strickenden festgezurrt. Peitschenhiebe trieben sie ins Wasser. »Zieht! Nicht stehen bleiben!« Kaum war die Mitte der Theiß erreicht, schrien Reiter vom jenseitigen Ufer: »Weiter! Bewegt euch! Weiter!« Als der Frachtwagen endlich unbeschadet wieder auf festem Boden stand, sanken viele der Sklaven ermattet zusammen. Die Hunnen aber johlten.

»Das nächste Floß!«

Nach drei Überquerungen gab es keine Gefangenen mehr auf dieser Seite. Zehn Wagen aber mussten noch durch die Furt geschafft werden. Keve winkte zur anderen Flussseite. »Schickt mir die erste Gruppe wieder her!«

Selbst das leere Boot zu ziehen bereitete den Erschöpften Mühe. Umso quälender wurde die Last auf dem Weg zurück. Hohngelächter war der Lohn.

»Schickt die zweite!«

Goldrun biss sich auf die Knöchel. »Und wenn einer stirbt?«

»Das ist den Schuften doch nur recht. So haben sie ihren Spaß.« Hildegund schlang sich die Arme um den Leib. »Mir wird ganz kalt.«

Ein Karren beladen mit Hausrat und hunnischen Trossweibern erreichte sicher das gegenüber liegende Ufer. Keve winkte, schrie seine Befehle. Das leere Floß aber wurde nicht gleich wieder zurückgeschickt.

Beide Mädchen sprangen auf. Genau konnten sie nicht ausmachen, was drüben geschah, sahen nur, wie Reiter aus den Sätteln sprangen und über die erschöpfte Sklavengruppe herfielen. Fausthiebe, Tritte! Schließlich wurde ein Burgunder an den Haaren weggeschleift und in die Theiß geworfen. Wasser spritzte, dann zog der Fluss wieder träge dahin.

Goldrun tastete nach der Hand ihrer Freundin und hielt sie fest. Beide standen nur da, konnten nicht sprechen.

Die Qual nahm kein Ende. Ohne Erbarmen wurden die Sklaven von ihren Peinigern zur Arbeit geprügelt. Hin und wieder gab es ein Atemholen, wenn erneut Gespanntiere die Furt durchquerten, aber um Kraft zu schöpfen, blieb den Männern keine Zeit.

Spät im Nachmittag stand allein noch der Frauenwagen am diesseitigen Ufer. Bis dahin waren die Mädchen dreimal Zeuge gewesen, wie ein Mann ihres Volkes entkräftet zusammenbrach. Beim Aufklatschen des Leichnams in der Theiß hatten sie sich die Ohren zugehalten.

Unterhalb der Wiese schwang der Kutscher seine Peitsche, brüllte Befehle, und eilig bestiegen die Burgunderinnen den Planwagen. »Keine läuft auf der Ladefläche hin und her. Setzt euch, bis ihr drüben seid.«

Die Freundinnen hockten sich an ihren angestammten Platz gleich hinter der Kutschbank. Von hier aus war der Blick frei auf die Sklaven im Fluss. Bis zur Hüfte schwappte das Wasser, durchnässte Hemden und Kittel klebten ihnen an den Rücken.

Hildegund deutete nach rechts. »Da hinter den beiden Großen. Der dritte von vorn.« Keine Locken mehr, in Strähnen hingen die Haare auf den Schultern. Das blaue Wams war mit Schlamm besudelt. »Diesmal ist Walther wieder an der Reihe.«

»Bald hat er's geschafft«, flüsterte Goldrun und sah zum Himmel. »Heilige Maria. Gib, dass er durchhält.«

Von der erhöhten Uferböschung aus gab Keve das Zeichen. Zugleich wateten die Sklaven tiefer in den Fluss, zehn Seile spannten sich und das Floss mitsamt dem Planwagen rutschte langsam über den Schlick.

Laut schwatzend warteten die berittenen Wächter noch am Ufer ab, ließen sich mehr Zeit als bei den Überquerungen zuvor. Der Tag war lang gewesen, sie sprachen von leeren Bäuchen und freuten sich auf das wärmende Feuer später im Lager.

Jäh verkrallte Goldrun die Finger in den Ärmel der Freundin. »Da! Guck doch!«

Vorn an der rechten Zuggruppe gingen die beiden großen Männer nicht weiter. Schon hatten sie sich von den Seilschlingen befreit, tauchten unter, blieben einen Atemzug lang verschwunden, dann erschienen ihre Köpfe und Schultern etwas flussabwärts wieder an der Oberfläche.

Jetzt hatten auch die Bewaffneten auf der Uferböschung ihre Flucht bemerkt. Keine Aufregung entstand. Keve lachte sogar. »Noch nicht, Freunde.«

Unten am Flussrand wollten die Reiter ihre Gäule ins Wasser treiben.

»Halt!«, befahl der Truppführer. »Bleibt zurück. Verderbt uns nicht den Spaß.«

Hildegund spornte die Fliehenden an. »Schneller. Beeilt euch.«

Noch war die Theiß zu flach. Kein Tauchen. Nur laufen, nach vorn hechten, wieder aufrichten. Wasser spritzte und weiter hetzten die Burgunder.

»Sie schaffen es«, stammelte Goldrun. »Oh, bitte!« Ängstlich wandte sie den Kopf, unbeweglich standen die hunnischen Krieger auf der Böschung, dann blickte sie wieder den Männern im Wasser nach. Gleich, dachte sie, nur noch bis zu den Sträuchern; da im Unterholz des Waldes findet euch keiner mehr. Gleich habt ihr es geschafft.

»Los jetzt!« Goldrun hörte den Befehl.

Pfeile zischten über den Planwagen, stiegen höher und stießen wie ein gebündelter Schwarm nieder. Schreie, Arme ruderten. Schon sirrte die zweite Salve durch die Luft. Stille. In der Bewegung erstarrten die Flüchtenden. Aus Kopf und Rücken staken gefiederte Schäfte. Unendlich langsam kippten die Körper nach vorn und wurden vom Fluss verschluckt.

An beiden Ufern stieg Geheul auf. Keve schrie über den Lärm. »Vorwärts! Sorgt, dass die Weiber trocken rüberkommen. Die brauchen wir noch.«

Goldrun verkroch sich mit Hildegund in den Schutz der Plane, eng umschlungen weinten sie leise vor sich hin.

Früh versank die Novembersonne im Westen. Eine Weile noch zogen wächserne blassrote Wolkengebilde über den Lagerplatz hinweg, dann verschlang die Dämmerung den Tag. Kalt wurde es. Wie ein Schutzwall ringten Wagen und Karren die Zelte ein; kleine Feuer flackerten vor jedem Eingang, Flammenkinder des hochlodernden Holzstoßes in der Mitte. Bald überlagerte Duft nach Fleischsuppe den Brandgeruch.

Um jeden heimlichen Kontakt zu verhindern, hatte der Trossführer den Planwagen der Frauen auf die Ostseite des Lagerplatzes schaffen lassen, weit genug entfernt von den wieder gefesselten burgundischen Männern.

Die Tränen waren versiegt. Schweigend hockte Goldrun neben der Freundin, das Kinn auf den verschränkten Armen starrte sie zum immer noch hellen Himmel. Erste Sterne blinkten. Von der mit Stricken eingezäunten Weide drang Wiehern herüber, manchmal brüllte ein Ochse. So friedlich ist es, dachte Goldrun, gleich aber sah sie wieder den Pfeilschwarm, sah die Flüchtenden sterben und seufzte. Ich glaub, für uns gibt es keinen Frieden mehr, der ist auch gestorben.

Schritte näherten sich. Zwei Wächter brachten einen Suppentiegel, reichten ihn samt einigen hölzernen Näpfen den Burgunderinnen hinauf und bezogen Posten vor dem Planwagen. »Fresst euch satt«, riefen sie. »Magere Stuten taugen nicht viel.«

Gewöhnlich drängten sich die Frauen um den dampfenden Topf, warteten ungeduldig, bis sie an der Reihe waren. Nur fünf von ihnen konnten zur gleichen Zeit essen, heute aber wollte jede der Nachbarin den Vortritt lassen. Entschlossen griff Frau Fulla nach der Schöpfkelle. »Schwestern. Auch mir blutet das Herz. Und ich fürchte mich vor dem, was uns noch von den Hunnen angetan wird. Doch lasst den Mut nicht sinken, sonst sind wir ganz verloren. Schwestern, kommt und esst, ihr werdet Kraft brauchen, viel Kraft.« Sie reichte Hildegund eine gefüllte Schale. »Fang an.« Den nächsten Napf erhielt Goldrun. »Nein, keine Widerworte.« Fullas Strenge hatte Erfolg. Die dumpfe Ratlosigkeit wich, und nach und nach fügten sich alle Frauen ihrer Ratgeberin.

Wenig später kam auch der Truppführer zum Planwagen. »Goldfohlen. Komm da runter.« Seine Stimme klang weich. »Und bring das Täubchen mit.«

Die Mädchen rührten sich nicht. »Na, kommt schon«, lockte er. »Ich hab euch was mitgebracht.«

Weil sie immer noch zögerten, ermahnte Frau Fulla: »Es ist besser für uns alle, wenn ihr gehorcht. Euch geschieht nichts. Geht jetzt.«

Nacheinander kletterten die Mädchen vom Wagen. Mit wohlwollendem Grinsen empfing sie Keve. »Ich hab was Gutes für euch.« Er überreichte jedem ein Schaffell. »Legt es um, wird sicher kalt heute Nacht.« Aus dem Beutel an seinem Gürtel nahm er ein Stück Trockenwurst und drückte es an die platte Nase. »Riecht gut. Ist vom Hammel. Genau das Richtige für mein Goldfohlen und das Täubchen. Da, nimm.« Er hielt Goldrun die Köstlichkeit hin. »Beiß nur rein.«

Fassungslos starrte sie ihn an; eine heiße Welle stieg ihr den Rücken hinauf, überspülte den Kopf. Ehe Keve sich versah, schlug Goldrun ihm die Wurst aus der Hand. »Verfluchter Hunne.«

»Aber kleines Fohlen? Ich mein's doch nur gut.«

»Mir egal.« Goldrun schluckte heftig. »Warum hast du sie so gequält?«

»Wen?«

»Tu doch nicht so. Unsere Männer. Du hast sie getötet.«

Langsam glättete er die Bartsträhnen an seinen Mundwinkeln. »Ach, du meinst die Burgunder. Nein, nein, kleines Fohlen, das verstehst du nicht. Lass dir die Wurst schmecken.«

»Ich *will* aber verstehen.« Goldrun versuchte ihn zu treten; rechtzeitig wich er dem Fuß aus.

»Mach mich nicht böse, hörst du.«

»Menschen sind es, genau wie du.«

»Nur Arbeitstiere sind das. In den Bergen haben sie für uns die Karren geschoben, und heute waren sie noch gut für die Furt. Nur deshalb haben wir die Kerle mitgenommen. Jetzt brauchen wir sie nicht mehr.«

Hildegund weitete die Augen. »Nicht mehr brauchen? Was meinst du damit?«

Beinah leichthin sagte er. »Bei uns in der Königsstadt gibt es Griechen, Perser, sogar Römer. Die sind freiwillig bei uns geblieben. Aus den Burgundern da hinten werden nie gute Sklaven. Das sind Feinde und Verräter. Und Gefangene haben keinen Wert, die kosten nur. Deshalb ...« Keve bemerkte die entsetzten Gesichter der Mädchen und ließ den Satz unbeendet. »Kümmert euch nicht drum«, brummte er. »So ist das nun mal.«

Unvermittelt bückte sich Hildegund nach der Hammelwurst und biss ein Stück ab. »Schmeckt wirklich gut«, sagte sie übertrieben laut, schon reichte sie die Köstlichkeit der Freundin. Goldrun wollte ablehnen, doch Hildegund drückte ihr die Wurst hart gegen den Mund. »Probier endlich«, fauchte sie leise. »Na los.« Goldrun verstand nicht, dachte nur, was ist mit einem Mal in dich gefahren, und öffnete widerwillig die Lippen.

Voller Genuss kaute Hildegund. Der Truppführer rieb sich den Nacken. »So ist es recht. Ich sorg schon, dass ihr es gut habt.« Er grinste zufrieden und wandte sich um. Nach zwei Schritten hatte ihn Hildegund eingeholt. »Warte noch. Einer ist wertvoll.«

»Was meinst du?«

»Von den Gefangenen. Für den bekommt ihr bestimmt so viel wie für mich.« Die Neugierde war geweckt. Ehe das Glitzern in Keves Augen wieder erlosch, erzählte das Mädchen hastig von Walther, pries seine vornehme Abstammung, ja, die Familie des Junkers wäre sogar mit dem gefallenen König Gunther verwandt. »Locken hat er und trägt ein dunkelblaues Wams.«

Nachdenklich fasste der Truppführer einen ihrer dicken Zöpfe und schaukelte ihn. »Täubchen, du belügst mich doch nicht? Oder?«

Inzwischen hatte Goldrun begriffen, was die Freundin versuchte. »Es ist wahr. Ich hab ihn heute auch erkannt. Walther ist bei den Gefangenen.«

Keve pfiff leise durch die Zähne. »Ein Täubchen und dazu noch ein burgundischer Gockel? Nicht schlecht. Das verdoppelt die Belohnung.« Seine Miene hellte sich auf. »Gut, dass ich's noch rechtzeitig erfahren hab. Morgen früh wär's zu spät gewesen. Also, Walther heißt der Gockel.« Ohne Abschied ging er mit großen Schritten durch die Zeltreihen davon.

Goldrun sah ihm nach. »Vielleicht haben wir Walther gerettet. Ich wünsch es so sehr.« Die Wurst glitt ihr aus der Hand. »Aber was geschieht mit den anderen?«

»Denk nicht daran, bitte«, flüsterte Hildegund. »Mir wird ganz schlecht.« Beide zogen ihr Schaffell hinter sich her. So mühsam war das Hochsteigen zur Kutschbank. Auf die Fragen im Planwagen antworteten die Mädchen nur einsilbig. Was sie über das Schicksal der Männer erfahren hatten, vermochten sie nicht auszusprechen.

Sieg!« Im Ordu, dem ganz aus Holz errichteten, prächtigen Palast des Großkönigs, warf sich der Kurier auf die Knie. »Unsere Truppen haben die Burgunder vernichtet.«

Bleda räkelte sich und dehnte den Rücken, mit leichter Kopfbewegung schabte er die vernarbte rechte Kinnpartie zweimal durch den Kragenflaum seines Pelzmantels, verwöhnte auf gleiche Weise auch die linke Seite, ehe er befriedigt lächelte. »Die Schmach König Oktars ist gesühnt. Unsere schändliche Niederlage vor sieben Jahren haben wir bereinigt. Nun weiß auch Rom, dass wir Hunnen niemals vergessen. Kalt genossen schmeckt Rache erst wirklich süß.« Die Augen über den breiten Wangenknochen glitzerten jäh auf. »Warum kommst du so spät zu mir?«

Der Kurier erbleichte. »Spät? Ich verstehe nicht, Herr?«

Bledas Stimme wurde gefährlich sanft . »Du gehörst zum Volk der Alanen. Die Krieger deines Stammes sind nach der Rückkehr in ihre Zeltdörfer heimgekehrt. In die nordöstliche Ebene. Habe ich Recht?«

Der Mann nickte.

»Und du, mein tüchtiger Reiter? Dein Pferd ist schnell. Gewiss fliegt es nur so dahin. In drei Tagesritten könntest du unten im Süden entlang der Donau durch die Gebirgsschlucht zu unserm Ostreich gelangen. Oder irre ich mich?«

»Nein, nein. Die Strecke habe ich schon in kürzerer Zeit bewältigt, selbst über die Berge.« Ratlos hob der Kurier seine Hände. »Bitte Herr. Ich verstehe nicht, was du …?«

»Hundsfott.« Bleda setzte ihm den Stiefel auf die Schulter und zwang den Oberkörper tiefer. »Du gestehst also, dass du zuerst meinen Bruder Attila vom Sieg unterrichtest hast.«

»Warum sollte ich? Niemals.«

Ein Hackenstoß, und die Stirn des Boten schlug auf den Holzboden. »Wo warst du, Kerl?«

»Bei meinem Weib. Nur eine Nacht, ich schwöre es. Als der Tross die Theiß überquert hatte, bin ich zu meinem Zelt. Fünf Monate sind es her, seit ich zum letzten Mal … So glaub mir doch. Die Frau kann es bezeugen.«

Bleda nahm den Fuß zurück. »Schon gut.« Wieder schabte er sein Kinn durch das Kragenfell. »Ich wollte mich deiner Treue vergewissern.«

Erleichtert beteuerte der Kurier. »Du bist unser Großkönig. Attila ist nur der Herrscher unter dir. Nie würde ich ihm zuerst …«

»Genug!«, schnitt ihm Bleda das Wort ab. Beschwingt schlenderte er durch die Thronhalle und blieb mit verschränkten Armen vor einem der kunstvoll gewebten Wandteppiche stehen. Zwei Adler kreisten hoch über einer weiten Landschaft. »Mein geliebter Bruder hat die gleichen Anrechte auf die Macht.«

»Aber du bist der erstgeborene Sohn von Fürst Mundschuk. Dich verehren alle Stämme mehr …«

»Schweig! Du schwatzt wie ein römischer Gesandter.« Doch die Miene Bledas zeigte, wie sehr ihm Huldigungen willkommen waren.

Im Jahre 434, nachdem Großkönig Ruga in einer Schlacht gefallen war, hatten seine Neffen Bleda und Attila die Herrschaft ohne Widerspruch der übrigen Fürstengeschlechter gemeinsam angetreten. Bleda, der Ältere, war heiter, genusssüchtig, dennoch scharf denkend und überaus geschickt, wenn es galt, Verträge mit den Römern auszuhandeln. Er beendete den damals immer wieder aufflammenden Streit zwischen dem Hunnenreich und Ostrom. Bei den Friedensverhandlungen hatte er die Bedingungen diktiert. Das Treffen fand am Morawa-Fluss nahe dem Grenzort Margus statt. Weil Bleda und Attila im Sattel sitzen blieben, mussten die vornehmen Gesandten aus Konstantinopel wohl oder übel selbst wieder auf ihre Pferde steigen. Hoch zu Ross stellte Bleda seine Forderungen: »Wenn Kaiser Theodosius Frieden und Freundschaft mit uns will, so möge Ostrom zukünftig kein Bündnis mehr mit einem unserer Feinde schließen. Außerdem ...« Der jährliche Goldtribut sollte auf siebenhundert Pfund verdoppelt, alle gefangenen oder geflüchteten Hunnen mussten ausgeliefert werden. »Außerdem wünschen wir einen öffentlichen Handelsplatz nahe der Grenze. Freier Zugang und Sicherheit soll von beiden Seiten garantiert werden.«

Zu groß war die Furcht vor einem erneuten Überfall der Hunnen auf oströmisches Gebiet. Kaiser Theodosius benötigte Frieden, und so gingen seine Gesandten zähneknirschend auf alle Bedingungen ein. Sieg! Nicht errungen durch Waffen und Krieg. Am kaiserlichen Hof zu Konstantinopel wischte sich der Eunuch Chrysaphius den Schweiß vom speckigen Nacken. »Ich fasse es nicht.« So sehr der Kanzler auch tobte und fluchte, er musste den Vertrag akzeptieren. Man schrieb das Jahr 435, als diese ungebildeten, hergelaufenen Barbaren dem hochkultivierten Riesenreich zum ersten Mal mit Diplomatie ihren Willen aufzwangen.

»Mein Verdienst.« Bleda zwinkerte dem jüngeren Bruder zu. »Nun ist es für jeden unserer Stammesfürsten offenbar: Mit Fug und Recht trage ich die Würde des Großkönigs. Gräm dich nicht, dass du nach mir nur der Zweite bist.«

Attila hatte ihn lange angesehen, endlich rang er sich ein Lächeln ab. »Warum sollte ich Groll hegen? Für mich zählt allein, was dem Wachsen unseres Reiches dient. Und heute hast du einen großen Erfolg errungen. Der Ruhm gebührt dir.« Er hob den Blick, als suche er ein fernes Ziel. »Noch ist der Himmel über uns weit genug, Bruder, und bietet Platz für zwei Könige.« Ohne ein weiteres Wort hatte Attila das Pferd gewendet und war mit den Leibwachen in Richtung seines östlichen Herrschaftsgebietes davongeritten.

Sooft Bleda an diesen Tag zurückdachte, beschlich ihn ein beklemmendes Gefühl. War nicht doch ein Glimmen von Eifersucht im Gesicht des Bruders gewesen? Auch jetzt beim Betrachten der beiden Adler auf dem Wandteppich in der Thronhalle spürte er, wie eine Schlinge seine Brust einschnürte. »Ja, ich bin der Großkönig. Ich allein«, flüsterte er, riss sich los und schnippte dem Kurier. »Wann, sagst du, erreicht der Tross unsere Lagerstadt?«

»Ich schätze, in fünf Tagen.«

»Wie steht es mit der Beute?«

Der Mann strahlte auf. »Gold. Edelsteine, Schmuck. Wagenladungen an Korn und Vorräten. Wir haben den Burgundern alles genommen, was sie besaßen.«

»Gut, sehr gut. Jedes Dorf soll seinen gerechten Anteil erhalten. Der Winter kann kommen.« Bleda wiegte das Kinn im Kragenfell. »Wir Hunnen säen und ernten nicht und werden doch satt. Den guten Dämonen sei Dank.« Leicht wedelte er mit der Hand. »Und nun, mein Freund, überbringe Fürst Attila die freudige Nachricht. Bestelle ihm Grüße von mir, seinem gnädigen Großkönig.«

Die kleinen Hände umklammerten den Unterarm. So sehr der Vater auch schüttelte, Ernak ließ nicht los. Heftiger schwenkte Attila seinen Sohn hin und her, drehte sich auf dem Absatz, grollte wie ein zorniger Bär; als Antwort bellte der Neunjährige, lachte, schnappte nach Luft und bellte wieder.

Ohne das Spiel zu unterbrechen, blickte der König hinüber

zum Rand des Vorplatzes. Nahe dem hohen Wehrzaun stand dort der Kurier schon seit einer Weile mit offenem Mund neben seinem Pferd. »Warum berichtest du nicht weiter?«

»Mein Fürst, ich dachte, du hörst mir nicht mehr zu.«

Während der Bär versuchte, den Hund abzuschütteln, brüllte er: »Was sagst du?«

Der Bote wiederholte den Satz.

»Kerl, du sollst nicht denken. Was ist am Rhein vorgefallen? Sieg allein genügt mir nicht. Ich will es genau wissen. Und rede gefälligst lauter, dann verstehe ich dich besser.«

Über das Gekläff hinweg rief der Kurier: »Mehr als zwanzigtausend Burgunder sind gefallen! Wir haben das Volk vernichtet! Nur wenige sind uns entkommen!«

Attila gab keine Antwort. Brummend sank er auf die Knie. Sein jüngster Sohn stieß einen Juchzer aus und tanzte um ihn herum. »Ich habe dich erlegt. Nun bekomme ich dein Fell.« Mit einer schnellen Bewegung fing Attila den biegsamen Körper ein und drückte ihn an sich. »Du bekommst etwas viel Wertvolleres«, flüsterte er. »Mein Herz schenke ich dir.« Liebevoll wuschelte er durch den dunklen, beinah schwarzen Haarschopf. »Morgen werden wir mit dem Bogen um die Wette schießen. Und jetzt lauf zu Onegesius. Sag ihm, ich will ihn sprechen. Aber sei höflich, schließlich ist er ein sehr gelehrter Mann.«

Der neue Auftrag beflügelte. Ernak hüpfte über den Vorplatz des königlichen Ordus, winkte den Wachposten und huschte durchs halb offene Pfahltor nach draußen.

Attila erhob sich. Flüchtig schlug er den Schmutz von seinen Hosen, die Hände strafften den schmucklosen, ledernen Überrock, dann schritt er mit wiegenden Schultern auf den Boten zu. Jede Bewegung der kleinen gedrungenen Gestalt war Ausdruck von versammelter Kraft, von beherrschtem Muskelspiel. Kein Lächeln mehr. Faltenlos, wie gegerbt spannte sich die graugelbe Haut im breitflächigen Gesicht. Über dem starken Kinn wölbten sich blutvolle Lippen und ließen den kaum erhobenen Nasenrücken unwichtig werden. Die unter dem Stirnwulst tief eingebetteten schwarzen Augen hefteten sich auf den Kurier. »Vernichtet, sagst du? General Aëtius bat mich um Unterstützung, mich persönlich. Wir sollten die Burgunder maßregeln, nicht ausrotten. Allein dafür stellte ich einen Teil meiner Truppen zur Verfügung.«

Vor dem durchdringenden Blick wich der Mann einen Schritt zurück. »Verzeih, Fürst. Ich überbringe Nachrichten, bin sonst nur ein gewöhnlicher Krieger, der Befehlen gehorcht. Mehr nicht, glaub mir doch.«

»Hör auf zu jammern!« Attila ging an ihm vorbei, nachdenklich kraulte er im Mähnenkamm des Pferdes. »Als ihr vom Palast meines Bruders zum Rhein aufgebrochen seid, welche Parole wurde ausgegeben? Erinnere dich.«

»Rache für König Otkar. Tod den Burgundern.«

»Bist du sicher?«

»Ja, Fürst. Ich selbst musste die Losung an alle Stämme weitergeben. Im Beisein des Schamanen hat Großkönig Bleda den Schlachtruf zum Schwur erhoben. Und unsere Männer haben ihn erfüllt. Bei der Rückkehr sind sie mit Jubel empfangen worden. Ruhm und Beute …«

»Langweile mich nicht.«

Attila sah zum Tor hinüber. Ohne von den Wachen aufgehalten zu werden, betrat sein engster Berater den Vorplatz. Eine hagere Gestalt, der braune Fellmantel reichte ihr bis zu den Füßen. Sofort beendete Attila die Unterredung. »Geh jetzt. Versorge erst dein Pferd, dann lass dir im Kochzelt etwas zu essen geben. Morgen reitest du zurück. Grüße meinen Bruder und beglückwünsche ihn zu dem großen Erfolg. Sag ihm von mir, die Sonne des Glücks möge noch lange über seinem Ordu aufgehen. Nun lass mich allein.«

Der Kurier führte sein Pferd am Halfter eilig davon. Erst nachdem er die Wächter passiert hatte, trat Onegesius näher. »Du hast mich rufen lassen?«

Attila nickte und ballte die Faust unter dem Kinn. »Es ist Zeit zu handeln.« Mit verhaltener Stimme berichtete er von dem Blutbad bei Worms.

Sein griechischer Berater hörte zu, wartete lange, dann strich er eine Haarsträhne aus der hohen Stirn. »Ich sehe deinen Unmut, begreife ihn aber nicht. Wir haben einen Sieg errungen. Die noch offene Rechnung mit den Burgundern ist beglichen.«

»Das Schicksal dieser Germanen ist mir gleich.« Attila sah zu ihm auf. Die Augen loderten. »Bleda. Er hat sich über mich hinweggesetzt. Selbstherrlich, als wäre nur er allein König der Hunnen. Mein Bruder missachtete eine Vereinbarung, die ich mit dem römischen Machthaber in Gallien getroffen habe. Von nun an wird Aëtius meinem Wort nicht mehr trauen.«

»Du fürchtest, Bleda untergräbt so dein Ansehen?«

»Mehr noch. Er will mich hier in den Ostgebieten kaltstellen.« Attila ließ die Hand auf den Knauf des Kurzschwertes sinken. »Nein, es soll keinen Bruderkrieg geben. Dies würde uns nur schwächen. Aber …« Er hielt inne und schloss die Augen.

»Du denkst an den Plan? Ist es nicht zu früh?«

»Sei unbesorgt. Ich übereile nichts. Doch muss der Tag von langer Hand vorbereitet werden. Und damit beginnen wir.« Attila öffnete die Lider, eisig war sein Blick. »Nach dem Friedensschluss von Margus überstellte uns Konstantinopel etliche hunnische Edle, die es vorgezogen hatten, bei den Römern zu leben. Verweichlichte Memmen. Steinhäuser, Fressgelage und Kleider aus Seide, deswegen haben sie sich davongeschlichen.«

»Ich denke, vor allem aus Furcht vor dir.«

»Ich hasse Verräter.« Nach der Auslieferung hatte Attila die meisten der Männer sofort hinrichten lassen. Nur zwei, die Söhne König Otkars, hatte er bisher verschont und hielt sie einen Tagesritt von seinem Ordu entfernt, nahe der römischen Grenze, an geheimem Ort gefangen. »Sie sollen jetzt sterben.«

Onegesius zog den Fellmantel vor der Brust zusammen. »Versündige dich nicht, mein König. Die beiden sind Sprösslinge eines der vornehmsten Fürstengeschlechter. Sie stehen deinem Bruder nahe.«

»Ganz gleich. Durch ihre Flucht sind sie zu Verrätern an unserem Volk geworden. Sie haben den Tod verdient.«

Nachdenklich schritt der Berater auf und ab. Mit einem Mal

seufzte er. »Jetzt verstehe ich, worauf du abzielst. Du willst dem Vogel die schillernden Federn nehmen, auf dass er flügellahm wird.«

Ein leichtes Lächeln umspielte Attilas Mund. »Rupfen werde ich ihn, langsam und mit Geduld. In wenigen Jahren wird er ohne Freunde nackt dastehen. Und nicht nur das. Wenn der Tag kommt, an dem wir unsern Plan ausführen, wird es neben mir keinen Fürsten geben, der Anspruch auf die Würde des Großkönigs erheben kann.«

Offen sah Onegesius in das graugelbe Gesicht. »Ich danke den Göttern, dass ich dein Freund sein darf. Als Feind müsste ich dich fürchten.«

»Übertreibe nicht.« Attila tippte ihm die Faust gegen die Brust. »Es war deine Idee, Bleda nach und nach zu entmachten. Nun wundere dich nicht, wenn ich sie auf meine Weise in die Tat umsetze.« Er zog den Berater nah an sich heran. »Die Söhne König Otkars sollen gepfählt werden. Sorge dafür. Und zwar dort, wo sie uns ausgeliefert wurden. Am Ufer gegenüber der Festung Carsium. Ich will, dass die Römer mit ansehen, wie wir Verräter bestrafen.«

»Und Bleda schöpft keinen Verdacht.«

»So ist es, mein Freund. Der Adler verliert Federn und merkt es nicht einmal.«

Nichts. Schier endlos dehnte sich die Ebene. In der Ferne stützte kein Höhenrücken, kein Wald mehr den Himmel. Wie eine helle Glocke stülpte er sich auf die Erdscheibe, und dort wo sich rundum Licht und Dunkel berührten, diese Linie war der Horizont.

Seit vier Tagen folgte der Beute- und Sklaventross den Wagenspuren, die sich durch braunmüdes Gras weiter und weiter in die Ebene schlängelten. Wind heulte und zerrte an den Planen. Goldrun kauerte eng neben Hildegund. Beide hatten sich das Schaffell über Kopf und Schultern geschlungen. Obwohl der Kutscher vor ihnen auf der Bank mit seinem breiten Bärenpelz und der Wolldecke über den Knien die eisige Luft etwas abhielt, froren die Mädchen. Goldrun hauchte in ihre Handfläche und wärmte erst Nase und Lippen, ehe sie losschimpfte: »Verdammt. Wo fahren diese Kerle mit uns hin? Da ist doch gar nichts.«

»Sehr schlau.« Hildegund rieb sich mit dem Fell ihre Wangen. »Das hast du heute schon dreimal gesagt. Und gestern auch schon. Lass dir endlich was Neues einfallen.«

»Würd ich ja gerne.« Der nächste Atemzug ließ den Zank aufflackern. »Tu doch nicht so gescheit. Mehr als ich siehst du auch nicht. Nur den blöden Kerl da vorn, die Ochsen, den nächsten Wagen und sonst bloß Gras.«

»Aber ich gackere nicht ständig drüber«, gab die Freundin spitz zurück. Mit einem Ruck wandte sich Goldrun ab. Gleich rutschte Hildegund nach und streichelte ihr den Rücken. »Verzeih. Das ist mir so rausgerutscht. Lass uns nicht streiten. Mir geht es genau wie dir. Wenn ich an unsern schönen Rhein denke und all die Hügel, dann macht mir diese leere Gegend richtig Angst.«

Goldrun wurde weich, sie barg ihr Gesicht an der Freundin. »Ja, zu Hause.« Ein tiefes Seufzen folgte. »Da war es schön, wirklich schön.«

Zu Hause. Das Wort schwang in beiden weiter und sie wärmten sich traurig und stumm an ihrem Heimweh.

Gegen Mittag riss der Fuhrmann mit einem Mal die Wollkappe vom Kopf, wedelte und winkte. »Hoo! Holla! Hoo!« Immer wieder grüßte er irgendetwas; es musste sich rechter Hand der Wegspur weit in der Ferne befinden. Auch von den anderen Gespannen waren Rufe zu hören, erst vereinzelte, dann mehr, Pfiffe kamen dazu, der Lärm schwoll an und wurde schnell zum freudigen Gejohle.

Goldrun reckte sich hoch. »Was ist plötzlich in die gefahren?« Hildegund zuckte die Achseln. Beide standen auf und spähten angestrengt über die Schulter des Fuhrmanns. »Versteh ich nicht«, flüsterte Hildegund.

Der Hunne wandte den Kopf. »Unsere Königsburg, Fräulein.« Sein Gesicht strahlte. »Bald sind wir da.« Beim zweiten Blick auf die burgundische Adelstochter versauerte die Miene, mit bösen

Grinsen zischte er: »Dann bin ich dich endlich los, du falsche Kröte.«

Ehe das Mädchen ihm die Beleidigung heimzahlen konnte, drängte sich Goldrun dazwischen. »Wo soll denn eure Königsstadt sein? Ich sehe nur Gras.«

»Weil ihr Burgunderweiber blind seid.« Der Peitschenstiel verlängerte den ausgestreckten Arm. »Da hinten die hellen Flecke. Das sind die Planen der Jurten, und auf dem Hügel mittendrin steht der Ordu unseres Großkönigs.«

Goldrun beschattete ihre Augen, verengte die Lider. Erst nach einer Weile fand sie nahe dem Horizont winzige weiße Punkte; eine Erhebung oder gar einen Hügel entdeckte sie nicht, ganz zu schweigen von einem Palast. »Ach so«, sagte sie vorsichtig, um den Kutscher nicht zu reizen, und dachte, unser schönes Worms habt ihr Kerle zerstört und niedergebrannt. Das waren richtige Häuser, einige sogar aus Stein, und selbst wohnt ihr bloß in Zelten hier in dieser verfluchten Einöde.

Frau Fulla kam nach vorn zu den Mädchen. »Warum die Aufregung?«, raunte sie. Wie die übrigen Gefährtinnen im Wagen hatte sie gegen die Kälte noch zusätzlich ihre Schlafdecke um den Körper geschlungen, Beine und Füße mit Lappen umwickelt. »Habt ihr etwas erfahren?«

Spöttisch verzog Hildegund den Mund. »Der Kerl behauptet, da hinten sei die Hauptstadt der Hunnen. Zu sehen ist nichts, keine Mauern, keine Fahnen. Der lügt uns was vor. Bestimmt freuen sich alle nur, weil dort ein Vorratslager ist.«

»Nein, nein, Kind.« Fulla runzelte die Stirn. »Der ganze Tross ist mit einem Mal aufgewacht. Dieser Jubel …« Unmerklich schüttelte sie den Kopf. »Ich muss Gewissheit haben.« Entschlossen schob sie die Mädchen beiseite und trat dicht an die Rücklehne der Kutschbank. »Verzeih. Stimmt es, dass wir bald am Ziel sind?«

Als Antwort lachte der Fuhrmann tief in der Kehle, hustete und spuckte den Speichel voller Genuss auf den Hintern eines der Zugtiere.

»Bitte, sag es mir. Wann?«

»Ihr könnt euch schon mal rausputzen.« Er stellte die Peitsche aufrecht zwischen seine Oberschenkel und ließ sie wippen. »Staunen werdet ihr, was wir Hunnen euch zu bieten haben. Da können eure Burgunder nicht mithalten.«

»Du schamloses Untier.«

Blitzschnell stieß er mit dem Peitschenstiel nach hinten, traf aber nur die Schulter. »Halt's Maul.« Gleich kicherte er wieder vor sich hin. »Aber ja, du hast Recht, wie Hengste werden wir euch bespringen.«

Fulla wandte sich ab. Sorge verdunkelte ihre Augen. »Bleibt hier vorn«, bat sie die Mädchen, »sobald wir nahe der Stadt sind, gebt Bescheid.« Damit ging sie zu den Gefährtinnen und kauerte sich zu ihnen.

Eine Weile hörte Goldrun nur die halblaute ruhige Stimme, dann entstand Geflüster, hin und wieder übertönt von erschreckten Rufen, die gleich unterdrückt wurden. Sie blickte die Freundin an. »Ich glaub, ich weiß, wovor sich die Frauen fürchten. Sie müssen einen Hunnen heiraten, irgendeinen von denen.«

»Nein, es ist was Schlimmeres. Ich hab's mitgekriegt, als zwei sich unterhalten haben. Es muss genau so sein, wie wenn feindliche Kämpfer nach der Schlacht in die Häuser einbrechen und die Frauen vergewaltigen.«

»Hast du das schon mal gesehen?«

»Nein, nur davon gehört. Von meiner Amme. Geschlagen werden die Frauen, weil sie sich wehren und schreien; manche Kerle schneiden ihnen dann gleich die Kehle durch.« Altklug gab Hildegund ihr Wissen weiter. »Aber die meisten Feinde haben Spaß dran, wenn geschrien wird; noch viel wilder werden sie und stoßen ihr Ding in die Frauen rein … Guck mich nicht so an, du weißt schon, diesen Schwanz, der bei den Männern ganz riesig und hart wird. Nachher sind die Frauen da unten ganz aufgerissen und blutig …« Sie hielt entsetzt inne, als begriffe sie erst jetzt das Furchtbare, von dem sie berichtet hatte. Beinah tonlos setzte sie hinzu: »Und dann sterben die Frauen.«

»Sterben?« Goldrun war der Mund ausgetrocknet, heftig

schluckte sie und kauerte sich rechts der Kutschbank auf den Boden. »Bitte sag, dass es nicht wahr ist.« Hildegund hockte sich zu ihr. »Doch, meine Amme weiß es genau. Weil so viel Blut rausfließt, nicht aufhört…«

»Du meinst, Frau Fulla und die anderen sind morgen dann tot?« Das Nicken der Freundin verursachte Goldrun ein schmerzhaftes Ziehen im Bauch, es breitete sich nach unten aus und blieb in ihrem Schoß. Goldrun verkrallte die Hand im Kittel über den Schenkeln und presste den Stoff gegen ihren Unterleib. Aus halb geschlossenen Lidern blickte sie scheu auf die Frauen, dann wandte sie den Kopf und starrte an der Plane vorbei in die endlose Ebene. Ich dachte immer, Männer legen sich zu Frauen, weil sich beide lieben und Kinder haben wollen. Und schön muss das sein, hab ich gedacht. Vater war vorher zur Mutter immer besonders freundlich, und umarmt hat er sie. In heißem Wasser haben beide dann gebadet, obwohl gar nicht Samstag war; einfach so, mitten in der Woche. Und später hab ich gehört, wie sie in der Schlafkammer gelacht und geseufzt haben.

Goldrun schluckte heftig, der Speichel schmeckte schal auf der Zunge. Vergewaltigt werden! Sie tastete nach Hildegunds Hand. »Gut, dass wir noch zu jung sind.«

»Hoffentlich finden das die Kerle auch…« Angst unterbrach den Satz, schnell beruhigte sich die Freundin selbst: »Nein, uns geschieht nichts. Frau Fulla hat es doch gesagt.«

Wie gebannt starrten beide in Richtung des Horizonts. Die weißen Punkte waren größer geworden, hatten Formen angenommen. Gut eine Wegstunde später standen dort unzählige stumpf zulaufende Zelte, und ein mächtiges Haus, umgeben von kleineren Gebäuden, thronte auf einem Hügel. Goldrun fror, ihre Zähne schlugen aufeinander, sie zog das Schaffell enger, vergeblich; Schuld hatte nicht der eisige Wind. »Ich fürchte mich«, flüsterte sie.

Hornstöße!

»Nein! Nicht!«

»Sei still.« Hildegund rüttelte die Jüngere an den schmalen Schultern. »Was ist denn los mit dir?«

»Ich hab nur einen Schreck gekriegt.«

»Und mich machst du ganz verrückt.« Das Kinn der Adelstochter bebte. »Lass sie doch auf ihren Kuhhörnern blasen!«

Hornstöße, vorn an der Spitze des Trecks! Jedes Signal begann wie der Schrei eines Raubvogels, der Ton wurde dunkel, zog sich lang und endete wieder hell und schrill, drei Mal hintereinander. Die Rufe stiegen auf und verloren sich im Wind. Schweigen folgte, nur das beständige Flattern der Planen blieb.

Nach einer Weile vernahmen die Mädchen ein fernes Echo. Es wiederholte sich. Es war kein Echo, die Antwort kam von der Zeltstadt. »O heilige Mutter, beschütze uns«, flüsterte Goldrun. »Jetzt wissen alle, dass wir kommen.«

Hildegund nickte und verständigte Frau Fulla mit einem Handzeichen.

Sofort gab die Vertraute der Burgunderinnen leise Befehle aus. Im Halbdunkel des Wagens entstand Bewegung. Hände wischten über den staubigen Boden, Tücher und Decken raschelten; eine Gefangene half der anderen, und bald schon hockten alle dicht gedrängt im hinteren Teil der Ladefläche.

»Dürfen wir zu euch kommen?«, bat Hildegund verzagt.

»Bleibt, wo ihr seid«, ordnete Frau Fulla mit gedämpfter Stimme an. »Beobachtet genau, was draußen vor sich geht, aber zeigt euch nicht.«

Die Mädchen mussten sich trennen. Hildegund wollte auf ihrer rechten Seite bleiben. »Sei kein Feigling. Wir sehen uns ja.« Doch es war kein Trost. Goldrun tappte gebückt zum anderen Ende der Kutschbank und versteckte sich hinter der losen Plane. Durch einen Riss im Filz spähte sie nach draußen.

Die Ungewissheit quälte. Laut pochte das Herz. Unter ihr schabten die Räder in den Wegfurchen wie Mühlsteine. Nichts geschah. Bilder drängten sich vor. »Ja, das wäre die Rettung.« Goldrun schloss sehnsüchtig die Augen: Der Wind hebt unsern Wagen hoch; wir fliegen über die Hunnenstadt zum Horizont und verschwinden einfach im Himmel, und weg sind wir. Ja, ihr Kerle, da habt ihr euch zu früh gefreut!

Hufschlag dröhnte, zerstörte den Traum. Goldrun riss die Lider auf. Angeführt von Keve näherte sich ein Trupp Bewaffneter dem Frauenwagen. »Es geht los! Sie kommen uns entgegen«, rief er dem Kutscher zu. »Du hältst nicht an! Und wehe dir, wenn es auch nur einem Mann gelingt, zu den Weibern hochzuklettern.«

»Lass ihnen doch den Spaß ...«

»Gehorche!«, fauchte der Truppführer. »Sonst reiß ich dich in Stücke.« Seine Stimme wurde sanfter: »Goldfohlen? Bist du da oben? He, zeig dich.«

»Nein, lieber nicht.«

»Auch gut. Und das Täubchen ist gesund?«

»Ja, wir sitzen beide hier vorne.«

»Gut so, dann bleibt da auch, bis wir in der Stadt sind. Erst wenn ich es sage, kommt ihr runter.« Schroff gab er Befehl und je vier seiner Bewaffneten eskortierten an beiden Seiten den Frauenwagen. Er selbst ritt wieder nach vorn zur Spitze des Trecks.

Jäh entstand Lärm, wie eine wilde Windböe kam er näher und näher. Pferdegetrappel, Johlen und Pfiffe. Goldrun presste die Hand vor den Mund, um nicht zu schreien. Durch den Spalt sah sie gut vierzig Pferde aus der weiten Grasebene herangaloppieren. Da sitzen keine Menschen drauf, dachte sie, das sind pelzige Ungeheuer. Die Wesen waren mit den Rücken der Tiere verwachsen und beugten den Oberkörper dicht über die Mähnenkämme; schon hatten sie die Flanke des Beutezuges erreicht.

»Habt ihr Weiber mitgebracht?« – »Wo sind sie?«

Nur kurz dauerte die Suche, dann kreisten die Reiter den Planwagen ein. Goldrun sah glatte Fratzen mit Augen, platten Nasen und aufgerissenen Mündern. Nein, es sind wirklich Hunnen, dachte sie, junge hässliche Burschen, und was die von sich geben, soll Lachen sein. Einige beugten sich aus dem Sattel und versuchten die Maulriemen der Zugochsen zu schnappen.

»Aus dem Weg!«, forderte der Kutscher. »Wir halten nicht an.« Höhnisches Gejohle kam als Antwort. Erst als er mit der langen, gefährlichen Peitschenschnur nach den Übermütigen schlug, wichen sie von den Tieren ab. Jetzt drängten sich die Kerle von rechts und links an die Wagenseiten, sie stritten mit der bewaffneten Eskorte, verlangten aufsteigen zu dürfen. Einer schwang sein Wurfseil und die Schlinge legte sich um den Holm neben der Kutschbank. Mit schnellem Schnitt durchtrennte ein Wächter den Strick. »Verfluchter Hundesohn!«, wurde er beschimpft. Fäuste drohten. Das gierige Lachen und Gejohle schlug um in blanke Wut. »Ihr habt die schönen Ärsche schon unter euch aufgeteilt!« Dieser Satz flog von einem Mund zum anderen, schnell wuchs die Empörung. »Los! Holen wir uns die Weiber!« Ehe sich ein ernsthafter Angriff formieren konnte, hob der Begleitschutz die Waffen. »Nehmt Vernunft an! Ihr seht die Frauen noch früh genug.« Vor den Pfeilspitzen wich die Meute endlich beiseite. Der Zorn verrauchte, doch ritten die fellbehangenen Burschen weiter neben den Bewaffneten her und stierten lüstern auf den Wagen, als könnten sie die Plane mit ihren Blicken durchbohren.

Goldrun biss sich auf die Unterlippe. So nah hatte sie das Glühen in den Augen gesehen, das Grinsen und auch den Speichel, der einigen übers Kinn geflossen war. Und diese Kerle werden …

Sie dachte den Satz nicht weiter. Ach, die armen Frauen! Tränen stiegen ihr in die Augen. Als draußen die Reiter vor ihrem Blick ineinander verschwammen, empfand sie es beinah als Trost.

Nur schemenhaft nahm sie die unzähligen Pferde auf den ausgedehnten Koppeln wahr, die Unterstände und Ställe. Geräumige Zelte tauchten vereinzelt auf und blieben zurück, neue kamen hinzu, standen nun dicht an dicht. Das Gackern der Hühner und Blöken der Schafe prägte sich tiefer in ihr Bewusstsein ein als das fröhliche Rufen der Frauen und Kinder am Wegrand. Mit einem Mal stellte Goldrun überrascht fest, dass die lüsternen Fellungeheuer verschwunden waren. Draußen ritten nur noch die Bewaffneten neben dem Wagen her.

»He, Hildegund?«, wisperte sie. »Siehst du noch welche von den Kerlen?«

Die Freundin schüttelte ihre Zöpfe und kroch rasch herüber. »Keiner mehr da. Ich sag's weiter.« Sie schob sich tiefer in den Wagen. »Die Gefahr ist vorbei, glaub ich. Von den Männern ist nichts mehr zu sehen.« Hildegund versuchte ein Lachen. »Draußen sind nur noch unsere Wächter und Viehzeug. Und die Leute kommen aus den Zelten, sie winken und freuen sich.«

Erleichtertes Seufzen der Burgunderinnen.

»Still, Schwestern!«, ermahnte Fulla eindringlich. »Nichts hat sich an unserer Lage gebessert.« Sie wandte sich an Hildegund. »Sind wir schon in der Stadt?«

»Ich seh keine Häuser. Rechts und links gibt's Zelte genug, manchmal sogar Holzhütten. Wenn das eine Stadt sein soll, dann sind wir mitten drin.«

»Geh zurück auf deinen Platz, Mädchen. Und beobachte weiter.« Frau Fulla sprach wieder zu den Gefährtinnen: »Nur der erste Übergriff unterwegs ist an uns vorbeigegangen. Ich will nicht ausmalen, was mit uns da draußen geschehen wäre. Eins steht fest: Der Truppführer hat uns vor Furchtbarem bewahrt. Schwestern, bleibt ruhig. Ich bitte euch inständig, schreit nicht, jammert nicht, denkt an unsere Abmachung. Schweigen ist unsere einzige Waffe.«

Näher rückten die Behausungen der Straße. Nach einer langgezogenen Biegung kam weiter vorn das große holzgebaute Gebäude in Sicht; es erhob sich wie eine Festung auf der Anhöhe, umfriedet mit einem mächtigen Zaun aus Baumstämmen und Wehrtürmen. Der Palast, dachte Goldrun, das muss er sein. Vater hatte Unrecht, die Hunnen ziehen nicht nur in Zelten herum. Jedenfalls wohnt ihr König in einer richtigen Burg, auch wenn sie nur aus Holz ist.

Kinder in bunten Wollkitteln liefen neben dem Wagen her. Goldrun staunte: Ob Junge oder Mädchen, die Beine steckten in engen Hosen, sie reichten bis zu den Fellschuhen. Muss schön warm sein, überlegte sie, und hässlich sieht es auch nicht aus.

Die Jurten verschwanden aus Goldruns Blickfeld. An einem hochgestellten Schlagbaum wurden die Neugierigen von Wachposten mit Lederhelmen und geschultertem Bogen zurückgehalten. Wortlos wurde der Frauenwagen weitergewunken. Er folgte den überladenen Beutekarren. Langsam lenkte der Fuhrmann das Ochsengespann als letztes auf einen weiten Platz unterhalb des Burghügels.

Goldrun vernahm Keves laute harte Befehlsstimme. Sie sah an der Schulter ihrer Freundin vorbei und entdeckte ihn mitten auf der freien Fläche. Vom Sattel aus ruderte er mit den Armen, brüllte, und wenig später hatte er den Treck zu einem Hufeisen geordnet. Die Öffnung war in Richtung des hohen Pfahltores ausgerichtet. Keve ließ seine Unterführer die geschwungenen Hörner ansetzen. Mit hellen Signalen verkündeten sie dem Königpalast ihre Ankunft.

Warten und Stille. Länger wurden die Schatten der Männer auf dem Platz. Das Licht der sinkenden Sonne verwandelte das Holz der mächtigen Bauten allmählich in rötlich schimmernden Marmor. Endlich schwangen die Torflügel auf.

Weil der Frauenwagen zu nah am Wehrzaun stand und nun die Sicht versperrt war, huschte Goldrun zu Hildegund hinüber. Sofort schickte sie der leise Befehl Frau Fullas zurück an ihren Platz.

Keve und die Unterführer gingen einige Schritte vor und fielen auf die Knie.

Feierlich ertönten Trommelschläge. Eine volle Stimme schallte über den Platz. »Im Namen unseres gnädigen Großkönigs Bleda heiße ich euch willkommen und übermittle Lob und Dank allen Männern des Trosses. Die Burgunder sind geschlagen, doch was wäre ein Sieg, wenn er nicht reiche Beute einbringt? Ihr Tüchtigen habt die Ernte des Krieges sicher in unsere Hauptstadt gebracht.«

Mit Pfiffen und Klatschen nahmen Fuhrleute und Begleitmannschaften die Anerkennung entgegen. Nach einer Pause vernahm Goldrun wieder die Stimme. »Auf Befehl unseres Großkönigs wird morgen die Beute gesichtet. Von allen Gütern, ob Nahrung, Gold oder Sklaven, steht Fürst Attila die Hälfte zu! Diese wird unverzüglich ins Ostreich an seinen Ordu geschafft. Danach soll jeder unserer Stammesfürsten und jedes einzelne Zelt einen gerechten Anteil erhalten …«

Goldrun hörte nicht mehr hin. Auch das noch, dachte sie. Hildegund und ich sind die Jüngsten. Und wenn wir geteilt werden? Vielleicht bringen sie mich mit einigen Frauen zu diesem Fürst Attila. O nein, dann sehe ich meine Freundin nie mehr wieder.

Eine zweite, hell durchdringende Stimme verlangte nach Aufmerksamkeit. »Die Weissagung ist eingetroffen. Lange vor eurem Aufbruch habe ich den Sieg aus dem Knochenorakel gelesen.« Ein dürrer Mann im bunten Federgewand wehte aus dem Tor nach vorn, stand nicht still, mit flatternden Armen forderte er die Männer auf: »Lasst uns die guten Geister des Wassers und des Himmels preisen und ihnen für eure glückliche Heimkehr danken.« Dumpf schlug die Trommel den Takt, und der raue Gesang aus vielen Kehlen beendete die Begrüßung. Sofort entschwand auch der Schamane wieder.

Keve erhob sich von den Knien. »Um Vergebung, Hofmeister. Ich hab für Großkönig Bleda noch ein besonderes Geschenk.« Er glättete die dünnen Bartsträhnen. »Darf ich es zeigen?«

»Zögere nicht.« Ein fein gekleideter Würdenträger erschien vor den geöffneten Torflügeln. Wächsern war die Haut des Gesichtes, seine Oberlippe nur eine Linie, bei jedem Schritt zog er das rechte Bein nach. Im kurzgeschorenen, weißen Fellmantel glitzerten Silberfäden auf. »Wo ist es?«

Keve wies stolz zum Planwagen dicht an der Wehranlage hinüber. »Du wirst staunen. Begleite mich.«

Goldrun stieß einen leisen Schrei aus; und Hildegund warnte ins Halbdunkel der Ladefläche: »Sie kommen direkt auf uns zu.« Stille, kein Laut kam als Antwort.

Draußen berichtete der Truppführer dem vornehmen Herrn: »Da sind Weiber drin, feine Burgunderinnen mit weißer Haut und blonden Haaren. Wie Schwäne, sag ich dir, und eine ist schöner als die andere.«

»Also Sklavinnen«, bemerkte der Hofmeister trocken. »Und deshalb bläst du dich so auf? Unser Großkönig hat keinen Spaß an fremdländischen Huren, er teilt das Lager lieber mit Frauen aus unserm Volk.«

»Ach so«, brummte Keve, gleich aber wurde sein Ton wieder

lebhaft. »Aber ich hab noch was Besseres. Dafür zahlt mir König Bleda einige Goldstücke.« Mit zwei Schritten stand er neben dem Wagen und säuselte zur geöffneten Plane hinauf: »Täubchen? Lass dich sehen!«

Hildegund rührte sich nicht.

»Na wird's bald! Verflucht! Komm da raus, Täubchen.«

Sein Befehl wurde nicht befolgt.

Wie ein Raubtier sprang der Kutscher auf. Seine Hände packten nach dem Mädchen und zerrten es vor die Plane. »Darauf hab ich lange gewartet«, zischte er und hob sie wie eine Puppe hoch. »Jetzt lernst du fliegen.« Hildegund wehrte sich stumm, schon zappelten ihre Beine in der Luft.

Keve brüllte: »Wag es nicht. Ich nagle dir den Sack auf die Bank! Her mit dem Täubchen, aber vorsichtig.« Widerwillig ließ der Fuhrmann sein Opfer in die gereckten Arme gleiten.

»Ist das nicht ein Prachtstück?« Keve putzte linkisch mit der Hand dem Mädchen über den Kopf und strich die Zöpfe glatt. »Ein burgundisches Fräulein. Von Adel und sicher sehr wertvoll.«

Der Hofmeister begutachtete die Beute. »Sag deinen Namen?«

Hildegund schwieg.

»Welcher Familie entstammst du?«

Voller Verachtung hob sie das Kinn. »Ich gebe Bediensteten keine Auskunft!«

Vor Schreck schnappte Keve nach Luft. »Aber Täubchen, du stehst vor dem ehrenwerten Logaden Basig …«

»Lass nur«, unterbrach ihn der Oberste des hunnischen Hofstaates, lächelte dünn und neigte den Kopf. Sein Tonfall wurde gefährlich sanft und zuvorkommend. »Mein Fräulein, gewiss hat Euch die Reise angestrengt. Darf ich Euch daran erinnern, dass Ihr Euch in der Gewalt des mächtigen Großkönigs Bleda befindet. Es gibt zwei Möglichkeiten für Eure Unterkunft: Falls Ihr bereit seid zu antworten, werdet Ihr in weichen Decken schlafen, wenn nicht, so kommt Ihr in den Käfig.« Sein Finger wedelte zum Palast hinüber. »Er befindet sich in einer Erdhöhle. Wie ich hörte, sollen dort auch Ratten wohnen …«

»Hildegund«, kam die hastige Antwort. »Mein Vater war Eberhard zu Steinbrück. Er war ein Verwandter und Berater König Gunthers. Bei der Schlacht sind beide gefallen.«

»Warum nicht gleich so!« Befriedigt nickte Hofmeister Basig und setzte kalt hinzu: »So jung bist du für uns noch wertlos. Sollten aber unsere Spione deine Aussage bestätigen, wirst du als Geisel so lange hier durchgefüttert, bis wir von deinem Volk einen guten Preis für dich erzielen können.« Er betrachtete Hildegund von oben bis unten. »Wage es nie wieder, mir die Stirn zu bieten. Mein König ist Herr über alle Stämme der Hunnen und viele Völker der Germanen. Jedoch im Palast geschieht nichts ohne mein Wissen. Also sei höflich, sonst zertrete ich dich wie einen Käfer.«

Hildegund, keine stolze Adelstochter mehr, wich einen Schritt zurück und knickste artig. »Ich … ich gehorche. Ich verspreche es.«

»Dann folge mir. Zunächst wirst du dich waschen …«

»Warte, Herr.« Keve wagte den Hofmeister aufzuhalten.

»Truppführer! Reize mich nicht. Ich habe schon genug Zeit hier draußen vergeudet.«

»Und ich, ich hab mir einen Extralohn verdient.« Keve ließ sich nicht einschüchtern. »Noch ein Geschenk musst du mit zum König nehmen.« Laut pfiff er und gab Handzeichen zum mittleren Wagen im Bogen des Hufeisens. Kurz darauf führten zwei Bewaffnete einen schlanken jungen Mann quer über den Platz. Sein blaues Wams hing in Fetzen von den Schultern, das Haar klebte strähnig an Hals und Nacken.

»Wer ist das?«

»Ein burgundischer Gockel. Auch sehr vornehm.«

Im Wagen der Frauen reckte Goldrun den Kopf. Walther. So mager und traurig sieht er aus!

Scharf prasselten die Fragen auf den jungen Burgunder ein. Antwortete er nicht schnell genug, drohte ihm der Logade mit der Faust.

»Ja, aus altem Adelsgeschlecht … Der Vater herrschte selbst über ein Gebiet westlich des Rheins … Die Mutter war die Base der Königin …«

»Genug. Auch deine Angaben werden überprüft. Solltest du gelogen haben, erwartet dich ein qualvoller Tod. Erst verlierst du Arme und Beine, dann wird dein Körper auf einen Pfahl gespießt …«

»Bei Gott, es ist die Wahrheit«, stammelte Walther ermattet.

»Euer Christengott hilft dir hier nicht.« Basig lachte kurz auf. »Nur weil ich heute gut gelaunt bin, will ich dir glauben. Du und dieses unverschämte Balg dürfen mit mir kommen. Ob ihr von Nutzen seid, wird sich herausstellen.« Er wandte sich zum Gehen, der Stiefel seines steifen Beins schabte über den grasigen Boden.

Goldrun sank erleichtert zurück. Die beiden waren gerettet. Gleich fühlte sie einen Stich. Aber was wird aus mir? Sie legte den Kopf auf die Knie. Jetzt bin ich ganz allein. Mit jedem Atemzug wurde der Gedanke lauter. Er übertönte alles, was um sie herum geschah.

Draußen trat Keve dem Obersten des hunnischen Hofstaates in den Weg. »Herr, was ist mit meinem Lohn? Ich hab die wertvollen Geiseln geschnappt. Wenn der Gockel mit dem Täubchen erst mal im Palast verschwunden ist, dann erinnert sich vielleicht niemand mehr dran.«

»Wertvoll?« Der Hofmeister verzog die Mundwinkel. »Die beiden entstammen der Brut eines burgundischen Adelsgeschlechts, mag sein, aber was bedeutet das schon?«

»O ihr guten Dämonen der Lüfte, steht mir bei!« Keve rang übertrieben die Hände zum blutroten Sonnenball, lauter wurde sein Klagen: »Lasst nicht zu, dass ich um meinen Lohn gebracht werde!« In der Nähe horchten seine Unterführer auf; vor den Wagen nahmen seine Wachmannschaften jäh eine bedrohliche Haltung ein. »O ihr heiligen Wesen der Lüfte …«

»Sei still«, fauchte Hofmeister Basig. »Glaubst du etwa, ich will dich betrügen? Falls unser Großkönig die Burgunderbälger als Geiseln anerkennt, gebe ich dir Bescheid! Und jetzt Schluss mit dem Gezeter, sonst sorge ich dafür, dass du deinen Rang verlierst und in Zukunft die Schafställe bewachen musst.«

Keve schlug sich mit der Faust gegen die Stirn. »Schon vergessen. Ja, ja, alles ist in bester Ordnung …« Unvermittelt hielt er inne, von unten blickte er den mächtigen Herrn an: »Aber wenigstens ein kleines Geschäft, einen kleinen Lohn brauch ich für mich. Wenn ich ohne Geschenk aus dem Krieg heimkomme, lässt mich meine Alte erst gar nicht ins Zelt.«

Wachsam nickte der Hofmeister. »Was hast du zu bieten?«

»Die Weiber. Auch wenn unser König keinen Spaß dran hat, aber du ganz sicher, das weiß jeder in der Stadt. Und morgen schon geht die Hälfte ab ins Ostreich.«

Das Interesse war geweckt. »Drück dich klarer aus, Freund.«

Keve schob sich näher und raunte: »Na ja, ich zeig sie dir alle. Jetzt gleich. Und du suchst die Beste für dich aus. Für einen Goldadler von den Römern schaff ich sie dir heute noch beiseite. Ich mein, bevor ein Teil der Weiber weg ist und die übrigen im Hurenzelt versteigert werden.«

Einen Moment zögerte der Hofmeister. Er sah auf die beiden Geiseln, blickte zum Planwagen, schließlich schnippte er leise mit den Fingern. »Abgemacht. Ein Goldstück ist zwar zu viel. Aber wenn mir eine Frau gleich auf den ersten Blick gefällt, sollst du es haben.«

»Keine Frage, an den Weibern ist alles dran. So viele schöne weiße Ärsche hatten wir noch nie in der Stadt.«

»Und du überlässt mir die Geiseln? Erhebst keinen Anspruch mehr auf einen Extralohn?«

Keve lächelte gequält. »War nur ein dummer Scherz von mir.« Das erhoffte große Geschäft war zerplatzt, jetzt sollte wenigstens etwas den Beutel füllen. Breitbeinig baute er sich vorn am Wagen auf. »Lass unsere Schwäne rauskommen«, befahl er dem Fuhrmann, aus dem Mundwinkel zischte er ihm zu: »Nicht mein Goldfohlen, das soll warten.« Gleich nahm seine Stimme wieder den Ton eines Viehverkäufers an: »Schön langsam sollen sie runtersteigen! Damit wir weißes Fleisch zu sehen bekommen!«

Der Kutscher winkte ins Innere des Planwagens. »Vorwärts!«

Kein Geräusch, nichts bewegte sich auf der Ladefläche. »Na, wird's bald?«

Da auch nach einer Weile kein Laut zu hören war, spannte sich die schmale Oberlippe des Logaden. »Freund? Sind die Schwäne etwa unterwegs ausgeflogen?«

»Ach was, Herr. Ich hab sie noch heute Morgen gezählt.«

»Dann stehle nicht meine Zeit. Es wird bald dunkel. Entweder …«

»Gleich, Herr.« Keve fauchte zur Kutschbank hoch. »Jag die Weiber raus!«

Der Fuhrmann verschwand im Wagen, forderte, fluchte und brüllte, schließlich kehrte er mit wutverzerrtem Gesicht zurück. »Die liegen da wie tot. Soll ich sie an den Füßen rauszerren?«

Schweißperlen glänzten dem Truppführer auf der Stirn. Ehe die Sonne ganz versank, wollte er, musste er Hofmeister Basig eine Auswahl schöner Frauen anbieten. »Bleib, wo du bist!« Schnell entschlossen winkte er seinen Unterführern und mit fliegenden Fingern lösten sie rundum die Halteschlaufen an der Plane. »Und zieht!«

Langsam, wie ein Vorhang hob sich der schwere Filzstoff, rutschte über das hohe rundgewölbte Holzgestänge und wurde auf der anderen Seite von den Männern aufgefangen.

»Jetzt, Herr, schau sie dir an …« Keve blieb der Mund offen. Im hinteren Teil der Ladefläche wölbte sich ein Lumpenhaufen, erst beim näheren Hinsehen waren da und dort Füße oder Hände zu erkennen. »O verfluchte Brut! Nein, bleib noch, Herr. Das haben wir gleich.« Dem Kutscher befahl er: »Nimm die Peitsche. Ich will, dass die Weiber aufstehen. Und zwar sofort! Schlag zu!«

»Nichts lieber als das!« Mit geübten Griffen bündelte der Fuhrmann die Schnur vorn am Peitschenstiel zu Schlingen und schwang die Geißel hoch, so tänzelte er auf den reglosen Haufen zu.

Goldrun starrte ihm nach, wollte schreien, da hörte sie Frau Fullas laute Stimme: »Schlagt uns nicht. Bitte. Wir gehorchen.«

Keve pfiff seinen Handlanger zurück. Enttäuscht ließ der Kerl den Arm sinken.

In den Lumpenhaufen kam Bewegung. Gestalten rafften sich mühsam hoch und tappten nach vorn gebeugt ziellos herum. An ihren Rücken wölbten sich hässliche Buckel, die Haare waren unter schmutzigen Tüchern verborgen. »Schwestern, stellt euch in einer Reihe auf.« Die Wesen gehorchten. »Nun zeigt euch.« Nacheinander hoben sie den Kopf.

»Hexen!«, entfuhr es Keve. Kein Leuchten, keine weiße Haut, jedes Gesicht war mit Staub und Dreck überzogen. »Warum tut ihr mir das an?«

Neben ihm lachte Hofmeister Basig trocken. »Du hast mir einen Schwan versprochen, Freund. Ich sehe aber nur Krähen. Schaffe sie ins Hurenzelt, ich bin nicht interessiert.« Wortlos drehte sich der Logade um, im Vorbeigehen schnippte er den beiden burgundischen Geiseln. Sie folgten gehorsam, und wenig später schlossen sich hinter ihnen die hohen Torflügel. Palastwachen bezogen davor Posten.

»O ihr guten Dämonen der Lüfte, steht mir bei!«, flüsterte Keve und hob den Blick gen Westen. Doch auch die Sonne war längst untergetaucht. Kein Extralohn, kein kleines Geschäft nebenher. »Und was soll ich jetzt meiner alten Mela mitbringen?«

Einer der Unterführer zuckte mit den Achseln: »Hör auf zu jammern. Was du von den Leichen auf dem Schlachtfeld eingesammelt hast, davon hat doch jeder von uns seinen Anteil in der Tasche.« Breit feixte er und beugte sich zum Ohr seines Nachbarn. »Aber wenn die Maus zu gierig wird und vom großen Teller fressen will, schnappt sie die Katze. Hab ich Recht?« Ehe der Kamerad antworten konnte, langte Keve zu und stieß ihnen die Köpfe aneinander. »Maul halten! Sonst reiß ich euch die Zunge raus.« Der Zorn trieb ihn an. Er bellte seine Befehle über den Platz. Jeder Beutewagen musste von vier Männern über Nacht gesichert werden. »Schafft die Versorgungskarren ins Gerätelager!« Solange sollten die Trossfrauen bei den Gespannen bleiben. »Wehe, eine von euch verschwindet vorher«, warnte er sie. »Alle Ochsen kommen in die Ställe, gebt ihnen zu fressen und zu saufen! Dann könnt ihr nach Hause!«

Federnd kehrte er zu dem abgedeckten Planwagen zurück. Immer noch standen die Schreckgestalten reglos unter dem gewölbten bleichen Holzgerippe auf der Ladefläche. Keve mochte nicht hinsehen. »Wartet nur«, knirschte er, »mit dem Hexenzauber ist es bald vorbei.« Vier Bewaffnete und die beiden Unterführer sollten ihn begleiten, dem Fuhrmann gab er Order loszufahren. »Ab zum Hurenzelt. Kein Halt, bis wir da sind.«

Leises Schnalzen. Die vier Ochsen zogen an. Als der Wagen sich vom Wehrzaun entfernte und einen weiten Bogen über die freie Fläche beschrieb, wankte die Reihe der Burgunderinnen. »Haltet euch an den Streben fest, Schwestern«, ermutigte sie Frau Fulla. »Aber bleibt aufrecht. So wie wir es abgemacht haben.«

Warum, dachte Goldrun und duckte sich tiefer hinter die Kutschbank. Fest schloss sie die Lider. Wär doch besser, wenn sich alle wieder unter den Lumpen verkriechen.

Durch eine Lücke zwischen zwei Beutekarren verließ der Sklavenwagen das Hufeisen und rollte auf die Filzhütten am unteren Rand des Platzes zu. Vor der Straßeneinmündung traten die Wachposten beiseite. Erst reckten sie die Hälse, grinsten erwartungsvoll, rasch aber erloschen ihre Gesichter, und wortlos hoben sie den Schlagbaum.

Die Räder holperten über Steine, sanken in Kuhlen und ächzten. Goldrun wurde hin und her geschüttelt. Ist mir egal, dachte sie, jetzt ist sowieso alles egal. Pfiffe! Heiseres Grölen! Goldrun öffnete die Augen. Weiter vorn loderten Fackeln mitten auf der Straße. Im Dämmerlicht erkannte sie pelzbehangene Ungeheuer. Je näher das Ochsengespann kam, umso ausgelassener wurde das Gebrüll. »Die … die Kerle von unterwegs«, stammelte Goldrun. Sie warf den Kopf herum und rief den Burgunderinnen zu: »Guckt doch. Die haben auf uns gewartet. Ihr müsst euch verstecken. Beeilt euch doch!«

»Still, Kind«, ermahnte Frau Fulla. »Ganz ruhig. Rühr dich nicht.«

Ohne Aufforderung der berittenen Eskorte teilte sich die Meute und wich an beide Straßenränder aus. Das geifernde Johlen nahm zu. Langsam rumpelte der Sklavenwagen durch die lüsterne Gasse. Fackeln reckten sich zur Ladefläche. Der flackernde Schein zuckte über buckelige Lumpenwesen, die sich verkrümmt an den Rippen des Holzgestells festhielten, nichts regte sich in den grauschmutzigen Gesichtsflecken. Die Pfiffe brachen ab, das heisere Gebrüll versickerte in den Kehlen. Kein Lärmen mehr. Allein das Knirschen der Räder war noch in der Stille zu hören. Ungehindert holperte der Transport weiter, und die Burschen gafften mit offenen Mäulern dem Geisterwagen nach.

Goldrun schluckte heftig. Heul jetzt bloß nicht. Mit einem Mal war eine sonderbare Wärme unter ihr. Schnell wühlte sie die Hand zwischen die Beine. Der Stoff, auch das Schaffell unter ihrem Po waren durchnässt. »Auch das noch«, schluchzte sie auf und wehrte sich nicht mehr gegen die Tränen.

»Ist dir etwas geschehen, Kind?« Frau Fulla kam rasch zu ihr.

»Ja, und es tut mir Leid.« Goldrun blickte hoch. »Ich … ich hab mich vorhin bepinkelt und hab's nicht gemerkt. Jetzt stinke ich sicher bald.«

Frau Fulla streichelte den schmalen Rücken. »Lass nur, unsere Fahrt ist gleich zu Ende. Bis jetzt warst du ein tapferes Mädchen.« Sie drückte Goldrun an sich. »So eine Tochter wie dich hab ich mir immer gewünscht.« Die Stimme wurde dunkler. »Bleib nachher dicht bei mir. In meiner Nähe bist du sicher.« Ein tiefer Seufzer folgte. »Ich hoffe es wenigstens.«

Während der Weiterfahrt wiegte Frau Fulla den schmächtigen Körper sanft an ihrem Busen.

Bald tauchte ein Lagerfeuer vor ihnen auf. Dahinter hoben sich im Zwielicht die Umrisse von drei großen Zelten. Öllichter beleuchteten die Eingänge. Mit einem mannshohen Gitter aus geflochtenen Stricken war der Bereich rundum gesichert.

Bewaffnete Wächterinnen hielten den Transport an.

Keve sprang aus dem Sattel, verhandelte kurz mit ihnen, dann kam er zum Wagen. »Ihr sollt absteigen.« Kein Befehl, eher eine Bitte. »Nun bewegt euch doch. Da drin gibt's was zu essen, und waschen könnt ihr euch auch.« Jede Frau blieb auf ihrem Platz. »Verflucht, womit hab ich das verdient? Ich war immer gut zu euch. Macht es mir zum Schluss nicht noch schwer.« Er versuchte mit Versprechungen zu locken: »Keine Angst, da dürfen keine Männer rein … Die Oberin wird euch schon sagen, was ihr zu tun habt … Kommt jetzt, sonst muss ich euch runterprügeln lassen.«

Unaufgefordert stand der Fuhrmann bereits auf der Kutschbank, grinsend wog er die Peitsche in der Hand. »Soll ich ihnen die Lumpen vom Leib fetzen?«

Ohne den Kerl zu beachten, erhob sich Fulla. »Nicht nötig, Truppführer.« Sie winkte ihren Mitgefangenen. »Schwestern, steigt ab. Was uns auch erwartet, versucht stark zu bleiben. Gott schütze uns.«

Sie kletterte als erste von der Ladefläche und half Goldrun herunter. Nacheinander folgten ihre Leidensgefährtinnen. Während die Frauen abstiegen, stippte ihnen der Kutscher mit dem Peitschenstiel gegen die Lumpenbuckel. »Ich weiß, wie ihr drunter ausseht.« War eine Frau zu langsam, blieb ihm Zeit, das stumpfe Ende samt Kittelstoff zwischen ihre Gesäßbacken zu stoßen. »Was es mich auch kostet, eine von euch hol ich mir mal für ’ne Nacht in meine Jurte.«

Die Wächterinnen übernahmen das Sagen. Es waren stark gebaute Frauen mit breiten Wangenknochen; in den dunklen Augen schimmerte Wärme auf. »Seid froh, dass ihr so heil hier angekommen seid. Manche Sklavinnen werden hergebracht, die sind schon halb tot.« Freundlich winkten sie. »Geht getrost hinein. Drinnen seid ihr erst mal vor den Kerlen sicher. Na, traut euch nur.«

Beim Klang der mitfühlenden Stimmen lockerte sich der Angstgürtel etwas. Die Burgunderinnen tauschten Blicke. Sicherheit? Nicht einfach der rohen Lust ausgeliefert sein? Sollte es bei den hunnischen Teufeln doch einen Ort geben, an dem sie geschützt waren? Und dieser Ort sollte ausgerechnet das Hurenzelt sein? Hoffnung nistete sich in die verzagten Herzen. Ohne erneuten Befehl folgten die Erschöpften den Wächterinnen und schlurften durchs schmale Gittertor.

Frau Fulla wartete ab. Als alle Schwestern innerhalb der Einfriedung aus mannshohen Netzen waren, drückte sie Goldruns Hand. »Vielleicht sieht die Zukunft nicht ganz so düster aus, wie ich gedacht habe. Lass uns auch gehen.«

Fast hatten sie die Pforte erreicht, da versperrte Keve ihnen den Weg. »Das Goldfohlen nicht.«

Frau Fulla wich aus und wollte wortlos mit dem Kind an ihm vorbeigehen.

Gefährliches Knurren stieg aus der Brust, die Finger packten ins goldrote Haar. »Die Kleine bleibt hier.«

»Versündige dich nicht.« Fulla sah ihn hart an. »Schämen solltest du dich.« Sie zog das Kind weiter. Unerbittlich hielt er fest. Nach zwei Schritten schrie Goldrun auf. Ihr Kopf wurde nach hinten gezerrt, der Arm von ihrer Beschützerin nach vorn gezogen.

»Gib sie frei! Ich flehe dich an.«

»Mir gehört das Fohlen.«

Goldrun wimmerte.

»Lass los, Weib. Sonst hat das Fohlen gleich keine Haare mehr.« Zur Bekräftigung ruckte seine Hand.

Verzweifelte Schmerzensschreie des Kindes beendeten den Zweikampf. Frau Fulla gab den Arm frei. »Es tut mir so Leid, Mädchen. So Leid.« Sie presste beide Hände vors Gesicht und folgte mit gesenktem Kopf den burgundischen Frauen. Goldrun sah ihr weinend nach, bis die Wächterinnen den Zugang verschlossen hatten.

Immer noch hielt Keve das Haar fest. »Wollt dir nicht wehtun«, brummte er und führte das Mädchen neben sein Pferd.

»Hast du aber«, schluchzte Goldrun. »Verdammter Hunne!«

»Sag das doch nicht immer. Und hör auf zu heulen.« Wie eine zerbrechliche Puppe setzte er sie behutsam vor den Sattelsteg und stieg hinter ihr auf. »Ich bring dich meiner Mela. So als Geschenk, verstehst du?«

Viel zu lange schon dauerte der Ritt. Vom Weg sah Goldrun nur noch ein kurzes Stück, dann versickerte er in der Finsternis. Sobald ein Hund neben ihnen anschlug, schreckte sie zusammen. Heiseres Gebell antwortete von irgendwo weither zwischen den düster da stehenden Wohnkegeln. Riesig und träge hing ein fetter roter Mond über der Lagerstadt.

Vor dem Truppführer zu sitzen war unbequem und kalt. Den Kittel hatte sie hochziehen müssen, nackt bis zu den Knien hingen ihre Beine an den Halsseiten des Pferdes hinunter, der struppige Mähnenkamm zwickte am Po, und bei jedem Schritt schlug ihr der Sattelsteg in den Rücken. »Verdammt, weißt du überhaupt noch, wo wir sind?«

Keve verstärkte den Armdruck, enger zog er den Körper an seine Brust. »Kleines wildes Fohlen, gleich hast du es gut«, brummte er neben ihrem Ohr. »Meine Mela wird staunen, wenn sie dich sieht.«

Sie roch den Atem. »Puh, du stinkst aus dem Maul.«

»Und du?« Wohlig grunzend schnüffelte er an ihrem Nacken. »Du riechst so gut wie bepisstes Stroh.«

»Was? O nein…« Sofort versuchte Goldrun sich vorzubeugen, sein Griff aber hielt sie fest. »Gemeiner Schuft!«

Keve lachte tief in der Kehle. Mit unmerklichem Schlenker des Zügels ließ er das Pferd vom Weg nach rechts in ein Zeltviertel abbiegen. »Hier wohnen nur Leute meines Stammes.«

Gedämpfte Stimmen drangen aus den Filzbehausungen, hier und da war Kinderlachen zu hören. Qualm vermischt mit Duft nach Gebratenem wärmte den Atem. Das riecht wirklich gut, dachte Goldrun unwillkürlich, viel besser als ich und dieser Kerl. Und so friedlich ist es hier wie daheim, wenn Vater und ich abends durch unser Dorf gegangen sind.

Vor einer der rund gebauten Jurten hielt Keve an. Die Plane am Eingang war heruntergelassen. Durch einen schmalen Spalt schimmerte Licht nach draußen.

Der Truppführer glitt aus dem Sattel und half dem Mädchen herunter. »Bleib hinter mir«, flüsterte er, »so als Überraschung.« Damit hob er den Türfilz an und schlüpfte in den Wohnraum. Goldrun folgte gehorsam seinem Schatten.

Ein Aufschrei. Gefolgt vom Scheppern der Schöpfkelle. »Warum kommst du so spät? Ach, was bin ich froh! Wieso lässt du mich so lange warten? Komm her, komm her!«

Keve ging wiegend auf die Feuerstelle in der Mitte zu. Goldrun hielt sich dicht hinter ihm. Nichts sah sie, außer seinem Rücken und hoch oben das geöffnete Rauchloch im Zelthimmel. »Mela. Gute alte Henne!«

Noch zwei Schritte vorwärts, dann schlangen sich Hände um seinen Hals. Er öffnete die Arme und schloss sie gleich wieder, brummte und knurrte, senkte den Kopf und sein Oberkörper schaukelte hin und her. »Meine Beste. War lange weg. Jetzt aber bin ich den Winter bei dir.«

Ein wohliges Seufzen von ihr. Sein Schnaufen antwortete, forderte nach mehr. Goldrun rundete die Augen und dachte, gleich fallen beide um. Dann beobachtete sie, wie sich die Finger von seinem Nacken hinauf ins Haar wühlten und ihm die Fellkappe abzogen. »Nein, nein. Jetzt nicht. Ich hab Fleischsuppe gekocht mit vielen Zwiebeln, Knoblauch und scharfen Kräutern. Erst wird gegessen. Danach guck ich, ob noch alles dran ist an dir.«

Goldrun hörte ihn lachen, gleichzeitig mehrmals das Patschen seiner Hand auf ihrem Hintern. »Staunen wirst du. Und ich geb dir alles, was ich im Sack für dich gespart hab.«

»Genügt mir nur«, gurrte sie, »wenn du auch genug im Gürtelbeutel hast.«

Der Rücken versteifte sich. »Viel hab ich nicht erwischt. Für was Besonderes musst du noch warten.«

Stille. Tiefes Atemholen. »Fauler Kerl!« Er wurde gestoßen, gerade rechtzeitig konnte Goldrun einen Schritt zurückweichen. »Die Händler haben schöne Waren vom Römermarkt hergebracht.« Bei jedem Satz folgte ein neuer Stoß. Wie ein Baum im Sturm wankte Keve, bewegte sich aber nicht mehr vom Fleck. »Idiot! Ich wollte mir Seidenstoff eintauschen … Und Perlen … Verflucht, ich will endlich ein Kleid wie die Frauen im Palast!«

»Nächstes Mal, ich versprech's.« Keve ließ die Schultern sinken. »Sei wieder gut.«

»Da hocke ich hier!«, schimpfte sie weiter. »Versorg unsere Hühner und Schafe, muss Wolle verspinnen und weben! Jeden Tag immer die gleiche Arbeit. Und du? Du reitest wie ein stolzer Hahn in den Krieg und wagst es, mit leeren Taschen nach Hause zu kommen. Ich sollte dich …«

»Warte, warte.« Beschwichtigend hob er die Hände. »Ich hab dir ja ein Geschenk mitgebracht.«

Sofort wechselte das Wetter, sanft wehte ihre Stimme: »Ach, so ist das. Der Hengst wollte seine Stute nur aufkitzeln. Nun zeig mir die schönen Goldstücke.«

»Gold schon, ist aber was anderes.«

»Na, her damit.«

Keve trat zur Seite. Weil sein Arm nicht bis zu dem Mädchen reichte, strich er statt über das schimmernde Haar mit der Hand durch die Luft. »Das ist mein Goldfohlen.«

Wie vom Donner erschreckt stand Mela da, vergaß den Mund zu schließen, ihre dunklen Augen starrten auf das Geschenk.

Goldrun zitterte. Nur ein verschwitztes, rotes Gesicht nahm sie wahr, umgeben von einer wild wuchernden schwarzen Mähne. Furchtsam senkte sie den Kopf, ihr Blick rutschte an dem nackten Hals hinunter. Die oberen Schlaufen des Kittelhemdes standen offen. Große Brüste drückten sich durch den Stoff. An ihnen hielt sich Goldrun fest. »Guten Abend«, hauchte sie.

Der Bann brach. Mela schnappte nach Luft. »Du geiler Köter!« Mit erhobenen Fäusten stampfte sie auf ihren Mann zu, besann sich, kehrte auf dem Absatz um, war schon bei der Feuerstelle inmitten des Wohnraums und riss den kupfernen Schöpfer aus dem Tiegel. Suppe spritzte, Fleischstücke flogen herum und landeten auf den Kissen und Teppichen nahe der Zeltwand. »Ich schlag dir den Schädel ein!« Drohend schwang Mela die Waffe. »Du hast dir ein junges Ding besorgt. Von unserm Gold.« Sie schlug zu, jedoch Keve war schneller und packte rechtzeitig ihr Handgelenk. »Mach mich nicht böse, Weib. Es ist anders als du denkst.«

Mela versuchte sich aus dem Griff zu befreien, da es nicht gelang, trat sie ihn jetzt mit den Füßen. »Lügner! Du bist nicht besser als die anderen Kerle.« Ihre Stimme geriet ins Heulen. »All die Jahre war ich dir eine gute Frau! Und jetzt soll ich zu alt für dich sein?«

»Ist nicht wahr. Hör zu!«

»Da kaufst du dir eine kleine Hure! Aber eins sag ich dir, in meiner Jurte schlafe nur ich.«

»Wir könnten Goldfohlen doch …«

»Was willst du überhaupt mit der?« Voller Verachtung blickte Mela zu dem Mädchen hinüber. »Da ist doch noch gar nichts dran? Höchstens Knochen für die Suppe. Ja warte nur, klein hacken werd ich sie …«

»Halt's Maul!« Die Zornader an Keves Hals schwoll an. »Sonst … Sonst!« Weil ihm keine Drohung einfiel, bog er den Schöpfer aus ihrer Hand und schleuderte ihn durchs Zelt. Hart schepperte die Kelle gegen einen der Stützbalken. Seine Finger krallten sich in Melas Mähne.

Goldrun schrie erstickt auf. Gleich schlägt er seine Frau tot, hämmerte die Angst in ihr. Sie verbarg das Gesicht mit den Händen. Und ich bin schuld.

Kein Brüllen, keine Schmerzensschreie. Nichts geschah.

Nach einer Weile vernahm sie seine ruhige Stimme. Er sprach wie zu einem Pferd: »Ist ja gut. Ganz brav. So, ist's recht.« Goldrun wagte einen Blick durch die Fingerlücken. Leicht strich Keve seiner Frau über die Schulter, dann gab er sie vorsichtig frei. »Sagen will ich was. Hörst du zu?«

Mela nickte.

»Also, wahr ist nur, was ich sage. Du bist meine Henne, 'ne andere will ich nicht. Und das Goldfohlen da, das hab ich gefunden.« Kurz berichtete er vom Morgen auf dem Schlachtfeld. »Ganz voll Blut war es. Erst hab ich geglaubt, da steht das Geistwesen von der toten Stute. Aber nach dem Waschen ist das Goldfohlen rausgekommen. Und da hab ich's mitgenommen.«

Misstrauisch sah ihn Mela an. »Warum hast du das Balg nicht bei den burgundischen Weibern im Hurenzelt gelassen? Warum bringst du es her?«

»Als Geschenk …« Keve schnäuzte ausgiebig in die Hand und wischte sie am Ärmel ab. »Na ja, hab mir gedacht, weil wir doch kein Kind haben. Und so ein goldenes was Besonderes ist. Da dachte ich, wir könnten … ich mein, du und ich … wir hätten dann eins zum Freuen.«

Melas Blick erwärmte sich etwas. »Eine Tochter?« Mit verschränkten Armen umrundete sie das Mädchen. Ohne ein weiteres Wort klaubte sie den Schöpfer vom Filzboden auf und kehrte zur Herdstelle zurück.

Keve wartete. Wie ein verschrecktes Tier stand Goldrun immer noch am gleichen Fleck.

Gründlich rührte Mela in der Fleischsuppe. Mit einem Mal hielt sie inne. »Nein.«

»Aber ich hab dir doch …«

»Sei still.« Ein Kopfschlenker warf die wirre Mähne aus der Stirn. »Ein ganz Junges hätt ich genommen, auch wenn's fremd ist. Ja, du hast es gut gemeint. Aber die Kleine da ist längst für uns verdorben. Wer weiß, was die Mutter ihr beigebracht hat? In unser Leben hier hätte sie gleich reinwachsen müssen. Nein, sei still! Egal wie viel sie lernt, eine echte Hunnin wird nie mehr draus. Und so eine Tochter will ich nicht.« Entschlossen griff Mela nach der Kette am dreibeinigen Kochgestell und zog den Tiegel etwas höher über die Flamme.

Keve gab nicht auf. »Aber als Magd wär Goldfohlen doch zu gebrauchen.«

»Wag es nicht.« Sofort erwachte wieder die Raubkatze. »Das könnte dir so gefallen. Spätestens in drei Jahren wackelt sie hier mit dem weißen Hintern vor deiner Nase rum. Und dir platzt die Hose. Glaubst du, ich mäste in meiner Jurte eine junge Stute für dich?« Warnend hob Mela wieder den Schöpfer. »Keine Tochter, keine Magd. Raus mit ihr.«

Keve schlug sich mit der Faust gegen die Stirn. »Gestern noch hab ich gedacht … Ach, verflucht, heute geht alles falsch. Wo soll das Goldfohlen denn hin?« Er schüttelte den Kopf. »Damit du's weißt, ins Hurenzelt kommt es mir nicht.«

»Zu meiner Schwester. Von Tarcal kann die Kleine was lernen.« Mela nickte. Mehr und mehr gefiel ihr die Idee. »Da draußen in den Ställen ist sie weit genug weg.«

»Zur Schwägerin?« Keve schüttelte sich. »Armes Goldfohlen …«

»Sag nichts gegen Tarcal!«, fauchte sie. »Es gibt keine Hunnin, die mehr von Stuten und Fohlen versteht. Sonst wär sie nicht die Oberin der Zuchtställe.«

»Ja, mit Tieren kann sie's, aber … Ach, schon recht.« Keve war müde, er wollte nicht länger widersprechen. »Ich bring ihr mein Fohlen. Aber erst morgen.«

Bis auf ein kurzes Leuchten der Augen zeigte seine Frau keine Genugtuung. Sie lächelte milde, als bliebe sie stets nach einem Ehestreit die Siegerin. Freundlich winkte Mela das Mädchen näher. »Hast du auch einen Namen?«

»Goldrun.«

»Lass dich ansehen.« Mit sanftem Griff zog ihr die Hunnin das Fell von den Schultern und drückte es an die Nase. »Jedes Schaf riecht besser. Und wie oft hast du deinen Kittel bepinkelt?« Verschämt hob Goldrun einen Finger, doch Mela übersah ihn, ohne Pause sprach sie weiter. »Bei allen Geistern, du bist wirklich ein verdreckter Wurm. So lasse ich dich morgen nicht weg. Was soll denn meine Schwester von mir denken? Doch jetzt wird erst mal gegessen.« Sie füllte Fleischsuppe in eine Holzschale. »Hock dich da drüben hin. Nein, warte noch.« Schnell breitete sie ein altes Tuch über das Kissen. »So machst du mir nichts schmutzig. Und nun, lang zu und wärm dir den Bauch.«

Goldrun setzte den Napf auf die angezogenen Knie. Sie schlürfte und kaute. Köstlichkeit blühte in ihrem Mund auf, andächtig ließ sie die Zunge genießen und vergaß beinah zu schlucken. Dann aber meldete sich der Hunger, Löffel für Löffel wurde er gieriger.

»Langsam, Goldfohlen. Bist nicht mehr auf dem Wagen«, ermahnte Keve schmatzend. Er hatte sich mit seiner Frau am Feuer niedergelassen. »Hier frisst dir keiner was weg. Und genug gibt's auch.«

Sobald das Mädchen den Napf auskratzte, füllte Mela ihn wieder. Ich bin in einem Wunder, dachte Goldrun, ohne das Essen zu unterbrechen. Erst war die Frau böse und jetzt ist sie gut. Alles ist ein Wunder, die Suppe und die Frau. Mit einem Mal jedoch wurde der Arm so schwer. Sie beugte das Gesicht dicht über die halb geleerte Schale. Fettaugen sahen sie an, ein Zwiebelring schob sich träge über den anderen, die Fleischstücke wurden größer. Aufessen will ich euch, dachte sie müde. Der Kopf sank tiefer und ihre Stirn blieb auf dem Rand des Napfes liegen. Die Gedanken schwammen davon, nur würziger Duft umgab sie noch. Goldrun schlief.

Nebel versteckte den Morgen. Keine Farbe, keine Umrisse zeigten sich deutlich. Die nasskalten, grauen Schwaden verschluckten Koppeln und Stallungen. Selbst Keves sonst so laute Stimme klang gedämpft. »Wenn du nur gut zu dem Kind bist.«

»Hier wird gearbeitet, Schwager.« In der Höhle der mächtigen Filzhaube bewegten sich kaum die Lippen. »Jeder Bissen muss verdient werden. Wer faul ist …«

»Weiß ich ja. Dachte nur, die Kleine kennt ja noch nichts und hat trotzdem Hunger.«

Tarcal wuchs vor ihm auf. Eine hagere riesige Gestalt. Die knochigen Finger rafften den Schulterumhang unter ihrem Kinn zusammen. »Willst du mir vorschreiben, wie ich meine Mägde führe?«

»Nein, nein«, beschwichtigte er. »Dachte nur, weil du die Schwester von meiner Mela bist. Da könntest du mit dem Goldfohlen nicht so streng sein.«

»Genug, Schwager. Sei froh, dass ich euch das Burgunderbalg abnehme. Und jetzt reite wieder zurück. Sag Mela einen Gruß von mir.«

Der Truppführer drehte sich zu Goldrun um. »Komm nur her. Hab keine Angst.« Als sie vor ihm stand und aus hellen großen Augen zu ihm aufblickte, tätschelte er ihre Fellmütze. »Sei fleißig. Willst du das?«

Ein Kloß saß in ihrem Hals, tapfer nickte sie. Keve strich über den dicken Wollkittel. »So schön warm hat dich meine alte Henne eingepackt. Wie ein Hunnenmädchen siehst du jetzt aus. Ist wirklich schade, dass wir …« Er zog die Schultern hoch und beendete den Satz nicht. »Geh mit Tarcal. Gut wirst du's hier haben.« Die

Hand legte sich an ihren Rücken, mit sanftem Druck schob er seinen Schützling der Oberin zu.

Goldrun sah über die Schulter. Schweren Schritts ging er auf das Pferd zu. »Lass mich nicht allein«, flehte sie. Dieser Mann hatte sie der Mutter weggenommen, hatte unterwegs die Sklaven getötet, hatte sie Frau Fulla entrissen, und doch war er ihr letzter Halt. Außer ihm kannte sie niemanden mehr in der Fremde. Schon stieg er in den Sattel. Dunstschwaden lösten seine Gesichtszüge auf. »Nimm mich mit, bitte!«

Sie streckte die Arme aus, wollte ihm nachlaufen, aber kalte Finger umschlossen ihre rechte Hand. »Kein Wort mehr.«

Keve wendete langsam das Pferd. »Besuchen komme ich dich.« Er trabte an. »Ist versprochen, Kleines.« Einen Atemzug lang sah Goldrun noch seine Umrisse, dann hatte ihn der Nebel verschluckt.

»Begreif ich nicht.« Die hagere Frau beugte sich zu ihr. »Warum weinst du diesem Kerl nach? Grausam kann er sein und dumm ist er auch.«

Nur Schniefen war die Antwort.

»Na, auch gut. Ich zeig dir, wo du von jetzt an schlafen wirst.« Während Tarcal mit Goldrun auf einen flachen Holzbau zuging, ruckte ihre Kapuze hin und her. »Auch meine Schwester hängt an dem. Na, verstehen soll's ein anderer.«

Sie öffnete die Tür, stieß gegen einen der beiden herunterhängenden Teppichlappen und zog das Mädchen durch den Spalt hinter sich her. »Hier wohnen alle meine Mägde. Die Knechte haben ihre Unterkunft am anderen Ende vom Hof. Kein Besuch. Wehe, ich erwische … Ach, das hat noch Zeit, wenn mal das Jucken bei dir anfängt, sag ich dir's noch oft genug.«

Brandgeruch biss Goldrun in die Nase. Nur langsam gewöhnte sie sich an das Halbdunkel.

»Trödel nicht.«

Sie folgte der Oberin durch den langgestreckten Raum. Rechts und links des Mittelgangs reihten sich offene schmale Kammern, nur durch Bretter voneinander getrennt. Dort war der gestampfte Boden mit Filz ausgelegt. Im Vorübergehen sah Goldrun sorgfältig gestapelte Kissen und Decken. Auf halbem Weg durch die Halle blieb Tarcal neben der Feuergrube stehen. Blasse Glut schimmerte unter der Asche. »Du sorgst ab morgen für den Brand. Es muss immer genügend Vorrat im Haus sein. Verstanden?«

Goldrun nickte gehorsam, wagte jedoch gleich darauf den Kopf zu schütteln. »Wo soll ich das Holz herholen? Gibt es einen Wald?«

»Um den zu finden, musst du schon vier Tage reiten. Nein, Kind, mit Holz heizen und kochen nur unsere Reichen im Königsordu. Wir einfachen Leute verbrennen was brennt, hauptsächlich aber Fladen von Ochsen und Kühen. Die stinken zwar, halten aber auch warm. Im Schuppen hinterm Haus lagern wir den Viehmist.«

Goldrun wollte begreifen. »Und da hole ich ihn.«

»Das ist aber nur die leichte Aufgabe.« Mit kurzem Handschlenker stieß Tarcal die Kapuze in den Nacken. Wie eine dicke schwarze Wurst war das Haar auf dem Kopf festgesteckt. »Jetzt zur Arbeit: Jeden Tag gehst du mit Eimern auf die Weide und sammelst die Scheiße von den Viechern ein. Keine frische, nur die schon ein paar Tage an der Luft war. Ich zeig dir dann, wie die Fladen getrocknet und zurechtgeschnitten werden.«

Eine Frage drängte, Goldrun verschluckte sie tapfer, blickte sich suchend an der Feuerstelle um und fragte nur: »Wenn ich den Vorrat reinhole, wo kommt der denn hin?«

»Warte ab.« Tarcal führte sie rasch weiter bis zum Ende der Wohnhalle. »Hier an der Rückseite stapelst du den Brand.« Ihr gestreckter Finger wanderte über die niedrige Mauer aus braungrünen flachen Scheiten weiter nach links und deutete auf eine Bretterwand. »Und dahinter schläfst du. Ist ein feines Plätzchen. Na, sieh es dir an.«

Goldrun gehorchte und blickte in einen Verschlag, viel schmaler noch als die anderen in der Halle. Er war vollgestopft mit Körben und Lumpen. »Ist … ist sehr eng.«

»Was hast du denn erwartet?« In zwei Schritten war die Oberin neben ihr. Beim Anblick des Gerümpels bogen sich Kopf und Rücken langsam nach hinten. »Diese Weiber!« Mit Fauchen schnellte der Körper wieder nach vorn, die Hände packten zu. »Na wartet, wenn ihr von der Arbeit nach Hause kommt.« Wie von einem Wirbelwind getrieben flogen alte Röcke, Lappen und Körbe in den Mittelgang. »Wer mit Tieren umgeht, muss Ordnung halten können. Merk dir das gleich, Mädchen.« Wenig später war der Verschlag, bis auf einige verstaubte Kissen und Decken ausgeräumt. »So, Kind«, Tarcal steckte den verrutschten Haarwulst auf ihrem Kopf zurecht. »Nun hast du Platz. Für heute gebe ich dir frei. Da vorn liegen Bürsten. Reinige den Filzteppich und richte dir eine Schlafstelle ein.« Die Oberin wollte gehen, hielt aber gleich inne. »Lumpen und Körbe lässt du hier draußen liegen. Darüber habe ich mit den Mägden noch ein Wort zu reden. Nun muss ich zur Nordweide.« Sie war unterwegs. »Der Zaun ist an einer Stelle gebrochen.« Mit großen Schritten eilte sie durch den Mittelgang davon.

Das Herz schlug hinauf, wirbelte die Gedanken schmerzhaft durcheinander: Der große fremde Raum, das unheimliche Halbdunkel, der beißende Geruch … »Nein!«

Auf dem Weg an der Feuerstelle vorbei stockte die Oberin und blickte zurück. »Was ist mit dir?«

»Ich … ich …« Goldrun ließ die Schultern sinken, ihre Unterlippe zitterte. »Es ist doch niemand hier.« Sie verkrampfte die Hände vor der Brust. »Ich fürchte mich. Verzeih.«

Die hagere Gestalt kehrte um und kam langsam auf das Mädchen zu. Mit jedem Schritt wurde der Blick in den grauhellen Augen wärmer. »Kleines Ding. Hätte dran denken müssen. Nein, nein, hör auf zu zittern.« Ruhig streckte Tarcal ihr den Arm hin. »Nimm meine Hand. Ich weiß, wo wir jetzt hingehen.«

Goldrun zögerte, schließlich tastete sie nach den dürren Fingern und hielt sich an ihnen fest.

Ohne Eile führte die neue Herrin sie aus dem Schlafhaus und überquerte mit ihr den nebeligen Hofplatz. Ein flaches Gebäude tauchte im Dunst auf. Weit stand das Dach über, vorn nur gestützt von Balken. »Hier versorgen wir unsere kranken Pferde.« Unter dem Wetterschutz ging die Oberin durch eine offene Tür. Im Stall roch es warm nach Urin und Schweiß, vermischt mit Duft von Heu. »Zurzeit pflegen wir eine Stute. Sie hat sich an der linken Hinterfessel verletzt. Das Fohlen musste bei ihr bleiben.« Tarcal griff nach zwei Futtereimern. Ehe sie und das Mädchen den geräumigen Verschlag erreicht hatten, erschien der lange Kopf mit der Bürstenmähne über dem halbhohen Gatter, die Ohren aufgestellt, wieherte die Stute. In weichem Ton antwortete Tarcal: »Nein, nein, von mir gibt es jetzt keinen Leckerbissen.« Sie strich über die Nüstern und kraulte im Fell. »Besuch hab ich dir und deiner Tochter mitgebracht.« Die Oberin neigte sich zu Goldrun. »Fürchtest du dich?«

»Pferde hab ich gern.«

»Dann nimm die Eimer. Da sind getrocknete Disteln mit etwas Honig für die Alte und hier drin sind Körner fürs Fohlen. Gib das Futter in den Trog. Sie nehmen sich schon, was ihnen schmeckt. Wenn du ganz behutsam bist, wirst du dich bald mit den beiden anfreunden. Traust du dir das zu?«

Goldrun lächelte.

»Gut. Später hole ich dich ab.« Während Tarcal mit der einen Hand weiter die Stute koste, schlüpfte das Mädchen in die Krankenstube.

Das Fohlen versteckte sich hinter dem Bauch der Mutter. Goldrun sah nicht zu den Tieren hin und ging ruhig über den weichen Strohboden zur rechten Seitenwand. Ohne Hast bereitete sie ihnen das köstliche Mahl in der Futterkrippe. Wärme stieg ihr den Rücken hinauf. Hier ist es wie bei uns zu Hause, dachte sie, nur hatten bei uns die Pferde nicht so viel Platz. Wenn sie Kummer hatte, war sie oft in den Stall gegangen. Sie blickte zum Gatter und wollte sich bedanken, doch die Oberin war verschwunden.

Kein neuer Schreck, ruhig klopfte das Herz weiter. »Ich heiße Goldrun«, stellte sich die Besucherin leise vor. Die Stute bewegte sich nicht, hörte nur aufmerksam dem Klang der Stimme zu. »Vom Rhein stamme ich. Bei uns sind die Pferde größer und schöner … Nein, das wollt ich nicht sagen. Ihr seid nur anders schön.« Das Fohlen schob den Kopf aus dem Schutz des mächtigen Hinterns seiner Mutter und blinzelte neugierig herüber.

»Kommt nur.« Goldrun wies einladend auf den Trog. »Hier gibt's gutes Fressen.« Sie zog sich bis an die Rückwand des Stalls zurück.

Ein kurzes Schnauben der Alten. Das Töchterchen nickte eifrig und stelzte auf dünnen Beinen zu der Leckerei. Die Mutter folgte ihm. Noch ein prüfender Seitenblick, dann hörte Goldrun nur noch das Mahlen der Kiefer.

Sie setzte sich ins Stroh, umschlang ihre Knie und betrachtete versonnen die Tiere. Der Geruch weckte Bilder, die Geräusche malten sie aus. Goldrun schloss die Augen. Vielleicht kommt der Vater gleich, dachte sie nach einer Weile, er kommt hier rein und lächelt mich an. ›Schönste Dame meines Herzens.‹ Ja, das hat er wirklich zu mir gesagt. Auch wenn er mich hier hocken sieht, würde er es bestimmt sagen. ›Schönste Dame …‹ Sie seufzte. Nein, Vater kommt nicht mehr, das weiß ich. Und Mutter und Giselher? Der Arme, hoffentlich kann er mit dem halben Ohr noch hören. Ob sie mich schon vergessen haben? Nein, ganz bestimmt nicht. Aber helfen können sie nicht, viel zu weit weg bin ich von zu Hause.

Goldrun spürte warmen Atem auf ihrer Stirn. Sie blickte hoch und sah in die Nüstern des Fohlenmädchens. Gleich senkte sie die Lider, blinzelte nur durch den Vorhang der Wimpern. Die Kleine stupste mit dem weichen Nasenrücken gegen ihre Schulter, schnupperte an der Mütze, an den Armen. Goldrun rührte sich nicht. Endlich war die Prüfung abgeschlossen. Das Fohlen knickte mit den dünnen Vorderbeinen ein, sank neben ihr nieder und legte sich ins Stroh. Behutsam streckte Goldrun die Hand aus. Weich war das Fell. Gut, dass du bei mir bist, dachte sie, so fühl ich mich nicht so allein.

Hochzeit in Konstantinopel! Die Hauptstadt des Ostreiches hatte sich in wehende bunte Tücher gekleidet. Fanfaren jubelten. Vor dem Palast flatterten unzählige Tauben auf und stiegen in den durchsichtigen Oktoberhimmel. Über den Kirchenkuppeln und Badehäusern, den Theatern und Plätzen zogen sie weite weiße Kreise ins Himmelsblau, bis sie nach einer Weile wie Federpfeile die Türme der mächtigen Stadtmauer überflügelten und im Gleißen des Sonnenlichtes davonstoben. Man schrieb das Jahr 437.

»*Hosianna!* Hoch lebe das Paar!«

Arm und Reich säumten die Straßen. Welch ein Hochzeitszug, welch eine Pracht. Am Forum angelangt, bestieg die glanzvolle Gesellschaft das mit Seidenteppichen ausgelegte Podest und zeigte sich dem Volk. Umgeben vom Hofstaat ließen sich Theodosius II. und seine Gemahlin Aëlia Eudocia in die Purpursessel sinken. Unmerklich zog der Kaiser den Kopf ein, als hinter ihm seine drei frommen Schwestern Arcadia, Marina und Pulcheria in schlicht strenger Kleidung wie mahnende Sittenwächterinnen Aufstellung nahmen. Gleich entspannte sich aber die Miene des Herrschers wieder, weil sich zu seiner Linken die Regentin des Westreiches niederließ.

Galla Placidia lächelte; zum ersten Mal seit langer Zeit glätteten sich die scharfen Sorgenfalten ihres Gesichtes, und für Augenblicke erblühte sie wieder in strahlender Schönheit. Um an die höchste Macht zu gelangen, hatte sie rücksichtslos ihre Reize und ihre Leidenschaft eingesetzt. Doch diese Waffen waren mit dem Alter längst stumpf geworden, und jahrelange Kämpfe und Intrigen am Hof zu Ravenna hatten in ihrem Antlitz Spuren hinterlassen. Nie war das Leben heiter und leicht für sie gewesen. Als junge Frau war sie von den Goten als Geisel von Land zu Land verschleppt worden. Zwei furchtbare Ehen lagen hinter ihr, sie endeten mit Mord und Erniedrigung. Nur die lebenshungrige, flatterhafte Tochter Honoria und der schwächliche Valentinian waren ihr geblieben. Mit fünf Jahren wurde der Junge zum Caesar ausgerufen. Für ihn hatte Galla Placidia die Herrschaftszügel an sich gerissen und den Thron gegen die ebenso nach Macht gierenden Feldherren verteidigt.

Heute aber lächelte Galla Placidia! Auf der Stufe unter ihr standen die frisch Vermählten. Licinia Eudoxia, die fünfzehnjährige Tochter des oströmischen Kaisers trug einen Traum aus weißer und blauer Seide. So sehr sich die Schneider auch bemüht hatten, an Eudoxias Jugend verblasste selbst dieses Gewand. Neben ihr bemühte sich der achtzehnjährige Kaiser des Westreiches um eine würdige Haltung. Brokat, Goldkette und Lorbeer halfen Valentinian III. nicht. Kein Schmuck konnte über die klägliche Gestalt hinwegtäuschen, kein Lachen des Mundes die Verschlagenheit aus seinem Blick lösen.

»Hoch!! Hoch lebe das Paar!«

Galla Placidia berührte die Hand der Brautmutter. »Das lang ersehnte Ziel ist erreicht. In unsern Kindern sind sich West- und Ostrom wieder näher gekommen.«

»Dein Sohn, liebste Placidia? Wird er meine Tochter auch wirklich in Ehren halten? Die Gerüchte über ihn beunruhigen mich zutiefst.«

»Sei unbesorgt.« Jäh veränderte sich die Miene der Römerin. »Ich werde weiterhin die Regentschaft in seinem Namen führen. Außerdem habe ich Zugang zu allen Gemächern. Glaube mir, Valentinian bleibt nicht unbeobachtet. Deiner Tochter wird es gut ergehen.«

»Danke, Liebste.« Die Brautmutter hob und senkte den Busen. »Nun darf ich getrost mein Versprechen einlösen.« Sie strich über das feingearbeitete Goldkreuz an ihrem Gewand. »Vor vielen Jahren tat ich vor Gott ein Gelübde: Wenn ich die Hochzeit meines Kindes noch erleben darf, so will ich eine Wallfahrt nach Jerusalem unternehmen.«

»Der Zeitpunkt ist gut gewählt. Frieden herrscht in unseren Grenzen …«

Fanfarenklänge eröffneten die Belustigungen. Gaukler hüpften und tollten zur Tribüne, Spielleute ließen Schellen und Trommeln wirbeln. In den Straßen wurde Wein ausgeschenkt. Konstantinopel begann sich zu drehen, schneller und schneller, die bunten Tücher flatterten. »Hoch lebe das Paar!« Selig trunken tanzte das Volk in den Abend.

Der Winter kam früh und hielt das Land an der unteren Donau noch bis in den März des Jahres 438 mit seiner frostigen Faust umklammert. Von Woche zu Woche verdüsterten sich die Mienen der hunnischen Stammesfürsten. Die Futtervorräte für Pferde, Rinder und Schafe gingen zur Neige. Endlich begann unter der strahlenden Frühlingssonne das Eis auf den Seen zu singen, dann unvermittelt entstanden große Risse. An den Flussrändern brachen Schollen los, trieben mit der Strömung und zersplitterten krachend aneinander. Die Erde öffnete sich der Wärme. Mit Macht verdrängte das frische Grün die Farben des Winters. Bald grasten wieder die Herden auf den Weiden.

»Dank! Dank!« Ajarbas, der oberste Schamane des hunnischen Ostreiches, hüpfte um das lodernde Opferfeuer. »Lob und Preis sei den guten Wesen der Lüfte!« Er war nicht allein Hoher Priester und befähigt, das Vergangene und Zukünftige aus dem Orakel zu lesen, sondern auch der Oheim Attilas. »Dank! Dank!« Das Hungersterben des Viehs war ausgeblieben.

Nahe dem Königsordu hockte ein Hirtenjunge auf einem großen Stein. Hin und wieder gähnte er oder dehnte den Rücken. Um ihn herum fraßen und kauten die Rinder. Nur zäh verrann die Zeit. Gegen Mittag schreckte ihn jammervolles Brüllen aus der Langeweile. Er stellte sich auf, beschattete die Augen und sah prüfend über die vielen grauschmutzigen Leiber. Keine Unruhe konnte er ausmachen. Nach wie vor standen seine Schutzbefohlenen da; den Blick nach innen gerichtet, kauten sie und kauten.

Die durchdringenden Klageschreie aber ertönten weiter. Mit einem weiten Satz sprang der Junge vom Stein hinunter. Den Stecken in der Faust ging er mitten durch die Herde. Das Brüllen wurde stärker. Am Rande der Weide, etwas abseits von den Kühen, entdeckte er ein Kalb. Es starrte ihn an! Es schrie, ohne das Maul zu öffnen! Weiß war sein Fell. Am linken Vorderlauf aber leuchtete frisches rotes Blut.

»Du bist verletzt?« Langsam ging der Hirtenjunge auf das fremde Tier zu. Das Klagen brach ab. »Nun zeig her.« Eine Wunde klaffte über der Klaue, beim näheren Hinsehen stellte er fest, dass ein scharfer Schnitt auch die Hornschicht gespaltet hatte. »Nicht schlimm. Bist wohl in irgendwas reingetreten.« Er löste seinen Hüftstrick und wickelte ihn um die verletzte Klaue. »Das heilt schon wieder.« Jäh krauste sich die Stirn. »Wo kommst du überhaupt her? So schöne weiße Kinder kriegen meine Kühe nicht.«

Eine Blutspur führte von der Weide weg zu den hohen Felsbrocken hinüber. »Wieso? Da wächst doch gar kein Gras?« Gründlich zog der Junge die Nase hoch und folgte der Fährte. Immer wieder bückte er sich. Die Blutstropfen ließen sich wie Beeren aufsammeln. Erst wenn er sie zwischen den Fingerkuppen zerdrückte, verschmierten sie seine Hand. »Komisch ist es schon.« Die Spur lockte ihn zum Fuß eines der Felsriesen. Fast hatte er das zerklüftete Gestein erreicht, da bemerkte er, halb versteckt von dornigem Gestrüpp, einen Höhleneingang. Für einen ausgewachsenen Mann war die Öffnung zu niedrig, für eine Kuh zu schmal. Ein Kalb oder ein Junge aber konnte bequem hindurchgehen. Der Tapfere fasste den Stecken fester. Nach wenigen Schritten in der Düsternis musste er nach rechts und bald schon wieder nach links abbiegen. Mildes Tageslicht empfing ihn am Ende des kurzen Gangs. Langsam trat er ins Freie und rieb sich die Augen.

Rundum ragten glatte Felswände auf. Von weit oben blickte das Blau des Himmels auf ihn herab. »Weiß nicht ...« Der Hirtenjunge senkte den Kopf. Saftiges Gras bedeckte den Boden. Der Blutstropfen-Pfad führte mitten hinein.

Um das Herz zu übertönen, pfiff er laut vor sich hin. Doch lauter noch schlug das Echo nach ihm, es schmerzte in den Ohren. »Nein, ich fürchte mich nicht!«, flüsterte er und ging zitternd weiter. Mit einem Mal stockte er. Direkt vor ihm blinkte eine breite Klinge, ragte in Armeslänge senkrecht aus den Grashalmen, an der scharfen Spitze klebten rote Perlen.

»Daran hat sich das Kalb verletzt.« Der Junge berührte das Metall; so glatt war es geschmiedet; vielleicht...? Schon witterte er ein gutes Tauschgeschäft, und der Mut kehrte zurück. Er riss das Gras um seinen Fund weg, grub mit den Fingern, dem Messer und dem

Stecken; die Erde war sonderbar weich, sie wehrte sich nicht und gab beinah freiwillig den Schatz her.

»Ein Schwert«, flüsterte der Finder und sah sich hastig um. Niemand war da, dem es gehörte, der es ihm wegnehmen wollte. Geduckt huschte der Junge davon.

Erst draußen vor der Felshöhle säuberte er mit seinem Kittel den Griff, Silber und Gold schimmerten; er rieb an dem Blatt, sonderbare Zeichen kamen zum Vorschein. »Ich bin reich!« Lachend schulterte er das Schwert und lief zur Weide zurück. Das Kalb war verschwunden! Dort wo er das Tier versorgt hatte, lag nur noch sein Hüftstrick. Jetzt erst fiel ihm auf, dass auch von der Blutspur nichts mehr zu sehen war. »Ach, ist mir gleich.«

Am Abend brachte er seinen Schatz nach Hause in die elterliche Jurte. Immer wieder ließ sich der Vater genau den Hergang berichten, schließlich wog er die Waffe nachdenklich in der Hand. »Ein weißes Kalb hast du gesehen und dann war es nicht mehr da? Das Blut perlte …? Bei den großen Dämonen! Mein Sohn, vielleicht warst du in der Wohnhalle von Geistwesen und hast ihnen ihr Schwert gestohlen.«

Die Nachbarn wurden zu Rate gezogen. Einige meinten, solch ein Fund bringe Unglück. Ein alter verwirrter Mann hob den Finger: »Früher! Früher gab es ein Schwert …« Während seine Lippen sich weiterbewegten, versank die Stimme und stieg erst nach einer Weile wieder auf. »… Es gehörte …« Erneut verstanden die Umstehenden nichts mehr, bis der Alte nickte und schloss: »… vor langer Zeit ist es verschwunden.« Die Bedenken wucherten, schließlich waren sich alle einig, das Schwert zum großen Schamanen in den Königsordu zu bringen.

Ajarbas erstarrte beim Anblick der Waffe. Die lederne Haut seines Gesichtes verlor an Farbe. In kurzen Stößen blies er den Atem aus. Dabei blähte sich immer wieder aufs Neue die Oberlippe; nichts sonst regte sich an der ausgezehrten Gestalt.

Voller Angst beobachteten Vater und Sohn den Hohen Priester. Sie hatten ihren Fund auf eine Truhe legen müssen. Und dort stand Ajarbas, Hals und Kopf vorgereckt, die langgliedrigen Spinnenfinger verharrten gekrümmt über den eingeritzten Zeichen des Schwertblattes. Endlich löste sich der Bann, die Schultern sanken, beide Hände berührten die Inschrift, dann hob der Oheim Attilas das Schwert wie ein Heiligtum an.

»Es gehört nicht euch.« Zweimal pulste rasch seine Oberlippe, ehe er heiser fortfuhr: »Es musste ungezählte Winter verschollen bleiben. Weil niemand würdig genug war es zu tragen. Doch jetzt...« In eckigen Schritten verließ er die Eingangshalle. Über die Schulter forderte er: »Folgt mir.«

Im Audienzsaal verhandelte Attila mit einer römischen Gesandtschaft. Fackeln loderten rechts und links seines Stuhles. Beim Eindringen des Oheims runzelte er verärgert die Stirn. Doch der Schamane ließ sich nicht zurückweisen. Ohne Zögern trat er vor den König hin und legte ihm das Schwert auf die Knie. »Nimm es. Nie wird dein Arm erlahmen, nie wird ein Gegner dich besiegen, solange du dieses Schwert führst.«

Attila sah den Schamanen fragend an, der aber ließ den Hirtenjungen erzählen. Als die helle junge Stimme schwieg, setzte Ajarbas hinzu: »Dieses Schwert ist vor langer Zeit dem Kriegsgott geweiht worden, ihm, den die Römer Mars nennen. Niemand wusste, wo es verborgen war. Doch stets flüsterten Gewässer und Lüfte, dass es wieder auftauchen und dann dem Herrscher der Hunnenvölker gebracht würde.«

Mit kurzem Seitenblick streift Attila die Gesichter seiner Besucher, dann stahl sich ein Lächeln um die blutvollen Lippen. »Sonderbar. Hat die Vorsehung sich nicht geirrt, werter Oheim? Ich bin zwar Fürst der Ostgebiete, mein Bruder Bleda aber ist der Großkönig über alle Völker unseres Reiches.«

Der Schamane hob die Arme, legte beide Handballen auf seinem Kopf zusammen und ließ die Spinnenfinger wie Flammen züngeln. »Nur der Mensch irrt. Vertraue der Vorsehung. Sie brachte das Schwert dem wahren Herrscher der Hunnen.«

Attila wandte sich an die Gesandten Konstantinopels. »Manchmal verlässt sein Geist unsere Wirklichkeit und wandert auf Ebenen im Jenseits. Doch wir, verehrte Gäste, wir begnügen uns mit den Problemen des nüchternen Alltags. Messt also den Worten des Schamanen keine große Bedeutung bei.« Federnd erhob sich Attila, das Schwert blitzte auf. Mit einem einzigen Hieb köpfte er rechts und links seines Stuhles die Fackeln. Das ehrfürchtige Staunen der Gäste wartete er ab, dann sagte er leise: »Trotz dieser herrlichen Waffe zolle ich meinem Bruder und Großkönig Bleda allen Respekt, den er verdient.«

Goldrun wollte es allein wagen, wenn auch Oberin Tarcal meinte, zu zweit sei es bei einer unerfahrenen Stute einfacher. »So haben wir es immer gemacht.«

»Lass es mich wenigstens einmal auf meine Weise versuchen. Bitte. Ich weiß, was ich tue.«

»Zutrauen würde ich es dir. Also gut.« Ein Lächeln war über das hagere Gesicht geglitten. »Seit du hier bist, Mädchen, bereitest du mir viel Freude. Manchmal kann ich nicht glauben, dass du eine Burgunderin bist. Ich weiß einfach nicht, was die Pferde an dir finden. Aber da scheint etwas Besonderes in dir drin zu sein, was gleich auf die Tiere übergeht. Na, verstehen soll's ein anderer.«

Ruhig atmete die Dreizehnjährige, achtete darauf, dass der Holzeimer an ihrer linken Hand nicht zu sehr schwankte und ging drei Schritte weiter auf Mutter und Sohn zu. Die feuchtwarme Luft war schwer vom Geruch nach Erde und blühenden Kräutern. Vergessen war der Regen von gestern, von vorgestern und der ganzen letzten Woche. Heute zeigte sich der launische August von seiner Sonnenseite.

Goldrun vermied jeden Augenkontakt, während sie sich langsam der Stute und dem kleinen dreimonatigen Hengst näherte. Sie kam nicht als Fremde. Seit die beiden hier auf dieser allein der Aufzucht vorbehaltenen Weide mit den anderen Müttern und Kindern grasten, war ihnen Anblick und Stimme des Mädchens vertraut. Doch jetzt kam sie das erste Mal als Milchdiebin zu ihnen. Der lange schon satt getrunkene Sohn argwöhnte nichts und ließ sich durch Kosen und Kratzen zwischen den Ohren weglocken. Goldrun strich im Bogen langsam den Leib der Mutter bis zur

Flanke hinüber, sprach weiter und kauerte sich nieder. Den Eimer stellte sie vor sich ab. Mit jeder neuen Armbewegung veränderte, verengte sie die Halbkreise. Ihre Hand glitt unter den Bauch und näherte sich allmählich dem Euter, streichelte die prallgespannte Haut und dann rieben ihre Fingerkuppen eine der beiden Zitzen. Etwas verwundert wandte die Stute den Kopf. Goldrun unterbrach ihr zartes Spiel nicht. »Sorg dich nicht. Ich nehme nur ein bisschen. Für deinen Sohn hast du immer noch genug.« Sie verstärkte leicht den Druck. Das Tier ließ die Berührung zu, lauschte eine Weile dem Tonfall der Stimme, dann setzte es sogar die rechte Hinterhand etwas zurück und schaute nicht mehr hin.

Wie eine offene Spange legte Goldrun Zeigefinger und Daumen an den Euter, schloss sie langsam und zog sie über die Zitze abwärts. Ein Milchstrahl schoss hinaus. Die Diebin fing ihn mit ihrer linken Handmulde auf und schlürfte die warme Köstlichkeit. Auch nachdem sie geschluckt hatte, ließ sie Lippen und Zunge weiterschmatzen. Dabei nahmen Daumen und Zeigefinger den Rhythmus auf, und bald traf Strahl um Strahl in den mitgebrachten Eimer, weiß schäumte die Milch.

Ich wusste es, jubelte Goldrun stumm, ohne die Sauggeräusche zu unterbrechen, weil ich nicht befehle und das Kind von ihr wegzerre, mag sie mich und gibt mir auch freiwillig was ab.

Unvermittelt hörte sie ihren Namen rufen. Die helle Stimme tönte aus Richtung der Stallungen und Wohngebäuden, kam näher, wurde lauter. Jetzt erkannte Goldrun, wer nach ihr rief. »Nicht jetzt«, flüsterte sie, »Du störst mir die Mutter.«

Doch zu spät. Der Lärm, die hastige Bewegung auf der Weide genügten. Die Stute setzte ihre rechte Hinterhand vor, wandte sich ohne Hast von der Diebin ab, nur ein Schnauben, und der Sohn war neben ihr, so trabten beide von dannen, ehe sie einen Steinwurf entfernt wieder still standen.

»So ein Mist«, schimpfte Goldrun vor sich hin. Nur handbreit war der Boden des Eimers gefüllt.

»He, kannst ruhig klatschen, wenn hoher Besuch kommt!«, forderte Hildegund noch im Lauf. Sie trug einen lindgrünen Hemdkittel, dazu einen breiten Ledergürtel und blaue, an den Knöcheln gebundene Hosen. Ihre dicken Zöpfe wurden bei jedem Schritt hochgewippt, atemlos erreichte sie die Freundin und prustete. »Das tut gut! Endlich darf ich mich mal bewegen. Ach, ich könnte rennen … und ich würd gleich weiterrennen bis zum Rhein … und am liebsten …« Sie hielt inne. »Was machst du für ein Gesicht? Freust du dich nicht?«

»Doch, sicher. Nur wäre ich gern mit dem Melken erst fertig geworden.« Goldrun nahm den Milcheimer auf. »Aber komm. Mit unserm Geschnatter stören wir hier.«

Außerhalb des Weidezauns legten sich die Freundinnen ins Gras. Hildegund reckte ihr blasses Gesicht zur Sonne. »Du hast es gut, du darfst jeden Tag ins Freie, und ich?« Noch ein tiefes Luftholen, dann öffnete sich die Schleuse. »Ständig muss ich im Ordu der Königin hocken und blöde Blumen und Blätter in Leinenschals sticken oder Kissen ausschütteln … meine Mutter würde das nie glauben, aber ich bin tatsächlich eine richtige Dienerin geworden … und das auch noch bei diesen Hunnen. Aber eins muss ich sagen, die Königin ist eine feine Frau, weißt du. Na ja, den Großkönig mag ich nicht.« Ohne den Wortsprudel einzudämmen, senkte sie kurz die Stimme. »Unter uns, das ist ein eitler Kerl. Und Logade Basig? Seit ich weiß, dass er es mag, wenn ich vor ihm knickse und lächle, komm ich mit ihm gut zurecht.« Da einige Unterführer zu den Ställen reiten sollten, hatte der Hofmeister dem burgundischen Fräulein großzügig diesen Ausflug erlaubt. »Die Männer sind gleich weiter nach Norden auf die großen Koppeln. Sie zählen Wallache.«

»Warum?«, unterbrach Goldrun zum ersten Mal.

»Ich glaub, die Hunnen wollen bald in den Krieg ziehen. Habe so was gehört. Irgendwie freuen sich alle im Palast, dass König Geiserich mit seinen Vandalen in Afrika eine römische Stadt nach der anderen erobert. Aber mir kann's egal sein.« Hildegund setzte sich auf und zog den Hemdkittel straff. Ihre kleinen Brüste drückten sich durch den Stoff. »Was meinst du, sehe ich schon wie eine Frau aus?«

Völlig überrascht von der Frage starrte Goldrun die Freundin nur an.

»Nun sag schon.«

»Also mehr als ich hast du da vorne schon. Aber wenn ich so an meine Nachbarinnen im Wohnhaus denke. Ich sehe sie ja oft genug beim Waschen ... Also, da muss bei dir noch was wachsen.«

»Auf den Busen kommt es nicht an«, sagte Hildegund gekränkt. Sie rupfte ein Büschel Gras und schichtete zwei Häufchen auf ihre hochgestellten Knie.

Von der Seite schaute Goldrun ihr verwundert zu. Wenn Boten vom Palast hergeschickt wurden und die Freundin mitreiten durfte, wurde aus dem Tag stets ein Festtag. Die Mädchen hatten gelacht, geschwatzt und von daheim erzählt. Auf weiten Schwingen war dabei die Zeit mit ihnen davongeflogen. Heute aber war Hildegund verändert. Erst hatte sie, ohne Atem zu holen, geredet, und dann war sie mit einem Mal beleidigt, und jetzt sagte sie gar nichts mehr. »Hab ich dir wehgetan?« Goldrun rückte näher an die Freundin heran und berührte den Arm. »Warum bist du so ernst?«

Langsam drückte Hildegund ihre Knie zusammen und hügelte aus den zwei Grashäufchen ein größeres. »Ich bin verliebt.«

»O heilige Mutter!« Mit einem Ruck setzte sich Goldrun auf. »Woher weißt du das? Ich mein, in wen? Bist du sicher?«

»Walther. Und er hat's auch gesagt.«

»Wirklich?«

Hildegund berichtete von dem Gastmahl im Palast, zu dem auch beide burgundischen Geiseln geladen waren und sogar nebeneinander sitzen durften. »Und da hat er es mir leise zugeflüstert.«

»Was hat er gesagt? Sag's genau.«

Hildegund schloss die Augen. »›Tag und Nacht denke ich an dich. Wären wir in Freiheit, so würde ich um deine Hand bitten.‹« Sie öffnete die Lider und sah bedeutungsvoll auf ihre nackten Zehen vorn in den Sandalen. »Wir sind hier in dieser Einöde allein, verstehst du?«

Goldrun schüttelte den Kopf.

»Unsere Eltern können nicht mehr bestimmen, wen wir heiraten. Hier müssen wir selbst entscheiden. Und wenn Walther sagt, dass er mich liebt, muss ich jetzt möglichst schnell eine richtige Frau sein. Schließlich bin ich schon fünfzehn. Ich mein«, sie seufzte wichtig, »bei mir blutet es schon einmal im Monat, aber das genügt ja nicht, deswegen bin ich noch keine Frau ... Ach, ich wünschte meine Amme wäre auch hier, die könnte mir helfen.«

»Aber woran merkst du, dass du den Walther liebst?«

Hildegund blähte die Wangen und blies langsam den Atem aus. »Weiß ich auch nicht so genau. Versprochen hab ich es ihm jedenfalls schon mal. Und seit dem Essen denke ich jetzt ganz oft an ihn. Glaub mir, das macht mich völlig durcheinander ...«

»Ja, ganz schön aufregend«, nickte Goldrun verständnisvoll. »Bin nur froh, dass mir hier draußen so was nicht zustoßen kann.« Sie tunkte ihren Finger in den Milchbottich und lutschte ihn ab, nachdenklich ließ sie eine Zeit lang die Zungenspitze an der Fingerkuppe weiterspielen. »Und siehst du ihn oft?«

»Nein, und meistens ist ein Wächter in der Nähe. Er darf sich nur in den Gasträumen frei bewegen, und da darf ich nicht hin, weil ich ja im Haus der Königin wohne. Nur wenn Walther mal was im Hof zu tun hat – er muss ja auch Dienerarbeit machen, genau wie ich –, also, wenn er Wasser aus dem Brunnen holt, dann lauf ich manchmal zu ihm. Viel Zeit haben wir bis jetzt nicht gehabt. Neulich aber hat er gesagt, dass wir uns bald mal im Vorratshaus treffen sollten. So länger, weißt du. Er gibt mir noch Bescheid.«

Goldrun schüttelte den Kopf. »Liebe ist ganz schön mühevoll.«

Weit räkelte Hildegund die Arme zum Himmel und dehnte sich, sie atmete aus, legte die Handmulden unter die Brüste, und mit dem Einatmen schob sie die Wölbungen nach oben. Doch die Früchte ließen sich nicht vergrößern. »Egal!«

Unvermittelt wurde ihre Miene fröhlich, sie lachte und kniete sich vor Goldrun hin. Sie deutete in den Bottich. »Sei ehrlich, trinkst du das gerne?«

»O ja, besonders wenn die Stutenmilch noch warm ist.«

»Davon rede ich nicht. Ich mein, wenn sie gegoren ist?«

Sofort verzog Goldrun das Gesicht. »Ekelhaft. Am Anfang hab ich Oberin Tarcal mal gefragt, warum sie die gute Milch erst verderben lässt, bevor die Krüge in den Palast gebracht werden. Gegorene Stutenmilch, sagte sie, das ist ein besonderer Genuß. Unsere vornehmen Herren können nicht genug davon bekommen …«

»Ich weiß«, kicherte Hildegund, »weil sie ganz schön lustig davon werden. Ich hab's mal gesehen, genau wie die Männer bei uns, wenn sie Bier trinken.« Damit ließ sie die Finger durch die fette Milch quirlen, als leichter Schaum sich bildete, leckte sie ihn genüsslich von der Hand ab.

Drei kurze Hornsignale schallten von den Hofgebäuden herüber. Sofort sprang Hildegund auf. »Ich muss los. Die Unterführer warten nicht gerne. Wenn ich trödle, nehmen sie mich das nächste Mal nicht mehr mit.« Sie umarmte die Freundin und drückte ihr unvermittelt die vollen Lippen auf den Mund. »Küssen muss ich auch lernen, wegen der Liebe. Das üben wir beim nächsten Mal.« Sie war schon auf dem Weg und winkte, ohne sich umzuwenden.

Goldrun sah der Freundin nach. Wieso üben, dachte sie, das kann doch jeder. Oder geht das in der Liebe etwa auch anders? Seufzend griff sie nach dem Milcheimer und kehrte auf die Weide zurück.

Mutter und Sohn liefen nicht weg, als das Mädchen sich wieder näherte. Ehe Goldrun jedoch das schmatzende Geräusch nachahmte, um der Stute leichter die Milch zu rauben, kraulte sie Kopf und Hals des kleinen Hengstes. Kaum ließ er wohlig die Ohren sinken, drückte sie ihm einen innigen Kuss auf die weiche Nasenhaut. »Also üben muss ich das nicht. Oder was meinst du dazu, mein Kleiner?«

Juni 440. Dicht gebeugt lagen Kuriere über den Mähnen ihrer Pferde. Keine Rast. Nur Wechsel der Gäule und einige Schlucke Wasser, und schon sprangen sie wieder in den Sattel, galoppierten weiter. Schweiß- und staubverklebt brachten sie die Nachricht zum kaiserlichen Hof in Ravenna. »Der Vandalenkönig Geiserich bedroht Sizilien. Von Karthago aus kamen seine Truppen mit Schiffen übers Meer und sind bereits zu Tausenden auf der Insel gelandet.«

Gefahr! Gefahr für das römische Westreich. Galla Placidia ballte die Faust unter dem Kinn und schritt vor ihren Ratgebern im Thronsaal auf und ab. Ihr Sohn, Kaiser Valentinian III., lümmelte sich auf dem Purpurlager, gelangweilt stopfte er Weintrauben in sich hinein. Irgendwann bemerkte er die gespannte Stille um sich herum. »Mutter? Warum sorgst du dich um die Vandalen? Sizilien ist doch weit weg von hier.«

»Schweig!« Sofort bemühte sich die Regentin um einen gemäßigten Ton. »Mein Sohn und Kaiser, diese Angelegenheit erfordert scharfen Verstand und rasches Handeln. Ich will dich damit nicht belästigen. Bitte, geh in den Garten, genieße die Luft und ruh dich im Schatten aus.«

Die Augen des jungen Kaisers glitzerten leicht. »Einverstanden. Aber ich nehme mir eine Gespielin mit. Und du wirst nicht böse sein, wenn sie hin und wieder ein wenig weint oder gar schreit. Versprichst du mir das, Mutter?«

»Warum unterhältst du deine Gemahlin nicht mit etwas Gesang, anstatt eine junge Frau …?«

»Eudoxia ist schon wieder schwanger. Dieser dicker Bauch ekelt mich an.«

Galla Placidia hatte keine Zeit, mit ihm zu diskutieren. »Ich kann dir nichts vorschreiben, Sohn. Nur erfülle mir die Bitte und spiele nicht mit dem Messer an dem armen Wesen herum.«

Sie wartete, bis Valentinian den Saal verlassen hatte, dann warf sie sich in den Thronsessel. Einen Moment schloss die geplagte Mutter ihre Augen; als die Lider wieder aufschlugen, war sie nur noch Herrscherin, und Sorge um das Reich schwang in der Stimme mit. »Im letzten Oktober haben die Vandalen Karthago besetzt und damit dem Reich die lebenswichtigen Kornkammern genommen. Nun heißt es: Vandalen auf Sizilien! Ein kleiner Schritt noch, und sie fallen über unser Festland her. Plündern und morden. Wir müssen handeln. Sofort und schnell!« Die Befestigungsarbeiten an den Mauern von Rom und Neapel sollten vorangetrieben werden. Truppen mussten in Marsch gesetzt werden. »Wo ist Flavius Aëtius?«

Einer der Ratgeber trat vor: »Erhabene Herrscherin, der Magister Militum weilt in Gallien. Er befriedet das Land und siedelt germanische Stämme …«

»Wenn ich ihn benötige, ist er nicht hier. Was aber schwerer wiegt, mir fehlen Truppen, um die Vandalen-Gefahr zu bannen, mir fehlen die hunnischen Horden, weil nur Aëtius diese Barbaren mobilisieren kann.« Galla Placidia erhob sich. »Wir müssen den Schwiegervater meines Sohnes um Unterstützung bitten.«

Sie diktierte einen Brief an Kaiser Theodosius II. Und Eilstafetten brachten das Schreiben ins römische Ostreich an den Hof zu Konstantinopel.

Auf Anraten des Kanzlers Chrysaphius und mit der Erlaubnis seiner Schwester Pulcheria zögerte der schwache, doch stets freundliche Herrscher nicht. Die Hauptmacht der Truppen wurde im Hafen zusammengezogen. Bald schon blähte Wind die Segel. Am Bug der Kriegsschiffe schäumte Gischt. »Verjagt die Vandalen!«, hieß die Parole der riesigen Flotte. »Erst von Sizilien! Dann aus Karthago!«

Im August peitschten wieder Kuriere ihre Gäule, doch dieses Mal galoppierten sie aus Südosten nach Konstantinopel. Im Palast warfen sie sich dem Oberhofmeister Chrysaphius zu Füßen. »Perser! Die Perser sind in unsere Grenzgebiete eingedrungen. Sie haben die Provinz Armenien überfallen.« Voll Zorn über die schlechte Nachricht trat der Eunuch den beiden erschöpften Männern so lange gegen Kopf und Hals, bis sie ohnmächtig hinausgeschleift werden mussten. Leicht errötet nestelte er an einer verrutschten Falte seiner Tunika und eilte mit kleinen Schritten zu den Gemächern des Herrschers.

Kaiser Theodosius vernahm die Botschaft im Bade. »Ausgerechnet jetzt, wo wir unserer geliebten Galla Placidia in Sizilien beistehen. Wie ich hörte, ist König Geiserich wieder nach Karthago zurückgekehrt. Die Vandalengefahr ist gebannt. Doch unsere Schiffe warten dort unten immer noch auf günstigen Wind.« Während ihm zwei Dienerinnen die Füße trockneten, winkte er Chrysaphius näher. »Was soll ich tun?«

»Großmächtiger Kaiser. Alle noch vorhandenen Kräfte müssen sich den persischen Eindringlingen entgegenwerfen. Allein die unbedingt zur Verteidigung unserer Städte benötigten Truppen halten wir zurück.«

»Geh, mein Freund und lasse unsere siegreichen Legionäre marschieren. Nein, warte…« Theodosius senkte die Stimme. »Entscheide selbst, wann du Pulcheria unterrichtest. Bevor oder nachdem der Befehl ergangen ist.«

Klein waren die Pferde, zu groß ihre Köpfe, als Mähnen trugen sie nur einen struppigen, schmalgezogenen Bürstenstrich, jedoch ihre Ausdauer und Schnelligkeit waren gewaltig. Ob Steppengras, steinige Anstiege oder morastiger Boden, sie passten ohne Befehl ihre Gangart an. Jetzt wieherten sie mit dem übermütigen Geschrei ihrer Reiter, als weit entfernt in der endlosen Ebene die vielen Zeltkegel und der Palast auftauchten.

In knapp drei Tagen hatten die hunnischen Kundschafter die Strecke von der oströmischen Grenze an der Donau bis zur Königsstadt Bledas bewältigt. Die Hufe ihrer Gäule prasselten auf den Grasboden; folgte trockene Erde, wirbelten sie Staubfahnen hoch, um gleich wieder dumpf über das septembermüde Gras zu trommeln. Keine Zeit nahmen sich die Reiter, den Frauen und Kindern am Straßenrand zu winken, ihr Blick war fest auf den Königsordu gerichtet.

»Wir haben Nachrichten!« Ohne Zögern wurde ihnen das Tor geöffnet, sie sprangen ab und hasteten in die Empfangshalle. Erst vor ihrem Herrscher kamen die Männer zu Atem. Der Führer des Kundschaftertrupps trat einen Schritt vor, dann senkte er gemeinsam mit den Kameraden das Knie. »Großkönig, wir haben von unseren römischen Spitzeln wertvolle Neuigkeiten gekauft.« Nachdem der Mann berichtet hatte, schabte Bleda eine Weile die Kinnseiten mit leichter Kopfbewegung am Kragen seines golddurchwirkten Schultermantels. »Wie viel hast du den Spionen bezahlt?«

Der lauernde Unterton ließ den Kundschafter einen Schritt zurückweichen, jäh zitterten seine Lippen. »Zwanzig römische Silbermünzen. Mehr nicht, Herr.«

Bleda weidete sich eine Weile an der Furcht des Mannes, dann, unvermittelt, änderte sich die Miene, und er verschenkte sein Lächeln. »Für diese Nachricht hättest du getrost das Doppelte bezahlen können, mein Freund.«

Bleda schnippte Hofmeister Basig. »Lass ein Fest für die Kundschafter und ihre Familien ausrichten. Sie sollen sich an Fleisch satt essen. Außerdem erhält jeder dieser Tüchtigen einen Krug gegorene Stutenmilch. Gib den Befehl weiter und rufe sofort meine engsten Berater und die Stammesfürsten zu mir.«

Bleda selbst suchte seinen Schamanen auf.

Danach ließ ihn Unruhe nicht mehr stillstehen. Im Kreise der Vornehmsten und Adeligen wiegte er seinen Körper auf Fersen und Fußspitzen vor und zurück. »Das Knochenorakel hat mir Erfolg geweissagt. Großen Erfolg!« Genüsslich erläuterte er den Anwesenden, dass nicht nur die Heere Westroms, sondern jetzt auch die Legionen des Ostreiches an vielen Fronten gleichzeitig kämpfen mussten. »Und die römischen Gebiete an unseren Grenzen liegen mit einem Mal wie ungeschützte Weichteile eines Drachen vor uns. Freunde, seit Jahren habe ich auf diese Gelegenheit gewartet. Nun ist der Augenblick da, und wir nutzen ihn. Wir werden in den Römerleib hineinstechen und so viel Fleisch aus ihm herausreißen, dass wir die Beute kaum in unsre Zelte schaffen können.«

Während Beifall aufbrandete, tänzelte Bleda durch die Halle auf den Wandteppich zu. »Und ich werde meine Macht ausdehnen, auf dass die Kaiser Ost- und Westroms vor meinem Namen erzittern.«

Hofmeister Basig folgte dem König; ruckartig schleifte er das steife rechte Bein nach. Vor dem gewebten Bild hatte er den Herrscher eingeholt und deutete auf die kreisenden Adler hoch über der Landschaft. »Es sind zwei, mein König, die sich die Macht teilen, denke daran. Oder willst du Fürst Attila bei dem Kriegszug nicht an deiner Seite haben?«

Sofort bewölkte sich die Stirn. »Meinen Bruder? Diesen Kampf können meine Truppen allein gewinnen ...« Heftig schabte er die Kinnpartien, und als wäre es ihm eine lästige Pflicht, setzte er hinzu: »Ja, ja, er soll benachrichtigt werden. Aber ich kann nicht warten. Wir müssen die Gunst der Stunde nutzen und schnell handeln. Falls Attila sich mir anschließen will, so werde ich ihn nicht daran hindern ...«

Wer trägt die Schuld an einem Krieg? Wer hat den Ausbruch zu verantworten? Niemals der Angreifer selbst, er sorgt und sorgte immer schon dafür, dass der Grund bei dem Überfallenen zu suchen ist.

Geschickt fädelte Großkönig Bleda mit Hilfe seiner römischen Spione den Vorwand ein. Als Freunde flüsterten sie Anfang September dem Bischof der römischen Grenzstadt Margus ins Ohr: »Nur eine halbe Reitstunde von hier auf hunnischem Gebiet befinden sich einige Fürstengräber. Vornehme Barbaren sind dort mitsamt ihren Reichtümern begraben worden.«

Die christliche Gemeinde von Margus war arm. Seit langem schon bekümmerte den frommen Hirten die erbärmliche Ausschmückung seiner Kirche. »Dies ist ein Fingerzeig des Himmels«, sagte er sich und bestärkte eine Nacht lang sein Gewissen: »Es sind Heiden, die dort ruhen. Ungläubige Sünder. Wer weiß, wem sie das Silber und Gold geraubt haben? Es ist nur gottgefällig, wenn ich diese Schätze nehme und sie für einen christlichen Zweck einsetze.«

In der folgenden Nacht hüllte er sich in einen schwarzen Mantel, tauschte den Bischofshut gegen eine Fischermütze und ließ sich von den neuen Freunden heimlich über die Donau rudern. Am hunnischen Ufer führten sie ihn durch die Finsternis zu den Grabstätten. Im Schein einer Laterne griff der Bischof selbst zu Hacke und Schaufel. Bleich schimmerten die Knochen. Bald aber blinkten Edelsteine, Münzen und Perlen auf. »Großer Gott, ich danke dir für diese Gaben!« Der Hirte plünderte zwei Gräber und trug die Schätze überglücklich heim in seine Kirche.

Zwei Wochen später überfielen hunnische Horden einen Marktplatz unweit der römischen Grenzfestung Constantia und nahmen alle Händler gefangen.

»Das ist Vertragsbruch«, beschwerten sich die Gesandten Ostroms im Palast des Großkönigs, »beim Friedensschluss vor sieben Jahren ist freier Handel für beide Seiten vereinbart worden.«

Bleda tippte die Fingerkuppen leicht gegeneinander. »Das mag sein. Doch ihr Römer habt im vergangenen Monat die Ruhe unserer Toten gestört. Nicht genug, die Gräber sind geschändet und ausgeraubt worden.« Seine Stimme füllte sich mit Klage. »Unfasslich. Den Raub beging einer eurer christlichen Schamanen. Was lebt ihr doch in einer verderbten, rohen Welt! Nichts ist euch heilig, nicht einmal die Toten sind sicher vor eurer Habgier.« Bleda wischte mit dem Handrücken über seine Augen, und als hätte er damit einen neuen Vorhang geöffnet, schimmerte Eiseskälte in seinem Blick. »Wir verlangen die Auslieferung des Bischofs von Margus. Und zwar in drei Tagen. Solltet ihr die Frist untätig verstreichen lassen, werde ich mit meinen Truppen ins Grenzland jenseits der Donau einfallen und Vergeltung üben. Dann tragt ihr Römer allein Schuld und Verantwortung für diesen neuen Krieg.«

»Großmächtiger König!« Einer der Gesandten drückte betroffen beide Hände gegen das Herz. »Drei Tage sind zu wenig. Allein die Oberen der Kirche können über eine Auslieferung entscheiden, und das braucht Zeit. Gebt uns mehr als nur diese kleine Frist.«

Bleda ließ wieder seine Fingerkuppen spielen. »Werte Herren, vergeudet nicht mit zwecklosem Bitten euren Atem. Ihr kennt meine Bedingungen, also handelt danach.«

Beim ersten Grauen des dritten Tages glitten zahllose Boote über die Donau. Kein Lärm. Wie Schemen aus dem Reich der Toten gingen Pferde und Reiter am römischen Ufer an Land. Rasch verloren sich ihre Konturen im Dunst.

Stunden später wuchs eine riesige Sonne aus dem östlichen Horizont und legte ein rot glühendes Band auf die Wellen des Flusses.

Nichts hatten die Gesandten in der Eile ausrichten können. Die Forderungen des Großkönigs waren unerfüllt geblieben. Höchste Alarmbereitschaft herrschte bei den Posten auf der Stadtmauer von Margus. Doch kein Späher meldete eine verdächtige Bewegung.

Weitab von der drohenden Gefahr, zwei Reitstunden östlich, räkelten sich in Viminacium die ersten Frühaufsteher. Ein strahlender Oktobermorgen war angebrochen. Die Wächter öffneten die Stadttore. Handwerker traten aus den Türen ihrer Werkstatt. »Es wird ein schöner Tag!«, grüßten sie zum Nachbarn hinüber und breiteten auf niedrigen Tischen ihre Waren aus.

Ein fremdes Geräusch? Verwundert wandten einige Bürger den Kopf und horchten. Dumpfes Summen, es näherte sich aus der Ferne, jetzt war es schon ein Brausen, und näher, immer näher kam es der Stadt. Für Schutzmaßnahmen oder Gegenwehr blieb keine Zeit. Geheul und Pfiffe lärmten bereits an den Toren. »Hunnen!« Der Warnschrei gellte durch Gassen und über Plätze. »Die Hunnen kommen!« Schon setzte todbringender Pfeilhagel ein. Auf den Straßen taumelten und stürzten die Getroffenen. Brandgeschosse zischten über die Mauern. Erste Dächer gingen in Flammen auf. Rauch trieb die Menschen aus den Häusern, kopflos rannten sie, stolperten … Dann drangen die Horden durch alle Tore in die Stadt.

Wie Vieh trieben sie Frauen, Kinder und Männer vor sich her; wer wagte zu fliehen, wurde mit dem Wurfseil eingefangen und hinter dem Gaul mitgeschleift. Auf dem Marktplatz zusammengepfercht, klammerten sich die Bürger eng aneinander. Ihr Bitten und Flehen wurde vom Befehl des obersten Heerführers übertönt. Sofort postierten sich Reiter im weiten Kreis um die Verzweifelten. Erneut bellte ein Kommando über das Jammern. Bogen sprangen in die Fäuste, Pfeile schnellten von den Sehnen. Nach und nach verstummte das Schreien. Als kein Laut mehr zu hören war, glitten die Furchtbaren aus den Sätteln und begutachteten mit gezückten Klingen ihr Werk. Regte sich noch ein Körper, so traf ihn das blanke Eisen.

Gegen Mittag war das Leben in Viminacium erloschen.

Der Heerführer ließ Keve und seinen Beutetrupp rufen. Die Männer schwärmten aus, plünderten jedes Gebäude und luden die Schätze auf Karren der Erschlagenen.

In einem Patrizierhaus entdeckte Keve eine Truhe randvoll mit Münzen. Verstohlen blickte er sich um, und da niemand in der Nähe war, füllte er rasch seine Taschen. »Da kann sich meine Mela endlich Stoff für das schöne Kleid kaufen«, brummte er, nach kurzem Überlegen steckte er noch eine Hand voll der blinkenden Stücke ein. »Und für mein Goldfohlen soll sie auch was Feines nähen.« Jetzt erst meldete er lautstark den Kameraden seinen wertvollen Fund.

Im späten Nachmittag zogen die hunnischen Truppen beuteschwer von dannen. Hinter ihnen brannte Viminacium. Flammen loderten, Qualmwolken schwärzten den Oktoberhimmel. Und schmutzig rot schwappten die Wellen der Donau im Licht der Abendsonne.

Großkönig Bleda empfing keine Gesandtschaft mehr aus Konstantinopel, das Kriegsgeschäft erblühte, brachte ihm reiche Ernte, für Verhandlungen sah der kühl rechnende Hunne noch keine Notwendigkeit. Seine wilden Horden fraßen Stadt um Stadt entlang der Grenze. Im Frühjahr 441 endlich bedrohten sie das stark befestigte Margus.

Weil der Bischof durch seinen Grabraub den Krieg verursacht hatte, fürchtete er die Rache der eigenen Leute mehr noch als den Zorn der Angreifer vor den Mauern. »Die Wege des Herrn sind unergründlich«, flüsterte der fromme Mann und schickte seinen Diakon mit einem Schreiben zum Feind hinaus. Die Antwort versprach ihm Leben und Sicherheit. In der folgenden Nacht ließ der Bischof heimlich die Stadttore öffnen, und wie ausgehungerte Wölfe fielen die Hunnen über Margus her. Sie mordeten nicht mehr wahllos, unterschieden zwischen brauchbarem und wertlosem Leben. So gerieten Handwerker in Gefangenschaft. Schriftgelehrte und Philosophen, Lehrer, Künstler und Priester aber starben durch Schwerthiebe, wurden ersäuft oder zur Belustigung aufgehängt und als Zielscheibe benützt.

Fauchen und Zischen, Wasser verdampfte auf dem mit Steinen gefüllten Rost über der Feuerstelle. Die Sklavin schob noch ein Scheit aus gepresstem Dung in die Glut und verließ die Badestube.

Onegesius, der Berater Attilas, hatte den Herrscher über das hunnische Ostreich zum Schwitzbad in sein Haus nahe dem Königsordu eingeladen. Seit einer Weile schon saßen die Männer nackt nebeneinander auf der Holzbank und schwiegen. Zwei ungleiche Gestalten: Der Grieche hager, weißhäutig, feingliedrig waren Arme und Beine. Der Hunnenfürst gedrungen, stiernackig, dunkler die Haut, zwischen den breitgestellten Schenkeln hing prall und schwer seine Männlichkeit. Beiden perlte Schweiß aus den Poren, in Bächen rann er über Muskeln und durch Körpernischen nach unten, das Haar klebte an Kopf und Nacken.

Onegesius blähte die Nasenflügel, wandte den Kopf zur Seite, doch das Unbehagen blieb. Die scharfe Ausdünstung seines Nachbarn beengte den Atem. Schließlich rief er mit kurzem Händeklatschen eine seiner Bade-Sklavinnen wieder herein. »Mische Rosen- und Pfefferminzöle ins Wasser, ehe du den nächsten Guss auf die Steine gibst.«

Attila rieb sich vergnügt die Oberschenkel. »Ach, mein Freund mit der empfindlichen Nase. Stinke ich dir zu sehr?«

»Aber nein. Die Öle sind als Balsam für das Leibesinnere gedacht. Nie würde ich …«

»Gib es getrost zu. Reinlichkeit scheint für dich eine der wichtigsten Tugenden zu sein. Selbst die beiden ohnehin schon sauberen burgundischen Sklavinnen müssen sich auf deine Anordnung hin täglich unter dem strengen Blick ihrer Leiterin Fulla waschen, ehe sie dir dienen dürfen.« Spott spielte um die vollen Lippen.

»Du ahnst ja nicht, welche Lust der Geruch eines schwitzenden Weibes hervorruft. Oder welches Wohlbehagen für die Nase ein abgekämpftes Pferd bereitet nach stundenlangem Ritt.«

»Mein König, zwischen Stall und Palast gibt es einen Unterschied«, zahlte Onegesius in mildem Ton zurück. »Du hast zwar einige Jahre in Rom verbracht, jedoch die wirkliche Lebensart scheint spurlos an dir vorübergegangen zu sein.« Der Ratgeber schüttelte den Kopf. »Freundschaft, Vertrauen und Macht hast du mir gegeben. Nichts entbehre ich an deinem Hof, bis auf eines: Als Ersatz für diese armselige Stube sehne ich mich nach einem aus Stein gemauerten, großzügigen Badehaus. Aus Marmor alle Böden und Stufen, kunstvolle Mosaike sollen die Wände zieren. Je ein Becken für heißes, laues oder kaltes Wasser. Neben dem Schwitzbad möchte ich Ruhe- und Leseräume haben. Es soll ...«

»Genug!« Attila wühlte die Finger ins nasse schwarze Haar. »Es sind zwei verschiedene Welten, von denen du sprichst.«

»Ich weiß, doch wird es nur Fortschritt für dein Volk geben, wenn einiges vom Guten und Erstrebenswerten der anderen Welt in die deine Einzug finden darf.«

»Ich hasse verweichlichte Männer. Mir sind verwöhnte, prunkliebende Frauen ein Gräuel.«

»So?« Onegesius blies einige Schweißtropfen von der Oberlippe und hob die Brauen. »Dann begreife ich nicht, warum du deine Gemahlin mit Seidenstoffen, Schmuck und Perlen überhäufst. Ich kenne keine Dame im Römischen Reich, auch keine deiner Nebenfrauen, die teurer gekleidet ist als Großkönigin Kreka.«

»Getroffen!« Attila schlug die flache Hand gegen seine Brust. »Mein kluger Freund, allein dir ist es erlaubt, solche Kritik an mir zu üben. Doch Schluss damit.«

Die Burgunderin kam in die Badestube und schüttete einen Wasserschwall auf die Steine. Mit dem Dampf breitete sich Geruch nach Süße und Sommer aus. Tief atmete Onegesius ein. »Leugne es nicht, mein König. Auch dir ist der Unterschied zwischen Duft und Gestank nicht fremd.«

Jäh sprang Attila auf, heftig trat er mit dem Fuß gegen die

Bank. »Ich sagte, Schluss!« Gefährlich wölbten sich die Muskeln auf Brust und Rücken. Sein Blick brannte auf den Griechen nieder. Im Feuerschein verwandelte der Schweiß das breite Gesicht mit dem mächtigen Stirnwulst in eine graugelb glänzende Fratze. »Kränke nie meinen Stolz ...« Attila stieß den Atem aus; so rasch wie sie entstanden war, löste sich die Anspannung des Körpers. Er ließ sich zurück auf die Bank sinken und sagte nüchtern: »Mein Freund, nicht eitles Geplänkel, sondern die Nachrichten von den erfolgreichen Eroberungen meines Bruders sollten uns beunruhigen. Wie Trauben verschlingt er eine Römerstadt nach der anderen und wir gehen leer aus. Unsere Taktik scheint nicht aufzugehen.«

Onegesius hatte den aufwallenden Jähzorn seines Königs furchtlos, beinahe mit Gleichmut hingenommen, nun wischte er die Strähnen aus der hohen Stirn. »Es hätte uns viel Mühe erspart, wenn Kaiser Theodosius auf unsere Forderungen eingegangen wäre.«

»Dass die Römer mir seit Kriegsbeginn keinen Tribut mehr zahlen, ärgert mich.« Attila spuckte auf die Steine, der Speichel knisterte und vertrocknete. »Dass Theodosius mir aber die Abtrünnigen aus unserem Herrschergeschlecht und die anderen flüchtigen Adeligen nicht ausliefert, treibt mich in Wut.«

»Geduld, mein König«, mahnte Onegesius. »Dein Plan wird Wahrheit, sobald die Zeit gereift ist.«

»Feder um Feder habe ich meinem Bruder bereits aus den Schwingen gebrochen. Nur einer dieser Verräter an unserm Volk, die sich jetzt noch in Konstantinopel vor mir versteckt halten, nur einer von denen könnte noch Anspruch auf die Macht über alle Hunnen erheben.« Er ballte die Faust. »Ich muss sie vernichten. Und wenn die Römer sie mir nicht freiwillig ausliefern, so werde ich Gewalt anwenden.«

Onegesius nickte zögerlich. »Also doch Krieg? Du hast dich seit Monaten geweigert einzugreifen, weil dein Bruder der oberste Befehlshaber ist.«

»So ist es, nun aber werde ich mit Lust meine Heere seinem Kommando unterstellen. Ja, ich werde Gehorsam üben, sogar siegen für meinen Großkönig und Bruder, bis die Römer gezwungen sind, meine Forderungen zu erfüllen und ich den feinen Flüchtlingen gespitzte Pfähle als Ehrenplatz anbieten kann, ehe Aasvögel ihnen Augen und Herzen ausfressen.«

Königin Kreka ruhte halb sitzend auf ihrem Lager aus weichen Fellen. Pelzkissen stützten den Rücken. Sie hielt die beringten Finger im Schoß des grünen Seidengewandes verschränkt, wachsam und mit einem Anflug von Sorge blickte sie auf ihren jüngsten Sohn Ernak. Der Vierzehnjährige stand vor ihr, geballt die Hände, in seinen Augen schimmerten Tränen. »Warum?«, fragte er schon zum zweiten Male. »Warum hat Vater mir nicht erlaubt, mit in den Krieg zu ziehen?«

»Mein Junge, ich sagte dir doch schon: Er entscheidet, ohne meinen Rat einzuholen.«

Ernak rieb die Fäuste aneinander. »Und wenn Vater dich gefragt hätte, was hättest du ihm geraten?«

Lange schwieg die Mutter, verstohlen tauschte sie einen Blick mit der Burgunderin Fulla, ihrer ersten Zofe. Bald schon, nachdem die Sklavin an Attilas Hof gekommen war, hatte Kreka sie zu sich ins Haus genommen. Die kluge, besonnene Frau war inzwischen nicht nur Dienerin, sondern auch Herzensvertraute der Königin, überdies durfte sie weiter ihre Mitschwestern beraten und konnte ihnen durch Fürsprache bei der Herrscherin das schwere Los etwas erleichtern.

»Mutter? Gib Antwort«, forderte Ernak mit gepresster Stimme.

Kreka betrachtete die seidigen dunklen Locken, die sanften Gesichtszüge. »Ich hätte … Du bist mein spätgeborenes Kleinod, Ernak, mein schönster Spiegel. Deine beiden Brüder haben mehr von der Art deines Vaters. Außerdem sind Ellac und Dengizik ausgewachsene Männer, jetzt schon tapfere Heerführer. Mehr als zwölf Jahre trennen dich von ihnen.«

»Sag's doch endlich.«

Wieder suchte ihr Blick die Augen der Burgunderin. Fulla seufzte nur stumm.

»Nein, Ernak. Ich hätte deinem Vater verboten, dich mit auf den Feldzug zu nehmen.« Sofort streckte die Mutter die Hand nach ihm aus. »Komm, setz dich zu mir. Bitte.«

Der Sohn aber sah sie tief verwundet an, wandte sich ab und verließ mit gesenktem Kopf das Schlafgemach.

»Er ist doch so anders, so feinfühlend.« Kreka suchte Verständnis bei der Dienerin. »Außerdem fehlt ihm noch die nötige Härte. Sag mir, hätte ich ihn belügen sollen? Sagen, dass er mit meinem Segen hätte mitziehen dürfen?«

»Nein, Herrin«, Fulla lächelte leicht, »aber es ist gewiss schwer für ihn, hier bei uns Frauen zu sein, während der Vater und die Brüder einen Sieg nach dem anderen erringen.«

Die Königin erhob sich. Eine stattliche Erscheinung, graue Strähnen schimmerten im hochgesteckten Haar. Eilig strebte sie zur Tür. Bei jedem ihrer Schritte knisterte und raschelte Seide, leise klingelten die kunstvoll aus Gold gehämmerten, vielblättrigen Ohrgehänge. Mit einem Mal zögerte Kreka. »Nein, von mir wird sich Ernak nicht trösten lassen. Nicht jetzt.« Sie kehrte um und sah ihre Zofe bittend an. »Könntest du nach dem Jungen sehen? Nur so beiläufig. Nicht, dass er sich wieder als Kind behandelt fühlt.«

»Ich habe schon verstanden.« Fulla zupfte und richtete einige Falten am Gewand ihrer Herrin. »Obwohl Fürsorge in diesem Alter den Stolz sehr schnell verletzen kann, wäre ich als Mutter sicher ebenso besorgt.«

»Du bist eine gute Freundin.«

Die Burgunderin fand Ernak nicht im Innenhof. Sie fragte am Tor nach ihm, und einer der Wächter zeigte hinauf zum südlichen Wehrturm des Palisadenzauns. Dort oben stand der junge Prinz, sein Blick war starr in die Ferne gerichtet, Wind zerzauste das lange Haar.

»O heilige Mutter, steh mir bei!« Bedenklich wiegte Fulla den Kopf.

»Mutter?«, fragte der Posten. »Welche Mutter soll dir helfen?«

»Sie ist unsichtbar und dennoch überall ...« Sie brach ab. »Ach, was erzähle ich dir da? Ich möchte nur, dass Mutter Maria mir hilft, nicht schwindlig zu werden.«

Damit ließ Fulla ihn stehen und schritt hoch erhobenen Hauptes zum Wehrturm hinüber. Mutig begann sie die Leiter zu erklimmen. Bei der zehnten Sprosse jedoch blickte sie zum ersten Mal nach unten, eine Faust grub sich langsam in ihren Magen, und schwer atmend kehrte sie zur sicheren Erde zurück. »Wäre auch nicht klug gewesen, ihn dort oben zu stören«, bestärkte sich Fulla und beschloss, am Brunnen zu warten.

Endlich verließ der Prinz den Ausguck. Er benutzte mit Händen und Füßen nur die glatten Leiterholme und ließ sich in einem eleganten Schwung hinuntergleiten. Die Burgunderin klatschte. »Von wem hast du das gelernt?«, rief sie voller Bewunderung.

Ernak sah sie an; weil Fulla ihm wie ein begeistertes junges Mädchen sogar eine Kusshand zuwarf, rang er sich schließlich ein schmales Lächeln ab und schlenderte zu ihr. »Machst du dich lustig über mich?«

»Aber nein. Auch wenn ich deine Mutter sein könnte, so darf ich mich dennoch über einen hübschen jungen Mann freuen.«

»Sag das nicht. Ich wäre lieber ...«

»Kein Wort mehr darüber, Ernak.« Fulla setzte sich auf den Brunnenrand. »Dein Vater liebt dich mehr als deine Brüder und weiß genau, was gut für dich ist.« Mit energischem Ruck straffte sie den Stoff über ihren Busen. »Er hat bestimmt, dass du an diesem Feldzug nicht teilnehmen darfst. Vielleicht entscheidet er beim nächsten Mal anders. Also füge dich und warte.« Das Blau ihrer Augen wurde dunkler. »Wenn ich ehrlich sein soll, für mich ist ein Mann noch lange kein richtiger Mann, weil er kämpfen und töten kann. Das schaffen auch Schurken und Hohlköpfe. Aber wenn er Augen und Ohren für andere Menschen hat und Mitgefühl zeigt – begreifst du, was ich meine –, wenn er kluge Dinge weiß über die Natur und den Himmel oder meinetwegen sich mit Krankheiten auskennt, dann könnte er mir gefallen.«

Ernak hockte sich neben ihr auf den Brunnenrand und schabte

mit der Sandalenspitze eine Kuhle in den staubigen Boden. »Solche Männer sind meistens schwach, die haben keinen Mut.«

»Was redest du da?« Fulla fasste den Prinzen an der Schulter und schüttelte ihn leicht. »Glaubst du etwa, wer laut brüllend in jede Gefahr rennt, die sich bietet, der sei mutig? Nein, mein Freund, so einem fehlt der Verstand. Wer sich aber ausmalen kann, welches Unglück ihn da erwartet, der zieht nur los, wenn es gar nicht mehr anders geht. Und das ist für mich wirklich ein mutiger Mann.«

Verwundert betrachtete Ernak das Gesicht der Burgunderin. Mit einem Mal öffnete er leicht die Lippen und fasste nach dem Handgelenk an seiner Schulter, bog es leicht nach oben. »Sind die Frauen …« Die Stimme gehorchte ihm nicht mehr ganz, wurde hell und gleich wieder dunkel, beinahe rau. »Ich meine, die Frauen in deiner Heimat, sind die alle so klug …, ich mein, so warm, na ja, eben so wie du es bist?« Der Blick glitt hinunter und umfasste ihre Brüste.

Ehe Ernak weiter versank, entzog ihm Fulla sanft ihr Handgelenk. »Nein, wach auf und schau mich richtig an.« Ihre Augen lächelten. »Du bist ein viel zu schöner junger Mann für solch eine alte Frau wie mich.«

»Wenn ich es aber will?« Mit einem Kopfschlenker warf er das Haar in den Nacken. »Ich bin der Sohn Attilas, ich könnte es dir befehlen.«

Sie seufzte tief und schüttelte den Kopf. »Weil du mich nicht zwingst, deshalb schon halte ich dich für einen besonderen Mann.« Fulla hielt inne, der Gedanke spielte eine Weile in den Stirnfalten, ehe sie ihn aussprach: »Gerade dachte ich an ein Mädchen aus meiner Heimat. Es war mit auf dem Sklavenwagen, musste aber in der Zeltstadt des Großkönigs bleiben. Wie gerne hätte ich die Kleine mitgenommen! In meiner Nähe hätte sie es sicher besser. Doch Goldrun wurde mir einfach weggerissen.«

Ernak hatte den fremd klingenden Namen nicht verstanden.

»Goldrun«, wiederholte die Burgunderin und betrachtete ihre Hände, während sie beiläufig hinzusetzte: »Sie trägt langes rotgoldenes Haar. Solch eine Farbe habe ich bei Hunnenfrauen noch nicht gesehen. Wie alt wird sie jetzt sein? Lass mich rechnen. Als wir verschleppt wurden, war sie zehn … ja, fünfzehn Winter zählt Goldrun jetzt. Also in deinem Alter.«

»Nein.« Der junge Prinz schob die Unterlippe vor. »Ich bin erst vierzehn Winter alt, deshalb durfte ich ja nicht …«

»Diese Goldrun«, unterbrach Fulla rasch, »ich kann mich an ihre seltsam schönen Augen erinnern. Weißt du, um jedes Blau schimmert ein ockerfarbener Ring. Und wenn sie zornig wird, dann leuchtet er richtig.«

»Warum erzählst du von ihr?«

»Weil ich sie mag. Nur deshalb.«

»Jetzt versteh ich.« Ernak krauste die Stirn. »Ich würde dir ja gerne helfen, damit du diese schöne Goldrun wiedersiehst. Aber selbst wenn ich den Vater frage, ob sie nicht hergebracht werden kann, wird es nichts nutzen. Onkel Bleda kümmert sich nicht um Sklavinnen. Und wer weiß, wenn Goldrun wirklich so hübsch ist, dann hat sicher einer der Logaden sie gekauft. Und dann …«

»Nein, nicht weiter«, Fulla sah ihn betroffen an. »Ein schrecklicher Gedanke.«

Behutsam legte ihr Ernak die Hand auf die Schulter. Seine Stimme klang jetzt männlich und wie ein Beschützer tröstete er. »Hin und wieder reiten wir zum Ordu des Großkönigs in den Westen. Beim nächsten Besuch werde ich nach dieser Goldrun fragen und versuchen, sie zu finden. Ich verspreche es dir.«

Fulla nahm seine Hand und drückte sie fest. »Du bist wirklich anders als deine Brüder. Dem Himmel sei Dank. Die Frau, die dich mal bekommt, wird stolz auf dich sein.«

Dazu sagte Ernak nichts, er hob nur das Kinn, und in seinem Blick lag ein kühner Schimmer.

Die Schwestern Angst und Verzweiflung eilten den hunnischen Horden voran. Sie lähmten die Bewohner der römischen Städte, noch ehe die Bestie an ihren Toren und Mauern rüttelte; sperrte sie dann das Maul auf, schrie und fauchte, so erlosch auch der letzte Funke an Mut, und ohne Gegenwehr ließen sich die Opfer verschlingen.

Attila hatte leichtes Spiel. Meist fielen ihm die Siege so rasch zu, dass er nicht einmal vom Pferd steigen musste. An der Spitze des Heeres galoppierte er mit seinen beiden Söhnen weiter nach Westen. »Ellac!«, rief der Vater und wies vom Sattel aus zu einer Ortschaft hinüber. »Beweise mir, wie tüchtig du als Anführer bist.«

Der älteste Sohn lachte, schwenkte mit einer Kampfhorde ab und umzingelte die Gehöfte, Häuser und das nur mit wenigen Wachposten besetzte Schutzlager. Nach der Eroberung nahm sich Ellac keine Zeit, unter den männlichen Gefangenen nach tüchtigen Handwerkern zu suchen. »Tötet sie alle! Auch die Knaben.«

Er hatte seinen Kämpfern für heute Lust und Spaß zugesagt. Und der stämmige Erstgeborene Attilas hielt sein Versprechen. Nahe der brennenden Ortschaft kauerten fünfzehn Frauen und beinah noch mal so viele Mädchen auf einer Wiese. Sie zitterten, stammelten Gebete, ihre Blicke flohen zum Himmel. Ellac setzte das Hüfthorn an die Lippen. Drei helle Stöße gaben das Signal. Gejohle antwortete. Mehr als hundert hunnische Kämpfer stiegen von ihren Gäulen. Die Nasenstege der Lederhelme ließen alle Gesichter gleich aussehen, die Gier in den schmalen Augen, das geifernde Grinsen verwandelten sie in Fratzen. Zu dritt, zu viert fielen die Unholde über die Wehrlosen her. Kein Erbarmen. Schreie steigerten noch ihre Lust. Die Wiese wurde zum Laken unsagbarer Schmerzen für Frauen und Mädchen. Blut ertränkte jede Hoffnung, jede Farbe des Lebens; und Ohnmacht oder Sterben wurde zur Gnade.

Als der Tod eine Zehnjährige von ihren Peinigern erlöste, das Kind aufgerissen dalag, verdunkelte sich die Sonne nicht, kein Tempelvorhang zerriss.

Nach zwei Stunden ertönten erneut drei Hornsignale. Nur unter Protest ließ die hunnische Meute von den Opfern ab. »Aufsitzen!«, befahl Ellac. Die Erde erdröhnte vom Hufschlag. Nicht einer der Reiter blickte zurück.

Im späten Nachmittag erreichte die Kampfhorde wieder das Hauptheer. Feuer loderten, Männer bauten einfache Zelte für die Nacht. Auf einem Hügel waren Sklaven damit beschäftigt, die Jurte des Königs zu errichten. Ellac stieg mit zweien seiner Unterführer hinauf, suchte den Vater und entdeckte ihn einen Steinwurf entfernt am Rande der Wiesenkuppe bei seinen Pferden.

»Wartet hier«, befahl er den Männern. Aufgebläht vom Erfolg des Tages ließ er die Schultermuskeln spielen, so schritt er zur kleinen Koppel hinüber.

Während eines Heerzuges wurden stets zehn Wallache für den König mitgeführt. Ihre Mütter waren kraftvolle Stuten, die Väter stürmische Hengste. Für einen Pfleger bedeutete es die höchste Auszeichnung, wenn der Fürst ihm die Betreuung der Königspferde übertrug. Nur wer mit den Pferden lebte, mehr von ihnen verstand als ein gewöhnlicher Stallknecht, nur wer aus dem Blick eines Tieres lesen konnte, der eignete sich für dieses Amt.

Auf Anraten seines Vertrauten hatte Attila gerade einen der Wallache für den Weiterritt am nächsten Morgen ausgewählt. Er legte dem Knecht freundschaftlich die Hand auf die Schulter. »Füttere ihn früh genug. Schätze, das Wetter bleibt kühl, also lass ihn nicht zu viel saufen …«

»Vater!«, unterbrach Ellac schon von weitem und näherte sich strahlend. »Ich melde mich zurück. Der Auftrag ist ausgeführt. Ich denke, du kannst mit mir zufrieden sein.«

Attila nickte dem Pferdepfleger zu. »Gut, ich verlasse mich auf dich«, und ging seinem Sohn drei Schritte entgegen. »Gab es Gegenwehr?«

»Aber nein!« Der Dreißigjährige schlug immer wieder die rechte Faust in die linke Handfläche. »Unsere Pfeile hatten kaum den ersten Schrecken verbreitet, als wir schon durch die Straßen galoppierten. Keine Schwierigkeiten! Ohne eigene Verluste haben wir den Ort erobert.«

»Sehr tüchtig, Junge.« Leicht zuckten die Mundwinkel des Vaters. »Du scheinst viel von meiner Art geerbt zu haben.« Attila sah die beiden wartenden Unterführer. »Begleite mich zu ihnen.

Auch sie sollen das Lob aus meinem Munde hören und es später an die anderen Männern weitergeben.« Auf dem Weg fragte er: »Was habt ihr erbeutet? Waren es nur Bauersleute, oder hielten sich auch Händler in dem Ort auf?«

Ellac zögerte, schließlich hob er die Schultern. »Kaufleute haben wir nicht angetroffen.«

»Gräm dich nicht, Junge. Das schmälert deinen Erfolg nicht. Dringend benötigen wir Fleisch, Getreide und Vorräte, um die Truppen zu ernähren. Hast du die Karren schon zum Versorgungstreck bringen lassen?«

»Nein, Vater.«

Sie waren bei den Unterführern angelangt. Während Attila ihnen bereits erfreut die Hände hinstreckte, sagte er noch zu Ellac: »Dann sorge aber gleich dafür.«

»Das kann ich nicht.« Sein Ältester schüttelte den Kopf. »Ich sollte mich als Heerführer beweisen, nur diesen Befehl habe ich ausgeführt und den Ort erobert.«

Attila ließ die Arme sinken. »Nur erobert?«, flüsterte er. Funken sprangen aus den tiefen Augenhöhlen. »Ohne Beute bist du wieder abgezogen?« Der Atem ging schneller. »Ich schäme mich vor deiner Mutter, dass ich ihren Leib mit solch einem Versager beschwert habe.« Jetzt erfasste sein Blick auch die beiden Unterführer. »Nein, es ist sicher nur ein Scherz? Sagt es mir.« Furchtsam senkten sie die Stirn. Jäh pulste Wut in Attila hoch. »Keine Beute?« Seine Stimme wurde zur Peitsche. »Was, bei allen Dämonen, habt ihr dort getrieben?« Er wartete die Antwort nicht ab, sah auf die blutig verschmierten Hosen über ihren Lenden und gleichzeitig packte er beiden Männern zwischen die Beine. Schreie, schmerzhaftes Stöhnen, sie wanden sich, doch ungerührt drückte Attila fester zu. »Wer seine Pflicht nicht erfüllt, soll auch kein Vergnügen haben.« Den Unterführern quollen die Augen, sie brabbelten unverständliche Worte, dann versagten die Knie, und sie sanken vor ihrem König zu Boden.

Attila wandte sich ab und schnippte dem Sohn ihm zu folgen. Außer Hörweite blieb der Vater stehen, kühl musterte er das erschrockene Gesicht. »Idiot. Wo ist dein Verstand geblieben?«

»Ich begreife nicht.« Ellac versuchte sich zu verteidigen. »Es waren doch nur Frauen und Mädchen von den Römern …«

»Was scheren mich die Weiber unserer Feinde?« Attila spuckte aus. »Nein, mein Sohn, es geht um den Krieg! Ihn, den Sinn hast du nicht begriffen.« Mit Zeigefinger und Daumen kniff er in die rechte Wange seines Ältesten. »Glaubst du etwa, wir führen Kriege zum Spaß? Nur damit die Männer ihren Lustrausch an Frauen stillen können? Dies mag dazugehören, hat aber keine Bedeutung. Jeder Krieg muss sich lohnen! Beute, Landgewinn; für Gold oder politische Vorteile, deshalb und nur deshalb ziehen wir Hunnen in den Kampf. Merke dir das ein für alle Mal!« Attila löste den Griff und patschte Ellac mehrmals die flache Hand auf die Wange. »Hüte dich davor, den Untergebenen jeden Wunsch zu erfüllen, keiner wird es dir danken. Sei mutiger als deine Männer, sei streng, aber gerecht, dann achten sie dich …«

»Gib mir eine neue Chance. Ich werde dir beweisen …«

Ohne die Worte des Sohnes zu beachten, sprach Attila weiter. »… und wage es nie wieder, ohne hochbeladene Karren aus einem Kampf zurückzukehren! Es sei denn, der Feind hätte dich in die Flucht geschlagen.« Der Vater hielt inne, dann setzte er beinahe wieder vergnügt hinzu. »Aber dies wird nicht geschehen. Denn wir Hunnen beginnen nur einen Krieg, den wir auch gewinnen.«

Kein Lachen, kaum ein Seitenblick nach rechts. Attila ritt in der Mitte seiner Söhne, gab er Befehle, so wandte er sich zur Linken an Dengizik, mit keinem Wort aber löste er die Schlinge, die seinen Ältesten einschnürte. Ellac trug schwer an der Verachtung des Vaters, Scham und gekränkter Stolz krallten sich enger und enger um seine Kehle.

Der Zweitgeborene aber blühte auf. Endlich durfte er aus dem Schatten des Bruders hervortreten. Dengizik, geschmeidig wie eine Raubkatze, voller List. Wer den Sechsundzwanzigjährigen ansah, glaubte stets ein Lächeln in den Mundwinkeln zu entdecken. Mit eben diesem Lächeln aber erwürgte er mit eigener Hand seine Widersacher, schlug Köpfe ab oder ließ Gegner bei lebendigem Leibe häuten.

Die schnellen Horden des hunnischen Ostreiches näherten sich der Stadt Ratiaria. Im Schutze der letzten Hügelkette vor der Ebene befahl Attila anzuhalten und wandte sich an alle Unterführer. »Diese Stadt ist das Nadelöhr zum Süden. Wir müssen sie einnehmen. Dann erst werden wir uns mit den Heeren des Großkönigs Bleda vereinen können.« Er ließ eine Pause, sein Blick betastete jedes der Gesichter, allein Ellac überging er. »Ratiaria ist Raststation für viele Händler auf der Durchreise, außerdem quillt die Stadt über von Menschen, die auf der Flucht vor dem Krieg dort Schutz gesucht haben. Doch die Mauern sind stark befestigt und ganz gewiss von einer gut ausgerüsteten römischen Einheit bewacht. Die Legionäre werden sich nicht ohne Kampf von uns überrennen lassen. Männer! Freunde! Nicht ich werde den Angriff leiten, sondern mein tüchtiger Sohn.« Die Kämpfer schlugen mit der Faust ans Schwertgehänge; das Klirren unterstützte ihr zustimmendes Gemurmel. Erst als alle Augen sich auf Ellac hefteten, sprach der König weiter: »Ja, er besitzt die nötigen Fähigkeiten eines Heerführers. Und er soll sie nun beweisen. Als euer Fürst und höchster Feldherr berufe ich an die Spitze der Kampfhorden …« Er unterbrach sich, schritt auf die beiden Söhne zu und blickte sie an. Einen Atemzug lang regte sich nichts in dem breitflächigen Gesicht, dann öffnete er die Lippen und ließ jedes Wort zum Messerstich werden: »Ich berufe Dengizik, meinen Zweitgeborenen, zum Befehlshaber für diese Aufgabe. Er soll Ratiaria einnehmen. Dengizik! Ehrt ihn, meine Freunde, kämpft an seiner Seite und leistet ihm Gehorsam.« Nur kurz dauerte die Verblüffung, dann aber stimmten sich die Unterführer mit Zurufen auf den Erwählten ein, und wieder klirrten die an den Schwertgriffen befestigten Perlenschnüre aus Bernstein oder Bergkristall. Dengizik hob die Arme, dankte überschwänglich und ging geschmeidig von einem der Kämpfer zum anderen, um sich umarmen zu lassen.

Ellac war rot angelaufen. Lange vorher bebten die Lippen, ehe sich ein tiefes Stöhnen hinausquälte. Er ballte die Hände zu Fäusten, öffnete und schloss sie erneut. Der stämmige Körper spannte sich. Das Stöhnen wuchs an zu einem Schnauben. »Niemand… darf… mir…« Ellac ging den ersten Schritt auf den Bruder zu, sofort stand der Vater vor ihm. »Doch, ich darf dich strafen.« Bedrohlich hoben sich die Fäuste des Sohnes. Attila beachtete sie nicht, unverwandt sah er seinem Ältesten in die Augen. »Und du wirst die von mir verhängte Buße ohne jeden Widerspruch hinnehmen.«

Zwischen unverständlichen Satzfetzen stieß Ellac immer wieder den Namen des Bruders aus, endlich wurden die Worte klarer. »Hör doch, wie er lacht… er verspottet mich… Nein, das darf er mir nicht antun. Sonst…«

»Schweig«, zischte Attila. »Er ist dein Bruder. Und beide seid ihr von meinem Blut. Ich bilde euch zu Heerführern aus. Und nur wer lernt, eine Niederlage zu ertragen, wird wirklich große Siege erringen. Beweise, dass du gelernt hast. Geh zu deinem Bruder. Wünsche ihm Glück und Erfolg bei der Erstürmung von Ratiaria.«

»Aber Vater…«

»Ich verlange es.«

Noch ein schwaches Aufflackern, dann verlosch die Flamme. Ellac ließ die Arme sinken und gehorchte.

Kaum graute der Tag, als eine Horde von fünfzig Reitern auf das westliche Stadttor zupreschte. Die Männer schrien, schossen im vollen Galopp aus den Sätteln, rissen die Gäule herum und stoben wieder davon. Auf den Wehrgängen der Mauer sanken Wächter zu Boden, Pfeilschäfte ragten ihnen aus Brust und Hals.

»Alarm!« Ratiaria erwachte.

Schon näherte sich die nächste Staubwolke, aufgewirbelt von fünfzig Pferden. Pfeilhagel prasselte auf die Stadt nieder. Doch kaum ein Bewohner fand den Tod.

»Hunnen!« Ratiaria war auf der Hut.

Nach einer Stunde folgte der dritte Angriff. Dieses Mal traten oben auf der Mauer eisengerüstete Legionäre aus der Deckung und schleuderten ihre Speere auf die Verhassten, andere schossen mit

Pfeil und Bogen. Stürzte einer der Hunnen getroffen vom Gaul, jubelten die Verteidiger der Stadt.

»Das ist kein Heer! Wir werden von nur einer kleinen Kampfhorde angegriffen!« Ratiaria schöpfte Hoffnung.

Wie ein pfeilspuckendes Pendel kamen die hunnischen Reiter zu jeder neuen Stunde und entfernten sich wieder. Gegen Mittag wurden sie von den Legionären übermütig verhöhnt.

»Wir können die Kerle besiegen. Beim nächsten Angriff verfolgen wir sie!« Ratiaria wurde leichtsinnig.

Eine Stunde später sprang das Westtor auf. Hörner schmetterten! Mehr als zweihundert römische Streiter gaben ihren Pferden die Sporen. Beinahe alle Bewaffneten der Stadt beteiligten sich an der Verfolgung. Der hunnische Trupp hetzte nach Westen, immer wieder schien es, als wären die kleinen Pferde ermüdet, und mit Gejohle hieben die Römer härter auf ihre Schlachtrösser ein. Tod den Hunnen! Nur dieser eine Gedanke trieb sie vorwärts. Keiner von ihnen blickte über die Schulter zurück.

Es war keine Zeit mehr geblieben, das Westtor zu schließen. Ein Stoßtrupp der Hunnen nahm es im Sturm. Über die Hügelketten wälzte sich ein riesiger Schwarm todbringender Pferdewesen. Mehr als dreitausend Bestien umzingelten die Stadt, drangen in sie ein und rissen ihr das Herz heraus.

Ratiaria starb am Abend dieses Tages.

Braten drehte sich am Spieß. Suppe brodelte in großen Tiegeln. Es roch nach angebranntem Fett, nach Knoblauch und scharfen Gewürzen. Zu Trommel und Schellen tanzten Männer mit Männern, grölender Gesang erfüllte die Luft. Keine Müdigkeit herrschte im Lager der Hunnen, zu wild noch pulste Blut durch die Adern.

Vor dem Zelt des Königs loderte ein Freudenfeuer. Heute Abend verzichtete Attila auf seinen Herrschaftsstuhl und benützte den Sattel wie alle Unterführer, die im Halbkreis vor ihm saßen. Zu seiner Rechten hatte der siegreiche Dengizik den Ehrenplatz einnehmen dürfen. Der Sattel an seiner Linken war leer geblieben.

Sklaven füllten Wein aus Lederschläuchen in die Holzbecher. Erwartungsvoll richteten sich alle Blicke auf den König. »Freunde, Stolz erfüllt mich! Habt Dank! Ihr Tüchtigen habt diesen großen Erfolg erst möglich gemacht. Glück aber empfindet der Vater, wenn ihm solch ein Sohn als Stütze des Schwertarms zur Seite steht. Dengizik hat diese Stadt mit einer List zu Fall gebracht, die jedem Heerführer …«

Leise Rufe unterbrachen die Rede, sie vereinten sich im Rhythmus, wurden lauter. Schmunzelnd wartete Attila die Ehrenbezeugung für seinen Sohn ab. »Eine List, wie sie nur ein großer Heerführer ersinnen kann.« Wieder setzte der Beifall ein, jedoch Dengizik wehrte mit hocherhobenen Händen ab. »Nein, dieses Lob verdiene ich nicht. Mein Vater, unser geliebter König, hat den Plan entworfen.«

Über diese Bescheidenheit sichtlich gerührt, legte Attila dem Sohn die Hand auf den Arm. »Du aber hast die List erfolgreich ausgeführt.« Er wandte sich wieder an alle Anwesenden. »Wir haben genug Vorräte erbeutet, um unsere Truppen bis zum Winter zu versorgen. Wir haben …« Er sprach von tausend Handwerkern und Baumeistern, die als Gefangene schon von einem Geleitschutz in seine Ostgebiete geführt wurden. »Das Wertvollste aber sind die erbeuteten Belagerungsmaschinen. Dafür wird Großkönig Bleda uns dankbar sein. Sobald unsere Heere vereint sind, werden wir die nächsten Städte der Römer mit ihren eigenen Katapulten und Rammen aufbrechen.«

Attila hob den Becher, Dengizik reckte den seinen auf gleiche Höhe, Becher an Becher; vor ihnen im Halbrund folgten alle Unterführer dem Beispiel und warteten auf den Trinkspruch. Unvermittelt aber neigte der Vater sich zu Dengizik und fuhr ihn mit verhaltener Stimme an: »Du eitler Pfau. Willst du wirklich, dass ich so mit dir den Sieg feiere? Wartet nicht jemand im Zelt auf deine Einladung?« Der Zweitgeborene erbleichte. »Verzeih …« Das sonst so beständige Lächeln flatterte. »… bei der großen Freude habe ich vergessen …« Nach heftigem Räuspern hatte sich Dengizik wieder gefasst, und in glattem Ton wandte er sich an die Männer. »Habt noch etwas Geduld, Freunde. Zwei Herzen schlagen für Attila. Ohne meinen Bruder soll das Fest nicht beginnen.« Rasch verließ er die Versammlung und kehrte bald schon mit Ellac an seiner Seite zurück. Erneut hob Attila sein Trinkgefäß, beide Söhne reckten die Arme, zwei Becher drückten sich an den in der Mitte, und der Fürst sah stolz nach rechts und links, ehe er die Feier mit seinem Trinkspruch eröffnete.

Auf halbem Weg von Ratiaria nach Naissos trafen Attilas Kampfverbände auf die Truppen des hunnischen Großkönigs. Ein lautes Wiedersehen! Ob Alanen und Skiren oder Gepiden und Ostgoten, Männer dieser Völker kämpften für Bleda ebenso wie für Attila. Jetzt fanden sich Freunde und Verwandte nach langer Zeit wieder, hockten um die Lagerfeuer und prahlten von errungenen Siegen, den Schenkeln der Weiber; als der Abend in die Nacht versickerte, erzählten sie von daheim, von der Mutter, dem gebrechlichen Vater und an wen die Schwester verheiratet worden war.

Boten ritten zwischen den Jurten der beiden Könige hin und her. Jeder Herrscher wollte als Gastgeber glänzen, jeder bat den Bruder mit großherzigen und blumigen Worten in sein Zelt, doch keiner von ihnen wollte der Besucher sein.

Kein Nachgeben. Als die Feuer verlöschten, die Wachen längst ihre nächtlichen Posten rund um das Heerlager bezogen hatten, war zumindest ein Mittelweg gefunden. Das Treffen zwischen dem Großkönig und dem Fürsten der Ostgebiete sollte früh am nächsten Morgen stattfinden, und zwar bei einer gemeinsamen Inspektion der von beiden Heeren bisher zusammengerafften Reichtümer.

Bei Sonnenaufgang hoben sich Nebeltücher von den Wiesen, sie ließen schillernde Tauperlen in den über die Gräser gespannten Spinnennetzen zurück. Ein kühler Septembermorgen. Die Luft roch frisch.

Von Westen näherte sich Bleda; aufrecht, steif saß er im Sattel. Von Osten trabte Attila heran; leicht wiegte sich sein kraftvoller Oberkörper, verschmolz mit dem Gang des Pferdes. Zur gleichen Zeit erreichten die Brüder auf beiden Seiten den abgesperrten Bereich des Beutetrosses. Da wie dort grüßten Wachposten und gaben den Weg frei. Die Leibwachen blieben zurück. Inmitten der Wiese endlich begegneten sich die Herrscher.

Ihre Blicke saugten sich ineinander. Kein Mienenspiel. Wer entbot zuerst den Gruß? Stumm trugen sie diesen Machtkampf aus. Nach einer Weile gab sich der Jüngere geschlagen und lächelte dünn. »Möge dir die Sonne ewig scheinen, Bruder und Großkönig.«

»Danke, Bruder. Auch über dir möge der Himmel stets offen sein.« Bleda schabte die vernarbten Kinnseiten ruckweise im Kragenfell. »Warum hast du so lange gezögert, dich meinem Feldzug gegen Ostrom anzuschließen?«

Das Lächeln verbreiterte sich. Unmerklich beugte Attila die Schultern vor, kurz berührten beide Hände den Mähnenkamm, wie von unsichtbarer Kraft ausgelöst, federten Beine und Körper hoch und nach einem eleganten Satz stand er neben seinem Pferd. »Zürne mir deswegen nicht, mein großer Bruder.« Mit einem Mal sichtlich beschämt suchte Attila nach Worten. »Ich wollte … ich hoffte …«

»Nur keine Scheu.« Dass der Bruder zuerst aus dem Sattel gestiegen war, bewertete Bleda als Geste der Unterwürfigkeit, und das hatte ihm geschmeichelt. Damit war die Rangfolge anerkannt, nun konnte auch er absteigen und zeigte sich großmütig. »Wir sind hier unter uns, niemand hört, worüber wir sprechen.«

Attila trat dicht an ihn heran. »Ich wollte geschickter sein als du. Und dies war mein Fehler. Ich versuchte, den römischen Hof auf diplomatischem Wege unter Druck zu setzen, verlangte mehr Tribut und die Auslieferung der hunnischen Flüchtlinge. Aber alle meine Forderungen wurden von Kaiser Theodosius abgelehnt.« Er legte die Hand aufs Herz und gestand freimütig: »Dein Verhandlungsgeschick ist eine unschätzbare Gabe, die mir leider fehlt. Deshalb bitte ich um Nachsicht und hoffe, dass du deinen Bruder, auch spät, noch als Heerführer an diesem Krieg beteiligst.«

Der Großkönig verengte die Augen, scharf stieß er den Atem durch die Zähne. Das Eingeständnis einer Schwäche verblüffte ihn. Schließlich sagte er mit lauerndem Ton: »Deine Hilfe ist mir willkommen, Bruder. Jedoch nur unter meinem Oberbefehl.«

Attila verneigte sich.

Sofort setzte der Großkönig hinzu: »Auch beanspruche ich zwei Drittel von der Beute.«

»Sei gnädig.« Der Ton blieb unterwürfig. »Alle Nahrungsmittel müssen gerecht geteilt werden. Der Hunger in meinen Ostgebieten ist ebenso groß wie in deinem Herrschaftsbereich.« Die unter dem Stirnwulst tief eingebetteten schwarzen Augen überzogen sich mit sonderbarem Glanz. »Sonst aber bin ich einverstanden.«

»Attila!«, entfuhr es dem älteren Bruder. »Du überraschst mich. Zum ersten Mal streiten wir nicht um jede Kleinigkeit.«

»Große Pläne werfen nun mal ihre Schatten voraus, ich will sie nicht durch Starrsinn behindern.«

Aus einem ersten Gefühl heraus hob Bleda den Arm, zögerte gleich, dann aber umfasste er doch die Schulter des Jüngeren. »Vereint. Ein Herz schlägt für das andere. Du ahnst ja nicht, wie sehr ich seit Jahren darauf gehofft habe.«

Attila lachte zu ihm auf. »Auch ich werde älter.«

»Ich nicht«, behauptete Bleda vergnügt. Beinahe ausgelassen zeigte er auf die Wagenburg des Beutetrosses. »Wollen wir? So wie früher?« Er wartete die Zustimmung erst gar nicht ab, stieg rasch in den Sattel und galoppierte los.

Das Lächeln erstarb, für einen kurzen Moment loderte Grausamkeit in Attilas Blick, gleich aber verlosch sie wieder. In drei leichten Sprüngen war er neben seinem Pferd, nutzte den Schwung und saß auf. Die Hufe zertraten das Netz der Spinnweben. Wie ein Jäger folgte Attila dem Bruder. Ohne Mühe holte er ihn ein.

Kaum vernahm Bleda das Schnauben des Pferdes hinter sich, hieb er seinem Tier die Sporen in die Flanken. Doch näher und näher kam der Bruder. Der langgestreckte Kopf des schwarzen Wallachs schob sich neben den Großkönig, gierte an seiner Hüfte vorbei weiter nach vorn. Nüstern an Nüstern preschten die Pferde auf die Wagenburg zu. Bleda blickte zur Seite und schrie: »Wer zuerst bei den Wachposten ist, hat gewonnen.«

Tiefer beugte sich Attila über den Hals des Wallachs.

Kurz vor dem Ziel stieß Bleda zornige Schreie aus und spornte sein Tier zusätzlich mit Faustschlägen an.

Der Bruder ließ es geschehen, ohne selbst das gleiche Mittel anzuwenden.

Die Wachen waren aufgesprungen, längst hatten sie begriffen und gaben eine Gasse frei. Mit Geheul und Pfiffen feuerten sie die fürstlichen Wettstreiter an. »Bleda! Bleda!« Dieser Name übertönte mehr und mehr den Ruf nach Attila. »Bleda!« Klatschen und Jubel empfingen den Sieger. Außer Atem tätschelte der Großkönig die Stellen am Hals des Tieres, die er gerade noch mit Faustschlägen traktiert hatte. »Was sagst du nun?« Er zwinkerte dem Bruder zu. »Alt bin ich noch lange nicht.«

»Auch nicht verweichlicht«, nickte Attila anerkennend. »Ich befürchtete schon, du hättest Gefallen an der römischen Art zu leben gefunden.«

Wie Vertraute ritten die Brüder nebeneinander her. Auf halbem Weg zu den Beutewagen kamen sie an einer Gruppe Gefangener vorbei. Die Männer schütteten Latrinengruben zu und hoben neue aus. Einer von ihnen ließ die Schaufel sinken, sein spitzer Bart bebte, als er sich den Pferden näherte. »Ihr Herren! Ich stamme aus Sirmium. Ich bin Baumeister der schönsten Badehäuser und kein Knecht, der den Kot …« Schon wurde er von einem Wachposten zurückgestoßen.

Die beiden Könige ließen sich die vom anderen bisher erbeuteten Schätze zeigen. Gold, Schmuck und Münzen aber verloren an Wert, als Attila den Großkönig zu den Belagerungsmaschinen aus Ratiaria führte. Bleda schluckte, flüsterte schließlich: »Damit werden wir auf unserm Vormarsch in den Süden sogar noch rascher vorankommen.« Die Stimme nahm zu: »Mein Traum wird bald wahr. Wir nehmen Naissos, Serdica, dann dringen wir in Thrakien ein und weiter, bis wir vor Konstantinopel stehen. Und dann …« Er hob das Kinn zum Himmel und strich beide Seiten gleichzeitig mit den Handrücken. »Dann wird der römische Kaiser mit mir Frieden schließen müssen, einen Frieden, dessen Bedingungen ich diktiere.

Ach, Bruder, selbst wenn du meine Absichten noch nicht begreifst, vertraue ihnen, sie werden auch dir nützen.«

Attila sah ihn von der Seite an. »Vorhin schon sagte ich: Große Pläne werfen ihre Schatten voraus. Du hast mein Wort, dass ich dabei sein will, wenn sie Wahrheit werden.«

»Danke.« Gerührt fuhr Bleda fort. »Lass mich dir ein Geschenk machen. Sag was du möchtest, ich gebe es dir.«

Gleich wollte der Jüngere ablehnen, doch dann spielte ein Schmunzeln in den Mundwinkeln. »Schenke mir diesen Baumeister aus Sirmium.«

»Ich versteh nicht.«

»Überlasse mir den Mann, der vorhin sagte, er könne Badehäuser bauen. Ihn möchte ich als Sklaven mit an meinen Ordu nehmen.«

Bleda stieß ein meckerndes Lachen aus. »Und du sorgst dich darum, ob ich dem verweichlichten Leben der Römer verfallen bin? Jetzt aber möchte der abgehärtete, asketische Attila einen Baumeister für Badehäuser. Nimm ihn, ich habe keine Verwendung für den Mann.«

»Nicht für mich. Ich will einem engen Freund den größten Wunsch erfüllen.«

»Freund?« Vom Sattel aus streckte der Großkönig die Arme nach ihm aus. »Mein Bruder. Nicht nur das Blut soll uns verbinden, sei auch mein Freund.«

Attila erwiderte die Geste, ihre Hände aber berührten sich nicht. »Uns gehört die Macht, Bruder. Allein uns beiden. Und kein Fremder wird sie uns nehmen können.«

Keve zupfte heftig an den Bartsträhnen, sah sich auf dem Innenhof des Gestüts hilfesuchend um, jedoch Oberin Tarcal war bereits wieder verschwunden. Er kratzte im speckigen Haar, schließlich brummte er: »Nicht so, Goldfohlen. So kann ich dich zu meiner Mela nicht mitnehmen.«

Goldrun blickte zu ihm auf. Die ockerfarbenen Ringe um das Blau ihrer Augen schimmerten. »Was stört dich?«

Er wies auf den Rücken der Stute. »Die Decke ist nicht gut. Hol dir einen Sattel, der ist sicherer.«

»Ach was!« Milder Spott schwang in ihrer Stimme mit. »Ihr Männer benötigt vielleicht diese steifen Holzdinger, damit ihr nicht runterfallt. Ich jedenfalls brauch keinen Sattel.«

Bekümmert seufzte er. »Dann leg dir wenigstens ein Kopftuch um.«

»Truppführer Keve. Ich bin sechzehn Winter alt.« Mit verschränkten Armen straffte sie vor ihrer Brust das Kittelkleid und drückte den Busen durch den Stoff. »Hör endlich auf, mich wie ein Kind zu behandeln. Mir ist nicht kalt. Und wie ich auf dem Pferd sitze, kann ich selbst entscheiden.«

»Schon gut, Kleines«, langsam wandte er ihr den Rücken zu, streifte seinem Wallach umständlich die ledernen Zügel über und stieg auf. »Hab's ja nur gut gemeint.«

Kaum hörte Goldrun den gekränkten Unterton, lenkte sie ein. »Tut mir Leid. Ach, verflucht, ich wollte nicht undankbar sein. Glaub mir, seit Tagen freue ich mich schon auf den Ausflug.« Sie ließ die Stimme schmeicheln. »Außerdem bin ich so froh, dass du heil aus dem Krieg zurück bist.«

»Muss ja noch mal weg. Erst wenn's von den Römern für den Frieden genug für uns gibt, dann ist der Krieg vorbei.«

Wimpernschlag unterstrich jedes ihrer Worte. »Und trotz der Gefahr hast du an ein Geschenk gedacht. Nicht nur für Mela, nein, auch für mich! Du bist wirklich gut zu mir.« Als sein Gesicht sich endlich aufhellte, fügte sie in aller Unschuld gleich noch eine Bitte hinzu: »Vielleicht können wir ja auch noch Hildegund im Palast besuchen?«

»Wenn das nachher bei der Mela nicht zu viel Zeit braucht, können wir ja mal sehen.«

»Du bist wirklich der beste Hunne, den ich kenne.«

Ihre Finger kraulten die sandfarbene Stute zwischen den Ohren. »Und du, meine Wildrose?«, raunte sie. »Du freust dich auch.«

Kurz berührte ihr linker Fuß den kniehohen Stein neben dem Pferd, leicht schwang sie das rechte Bein über die Kruppe, und Goldrun saß sicher auf dem Rücken, beide Schenkel schmiegten sich an den warmen Leib. »Wildrose war nämlich noch nie in der Königsstadt.«

Keve verengte die Augen. »Was willst du mir damit sagen?«

Liebevoll tätschelte Goldrun die Halsseiten des Tieres. »Wir machen heute unseren ersten Ausritt.«

»Nein.« Mit dem Zeigefinger verneinte Keve heftig weiter. »Lass dir von der Schwägerin einen Wallach geben, Kleines. Die Stute geht durch, wenn sie den vielen Leuten begegnet. Kann doch sein? Bitte, tu was ich sage.«

Goldrun lachte. »Keine Angst. Wildrose und ich haben heute Morgen lange darüber gesprochen. Sie bleibt ganz ruhig, glaub mir.« Schon lenkte sie ihr Pferd herum und trabte an.

»Gesprochen?«, wunderte sich Keve. »Als ob der Gaul das verstehen könnte?« Er schnalzte mit der Zunge und schlug seinem Tier leicht die Hacken in die Flanken. Sofort setzte es sich in Bewegung. »Nur das ist die Sprache, die ein Gaul versteht.«

Mela hatte die Jurte aufgeräumt: Spitzzipflig standen alle Kissen rundum an der Zeltwand, die Schlafteppiche waren eingerollt, Töpfe, Schüsseln und Becher reihten sich aneinander, der Boden war sorgsam gefegt.

So sauber hab ich es hier noch nie erlebt, staunte Goldrun. Gleich nachdem das Mädchen mit Keve eingetreten war, schon an der Türplane hatte Mela die beiden wortlos begrüßt und feierlich zur Mitte des Wohnraums gedeutet. Auf der Korbtruhe nahe der Feuerstelle bauschten sich Stoffe. Von einem der hohen Stützbalken hing ein Strick herunter, und am Eisenhaken, der gewöhnlich für Räucherfleisch benutzt wurde, war ein Querholz festgebunden. Daran aufgehängt wehte der Traum aus hellgrüner Seide, perlenbestickt und verziert mit Ornamenten aus Goldfäden. »Da ist es«, sagte Mela still. »Es ist fertig«, und riss sich von dem Anblick los. Ihr Ton wurde lebhaft. »Du setzt dich auf den Schemel da an die

Wand«, befahl sie ihrem Mann. »Und wir beide …«, sie fasste nach Goldruns Hand. »Wir beide werden uns jetzt schön machen. Erst hilfst du mir. Danach ziehe ich dich an.«

Ihrer mühsam nach hinten gebändigten, schwarzen Haarmähne entströmte Duft nach Moschus, der Goldrun beinah den Atem nahm. »So von der Nähe sieht das Gewand noch wundervoller aus.«

Ehe das Mädchen den Stoff berühren konnte, warnte Mela: »Halt. Wasch dir erst die Hände.« Goldrun ging rasch hinüber zur Wasserschüssel, nur ein kurzes Eintunken und Abtrocknen der Fingerspitzen am Kittelkleid, als sie sich wieder umwandte, hatte sich die Frau des Truppführers bereits ihrer grob gewebten Arbeitskluft entledigt. Nackt stand Mela vor ihrem Traum und zupfte an den Ornamenten. Leicht schaukelten die großen Brüste, dann bückte sie sich zum Saum hinunter. Beim Anblick der vollen Hinterbacken rundete Goldrun die Augen. Ob ich auch mal so einen Po bekomme? Na, jedenfalls ist draußen bei uns in der Schlafhalle keine Magd so eine schöne Frau wie Mela.

»He!«, räusperte sich Keve von der Zeltwand her. »Meine gute Henne …« Er rutschte unruhig auf dem Schemel nach vorn. »Ich mein, du brauchst das Neue nicht gleich anziehen. Wir könnten doch erst …«

»Sei still!« Ohne sich nach ihm umzusehen, fauchte Mela. »Geiler Köter. Wir haben Wichtigeres zu tun. Wenn du uns störst, jag ich dich aus der Jurte.«

»Dachte ja nur.«

Über die Schulter drohte sie mit der Faust in Richtung Schemel, mehr Aufmerksamkeit wurde ihrem Mann nicht gegönnt. Mela nahm eine luftige blau und rot schillernde Hose von der Truhe. »Knie dich hin, Mädchen und sorg dafür, dass die Seide nicht über den Boden schleift.« Sie stützte sich mit einer Hand auf den Rücken der just erkorenen Zofe und stieg nacheinander in jedes der zusammengekräuselten Beinlöcher. Goldrun half das federleichte Nichts an den Schenkeln hinauf und über die runden Gesäßbacken zu ziehen, dann schnürte sie die Hosenbeine oberhalb der Waden zusammen und zupfte, bis der Stoff bauschig bis zu den Knöcheln fiel. »Sehr schön«, gurrte Mela über ihr und schlang die Gurtbänder um die Taille. »Nimm die Fibel mit den Rubinsteinen, Mädchen.« Goldrun brachte die Brosche und steckte die Bandenden in Höhe des Bauchnabels fest.

Zwei Trippelschritte, eine langsame Drehung… und dann leuchteten die dunklen Augen. »Das fühlt sich an, Mädchen. Als wenn dir kühler Wind zwischen den Beinen hin und her streichelt.« Mela hob mit beiden Händen ihre Brüste auseinander und blickte auf das tiefrot schimmernde Schmuckstück an ihrem Bauch. »Steht mir gut, was meinst du?«

Goldrun staunte und nickte.

»Ich sag's ja«, meldete sich Keve wieder. »Für dich, meine gute alte Henne, nur das Beste.«

»Musste auch lang genug darauf warten«, zahlte seine Frau gleich zurück, doch kein Vorwurf schwang in der Stimme mit. Sie nahm das lindgrüne Gewand vom Querholz und überreichte es Goldrun. »Den Schnitt hab ich mir ausgedacht. So etwas Römisches, verstehst du, so was liebe ich. Wir müssen das Kleid über den Kopf ziehen und dann schnürst du es hinten zu.«

Glatt schmiegte sich die Seide an den Busen, in langen Falten fiel der Stoff hinunter und bedeckte die Hose bis zu den rotblauen Plusterwulsten über den Knöcheln. Als Goldrun die Lederschlaufen am Rücken band, kräuselte sie die Nase. Na, hoffentlich bekomme ich nicht auch so ein Kleid, dachte sie. Viel zu umständlich. Allein könnte ich das nie anziehen.

Nachdem der goldgefasste Perlenreif im schwarzen Haar befestigt war und ein mit Silber und Elfenbein verzierter Ledergürtel die Mitte schmückte, gab es wieder eine Probe. Diesmal nahm Mela den Weg um die Feuerstelle. Nur einige ungelenke Schritte, schon fand sich der angemessene Gang ein, leicht wiegte sie die Hüften, und der Oberkörper nahm die Bewegung auf. Mit einem Mal drehte sie ruckartig das Gesicht zur Zeltwand. »Warum sagst du nichts?«, fauchte sie in Richtung ihres Mannes.

»Also…« Keve blähte die Wangen, langsam stieß er den Atem

aus. »Lass mich erst mal gucken. Doch, das ist ganz … ja, ich mein, das sieht ganz gut aus.«

»Sieht ganz gut aus«, äffte sie ihn nach. »Blinder Hunne! Vornehm ist das Gewand, merk dir das.« Ohne jede Eleganz kehrte Mela zur Korbtruhe zurück. »Manchmal könnte ich diesen Kerl … Ach, was rege ich mich auf. Komm, Mädchen, jetzt bist du an der Reihe.«

Ehe Goldrun begriff, fasste sie mit beiden Händen zu, löste den Hüftstrick, schon hatte sie das Kittelkleid hochgerafft und es dem Mädchen über den Kopf gezogen. Ebenso schwungvoll wollte Mela die lange Wollhose hinunterstreifen. Jäh aber bemerkte sie die weiße Haut. Ihr Blick streifte die kleinen festen Brüste, die rosafarbenen Knospen. »Bleib so«, befahl Mela hastig. »Nicht umdrehen.« Sie vergewisserte sich, dass Goldrun gehorchte, dann ging sie einige seidenknisternde Schritte auf Keve zu. »Raus mit dir.«

Er schüttelte den Kopf. »Hab's doch vorhin nicht so gemeint«, entschuldigte er sich. »Das Kleid steht dir wirklich gut.«

»Hier gibt es für dich nichts zu gaffen.« Mela stampfte mit dem Fuß auf. »Warte vor der Jurte, bis wir kommen.«

Erst jetzt begriff Keve, worum es ging. »Aber … aber Goldfohlen könnte doch unsere Tochter sein.«

»Raus! Wird's bald!«

Mit beiden Händen wischte er seinen Nacken und ließ sich ohne weiteren Protest vertreiben.

»Na endlich.« Mela kehrte zurück, aller Zorn war gewichen. »Jetzt kannst du dir die Hose ausziehen.«

Ohne den Blick von dem schlanken Körper abzuwenden, nahm Mela ihr das wollene Kleidungsstück weg und ließ es fallen. »Dreh dich mal.«

Das Mädchen gehorchte. Weil die Frau des Truppführers nichts sagte, sie nur musterte, entschuldigte sich Goldrun verlegen: »Ich bin sehr dünn.«

»Das wird noch. Ein bisschen mehr Speck kommt ganz von selbst«, antwortete Mela und benetzte nachdenklich die Lippen: »Helle glatte Haut … Bei allen Windgeistern, ihr Burgunderinnen seid wirklich schön.« Jetzt deutete sie auf den Schoß des Mädchens. »Das Fellchen da zeigst du besser keinem von unsern Männern, schon gar keinem der jungen Kerle. Hörst du? Könnte mir denken, dass die Hengste ganz wild drauf werden.«

»Hab ich sowieso nicht vor.« Verschämt senkte Goldrun den Kopf und starrte auf das lockige Hügeldreieck. Seit drei Monaten schon kam Blut für einige Tage. Beim ersten Mal hatte sie sich erschrocken und war zu ihrer Kammernachbarin gelaufen. ›Bleib ganz ruhig, Kleine. So ist das bei jeder Frau‹, hatte die Magd sie getröstet und ihr einige Leinenlappen gegeben. ›Stopf dir die zwischen die Beine, bis das Bluten wieder aufhört.‹

Für einen Augenblick dachte Goldrun an die Unruhe, die dort jetzt nachts manchmal entstand und allein mit Streicheln zu besänftigen war. Röte stieg ihr in die Wangen, und schnell schob sie den Gedanken beiseite. Nur um etwas zu sagen, flüsterte sie. »Was hab ich denn so Besonderes da? Ist doch bei jeder Frau das Gleiche.«

»Goldener Flaum. Den gibt es bei uns Hunnenweibern nicht. Und die Kerle springen gern auf was Fremdes.«

Bei dieser Vorstellung legte Goldrun sofort beide Hände schützend über ihr Vlies.

»Männer sind mir egal«, versicherte sie. »Ich hab meine Stuten und die Fohlen, damit bin ich zufrieden.«

»Bis mal einer kommt, der dich … Na, du wirst es schon erleben.« Mela schmunzelte. »Für dein Alter bist du wirklich noch ein unschuldiges Lamm. Sag's nur rechtzeitig meiner Schwester, wenn da draußen ein Wolf um dich rumschleicht. Tarcal schlägt ihm sicher 'ne Eisenstange über den Hunnenschädel.« Sie klatschte in die Hände. »Schluss damit. Jetzt ziehen wir dir die neuen Sachen an. Sonst kommt mein Alter wieder rein, und du stehst immer noch nackt da.«

Während des Einkleidens war draußen Gemurmel und eifriges Gewisper laut geworden, manchmal war sogar die tiefe Stimme Keves zu hören gewesen.

»Eine Königstochter!« Voller Stolz betrachtete die Meisterin ihr Werk. »Schöner kann so eine auch nicht aussehen.«

Goldrun fühlte sich sonderbar fremd in den neuen Kleidern. Die leichten roten Pluderhosen kühlten die Haut am Po und an den Oberschenkeln und waren doch nicht kalt; das knielange Mantelkleid aus dunkelblauem Leinen hatte so weite Ärmellöcher, dass sie bei jeder Bewegung einen Windhauch am Busen spürte. »Kann da jemand reingucken?«

»Aber nein.« Mela zog die rechte Längsborte noch enger über die linke und band den mit Goldfäden durchzogenen Leinengürtel strammer um die Taille. »Luftig soll das Kleid schon sein, aber keine Angst, für Neugierige gibt's nichts zu gaffen.« Sie nahm ein buntbesticktes Tuch vom Truhendeckel und schmückte damit Goldruns Schultern. Begleitet von kleinen Seufzern warf sie sich selbst einen durchsichtigen Seidenschal um, drapierte die eine Hälfte lose über der linken Brust und steckte den Stoff mit einer fein gehämmerten Goldfibel am Kragen ihres Gewandes fest.

»Wir sind soweit.« Ihre Zunge befeuchtete ausgiebig die Lippen. »Komm, jetzt zeigen wir uns.« Mela rauschte zum Ausgang, nahm sich keine Zeit, den Filz hochzurollen, im Schwung schlug sie die Plane auf und trat nach draußen. Hinter ihr fing Goldrun gerade noch rechtzeitig den dicken Stoff mit der Hand ab und schlüpfte ebenfalls ins Freie.

Entsetztes Gegacker! Flügelschlagen! In höchster Angst stoben die Hühner vor den Erscheinungen davon. Als Staub und Lärm sich legten, nahm Goldrun die Nachbarinnen wahr. Mit offenem Mund starrten sie auf die Frau des Truppführers. Kein Laut war mehr zu vernehmen. Nach einer Weile lächelte Mela, zur Antwort grinsten ihre Freundinnen. Die Schöne putzte sorgsam mit dem Handrücken über den fleckenlosen linken Ärmel; gespannt verfolgten die Beobachterinnen jede Bewegung.

Ehe das Schweigen drohte, selbst den Herzschlag zu ersticken, hielt es Keve nicht mehr aus: »Besser, ich fang unsere Hühner wieder ein.« Er rührte sich jedoch nicht von der Stelle.

Seine Stimme indes hatte den Bann gelöst. Im Nu umringten alle Frauen die beiden Geschmückten. Finger befühlten die Stoffe, berührten den Schmuck. Neid schwang in jedem Wort mit und

Mela blühte auf, sie drehte sich und führte den Freundinnen vor, welch einzigartiger Lufthauch durch Seide entstand.

Goldrun nutzte den Moment, entzog sich der Begeisterung und erinnerte Keve: »Wir wollten zum Palast. Du hast es mir versprochen.«

»Das will ich nicht.« Der Truppführer schlug sich mit der flachen Hand gegen die Stirn. »Das ist doch meine alte Henne. So darf doch ich sie nur kennen.« Erst jetzt wandte er sich dem Mädchen zu. »Was? Ja, ja, du hast Recht. Besser wir reiten zum Königsordu.«

Goldrun strahlte. »Warte. Ich zieh mir schnell wieder meine Sachen an.«

Obwohl Mela von Freundinnen umringt war, hatte sie ihren Mann und das Mädchen nicht aus den Augen gelassen. »Wo willst du hin?«

Vor dem Eingang der Jurte blieb Goldrun stehen. »Meine Freundin Hildegund besuchen. Keve bringt mich zum Palast. Ich ziehe mich nur rasch um.«

Sofort ließ Mela die Bewunderinnen allein, stand in wenigen Schritten vor ihr und blitzte sie an. »Warum glaubst du hab ich mir all die Mühe gemacht? Tagelang genäht! Und du willst die schönen Sachen gleich wieder ausziehen?«

»Aber so kann ich nicht reiten.«

Das Licht in den Augen änderte sich, erhielt einen neuen Glanz. »Eine Königstochter reitet nicht. Und eine Königin erst recht nicht.« Mit gespannten Lippen stieß sie über die Schulter einen scharfen Pfiff aus. Sofort hob Keve den Kopf. »Wir fahren! Hol unsern Karren. Wir fahren gemeinsam zum Palast.« Sie neigte sich zu Goldrun. »Eine gute Idee. Sollst sehen, wie uns die Kerle anstaunen.«

Es roch sehr streng auf dem zweirädrigen Kastenwagen. Für gewöhnlich diente er zum Transport der Schafe. Die vom Kot glitschige Ladefläche gab den Sohlen der Schnürschuhe keinen festen Stand, und so mussten sich die edlen Damen an den Kanten der Seitenwände festhalten. Mela benutzte nur eine Hand für ihre Sicherheit, mit der anderen winkte sie huldvoll den Nachbarinnen zum Abschied.

»Ich bin sicher …« Sie hob und senkte den seidenverhüllten Busen. »Ach, Mädchen, als die Weiber sich so um mich drängten, da ist mir das Herz richtig warm geworden.«

Und ich hab mich beinah geschämt, dachte Goldrun. Nie werde ich verstehen, warum Kleider eine Frau so aufregen können. Auch Hildegund redet manchmal von nichts anderem. Laut aber sagte sie: »Du siehst auch wirklich wunderbar aus.«

»Sag das dem hunnischen Holzklotz mal.« Mit dem Daumen deutete Mela zur Kutschbank. Dort saß Keve, ohne Hals, seinen Kopf hatte er tief in den Schultern versenkt. Wenn Freunde vom Straßenrand grüßten, wandte er den Blick weder nach rechts noch nach links und stieß als Antwort nur unverständliches Brummen aus. Je näher das Palastviertel kam, umso mehr junges Volk lief hinter dem Karren her, die Mädchen winkten den Grazien auf dem Mistkarren, die kleinen Burschen aber übten sich in zweideutigen Handgesten und Pfiffen.

»Wenn ich einen von euch zwischen die Finger kriege …«, Melas Stimme grollte, »dem zerquetsche ich die Eier, dass er …« Sie brach den Satz ab, weil Keve an der Schranke vor dem weitem Platz das Pferd zügelte. »Muss im Königsordu was erledigen«, knurrte er.

Die Posten kannten ihn, seine Miene warnte vor Neugierde, so staunten die Männer nur zu den Frauen hinauf und ließen den Truppführer mit seiner Fracht passieren.

Auf halber Strecke befahl Mela anzuhalten. »Ab hier gehen wir zu Fuß.«

»Du nicht. Du wartest.« Keve sprang vom Bock und ließ die Hinterlade runterklappen. »Steigt beide ab.«

»Verdammter sturer Esel!« In den schwarzen Augen flammte der Zorn; ohne den verschmierten Untergrund zu beachten, stampfte seine Frau auf die Schräge, sofort rutschen ihre Füße weg, sie schlidderte, wankte.

»Das Kleid!«, entfuhr es Goldrun, sie presste die Hand vor den Mund: »O heilige Maria! Nein!«

Mela stürzte nicht hin, fiel aber vornüber auf ihren Mann und wurde gehalten; kein erschreckter Schrei, sofort bearbeite sie ihn mit den Fäusten. »Warum verdirbst du mir die Freude? Wieso gefalle ich dir nicht?«

Keve schnappte ihre Handgelenke. »Mach mich nicht böse, Frau.« Er blickte sich um. Längst hatten die Palastwachen den Streit bemerkt. »Ich will kein Aufsehen.«

»Aber ich!« Sie riss sich los. »Was meinst du wohl, weshalb ich hier bin?« Ehe er begriff, stürmte Mela bereits auf das hohe Holztor zu; als sie sich vor ihm sicher fühlte, gewann ihr Gang wieder an Grazie, leicht ließ sie den rechten Arm schlenkern, die linke Hand überprüfte den Sitz des Perlenschmucks in ihrer wilden Haarpracht.

»Was jetzt?« Hilflos blickte Keve auf Goldrun.

»Na, wir gehen auch.« Sie lächelte vorsichtig und bat. »Mach nicht solch ein Gesicht. Du musst für mich nach Hildegund fragen.«

»Aber warum muss meine alte Henne am helllichten Tag so hier rumlaufen?«

Gleich nahm Goldrun Partei. »Verdammt, das kannst du ihr doch nicht verbieten. Sie ist so schön. Und mit dem Kleid ist sie sogar noch viel schöner.«

»Reicht mir, wenn ich sie sehe.«

Mit einem Mal verstand das Mädchen. »Willst du etwa deine Frau verstecken? Einsperren in die Jurte?«

»Ach was.« Er zupfte an den Bartsträhnen. »Ist mir egal. Mein ja nur, so zeigen muss sie sich nicht.« Ohne das Mädchen anzusehen, ging er schweren Fußes los. »Nun trödle nicht«, rief er über die Schulter. »Sonst dauert es noch länger.«

Erleichtert folgte ihm Goldrun. Weiter vorn sah sie den ausladenden Hüftschwung und bemühte sich selbst für einige Schritte, mehr als ein Wackeln aber wollte nicht gelingen. Ich glaub, dafür muss der Po größer sein, dachte sie, dann schwingt er sicher von allein.

Zweimal war Keve gezwungen, die Wachposten anzusprechen, ehe sie den Blick von der Schönheit ließen, die gemächlich an ihnen vorbei und dann den Wehrzaun entlang spazierte. Einer rieb seine Fingerknöchel aneinander. »He, Truppführer, wo hast du das edle Prachtweib mit der Dienerin her? Beim Beutetross waren die beiden nicht dabei.«

»Halt's Maul!« Keve ballte die Faust.

Der andere malte mit den Händen die Formen nach. »Auch wenn sie nicht mehr ganz frisch ist, für die würde ich meine Junge aus der Jurte jagen.«

Mit aller Kraft trat ihm der Truppführer auf den Fuß. »Vorher hätte ich dir schon die Gedärme rausgerissen.« Er packte den Stöhnenden am Genick und riss das Gesicht dicht an seins. »Du redest von meiner Mela. Das ist meine alte Henne.«

»Wusst ich ja nicht«, stammelte der Bewaffnete. »In den teuren Kleidern, und so … hab ich dein Weib gar nicht erkannt … Friede.« Keve gab ihn frei, gleich drohte er dem zweiten Posten. »Und du sieh dich vor. Noch ein Wort über sie, und ich nagle deinen Hals mit dem Dolch ans Tor.«

Mela kam von ihrer Wanderung zurück. Die Posten sahen nicht hin, als sie vorüberzog und zur anderen Richtung der Palasteinfriedung davonschwebte, selbst ihrem Moschusduft wagten sie nicht nachzuriechen.

»Können wir dir einen Gefallen tun?«

Keve zeigte auf Goldrun. »Und das ist keine Dienerin, merkt euch das, das ist mein Goldfohlen. Sie möchte mit ihrer Freundin reden. Hildegund, die junge Geisel von den Burgundern.«

»Ohne Erlaubnis? Das geht nicht, das weißt du genau. Aber ich kann den Kommandanten fragen. Mach ich gern für dich. Nur dauert es etwas.«

Mit umwölkter Stirn sah der Truppführer seiner Frau nach. »Hab nicht so viel Zeit …« Gleich fasste er den Burschen umso schärfer ins Auge. »Für so einen kleinen Gefallen willst du wirklich den Befehlshaber der Palasttruppen stören?«

Der Posten griff sich an den Hals. »Nein, an sich nicht. Ach, ich erinnere mich. Vorhin, als ich zum Dienst ging, habe ich die Geisel in der Küche arbeiten sehen. Das ist nicht weit.«

»Dann hol sie.«

»Ja, gleich. Denke, dass Kommandant Edekon davon gar nichts wissen muss.«

Auf dem Absatz drehte sich der Posten um, verschwand durch die schmale Torpforte. Wenig später kehrte er mit Hildegund zurück, sie trug einen schlichten Arbeitskittel.

Kaum nahm sich die Adelstochter Zeit für eine Umarmung. »Wie siehst du denn aus?« Die vollen Lippen vibrierten. »Lass dich ansehen. Nein! Woher hast du dieses Prachtstück?« Sie befühlte das Leinen. »Und die Farbe! Ja, Liebchen, Blau musst du tragen. Das steht dir.« Jetzt erst entdeckte Hildegund die roten Pluderhosen. Ehe Goldrun sich wehren konnte, hatte sie ihr schon den Saum des Mantelkleides bis zu den Oberschenkeln hochgerafft. »Ist das etwa …?« Hildegund prüfte mit den Fingerkuppen, dann stöhnte sie lustvoll auf. »Seide. Tatsächlich Seide. O je! Die Hose musst du mir leihen. Einmal wenigstens.« Sie schob sich näher an die Freundin. »Ich wollte dich sowieso besuchen kommen, weil …« Ihre Stimme versank ins Flüstern.

Goldrun hörte zu, vergaß den Mund zu schließen, schloss ihn dann doch, um aber gleich zu fragen: »Willst du das denn auch?«

»Ja, es muss jetzt endlich sein, sonst ist Walther traurig. Hat er mir wenigstens gesagt.«

Inzwischen waren vier weitere Männer der Palastwache leise aus dem Tor getreten. In Reih und Glied standen sie da, die Gesichter nach links gerichtet; sobald Mela sich näherte, schwenkten ihre Köpfe mit, drehten sich ganz nach rechts, und so verrenkt harrten sie aus.

»Was ist?« Keve wurde es zu viel. Er trat zu den Mädchen, voller Unruhe öffnete und schloss er die Hände. »Wir müssen zurück. Sagt euch noch was, aber dann müssen wir …«

»Nicht gleich«, bettelte Hildegund. »Wir haben uns doch gerade erst getroffen.«

»Ein anderes Mal«, brummte Keve.

»Nein, jetzt. Sonst fang ich an zu heulen.«

»Was? Nein, bloß nicht.« Die Unruhe in seinem Blick nahm zu, denn jetzt kam seine geschmückte Henne wieder hüftschwingend auf das Tor zu.

Hildegund spitzte kurz den Mund, zwinkerte der Freundin mit einem Auge, dann lächelte sie scheinheilig zu dem Truppführer auf. »Wir sind sofort fertig, wenn du uns hilfst.«

»Ist recht. Wie denn?«

»Du sorgst dafür …« Hildegund nahm beide Enden ihrer Zöpfe in eine Hand und streichelte sich damit den Hals. »… dass ich mit Walther auf das Gestüt darf. Wir wollen Goldrun besuchen. Ich hab Logade Basig schon gefragt.«

»Ja und?«

»Walther darf den Palastbereich nur in Begleitung eines Wächters verlassen. Da dachte ich, wenn du … dir als Truppführer geben sie ihn bestimmt mit.« Energisch knuffte Hildegund ihrer Freundin in die Seite. Gleich bettelte auch Goldrun. »Ja, hilf uns. Ich freue mich so, wenn die beiden mich besuchen dürfen.«

Längst hörte Keve nicht mehr hin. Auf gleicher Höhe mit ihm hatte Mela den Schritt verlangsamt. Diese Gelegenheit nutzte er und wies zum Karren. »Sei ein gutes Weib, bitte. Steig wieder auf.«

Gnädig nickte sie und schlenderte hinüber.

Als hätte er Angst, die Schöne könnte es sich wieder anders überlegen, griff er nach Goldruns Hand und wollte sie mitziehen. Das Mädchen aber wehrte sich. »Erst musst du es versprechen.«

»Was denn?«

Hildegund stellte sich ihm in den Weg. »Du bringst Walther und mich auf das Gestüt.«

»Mach ich.«

»Und dort bleiben wir einen ganzen Tag.«

»Ist gut. Aber erst nach dem Frieden. Wenn ich zurück bin.«

Goldrun ging drei Schritte mit ihm, dann blieb sie erneut stehen. »Schwöre es.«

Keve lief dunkel an. »Ja, bei meiner Ehre!« Gefährliches Grollen entrang seiner Brust. »Und wenn du jetzt nicht kommst, dann … dann gibt's ein Unglück.«

»Du bist der beste Hunne, den ich …«

»Sag nichts mehr, Kleines. Bitte.«

Gehorsam ließ sich Goldrun mitzerren. Sie blickte sich um. Hildegund stand strahlend da und ließ beide Zöpfe ums Handgelenk wirbeln.

Endlich eine Frau werden will sie? Deshalb muss sie mit Walther lange allein sein? Damit er sie … Goldrun dachte den Gedanken nicht weiter.

Auf dem Rückweg schwieg Mela. Hin und wieder wandte ihr Mann den Kopf, auch er brachte kein Wort über die Lippen.

Gleich nach der Ankunft stieg die Königin vom Karren und verschwand in der Jurte.

Keve wischte sich mit dem Handrücken den Schweiß von der Stirn. »Geh zu ihr, Kleines. Ich komm besser später.«

Nachdenklich nickte Goldrun. Mitten im Raum hockte Mela nahe der Feuerstelle auf der Truhe, sie wog ihr Haargeschmeide in der Hand. »Weißt du, Mädchen«, flüsterte sie. »All die Jahre hab ich davon geträumt. Mir vorgestellt, wie sich so ein Kleid anfühlt und wie die Leute mich bewundern. Das war schön. Und jetzt?« Sie blickte auf und Goldrun sah Tränen in ihren Augen. »Wann soll ich denn so ein Kleid anziehen? Das hab ich mir nie überlegt.« Sie versuchte zu scherzen. »Eine Königin bin ich nun mal nicht, bin nur ein einfaches Hunnenweib.«

»Aber vielleicht wirst du ja mal in den Palast eingeladen?«

»Ach, Kind. Und wenn's so kommt, dann sicher nur einmal in meinem Leben.« Das Lachen misslang, stattdessen brach Mela in lautes Schluchzen aus. Erst nach einer Weile erstickte es wieder und sie zog die Nase hoch. »Aber du hast Recht.« Ihre Stimme wurde fester. »Für dieses eine Mal lohnt es sich. Wir ziehen uns jetzt wieder aus. Und wir packen die schönen Sachen hier in die Kiste. Da bleiben sie, bis uns der Großkönig zu einem Fest abholen lässt. Und wenn wir drauf warten müssen, bis wir alt und grau sind, ist auch egal.«

Onegesius wusste die Lösung, sagte sie so leicht dahin, dass Attila erschreckt zusammenfuhr. »Mein König, dann lasse für die Friedensverhandlungen einen Zeltpalast und genügend Quartiere außerhalb deines Ordus errichten.«

Eitelkeit und Starrsinn hatten beinahe zum Streit zwischen den fürstlichen Brüdern geführt. Die Sieger der großen Entscheidungsschlacht vom Herbst des Jahres 442 waren uneins, wo nun dem Verlierer die Bedingungen für den Frieden diktiert werden sollten.

Bleda ließ den Herrscher über die Ostgebiete wissen: »Ich will die römische Gesandtschaft vor mir niederknien sehen. Und zwar in meinem Palast.«

Attila schickte keinen Geringeren als Scotta, den jüngeren Bruder seines obersten Ratgebers, mit einer scharfen Antwort nach Westen in die Königsstadt: »Hat dir der Ruhm schon das Hirn benebelt? Die Römer sollen nicht den Staub vom Boden deiner Halle lecken. Es geht allein ums Gold, um Forderungen und die Festlegung neuer Grenzen. Also sei kein Idiot. Mein Haus liegt näher am oströmischen Kaisersitz. Deshalb bewege deinen Arsch her zu mir. Wenn wir der Gesandtschaft auf diese Weise freundschaftlich entgegenkommen, wird unser Erfolg umso größer sein …«

Scotta, der geschickteste Unterhändler am östlichen Königsordu, milderte den schroffen Ton seines Fürsten ab: »Großkönig, dein Bruder übersendet untertänige Grüße. Möge dir immerdar die Sonne scheinen. Ja, du hast klug entschieden, die Römer müssen künftig vor deinem Herrscherstuhl die Stirn auf den Boden pressen, denn dir allein gebührt der Ruhm des Siegers. Jedoch bedenke, der Weg von Konstantinopel bis zu deinem Palast ist beschwerlich und sehr weit. Beschlüsse und Verträge benötigen viel Zeit, um zurück an den kaiserlichen Hof zu gelangen, und länger als nötig werden die Tributzahlungen hinausgezögert …«

Bleda war aufgesprungen, hatte die Halle mit großen Schritten durchquert und es vermieden, die beiden Adler auf dem Wandteppich auch nur anzusehen. »Ich liebe meinen Bruder. Ja, es mag klüger sein, den Römern entgegenzukommen. Doch wenn die Verhandlungen an Attilas Ordu stattfinden, so wertet es ihn zu sehr auf. Ich bin der Großkönig und nicht er, dies muss aller Welt klar sein.«

Scotta war unverrichteter Dinge zurückgekehrt.

Drohend hatte Attila die Fäuste gen Westen erhoben und seinen Bruder lästerlich verflucht, bis er von Onegesius zwischen zwei Atemzügen mit der Lösung überrascht worden war.

»Mein Freund.« Im Nu verrauchte der Jähzorn. Attila legte beide Hände flach auf die Oberschenkel, richtete den Körper gerade und schloss die Lider. »Was ist mit mir?«, flüsterte er. »Hat mich der Hass schon so verblendet, dass ich den einfachsten Weg nicht mehr sehe?«

»Sei unbesorgt, mein Fürst.« Die Brauenbögen wölbten sich in die hohe Stirn. »Lass mich die Kühle sein, wenn Hitze droht, unsern Plan zu gefährden. Ich will Ruhe geben, wenn die Leidenschaft zu hastige Fehler begeht.«

Attila öffnete die Augen, sein Blick füllte sich mit Rührung, gleich aber überdeckte er das Gefühl. « Schöne, saubere Worte. Reinigst du auch deine Sprache beim Bade?« Er spottete nicht weiter. »Ich danke dir und bin froh, dich an meiner Seite zu wissen. Diesen Vorschlag wird Bleda nicht ablehnen. Neben den Unterkünften für die Gäste werden wir ihm seine königliche Behausung errichten, geschmückt mit Teppichen, goldenen Vasen und kostbaren Stoffen. Er soll sich vor den Römern getrost als Alleinherrscher der Hunnen aufblasen. Ich werde ihn nicht daran hindern.«

»Wie klug.« Onegesius ließ leise Ironie mitschwingen. »Auch ich bringe ein Opfer. Obwohl der Baumeister die Pläne schon angefertigt hat, verzichte ich auf mein neues Marmorbad, bis wir unser Ziel erreicht haben.«

Draußen rumorte und grollte der schwülwarme Tag. Im Innern der Zelthalle loderten Fackelsträuße, gehalten von mehrarmigen eisernen Ständern. Unruhiges Licht spiegelte sich in den zahllosen Gerätschaften aus Silber und Gold, die wie ein Bodenfries unterhalb der bunten Wandteppiche aufgereiht standen. Qualmschwaden waberten hinauf zum Filzhimmel. Obwohl die Luftschlitze nahe den Stützstreben geöffnet waren, wollte der Rauch nicht schnell genug abziehen.

Immer wieder unterbrach Senator Anatolius durch Hüsteln die Rede des hunnischen Großkönigs. Schließlich hieb Bleda beide Hände auf die vergoldeten Lehnen seines Herrscherstuhls. »Warum störst du mich, General? Willst du nichts mehr von der Niederlage deines Feldherrn Aspar hören, dir und der Gesandtschaft die Schmach ersparen?«

Bedächtig schüttelte der Befehlshaber das Haupt. Allein der Verhandlungen wegen war er von Ravenna nach Konstantinopel und von dort gleich zu den Hunnen geschickt worden. »Verzeih, Großkönig, dem Kriegshandwerk habe ich beinah alle Haare geopfert. Geblieben ist mir nur dieser graue Kranz. Ich weiß mit Sieg ebenso umzugehen wie mit einem Misserfolg.« Anatolius bemühte sich um ein Lachen, erneut aber befiel ihn heftiger Husten. Zwischen zwei Anfällen keuchte er: »Es liegt an der stickigen Luft …« Als der Atem endlich wieder ruhiger ging, setzte er hinzu: »Und auch die Schwüle bereitet mir Schwierigkeiten.«

»Ist es dir hier in dieser Königshalle etwa zu unbequem oder …«, jetzt schärfte Bleda den Ton, »… zu barbarisch?«

»Nein, beim Allmächtigen, nein. Selten habe ich solch eine Pracht gesehen.«

»Höre ich Spott in deinem Ton?« Da der Senator schnell etwas erwidern wollte, es aber dann vorzog zu schweigen, blickte sich Bleda nach seinen Ratgebern um. Logade Basig schob erbost die Unterlippe vor und zurück, auch die übrigen zeigten empörte Mienen. Nur der Kommandant seiner Palasttruppen und oberste Leibwächter Edekon war abgelenkt. Er spielte mit den goldenen Reifen an seinem rechten Oberarm und versuchte sie über den gespannten Muskel zu schieben. Der Großkönig blickte nach rechts. Unbeweglich saß Attila dort, der Stuhl niedriger, nicht so verziert, er schien gelangweilt, in Gedanken versunken. Weil ihn der Bruder nicht einmal ansah, steigerte sich der Zorn. Mit gestrecktem Finger wies Bleda auf den General. »Gut, gut. Ich will Rücksicht auf deine Gesundheit nehmen und erwähne nicht länger die Gründe eurer Niederlage. Kommen wir sofort zu den Bedingungen …«

Gold, Gold, Gold! Der jährliche Tribut sollte verdreifacht werden, dazu mussten Nachzahlungen für die vergangenen Kriegsjahre geleistet werden. Alle eroberten Gebiete und Städte entlang der Donau blieben unter hunnischer Herrschaft. Damit war der Donau-Limes, der Schutzwall Ostroms vor den Barbaren, zerstört.

Stirnrunzelnd hob Anatolius die Hand. »Großkönig Bleda. Der kaiserliche Hof rechnet mit Zahlungen, die deinem Sieg angemessen sind, jedoch nicht mit solch maßlosen Forderungen.«

Draußen rollte ein Donner heran, wurde lauter und paukte in dumpfen Schlägen über die Königshalle hinweg.

Noch in den verebbenden Lärm fauchte der Hunnenherrscher: »Maßlos?« Ruckartig schabte er die vernarbten Kinnpartien im Fellkragen. »Ihr Römer kommt hierher und zeigt euch nicht einmal zerknirscht? Habt ihr immer noch nicht begriffen, dass ich die Macht in Händen halte? Noch warten meine Heere im Süden. Nur ein Befehl, und sie rücken weiter auf Konstantinopel vor.« Seine Stimme geriet in einen Singsang. »General. Hat man dir nicht berichtet, was von den Städten übrig blieb, die wir verwüstet haben? Nicht erzählt vom Blut der Männer? Vom Geschrei eurer Weiber, als ihnen die Schenkel auseinandergerissen wurden? Und erst die Kinder? An Fleischerhaken hingen …«

»Nicht weiter! Ich bitte dich.« Das verwitterte Gesicht hatte an Farbe verloren. »Lass uns über den Krieg sprechen, nicht aber von seinem Gestank, dem Elend und den Schicksalen der Menschen, die ihn erleiden.«

Bleda unterdrückte ein Kichern. »Einverstanden. Was ich andeuten wollte, ist, dass ich eure Hauptstadt jederzeit unter meinem Stiefel zertreten kann …«

»Bruder und Großkönig!«, unterbrach ihn Attila hart und nahm sogleich den Ton wieder zurück. Zum Zeichen seiner Ergebenheit neigte er leicht den Kopf in Richtung des Herrscherstuhls. »Wir streben ein neues freundschaftliches Verhältnis mit unsern Nachbarn an. Erinnere dich, wir wollten diesen Krieg nicht, er wurde uns aufgezwungen. Nun suchen wir nach einer Lösung, die beiden Seiten den Frieden garantieren.«

Sofort verbarg Bleda sein Gesicht hinter der Hand, erst nach geraumer Zeit ließ er sie sinken und zeigte dem römischen Gesandten ein mildes Lächeln. »Der Unterkönig Attila gemahnte mich zur Eile. Nun, wir haben alle Forderungen gestellt…«

»Bis auf die geflohenen Verräter«, warf der Bruder dazwischen. »Alle adeligen Flüchtlinge unseres Volkes, die sich in Konstantinopel aufhalten, müssen uns unverzüglich überstellt werden.«

General Anatolius schüttelte den Kopf. »Verzeiht, diese Bedingung ist unerfüllbar.«

Jäh federte Attila hoch, in zwei Sätzen stand er vor dem Stuhl des Gesandten, Feuer loderte aus den Augen. »Ich verlange es…«, presste er mühsam beherrscht zwischen den Zähnen vor. »Wir, Großkönig Bleda und ich, König der Ostgebiete, verlangen die Auslieferung aller hunnischen Adeligen, die es vorgezogen haben, bei euch in Prunk und Pracht zu leben. Mit äußerstem Nachdruck aber verlangen wir, dass jedes Mitglied unseres Herrschergeschlechts uns überantwortet wird.«

Furchtlos, doch mit Bedauern erwiderte der Gesandte den Blick. »Wie mir berichtete wurde, hast du bereits vor drei Jahren diese Forderung gestellt. Damals lehnte der Kaiser ab, weil diese Fremden uns um Schutz gebeten hatten und ihnen Gastrecht gewährt worden war. Nach unserer Niederlage im letzten Jahr aber hat das Volk selbst gehandelt. Aus Furcht vor einer Eroberung haben die Bürger eure Verwandten aus den Häusern gezerrt und sie wie Hunde auf offener Straße mit Knüppeln erschlagen.«

Donnerknall! Eine Sturmböe heulte auf, sie zerrte, rüttelte an den Hallenwänden. Ein neuer Stoß, unter der Wucht schlug die Türplane beiseite, und ein gleißender Regenschwall peitschte herein, fuhr über Rücken und Nacken der Gesandtschaft, löschte einen Fackelstrauß und traf den Herrscher der Ostgebiete gegen Brust, Hals und Gesicht. Unbeweglich stand Attila da. Nässe spiegelte sich auf der graugelben Haut seiner Wangenknochen. »Tot?« Kaum bewegten sich die Lippen. »Ist das wahr?«

General Anatolius betupfte mit dem Tunikaärmel seinen Haarkranz. »Es schmerzt mich, dir keine bessere Auskunft geben zu können.«

»Das ehrt dich. Dennoch erlaubst du mir, einen Vertrauten nach Konstantinopel zu entsenden, um die Wahrheit zu überprüfen.«

»Jederzeit.«

Ein Seufzer ließ Attila herumfahren. Der Großkönig hatte sich erhoben. Die Hand gegen die Stirn gepresst starrte er zur Decke. »Tot! Meine Vettern. Die Römer haben meine Familie ausgerottet.«

Während Attila langsam auf den Bruder zuging, suchte er aus den Augenwinkeln seinen engsten Betrater. Onegesius saß neben dem Schamanen Ajarbas, aufmerksam, den Mund leicht geöffnet. Die Blicke verschmolzen ineinander und lösten sich sofort wieder. Attila streckte den Arm aus, beinahe berührten seine Fingerspitzen die Schulter des Bruders. »Großkönig. Nun sind wir beide die einzigen lebenden Nachfahren aus dem Geschlecht König Rugas. Nur wir sind übrig.«

Bleda seufzte laut und zischte durch die Zähne: »Warum trauerst du nicht? Es waren Feiglinge, das weiß ich, aber sie gehörten zu unserer Sippe.«

Offen zeigte Attila seine leeren Hände. »Sieh mich an. Auf meinen Wangen entdeckst du mehr als Tränen. Kaum vernahmen die Regendämonen vom Tod unserer Verwandten, weinten sie mit mir.«

Bleda warf sich wieder auf den Herrschersessel. »General, der Preis für den Frieden verteuert sich. Für jeden Kriegsgefangenen müsst ihr nun das Doppelte bezahlen, zwölf Soldis. Denn unser Schmerz kann nur mit Gold gelindert werden.«

»Einverstanden.«

Völlig überrascht starrte Bleda den Verhandlungspartner an, gleich setzte Anatolius hinzu: »Ehe der Preis sich noch weiter erhöht, stimme ich zu.« Er erhob sich: »Im Namen des großen Kaisers Theodosius und Kraft meines Amtes als Unterhändler für das Oströmische Reich nehme ich die gestellten Forderungen an.

Möge fortan Friede zwischen unseren Völkern aufblühen.« Geduldig wartete er den Beifall ab, doch ehe Bleda das Wort ergreifen konnte, fuhr er fort: »Ich ahne deine Frage, Großkönig des mächtigen Hunnenreiches, du verlangst Sicherheiten. Zum Pfand unserer Ehrlichkeit und als Beweis unseres neu gewonnenen Vertrauens hat ein Vater seinen einzigen Sohn hergegeben. Ein überragender Mann des Römischen Reiches schickt euch seine Hoffnung, seinen ganzen Stolz.« Mit einer großen Armbewegung winkte der General aus dem Kreise der Gesandten einen kräftigen sonnengebräunten Jüngling zu sich. »Dies ist Carpilio, der Sohn des Flavius Aëtius, des großen Feldherrn und Oberbefehlshabers aller Nordarmeen und Verwalters von Gallien! Er soll für ein Jahr als Geisel am Hof der Hunnen leben.«

Bleda lehnte sich zurück, verschränkte die Arme vor der Brust, wie ein satt gefressener Hund schloss er halb die Lider. »So sei es. Meine Schreiber werden nun den Vertrag nach meinen Bedingungen ausfertigen, der von deinen Schreibern Wort für Wort übernommen wird. So schleichen sich keine Irrtümer ein.« Genüsslich pflegte er beide Kinnpartien. »General, sei heute Abend mitsamt der Gefolgschaft mein Gast. Wir wollen trinken und essen. Musikanten werden spielen, und …« Er richtete sich wieder auf, seine Hand tätschelte in Vorfreude schon den Oberschenkel. »… und meine wertvollste Kriegsbeute, der Narr des Feldherrn Aspar wird uns kurzweilig die Zeit vertreiben.«

Gleich nach Abschluss der Verhandlung zogen sich die Römer schweigend in ihre Zelte zurück.

Triumph blähte Bleda. »Bruder! Heute hast du einem Lehrstück meiner Geschicklichkeit beigewohnt.« Er trat so nah heran, dass Attila den Oberkörper unwillkürlich etwas zurückbog, doch Bleda bemerkte es nicht. »Ich hoffe, du Zweitgeborener unseres Vaters, du konntest von deinem älteren Bruder etwas lernen?«

Tief sog Attila den Atem durch die Nase. Seine Kinnmuskeln arbeiteten. Mit einem Mal aber entspannte sich das Gesicht. »Großkönig und geliebter Bruder. Dieser Friede bringt nur Vorteile. Keiner unserer Vorfahren konnte jemals die Grenzen des Hunnenreiches so weit ausdehnen. Dies ist allein dein Verdienst. Dafür sei dir Dank.«

»Bruder, liebster Freund. Niemand mehr vermag uns die Macht zu entreißen.« Der Ton wurde gönnerhaft. »Du wirst unter mir das Ostreich führen, und der Glanz meines Palastes soll stets auch deinen Ordu erstrahlen lassen.«

»Deine Güte beglückt mich.« Attila neigte den Kopf. »Weil die Nachricht vom grausamen Tod unserer Vettern dich so schmerzte, werde ich das Verbrechen in Konstantinopel überprüfen lassen, und dir dann sogleich persönlich berichten.«

»Gut, sehr gut. Ich nehme deine Dienste dankbar an. Doch nun …« Bleda ließ die Hand über das Gewand abwärts gleiten und griff durch den Stoff. »Der Erfolg reizt mein Blut. Ich muss es zwischen den Schenkeln eines Weibes etwas abkühlen.« Er winkte dem Kommandierenden der Leibwache und ließ sich von vier Bewaffneten zum prächtigen Quartier in die Zeltstadt geleiten.

Attila sah ihm regungslos nach. Schließlich rief er Onegesius und seinen Onkel Ajarbas, den Schamanen, zu sich. »Wir sollten die Gelegenheit nutzen. Unser Plan …« Er senkte die Stimme und nahm die beiden Männer beiseite.

Eine Stunde später lenkte der griechische Ratgeber trotz des Unwetters sein Pferd über die aufgeweichten Wege bis zur Unterkunft der Wachtruppen. »Bringe euren Befehlshaber zu mir«, bat er den Posten.

Kaum erkannte Edekon den hageren Würdenträger, nahm er Haltung an. »Kann ich helfen, Herr?«

»Nein, mein Freund.« Das Wasser troff Onegesius von Nase und Kinn. »Ich überbringe dir ein Geschenk.« Er warf ihm einen Beutel zu. »Mein Herr hat Gefallen an dir.«

Verblüfft löste Edekon die Lederschlaufe und zog einen Goldreif heraus. »Was erwartet König Attila von mir?«

»Kränke uns nicht.« Onegesius lächelte. »Mein Herr pflegt Geschenke zu verteilen, ohne gleich eine Gegenleistung zu erwarten.«

»So was!« Edekon konnte die Augen nicht vom Gold abwenden. »Einfach nur Freundlichkeit gibt's bei uns im Palast nicht.«

»Dann erfreue dich umso mehr an diesem Reif. Möge er deinen Schwertarm zieren.« Der Grieche wendete bereits langsam das Pferd und sagte betont heiter. »Irgendwann vielleicht wirst du Gelegenheit haben, dich für dieses Geschenk zu bedanken.«

»So was vergess ich nicht.« Edekon strahlte und streifte das Schmuckstück über den muskelbepackten rechten Arm.

Der Regen hatte nicht aufgehört. Schon am Nachmittag waren neben der Festhalle leinenbedachte, nach allen Seiten offene Unterstände für die Herdfeuer errichtet worden. Bei Anbruch der Dämmerung hatten Köchinnen, Mägde und Sklaven in schützenden Planwagen die Getränke und die bereits vorgekochten oder nur angebratenen Speisen vom königlichen Ordu zur Zeltstadt hinübergeschafft.

Wind erschwerte den Fleißigen die weitere Zubereitung der Speisen, selbst auf eine Kostprobe mit der Nase mussten sie verzichten, denn ehe ein Duft verlocken konnte, wurde er schon davongeweht.

Aus dem Saal drangen die halb gesprochenen Lieder der Sänger. In nicht enden wollender Litanei priesen sie die Heldentaten der Hunnen: angefangen vom Zug aus dem fernen Osten durch das Sumpfmeer, wie sie nach und nach Goten und alle Stämme unterworfen oder verjagt hatten, bis zu den Kämpfen aus der Zeit König Rugas. Die Stimmen wurden heller, durchdringender, als die Siege Großkönigs Bleda verherrlicht wurden. Klatschen und Hochrufe unterbrachen die Darbietung. Vom Hunger getriebener Jubel brandete auf, als die Künstler ihren Vortrag beendeten.

Logade Basig erschien selbst am Eingang der Halle, gab den Köchinnen das Zeichen und verschwand wieder. Unter Baldachinen trugen Sklaven goldbraune Hammelbraten durch den Regen. Ebenso beschirmt folgten Mägde mit dampfenden Schüsseln. Wächter öffneten weit die Filzplanen. Und von inbrünstigem Stöhnen begrüßt zog die Prozession der Köstlichkeiten in den Festsaal. Blicke begleiteten die Fleischberge auf den silbernen Platten, Nasenflügel weiteten sich, und die Gäste sogen das Duftversprechen in sich auf.

Bleda und Attila thronten nebeneinander an der Stirnwand. Der Ältere in einem von Goldfäden durchwirkten Prunkmantel, der Jüngere trug ein schmuckloses, dunkelblaues Leinengewand.

Trommelschlag.

Sofort senkte sich Schweigen über die Versammelten. Zwei Mundschenke kosteten den Wein, danach kredenzten sie zuerst den Herrschern die Becher. Der Großkönig nahm den goldenen, sein Bruder begnügte sich mit dem hölzernen. Sklaven brachten Bleda die Speise auf einem goldenen Teller, Attila aber servierten sie das Fleisch auf einer Holzscheibe.

»Esst und trinkt!« Mit weit gereckten Armen eröffnete der Großkönig für alle das Festmahl. Er nickte General Anatolius am Tisch gegenüber zu. »Wir Hunnen sind nicht nur die besten Reiter, die besten Kämpfer in der Schlacht, nein, wir sind auch großzügige Gastgeber. Ich hoffe, du kannst den Abend in vollen Zügen genießen.«

Gleich erwiderte der Römer zuvorkommend: »Am kaiserlichen Hof zu Ravenna wird oft von der Küche deines Volkes gesprochen. Der Speisezettel unterscheidet sich sehr von dem unserem, wird gesagt, doch sei die Kost vorzüglich.« Er neigte den Kopf. »Bei einem Treffen mit mir schwärmte General Flavius Aëtius geradezu von äußerst schmackhaften Fleischsuppen. Er war ja wohl selbst in seiner Jugend einige Jahre als Geisel am hunnischen Hof wie jetzt sein Sohn Carpilio.«

Bei Erwähnung des Oberbefehlshabers glitt ein Lächeln über Attilas Gesicht. »Ich erinnere mich gern an Aëtius. Oft ritten wir gemeinsam zur Jagd, wurden Freunde. Bitte bestelle ihm meine Grüße. Dem Sohn wird es in meinem Ordu gut ergehen.«

Bledas Hand entglitt das Bratenstück und fiel zurück auf den Teller. »Carpilio wird selbstverständlich im Palast des Großkönigs leben. Dort wird ihm der Aufenthalt so angenehm wie möglich gestaltet.«

Attila verengte die Lider, widersprach aber nicht. Damit versiegte das Geplauder an den Tischen der Vornehmen. Umso ausgelassener aber schwatzten die geladenen Unterführer der Gepiden,

Alanen und Goten miteinander. Nach dem fetten Hammelfleisch stopften sie geräucherte Fische und Käse in sich hinein, dazu tranken sie thrakischen Wein. Schluck für Schluck löste der süße Saft auch die Zungen der römischen Gäste. Vorsichtig tasteten sie sich mit Fragen zum Nachbartisch vor, Antworten ließen sie kühner werden. Dann lachten Hunnen und Römer gemeinsam; als die Bäuche gefüllt waren, erleichterten sich die Kriegsgegner von gestern mit Rülpsen und Furzen und tranken aus einem Krug.

Trommelwirbel! Rechts und links des Eingangs rafften Wächter die Filzplanen auseinander. In Brusthöhe zwischen ihnen erschien ein riesiger Kopf, schwebte herein, verharrte auf der Stelle. Nichts bewegte sich in dem dunklen Gesicht. Das Weiß der vorgewölbten Augen leuchtete. Mit einem Mal spitzten sich die rotbemalten wulstigen Lippen und stießen kurze Pfiffe aus. Die handgroßen abstehenden Ohren begannen abwechselnd im Rhythmus des Pfeifens zu wackeln.

»Bravo!« Großkönig Bleda klatschte. Seine Gefolgsleute fielen mit ein, auch den Römern entlockte die Erscheinung verblüfftes Gelächter. Durch den Applaus bestärkt bewegte sich der Kopf mit Pfiff und Ohrschlag auf den ersten Tisch zu. Einer der Unterführer sprang vom Schemel hoch und gab den Platz frei. Pfiff und Ohrschlag ohne Unterlass. Der Kopf wuchs über die Holzplatte, ruckweise wurde für alle Gäste der unförmige, mit rotem Samt behängte Körper sichtbar, Pfiff und Ohrschlag, behaarte krumme Beine tauchten über der Tischkante auf, sie steckten in grellgelben Leinenpantoffeln, und dann stampfte der Zwerg über Silberplatten, abgegessene Hammelknochen und Fettreste bis zur Tischmitte. »Ich bin Zerkon! Der große Zerkon!« Er klatschte, als wäre er sein eigenes Publikum; vor Begeisterung hob er die Hände zu nah ans Gesicht, sodass er bei jedem Schlag sich selbst ohrfeigte.

Vergnügt sah ihm die Festgesellschaft zu.

Jäh wurde die Rechte des Zwergs zum Feind der Linken. Schlug die eine fest zu, so hieb die andere umso härter auf die Wange, der große Kopf flog hin und her, die Augen rollten, weit holten die

Arme aus, der nächste Schlag brachte den Körper fast aus dem Gleichgewicht. Sofort erwiderte der Gegner den Hieb, traf gewaltig, kein Halt mehr, der Zwerg sank zur Seite und fiel vom Tisch.

Die Zuschauer sprangen hoch, klatschen und johlten.

Noch am Boden rief Zerkon: »Schafft Platz für Galla Placidia, die schöne Regentin Westroms!«

Nur zu gern wurde dem Befehl Folge geleistet; im Nu war die Mitte der Halle zur Bühne geworden. Die einfachen Zuschauer standen an den Seiten; vor Kopf thronten die beiden hunnischen Herrscher mit General Anatolius und ihren engsten Gefolgsleuten.

Der Zwerg räkelte sich, träge stand er auf und ging eine Weile hüftschwingend an den Reihen der Männer entlang. Dabei säuselte er in gekünstelt hohem Ton unzusammenhängende Worte in lateinischer, gotischer und hunnischer Sprache vor sich hin.

Gekicher der Truppführer begleitete die Darbietung. Am Tisch des Generals wiegte sich Zerkon verführerisch, drehte sich um und zupfte Stück für Stück den roten Samtkittel höher. Als die feisten Backen sichtbar wurden, runzelte Anatolius die Stirn.

Attilas Miene war erstarrt, nur der Blick verriet, welche Verachtung, ja beinah Ekel, er für den Zwerg empfand. Sein Bruder aber saß vorn auf der Kante des Thronsessels, gierte jeder Bewegung nach und juchzte vergnügt, als Zerkon seinen blanken Arsch immer näher an den römischen Gesandten heranschaukelte.

»So hat Galla Placidia es nach oben geschafft«, tönte der Zwerg jetzt vernehmlich. »Zwar ist ihr kluger Sohn Valentinian ...« Für einen Moment zeigte er die Fratze eines Wahnsinnigen und erntete großes Gelächter. »... dieser so kluge Sohn ist zum Kaiser ausgerufen worden, doch Galla Placidia herrscht uneingeschränkt.«

General Anatolius schüttelte den Kopf, sah vorwurfsvoll auf den Großkönig der Hunnen, doch Bleda gab sich dem Spaß hin.

Ein Hüpfer zur Seite, und Zerkon verwandelte sich mit runden Lippen in eine junge Frau. Die Lider senkten sich halb über die vorgewölbten Augen. »Honoria, das Töchterchen, aber macht, was sie will.« Ein Jammergeheul stieg zur Hallendecke auf. »Honoria sollte als keusche Jungfrau aufwachsen. Doch dann zeigte ihr der Stallmeister den Meisterstab …« Zerkon griff sich unter den Kittel, schlug seinen Penis gegen den Stoff, die Beule blieb, drückte sich weiter vor und die Männer brüllten vor Lachen und hieben sich gegenseitig auf die Schultern. »… Und vorbei war's mit der Jungfrau. O welch einen Kummer hat Galla Placidia mit ihrer Tochter. Wo soll Honoria versteckt werden? Selbst Eunuchen sind nicht mehr vor ihr sicher …«

Dafür umbrauste Zerkon wieder ohrenbetäubender Jubel. Dem Großkönig liefen die Tränen über die Wangen.

Mit versteinerter Miene erhob sich General Anatolius. »Es ist spät.« Er verneigte sich knapp vor dem Herrscher über alle Hunnen. »Erlaube, dass ich mich in mein Zelt zurückziehe.«

Nur ungern wandte Bleda den Blick von seinem Spaßmacher. »Schlafe wohl. Ich hoffe, du behältst den Abend in guter Erinnerung.«

Unfähig zu antworten, verneigte sich der Römer.

Attila sah die mühsam unterdrückte Empörung und verließ den Herrschertisch. »Bruder. Ich begleite unsern Gast zu seiner Unterkunft.«

Kaum hörte Bleda hin, nickte nur, denn Zerkon hatte als nächstes den oströmischen Kaiser angekündigt.

Ein kurzer Wink für Onegesius. Auch der hagere Grieche erhob sich, und gemeinsam geleiteten Attila und sein Ratgeber den Gast aus der Festhalle.

Kaum schlossen sich hinter ihnen die Filzplanen, boten sich Diener mit einem Baldachin an. Anatolius wehrte dankend ab. »Ich scheue jeden Unflat, nicht aber den Regen.« Weit ausholend schritt er weiter, erst nach einer Weile blieb er stehen und hob das Gesicht dem strömenden Nass entgegen. »Welch willkommene Erfrischung.«

»Den Narr kannte ich bis heute nicht.« Attila ballte die Faust. »Verzeih seine unangenehmen Scherze.«

»Es sind Lästerungen, auf die normalerweise der Tod steht.« Wieder gefasst blickte der General den Männern in die Augen. »Ich habe von diesem Zwerg früher schon gehört. Er wird als Berühmtheit gepriesen. In Wahrheit aber ist er nur die Gedankenhure seines jeweiligen Herrn. Er schmäht den Feind und erntet Lob und Vorteile. Gestern diente er noch dem Feldherrn Aspar und münzte seine Zoten auf euch Hunnen, heute dient er dem Großkönig und wagt es, meine Herrin Galla Placidia und ihre Kinder zu besudeln. Ein Narr eben. Nur bedauere ich, dass er hier in meiner Anwesenheit solche Späße treiben durfte.«

»Dies wird bald nicht mehr vorkommen.« Lebhaft trat Attila näher an den Gesandten heran. »Ich verspreche dir …«

»… mit Großkönig Bleda darüber zu reden«, ergänzte Onegesius betont sachlich. »Und ganz sicher wird eine endgültige Lösung gefunden werden.«

»Ich danke, werte Herren. Eure Zusage entschädigt mich für die Beleidigungen, die meiner Gebieterin widerfahren sind.«

»Mein Ratgeber ist ein gebildeter Mann.« Attila wischte sich die nasse Stirn. »Wie Recht er hat. Klare Verhältnisse zu schaffen ist notwendig, wenn die Macht immer größer wird.«

Immer noch nicht, dachte Goldrun, während sie mit Keve von den Stallungen hinüber zur Koppel schlenderte. Verstohlen blickte sie sich nach dem abgelegensten der zehn Heuschober um. Hildegund hat doch gemeint, dass es sicher schnell vorbeigeht. Aber woher sollte die Freundin das schon wissen? So ohne den Rat ihrer Amme?

»Sag mal, Kleines«, der Truppführer hob die Hand, griff schon beinah ins lockige Gold an ihrem Rücken, besann sich aber und ließ den Arm wieder sinken, »wie viele Stuten sind dieses Frühjahr trächtig?«

»Von unserer besonderen Zucht?« Die Sommersprossen auf ihrer Nase kräuselten sich. »In der Herde hier haben wir dreiundzwanzig. Wie viele es draußen auf den großen Weiden sind, weiß ich nicht. Den Nachwuchs zählen unsere Knechte erst im Sommer, wenn die zweijährigen Hengste rausgefangen werden.« Goldrun presste die Handflächen unters Kinn und schüttelte sich. »Und dann geht's den armen Kerlchen schlecht.«

»Wieso?« Als er verstand, zuckte er die Achseln. »Na, das muss eben sein. Ein Hengst lässt sich beim Kampf nicht gut reiten.«

»Aber weh tut es bestimmt, wenn …«

»Wenn ihnen die Eier abgeschnitten werden …?« Er lachte los und brach sofort wieder ab. »Hab's nicht so gemeint. Den Schmerz vergessen sie schnell. Und das mit den Stuten vergessen sie auch, und das ist wichtig, weißt du, dann sind sie nicht abgelenkt. Auf Hengste ist da kein Verlass.«

Goldrun sah ihn von der Seite an. Sie wusste nicht warum, mit einem Mal aber wollte sie ihn reizen: »Und wie ist das bei euch Männern? Bestimmt kämpft ihr auch besser, wenn euch da unten was abgeschnitten ist. Und außerdem fallt ihr dann auch nicht mehr über die wehrlosen Frauen und Mädchen her.«

»Ach, Kleines, sag so was nicht.« Er zupfte an den Bartsträhnen. »Männer hab ich schon getötet, weiß nicht wie viele, sicher auch Frauen, wenn sie noch im Haus waren, wenn wir den Brand reingeworfen haben. Aber keine Frau hab ich … ich mein, das kann ich sowieso nicht, wenn sie weint oder Angst hat.«

»War dumm von mir«, gestand Goldrun leise. »Entschuldige.« Sie wollte die heitere Stimmung zurückholen und strahlte ihn an. »Weißt du, wer auch ein Fohlen bekommt? Wildrose, meine Wildrose. Du kennst sie vom letzten Jahr.«

Er schüttelte den Kopf.

»Doch. Mit dieser Stute bin ich damals in die Stadt geritten. Es war ihr erster Ausritt. An dem Tag hat Mela das neue Kleid angezogen und ich auch.«

Gleich zog er wieder den Kopf zwischen die Schulter. »Erinnere mich nicht daran.«

»Mir hat unser Ausflug zum Palast gefallen.« Goldrun setzte Fuß vor Fuß und knickte abwechselnd die Hüfte leicht nach außen. Oft hatte sie heimlich diesen Gang geübt. So wie Mela kann ich ihn noch nicht, dachte sie, aber immerhin schaukelt es hinten schon ein bisschen. Sie blinzelte Keve von der Seite an. »So ist das eben, wenn du mit schönen Frauen ausgehst.«

»Mit wem?« Er schmunzelte und sah an ihr hinunter. »Du meinst wohl ein mageres Küken und eine aufgeplusterte Henne. Mit so was auf meinem Mistkarren musste ich durch die Straßen fahren.«

»Sei froh, dass Mela dich nicht hört.« Goldrun drohte ihm mit der Faust. »Und ich bin kein Küken, merk dir das.«

Der Truppführer hatte Wort gehalten; zwar für die Liebenden sehr spät, denn nach dem Friedensschluss im vergangenen Herbst waren inzwischen der Winter, auch das Frühjahr verstrichen, heute aber, an diesem warmen Junitag hatte er sein Versprechen eingelöst. Bei Sonnenaufgang war ihm Walther übergeben worden. »Besser, ich bind dir die Füße unter dem Gaul zusammen.« Auch wollte er Walthers Pferd während des Ritts am Strick neben sich her führen. Sogar den Schuppenpanzer aus Federn hatte er angelegt. »Ich lass dich nicht aus den Augen«, warnte er. »Denk immer dran.« Als aufmerksamer Wächter geleitete er Hildegund mit ihrem stolzen und wortkargen Adelssohn auf das Gestüt.

Gleich nach der Ankunft aber bestürmten ihn beide Mädchen, schließlich war er den Überredungskünsten nicht mehr gewachsen gewesen und hatte dem burgundischen Gockel die Fußfesseln abgenommen. Nicht genug, er hatte sogar zugestimmt, dass Hildegund mit Walther ohne seine Aufsicht spazieren ging.

»Wo sind die beiden nur hin?« Keve beschirmte die Augen und suchte auf den Wiesenwegen, blickte sich nach den Stallungen um.

»Da vorn steht Wildrose.« Hastig zog ihn Goldrun zum Weidezaun. Bitte werde jetzt nicht misstrauisch, flehte sie stumm. Auf keinen Fall darfst du Hildegund und Walther suchen. Mit dem Finger deutete sie auf die ruhig grasende Herde. »Siehst du das helle Fell?«

»Die beiden werden doch nicht …«

»Ich denke«, unterbrach sie ihn tapfer, »das Fohlen kommt so in drei Wochen. Was meinst du?«

Leises Knurren. »… wenn der Gockel versucht, mit dem Täubchen zu fliehen, werd ich böse.« Er prüfte den Sitz des Schwertgürtels, ließ die Waffe halb aus der Scheide und wieder zurückgleiten. Schwer stützte er die linke Hand auf den Knauf. »Besser wir gehen zu meinem Gaul.«

»Gleich. Soll ich nicht erst Wildrose für dich herholen?« Goldrun zog das Gatter halb auf, ließ die Schultern sinken und schloss es wieder. »Weglaufen? Nein, das haben die beiden nicht vor.«

Einige Male schnalzte Keve mit der Zunge. »Das Täubchen nicht, aber der hübsche Gockel. Ich hab seine Augen gesehen. Der wird sich nie an unser Leben gewöhnen, der will weg, ich spür so was.«

»Das glaub ich nicht«, versicherte ihm Goldrun und dachte, wenn du wüsstest, warum die beiden heute hier sind. So unauffällig wie möglich blickte sie in Richtung der Vorratsschuppen. Kommt doch endlich raus. Wenn Keve wütend wird, dürft ihr mich nie mehr wieder besuchen. Ich kenne ihn … Jäh brach sie den Gedanken ab, seufzte und lachte gleichzeitig. Als hätte der Himmel ihre Bitte erhört, verließen Walther und Hildegund den letzten der Heuschober. Mit beiden Händen hielt sie seine Hand und lehnte den Kopf an Walthers Oberarm. Langsam ging das Paar in Richtung Hof.

»Ich hatte Recht.« Erleichtert winkte Goldrun und rief, bis die beiden sie bemerkte hatten und den Weg zur Koppel einschlugen. »Siehst du. Die fliehen nicht.«

Ihre Neugierde war viel zu groß, und eilig ging sie den Verliebten entgegen. Erst in einigem Abstand folgte Keve. Je näher sie aber den beiden kam, umso langsamer wurde ihr Schritt. »O nein«, flüsterte sie vor sich hin. Hildegunds Zöpfe waren aufgelöst, das Haar bespickt mit Heu. So bleich ihr Gesicht. Im Grün der Augen lag ein seltsam ferner Schimmer. Goldrun sah am verknautschten Kittelkleid hinunter und presste die Hand vor den Mund, als sie die dunklen Flecken im hellblauen Stoff entdeckte. Vorwurfsvoll blickte sie Walther an. Halb verbargen die langen Wimpern seine braunen Augen, die Lippen hatte er fest geschlossen. Schön ist er ja, musste sie widerstrebend zugeben, mit diesen eingefallenen Wangen und der schlanken Nase, auch die Kerbe am Kinn steht ihm, aber wenn er meiner Freundin wehgetan hat, dann … dann … Sie wusste auch nicht, was sie dann tun wollte.

»Da sind wir wieder«, hauchte Hildegund, ohne seine Hand loszulassen.

»Ich hab mir schon Sorgen gemacht«, sagte Goldrun verlegen und deutete mit dem Daumen über ihre Schulter. »Keve ist beinah wütend geworden. Aber keine Angst, ich hab ihn beruhigt.«

»Danke.« Walther hatte das Wort nicht unfreundlich, nur sehr sparsam verschenkt. Nach einer Pause setzte er sogar hinzu: »Das ist ein wichtiger Tag für uns.«

So schlimm zugerichtet wie meine arme Hildegund sieht er nicht aus, stellte Goldrun fest. Kein Heu im Haar. Der Gürtel saß fest um die Taille, das blaue Hemd war ohne Spuren. Nur an den Hosen fand sie Staub und Schmutz, auch die Zehen in den Schnürsandalen waren verdreckt. Goldrun hob unsicher die Achseln. »Ich weiß ja auch nicht, aber wollt ihr jetzt was essen? Ich könnte Oberin Tarcal nach Käse fragen. Oder habt ihr Durst?«

»Danke.« Knapp und höflich.

Hildegund sah verklärt zu ihm auf. »Hunger? Wir sind satt von der Liebe.«

»Wirklich?« Diesen dunklen Klang in ihrer Stimme kannte Goldrun nicht. »Bist du sicher?«

Keve ging an ihr vorbei und direkt auf Walther zu. »Ich hätte dir die Fesseln …« Er stockte und betrachtete das Paar von Kopf bis Fuß. Mit einem Mal hellte sich seine Miene auf. »Ach so. So ist das.« Er zupfte ein Büschel Heu aus Hildegunds Haar. »Ich versteh. Du musstest ihr …« Er sah den Zorn im Blick des jungen Adeligen aufsteigen und vollendete den Satz nicht, schlug ihm stattdessen aber freundschaftlich auf die Schulter. »Kann ich gut verstehen. Ich mein, so von Mann zu Mann.«

Walther entzog Hildegund seine Hand. Wie umgewandelt wurde er gesprächig. »Ich weiß dein Entgegenkommen wohl zu schätzen, Truppführer. Nicht alle Hunnen behandeln mich so respektvoll.«

»Respekt?«, wunderte sich Keve. »Wüsst ich nicht.«

Jedoch Walther ging gar nicht darauf ein, er bedankte sich mit gewählten Worten und fügte beiläufig hinzu. »Während Goldrun meiner Braut hilft, ihr Äußeres wieder herzurichten, hätte ich

Freude daran, wenn du mir eure großen Herden zeigst. Ist es wahr, dass eure Kinder schon reiten können, noch ehe sie laufen lernen?«

Keve war sichtlich angetan vom Interesse des Adelssohns. »Na ja, vor den Fremden wird im Palast viel geredet. Gut, wir heben die Kleinen schon mal in den Sattel, aber ist schon besser, wenn sie erst mal sicher auf beiden Beinen stehen.« Er zupfte seine Bartsträhnen. »Na gut. Reiten wir zu den Nordweiden. Aber die Füße muss ich dir wieder fesseln.«

Dagegen hatte Walther nichts einzuwenden. Vergessen war die Liebste, lebhaft ging er mit dem Truppführer schon voraus in Richtung Hof.

Sie wollten allein sein. Am Brunnen war zu viel Geschäftigkeit, dort reinigten Mägde die Futtertröge. In den Krankenstall gehen? »Nein, nur nicht.« Dort könnte Oberin Tarcal auftauchen. Allein die Vorstellung bereitete Goldrun Angst. »Nie darf sie erfahren, was ihr gemacht habt.« Und beim Aussehen von Hildegund hätte die strenge Frau sofort nachgefragt. »So was ist hier bei uns verboten.« Goldrun wusste nur einen Platz, der sicher war. Am Rand des Innenhofes bat sie die Freundin zu warten, schöpfte aus dem Brunnen einen Bottich frischen Wassers und entschwand mit Hildegund im langgestreckten Schlafhaus.

Auf dem Weg durch die Halle flüsterte sie: »Bei Tag ist hier niemand. Und wenn eine von den Frauen reinkommt, verrät sie uns nicht. Wir halten hier fest zusammen, weißt du? Wie Freundinnen.«

»Und ich dachte, ich wäre deine einzige?« Hildegund seufzte bekümmert. »Weil ich ab heute eine Vertraute brauche, die nur zu mir hält.«

»Wieso?« Gleich dachte Goldrun wieder an das, was geschehen war und setzte ernst hinzu. »Auf mich kannst du dich verlassen. Immer. Weil du meine beste Freundin bist.« Sie erreichten die offene Kammer neben dem Verschlag an der hinteren Wand.

»O Gott. Hier wohnst du? Da hab ich es im Palast wirklich besser.«

»So schlimm finde ich es nicht. Früher hab ich nur in dieser Höhle da gewohnt.«

Weil Oberin Tarcal mit Goldruns Arbeit sehr zufrieden war, hatte sie ihr vor zwei Jahren den etwas größeren Raum noch zusätzlich überlassen.

Hildegund ließ sich auf dem Schemel nieder. »So als Frau wünscht man sich doch etwas mehr Platz…« Mit einem Mal verzog sie das Gesicht und erhob sich wieder.

»Was ist?«, fragte Goldrun.

»Es tut weh.«

»Wo? Du meinst…« Vorsichtig zeigte Goldrun auf den Schoß der Freundin.

»Natürlich, du Dummerchen.« Hildegund zupfte einige Halme aus ihrem Haar. Milde, aber mit dem Glockenton der Erfahrung setzte sie hinzu: »Schließlich hat Walther mich entjungfert. Der Schmerz gehört nun mal dazu.«

Immer noch streckte Goldrun den Finger aus. »Dann… dann sind die Flecken da wirklich Blut?«

»Was sagst du?« Die Adelstochter erbleichte und starrte an sich hinunter. »Nein, nicht.« Klein und hilflos wimmerte sie. »Ich verblute.«

»Bleib ganz ruhig.« Sofort erwachte in Goldrun die Beschützerin. »Ich bin ja bei dir. Soll ich… soll ich nachsehen?«

Nur ein banges Nicken.

Behutsam lüftete Goldrun den Saum des Kittelkleides. Weiter oben entdeckte sie an den Innenseiten der Schenkel schwarz getrocknete Spuren, sie zogen sich hinauf bis ins weiche Haarvlies.

»Sag doch was?«

»Ist nicht so schlimm. Da ist kein frisches Blut mehr.« Goldrun tunkte einen Lappen in den Bottich. »Soll ich?«

»Ja, sei so lieb.« Wie ein Kind von seiner Amme ließ sich Hildegund säubern, und mit dem kühlen Wasser löste sich auch langsam der Schreck. »Ich habe nicht viel gelitten«, teilte sie der Freundin mit.

»Und schön?« Goldrun erhob sich wieder von den Knien. »War es denn auch schön?«

»Nein. Ich fand es nicht so …« Hildegund hielt inne und erst nach einigem Nachdenken fuhr sie fort. »Das heißt, ich weiß es nicht genau. Und Walther hat so gestöhnt, dass ich erst beinah Angst bekommen habe. Aber nachher hat er mir gesagt, dass er mich liebt und dass es ihm gut gefallen hat. Und er muss es ja wissen.«

»O verflucht, ist das schwierig.« Goldrun brachte zwei Kämme, und beide bemühten sich, die Knoten aus dem langen blonden Haar zu kämmen. »Aber du liebst Walther immer noch, obwohl er dir wehgetan hat?«

»Natürlich liebe ich ihn, aber nicht deswegen, sondern ganz ehrlich. Und wenn wir wieder zu Hause sind, will er mich heiraten.« Hildegund presste erschreckt die Hand vor den Mund. »Das weißt du doch noch gar nicht.« Sie senkte die Stimme, als könnte sie so die Nachricht lindern. »Walther sagt, dass wir unsere alte Heimat am Rhein jetzt endgültig verloren haben. Er weiß es von Carpilio. Das ist eine römische Geisel, die jetzt neu im Palast ist. Und Carpilio ist der Sohn von einem ganz hohen General, den Namen hab ich vergessen, und dieser General hat alle Burgunder, die noch leben, wegbringen lassen …«

»O Gott!« Goldrun weitete die Augen. »Sind jetzt alle tot?«

»Still. Wegbringen, hab ich gesagt. Also dieser General hat so viel Macht, dass er unseren Leuten irgendwo weiter im Süden ein Land gegeben hat, wo sie neu siedeln können.«

»Und wie finde ich dann meine Mutter und Giselher?«

»Das weiß ich auch nicht.« Hildegund teilte das Haar auf der linken Seite zu drei Strähnen. »Aber ich frage Walther, der weiß das bestimmt.« Zuversichtlich begann sie den Zopf zu flechten.

Müde vom Ritt, ausgelaugt von der Sonne, so kehrte Scotta mit seinen Begleitern am Abend des letzten Augusttages aus Konstantinopel zurück. Keine leuchtenden Farben mehr, Kleidung und Haut waren grau vom Staub, ihre Gesichter glichen aus Ton gebackenen Totenmasken. Nur der speichelverklebte Mund bewegte sich, und in beiden Höhlen über der Nase schimmerte das Weiß der Augäpfel.

Ächzend rutschte Scotta aus dem Sattel. »Meldet mich«, bat er die Wachen vor der Königsjurte. Die ersten Schritte fielen ihm schwer.

»Er will nicht gestört werden.« Einer der Posten zeigte zum Haus der Königin hinüber und bemühte sich ernst zu bleiben. »Unser Herr ist bei einer wichtigen Besprechung.«

»Kerl, für Scherze bin ich zu erschöpft.« Zwei Monate war der Bruder des obersten Ratgebers Onegesius als Leiter einer Gesandtschaft in schwieriger Mission unterwegs gewesen. Mit beiden Händen klopfte er seinen Reisemantel ab. Eine Staubwolke umgab ihn. »Der Fürst wartet auf meine Nachricht. Also bewege dich.«

Der Posten zögerte. »Aber wenn ich's sage. Er ist beschäftigt.«

Ohne länger zu palavern, schritt Scotta an den Wachen vorbei und hielt direkt auf den Eingang des Nebengebäudes zu.

Gleich folgte ihm der Posten. »Nicht, Herr. Bitte, er reißt mir den Kopf ab.«

»Ich denke du wirst deinen Kopf eher verlieren, wenn du mich nicht hinführst.« Scotta ging schneller. Der Bewaffnete überholte ihn, wollte das Schwert zücken, war unschlüssig, lief rückwärts vor dem schlanken Mann her und rang die Hände. »Er will die Nacht mit Königin Kreka verbringen. Begreifst du endlich?«

Der fähigste aller Unterhändler am Hofe Attilas verlangsamte den Schritt. »Warum sagst du das nicht gleich?« Nach kurzem Überlegen aber schüttelte er den Kopf. »Es muss sein. Ich weiß nicht, ob meine Nachricht für ihn nicht wichtiger ist als …« Er stockte. »Wenigstens muss unser Herr erfahren, dass ich zurück bin. Du verständigst eine Zofe. Und falls er sich mit der Fürstin schon aufs Lager zurückgezogen hat, dann soll sie Wein oder irgendetwas servieren und dabei nur sagen: Scotta bringt Neuigkeiten aus Konstantinopel.«

»Auf deine Verantwortung.« Der Posten verzog das Gesicht, und während er hineinging, schimpfte er vor sich hin: »Ihr Griechen. Kein Hunne würde einen Hunnen stören, wenn er es gerade seinem Weib besorgt.«

Wenig später kehrte er zurück. »Hab's der Burgunderin gesagt. Mehr mach ich nicht.« Er fuchtelte mit der Hand in der Luft, als wolle er böse Geister verscheuchen. »Auch wenn's gleich Geschrei gibt, mir egal. Ich war gar nicht hier.« Im Laufschritt entfernte sich der Bewaffnete.

Scotta sah ihm nicht nach. Er drückte den Rücken durch, schlenkerte die Beine und wartete. Im Haus der Königin blieb es still. Der müde Mann breitete die Arme aus. Wieder daheim. So vertraut roch der Brand von getrockneten Kuhfladen. Nach einer Weile setzte er sich auf die Bank neben den von Fackeln beleuchteten Eingang, nur mit Mühe vermochte er die Augen offen zu halten.

Als Fulla aus dem Haus trat, schlief der Unterhändler. Sie rüttelte ihn an der Schulter. »Erst verlangst du, dass wir uns alle den Zorn des Fürsten zuziehen. Und jetzt?« Scotta schreckte hoch. »Verzeih. Ich …« Er war wach. »Ich muss sofort mit dem König sprechen.«

Beim Anblick des übermüdeten Mannes schmunzelte Fulla. »Unser Herr möchte aber nicht mit dir reden. Nicht jetzt. Er will nur eine Antwort: Ist die Nachricht gut oder schlecht?«

In diesem Moment verdunkelte ein Schatten den Eingang. »Ich will's selbst von dir hören.« Fulla fuhr herum, gleich legte sie die Hand vor den Mund, sah aber nicht zu Boden. Attila stand dort, nackt, vor seinen Lenden schwankte leicht die kraftvolle Lanze, im Schein der Fackeln glänzte seine schweißnasse Brust. Er blickte an sich hinunter und lachte kehlig. »Scotta, wie du siehst, kommst du ungelegen. Ehe sich der Riese wieder in einen Zwerg verwandelt, gib schnell Antwort. Erfolg? Ja oder nein?«

»Mein Fürst, sie sind tot. Mir wurden die Gebeine …«

»Genug, für jetzt.« Attila fasste nach dem harten Schaft und umschloss ihn mit der Faust. »Diese Botschaft heizt mein Blut weiter an. Danke, guter Freund.« Mit der freien Hand winkte er der Sklavin: »Bring mich zurück ins Bett.«

Fulla verzog keine Miene. »Bitte geh vor, mein Fürst. Damit die Königin sich an dem Anblick erfreuen kann.«

Attila stutzte, dann schnaufte er vergnügt. »Sehr klug von dir. Ja, heute Nacht ist es für jede Stute gefährlich, dem Hengst ihren Hintern zu zeigen.«

Hundert Schritt vom Mittelpunkt entfernt war in jeder Himmelsrichtung ein mannshoher, sandgefüllter Ledersack aufgestellt. An den vier nach innen blickenden Seiten hingen mit Hammelblut bemalte Leinenlaken. Kein Abbild, nur der Umriss eines Menschen, Punkte für die Augen, ein Kreis zeigte den Mund und ein handgroßer Fleck das Herz.

Diese Tücher hatten die Kämpfer der Leibgarde vom Schamanen Ajarbas entgegengenommen und auf seine Anweisung hin die abgemähte Wiese zur Orakelstätte hergerichtet, danach mussten sie alle Zuwege absperren. Außer Attila, seinen drei Söhnen und den beiden Griechen sowie dem Hohen Priester sollte jeder von den Bewaffneten abgewiesen werden, der sich dem Schauplatz näherte. Nicht einmal bis zum Rand der Wiese durften sich Neugierige vorwagen.

Noch in tiefster Nacht hatte Scotta dem Schamanen vom Ergebnis seiner Mission berichten müssen. Ehe das Taggrauen die Dunkelheit besiegte, schlachtete der Seher einen Hammel und legte das vom Fleisch befreite rechte Schulterblatt ins offene Feuer. Rasch trocknete Glut den Knochen und sprengte Risse in die Oberfläche. Aus den gezackten Linien las Ajarbas die Zukunft. »Ich sehe den Bilderreigen entstehen«, flüsterte er. In kurzen Stößen blähte der Atem die Oberlippe. »Ja, es ist soweit.« Dieses Mal aber genügte ihm das Feuerorakel allein nicht. Zu viele Gefahren lauerten, zu schwerwiegend konnten die Folgen sein. Er wollte noch eine Bestätigung für seine Vision und bemalte mit dem Tierblut vier Leinentücher. Beim Morgengrauen war von ihm der Befehl für die Vorbereitungen an die Leibgarde ergangen. Der Wachhauptmann hatte seine Männer zur Eile angetrieben, und weil er auf ihre Fragen keine Antwort wusste, allen striktes Stillschweigen befohlen.

Bald lastete sengende Hitze über der Wiese; träge schulterte eine Stunde die nächste. Zikaden schnarrten, hin und wieder riss das Geräusch ab und setzte ebenso unvermittelt wieder ein. Als die Sonne gegen Mittag ihrem höchsten Punkt entgegenstieg, die blutgesichtigen Ledersäulen kaum noch Schatten warfen, näherte sich Onegesius mit seinem Bruder. Nur ein kurzes Nicken für die Wachposten, erst außer Hörweite setzten sie ihr Gespräch fort.

»Intriganten, Speichellecker und Habgierige umgeben Kaiser Theodosius. Sie sind leicht zu durchschauen. Daran hat sich seit meinem letzten Aufenthalt am Hof zu Konstantinopel nichts geändert.« Scotta hob den Finger. »Ein Mann aber ist wirklich gefährlich geworden. Seit die Kaiserin, statt wie früher mitzuregieren, es vorzieht, nun in Jerusalem an den heiligen Stätten der Christen im Gebet zu versinken, hat dieser Mann nicht nur das Vertrauen des gutmütigen Kaisers gewonnen, sondern sich auch an die Spitze des Rates gesetzt. Dieser Eunuch Chrysaphius ist rücksichtslos, verschlagen und ohne jede Moral.«

»So kenne ich dich gar nicht.« Onegesius wölbte die Brauenbögen. »Sonst bist du besonnener, urteilst nicht so schroff. Konstantinopel ist weit. Mag der Eunuch dort auch noch so viel Einfluss haben, unsere Pläne wird er nicht durchkreuzen können.«

»Nicht direkt, nicht gleich.« Scotta nestelte an den Falten seiner weißen Toga, schließlich verschränkte er die Hände hinter dem Rücken. »Ich versuche dir mein Unbehagen zu erklären. Nach unserer Ankunft in der Hauptstadt mussten wir zwei Tage warten, ehe Chrysaphius mich und die Delegation empfing. Gewiss, erst nach drei Tagen hätte dies als eine Herabwürdigung gegolten. Mit herzlichstem Lächeln und einer Flut von Schmeicheleien begrüßte uns dieser Mensch, als wären wir nicht Abgesandte der Sieger, sondern die wertvollsten Freunde. Zunächst gelang es mir nicht einmal den Anlass unseres Besuches zu erwähnen. Erlesene Speisen wurden aufgetischt, abends unterhielten uns Spielleute und Tänzerinnen …«

»Wie angenehm«, unterbrach Onegesius, ein Schmunzeln stahl

sich in seine Mundwinkel. »Daran erkenne ich nur den kultivierten Gastgeber. Ich hoffe, du hast dich von den weiblichen Reizen betören lassen.«

»Spotte nicht, Bruder. Erst am nächsten Morgen konnte ich die Frage nach den getöteten Adeligen stellen und forderte einen Beweis. Ohne jedes Zögern wollte mir Chrysaphius behilflich sein. Er selbst geleitete mich aus der Stadt zu einem abgelegenen Gräberfeld. Die Erschlagenen sind nicht einzeln bestattet worden, sondern liegen dort in einem Massengrab. Auf seinen Befehl hin gruben Sklaven an einer Stelle und legten halbverweste Leichen frei.«

»Du scherzt.« Onegesius runzelte die Stirn. »Woran solltest du erkennen, dass es sich um Angehörige des hunnischen Herrschergeschlechts handelte?«

»Es sollte tatsächlich ein Scherz sein.« Scotta schüttelte sich. »Der Eunuch genoss es sichtlich, mit dem Stock die zerfressenen Körper zu drehen. Es war ein heißer Tag. Stelle dir bitte vor, welch ein Gestank aus der Grube aufstieg. Und während er mich fragte, ob ich eine Person wiedererkennen würde, stieß er in die Augenlöcher der Schädel.«

»Widerwärtig.«

»Chrysaphius weidete sich noch eine Weile an meinem Ekel, dann führte er mich zurück. In einem Lagerhaus zeigte er mir endlich die Hinterlassenschaft der Getöteten. Schmuck und Waffen waren hunnischer Herkunft, und anhand von Urkunden, die beim Häuserkauf ausgestellt worden waren, konnte ich unschwer die einzelnen Mitglieder des Herrschergeschlechts ermitteln.«

Sie hatten den Speer erreicht, dessen Spitze tief im Boden steckte und den Schnittpunkt zwischen den vier Säulen kennzeichnete. Ganz in Gedanken umschloss Onegesius den Schaft mit Daumen und Zeigefinger. »Nackt, die Federn sind alle gerupft. Sobald das Rad jetzt in Gang gesetzt ist, wird es niemand mehr aufhalten können. Entweder erfüllen sich all unsere Pläne, oder wir gehen gemeinsam zugrunde.«

»Du hörst mir nicht zu«, beschwerte sich Scotta.

»Doch, gewiss.« Der oberste Ratgeber Attilas kehrte zurück. »Ich teile deine Abscheu, dennoch sehe ich keinen Grund, den Eunuchen als gefährlichen Gegner zu betrachten.«

Vom Königsordu her näherte sich der Fürst mit seinen Söhnen. Aufrecht saßen sie im Sattel, gleich waren die Bewegungen. Kein Ehrenabstand für den König, auf gleicher Höhe mit den Prinzen ließ er das Pferd verhalten traben. Ihnen vorweg aber ritt Ajarbas. Sein Federgewand schillerte in den Farben des Regenbogens.

Scotta beugte sich zum Ohr des Bruders und senkte die Stimme. »Ich habe vor Attila nicht erwähnt, dass Chrysaphius mich zu einem vertraulichen Gespräch gebeten hat. Ohne die übrigen der Gesandtschaft. Kaum waren wir allein, als er mir einen Goldbeutel zuwarf. ›Dies ist nur eine Aufmerksamkeit‹, sagte er und schlug mir ein Geschäft vor. Wenn ich bereit wäre, ihm regelmäßig Berichte über den hunnischen Hof zukommen zu lassen, dann würde er mich mit Reichtümern überhäufen. Er wollte über Kriegspläne und Truppenstärke informiert werden, ebenso über den Einfluss aller Ratgeber Bledas und auch Attilas.«

»Du, ein Spion?« Onegesius lachte auf und umarmte den Bruder. »Wie wenig Menschenkenntnis besitzt dieser Eunuch? Ich ahne deine Antwort. Du lehntest nicht ab.«

Scotta nickte.

»Du nahmst das Gold. Und versprachst darüber nachzudenken.«

»In der Tat.«

»Gut so. Damit gewinnen wir Zeit. Zunächst beschäftigen uns wichtigere Dinge. Doch sobald sie erledigt sind, werden wir mit Attila über diesen Eunuchen sprechen. Wer weiß, vielleicht solltest du zum Schein auf das Angebot eingehen und den römischen Hof mit Informationen versorgen, die falsch sind und deshalb uns nützen.«

Scotta löste sich und sah dem Bruder fest in die Augen. »Wir beide sind das Hirn des Hunnenreiches.«

»Nein, sag dies nicht, denke es nicht einmal. Er …« Onegesius wies zur Reitergruppe hinüber. »Er plant und lenkt. Wir dürfen nur behutsam die Bahnen seiner Gedanken beeinflussen. Wir sind ein Stück von ihm, und ohne ihn …«, er hob die Achseln, »sind wir nur zwei griechische Heimatlose.«

Am Ostrand der Wiese blieben Attila und die drei Söhne zurück. Der Schamane ritt allein weiter; auf der unsichtbaren Linie, die einen Ledersack mit dem anderen verband, hielt er an. Weit legte er den Kopf zurück, bot sein Gesicht der glühenden Sonne und stieß den klagenden Ruf des Adlers aus. Die Zikaden verstummten. Stille. Gebannt starrten Onegesius und sein Bruder zum Hohen Priester hinüber. Ein Schrei antwortete; ohne dass Ajarbas den Mund öffnete, brach er aus seinem Körper. Der linke federgeschmückte Arm hob sich im Flügelschlag. Erneut ein Ruf und wieder das Echo. Jetzt stieg auch der rechte Arm in die Höhe, beide schillernden Schwingen kreisten eine Weile nebeneinander, berührten sich nicht und sanken nieder. Unvermittelt gab der Schamane seinem Pferd die Fersen. Im Galopp gelangte er auf der Grenzlinie zur ledernen Säule des Südens, beugte sich vom Sattel nahe ans Blutgesicht, ein Fingerstreif, schon war er unterwegs nach Westen, auch hier berührte er flüchtig das Leinentuch; Nord und Ost folgten, dann erst trieb er das Pferd auf den Mittelpunkt zu. Die Griechen sahen das gegerbte Gesicht, ohne Weiß die Augäpfel, übergroß war jede Iris angewachsen. Ajarbas rutschte vom Rücken des Tieres. »Lasst mich hier allein«, befahl er. »Geht zu meinem Neffen und den Söhnen.« Die langgliedrigen Spinnenfinger seiner Hände öffneten und schlossen sich, dabei summte er vor sich hin. Unvermittelt sprach er weiter: »Schickt sie nacheinander her.« Im Singsang verkündete er den Ablauf und schloss: »Beginnen muss der Jüngste. Ihr wartet, bis er wieder zurück ist, dann schickt den nächstälteren Prinzen. Der König soll zuletzt die Probe wagen.« Er zog den Speer aus dem Boden und wurde selbst zum Mittelpunkt der Orakelstätte.

Wortlos ließen ihn die Griechen allein.

Anspannung stand in den Mienen der Prinzen, selbst Attila presste die vollen Lippen fest zusammen. Seine Kinnmuskeln mahlten, graugelb glänzte die Haut. Aufmerksam hatten die Teilnehmer die Regeln vernommen und waren bereit.

Als Onegesius die Hand hob, nahm Ernak den zweifach geschwungenen Bogen von der Schulter, mit einem Griff nach hinten vergewisserte er sich, dass die Pfeile lose genug im Köcher steckten. Grün leuchteten die Federschäfte. Der Schamane hatte jedem der Söhne sowie dem König eine Farbe zugedacht und ihnen noch vor dem Ausritt je einen Strauß mit zehn Pfeilen ausgehändigt.

Die Hand des obersten Ratgebers fiel.

Ernak gab seinem Falben die Sporen. Das Tier sprang nach vorn, jagte über die Wiese; als es sich den Ledersäulen näherte, veränderte sich, ohne langsamer zu werden, die Gangart, aus Galopp wurde Tölt. Ruhiger saß Ernak nun auf dem Rücken, unter ihm trommelten die Hufe, sein langes lockiges Haar flog im Wind; er ließ den Zügel schießen, lenkte allein mit Schenkeldruck das Tier auf den Mittelpunkt zu.

Wie ein federbuntes Fabelwesen stand Ajarbas dort, unbeweglich, das Gesicht dem Himmel zugewandt.

Schon war der jüngste Sohn des Königs heran. Ernak riss am Zaumzeug, aus vollem Lauf stemmte sich der Gaul in die Hufe, stieg auf, sank nahe vor dem Schamanen nieder, schnaubte und wieherte, sofort aber trieb ihn der junge Prinz in eine Kreisbahn um den Mittelpunkt.

Ernak ließ den Zügel los, seine rechte Hand flog nach hinten; kaum saß die grünbefederte Pfeilkerbe auf der Sehne, zog er die Darmsaite bis an Nase, Lippe und Kinn zurück und gab die Kraft frei. Sirrend schnellte das Geschoss davon, beschrieb einen leichten Bogen und schlug ins Herz des westlichen Leinentuches. Gleichmäßig lief der Falbe seine Rundbahn. Ernak griff nach dem zweiten Pfeil, musste sich leicht im Sattel drehen, um das nördliche Ziel noch zu treffen; im Osten war er wieder schnell genug und jagte den Pfeil in den Mundkreis des Blutgesichtes; der Süden, hier durchbohrte seine Spitze sogar einen der Augenpunkte. Weiter! Zweimal musste der Schamane umrundet werden und jeder Reiter sollte dabei so viele Pfeile auf die Ziele abschießen, wie er es vermochte. Ernak bog den Oberkörper nach rechts, wandte ihn nach links, zu spät, den nächsten Pfeil ließ er geradeaus über den Kopf des Falben davonschwirren. Die zweite Kreisbahn war fast schon beendet. Mit den Oberschenkeln stemmte sich Ernak leicht aus dem Holzsattel, schraubte den Körper nach hinten, und aus der Bewegung gab er noch einen Schuss ab. Sechs Mal hatte er getroffen, mit vier Pfeilen kehrte der jüngste Sohn des Hunnenfürsten zum Wiesenrand zurück.

Dengizik trabte bis zu den beiden Griechen vor. Gelb prangte der Federbusch über seiner rechten Schulter. Er trug Köcher und Bogen auf entblößtem Oberkörper. Jede seiner Bewegungen ließ die Muskeln unter der Haut spielen. Die Hand des Griechen hatte sich noch nicht ganz gesenkt, als der Zweitgeborene Attilas bereits auf die Orakelstätte zujagte. Ein Wirbel, das Pferd wurde zu seinem Leib, der Bogen zum Teil des linken Arms, und aus seiner Rechten lösten sich die Pfeile wie grelle Zungen.

Triumph leuchtete aus den dunklen Augen, als er wieder den Ausgangspunkt erreichte. Nur zwei Pfeile waren im Köcher geblieben. Sein Lächeln konnte den Spott für die Brüder nicht verbergen.

Ellac, der Älteste, tätschelte dem Pferd die Halsseiten, beugte sich vor und zurück, dehnte den mächtigen Rücken, dass die blaugefärbten Federschäfte halb aus dem Lederköcher quollen und er sie wieder zurückstecken musste.

Dieses Mal übernahm Scotta das Startzeichen. Mit lautem Aufbrüllen hetzte Ellac das Tier auf die Wiese. War Dengizik die Raubkatze, so glich der älteste Sohn des Fürsten einem wütenden Bären; langsamer erschienen die Bewegungen, doch voll gebündelter Kraft und nur auf das Ziel ausgerichtet. Nach den vorgeschriebenen Rundritten verließ Ellac ebenso erfolgreich wie sein geschmeidiger Bruder die Orakelstätte, auch er hatte acht Pfeile verschossen.

Die Blicke der Söhne hefteten sich auf den Vater.

Scotta wartete, bis der König ihm zunickte, dann hob er die Hand und senkte sie sofort wieder. Ein Ruck ging durch den gedrungenen Körper und übertrug sich auf den Leib des Schecken. Wie vom Sturm erfasst flogen Pferd und Reiter über die Wiese auf das heilige Quadrat zu. Für das Auge schienen die Hufe den

Boden nicht zu berühren, das Ohr aber vernahm den harten Trommelschlag. So dicht wie keiner seiner Söhne näherte sich Attila der gefiederten Regenbogengestalt in der Mitte. Fast berührten die wirbelnden Hufe das Kleid des Schamanen, als er das Pferd zur Seite riss und einer Waage gleich das Gewicht auf die Innenseite verlegte. Ein Schulterschlenker streifte den Bogen ab, die Linke umschloss den Griff, gleichzeitig fuhr die Rechte zum Köcher; geschliffenes Eisen beschrieb einen Kreis in der Sonne, blinkte vor dem Bogensteg, wurde zurückgerissen; mit hartem Schlag trieb die Sehne den Pfeil davon. Auf dem Leinentuch der südlichen Ledersäule pflanzte sich eine rote Federblume ins linke Auge des Gesichtes, gleich bohrte sich eine zweite zu der grünen Blüte in den Herzkreis. Die Bewegungen flossen ineinander, ein Rhythmus, geführt von versammelter Kraft und Eleganz. Die Pfeile sirrten, auf jedem Leinentuch grub sich die Farbe Attilas in die Zielpunkte. Zum zweiten Mal umkreiste das Pferd den Schamanen. Nach Westen schnellte ein Pfeil von der Sehne, stieg auf, senkte sich zum Ledersack und traf nicht einmal in den blutgemalten Umriss des Menschen, außerhalb schlug die Spitze ins Leinentuch und hinterließ auf der linken Seite knapp unter dem oberen Rand ein rotes Federmal.

Am Rand der Wiese stöhnte Ernak auf. »Daneben«, flüsterte er. Seine Brüder sahen sich an und feixten. Eins der vorgegebenen Ziele nicht zu treffen, wog schwerer noch, als zu wenig Pfeile abgeschossen zu haben.

Attila beendete die Runde, verließ aber die Orakelstätte nicht. Er lenkte sein Pferd zur Mitte, glitt langsam aus dem Sattel und wartete, den Blick starr zur westlichen Ledersäule gerichtet.

Leben kehrte in die Gestalt des Oheims zurück. Er winkte zum Wiesenrand hinüber und eilte in seltsamen Hüpfern den Männern entgegen; auf der magischen Linie des Quadrats ließ er wieder die Federarme aufflattern und begrüßte die Griechen und die drei Prinzen mit einem Adlerschrei. Dann verfiel er in ein Summen, so führte er die Gruppe zum König.

Keiner der Söhne wagte den Vater anzusprechen. Onegesius blieb mit Scotta einige Schritte im Hintergrund. Nur das Summen des Hohen Priesters füllte die Stille. Schließlich zischte Attila den Atem aus. »Mein Bogenarm wurde von einer gewaltigen Kraft zur Seite gelenkt. Glaubt mir. Auch der Pfeil löste sich ohne mein Zutun.«

Das stete Lächeln in den Mundwinkeln Dengiziks verbreiterte sich. »So kannst du es schön umschreiben. In Wahrheit aber hast du einfach daneben geschossen.«

»Nur ein Pfeil steckt noch in deinem Köcher. Dennoch, du hast verloren, Vater.« Ellac nickte, als müsse er seinen eigenen Worten zustimmen. »So ist das, Vater.« Ein Anflug von Erleichterung schwang im Ton mit. »Jeder von uns hat hin und wieder einen glücklosen Tag, auch du.«

»Nein, hört auf damit.« Ernak, der Jüngste warf das lockige Haar zurück. »Wenn Vater sagt, dass eine fremde Kraft den Schuss ablenkte, dann ist es auch so geschehen.« Er blitzte die Brüder an: »Wie könnt ihr es wagen, an seinen Worten zu zweifeln?«

Beide betrachteten den Zornigen mit sanftem Spott. »Wenn einer nur sechs von zehn Pfeilen ins Ziel bringt wie du«, sagte Dengizik, »dann sollte er bescheiden das Maul halten.«

Mehr und mehr fühlte sich Ellac durch die Niederlage des übermächtigen Vaters gestärkt. »Vielleicht solltest du und der König etwas mehr mit dem Bogen üben. Vielleicht könnt ihr uns …«

Heftiges Federflattern des Schamamen unterbrach ihn. »Genug geschwatzt, ihr Großmäuler. Schweigt, sonst werdet ihr noch an euren Worten ersticken.« Er schob sich nahe an den Fürsten heran. Scham wegen des Versagens und heilloser Zorn über die Stichelei stritten sich in Attilas Miene. »Mein Neffe, mein König«, wisperte ihm der Seher ins Ohr. »Du hast den Beweis erbracht.«

»Reize mich nicht noch mehr, alter Mann.«

Ajarbas kicherte. »Ehe mir ein Irrtum unterläuft, wächst der Baum mit der Krone in die Erde, fließt das Wasser bergauf oder …«, vergnügter kicherte er, »oder der Mann gebärt das Kind.«

»Du redest wie ein Narr.«

»Folge mir«, der Schamane zupfte Attila am Wams, er blickte in die Runde. »Ihr auch, folgt mir.« Schon hüpfte er voraus.

Als alle den westlichen Ledersack erreicht hatten, wischte er heftig kreisend mit beiden Federarmen über das Leinentuch, die Pfeilblüten tanzten mit den Farben des Regenbogens. Mit einem Mal hielt er inne, das Bild erstarrte, sein langer dürrer Zeigefinger wies auf den roten Federschaft am Rand. »Sieh genau hin, mein König, doch berühre nichts.«

Attila trat näher. Neben dem Einschuss sah er einen winzigen Adler ans Leinen geheftet. Er hatte die Schwingen ausgebreitet, war kunstvoll aus Silber geschmiedet und nicht größer als ein Daumennagel.

»Jetzt ziehe deinen Pfeil heraus.«

Attila sah sich nach seinen Söhnen um, dann griff er nach den roten Leitfedern, der Schaft glitt aus dem Tuch. Als die Spitze zum Vorschein kam, stöhnten die beiden älteren Prinzen gleichzeitig auf. Ein zweiter Adler, genau zwischen den Schwingen durchbohrt, steckte auf der Spitze.

Ernak klatschte. »Vater hat gewonnen.«

Sofort nahm der Schamane den Pfeil an sich. »Mehr noch. In der Nacht befragte ich das Knochenorakel. Es wies den Weg nach Westen, zeigte mir einen Berg, auf dem ein Stuhl stand. Ein zweiter aber war umgestoßen. Wer dies tat, blieb mir verborgen. Ich wollte Sicherheit, deshalb gab ich alle Himmelsrichtungen vor, und nur auf dem westlichen Leinentuch befestigte ich die beiden Adler. Ihr Prinzen habt gut geschossen, in eurem Vater aber vereinigten sich alle Antworten.« Ajarbas zerbrach den Pfeil. »Mein Neffe, mein König. Gehe den Weg, die guten Geister des Himmels werden dir beistehen.«

Dort wo die Sonne über dem Osten stehen musste, war die hohe Wolkendecke schmerzhaft weiß. Goldrun verengte ihre Lider und blinzelte durch den Wimpernvorhang. Immer noch zu hell, was ist das nur für ein seltsames Licht heute Morgen? Sie verließ das Schutzdach vor dem Schlafhaus. Sofort raffte der Wind ihr die Haarsträhnen aus dem Gesicht, er kam von Süd, war nicht kalt, doch stark, und sein unentwegtes Heulen betäubte auch nicht das Ohr, sondern drang wie ein nicht enden wollender Stich bis tief in den Kopf; er drückte den Kittel gegen Busen, Bauch, und weil Goldrun keine Pluderhose trug, spürte sie ihn durch den Stoff im Haarvlies ihres Schoßes und an den Schenkeln.

Je weiter sie sich vom Haus entfernte, umso heftiger zerrte der Wind. Staub wirbelte hoch, flatterte als braungelbe Fahne über den Brunnen und zerriss am Giebel des Krankenstalls. »Der böse Geist«, flüsterte Goldrun, »das war er.« Oft hatte Oberin Tarcal vor ihm gewarnt: Wenn der Winddämon Gestalt oder Form annimmt, droht Unglück, und je schneller er sich dann verwandelt, umso größer wird das Unheil.

Goldrun sah zur Seite. Gleich presste sie die Hand vor den Mund. »O heilige Mutter! Nein.« Aus der Weite der vertrockneten Ebene rollten und sprangen drei Kobolde heran, hielten direkt auf sie zu. Gerade noch konnte das Mädchen ausweichen, da hüpften Kugelwesen aus Gestrüpp mit schlagenden Distelarmen vorbei, kreiselten zum Haupthaus hinüber, besannen sich und tobten in Richtung der Nordweiden davon.

»Blödes Huhn«, beschimpfte sich Goldrun. »Du bist Christin und keine Hunnin. Du glaubst was anderes. Es gibt keine Dämonen. Für dich ist das nur ein ekelhafter Wind. Oder? O verflucht, ich weiß es auch nicht.« Sie kniff sich in den Arm. »Und jetzt arbeite endlich, dann stört er dich nicht länger.«

Goldrun schöpfte Wasser aus dem Brunnenschacht und trug die Bottiche zum Stall hinüber. Das Geheul blieb draußen. Zwei Mägde kamen ihr entgegen. Sie schoben eine Karre, hochbeladen mit Mist, durch den Mittelgang.

»Wie geht es unserm Hustenkranken?«, erkundigte sich Goldrun.

»Weiß nicht.« Eine der Frauen zuckte die Achseln. »Er wollte erst nicht hoch, als wir frisches Heu brachten. Dann aber ist er aufgestanden wie eine uralte Mähre. Aber guck du nach ihm, davon verstehst du mehr als wir.«

Goldrun schüttelte bekümmert den Kopf. »Das ist nicht wahr. Ich geb ihm doch nur Kräuter und sorg dafür, dass er nicht friert.«

Die andere Magd zwinkerte ihr zu. »Sei nicht so bescheiden. Du hast schon so vielen geholfen. Ich glaub, die Gäule hören dich gerne reden, das ist dein Geheimnis.« Sie wandte sich an die Freundin. »Wenn mir das nächste Mal der Bauch wehtut, dann sollte ich vielleicht auch unsere Pferdeheilerin fragen.«

»Da kannst du genauso gut mich fragen.« Der Ton wurde spöttisch. »Die Antwort ist einfach: Friss nicht so viel.« Lachend schoben die Frauen ihre Mistkarre weiter.

Goldrun betrat den Verschlag des kranken Wallachs und gab frisches Wasser in den Trog. »Nun lass dich mal ansehen.« Er hob nur leicht den Kopf. Grind klebte um die Augen, beide Nüsternlöcher waren rissig und wund, vertrockneter Eiter hing in den Maulhaaren. Der Atem roch faulig. »Ach, mein Armer«, seufzte Goldrun und befeuchtete einen Lappen. Während sie behutsam den Kopf reinigte und etwas Fett auf die Nüstern rieb, erzählte sie dem Kranken von Sonne und saftigen Wiesen und versprach ihm köstliche Haferklöße mit Alantbeeren, Zichorienwurzel und wildem Meerrettich. Aufmerksam hörte der Wallach zu, bald rieb er die Kopfseite an ihrer Schulter. »Warte. Bin gleich wieder bei dir.«

Als Goldrun mit der Arzneischüssel zurückkam, erwartete er sie mit großen Augen und aufgestellten Ohren. »Und nun lass es dir schmecken.« Leise summte die Heilerin vor sich hin, griff nach dem ersten Kloß, und er fraß ihn von ihrer Handfläche; erst als die Mahlzeit beendet war, verstummte auch die Melodie wieder. Goldrun streichelte ein Ohr und flüsterte hinein: »Du wirst gesund. Wir beide schaffen das schon.« Sie legte die Sperrbalken vor den Verschlag. »Ich muss jetzt unsere Stuten melken. Sei froh, dass du hier drinnen bleiben kannst. Da draußen ist es verflucht ungemütlich. Heute Mittag sehe ich wieder nach dir.«

Sie trat ins Freie. Der Wind hatte nachgelassen, heulte nicht mehr so durchdringend, dafür war die Schwüle umso mehr zu spüren. »Ist auch nicht viel besser.«

Noch unter dem nur von Balken getragenen Wetterdach sah Goldrun, dass vier Reiter angekommen waren und am windgeschützten Eingang des Haupthauses gerade von Oberin Tarcal begrüßt wurden. Einer war ein sonderbar kleiner Mann mit einem großen Kopf und einer wippenden Feder am Hut, der auf die Herrin des Königsgestüts einsprach, dabei fuchtelten seine Arme und Hände großspurig in der Luft. Auf dem Pferd neben ihm saß eine Frau, eng hatte sie ihr blaues Tuch um den Kopf geschlungen und damit auch Mund und Nase gegen den Staub geschützt. Der Reitumhang war aus festem, blau gefärbtem Leinen, grün leuchteten die Hosenbeine an den Flanken ihres Pferdes. Wer sich so anzieht, ist eine vornehme hunnische Dame, entschied Goldrun. Bestimmt sind das wichtige Leute aus dem Palast, sonst hätten sie nicht eine Eskorte bei sich. Die beiden Bewaffneten warteten in respektvollem Abstand.

Was wollen die hier? Kommen extra zu uns raus, und das auch noch bei solch einem blöden Wetter? Na ja, es geht mich nichts an. Goldrun krauste die Nase. Aber eigentlich schade, gewusst hätte ich es doch ganz gerne.

Langsam ging sie los, wollte die Melkeimer holen. Der Winddämon hatte sich nur verstellt und auf sie gelauert, sofort trieb er wieder derbe Späße mit ihr, rupfte an den Locken, drückte gegen ihre rechte Seite und versuchte sie vom geraden Weg abzubringen. Halb hatte Goldrun den Hof schon überquert, als sie durch das Auf- und Abgeheul den Ruf der Oberin hörte. Mit Winken befahl die hagere Frau sie zu sich. Nur zu gern gehorchte Goldrun und kämpfte sich leicht nach vorn gebeugt bis in den Windschatten vor dem Haupthaus.

»Das ist meine burgundische Sklavin. Eine Ausnahme, glaub mir, tüchtig und begabt mit besonderen Fähigkeiten. Ja, sie ist eine Heilkundige«, erklärte die Verwalterin dem kleinen Mann voller Stolz. »Sie arbeitet schon seit vielen Jahren mit unseren Stuten und wird deiner Frau ein schönes Tier aussuchen.«

Goldrun sah langsam zu dem Fremden hoch. Rot die Lederriemen der Sandalen, rot die Hosen, auch das Wams war aus rotem Samt und spannte sich wie ein Sack um den unförmigen Körper.

Darüber ein dunkles Gesicht, die Punkte der weißen Augäpfel zielten auf sie. Der Blick fingerte ihre Gestalt ab. »Was soll ich?«, wandte sie sich erschreckt an die Oberin.

»Du sollst der Frau eine Stute aussuchen, eine von den wertvollen.«

Von meinen Lieblingen gebe ich keinen her, dachte Goldrun und hob das Kinn. »Warum?«

Tarcal versuchte mit einer Handgeste den drohenden Protest abzuwiegeln. »Weil König Bleda es persönlich befohlen hat. Die Stute soll sein Hochzeitsgeschenk für die Dame sein. Also gehorche entweder dem König oder mir, du kannst wählen, wessen Befehl du lieber ausführst, Hauptsache, du gehorchst.«

Goldrun schob sich näher an ihre Herrin und schlug halblaut vor. »Es muss ja nicht eine Stute von der ersten Weide sein. Für die aufgeplusterte Gans da reicht sicher eine von der hinteren.«

»Wage es nicht. Jeder, der im Palast was von Pferden versteht, wird den Unterschied sofort bemerken.«

»Glaub ich nicht.«

Ein trillernder Pfiff. Goldrun riss den Kopf herum und vergaß den Mund zu schließen. Der kleine Mann hatte sich im Sattel vorgebeugt, jetzt federte er sich mit den Händen ab, ein roter Wirbel in der Luft und sicher stand er auf seinen kurzen Beinen vor der Verwalterin, scharf sah er zu ihr auf. »Ich höre sehr gut.« Zum Beweis ließ er die großen Ohrmuscheln wackeln. »Eine Ausnahme nennst du diese kleine burgundische Hexe? Das ist wahr. Betrügen will sie meine Gemahlin. Aber nicht wenn Zerkon, der große Zerkon, dabei ist.«

»Verzeih, das Mädchen hat es nicht so gemeint. Komm mit deiner Gemahlin ins Haus, seid unsere Gäste. Und inzwischen wird eine unserer besten Stuten ausgewählt und hergebracht. Ich verbürge mich dafür.«

»Nein, zu spät. Ich gehe mit auf die Weide, und ich suche das Pferd selbst aus.« Er blickte zu seiner Dame hoch. »Ein guter Hengst wie ich hat ein sicheres Gespür für eine tüchtige Stute.« Mit einem nassen Geräusch ließ er die Zunge zwischen den Lippen mehrmals auf und nieder lappen. »Hab ich Recht, Liebste?« Die Antwort kam nicht schnell genug. »Nun sag's schon.«

Aus dem Mundschutz drang eine gedrückte Stimme. »Ja, Liebster, du bist der beste Mann.«

»Na, also.« Der Zwerg straffte den roten Samt über dem vorgewölbten Brustkasten, mit leichtem Wisch schob er seinen Federhut weiter in den Nacken und drohte der Oberin. »Keine Ausrede. Ich wähle selbst. Und solltest du auch nur versuchen, mich daran zu hindern, werde ich mich bei meinem Freund, dem Großkönig, über dich beschweren.« Er stieß wieder einen trillernden Pfiff aus, streckte den Arm in Richtung der Weiden und grinste Goldrun an. »Vorwärts, du burgundische Hexe.«

Der Zwerg flößte ihr Angst ein, dennoch wehrte sie sich tapfer: »Du hast mir nichts zu befehlen.«

»Aber, aber. Muss ich erst meine Eskorte bitten, dir einige freundliche Hiebe zu verabreichen? Nein? Ach du willst, dass ich mir selbst die Hände an dir schmutzig mache?«

»Schluss damit, bitte«, mischte sich Oberin Tarcal ein. »Unterhalte den Königshof mit solchen Späßen, Zerkon. Wir einfachen Leute hier draußen verstehen so was nicht.« Sie nickte ihrem Schützling zu. »Und nun gehorche. Er soll haben, was er will, und dann möglichst schnell wieder wegreiten.«

Wortlos wandte sich Goldrun um und ging voraus. Jetzt schob der Wind sie weiter, ließ die Haarsträhnen an Stirn und Wangen vorbeiflattern und drückte den Kittelstoff gegen Rücken und Po. Immer wieder vernahm sie über dem Jaulen des Dämons deutlich auch das Trillern des Zwerges. Verflucht, jetzt sind es zwei, die hinter mir sind, dachte sie, und beide mag ich nicht.

Die Herde hatte sich am westlichen Zaun nahe den Scheunen zusammengedrängt. In einem dreifachen Halbrund standen die großen Tiere mit den Flanken zum Wind, bildeten einen Schutzwall für ihre Fohlen.

Na, viel wird der Kerl heute nicht von meinen Stuten zu sehen bekommen. Goldrun nickte grimmig. So klein wie der ist. Und vorführen werde ich ihm keine.

Sie freute sich noch an dem Gedanken, als Zerkon auf den Zaun kletterte und freihändig, ohne zu schwanken, die Tiere begutachtete. Nach einen Weile sprang er wieder hinunter. »Ich habe mich schon entschieden. Ja, da staunst du! Und zwar …« Er deutete mit dem Finger auf das hellste der Tiere im äußeren Halbkreis. »Die Sandfarbene will ich, die scheint mir die edelste zu sein.« Weil das Mädchen erschreckt die Augen weitete, schlürfte er genüsslich seinen Speichel. »Ich sehe, mein Urteil ist nicht falsch. Du bist meiner Meinung, diese Stute ist die beste und gerade gut genug für mein schönes Hunnenweib.«

»Wildrose«, flüsterte Goldrun. »Nein, die geb ich nicht …«

Jäh riss der Zwerg an ihren Haaren. »Sprich laut und deutlich. Sonst …« Nicht lange dauerte ihre Gegenwehr, dann wurde der Schmerz zu heftig und langsam zog der Zwerg den Kopf zu sich herunter. »Was wolltest du mir sagen?«

»Wildrose hat ein Fohlen«, haspelte Goldrun und verzog das Gesicht. »Lass mich los, bitte. Die Kleine ist erst einen Monat alt. Sie frisst noch nicht, kann nur trinken. Du tust mir weh. Versteh doch, die Kleine braucht ihre Mutter noch. Lass mich los.«

Grinsend öffnete Zerkon die Faust. »Ein Kind darf man nicht von der Mutter trennen. Wie Recht du hast.«

»Danke.« Goldrun seufzte erleichtert. Da wölbte er die dicke Unterlippe vor und zurück. »Ein Fohlen allein lassen? Nein, so grausam sollte man wirklich nicht sein. Es gibt eine bessere Lösung.«

»Du kannst dir ja eine andere Stute aussuchen?«

Er wackelte mit den Ohren. »Ich hab wohl schlecht gehört? Nie werde ich auf die Sandfarbene verzichten.«

»Aber gerade hast du doch …« Goldrun war nach Schreien zu Mute, doch sie beherrschte sich. »Verflucht, was für eine Lösung meinst du dann?«

»Ganz einfach.« Mit blitzschneller Bewegung zauberte er einen Dolch aus dem roten Wams. »Wir stechen das Fohlen ab. Keine Abschiedstränen. Kein verlassenes Kind. Eine wunderbare Lösung.«

»Was bist du nur für ein Mensch?« Sie hob die Faust. Sofort schnappte seine Linke zu. Goldrun spürte den eisernen Griff. Mühelos drehte er ihren Arm nach hinten. »Hexe. Hast du wirklich geglaubt, mich schlagen zu können? Na warte, dir zeig ich, wer der Herr und wer die Sklavin ist.« Er stieß sie von sich, blieb aber mit der spitzen Klinge auf Stichnähe. »Zerkon der Große ist schneller und stärker als viele Männer, das hat er oft schon bewiesen. Also versuche erst gar nicht mir zu entwischen. Und jetzt will ich die Stute, und zwar sofort. Dafür überlasse ich dir das Fohlen. Ist doch ein gutes Geschäft?«

Goldrun wusste keinen Ausweg mehr, fühlte sich nur elend. Das Fohlenmädchen durfte nicht sterben, dafür wollte sie sogar Wildrose hergeben. Sie nickte. »Ich muss nur noch Zaumzeug und Sattel aus dem Schuppen holen.«

»Aber gewiss.« Er befahl sie mit ungeduldigem Fingerschnippen vor sich. »Also los. Ich begleite dich.«

Während des Weges stiegen Tränen aus Zorn und Ratlosigkeit; ehe sie das Gesicht nässten, hatte der Wind sie getrocknet, doch immer neue quollen nach. Arme Wildrose, dachte Goldrun, auch wenn du's nicht verstehst, sei mir nicht böse. Aber ich muss dich weggeben, nur so kann ich deine Kleine retten. Und ich werd sie aufziehen, das verspreche ich. Ein Bild drängte sich vor die Gedanken. Goldrun sah die Gefangenenwiese bei Worms, hörte sich weinen. ›Du darfst mich doch nicht einfach weggeben.‹ Ihre Mutter beugte sich über sie: ›Es muss sein. Sonst tötet er uns alle …‹ Das Bild verschwamm in dem Tränenschleier.

Am Schuppentor blickte sie sich um, ein Schrei entfuhr ihr. Der riesige Kopf! So nah hinter sich hatte sie den Zwerg nicht vermutet. Beinah wäre sie mit dem Kinn an seine Stirn gestoßen. Zerkon beugte sich zurück und rundete die Lippen. »Oh, gefalle ich dir etwa nicht?«

Wortlos schob Goldrun den Riegel beiseite und ging hinein. Er blieb ihr dicht auf den Fersen. »Ich habe dich etwas gefragt?«

Das Zaumzeug hing an der hinteren Wand.

»Ach, du willst nicht antworten?«

Sie wählte aus und reckte den Arm nach den Lederriemen.

»Ich bin es gewohnt, dass mir zugejubelt wird«, jammerte er. »Und du schweigst einfach.«

Goldrun hörte nicht hin. Kein Sattel, dachte sie, Wildrose hat noch nie so ein hartes Holzding getragen, also bekommt sie auch keinen. Goldrun bückte sich nach einer Filzdecke.

Ein heftiger Tritt traf ihre rechte Kniekehle. Sofort knickte sie ein, drehte sich im Sturz und schlug mit der Seite gegen die Holzwand, rutschte und saß auf dem Boden. Ehe sie begriff, stand Zerkon vor ihr. »Spreiz die Beine, du burgundische Hexe.« Er schabte mit der Dolchklinge an ihrem Hals. »Jetzt wird der Spaßmacher seinen Spaß haben.« Ein Schlenker nach oben, und eine Haarsträhne fiel. »Besser du gehorchst, sonst werde ich dich kahl scheren und dir danach die Ohren abschneiden. Vielleicht auch …« Wieder ließ er die Klinge zucken und durchtrennte die Halsschleifen ihres Kittels. Ein Piff. »Was sehe ich denn da?« Seine Zunge schlappte. »O ja, vielleicht schneide ich mir auch eine von den kleinen burgundischen Titten ab. Als Leckerbissen für meinen Hund.«

Goldrun starrte zu ihm auf, verstand kaum noch, was er sagte, seine Stimme hallte wie aus einer tiefen Höhle, das Echo überschlug sich in ihr. Angst würgte sie, so hart hämmerte das Herz.

»Spreiz die Beine. Na wird's bald.«

Sie gehorchte. Zerkon stellte sich zwischen ihre Schenkel. Mit der Fußspitze stieß er einige Mal gegen ihren Schoß. »Dazu kommen wir gleich. Erst aber werd ich dir das Maul stopfen.« Mit der Linken griff er in seine Hose und brachte den Penis zum Vorschein. »Na, gefällt dir Zerkon der zweite?« Einige Male glitt seine Hand am Schaft auf und ab. »Damit wäre selbst eine von deinen Stuten zufrieden.« Er wippte die dicke lange Wurst in der Faust und näherte sich mit ihr Goldruns Gesicht.

»Bitte, bitte nicht«, flehte sie. »Bitte, geh weg.«

»Du wirst saugen und lecken wie ein Fohlen.« Er setzte ihr wieder die Klinge an den Hals.

Goldrun sah die dunkel glänzende Eichel auf sich zufahren,

mächtiger werden. Ein bitterer Geruch ging von ihr aus. Verzweifelt presste sie die Lippen zusammen.

»Mach dein Maul auf«, knurrte er und stieß die Kuppe gegen ihren Mund, fester, fordernder. Goldrun wollte schreien, durfte es nicht, sie glaubte zu ersticken …

Ein dumpfer Schlag wie Holz auf Fleisch. Goldrun weitete die Augen. Die Zeit verlangsamte sich. Überdeutlich, übergroß wurden die Bilder, eines wucherte ins nächste: Der riesige Kopf kippte zur Seite … von ihrem Hals entfernte sich der Arm mit dem Dolch … die Klinge treiselte durch die Luft davon … erneut vernahm sie das Aufklatschen … und tiefer kippte der Kopf … sie verspürte keinen Druck mehr an den Lippen … der Peiniger stürzte. Im selben Moment brach ihr Schrei durch den Damm und riss sie zurück in die Wirklichkeit.

Oberin Tarcal stand mit erhobenem Knüppel über dem Zwerg. »Du elende Mißgeburt! Ich schlag dir den Schwanz ab!«

Er wand sich. Der Hieb traf seine Hüfte. »Wage es nicht! Ich bin Zerkon! Wer mich anrührt, den wird König Bleda bestrafen.« Auf allen vieren floh er schnell wie eine Spinne in Richtung Ausgang. Die Oberin verfolgte ihn, griff im Vorbeilaufen nach einer Mistgabel. »Nein, ich rühr dich nicht an. Wie getrocknete Kuhscheiße werde ich dich aufspießen und ins Feuer werfen.« Fast hatte sie ihn eingeholt, wollte schon zustechen, als die beiden Bewaffneten in der offenen Tür erschienen. Zerkon sprang hoch und stellte sich in ihre Mitte. »Warum kommt ihr so spät?«, fauchte er. Er wandte sich um. Die lange Wurst baumelte ihm vor der Hose, es kümmerte ihn nicht. »Tötet dieses dürre Weib. Sie hat mich angegriffen.« Einer der Männer zückte sein Schwert. Mit der Spitze deutete er auf Tarcal. »Besser, du kommst nicht näher, Oberin. Wir müssen den Narr beschützen.«

Sie blieb stehen und stieß die drei scharfen Zinken in den Boden.

»Schlagt ihr den Kopf ab. Das ist ein Befehl!« Der Zwerg drohte beiden mit der Faust.

»Wir haben nichts gesehen, Herr. Niemand hat dich angegriffen.«

»Und was ist das hier?« An seinem Hals quoll Blut aus einer Platzwunde.

Sie blickten sich verwundert an. »Da ist nichts, Herr. Dir hängt der Schwanz raus. Und dahinten an der Wand hockt ein heulendes Mädchen. Mehr sehen wir nicht.«

»Das ist eine Sklavin, dazu noch eine Burgunderin. Mein Ansehen bei König Bleda hebt mich in den Rang eines Logaden, also kann ich mit ihr machen, was ich will.«

Tarcal rüttelte am Stiel der Mistgabel. »Du stinkender Hundearsch! Auf meinem Gestüt wird jeder gut behandelt, wenn er es verdient hat. Aber wenn ich Kerle wie dich erwische, dann erschlage ich sie eigenhändig.«

Ehe er antwortete, stopfte Zerkon sein Gemächte zurück in die Hose und straffte das Wams über der Brust. »Du wirst dazu keine Gelegenheit mehr haben.« Überheblichkeit kehrte in die Stimme zurück. »Ich verlasse gleich mit meiner Gemahlin diesen Ort und reite in die Stadt zurück. Großkönig Bleda wird entsetzt sein, wenn er hört, was ich hier erleiden musste. Erst wird mir sein Hochzeitsgeschenk verweigert, dann prügelt auch noch die Vorsteherin auf mich ein. Dieses Weib erdreistet sich sogar, den von aller Welt geschätzten Narren bei einem harmlosen Spiel mit einer Sklavin zu stören. Wie ich meinen Freund, den Großkönig, kenne, wird er mich fragen, welche Strafe diese unfähige Oberin verdient hat.« Er feixte über das ganze Gesicht. »Leider werde ich deinen Tod nicht durchsetzen können. Leider, leider. Aber deine Stellung hier wirst du in jedem Fall verlieren. Damit beginne ich, und glaube nur, ich werde dich mit meinen Späßen verfolgen, bis du wünschst, nicht geboren zu sein.«

Bei der Drohung war Tarcal blass geworden. »Ist mir gleich«, murmelte sie, ihre knochigen Finger nestelten am Kragen des Umhangs. »Aus meinen Augen. Verflucht seist du. Verschwinde. Du bringst nur Unheil.«

Der Zwerg lachte laut auf. »Nein, ich bringe Spaß. Nur Spaß. Denn ich bin Zerkon, der große Zerkon.« Er winkte zu Goldrun hinüber. »Vergiss mich nicht, du kleine burgundische Hexe. Sobald hier jemand anders das Sagen hat, komme ich vielleicht wieder vorbei.«

Er pfiff seiner Leibgarde. »Ihr habt eure Pflicht vernachlässigt und mich nicht genügend beschützt. Bei einer Wiederholung werde ich mich auch über euch beschweren müssen. Vorwärts jetzt. Beeilen wir uns, erst im Palast können meine Gemahlin und ich wieder freier atmen.« Er stolzierte auf den kurzen Beinen davon.

Die Bewaffneten tauschten mit der Oberin noch einen langen Blick, zuckten bedauernd die Achsel und folgten dem Zwerg.

Tarcal drehte sich nach dem Mädchen um. »Hat er dir wehgetan?«

Kopfschütteln. Langsam rappelte sich Goldrun hoch und ging auf die hagere Frau zu. »Er wollte …« Sie konnte es nicht aussprechen. »Mir ist so übel«, flüsterte sie. »Danke, du hast mich gerettet.«

»Das ist wichtiger als alles andere.«

»Aber was wird jetzt?« Goldrun rollten wieder die Tränen. »Ich hab doch gehört, was er gesagt hat. Und nur meinetwegen sollst du deine Stelle verlieren?«

»Was wird, werden wir ja sehen.« Die Oberin stieß den Atem aus. »Aber ich musste es tun. Wenn solche Kerle sich alles erlauben dürfen, verliere ich die Achtung vor mir selbst.« Sie lächelte dünn. »Und jetzt komm. Ich denke, eine Schale heiße Brühe ist gut für den Bauch.«

Das Wetter blieb bedrohlich. Der Auguststurm, das fahle Licht und dazu die Schwüle beunruhigten Mensch und Tier. Das Notwendigste war während des Vormittags getan, nun machte es keinen Sinn mehr, weiter draußen zu arbeiten. Nach dem gemeinsamen Fleischeintopf befahl Tarcal ihren Leuten, die Gelegenheit zu nutzen, um endlich wieder die Schlafhäuser zu säubern. Über den Vorfall mit Zerkon verlor sie kein Wort.

So hauste der Winddämon während der Nachmittagsstunden allein im Innenhof des Königsgestüts. Immer wieder flatterte er als Staubfahne hoch und zerriss sich selbst, nahm die Form des nur nachlässig befestigten Brunneneimers an, schaukelte auf und ab, drehte und kippte, bis er sich vom Strick löste und auf einem Stein zersplitterte. Am Dachfirst des Mägdehauses verwandelte er sich in einen Balken, bewegte sich hin und her, dabei knarrte und ächzte sein Atem, mit einem Mal brach das Holz und schlug mit Wucht gegen die Hauswand.

Drinnen fuhren die Frauen erschreckt zusammen. Goldrun hörte auf zu fegen, hob den Reisigbesen und richtete ihn wie eine Lanze auf den Eingang.

Die Stubenälteste fasste sich als erste. »Wir müssen nachsehen, ob etwas am Haus kaputt ist. Keine Angst. Der Dämon bleibt nie an einer Stelle, der ist längst woanders.« Keine der Frauen rührte sich. »Ihr wollt doch nicht etwa, dass ich allein rausgehe.« Zur Verstärkung griff sie entschlossen nach den Armen ihrer beiden Nachbarinnen und schritt mit ihnen los. »Nun seid nicht feige!«, rief die Tapfere den anderen in den Schlafnischen zu. »Je mehr wir sind, umso besser.«

Nach und nach schlossen sich alle an. Der Zug durch den langen Mittelgang erreichte Goldrun. »Du voraus«, befahl die Stubenälteste. »Aber nimm den Besen mit. Sicher ist sicher.«

Goldrun zögerte nicht. Der Zwerg ist weg, dachte sie, ganz egal, was da draußen ist, schlimmer als dieser Kerl kann es nicht sein. Sie schob sich durch beide Filzlappen, vergewisserte sich, dass die Frauen dicht hinter ihr waren und drückte gegen die Tür. Ohne große Anstrengung schwang sie ein Stück auf, dann aber stieß sie gegen ein Hindernis. Erschreckte Rufe aus dem Chor der Mägde. Sofort schlug Goldruns Herz schneller. »So helft mir doch.« Erst zu dritt gelang es, die Tür ganz zu öffnen. Kein unheimlicher Gast, zerplittertes Holz hatte den Eingang versperrt. An der Hauswand war durch die Wucht des Aufpralls ein Brett eingedrückt. Unter dem Schutzdach fehlte der Querbalken, an dem bei sonnigen Tagen die Felle aufgehängt wurden. »Nicht schlimm«, stellte die Stubenälteste fest und wollte gerade alle Bewohnerinnen zurück ins Schlafhaus scheuchen, als Goldrun aufschrie und mit dem Besenstiel in Richtung Süden zeigte. Ein Kobold hüpfte heran, kugelte, die Distelarme verfingen sich in der Nähe am Rad des Mistkarrens, noch ein Aufbäumen, dann lag das Gestrüpp still. »Na und?« Die ältere Magd rieb den Rücken des Mädchens. »Ist doch nur trockenes Zeug. Da hab ich schon viel größere Kugeln gesehen. Komm rein, dann erzähle ich dir davon.«

»Waren sie so?« Immer noch streckte Goldrun den Besen nach Süden. »Haben sie so viel aufgewirbelt.«

Die Frau presste die Hand vor den Mund. Eine riesige, breit gezogene Staubwolke wälzte sich auf den Hof zu.

Neben ihr stöhnte eine der Nachbarinnen. »Da!« Sofort wandten alle den Kopf. Reiter, von Westen galoppierten viele Reiter heran, der Sturm ließ neben ihnen eine gelblich braune Fahne mitziehen. Die Stubenälteste eilte rechts um die Ecke des Schlafhauses und spähte über den Hof zu den Fohlenwiesen und weiter in Richtung der Nordweiden. Gleich kehrte sie zurück. »Auch da kommen Reiter. Ich versteh's nicht.«

Jäh trocknete Goldrun der Mund aus. »O heilige Maria«, nur ein flehender Seufzer, »lass es nicht wahr sein!« Sie musste Gewissheit haben und verließ das Schutzdach, sie huschte zur linken Hausecke und beschattete die Augen. »Oh, nein.« Ein Trupp! Schon ganz nah! Er kam nicht auf dem direkten Weg von der Königsstadt zum Gestüt, sondern flog mehr östlich über das trockene Gras heran. »Zerkons Rache«, stammelte Goldrun. »Die Bewaffneten haben unser Gestüt umzingelt.« Sie presste die Finger auf den Mund und riss sie gleich wieder weg. Ein einziger Gedanke trieb Goldrun zu den Mägden. »Wir müssen die Oberin warnen. Bitte! Schnell!«

»Warten wir doch erst mal ab.« Die Stubenälteste hielt das Mädchen fest und deutete nach Süden. Aus der Staubwolke erschienen gut dreißig Reiter, schon hatten sie die ersten Einfriedungen der Wiesen erreicht. »Es ist ohnehin zu spät. Und wovor warnen? Uns geschieht schon nichts.«

»Aber der Oberin«, weinte Goldrun. »Die kommen doch wegen ihr. Die wollen sie abholen.«

»Was redest du da?«

Während Berittene aus allen Richtungen in den Hof sprengten, berichtete Goldrun hastig vom Zwerg, dem Schuppen und wie Tarcal ihn mit dem Knüppel von ihr weggeprügelt hatte. »Zerkon ist der beste Freund des Königs, und er hat geschworen, unsere Oberin zu vernichten. Begreifst du jetzt. Wir müssen sie vor den Bewaffneten beschützen.«

»Unsere Tarcal hat Mut.« Die Stubenälteste fletschte die Zähne. »Wenn ich an deiner Stelle gewesen wäre, dann hätte ich diesem Dreckskerl gleich den Schwanz abgebissen. Kannst du mir glauben. Aber dafür bist du noch zu unerfahren.« Sie nahm das Mädchen und schob es hinter sich. »Freiwillig geben wir unsere Oberin nicht her.«

Einer der Reiter formte die Hände zum Trichter, schrie gegen das Windgeheul und erteilte seine Befehle. Sofort sprangen gut zwanzig Kämpfer ab und schwärmten in Vierergruppen mit gezückten Waffen aus. Wenig später waren die Eingänge der Ställe und Gebäude besetzt. Der Anführer selbst ritt zu den Frauen vor dem Schlafhaus hinüber. »Keine Angst.« Er lächelte nicht zur Begrüßung. »Das Gestüt und alle Koppeln sind abgesichert. Habt ihr mich verstanden?« Eine Antwort erwartete er gar nicht, gleich stellte er die nächste Frage: »Wer von euch ist Oberin Tarcal?«

Schweigen.

»Seid ihr taub?«

Keine Antwort.

»Na gut. Wenn die Verwalterin nicht hier ist, wo ist sie dann?«

Wortlos wandten sich die Frauen ab. Einige gingen bereits zurück ins Haus. Goldrun wollte ihnen folgen, da hörte sie laut und vernehmlich die Stimme der Oberin. »Sucht ihr mich?«

Sie fuhr herum und mit ihr alle Mägde. Auch der Hauptmann blickte verwundert über die Schulter.

Mitten im Hof stand Tarcal vor den Reitern, in ihrem Rücken drängten sich die Pferdeknechte. »Hier bin ich.«

Sie ist doch weit weg, wunderte sich Goldrun, warum kann ich jedes Wort so gut verstehen? Dann begriff sie. Der Wind. Er heulte nicht mehr. Der Dämon schwieg. Also hat er uns die Reiter hergetrieben und ist dann verschwunden? Dieser hinterhältige Geist hilft dem Zwerg. Oh, verflucht soll er sein!

Der Hauptmann wendete sein Pferd. Vor der Oberin hob er warnend die Hand. »Keine Zeit für Fragen. Du bist für deine Leute verantwortlich, sorge, dass meine Befehle genau befolgt werden, dann geschieht niemandem etwas.« Er richtete sich im Sattel auf. »Alle hören mir jetzt zu. Dies ist kein Überfall! Nur eine Vorsichtsmaßnahme. Niemand verlässt den Gebäudebereich. Hier könnt ihr eurer Arbeit nachgehen. Wer aber außerhalb angetroffen wird, der stirbt sofort.«

Goldrun zerrte an ihren Locken. Der Schmerz tat ihr gut. Keine Verhaftung, jubelte sie stumm. Die Männer waren nicht gekommen, um ihre Beschützerin abzuholen.

»Etwas mehr möchte ich schon wissen.« Der lange Zeigefinger deutete von einem Reiter zum nächsten. »Ihr alle seid vom Volk der Gepiden, das erkenne ich an eurer bunten Kampfkleidung. Also Verbündete ...«

»Ich habe doch gesagt ...«

»Schon gut, Hauptmann«, schnitt ihm Tarcal selbstbewusst das Wort ab. »Wenn ich schon nicht erfahren darf, warum ihr hier seid, dann will ich wenigstens wissen, wie lange ihr hier auf meinem Hof bleiben wollt.«

»Bis morgen.« Der Anführer sah in Richtung Königsstadt. »Ich denke, bis morgen ist alles vorbei.« Sein Blick heftete sich wieder auf die Oberin. »Wir werden uns jetzt von den Gebäuden zurückziehen und weiter draußen einen Sicherheitsgürtel um das Gestüt und alle Koppeln legen. Sorg dafür, dass keiner deiner Leute übermütig wird. Ich verlasse mich auf dich.«

Er gab erneut Befehl, und jeder Truppenteil entfernte sich in die Himmelsrichtung, aus der er gekommen war.

Besorgt umringten Mägde und Knechte ihre Herrin. Fragen. Achselzucken. Neue Fragen und keine Antwort. Goldrun schob sich dicht neben die hagere Frau. »Ich hatte schon Angst, der Zwerg wollte dich abholen lassen.«

»Ich auch«, murmelte Tarcal und starrte zur Hauptstadt in der

Ferne hinüber. Der wässrig rote Wolkenhimmel färbte die hellen Punkte und den Palasthügel. »Was dort auch geschieht, heute Nacht möchte ich um alles Gold des Großkönigs nicht in der Stadt sein.«

Goldrun folgte ihrem Blick, dachte an Zerkon und suchte die Hand der Verwalterin.

Lass uns allein sein«, bat Attila. Schwüle lastete in der Thronhalle. »Schicke alle hinaus.«

Bleda wischte sich mit dem Ärmel das Fett aus den Mundwinkeln und trocknete die Schweißperlen an der Stirn. »Willst du keine Unterhaltung?« Vom vielen Wein schwankte seine Stimme leicht. »Wenn auch die Nachricht über dein Kommen erst gestern im Palast eintraf, haben Hofstaat und Küche keine Mühe gescheut, um für dich dieses Fest vorzubereiten.« Mit schwungvoller Geste wies er durch den geschmückten Saal. Bunte Stoffgirlanden schwankten unter der Decke. Vor den Wandteppichen brannten Kerzen in hohen goldenen Leuchtern, ihr unruhiges Licht erweckte die Bilder zum Leben. »Nach dem Essen war geplant, dass Sänger und Spielleute auftreten, auch eine Gruppe ausgesucht schöner Sklavinnen. Sie werden nackt vor dir tanzen …« Er ließ eine Pause und zwinkerte dem Bruder zu; da der Blick sich nicht veränderte, deutete er zwischen abgegessenen Schüsseln und Silberplatten auf den riesigen Kopf, der sich am Ende der Tafel über die Tischplatte erhob. »Kennst du Zerkon noch? Meine wertvollste Kriegsbeute vom Feldherrn Aspar?«

Jäh wölbte sich die Zornader quer über Attilas Stirn.

Der Großkönig bemerkte sie nicht. »Als Höhepunkt des Vergnügens sollte uns der Narr einige Geschichten vom lasterhaften Kaiserhof in Ravenna zum Besten geben. Na? Kann ich dich umstimmen?«

Scharf sog Attila den Atem ein.

Doch der leicht Trunkene schabte genüsslich die vernarbten

Kinnseiten am Halssteg seines Hemdes und schwärmte: »Du musst unbedingt erleben, wie Galla Placidia ihren Sohn Kaiser Valentinian an den Brüsten saugen lässt. Oder Honoria, diese geile Tochter, wenn sie mit der Palastwache …«

»Nicht weiter«, unterbrach ihn der Bruder mühsam beherrscht, gleich wurde sein Ton weicher. »Bitte versteh. Der lange Ritt hat mich ermüdet. Ja, sieh mich nicht so erstaunt an, ich bin zwar der Jüngere von uns beiden, aber in letzter Zeit spüre ich die fünfzig Winter mehr und mehr in den Knochen.«

»Kaum zu glauben. Wirst du schon alt und schwach? Also, ich kann nicht klagen.« Bleda weidete sich an seinem Spott. »Im Gegenteil, seit wir den großen Sieg über die Römer errungen haben, fühle ich von Monat zu Monat, wie neue Kräfte mich beleben.« Er griff sich zwischen die Beine und gab einen Brunftlaut von sich. »Auch neue Säfte steigen. Falls du noch verstehst, was ich damit meine.«

Auf diesen Scherz ging Attila ein. »Weder Königin Kreka noch eine meiner Nebenfrauen beklagen sich.« Nach dem gemeinsamen anzüglichen Grinsen gestand er seufzend: »Ach, Bruder, ich sehnte mich so nach deiner Nähe. Lass uns ohne neugierige Ohren und Augen miteinander sprechen. Über ernste oder heitere Dinge, einfach über das, was uns bewegt. Dieser Abend soll nur uns gehören.«

»Ja, trinken, lachen und weinen. Wir beide, so vertraut wie früher.« Rührung und zu viel Wein trieben Bleda jetzt schon Tränen in die Augen. »Mein Bruder. Mein bester Freund.« Er klatschte, wedelte mit den Händen in die Tischrunde, als wolle er Ungeziefer vertreiben. »Weg! Verschwindet. Ich will mit Unterkönig Attila allein sein. Niemand darf uns stören. Ich rufe, wenn wir etwas benötigen. Weg. Schnell. Weg mit euch!«

Das Fest war beendet, ehe es richtig begonnen hatte. Hocker scharrten. Keiner der Vornehmen wagte seinen Unmut zu zeigen. Selbst der oberste Ratgeber, Logade Basig, verließ ohne Protest die Halle. Nur Zerkon trippelte zum Kopfende der Tafel. Ein Wundverband prangte an seinem Hals. »Gnädiger Großkönig, liebster

Freund. Darf ich fragen, ob du schon eine Entscheidung gefällt hast?«

Als Bleda bemerkte, dass sich der Bruder verärgert abwandte, sagte er hastig: »Mein Befehl gilt auch dir. Entferne dich.« Jetzt verzog der Zwerg gekränkt das Gesicht. Gleich milderte sein Herr den Ton. »Morgen kümmere ich mich um dieses Weib. Die Strafe wird hart sein, du hast mein Wort. Und nun lass uns allein. Bitte.«

»Selbstverständlich, gnädiger Großkönig. Der traurige Diener weicht dem treuen Bruder.« Zerkon wölbte den Brustkasten und drehte sich wie eine Tänzerin einige Male um seine Achse, dann stolperte er, als wäre ihm schwindlig, zum Ausgang, warf den Türflügel mit lautem Knall hinter sich zu.

»Mein Narr ist eifersüchtig auf dich wie ein Weib.« Bleda griff nach Weinkrug und Becher. »Ich habe großes Vergnügen an diesem Zwerg. Ganz gleich was er erzählt, es bringt mich zum Lachen. Auch heute hat er mich köstlich unterhalten. Du hättest hören sollen, wie er sich auf meinem Zuchtgestüt eine burgundische Sklavin vorgenommen hat. Eine noch ganz junge, und sie muss vor Angst gezittert haben. Diese Schilderung war einfach wunderbar.« Während Bleda auf das breite Lager an der Stirnwand des Saales zuging, füllte er aus dem Krug seinen Becher und goss sich dabei den Wein über die Hand. »Nur schade, dass ihn die Verwalterin dabei gestört hat. Ich werde dieses Weib davonjagen.« Er hob das goldene Gefäß und trank allein. »Wer meine Freunde beleidigt, der beleidigt gleichzeitig den Großkönig und muss mit harten Strafen rechnen. Dieser Schutz garantiert mir die absolute Treue meiner Untergebenen. Was sagst du dazu?« Er ließ sich auf dem Ruhebett nieder. »Komm, Bruder, setze dich doch. Hier plaudert es sich gut.«

Attila nahm seinen Becher vom Tisch und folgte der Einladung, blieb aber vor dem Lager stehen. »Auch ich sorge gut für meine Getreuen. Jedoch nur, solange sie sich ehrenhaft verhalten. Auch Sklaven sind Bestandteil unseres Volkes und genießen einen gewissen Schutz. Wenn dein Narr eine junge Sklavin vergewaltigt, so kann ich ihn nur verachten.«

»Aber Bruder!« Bleda lachte. »Du wirst wirklich alt. Zerkon

wollte Spaß haben, und den gönne ich ihm von Herzen.« Er setzte den Becher wieder an die Lippen, hielt inne und sagte: »Wie unhöflich von mir. Du hattest noch gar keine Gelegenheit, dich umzukleiden. Vom Sattel gleich an die Tafel.«

Attila nickte, in seiner Stimme schwang betonte Heiterkeit: »Sehnsucht des Blutes. Ich wollte gleich zu dir und nicht warten, bis meine Männer draußen vor der Stadt unsere Jurten aufgebaut hatten.«

»Ach, mein Freund, glaube mir, deine Worte berauschen mich mehr als der Wein. Es ist heiß und stickig hier. Lege dein Schwert ab, ziehe dir wenigstens das Wams aus. Wir sind unter uns, du sollst es bequem haben.«

»Nein, besser jede Schlaufe bleibt verschlossen.« Attila tippte sich an die Nase. »Eine Woche stecke ich nun schon in diesem Leder. Sobald ich es ablege, wird der Gestank jeden in meiner Nähe betäuben.«

»Ich wusste gar nicht, dass du über dich selbst so scherzen kannst? Früher warst du viel zu schnell reizbar und aufbrausend.« Bleda betastete die Narben an beiden Kinnseiten. »Wenn ich daran denke, wie du mir hinterrücks den Bärenring über den Kopf gestülpt hast und die eisernen Dornen mir das Fleisch aufgerissen haben. Nur ein Glück, dass Vater dich rechtzeitig von mir weggezogen hat. Sonst hättest du mich umgebracht.«

»Das war ein Fehler von mir, den ich wiedergutmachen möchte.«

»Ich habe dir längst verziehen. Sonst würde ich dich nicht so freizügig an meiner Macht beteiligen.«

Mit dünnem Lächeln ließ sich Attila von ihm nachschenken. »Weißt du auch noch, weshalb ich dich mit dem Fangeisen angegriffen habe?«

»Wir sind mit Vater in die Berge geritten. Zur Bärenjagd ...«

»So war es. Und ich fiel in eine Felsspalte ...« Attila drehte den Becher zwischen den Fingern, das Gold spiegelte sich im Schweiß seines Gesichtes. »Ich erinnere mich daran, als wäre es gestern gewesen. Die Spalte war nicht tief, doch tief genug, dass ich aus eigener Kraft nicht so leicht wieder hinausgelangen konnte. Du hättest mir nur einen Strick zuwerfen müssen … oder mir deine Hand reichen. Aber du standest oben am Rand und lachtest mich aus.« Sorgsam gewählt war jeder Satz, ohne Zorn, ohne Anklage, kühl und sachlich blieb der Ton. »Nur mit größter Anstrengung gelang es deinem kleinen Bruder, sich an den Wänden hinaufzuschieben. Endlich vermochte er mit den Händen die obere Kante zu erreichen und konnte sich festhalten.« Attila setzte den Goldrand an die Lippen und leerte den Wein in einem Zug. »Du aber tratest ihm auf die Finger, und er fiel ins Loch zurück. Dein kleiner Bruder gab nicht auf. Du aber hast jeden Versuch vereitelt. Er flehte dich an, schluchzte, bettelte, du aber lachtest ihn aus. Erst nach drei Stunden hattest du Erbarmen und zogst ihn aus der Felsspalte.«

Bleda rutschte näher. »Das war nur ein Spaß unter Brüdern, mehr nicht.« Spielerisch drohte er mit dem Finger. »Du aber in deinem Jähzorn machtest aus dem Spiel gleich bitteren Ernst und hast mich mit dem Dornenring verwundet.« Er reckte das Kinn. »Ja, sieh dir die hässlichen Narben genau an.«

Der Becher entglitt Attilas Fingern und schlug hart auf den Holzboden, rollte davon. »Nur ein Spaß? Was du mir angetan hast, nennst du Spaß? Bisher habe ich wohl das Wort immer falsch ausgelegt. Verzeih.« Er klatschte kurz. »Wie Recht du hast, Bruder. Ab jetzt wollen wir uns vergnügen und lustig sein.« Ein Griff zur Schwertscheide, und schon blinkte der Stahl in seiner Faust. »Diese Waffe wurde dem Kriegsgott geweiht. Lange Zeit blieb sie verschollen. Nie aber verstummte das Gerücht, dass dieses Schwert eines Tages in die Hand des Herrscher über alle Hunnen gelangen würde.«

»Das bin ich!« Bleda lachte und streckte die Hand aus. »Danke, mein Bruder. Ein wunderbares Geschenk. Gib her, ich will die Klinge fühlen.«

»Diesen Spaß sparen wir uns als Höhepunkt auf. Genießen wir erst noch die anderen Späße.« Mit wiegenden Schultern schritt Attila zur linken Hallenwand. Im Licht der Kerzen schimmerten matt die Farben des kunstvoll gewebten Wandteppichs; hoch über der Landschaft zogen die beiden Adler ihre Bahnen. Der Schwertarm schwang zu ihnen hinauf; ein schneller Schnitt, und die Hälfte des Bildes sackte lautlos nieder, löschte im Fall einen Leuchter und blieb als Stoffhaufen vor der Wand liegen. Nur ein Adler kreiste noch unter dem Himmel.

»Der Teppich ist ein wertvolles Erbstück!« Bleda erhob sich vom Lager. »Warum hast du ihn zerstört?«

»Aus Spaß, nur aus Spaß.«

Mit halb offenem Mund starrte der Großkönig den Bruder an, dann lachte er meckernd. »Du machst dich lustig über mich. Aber glaube nur nicht, dass ich betrunken bin.«

»Das wäre auch zu schade …«, Attila stach die Schwertspitze in den Holzboden und ließ Zeigefinger und Daumen um den Griff spielen. »…denn sonst würdest du den Witz meiner Geschichten nicht verstehen. Stell dir vor: Die Gepiden haben alle Koppeln und das Königsgestüt besetzt. Seit dem Nachmittag ist dein Palast von allen Pferden abgeschnitten. Mehr noch, die Gepiden haben deine Hauptstadt eingekesselt.«

Bleda lachte. »König Ardarich ist einer meiner treuesten Verbündeten. Auf ihn und seine Truppen kann ich mich unbedingt verlassen.«

»Jetzt nicht mehr.«

»Ach, kleiner Bruder!« Mit dem Ärmel trocknete sich Bleda die Stirn. »Du solltest dich mit Zerkon zusammentun.«

»Meine Späße haben mehr Gewicht. Warte es nur ab. Denn inzwischen besitzt du auch keine Macht mehr innerhalb deines Ordus.«

»Du willst mich nur reizen. Gib es zu.« Heftig schabten die Kinnseiten am Kragensteg des Hemdes. »Aber ich will dir dein Vergnügen gönnen. Was soll ich den Wachen befehlen?«

»Sie sollen deine wichtigsten Ratgeber in die Halle bitten.«

Bleda stemmte beide Fäuste in die Hüften und schrie nach den Posten vor der Tür. Als Kommandant Edekon persönlich die Halle betrat, stutzte der Großkönig: »Du? Aus welchem Grunde versiehst du heute Nacht den Dienst eines einfachen Leibwächters?«

»Damit nichts im Palast außer Kontrolle gerät.«

Die Antwort genügte. »Sehr pflichtbewusst, mein Freund. Und nun wecke die Herren des Thronrats. Logade Basig und die anderen. Ich will sie sofort hier sehen. Das heißt...«, jetzt gewann die Weinlaune wieder Überhand, »...mein Bruder möchte sich einen Rat holen.« Bleda unterdrückte nur mühsam ein Kichern. »Also beeile dich!«

Kurz blickte der Kommandant aller Palasttruppen verwundert auf Attila, ein unmerkliches Nicken befahl ihm zu gehorchen. Kaum hatte er den Saal verlassen, als Bleda losprustete: »Bruder, kleiner Bruder. Mein oberster Leibwächter blickte schon sehr erstaunt, wenn du aber erst das zornige Gesicht meines Hofmeisters Basig siehst, ich glaube, dann hast du auf ewig einen Feind hinzugewonnen.«

»Ich bin schon sehr ungeduldig. Doch vorher noch ein kleiner Scherz: Edekon und sämtliche Elitetruppen hören auf meinen Befehl.«

»Genug.« Bleda winkte ab. »Es genügt jetzt.«

Beide Türflügel schwangen auf. In Begleitung des Kommandanten trugen zwei Wachen eine Korbtruhe herein, stellten sie mitten im Raum ab und zogen sich sofort wieder zurück. Edekon verschränkte die Arme, Goldringe glitzerten an den Muskeln.

»Was erlaubst du dir?«, fuhr ihn der Großkönig an. »Bist du taub? Du solltest meine Räte herbringen.«

»Ich habe den Befehl ausgeführt.«

»Kerl!« Bleda schnaufte, sah zum Bruder und wieder auf den Kommandanten. »Oder bin ich heute Nacht nur von Narren umgeben? Na gut, ich spiele mit. Was befindet sich in der Truhe?«

»Nur ein Spaß«, flüsterte Attila, er schnippte mit den Fingern.

Der Kommandant klappte den Truhendeckel zurück und griff hinein. Seine Faust zog weißes Haar heraus, daran baumelte ein Kopf, wächsern die Haut, die Augen im Entsetzen erstarrt, der Mund aufgerissen. Blut tropfte aus dem Halsstück. »Logade Basig, wie du befohlen hast.« Achtlos ließ er den Hofmeister zurückfallen und hob gleich zwei Köpfe an den Haaren ins Kerzenlicht. »Deine obersten Generäle.« Es klatschte dumpf, als sie wieder in der Truhe aufschlugen. »Und hier …« Weit vorgebeugt wählte Edekon den im Rang nächst niederen Ratgeber aus.

»Nein!« Kein Befehl, mehr ein Schrei. Der Großkönig hatte die Arme vorgereckt, die Hände waren zu offenen Krallen erstarrt. Er stierte auf Attila. »Dämon!« Weißlicher Speichel quoll aus den Mundwinkeln. »Du bist den Sümpfen entstiegen. Alles ist Trug … Diesen Abend, diese Nacht hat es nie gegeben. Löse dich jetzt auf, Dämon.«

»Keine Täuschung. Auch kein Spaß deines Narren.« Attila umschloss den Schwertgriff, mit elegantem Ruck zog er die Spitze aus dem Holz und deutete mit ihr auf den Kommandanten. »Mein Freund, gehe zur Tür und warte dort. Dreh dich nicht um, bis ich nach dir rufe.«

Immer noch stand Bleda angewurzelt da. Sein Blick aber irrte zwischen Bruder und Wandteppich hin und her. »Deshalb hast du den einen der Adler …«

»Begreifst du endlich.« Langsam kam Attila auf ihn zu. »Der Himmel ist nicht mehr weit genug für zwei.« Sein Fuß stockte, als dürfe er eine unsichtbare Linie nicht überschreiten. Leicht die Beine gespreizt baute sich der jüngere Bruder vor dem älteren, der Unterkönig vor dem Großkönig auf. »Ich bin gekommen, um mein Wort zu halten.« Er verneigte sich wie ein Bote. »Die Nachforschungen in Konstantinopel haben ergeben, dass tatsächlich alle Angehörigen unseres Herrschergeschlechts erschlagen wurden. Nur wir beide sind noch übrig.« Flammen loderten in den dunklen Augen auf, seine Stimme aber blieb beherrscht. »Dieses Schwert ist längst schon dem Herrscher über alle Hunnen zuteil geworden. In meine Hände wurde es gelegt. Und es soll nun Platz schaffen für den einen, den einzigen Großkönig.«

»Mörder. Brudermörder.« Grauen schüttelte den Leib Bledas, ließ die Lippen erbeben. »Fluch über dich. Wärst du doch damals in der Felsspalte verreckt …« Er brabbelte vor Angst immer neuen Unflat: »Bastard. Du bist nicht der Sohn meines Vaters, wer weiß, welcher Dämon dich gezeugt hat …«

Der Schwertarm fuhr auf, dehnte sich weit nach rechts; noch in der Drehung umfasste auch Attilas Linke den Griff, vom äußersten Punkt aus schnellte die breite Klinge waagerecht zurück und durchschlug ohne Stocken den Hals.

Kein Laut. Nichts war geschehen. Nur schwieg Bleda. Die Zeit stand still. Da bildete sich unter dem vernarbten Kinn ein schmaler Blutkranz, quoll und spülte den Kopf vom Rumpf. Eine Blutfontäne spritzte hoch und ergoss sich über den Mörder, dann sackte der Körper in sich zusammen.

»Mein Freund!« Mit rauer Stimme rief Attila nach dem Kommandanten. »Komm jetzt her.«

Edekon gehorchte, näherte sich rasch, jedoch als er das besudelte Gesicht seines neuen Herrn sah, schluckte er, und erst nach tiefem Atemholen vermochte er Haltung anzunehmen. »Zu Befehl, Großkönig.«

»Noch nicht, mein Freund.« Attila steckte das Schwert zurück in die Scheide und wies auf den Kopf. »Lege ihn zu den anderen in die Truhe und schaffe sie weg. Sorge dafür, dass alle Spuren in der Halle beseitigt werden. Wenn ich morgen die Übernahme der Herrschaft allen Stammesfürsten verkünden lasse, soll hier nichts mehr an meinen Bruder erinnern.«

»…das Schwert wird
satt und wird trunken von
ihrem Blut.«
(Jer. 46,10)

Alle Sorgfalt half nichts. Ehe der Morgentau fiel, hatte sich doch ein Tropfen des vergossenen Blutes mit ihm vermengt, nun überzog er die Hauptstadt, feuchtete Wege, Straßen, die vielen Zeltviertel, und der Geschmack des Todes legte sich auf die Lippen. In den Jurten wussten die Menschen nicht, was im Palast geschehen war, doch ahnten, fühlten sie beim Erwachen, dass Unheil den neuen Tag geboren hatte.

Wenig später tauchten Elitekämpfer der königlichen Leibgarde auf, sie befahlen alle Truppführer und die Ältesten der Stämme zum Hügel inmitten der Stadt. »Keine Ausrede! Keine Entschuldigung! Jeder muss erscheinen.« Ihre Stimmen schallten durch Zeltgassen, über Brunnenplätze, Weiden und Gewürzgärten. »Wer krank ist, den sollen Nachbarn tragen oder auf Karren hinschaffen.« Die Bewaffneten ließen keinen Zweifel. »Jeder, der dem Aufruf nicht nachkommt, gilt als Verräter an unserm Volk.«

Keve hatte soeben mit der Schafschur begonnen … Einen Steinwurf von seiner Jurte entfernt hockte er am Rande der kleinen abgezäunten Wiese. Vor ihm lag das erste Tier ausgestreckt auf dem schrägen Holzblatt, die angewinkelten Vorderhufe hatte er auf seine Knie gezogen und den Kopf in die linke Armbeuge gelegt. Seine Ruhe übertrug sich auf das Schaf, ohne Zappeln und Blöken ließ es sich die Wolle in Büscheln vom Bauch schneiden …, da vernahm er den Befehl.

»Ausgerechnet heute«, brummte er vor sich hin. »Aber diesem Weib hier ziehe ich noch das Kleid aus. Wenigstens eine läuft dann schon mal nackt rum.« Die letzten Wollflocken fielen auf das ausgebreitete Leinentuch. Keve gab das Tier frei und erhob sich. Mit der Schere schnippte er den anderen sechs grasenden Damen. »Freut euch nicht zu früh. Sobald ich wieder zurück bin, kommt ihr an die Reihe.«

Mela half ihm den Schuppenpanzer anzulegen. »Weißt du, was los ist?«

Er zurrte den Schwertgurt fest. »Ich versteh's auch nicht.«

Dicht trat Mela an ihn heran. »Wenn schon die Leibgarde ausgeschickt wird, um eine Versammlung einzuberufen, dann bedeutet das nichts Gutes. Vielleicht gibt es kein Getreide mehr? Und der Hunger kommt? Wie damals …« Furcht stand in den dunklen Augen. »Oder weißt du's doch und willst es mir nicht sagen?«

»Glaub mir, ich habe keine Ahnung.« Er strich ihr durch die wirre Haarmähne und tätschelte die Schulter. »Meine gute alte Henne. Egal was ist, ich sorg schon für uns.«

Fragen, leise Gespräche, halblaute Rufe, im weiträumigen Innenhof des Palastes brodelte die Ungewissheit, doch niemand wagte im Anblick der ringsum postierten Elitekämpfer eine Vermutung auszusprechen. Wer so nah am Königsstuhl ein falsches Gerücht ausstreute, der konnte sehr schnell die Zunge verlieren. Nach Rang und Volksstamm geordnet drängten sich die Männer bis an den breit gezogenen, überdachten Säulengang vor dem Portal des Palastes. Jeden einzelnen Holzpfeiler zierte eine kunstvolle Schnitzerei. Scharf trennte der Schatten das Licht und ließ die hohen Türflügel ins Innere der Macht zum schwarzen Tor werden.

Die Hauptleute der verschiedenen Truppenteile hatten sich weit hinten postieren müssen. Als letzte warteten die Anführer der Trossmannschaften und die der Beutehorden, vor ihnen spielten sich die Unterbefehlshaber der Reitertruppen auf, als wäre jeder von ihnen ein Feldherr, weiter vorn wurden die Gewänder bunter, mehr Gold blitzte auf den Schultern, sogar an einigen Fellkappen glitzerten Edelstein- und Perlenspangen. Keve reckte den Hals, ging einen Schritt zur Seite, wieder zurück, um zwischen den Köpfen freie Sicht auf die Vornehmen in den ersten Reihen zu haben. Einige Stammesfürsten und Höflinge erkannte er an der Haltung, wusste aber deren Namen nicht, die engsten Ratgeber und hohen Generäle des Großkönigs indes fehlten. »Die reden noch miteinander«, flüsterte er vor sich hin. »Wird wohl doch was Ernstes sein.«

»Was sagst du?« Der Nachbar sah ihn von der Seite an.

»Ach, nichts.« Keve zwang sich zu einem Grinsen. »Heute sag ich gar nichts.«

Die Türflügel schwangen auf. Aus der Finsternis traten zwei

Bläser, setzten die geschwungenen Hörner an, und in abgehackten Stößen kündigten sie die Logaden des Hofstaates an.

Keve runzelte die Stirn. Auch wenn keiner aus dem Halbschatten trat: An der Spitze der Ratgeber, dieser hagere Mann im braunen Fellmantel, der mit dem hellen dünnen Haar, das war nicht Logade Basig. Und neben ihm, der etwas jüngere mit den dunkelblonden Locken, auch ihn hatte Keve noch nie gesehen. Scharf sog er den Atem ein. Es folgten noch zwei Fremde, sie stellten sich rechter Hand des Eingangs neben die beiden. Dann erschien die nächste Gestalt und ein Seufzer der Erleichterung entrang Keves Brust. Er sah die Goldreifen an den mächtigen Armmuskeln, Ohrringe und die Kette aus Goldplatten: Kommandant Edekon, kein Zweifel, der Befehlshaber der Leibgarde und aller Elitetruppen, er war es.

Gleich nach ihm trat Gepidenkönig Ardarich aus dem Dunkel. Sein weißer Fellmantel umgab den von allen Feinden gefürchteten Stammesfürsten mit einem sonderbar milden Licht. Auch Kommandant Edekon und König Ardarich nahmen neben den Ratgebern Aufstellung.

»Wenigstens kenne ich zwei«, brummte Keve.

»Wie meinst du das?« Der Nachbar hechelte vor Aufregung. »Wo sind denn …?«

»Halt's Maul.« Ein leichter Stoß mit dem Ellbogen verstärkte den Befehl. »Und hör auf zu keuchen, du blöder Köter.«

Die Bläser hoben erneut die Instrumente. Helle, lang gezogene Hornrufe. Das Willkommen für den Großkönig!

Von seinem Platz in der letzten Reihe erkannte Keve erst nur sonderbare Umrisse. Vorn hoben die Edlen ihre Köpfe und bogen die Rücken durch. Diese Welle rollte durch die Menge weiter nach hinten, erreichte den Truppführer und warf ihn einen Schritt zurück. Eine Federgestalt flatterte aus dem Palast, Farben des Regensbogens schillerten im Licht. Ein Schamane! Aber dies war nicht der oberste Seher des Großkönigs. Unter dem Vordach markierte er in Trippelschritten einen Kreis und entschwand flügelschlagend wieder in der Dunkelheit.

Keve schüttelte den Kopf, wischte über die Augen. Jetzt trat ein gedrungener Mann ins Freie, leicht wiegte er die Schultern, seine Bewegungen flossen ineinander. Ohne Zögern schritt er in den heiligen Kreis und strebte aus dem Halbschatten des Säulenvorbaus so weit nach vorn, bis die Sonne das graugelbe Gesicht traf. Kein Trugbild, kein Irrtum. Keve sank der Kiefer.

Sein Nachbar stammelte unterdrückt. »Aber das … ist ja der Bruder. Das ist gar nicht Großkönig Bleda …«

»Idiot«, zischte Keve, »das sehe ich auch. Attila ist es.«

Die drei Prinzen erschienen im Licht. Ohne das geweihte Rund zu betreten, stellten sie sich linker Hand des Vaters auf. Attilas Gesicht zeigte keine Regung, er hatte den Blick hoch über die Menge erhoben, als suche er in der Weite des Horizonts nach einem Spiegel.

Kein Laut, die Versammelten schwiegen, selbst das Atmen schien erstickt.

Nach einer Ewigkeit der Stille gab Kommandant Edekon seinen Kämpfern ringsum auf den erhöhten Stellungen ein Zeichen. Das Gleiten der Pfeile aus den Köchern, das Zupfen der Kerben auf den Bogensehnen, jedes Geräusch war überlaut und schmerzte Keve in den Ohren. Ein Blick zur Seite, ein verstohlener über die Schulter genügten, von überall her drohten Eisenspitzen.

Nun trat der hagere Mann, der die Ratgeber angeführt hatte, zwei Schritte nach vorn. Als er auf gleicher Höhe neben Attila stand, reckte er beide Arme den Versammelten zu. »Welch ein herrlicher Tag! Ihr Edlen und Tapferen, Dank sei euch, die ihr der Einladung gefolgt seid. Ich, Onegesius, der oberste Ratgeber, heiße euch im Namen des Herrschers über das gesamte Hunnenreich willkommen …« Die Arme schwebten nach links, er bot seine offenen Handflächen der Gestalt in schlichtem Leder hin. »Begrüßt mit mir Großkönig Attila! Jubelt ihm zu.« Er klatschte, die übrigen Ratgeber fielen mit ein, und als auch Edekon und König Ardarich die Hände rührten, wachten zaghafte Hochrufe aus den Reihen der Führer und Unterführer auf. »Es lebe der Großkönig!« Vereinzelt mischte sich sein Name dazu, er breitete sich rasch aus, die Rufe wurden heller, klarer, vereinigten sich zum Sprechgesang: »Großkönig Attila! Hoch lebe Großkönig Attila!« Bald stieg vom Innenhof des Palastes aus allen Kehlen der Jubel hinauf ins strahlende Mittagsblau.

Als hätte ihn der Ruf erreicht, kehrte der Fürst mit dem Blick zu seinen Untertanen zurück und öffnete die vollen Lippen. Sofort schwieg die Versammlung. »Freunde! Getreue und Kampfgefährten. Niemand hält den Lauf von Mond und Sonne auf. Wer zum Tod bestimmt ist, den erreicht sein Schicksal, wer zur Macht erkoren ist, der ersteigt den Gipfel.« Er ließ eine Pause, aus halb geschlossenen Lidern musterte er jeden einzelnen der Vornehmen in der ersten Reihe. Einige zeigten ihr Lächeln, andere eine kühne Miene, bei denen aber, die den Kopf senkten, harrte der Blick länger aus. Endlich setzte er die Rede fort. »Mein Arm ist stark genug, die Zügel zu halten. Erst mit eurer Unterstützung jedoch werden wir jeden Feind besiegen und das Hunnenreich über die ganze Erde ausbreiten …«

Keve wischte sich den Nacken. Er hörte nicht mehr hin, voller Unbehagen beobachtete er die Bewaffneten auf den Balkenpodesten am Rande des Platzes. Erst als Attila die Stimme hob, sah er wieder nach vorn.

»… Wer mit mir ist, soll an dem Reichtum teilhaben. Das schwöre ich. Leiht mir euren Arm! Werdet meine Freunde, meine Getreuen in Zeiten der Not und des Glücks! Schenkt mir eure Herzen!«

Arme flogen auf, ein einziger Chorschrei gab ihm Antwort. »Attila!«

Hocherhobenen Hauptes wandte sich der neue Großkönig um und schritt, geleitet von seinem Schamanen, den Prinzen und Ratgebern, durchs schwarze Schattenmaul in den Palast zurück.

Mit gebührendem Abstand folgten ihnen die Stammesfürsten in Begleitung von König Ardarich und Kommandant Edekon.

Stille fiel über den Innenhof. Niemand wagte zu sprechen, jeder hütete sich aufzufallen; schweigend eilten Vornehme, Älteste und Truppführer den Weg hinunter zur Palisaden-Einfriedung.

Draußen vor dem Tor atmete Keve befreit auf und stieß dem Nachbarn in die Seite. »Ich frag mich nur …?« Jäh brach er ab, schluckte heftig und brummte: »Schon gut. Ich weiß es schon …«

Der Mann folgte seinem Blick, weitete die Augen. Während sich drinnen der neue Großkönig hatte huldigen lassen, waren entlang des hohen Schutzwalls zehn Stangen aufgestellt worden, und auf jeder Spitze steckte ein abgeschlagener Kopf. Viele der Vornehmen starrten zu den schmerz- und angstverzerrten Gesichtern hoch.

»Auch Großkönig Bleda?«, flüsterte der Nachbar.

»Ist nicht dabei. Wär auch nicht gut, glaub ich.« Keve strich nachdenklich die Bartsträhnen glatt. »Aber weg ist er für immer. Ob nun der oder der von den Brüdern unser Großkönig ist, ist mir egal.« Er schnalzte mit der Zunge. »Hauptsache ist, für uns einfache Leute bleibt alles so, wie's ist. Da wird sich meine Mela freuen.«

Das Schmunzeln seines Ratgebers ließ Attila am nächsten Tag die Brauen heben. »Wir haben Probleme zu lösen. Wem ist von den Dienern meines Bruders zu trauen? Die wichtigsten Ämter hier im Palast müssen neu besetzt werden.« Sichtlich ungehalten tippte er mehrmals mit der Faust auf die Lehne des Thronsessels. »Du solltest meine Schreiber mitbringen. Wo sind Rusticus und Constantius?«

»Noch in der Kanzlei.« Onegesius, der nun zweitmächtigste Mann im Hunnenreich, verneigte sich leicht. »Dort sichten sie alle Verträge, die dein Bruder ausgehandelt und abgeschlossen hat. Das benötigt noch eine Weile.«

»Ich habe keine Zeit.« Schneller, härter trommelte die Faust. »Und bitte, unterlasse das Grinsen.«

Die Heiterkeit zog sich in die Mundwinkel des Griechen zurück. »Mein Fürst, du bist am Ziel, die Macht gehört dir. Nun übereile keine Entscheidung. Bis auf …« Onegesius grübelte, als suche er nach den richtigen Worten, schließlich begann er mit großem Ernst: »Eine Sache allerdings erlaubt keinen Aufschub. Die

Dringlichkeit verlangt einen kühnen Entschluss, und zwar jetzt, hier und sofort.«

Attila richtete sich im Sessel auf, wachsam und bereit blickte er seinen Ratgeber an. »Rede.«

»Logade Basig bewohnte die geräumige Holzvilla gleich am Fuß des Palastberges. Du hast sie mir als neues Heim überlassen.«

»Keine lange Vorrede. Komm zu der Sache, die entschieden werden muss. «

Onegesius senkte die Stimme. »Mein Fürst, gib den Befehl. Lasse die Arbeiter noch heute mit dem Bau meines Marmorbades beginnen.«

Der Großkönig runzelte die Stirn, tief sog er den Atem ein. »Und für diese unwichtige Angelegenheit …? Ja, meinetwegen. Der Baumeister soll anfangen. Mein Freund, errichte dir die schönste griechische Therme, ganz gleich was sie kostet.« Er stutzte und schüttelte den Kopf. »Was? Was bezweckst du mit diesem geheimnisvollen Vorspiel? Im ersten Moment fürchtete ich schon, uns wäre bei der Machtübernahme doch ein Fehler unterlaufen.«

»Unmöglich, mein Fürst. Der großer Plan war bis ins Kleinste gut vorbereitet.«

»Dank dir und Onkel Ajarbas. Warum also sonst diese bedrohliche Ankündigung?«

Das Schmunzeln erwachte wieder. Onegesius sah seinen Herrn offen an. »Ich ahne, warum du dich so begierig in die politischen Aufgaben stürzen willst. Die Ereignisse der letzten Nacht wühlen noch zu laut in dir …«

»Kein Wort mehr darüber!«

Onegesius wartete geduldig einige Atemzüge, ehe er fortfuhr. »Ich versprach dir Ruhe zu geben, wenn Übereile dich treibt. Doch nicht nur das, auch ein Lächeln, wenn die Leichtigkeit droht, dir aus dem Herzen zu fliehen. Deshalb wertete ich vorhin mein Marmorbad zum Staatsproblem auf.« Er trat näher. »Warte mit der Neuordnung des Hofes. Wir sollten zunächst den Alltag wieder einkehren lassen, dann entdecken wir sehr schnell, wer von den Günstlingen Bledas es wert ist, seine Stellung zu behalten.«

Als Attila bereitwillig nickte, wagte Onegesius sich weiter vor, seine Stimme wurde weich. »Lass mich als ergebener Freund zu dir sprechen. Nutze die Wochen, bis Königin Kreka und der gesamte Ordu aus dem Osten hier in die Hauptstadt umgesiedelt sind, um deinen Söhnen ein Vater zu sein. Die beiden Älteren begreifen ohne Erklärung, sie sind im besten Mannesalter und gieren nach Aufgaben. Ernak hingegen bedarf sicher der Zuwendung, um das Bild von dir ohne Risse weiter in sich zu tragen.«

Attila schwieg, nach einer Weile fasste er die Hand des Ratgebers und drückte sie.

Gegen Mittag des fünften Tages, nachdem Attila die Macht an sich gerissen hatte, hetzte ein Elitekämpfer seinen Gaul vom Palasthügel in Richtung Norden. Am Rande der Hauptstadt verließ er den Fahrweg und trabte durch das spärlicher besiedelte Zeltviertel. Er musste nicht fragen, kannte sein Ziel, und vor der Jurte Keves sprang er aus dem Sattel.

Sofort erschien Mela am Eingang, »Was willst du?« Misstrauisch stemmte sie die Fäuste in die Hüften.

»Muss deinen Mann abholen.«

»Du nicht!«, fauchte sie. Ein Griff zur Seite, schon hielt sie einen Knüppel in der Hand. »Und sonst auch keiner! Niemand holt mir meinen Alten weg.«

»Wer ist da, Frau?«, ertönte Keves Stimme von der Rückseite der Jurte.

Ohne Mela zu beachten, ging der Kämpfer dem Klang nach. Sie rannte hinterher, überholte ihn und baute sich mit dem Rücken zu ihrem Mann wieder vor ihm auf. »Verschwinde!«

»Verflucht. Ich hab Befehl. Also geh mir aus dem Weg.«

»Ich werde dich …«

»Lass gut sein.« Keve tätschelte ihr mit einem Bund aus getrockneten, kräftigen Distelköpfen leicht auf den Po. »Bist meine tapfere Henne.«

Zwei oder drei der langen Stacheln drangen durch den Kittelstoff. Ein Schreckensschrei. Mela wich zur Seite. »Wag das nicht noch mal!« Ihre Sorge schlug um in Wut: »Meinetwegen lass dich doch verhaften. Ist mir egal!«

Der Bewaffnete beschwichtigte mit der Hand. »Verhaften? Nein. Ich soll deinen Mann nur zum Kommandant Edekon bringen. Panzerkleid und Waffen muss er mitnehmen.«

Blitzschnell sprang Keve vor, sein rechter Arm schnellte hoch; gefährlich vibrierten die nadelscharfen Distelkronen einen Fingerbreit vor den Augäpfeln des Kämpfers. »Warum? Sag es.«

»Mehr weiß ich nicht.«

Mit der Linken zückte Keve sein Messer aus dem Gürtel und setzte die Schneide an die Kehle des Mannes. »Blind und stumm mach ich dich. Geht ganz schnell.«

»Nicht, Truppführer … « Alles Blut war dem Kämpfer aus dem Gesicht gewichen. »… Bleib ruhig … Ich sag, was ich weiß.«

Kurz blickte Keve zu Mela. »Nimm ihm das Schwert ab, auch den Dolch.«

In zwei Griffen hatte sie den Mann entwaffnet, jetzt grinste der Truppführer und wedelte mit dem Strauß getrockneter Distelköpfe. »Meine Stachelbürste ist nicht nur fürs Auskämmen der Schafwolle gut, nein, sogar die besten Kämpfer des Königs kann ich damit fertig machen.« Das Messer behielt er in der Faust, die Disteln warf er neben den flauschigen Wollberg. »Fang an.«

»Viel ist es nicht«, begann der Kämpfer. »Und genau kenn ich mich auch nicht aus …« Die Späher Edekons hatten Tag und Nacht die Jurten der Vornehmen beobachtet. »Einige von denen sind dann in der Dunkelheit geflohen. Ihr Gold und alles Wertvolle haben sie mitgenommen. Das waren die engsten Freunde vom … vom Bruder. Also verstehst du, die gingen früher im Palast ein und aus, und seit Großkönig Attila jetzt unser Herr ist, haben sie keinen Einfluss mehr. Der Kommandant musste einen Suchtrupp mit den besten Reitern zusammenstellen.« Er betastete seine Kehle. »Und dann hat Edekon mich zu dir geschickt; weil sie dich auch brauchen, wegen der Beute …« Jäh überkam ihn ein Schauder. »Bei allen Geistern, Truppführer, jetzt kann ich's verstehn. So schnell wie du … Die Kameraden sagen, keiner kann so schnell wie du aus den Leuten rauspressen, wo sie ihre Schätze versteckt haben.«

Keve nickte eine Weile vor sich hin, dann spuckte er auf den Boden. »Nimm's mir nicht übel. Aber da hinten im Königsordu ist jetzt alles neu. Deshalb pass ich etwas mehr auf meine Mela und mich auf. Bis ich mich wieder auskenn.«

Brotreste lagen auf dem langen Tisch in der Empfangshalle des Palastes. Vor Kopf thronte Attila, seine beiden älteren Söhne saßen an der linken Seite; rechter Hand von ihm hatte Ernak, der Jüngste, den Ehrenplatz einnehmen dürfen.

»... Lasst mich also stolz auf euch sein!«, schloss der Vater seine kurze Rede an alle Prinzen über Pflichterfüllung und Familienehre. Jetzt hob er den Becher mit gegorener Stutenmilch, scharf musterte er den Erstgeborenen. »Solange ich unterwegs bin, wirst du der Herr in diesem Palast sein. Onegesius aber fällt jede Entscheidung! Du verkündest sie nur. Hast du mich verstanden?«

Der Prostest stand in Ellacs Blick, dennoch nickte er gehorsam.

»Gut. Trinke mit deinem Vater.«

Sie stießen an und leerten den Becher. Ellac setzte ab, schwer atmete er ein und aus, dann musste er sprechen. »Aber es soll mir doch erlaubt sein, wenigstens kleinere Angelegenheiten selbst zu regeln? Vertraue mir doch.«

Attila sah ihn nur an.

Ellac fühlte sich durch das Schweigen ermutigt. »Da ist noch die Gemahlin von Onkel Bleda übrig, die kann doch nicht ewig in ihrem Turmpalast weiter wohnen bleiben. Ich könnte das Problem für dich lösen. Ich schaffe Marpesa und alle Nebenfrauen beiseite.«

Dengizik kicherte vor sich hin. Ernak aber verbarg das Gesicht in den Händen.

Hart knallte der Großkönig seinen Becher auf die Tischplatte. »Wage es nicht, Sohn!« Das Feuer sprühte auf Ellac nieder. »Du rührst keines der Weiber an. Sie bleiben dort, wo sie sind, bewacht und abgeschirmt. Keine Frau darf das Haus verlassen! Und kein

Mann darf hinein. Das ist ein Befehl. Hast du mich verstanden?« Ellac hielt dem Blick nicht stand, senkte das Kinn und nickte wieder.

»Verzeih die Strenge«, lenkte der Vater ein. »Du hast das Problem richtig erkannt. Ja, Marpesa und die anderen Frauen müssen unbedingt verschwinden, ehe sie zu lebenden Mahnmalen werden. Aber warten wir auf deine Mutter. Mit ihr will ich die Verantwortung teilen …« Ein leichtes Schwanken im Ton, gleich wurde die Stimme wieder fester. »Großkönigin Kreka wird über das Schicksal der jetzt nutzlosen Großkönigin Marpesa entscheiden. Ja, auch meine Gemahlin soll mit einer Tat zum Machtwechsel beitragen. Und ich kenne ihren Stolz.« Er legte Ellac freundschaftlich die Hand auf die Schulter. »Ich vertraue dir, glaub es nur. Und nun ziehe dich zurück.« Wortlos erhob sich der breit gebaute Sohn und verließ schweren Schritts die Halle.

Attila schob dem Jüngsten seinen Becher hin. »Schenke mir nach, Junge.« Mit den Fingern schnippte er seinem Zweitgeborenen. »Alles ist abgesprochen. Du führst den Suchtrupp. Unsere Späher haben in den vergangenen Tagen die Fährten verfolgt. Auf unterschiedlichen Wegen versuchen sich alle Verräter nach Süden abzusetzen. Sei ein guter Jäger, lass dem Wild Zeit, bis es glaubt, in Sicherheit zu sein, dann schlage zu.« Er stieß mit Dengizik an, Stutenmilch schwappte über die Ränder. »Ich will keine Gefangenen.« Vater und Sohn verstanden sich, gleichzeitig genossen sie die Köstlichkeit in großen Schlucken.

Das stete Lächeln Dengiziks verbreiterte sich. »Ohren. Ich werde dir eine Kette mitbringen. Jedem Getöteten schneide ich ein Ohr ab und fädele es auf.«

Attilas Wulste über den Augen zuckten leicht. »Überlege dir, ob dein Vater für solche Späße empfänglich ist. Viel mehr würden mich das Gold und die anderen Schätze der Flüchtlinge erfreuen. Und um die aufzuspüren, wird dir Kommandant Edekon den besten Mann mitgeben. Seit Jahren führte er den Beutetrupp meines Bruders. Unterschätze ihn nicht, er soll ebenso gutmütig wie grausam sein. Und nun: Viel Erfolg!«

Dengizik glitt vom Tisch. Während er den Saal durchquerte, schabte leise das Leder seiner Hosen, der Tritt seiner weichen Sohlen aber war nicht zu hören.

Ruhig wandte sich Attila nach rechts. »Ich wünsche mir etwas, mein Junge.«

Ernak strich eine Locke aus der Stirn. »Von mir?«

»Ja, eine Freude. Etwas, nach dem ich mich schon seit Tagen gesehnt habe.«

»Und du meinst …«, beinah ungläubig starrte der Junge den Vater an, »ich könnte dir diesen Wunsch erfüllen? Wirklich ich?«

Die schwere Hand legte sich über die schlanke Hand. »Reite mit mir in die Berge. Lass uns einen Bären jagen. Nur wir beide, ohne deine Brüder. Nur einige Knechte, du und ich.«

Ernak musste heftig schlucken, ehe er antworten konnte. »Glück. Ach Vater, das wäre mein größtes Glück.« Mit der freien Hand berührte er den Arm des Großkönigs, wagte mehr und streichelte ihn. »Danke. Das ist ein schönes Geschenk.«

»Mein Vater hat mich früher auch mit auf die Bärenjagd genommen. Aber davon erzähle ich dir noch.« Attila füllte sich selbst den Becher. »Lass uns auf einige unbeschwerte Tage trinken.« Lange sah er in das fein geschnittene Gesicht. »Du wärmst mein Herz, Junge. Nie darf ich dich verlieren.«

Ein heiterer, durchsichtiger Oktobermorgen! Nach dem Regen der vergangenen Nacht roch die Luft frisch. Tief atmete Goldrun ein und ließ die leeren Melkeimer im Rhythmus ihrer Schritte an den Händen mitschwingen; dadurch kam sie langsamer voran, kam schließlich aus dem Takt und wäre beinah gestolpert. »Wehe, du versuchst das nachher, wenn Milch drin ist«, warnte sie sich lachend.

Als das Gatter zur Fohlenweide hinter ihr zufiel, beschattete Goldrun die Augen. Weit drüben am Ostrand graste die Herde. O verflucht, das hab ich schon wieder vergessen. Da hinten in der Zaunecke ist ja ein Pfahl angebrochen, nur die Seile halten ihn noch. Egal, heute hab ich keine Lust dazu, aber ich muss ihn bald neu einschlagen.

Kein Schlenkern, kein Scherz mehr, jede Unruhe verbannte sie aus dem Kopf und ging ohne Hast zu den Pferden hinüber. Beim Näherkommen stieg Wärme in ihr auf. Das darf nur ich sehen, dachte sie. Gegen die Morgensonne waren die Stuten und Fohlen lediglich als niedrige, scharfe Umrisse zu erkennen, vor ihr hingezaubert auf dem Gras aber bewegte sich eine stelzbeinige, riesenköpfige Schattenherde. Sie wich etwas zur Seite, um keines der Fabelwesen mit dem Fuß zu berühren.

Wo blieb Wildrose? Für gewöhnlich kam die Lieblingsstute mit der Kleinen ihr entgegen, begrüßte sie mit einem Wiehern. Und das Fohlen schnupperte gleich an der Kitteltasche. »Wer unhöflich ist, bekommt kein Honigplätzchen«, entschied Goldrun, gleich krauste sie die Nase. »Na ja, ich bin nicht nachtragend.«

Leise summend ging sie mitten durch die grasende Herde; keines der Tiere scheute oder trabte davon, längst hatten sie die junge Frau als ihre Vertraute angenommen.

Wo war Wildrose? Seit der Zwerg ihr die Schöne hatte wegnehmen wollen, klopft das Herz jedes Mal heftiger, wenn sie Wildrose nicht gleich entdeckte. Deutlich abgesondert vom Gedränge bemerkte Goldrun drei Stuten, und einer von ihnen schimmerte das Fell wie hellbrauner Samt. Sie seufzte erleichtert. Sofort aber wachte Sorge auf. Nie entfernte sich ein Pferd freiwillig von der Herde. Gut, es kam oft vor, dass ein einzelner Unruhestifter zur Strafe von der Leitstute für ein paar Stunden ausgestoßen wurde. Und grasten gleich mehrere weibliche Tiere abseits, so stand meist bei einer von ihnen eine Geburt bevor, und Helferinnen schirmten sie ab. Nein, das wüsste ich, dachte Goldrun, von denen ist keine so weit. Blieb nur noch …

Sie setzte die Eimer ab, war schon unterwegs, ging rascher und drängte sich zwischen die drei. Kurz sah Wildrose zur Seite, dann blickte sie wieder auf ihre Tochter in der Mitte. Das Fohlenmädchen stand leicht schwankend da, die Beine ausgestellt. Der kurze Schweif, auch die Hinterläufe waren von hellem Kot verklebt. Unzählige Fliegen umsirrten die Zitternde.

»Was ist mit dir?« Goldrun trat behutsam näher, wedelte mit der

Hand die Plagegeister von den Augen und fiebertrockenen Nüstern. Das Fohlen hob ihr den Kopf entgegen, und als hätte es mit letzter Kraft nur auf die Retterin gewartet, knickten beide Vorderläufe ein. Goldrun fing den Sturz ab und bettete die Kranke ins Gras.

»Wo tut es dir weh?« Langsam glitt ihre Hand von der Brust hinüber zum Leib, immer wieder hielt sie inne, spürte der unterschiedlichen Wärme nach, dann fand sie am Unterbauch eine verhärtete Stelle, drückte leicht, doch das Fohlen zeigte keinen Schmerz. Goldrun legte ihr Ohr auf die Herzseite. Flatternd pochte das Leben, aufgeregt, so unruhig. »O weh, mein Liebling. Da ist viel zu viel Angst in dir.« Sie stand auf. »Könnt ich dir nur etwas davon abnehmen.« Ratlos blickte sich Goldrun um. Hier gab es kein Wasser, auch fehlten ihr Kräuter oder Tücher.

»Ich muss zum Stall«, sagte sie entschuldigend zur Mutter und den Helferinnen. »Nein, schaut mich nicht so an. Ich lasse euch mit der Kleinen nicht allein. Bin gleich wieder da.«

Langsam gehen! Erst in einiger Entfernung von der Herde begann sie zu laufen. Was ist das für eine Krankheit? Husten? Nein, den kenne ich. Eine innere Schwellung? Aber die Kleine hat keine Schmerzen, wenn ich auf die Stelle drücke. Sonst könnte ich mit Wiesenkümmel, Honig und Mehl einen Verband anlegen. Schneller lief Goldrun, marterte ihr Hirn. Der Kot ist wässrig gelb, und er stinkt. Sie hatte das Gatter erreicht, kletterte hoch und sprang vom obersten Balken in einem riesigen Satz wieder auf den Weg. Weiter! Jedenfalls gebe ich ihr Kräuter gegen Durchfall. Ein Schäfer hat mir doch Salbei und Schafgarbe mitgebracht. In fliegender Hast stürmte Goldrun durch den Stall zum Verschlag, wo die Heilmittel aufbewahrt wurden. Kräuterbeutel, etwas Weizenbrei und Tücher, sie raffte alles in eine Decke und lief mit einem Bottich zum Brunnen. So lange dauerte es, bis der Schöpfeimer am Strick wieder nach oben gelangte.

»Wieso bist du nicht beim Melken?«

Goldrun hatte Oberin Tarcal nicht kommen hören. »Das Fohlen von Wildrose ist krank. Sieht ganz schlimm aus.« Sie füllte das Wasser um. »Und verflucht, ich weiß nicht, was ihm fehlt.«

»Du schaffst es, Mädchen. Ich komme später nach und sehe mir die Kleine an.«

Wortlos ließ Goldrun ihre Herrin stehen und hastete wieder zurück. Keinen Blick mehr für die stelzbeinigen Schattenwesen im Gras, sie lief darüber weg, schritt verhaltener, als sie die Hauptherde durchquerte und wurde von Wildrose mit leisem Schnauben begrüßt. »Es ging nicht schneller«, flüsterte Goldrun.

Das Fohlen hatte sich auf den Bauch gewälzt, hatte die Vorderläufe vor sich angewinkelt und versuchte hochzukommen, doch die Hufe fanden keinen Halt, glitten immer wieder weg. »Nicht anstrengen«, ermahnte Goldrun. »Bleib ruhig, mein Liebling.«

Beim Klang der Stimme hörte das Mühen auf. Mit einem Mal warf das Fohlen die Lippen auf, sog hastig den Atem ein. Sofort kniete Goldrun neben ihm, hielt den Kopf, und der Anblick versetzte ihr einen Stich.

»Heilige Mutter, erbarm dich.« Das Zahnfleisch war weißlich gelb verfärbt.

Ein Ton erwachte, wurde lauter, wurde zur Mahnung: Lindere die Qual!

Diese Stimme. Damals auf dem Schlachtfeld, als die blutende Stute vor ihr lag, da hatte sie diesen Satz auch vernommen. Damals hatte sie nicht helfen können! »Aber dich rette ich«, tröstete Goldrun das Fohlenmädchen und bemühte sich, ihre Ratlosigkeit nicht zu verraten. Sie wiegte den schlanken Kopf. »Gleich versuchst du ein wenig zu trinken, dann gebe ich dir eine Medizin für den Bauch. Sollst sehen, der Durchfall hört bald schon auf.«

Ein Krampf bog den Leib; hart rasselte der Atem. Die Abstände wurden kürzer; das Fohlen weitete die Nüstern, öffnete das Maul, es kämpfte, rang nach Luft, dann riss das Röcheln ab; die Augäpfel rollten, Furcht und Verzweiflung weiteten den Blick.

Goldrun presste ihren Mund auf ein Nüsternloch, und blies den Atem hinein, immer wieder. Langsam nahm die Kranke den Rhythmus auf, die kleine Brust hob und senkte sich einige Male. Goldrun ließ nicht nach, vergaß jede Zeit, sie spendete, wollte das schwache Leben wieder stärken.

Da seufzte das Fohlenmädchen; ein kleiner Laut, nicht mehr.

Goldrun hielt inne, atemlos, der Laut setzte sich in ihr fort, füllte sich mit Wehmut, und Tränen rollten ihr über die Wangen. Verloren wiegte sie den Kopf in ihrem Schoß. Erst nach einer Weile hob sie den Blick. Neben Wildrose und den beiden anderen Stuten stand ihre Oberin.

»Du bist eine gute Heilerin.«

Heftiger strömten die Tränen. »Gar nichts bin ich«, flüsterte Goldrun. »Meine Kleine hier ist tot. So schön war sie … Und ich … Weil ich nicht wusste, was ihr fehlte, deshalb ist sie gestorben.«

Langsam schüttelte Tarcal den Kopf. »Nein, Mädchen, deshalb nicht.« Sie kam näher, größer wurden die Augen über den eingefallenen Wangen. Tarcal blickte in Richtung der Hauptstadt. »Ein Opfer. Es war ein Opfer für uns beide.« Lange dachte sie nach. »So wird es sein. Jetzt brauchen wir vor dem Zwerg keine Angst mehr zu haben. Er wird dich nie bekommen, und mir kann er jetzt auch nichts mehr anhaben. Ja, Mädchen, deshalb ist das Fohlen gestorben. Für uns. Glaub es mir.« Sie kauerte sich nieder und streichelte unbeholfen über das Fell.

Fulla saß im ersten Stock des Turmpalastes auf einem Schemel, über ihren Knien, und um sie herum lag ausgebreitet ein Leinentuch. In der Linken hielt sie den eckigen Stickrahmen, darin eingespannt war ein Ausschnitt des fein gewebten Stoffes; ein halbfertiges Auge starrte zu ihr auf, und mit der Rechten stach sie die Spitze hinein, führte Nadel und Faden, um die Iris zu ergänzen. Zwischen den Stichen sah sie hinüber zur geöffneten Balkontür. Dort stand Großkönigin Kreka schon seit mehr als einer Stunde; das Gesicht dem düster verhangenen Oktobertag zugewandt, schwieg sie, bewegte sich nicht. Ihre Anspannung übertrug sich auf die Burgunderin wie ein leichter Druck, der dennoch Schmerz verursachte, weil er beständig blieb und nicht abebbte. Fulla hob den Stickrahmen an, lüftete das Leinen, und der

Stoff legte sich in neuen Falten über ihre Knie. Noch das Auge und den hakigen Schnabel, dann hatte sie die Arbeit geschafft.

Kaum war im östlichen Königsordu die Nachricht von der Machtübernahme Attilas eingetroffen, hatte Kreka angeordnet, dass ein Tuch, versehen mit einem Adler als Symbol, gestickt werden müsse. »Diese Fahne der Kraft soll mein Geschenk an den neuen Großkönig sein.« Sie blickte in die Runde ihrer Sklavinnen. »Wir werden gemeinsam daran arbeiten.« Vergeblich bemühten sich einige der Mädchen, ernst zu bleiben und kicherten hinter vorgehaltener Hand. »Was ist an meiner Idee so lustig?« Kreka suchte Hilfe bei ihrer ersten Dienerin. »Sag du es mir.«

In den Augenwinkeln krausten sich kleine Falten, sonst blieb die Miene der Burgunderin gefasst. »Herrin. Der Gedanke, dass auch du sticken willst, überrascht diese gackernden Hühner. Aber sicher hast du mit dem Wort ›gemeinsam‹ uns gemeint, denn wir sind alle nur ein Teil von dir.«

»Wie könnt ihr an eurer Herrin zweifeln?« Kreka war sichtlich entrüstet. »Ja, auch ich werde zu Nadel und Faden greifen.« Und die Königin hatte Wort gehalten. Noch im Ordu an der unteren Donau waren Brustfedern und ein Teil der rechten Schwinge unter ihren Händen entstanden. Seit der Umsiedelung des Hofstaates hier in die Hauptstadt aber, seit der Turmpalast mit den kunstvoll geschnitzten Holzarkaden ihre neue Bleibe war, hatte Kreka nicht mehr an dem Geschenk mitgearbeitet. Die neuen Aufgaben als Großkönigin des Hunnenreiches hielten sie in Atem.

Fulla sah wieder zu ihr hinüber. Sie wusste, welch schwere Entscheidung ihre Herrin fällen musste. Und Attila wollte gleich nach Beendigung der Bitt- und Klagestunde drüben im Thronsaal herkommen und die Antwort von ihr einfordern. Die Zeit drängte.

Als ahnte Kreka die Anteilnahme, begann sie unvermittelt zu sprechen, setzte den Gedanken, der sie quälte, mit Worten fort: »So viele Jahre hat die Gemahlin Bledas hier in diesen Räumen gelebt. Meinetwegen musste sie weichen. Dagegen sträube ich mich nicht, mit diesem Beschluss Attilas bin ich einverstanden.« Kreka hob leicht die Hand und deutete über den Balkon hinunter.

»Jetzt aber lebt Marpesa bereits seit zwei Wochen dort hinten im Vorratshaus des Palastes. Eingepfercht in diesem Zimmer wie eine Gefangene. Und das auch noch gemeinsam mit allen Nebenfrauen meines Schwagers. Sie hat sich doch nichts zu Schulden kommen lassen?« Die Großkönigin wandte sich um und schritt zu ihrer Vertrauten hinüber. Seide raschelte. Matt schimmerten die silbrigen Strähnen im hochgesteckten Haar. Ratlosigkeit ließ ihre Augen größer erscheinen. »Attila hat das Schicksal Marpesas in meine Hand gelegt. ›Du kannst frei entscheiden‹, sagte er. Vorher aber hat er mir sehr deutlich alle Gefahren und Nachteile aufgezeigt, die eine lebende Witwe Bledas hier im Palast mit sich bringt, und ihren Tod als die beste Lösung angepriesen.« Kreka ballte eine Faust und presste sie an den fülligen Busen. »Mein Gatte ist sehr geschickt, wenn es darum geht, anderen eine Mitschuld aufzubürden. Und was wird Ernak von seiner Mutter denken, die sich zum Mord verführen lässt? O Fulla, ich liebe diesen Mann, aber ich fürchte ihn ebenso.« Sie beugte sich zu dem Tuch, hob es an und betrachtete den majestätischen Raubvogel. »Kann ich es wagen, mich seinem Wunsch zu widersetzen, und ihm die Beute wegnehmen?« Fest richtete sie den Blick auf ihre erste Dienerin. »Glaubst du, dass ich genug Mut dazu habe?«

»Ich weiß es.« Fulla steckte die Nadel ins Auge und ließ den Stickrahmen sinken. »Dein jüngster Sohn würde dir diesen Mut sogar abverlangen. Der Großkönig hat dir das Urteil überlassen, nun entscheide auch so, wie es dein Herz befiehlt.«

»Marpesa soll leben, das ist mein Wunsch. Die anderen auch. Obwohl ich selbst, wenn ich die Macht dazu hätte, alle Nebenfrauen meines eigenen Gatten in die Sümpfe jagen würde. Was aber soll mit ihnen geschehen? In die Sklaverei verkaufen? Möglichst weit weg, nach Afrika zu den Vandalen? Oder sie in ein weströmisches Bordell geben? Nach Ravenna?« Kreka schüttelte sich. »Nein, das ist nur unwürdig.«

»Herrin, gib der Witwe und den Frauen ein neues Zuhause …«, Fulla griff wieder nach der Nadel, erst als die Schlaufe festgezogen war, sprach sie weiter. »Übe Gnade. Denn sollte jemals die Antwort auf diese Frage auch über dein Schicksal entscheiden, so wird es auch dir besser ergehen.«

Die Blicke der beiden Frauen trafen sich, verschmolzen zu einem Band. Einen Moment lang gab es keinen Standesunterschied zwischen ihnen. Unvermittelt nahm sich die Fürstin selbst einen Hocker und rückte ihn nah zu ihrer Dienerin. »Lass uns einen Plan entwerfen.«

Im frühen Nachmittag pochte es an der hölzernen Türeinfassung, gleich lüfteten sich die Filzlappen einen Spalt, und Hildegund schlüpfte hinein. »Verzeih, Königin Kreka... o nein, ich meine, Großkönigin... Verzeih.« Röte überzog das Gesicht, wucherte hinauf bis in den Ansatz des blonden Haars. »Es tut mir Leid.« Aus Scham sagte Hildegund gar nichts mehr und schloss den Mund.

Fulla hob die Brauen. »Ich versprach meiner Herrin eine tüchtige, redegewandte Zofe.« Unter den Sklavinnen Marpesas waren von ihr nur die fähigsten ausgesucht worden; sie durften auch der neuen Herrin dienen. Nach den Glückstränen beim Wiedersehen hatte Fulla der Adelstochter aus Worms diese Vertrauensstellung verschafft. »Warum störst du uns?« Ihre Stimme blieb sanft, im Ton schwang dennoch etwas Ärger mit. »Nun rede schon.«

»Er kommt...« Der linke Zopf baumelte Hildegund vor dem Busen. Sie warf ihn über die Schulter und hatte sich wieder gefasst. »Großkönigin. Dein Gemahl, Großkönig Attila, ist auf dem Weg. Er hat soeben den Palast betreten.«

»Sag das beim nächsten Mal gleich!« Rasch versteckte Fulla die Stickarbeit unter dem Bettfell. »Hast du mich verstanden?«

Ehe das Mädchen antworteten konnte, drängte Attila es beiseite, und mit ausgebreiteten Armen betrat er den Raum. »Verzeih, du Schönste aller meiner Frauen, dass ich dich warten ließ. Nun komm, begrüße den König deines Herzens.«

Langsam erhob sich Kreka und ging an ihm vorbei zur Balkontür.

Attila runzelte die Stirn, ließ die Arme sinken. Spott schwang in der Stimme mit. »Was für eine herzliche Begrüßung! Kläre mich auf: Hatten wir Streit?«

»Nein, aber es könnte gleich dazu kommen.« Kreka faltete die Hände vor ihrem Schoß. »Du möchtest meine Entscheidung über Marpesa hören?«

Er winkte ab. »Wo und wie sie getötet wird, davon reden wir später. Zunächst will ich wissen, was dich an mir ärgert?«

»Nichts, mein Gemahl.« Kreka sah zum Bett hinüber und schöpfte noch einmal Kraft aus den Augen ihrer Dienerin. »Bitte unterbrich mich nicht, höre einfach nur zu: Die Gemahlin deines Bruders wird nicht getötet, weder sie noch eine der Nebenfrauen. Ich verlange, dass zwei Tagesritte entfernt von diesem Palast ein Dorf für die Witwe errichtet wird. Genügend Wasser muss in der Nähe sein. Entweder ein Brunnen oder ein See. Dort sollen Marpesa und die anderen ungestört leben. Du wirst ihnen Schutz geben und sie mit Nahrung versorgen. Meinetwegen siedle auch Schäfer und Handwerker in diesem Dorf an.« Attila stemmte beide Fäuste in die Seiten, öffnete den Mund, jedoch sie ließ ihn nicht zu Wort kommen. »Warte bitte. Als Gegenleistung wird Marpesa niemals den Tod ihres Gatten öffentlich beklagen, noch dich jemals als Brudermörder beschuldigen.«

Er starrte seine Gemahlin an, schloss den Mund, hörbar mahlten die Kiefermuskeln. Nach einer Weile entfachte sich Feuer in den tiefen Augenhöhlen. »War Onegesius, mein Ratgeber, in der Zwischenzeit hier?«, vergewisserte er sich.

Kopfschütteln.

»Nein? Aber woher nimmst du …?«

»Glaubst du etwa, dass nur Männer …« Ihr Ton biss gefährlich.

»Nein, nein«, wehrte Attila gleich ab. Er sah flüchtig zur Burgunderin, dann wieder auf seine Gattin. Mit einem Mal nickte er: »Meine Hochachtung. Diese Entscheidung ist sehr klug und wird mir politisch, vor allem aber meinem Ansehen sehr nützlich sein. Da wir im Rat ohnehin beschlossen haben, den Römern durch eine großzügige Geste meine Machtübernahme kundzutun, wird meine Milde der Witwe Marpesa gegenüber eine Nachricht sein, die das Bild von mir in noch schönerer Farbe erstrahlen lässt. Ich danke dir.« Ein jungenhaftes Lächeln gelang ihm. »Darf ich dir heute Nacht beweisen, zu welcher Größe meine Dankbarkeit anwachsen kann?«

Kreka benötigte einige Atemzüge, um ihren Erfolg zu begreifen, dann wies sie auf ihr Bett und nickte voller Huld.

Hildegund sollte das Treffen einfädeln. »Hab Vertrauen«, hatte sie dem strengen Liebsten versichert, und um keinen Preis wollte sie ihn enttäuschen.

Fast zwei Jahre hatte Carpilio, der Sohn des römischen Oberbefehlshabers Aëtius, als Geisel am hunnischen Hof verbracht, hatte Sitten und Bräuche studiert und den blutigen Machtwechsel miterlebt. Jetzt durfte er zurück nach Ravenna, um die Friedensbotschaft des neuen Großkönigs zu überbringen und dessen Milde der Witwe Bledas gegenüber zu rühmen.

Zu seinem Abschied vom hunnischen Hof war ein großes Gelage ausgerichtet worden. Gegen Mittag hatte es begonnen. Wein und köstliche Speisen gab es im Überfluss, dann wurde den Gästen eine Zeit der Ruhe gegönnt, bevor sie am Abend sich weiteren Tafelfreuden hingeben sollten. Hildegund nutzte diese Gelegenheit. Als der junge Römer nach dem Festessen den Empfangssaal verließ, trat sie ihm vor der Saaltür in den Weg, stolperte gegen ihn und stürzte. Gerade noch rechtzeitig konnte Carpilio die junge Frau auffangen. »Da fällt mir die Schönste einfach so in den Arm …« Er lächelte galant. »Und dies ausgerechnet am Vortag meiner Abreise, wenn ich das Glück nicht mehr auskosten kann.«

Mit Blick auf die vorbeigehenden Höflinge und Damen entschuldigte sich Hildegund vernehmlich. »Ich bin ausgerutscht. Danke.« Hastig setzte sie leise hinzu: »Bitte, gehe etwas spazieren. Unten an der Küche vorbei zum Wehrzaun hinüber.«

Seine heitere Miene veränderte sich nicht. Immer noch hielt er sie fest. Der Blick wurde wachsam. Kaum bewegte er die Lippen: »Warum? Da ich nicht annehme, dass du mich begleiten möchtest, sag mir den Grund?«

Hildegund strahlte ihren Retter an und flüsterte: »Walther muss dich unbedingt sprechen, bevor du abreist. Unbedingt.« Sie löste sich, sagte wieder laut für alle neugierigen Ohren: »Ich glaube, es gibt kein Mädchen hier am Hof, das nicht weinen wird, wenn du uns morgen verlässt. Doch jetzt entschuldige mich. Die Großkönigin wartet nicht gern auf ihre Zofe.« Noch ein flehender Augenaufschlag, dann eilte sie davon.

Da Carpilio als Unterpfand für den Friedensvertrag freiwillig von den Römern an den hunnischen Hof entsandt worden war, genoss er jede Art von Annehmlichkeit und konnte sich ohne Einschränkung auf dem Palastgelände frei bewegen.

Walther kniete vor dem Küchenhaus. Mit dem Eisenschaber kratzte er fettige Rußkrusten vom Boden eines großen Kessels. Umringt von den Mägden erzählte sein Wächter schlüpfrige Abenteuer, die er im Krieg erlebt hatte. Als der junge Patrizier in grüner Tunika und gleichfarbigem Schultermantel vorbeischlenderte, rundeten sich die Augen der Küchenhilfen; kein Blick mehr für den Bewaffneten, mit Hingabe winkten sie dem schönen Römer, und einige strafften sogar den Kittelstoff vor der Brust. Walther hob den Kopf, verstohlen nickte er in Richtung der Palisaden. Ohne ihn näher zu beachten, grüßte Carpilio die Frauen und ging weiter.

Mit derberen Zoten bemühte sich der Wächter, seine Geltung als Hahn im Korb zurückzuerobern. Wenig später sprach Walther ihn an. »Darf ich …?«

»Schon gut.« Ein Handschlenker wischte den burgundischen Adelssohn beiseite. »Stör mich jetzt nicht.«

Während Walther dem Römer nachging, errang sein Bewacher wieder einen ersten Sieg und ließ sich mit Gekicher und Juchzen feiern.

Nahe der hohen Einfriedung hatte sich Carpilio auf einem Stein niedergelassen.

»Was soll das Versteckspiel?«, empfing er den Gefangenen. »Nur weil ich Hildegund die Bitte nicht abschlagen konnte, bin ich hier. Aber ich habe keine Lust, mich so kurz vor der Abreise noch in

Schwierigkeiten zu bringen. Die Hunnen misstrauen schnell, und ganz besonders, wenn sich in ihrem Palastbereich ein Römer heimlich mit einem Burgunder trifft.«

Jäh fackelte Zorn in Walthers Augen, gleich verlosch das Leuchten wieder. »Nur eine Antwort. Mehr nicht.« Er senkte die Stimme. »Wohin hat dein Vater mein Volk geführt? Wo hat er die Burgunder neu angesiedelt? Du bist der Einzige, von dem ich es erfahren kann.«

»Was nützt dir dieses Wissen …?« Carpilio brach ab, er hatte verstanden. »Glaubst du wirklich, du könntest entkommen? Sie sind die besten Reiter der Welt, die besten Bogenschützen. Nein, antworte nicht. Ich weigere mich, deine Überlebenschance auch nur abzuwägen.«

»Also willst du mir nicht helfen?« Die dunklen Brauen zogen sich zusammen. »Dann stimmt es doch, was die Hunnen behaupten: Dein Vater hat die Vernichtung meines Volkes befohlen. Und ich habe mich die ganzen Monate über in dir getäuscht …«

»Was redest du da?«, fuhr der Sohn des Aëtius auf. »Mein Vater hat nie …«

»Aber eines merke dir«, fiel ihm Walther leidenschaftlich ins Wort. »Jetzt stehe ich noch hier vor dir in Sklavenlumpen, während du die feinsten Stoffe trägst.« Er hob das Kinn. »Mit oder ohne deine Hilfe, irgendwann werde ich wieder bei meinen Leuten sein und den Platz einnehmen, der mir durch die Geburt zugedacht ist. Wir Burgunder beginnen neu, denn nichts kann unsern Lebenswillen brechen. Und ihr Römer?« Verachtung lag in der Stimme. »Kein Volk, nein, nur noch ein übermäßiger Popanz, der sich durch Korruption und eigene Trägheit selbst vernichtet. Und wenn dies eintrifft, was wirst du dann tun?«

»Mich mit dir verbünden!«, blaffte Carpilio und genoss es, wie seine unerwartete Antwort den schlanken Adelssohn beinah erschreckte. »Du solltest bei uns im Senat als Redner auftreten. Und jetzt höre auf, meinen Vater zu beleidigen. Weder er noch Attila wollten dein Volk ausrotten, das war allein Bledas Rachewahn.«

»Verzeih.« Walther senkte den Blick. »Die Jahre hier in der Einöde als Sklave bei diesen hunnischen Mördern haben mich verbittert.«

»Deine Leidensgeschichte mag bedauerlich sein, jedoch kann und will ich sie jetzt nicht hören. Viel zu lange halte ich mich hier schon mit dir auf.« Voller Unruhe erhob sich Carpilio. »Eine grobe Skizze muss dir als Orientierung genügen.« Er bückte sich nach einem Stock und markierte einen Punkt mitten auf dem Weg. »Hier soll Worms sein, dort lebte dein Volk. Und dies ist der Rhein. Du reitest lange flussaufwärts.« Während er einige Schritte ging, furchte er neben sich den Flusslauf in den Boden, dann aber blieb er stehen und ließ den Strich nach links abknicken. »Genau an dieser Rheinbiegung, bei Basel, verlässt du das Ufer und wendest dich nach rechts. In südwestlicher Richtung wirst du einen See erreichen, reite aber weiter bis zum nächsten, noch größeren See.« Zwei Kreise markierten die Gewässer. »Er wird von der Rhône gespeist. Dort am unteren Ufer heißt die befestigte Stadt Genf, dort und in der Umgebung hat mein Vater euch einquartiert. Doch reiche einem Burgunder den Finger, so nimmt er … Nein, schon gut, ich will dich nicht wieder kränken. Tatsache ist aber, ehe die Alteingesessenen begriffen, habt ihr sie schon zu euren Knechten gemacht. Das Land dehnt sich aus bis an die hohen Berge.« Carpilio ließ den Stock ums Handgelenk kreisen. »Das weiß ich genau, denn als Gegenleistung müsst ihr Burgunder für uns die Alpenpässe bewachen. Falls du deinen Verfolgern tatsächlich entkommen solltest, ist es ein weiter Weg bis dahin.« Er tippte Walther gegen die Brust. »Du willst doch nicht etwa Hildegund mitnehmen?«

»Ich werde mich für das Richtige entscheiden.« Fest drückte Walther den Zeigefinger in die Kerbe an seinem Kinn und prägte sich die Zeichnung ein. »Und wie viele Tagesritte sind es von der Rheinbiegung bis zum zweiten See?«

Carpilio schwieg, hob warnend die Hand, zu mehr kam er nicht.

Schon war der Wächter bei den jungen Männern. »Was treibst du hier?«, fuhr er den burgundischen Sklaven an. »Und du, Herr? Sicher weißt du, dass es den Geiseln verboten ist, allein mit unseren Gefangenen zu reden.« Der Bewaffnete stutzte, starrte auf die Zeichnung und seine Hand senkte sich auf den Schwertknauf. »Was bedeutet das?«

Blässe überzog das Gesicht des Römers. »Nichts Besonderes …«

»Verdirb mir nicht den Spaß«, beschwerte sich Walther lautstark bei seinem Wächter. »Ewig diese Küchenarbeit. Du greifst den Weibern unter die Röcke, und ich muss Kessel putzen, darf nur zusehen. Findest du das gerecht? Und wenn endlich mal einer vorbeikommt, der Verstand hat, dann solltest du mir wenigstens gestatten, dass ich mich mit ihm unterhalte.«

»Hab nichts dagegen«, nachdenklich saugte der Wächter an einer Zahnlücke. »Aber ich bin kein Idiot, das weißt du.« Er nickte zur Zeichnung hinunter. »Was soll das sein?«

Carpilio suchte nach einer Erklärung, indes Walther fand sie schneller: »Ich habe mich mit dem Römer gestritten, wo genau Attilas Königsordu in den Ostgebieten lag.« Er deutete auf den unteren Kreis. »Natürlich hier.«

Der Wächter grinste breit. »Und du willst schlau sein? Ach, Burgunder. Nichts weißt du.« Er wandte sich an Carpilio. »Glaub ihm kein Wort, Herr.« Das Schwert glitt aus der Scheide. Mit der Spitze zog er den Flusslauf nach. »Also das ist die Donau, hier knickt sie nach links ab. Soweit stimmt es. Aber da rechts unten lag der Königsordu nicht. Sondern …« Er ritzte eine lange Spur nach Osten, ehe er dann oberhalb der Donau das Schwert in den Boden stach. »Da! Und nirgendwo anders!«

Carpilio hatte sich endlich von dem Schreck erholt, nun ging er auf Walthers Spiel ein: »Danke. Endlich eine vernünftige Auskunft«, lobte er, und als die Brust des Wächters sich wölbte, setzte er noch hinzu: »Ich hätte gleich dich fragen sollen und nicht einen Burgunder. Danke, guter Mann.« Mit gewinnendem Lächeln setzte Carpilio seinen Spaziergang fort.

Der Bewaffnete sah ihm nach. »Ein freundlicher Herr. Muss ich schon sagen. Sind nicht alle so, die Römer.« Seine Schwertspitze wies in Richtung Küche. »Und du gehst jetzt wieder zurück zu deinem Kessel.«

Nieselregen trieb in Schwaden über den Palasthof. Kalt war der Morgen. Seit mehr als einer Stunde wartete die Eskorte. In einer Linie nebeneinander saßen acht Kämpfer auf ihren Pferden, schweigend, reglos, die Hände ruhten vor ihnen auf dem hohen Steg der Holzsättel, über den Schuppenpanzern trugen sie Filzumhänge. Von ihren ledernen Helmen perlte das Wasser, lief den Nasensteg hinunter und nässte die spärlichen Barthaare. Hinter jedem Reiter harrten geduldig zwei hoch bepackte Ersatztiere aus. Unter den Planen verbargen sich Waffen und Verpflegung, Zeltausrüstung und Kochgeschirr. Nahe dem überdachten Säulengang stand der Truppführer zwischen zwei starken Wallachen, beide waren aufgezäumt, einer aber trug keinen Sattel.

Die Flügel des Eingangsportals öffneten sich. Heitere Stimmen drangen nach draußen in den graunassen Morgen, wenig später erschien Attila mit dem Sohn des Prokurators über ganz Gallien, ihnen folgten Onegesius, Scotta und ein Schreiber der Hofkanzlei.

»Glaub mir, als dein Vater Aëtius als Geisel hier lebte, war er furchtlos, stark und besaß einen scharfen Verstand …« Attila wischte sich mit dem Handrücken die Lachtränen aus den Augenwinkeln. »Nur vor Ratten und Mäusen nahm er Reißaus wie eine verschreckte Jungfrau.« Er seufzte von Herzen. »Ach, wir hatten damals eine schöne Zeit miteinander. Solch einen Freund hätte ich mir fürs ganze Leben gewünscht.«

»Auch mein Vater spricht gerne von seinem Aufenthalt hier am Königshof.« Carpilio neigte leicht den Kopf vor dem Herrscher über alle Hunnen. »Größten Respekt zollt er dir und deinen Fähigkeiten als Feldherr. Wärme aber belebt seine Stimme, wenn er von der Treue und Kameradschaft schwärmt, die euch beide verband.«

»Daran hat sich nichts geändert, mein Sohn …« Attila legte dem jungen Patrizier den Arm auf die Schulter. »Ich darf dich doch so nennen? Grüße Aëtius von mir.« Er schnippte dem Sekretär seiner Kanzlei und ließ sich einen schmalen Lederköcher aushändigen. »Darin befindet sich mein Schreiben an deinen Vater.« Er neigte sich zum Ohr Carpilios. »Im Vertrauen: ein langatmiger politischer Sermon, aufgesetzt von unserm weisesten Ratgeber …«, Onegesius erhielt einen Blick, »… und diplomatisch verfeinert von dem geschicktesten Gesandten meines Hofes.« Dieses Mal bedachte er Scotta mit einem Augenleuchten. »Der Inhalt lässt sich auch in drei Sätzen zusammenfassen. Sollte das Schreiben unterwegs verloren gehen, so überbringe deinem Vater mündlich meine Botschaft. Er möge sie an den Kaiserhof weiterleiten: Auch unter meiner Herrschaft soll der Friede zwischen Hunnen und Westrom erhalten bleiben.« Als wäre es nur eine Geste hielt er Carpilio die geöffnete rechte Handfläche hin. »Dafür erwarte ich ein kleines Geschenk: die Provinz Pannonia Savia. Sie fehlt mir noch, um die Grenzgebiete besser zu sichern.« Er öffnete jetzt auch die linke Handfläche. »Natürlich muss ich auf den jährlichen Tribut bestehen. Es mag ja sein, dass diese freundschaftliche Gabe der großen Regentin Galla Placidia schwer fällt. Deshalb soll sie mir den Titel eines Magister Militum verleihen, wie deinem Vater. Das Jahreseinkommen für diese Würde entspricht ungefähr der üblichen Goldzahlung an meinen Hof. Auf diese Weise nagt der Tribut nicht so an ihrem Selbstbewusstsein.«

Mit offenem Mund hatte Carpilio zugehört, jetzt zog er den Reisemantel vor dem ledernen Brustpanzer enger. »Ich vergaß, dass Vater noch eine Eigenschaft von dir besonders hervorgehoben hat. Den Sinn für Geschäfte.«

Jäh straffte sich die Miene. »Gold allein ist das Blut des Friedens, mein Sohn.« Gleich zog wieder Wohlwollen über das graugelbe Gesicht, und Attila führte beide geöffneten Handflächen zueinander und klatschte drei Mal. »Ich habe noch eine Überraschung für deinen Vater. Du wirst ihm das Geschenk überbringen.«

Von der Nordseite des Palastes, aus Richtung der Ställe näherte sich ein Knecht durch den Nieselregen. Am Halfter zog er ein Pferd hinter sich her.

Carpilio wischte die Augen, als wäre sein Blick getrübt. »Was hockt dem Gaul da auf dem Rücken?«

»Ein Spaß«, verkündete Attila.

Eine sonderbar kleine Gestalt mit einem riesigen Kopf schwankte im Sattel! Stricke verbanden die kurzen Beine unter dem Pferdebauch, eine Filzdecke war um den unförmigen Leib geschlungen, mit Lederschnüren festgezurrt. Die Arme hatten nur so viel Spiel, dass sich die Hände am Sattelsteg festhalten konnten. Vorwurf schrie aus dem Blick der vorgequollenen Augäpfel dem Großkönig entgegen, doch die Gestalt gab keinen Laut von sich. Zwischen den wulstigen Lippen steckte ein dicker Knebel, sicher gehalten durch Lederbänder, die hinter dem Kopf verschnürt waren.

»Zerkon?« Der Römer schüttelte den Kopf. »Und warum in diesem Zustand?«

»Ja, dies ist Zerkon, der große Zerkon, der berühmteste Narr der Welt.« Genüsslich wurde der Ton Attilas. »Gewiss ein wertvolles Geschenk, und deshalb für die lange Reise so gut verpackt. Ich erwarte, dass du meine Anweisung strikt befolgst. Solange sich der Zwerg auf hunnischem Territorium befindet, hat er absolutes Redeverbot. Der Knebel darf nur zum Essen und Trinken abgenommen werden. Sollte er dabei auch nur ein Wort von sich geben, muss die nächste Mahlzeit für ihn ausfallen. Erst hinter unseren Grenzen kannst du selbst entscheiden, ob du seine Zunge freilässt oder nicht.«

Carpilio nickte, gleich aber hob er die Achseln. »Ein Geschenk? Verzeih, ich weiß nicht, ob mein Vater sehr beglückt …«

»Kluger junger Mann!«, unterbrach Attila anerkennend. »Es soll eher ein Scherz unter Freunden sein. Jeden Besitz, vor allem die hunnische Gemahlin habe ich dem Spaßmacher schon entzogen, nun gebe ich ihn weg. Und wenn Flavius Aëtius noch der ist, den ich kenne, dann wird er mit dem Narren so weiter verfahren. Abgelehnt werden wie saurer Wein zerstört den Ruf Zerkons und entschädigt viele Herzen, die von ihm gekränkt oder geschmäht wurden.«

Nun hatte Carpilio begriffen. »Mein Vater hat sich nicht geändert, das versichere ich dir.«

»Leb wohl!« Attila blickte zu der tief hängenden Wolkendecke.

»Große Regenfälle sind bisher ausgeblieben. Ihr werdet die Theiß noch sicher durchqueren können. Gute Reise.«

Der Truppführer legte dem Wallach die Reitdecke über; Carpilio lehnte seine Hilfe ab, und beide schwangen sich mit einem Federsprung auf ihre Pferde.

»Dank für alle Gastfreundschaft.« Noch ein Gruß mit erhobener Rechter. »Möge der Friede zwischen unseren Völkern ewig andauern!« Geleitet von der Eskorte trabte der Sohn des Oberbefehlshabers über Gallien an. Der letzte Reiter zog den Gaul mit Zerkon an der Leine hinter sich her.

Attila stand neben seinem Ratgeber und blickte dem Trupp nach, bis er aus dem Blick verschwand. »Ein hoffnungsvoller junger Mann. Doch die Härte seines Vaters besitzt er nicht.« Er ließ eine Pause, setzte dann schwer hinzu: »Aber was urteile ich? Sieh dir meine Söhne an. Viel haben sie nicht von mir geerbt.«

Onegesius hob spöttisch die Brauen. »Beklage dich nicht. Diese Weisheit ist so alt, wie es Väter gibt: Noch nie gelang es Söhnen, den Erwartungen ihrer Erzeuger zu genügen.«

Erst antwortete ein Schnauber, dann knurrte Attila: »Hüte deine Zunge. Sonst schicke ich dich verschnürt wie diesen Zwerg nach Griechenland zurück.«

»Meine Sorge um dich ist größer als die Furcht vor dir.« Onegesius hob leicht die Hand. »Und würde ich schweigen, wäre ich nicht dein Freund.«

Wildrose ging sicher, bei jedem Tritt versanken ihre Beine bis über die Fesseln im pulvrigen Schnee, aus den Nüstern dampfte der Atem. Kein Befehl, kein Ansporn war nötig, lose hielt Goldrun die Zügel in der Hand; Stute und Reiterin waren eng miteinander vertraut, ein leiser Zuruf, ein Schenkeldruck von ihr oder ein Kopfnicken, ein Aufstellen der Ohren von Wildrose genügten, und jeder erspürte den Wunsch des anderen.

Eine Pferdelänge vorweg ritt Keve. Vorhin, als er auf das Gestüt gekommen war, um das Mädchen abzuholen, hatte er im Beisein von Schwägerin Tarcal viel gesprochen und viel zu laut gelacht. »Heute wird nicht gearbeitet.« Goldrun sollte die dicksten Wollhosen anziehen und darüber das wärmste Kleid. »Schön musst du aussehen.« Mütze und Handschuhe durfte sie nicht vergessen, und er achtete sogar darauf, dass sie die Fellschuhe überstreifte. »Damit du mir nicht erfrierst.«

Um Streit an diesem klaren, sonnigen Wintertag zu vermeiden, hatte Goldrun seine Bevormundung ohne Protest hingenommen und war mit ihm losgeritten. Seitdem saß er schweigend im Sattel.

Sie rümpfte die Nase. Gut die Hälfte der Strecke bis zur Hauptstadt lag jetzt hinter ihnen! Und kein Wort von ihm! »Warum sagst du nichts?«

Kaum bewegte er den Kopf. »Weiß nicht, was.«

»Wie geht es denn Mela?«

»Gut.«

Goldrun versuchte es erneut. »Und Frau Fulla hat dich gebeten mich abzuholen?«

»Nein. Als ich davon gehört hab, dass sich alle Burgunderinnen von damals im Hurenzelt treffen …«, sonderbar schwer schleppte er an den Worten, »… da dachte ich, dass du auch dabei warst. Und deshalb bring ich dich hin.«

Unvermittelt fühlte Goldrun einen schmerzhaften Druck im Magen. »Ist etwas geschehen? Ich fürchte mich vor Überraschungen. Du weißt, ich bin alt genug, sag's mir lieber gleich. Musst du mich zum Hurenzelt bringen? Wer hat den Befehl gegeben?«

Jetzt drehte er sich im Sattel zu ihr um. »Denk das nicht, Kleines. Nie würd ich dich irgendwo hinbringen, wo es dir schlecht ergehen kann. Glaub mir.«

»Aber warum bist du heute so anders? So … ach, ich weiß nicht, so verschlossen?«

»Wird bald schon besser.« Mehr sagte er nicht, blickte wieder nach vorn in die grellweiße Weite und schwieg.

Seine Antwort beruhigte nicht. Vorhin noch war Goldrun fröhlich gespannt auf das Wiedersehen mit den Frauen aus der Heimat gewesen. Einige von ihnen arbeiteten im Palast, waren Küchenmägde oder Näherinnen, das wusste sie von Hildegund. Aber wo und wie lebten die anderen? Von deren Schicksal hatte sie in der Abgeschiedenheit auf dem Gestüt nichts gehört. Und jetzt waren auch die damals zum östlichen Königsordu verschleppten Burgunderinnen zurückgekehrt.

Frau Fulla! Als Goldrun nur den Namen dachte, hatte eine warme Welle ihr Herz überspült. Jetzt aber war alle Freude verflogen. Keve ist besorgt, dachte sie. Und es hat ganz sicher mit mir zu tun. Dafür kenne ich sein Gesicht viel zu genau. Gibt es wirklich ein Treffen der Sklavinnen? Nein, er belügt mich nicht. O verflucht, warum verheimlicht er mir etwas?

Nach einer Stunde näherten sie sich den Randgebieten der Stadt, und bald tauchte das Gelände mit den drei großräumigen, stumpf zulaufenden Jurten vor ihnen auf. Der ganze abgesperrte Bereich wurde Hurenzelt genannt, in Wahrheit aber diente er den Frauen zum Schutz. Hierhin konnten sich Unverheiratete oder Bedrängte zurückziehen, und den neu herangeschleppten Sklavinnen diente er als erster Aufenthalt. Bunte Wolltücher schmückten den Zaun aus engmaschig geflochtenen Stricken. Zwei bewaffnete Wächterinnen, kraftvoll, breit gebaut, sicherten die schmale Gitterpforte.

Goldrun reckte sich. So ruhig? Niemand läuft draußen rum, und Stimmen höre ich auch nicht …

Über die Schulter bat Keve: »Bleib auf dem Pferd.« Er rutschte ohne jeden Schwung aus dem Sattel und stapfte zu den lebenden Schutzsäulen hinüber. Was er sagte, verstand Goldrun nicht. Kurz dauerte das Gespräch, dann eilte eine der Wächterinnen davon, verschwand in der mittleren Jurte, wenig später kehrte sie zurück.

Goldrun sah nur die Gestalt in ihrer Begleitung, den Gang, das Gesicht, sie glaubte den Blick zu spüren. »Frau Fulla«, flüsterte sie, und die Beklemmung der vergangenen Stunde löste sich in ihr. »Wenn Frau Fulla da ist, dann brauch ich mich nicht zu fürchten.«

Kurz vor der Pforte blieb die Burgunderin abrupt stehen. Sie verschränkte die Arme vor der Brust und starrte den Truppführer an.

Er nickte, forderte sie mit linkischen Gesten auf zu warten. Fahrig wandte er sich um und kehrte zu den Pferden zurück. Goldrun hielt es nicht länger, mit den Zähnen zog sie die Handschuhe aus, stopfte das Paar unter die Satteldecke, sie beugte sich vor, strich Wildrose leicht über den Hals und wollte absteigen.

»Nicht, Kleines!« Alle Trägheit fiel von Keve ab, in wenigen Sätzen war er neben der Stute. »Lass mich dich runterheben.«

»Willst du mich lächerlich machen?«, fauchte sie. »Ich bin doch keine lahme Alte.«

»Bitte.« Die Stimme gehorchte ihm kaum. »Wichtig ist es. Bitte.«

»Was ist denn los mit dir?«

Seine Lippen bebten. Goldrun sah das Flehen in den Augen und fragte nicht weiter. »Meinetwegen.«

Beide Arme streckte er aus, ließ sie vom Pferderücken schweben und stellte sie sanft in den Schnee. »Und jetzt, lass dich bei der Hand nehmen«, flüsterte er.

Goldrun gehorchte. Wie ein kleines Mädchen führte der Truppführer seinen Schützling zum Gittertor hinüber.

Inzwischen hatte Fulla die Einfriedung verlassen, ihr Blick empfing die beiden, der Busen hob und senkte sich.

Jäh überfiel Goldrun die Erinnerung. Damals. Der Wagen mit uns Sklavinnen hielt hier am Gitter. Wir mussten absteigen. Frau Fulla hat mit mir gewartet, bis alle drinnen waren, dann wollten wir hinterher, und da hat er mich zurückgerissen … Sie fühlte Schmerz an den Haaren.

Gleich löste er sich auf. Es war nur Keves Hand, die behutsam über ihre Mütze strich. »Da bring ich dir mein Goldfohlen«, sagte er heiser zur Burgunderin. »Hab gut auf die Kleine aufgepasst. Kannst es ja sehen. Ist sehr schön geworden, mein ich.«

Fulla trat zu ihnen, im tiefen Blau ihrer Augen schimmerten Tränen. Sie suchte seine Hand und drückte sie. »Danke. Warte hier.« Jetzt gelang ihr ein Lächeln. »Sobald wir da drinnen genug geredet haben, bringe ich sie dir wieder.«

Damit legte Fulla den Arm um Goldruns Schulter und führte sie an den Wächterinnen vorbei, durchs Gatter und den Pfad zur mittleren Jurte entlang.

»Ich habe nicht übertrieben«, murmelte die Vertraute der Großkönigin vor sich hin.

»Womit?« Goldrun sah sie von der Seite an. »Ach, Keve, meinst du? Nein, der ist längst nicht so schlimm, wie er aussieht.«

»Das habe ich heute gelernt.« Fulla verstärkte herzlich die Umarmung. »Aber daran dachte ich jetzt nicht. Ich habe – zwei Jahre sind es, glaube ich, her – jemandem von dir erzählt und behauptet, du wärst eine schöne junge Frau.«

»Ach was.« Kurz schmiegte Goldrun ihre Wange ans Haar der Burgunderin, sog den Duft ein. »Hildegund, die ist wirklich schön. Die hat auch ihren Walther. Und mich …, also mich mögen nur Pferde.«

»Darüber reden wir noch.« Vor dem Zelteingang blieb Fulla stehen. »Ehe wir hineingehen, sollst du wissen, wie sehr ich mich freue, dich wieder in meiner Nähe zu wissen.« Ihre Heiterkeit erlosch. »Bisher konnte ich drüben in den östlichen Gebieten wegen meiner hohen Stellung bei Großkönigin Kreka viele unserer Leidensgefährtinnen unterstützen, und ich will jetzt auch allen, die hier in der Hauptstadt bleiben mussten, meine Hilfe anbieten. Deshalb habe ich dieses Treffen veranlasst.«

Goldrun nahm die Wollmütze ab und lockerte das lange Haar. »Mir ist es nicht schlecht ergangen.«

»Viele haben sich angepasst. Aber komm, dort drinnen ist es so still, weil gerade vom Leidensweg einer unserer Schwestern berichtet wird.«

Leise betraten sie das Zelt und kauerten sich in den Kreis. Niemand sprach, die Frauen sahen vor sich hin, hingen schweren Gedanken nach. Hildegund bemerkte die Freundin, einen Moment lang leuchtete das helle Grün ihrer Augen, schon senkte sich wieder der Wimpernvorhang.

»… ja, und dann …«, eine der Frauen setzte den Bericht fort, »an dem Abend vorher wollte sich jemand Gullweig für die Nacht kaufen. Einer von diesen grässlichen jungen Kerlen. Ich hab noch zu ihr gesagt: ›Der ist nicht gut. Schick ihn weg. Sag, du wirst von einem Feinen aus dem Palast abgeholt.‹ Aber sie war schon so abgestumpft von all den Freiern. ›Einer ist wie der andere‹, sagte Gullweig noch und ist mitgegangen. Am Morgen haben drei betrunkene Kerle sie zurückgebracht; einfach vom Pferd geworfen haben sie die Gullweig, und da lag sie am Gatter. Die Wärterin hat sie zu mir gebracht.« Kaum fasste die Erzählerin die Erinnerung. »Nur das linke Auge konnte sie noch aufmachen … Die Lippen ganz dick … Der Kittel war in Fetzen … Und … und an einer Brust war rohes Fleisch; rausgebissen haben die Wölfe ihr ein Stück. Vom Bauch runter war alles blau und blutig … Ich hab gesagt: ›Leg dich. Ich hole erst mal warmes Wasser, und dann soll die Heilkundige dir helfen.‹« Die Frau warf den Kopf zurück, atmete heftig gegen die Tränen, ihre Stimme wurde hell und dünn. »Als ich dann mit dem Wasser wiederkam, da … da kniete Gullweig vor der Matte, ganz in sich gesunken, der Kopf hing zur Seite … Ganz ruhig war es um sie rum. Und dann hab ich's gesehen. Das Messer. Sie hat es sich in den Hals gestoßen.«

Weinen, tiefe Seufzer und unterdrückte drohende Flüche erfüllten den Raum. Goldrun spürte ein Würgen im Hals. Zerkon, er stand über ihr. Sie roch den bitteren Schweißgeruch … Sie versuchte und versuchte, die Übelkeit hinunterzuschlucken. »Atme.« Ein leiser, doch scharfer Befehl. »Nun atme tief.« Fulla fasste ihre Hand, hob und senkte sie. »Das Schicksal von Gullweig ist kein Einzelfall.«

Als die Übelkeit nachließ und nur schaler Geschmack auf der Zunge übrig war, sah Goldrun wieder in den Kreis. Die Frauen sprachen miteinander, tauschten Leid und Erfahrungen aus. Erst glaubte Goldrun an eine Täuschung, dann fasste sie die Wahrheit kaum. »Ohne Hildegund und mich waren doch einundzwanzig Frauen auf dem Sklavenwagen? Und jetzt sitzen hier nur noch fünfzehn?«

»Hör auf damit«, raunte ihr Fulla zu. »Ich sagte ja, Gullweig war nicht die einzige. Sechs von uns haben die Vergewaltigungen nicht überlebt; sie sind zu Tode geschunden worden oder haben sich aus Verzweiflung umgebracht.« Laut richtete sie das Wort an alle. »Das Schicksal von Gullweig darf sich nie wiederholen. Freundinnen und Schwestern! Von heute an soll uns ein unsichtbares Seil miteinander verbinden, an dem jede, die möchte, jede, die Hilfe benötigt, sich festhalten kann. Einige von uns haben es gut hier in der Fremde getroffen, drei haben sogar geheiratet und Kinder geboren, andere jedoch fügen sich nur notgedrungen dem Hunnenleben …«

Lange sprach Frau Fulla, tröstete, gab Mut, erinnerte an den Stolz, der niemals gebrochen werden durfte. Als sie von der Umsiedlung des burgundischen Volkes erzählte, sah Goldrun auf und begegnete dem Blick der Freundin. Hildegund bewegte die Lippen, versuchte ihr tonlos etwas mitzuteilen. Nichts von dem begriff Goldrun, verstand schließlich allein das Wort ›später‹ und nickte.

»… scheut euch also nicht, liebe Schwestern, im Palast nach mir zu fragen, oder schickt eine Freundin. Großkönigin Kreka hat ein warmes Herz und erlaubt mir, eure Sorgen zu lindern.«

Kein Beifall, aber ein Lächeln als Dank. Kaum hatte Fulla geendet, drängten sich die Burgunderinnen um ihre starke Führerin und bestürmten sie; jede wollte von sich berichten, stellte Fragen, und Fulla war bemüht, zu verstehen und Rat zu geben.

Hildegund zog die Freundin von der Gruppe weg.

»Du musst jetzt ganz stark sein«, ermahnte sie und ihre Augen rundeten sich. »Ich verrate dir jetzt ein Geheimnis, von dem du nie etwas erzählen darfst.«

In Gedanken war Goldrun noch bei dem furchtbaren Elend, das Gullweig hatte erleiden müssen und sagte einsilbig: »Ist gut. Was gibt es?«

Hildegund schob den Mund nah ans Ohr der Freundin. »Wir fliehen.«

Es dauerte eine Weile, dann runzelte Goldrun die Stirn. »Bist du krank? Es hält uns doch gar keiner fest.«

Ein schneller Blick über die Schulter und Hildegund zog sie

weiter in Richtung Zeltwand. »Hör bitte genau zu.« Ihre Stimme versank ins Wispern. »Weil… Es ist furchtbar ernst, sagt Walther. Ja, wir fliehen.«

Von der Heimlichkeit nun doch angesteckt sah Goldrun erst zur Gruppe hinüber, ehe sie sich ebenso leise erkundigte: »Wohin denn?«

»Nach Hause. In die Heimat… nein, Walther sagt, in unsere neue Heimat. Und er nimmt uns mit.«

»Mich auch?«

»Das ist es ja, du fliehst mit uns. Deshalb soll ich dich doch einweihen.« Hildegund küsste die Freundin auf die Wange. »Ach, Liebchen, wir beide wieder daheim, und Walther heiratet mich dann…« Das Schwärmen riss ab, sofort verfiel sie wieder in den verschwörerischen Ton. »Walther will, dass du die Flucht vorbereitest. Die Pferde brauchen wir erst, wenn's losgeht. Bei dir auf dem Hof kannst du alles leichter verstecken. Decken und Wasserschläuche und so. Was genau wir benötigen, sagt mir Walther noch, und ich sag's dann dir. Einverstanden?«

»Ja, ja…« In Goldruns Kopf treiselte eine Spindel, doch sie konnte den Faden nicht fassen. »Aber es ist Winter…?«

»So dumm sind wir nicht. Los geht es erst im Frühjahr…« Die Adelstochter brach ab, stupste Goldrun rasch mit dem Ellbogen und begann neu: »Sobald ich darf, besuche ich dich mal wieder auf dem Gestüt.«

»Und ich werde dich begleiten.« Fulla war unbemerkt zu ihnen getreten. »Schließlich möchte ich wenigstens einmal sehen, wo Goldrun arbeitet.«

Viel zu eifrig nickten die jungen Frauen und sahen vor sich auf den Boden. Fulla legte jeder eine Hand auf die Schulter. »Nein, ich will mich in eure Freundschaft nicht hineindrängen. Bin nur ein wenig neugierig.«

Hildegund warf ihre Zöpfe zurück. »Ich freue mich auf den Ausflug.«

Sag du auch was, befahl sich Goldrun und setzte nach tiefem Atemholen hinzu: »Und ich freue mich auf euren Besuch.« Was für eine blöde Antwort, dachte sie. Röte stieg. O heilige Mutter, hilf mir, ich darf mich nicht verraten.

Als Fulla ihr die Wange streichelte, wäre sie beinah zurückgezuckt. »Gutes Kind. Das Leid unserer Schwestern hat dich sehr berührt. Nun komm. Dein Beschützer wartet. Ich habe versprochen, dich ihm persönlich wiederzubringen.«

Einsilbig war der Abschied zwischen den Freundinnen, keine wagte der anderen lange in die Augen zu sehen.

Sobald Fulla und Goldrun ins Freie traten, unterbrach Keve das Palaver mit den Wächterinnen und stellte sich breitbeinig neben die Pferde. Immer wieder strich er seine Bartsträhnen glatt. »Ist ein schöner Tag«, empfing er die beiden.

Fulla nahm Goldruns Hand, legte sie in die schwielige Pranke des Truppführers und schenkte ihm so die Geste zurück. »In Zukunft werden wir beide gemeinsam auf das Goldfohlen Acht geben.« Sie zögerte, und ein leichtes Lächeln spielte um ihre Augen. »Allerdings nur, wenn Goldrun es uns auch erlaubt.«

Keve kämpfte gegen die Rührung, erst spät begriff er den Sinn des letzten Satzes und brummte gutmütig. »Ja, ist nicht immer leicht. Weil ... sie hat einen Kopf, manchmal so wie meine Mela.«

Graue Wolkenmassen hatten sich von Westen herangeschoben. Das Strahlen war erloschen. Nur hin und wieder zeigte sich durch die Dunstschleier eine schwere, silbrige Sonne. Der Schnee knirschte jetzt unter den Hufen. Schweigen. Goldrun überließ Wildrose den Weg zum Gestüt. Sie starrte auf Keves Schultern, sah in die Ferne und nahm nichts wahr. Zuhause? Längst hatte sie mit Heimat nur noch das Schlafhaus, die Ställe und Pferde verbunden. Mit einem Mal aber hatte sich die Bedeutung geändert. Sie musste das Wort neu lernen. Zuhause? Dort lebten die Mutter und der Bruder. Dort gab es keine Hunnen, die Frauen so furchtbar zurichteten. Auch keine so großen Pferdeherden und keine Jurten. »Zuhause«, flüsterte sie. Bäume gab es dort und richtige Häuser und ...

»He, Kleines?« Keve hatte sich halb zu ihr umgewandt. »Warum sagst du nichts?«

»Was?«, schreckte Goldrun auf. »Ach, ich weiß nicht.«

»Ist sehr freundlich, die Frau.«

»Finde ich auch.«

Betont munter versuchte Keve das Gespräch aufrechtzuerhalten. »Hätte nie gedacht, dass mal eine burgundische Sklavin so eine vornehme Stellung im Palast bekommt. Was war Fulla denn früher bei euch? Ich mein, da bei Worms?«

»Weiß ich nicht«, fauchte Goldrun.

»Frag ja nur.« Keve gab auf, sah nach vorn und ließ die Schultern rollen. Später summte er manchmal, dann wieder pfiff er leise vor sich hin.

Nackte Füße, das Gras kitzelt unter den Sohlen … ich hüpfe über die Wiese hinter unserm Hof … am Weiher steht hohes Schilf, aber der Vater hat einen Pfad frei geschlagen … schnell das Kittelchen ausziehen … ich spüre das Wasser … kalt wird mir in den Kniekehlen … Nein, tiefer hocke ich mich nicht! Nein, nicht stoßen … ›Wir spülen die Blutflecken ab!‹ Wie die Lippen der Mutter zittern? ›Ich habe dich geboren … Nie darfst du uns vergessen …‹

Heftig schüttelte Goldrun den Kopf und öffnete die Augen. Dunkelheit umgab sie. Allmählich drangen vertraute Geräusche in ihr Bewusstsein: tiefe Atemzüge, Schnaufen, von irgendwo klagte lang gedehntes Seufzen, gleich antwortete Schnarchen: Es war die Nachtmelodie im Schlafhaus. Und als ihr der schwache Schwelgeruch des Feuers vom Mittelgang in die Nase stieg, war sie endgültig wach. Goldrun setzte sich auf, umschlang mit den Armen die Knie und wiegte sich auf der Filzmatte hin und her.

Flucht. Vierzehn Tage waren vergangen, seit Hildegund ihr vom Plan erzählt hatte. In der ersten Zeit war es ihr während der Arbeit leicht gefallen, dem Gedanken auszuweichen. Allein im Dunkeln aber, wenn sie einschlafen wollte, konnte sie ihn nicht mehr vertreiben, und er hatte sich eingenistet in ihrem Verschlag wie ein ungebetener Gast, und im Traum hatte er Nacht für Nacht längst vergessene Bilder in ihr zurückgerufen. Flucht. Bald war der Gedanke auch bei Tag stets bei ihr geblieben, und Goldrun hatte begonnen, ihn zu lieben. Mit Wehmut erinnerte sie sich wieder an den Geschmack von sonnenwarmen Weintrauben, ans Krachen der Brotkruste zwischen den Zähnen, und schloss sie die Augen, roch sie sogar den Sumpf der Rheinwiesen vor einem Gewitter. »Heim will ich«, flüsterte Goldrun. Sobald sie an die Mutter und den Bruder dachte, spürte sie ihr Herz lauter pochen. Giselher? Ich bin jetzt neunzehn; also ist er vierzehn, schon vierzehn Winter alt. Nächstes Jahr darf er ein Schwert tragen. Und vielleicht bin ich beim Fest der Waffenübergabe schon dabei. »O heilige Mutter, wäre das schön!« Sie hatte zu laut gesprochen, erschreckt horchte sie in den Saal. Nichts, unverändert schniefte, seufzte und schnarchte der Atemchor.

Beim Besuch von Frau Fulla und Hildegund konnte sie die Freundin nur kurz allein sprechen. »Ich hab ein gutes Versteck für unsere Sachen. Im Schuppen neben den Scheunen. Da bewahren wir Zaumzeug für die Stuten, Fohlendecken und so was auf. Außer mir geht da selten jemand rein.«

»Walther sagt, wir brauchen Waffen.« Hildegund griff sich an den Hals. »Weil es gefährlich werden kann. Wilde Tiere, verstehst du.«

»Verflucht, woher soll ich …?« Goldrun nickte. »Ist gut, mir fällt schon was ein.«

Nie zuvor hatte sie auf die Bewaffnung der Pferdeknechte geachtet, jetzt aber erfüllte sie allein schon der Anblick eines Schwertes oder gar von Bogen und Pfeil mit Neid.

Jedoch im Januar des folgenden Jahres musste sie der Freundin bekümmert gestehen: »Beinah alles hab ich zusammen: Einen Tiegel, Becher und Löffel, Lederschläuche fürs Wasser, Regenumhänge, warme Mützen. Aber ich weiß nicht, wie ich an die Waffen kommen soll.« Sie schob die Unterlippe vor und blies eine Locke aus der Stirn. »Neulich hat mich Keve besucht. Der trug alles am Leib, was wir brauchen. Aber ich konnte ihn ja nicht bitten abzulegen.«

Für einen Augenblick grinste Hildegund, und sofort schimpfte Goldrun. »Woran du schon wieder denkst. Ich mach mir Sorgen wegen dieses blöden Schwertes. Und du?«

»Nicht böse sein, bitte.« Hildegund küsste sie auf die Wange. »Hab ja nur … sei ehrlich, das Wort klingt nun mal so. Ist ja auch egal.« Ihre Miene verdüsterte sich. »Aber Waffen brauchen wir, sagt Walther.«

»Walther sagt und sagt … Ach verflucht. Soll er sich meinetwegen selbst um Schwert und Bogen kümmern.«

»Nicht, nicht«, beschwichtigte Hildegund und streichelte den Arm der Freundin. »Beschimpfe ihn nicht, er muss doch so viel denken. Und glaub mir, dankbar ist er dir. Wirklich. Und ich auch. Ohne dich könnten wir vielleicht gar nicht fliehen.«

»Tut mir Leid«, Goldrun fasste nach der Hand auf ihrem Arm. »Das Besorgen der Sachen ärgert mich nicht. Ich glaub der wahre Grund ist, dass es mir halt schwer fällt, so unehrlich zu sein. Weißt du, Keve mag mich, als wär ich seine Tochter, ach was, er verehrt mich wie eine Heilige. Und die Oberin? Ich bin ihr ganzer Stolz. Sonst heilen Männer die Pferde hier. Na ja, und ich bin eben eine Frau. Und nun hab ich manchmal ein schlechtes Gewissen, wenn ich die beiden anschaue.« Goldrun seufzte. »Das ist verrückt, weil ich inzwischen nichts lieber möchte als in die Heimat, zu unseren Leuten. Deshalb sag Walther nichts davon. Drei Dolche hab ich im Haupthaus gestohlen. Einen nach dem anderen. Bin nur froh, dass die Oberin es nicht gemerkt hat. Bestell ihm, dass er sich keine Sorgen machen soll.«

Ende Februar schmolzen die letzten Schneefelder, und unter der Märzsonne dehnte sich der Frühling. Aus dem verwelkten Braun spross junges Gras, Knospen brachen auf, bald schon wehte der Wind in der Ebene über ein Meer von wiegenden bunten Blumenteppichen.

Im ersten Moment bemerkte Goldrun ihr Glück nicht. Ein Pferdeknecht war mit seinem huflahmen Wallach gleich von der Nordweide zu ihr in den Krankenstall gekommen und hatte seinen Speer an die Wand gelehnt. Flüchtig nahm sie die Waffe wahr, kehrte jäh mit dem Blick zurück, dann beschäftigte sie sich mit dem Huf, bis der kühne Plan in ihr gereift war. »Ein Dorn, er sitzt sehr tief. Du musst mir helfen und im Haupthaus heißes Wasser holen.«

Eilfertig verschwand der Mann.

Mit bloßen Fingern entfernte Goldrun den Holzsplitter. Sie kraulte den Braunen. »Leide noch ein bisschen. Sobald dein Herr wiederkommt, guckst du ihn schön traurig an. Ich verlass mich auf dich.«

Ohne Zögern nahm sie den Speer, schob ihn mit der Spitze voran in einen Heuballen und eilte zum Kräuterverschlag. Erst als der Knecht das heiße Wasser im Bottich hereintrug, erschien sie mit Salbe und Verband.

»Wird der Gaul bald wieder laufen können?«

»Ich denke, das kann ich dir morgen genau sagen.« Goldrun seufzte. »Sieh ihn dir an. Seine Augen sagen mir, dass er ziemliche Schmerzen hat.«

»Hab noch nicht so drauf geachtet.« Der Knecht beugte sich vor. »Aber jetzt seh ich es auch.« In ehrlicher Bewunderung nickte er. »Du verstehst wirklich was von Pferden.«

»Danke. Und nun lass mich allein, damit ich dem Armen helfen kann.«

Nach wenigen Augenblicken kam er wieder. Ungehalten sah Goldrun auf.

»Entschuldige«, flüsterte er. »Mein Speer? Hab ich ihn hier irgendwo hingestellt?«

»Du hattest keinen bei dir.«

»So was. Dann hab ich ihn wohl auf der Weide gelassen. Verrate mich nicht der Oberin.«

»Versprochen. Nun verschwinde endlich!«

Als der Mann widerspruchslos gehorchte und den Stall verließ, atmete Goldrun erleichtert auf. In der Dämmerung schulterte sie die Heugabel, dazu den Speer und stapfte, ohne jemandem zu begegnen, zum Schuppen nahe den Scheunen hinüber.

Walther wollte einen Hengst oder wenigstens einen Wallach.

»Das schaffe ich nicht«, Goldrun funkelte die Freundin an und verstärkte ihr Nein mit dem Zeigefinger. »Ich kann nicht einfach zur Nordweide reiten und ein Pferd stehlen. Unmöglich. Was denkt sich dein Bräutigam überhaupt? Er bestellt einfach. Aber ich bin nun mal keine Händlerin, bei der alles für eine Flucht vorrätig ist.«

»Walther muss uns doch führen. Da braucht er ein starkes Pferd. Das meine ich auch.«

»O je«, seufzte Goldrun und musste schmunzeln. Sie bog in den Wiesenweg zwischen den Koppeln ein. »Seit du verliebt in ihn bist, findest du wohl alles richtig, was er sagt?«

Hildegund reckte den Busen, hob das Kinn. »Davon verstehst du nichts. Für eine Frau ist es sehr schön, wenn sie sich auf ihren Mann verlassen kann.«

»Mag ja sein.« Die goldenen Locken verdeckten den spöttischen Blick. »Aber von Pferden versteht dein Walther herzlich wenig. Ein Hengst ist unberechenbar, wenn der Reiter ihn nicht schon lange kennt. Mit dem Wallach lässt es sich gut umgehen, der gehorcht wenigstens. Eine Stute aber denkt mit. Das allein zählt für euch, weil ihr beide für die Tiere fremd seid, begreifst du?« Goldrun blieb stehen, sie wies zu ihrer Herde hinüber. »Beinah jede von denen hat schon mal ein Fohlen geboren und weiß, was Verantwortung ist. Sie werden euch geduldig tragen. Bestell Walther, wenn es soweit ist, wähle ich uns meine besten Stuten aus.« Im gleichen Atemzug erkundigte sie sich: »Weißt du inzwischen, wann wir aufbrechen?«

»Übermorgen, sagt Walther.«

»Nein.« Ein Stich, er schmerzte im Ohr, trieb den Herzschlag hinauf in den Hals. »So bald?«, flüsterte Goldrun.

»Ja, deshalb bin ich doch hergekommen.«

»Warum sagst du das erst jetzt?« Bisher war die Flucht noch ein fernes Ziel gewesen. So unvermittelt sollte sie Wirklichkeit werden? »O heilige Mutter. Ich bin ganz durcheinander.« Goldrun setzte sich ins Gras, hatte keine Ruhe und stand sofort wieder auf. »Es geht los!« Stürmisch umarmte sie die Freundin, gleich presste sie erschreckt die Hand vor den Mund. »Keve und Mela? Du bist mit den beiden hergeritten. Haben sie was gemerkt?«

»Ich bin doch keine dumme Gans!«

»Weiß ich. Verzeih. Wir müssen nachher gut aufpassen. Bei Mela hab ich keine Angst, aber der alte Keve, der guckt sehr genau.« Goldrun runzelte die Stirn. »Lass uns jetzt ganz ruhig überlegen. Verpflegung. Ich hab geräucherte Hammelwürste und Schinken, einen Topf mit Fett. O verflucht, was bin ich aufgeregt. Ab heute sammle ich Fladenbrot...« Sie hielt inne. »Wie kommt ihr eigentlich aus dem Palast?«

»Das geht ganz einfach, weil wir verliebt sind.« Hildegund kitzelte sich mit einem Zopfende unter dem Kinn. »Die Wachen am Tor finden mich sehr nett und pfeifen mir sogar hinterher. Erst war Walther furchtbar zornig deswegen. Aber dann sollte ich die Männer fragen, ob Walther mit mir am Abend ein bisschen draußen spazieren gehen darf. Sie haben genickt und gegrinst. Sein Wächter hat es ihm auch erlaubt. Und viermal schon haben sie uns durchgelassen.« Sie lächelte in der Erinnerung. »Das letzte Mal sind wir erst ganz spät zurückgekommen, weil wir alles um uns vergessen hatten. Inzwischen war Wachwechsel am Tor. Da hätten uns die Bewaffneten beinah gar nicht mehr reingelassen. Walther meint, dass uns bis zum nächsten Morgen überhaupt keiner vermisst. Und selbst dann traut sich sein Wächter auch nicht gleich, eine Meldung bei Kommandant Edekon zu machen, weil er ihn hat rausgehen lassen.«

»Hoffentlich behält Walther Recht. Und du...?«

Vom Hof schallte eine laute Stimme herüber. Gleichzeitig fuhren beide Frauen zusammen. »Keve will zurückreiten«, flüsterte Goldrun. »Er sucht dich. Wir dürfen ihn und Mela nicht warten lassen.« Viel zu schnell lief ihr jetzt die Zeit davon. »Geh langsam, bitte. Wo soll ich denn auf euch warten?«

»Erst schlendern wir so rum, wie Verliebte. Sobald es dunkel genug ist, wandern wir auf dem Fahrweg in Richtung Gestüt. Und du kommst uns mit den Pferden und all den Sachen entgegen. Weil Vollmond ist, sagt Walther, können wir uns nicht verpassen.«

»Ich bin so aufgeregt.«

»Ich auch.« Die Adelstochter streichelte Goldruns Arm. »Aber ich hab keine Angst, weil er mit uns geht.«

Mela lachte den Freundinnen entgegen. »He, was sehe ich denn da? Eure Gesichter glühen ja richtig.« Sie zwinkerte der Schwester vielsagend zu. »Ich muss nicht raten, worüber sich die beiden unterhalten haben.«

Tarcal hob nur die Brauen. Keve aber sah seine Henne verblüfft an. »Und woher weißt du das?«

Sie stieß ihm in die Seite. »Ein richtiges Weib sieht sofort, wenn es um das Eine geht.«

»Und was meinst …«

»Idiot«, fuhr ihm Mela über den Mund und sagte zu Goldrun. »In vierzehn Tagen feiern wir das große Frühlingsfest in der Stadt. Ich hab schon mit Tarcal gesprochen, du darfst zu uns kommen und auch bei uns übernachten.«

Goldrun schluckte, erst spät gelang ihr eine Antwort: »Danke. Ja, ich komme gern, freue mich darauf.«

»Da fällt mir ein …«, Mela fasste sich an den Busen. »Meinst du, wir sollten die Korbtruhe aufmachen? Es ist ja ein schönes Fest. Wir könnten doch unsere Kleider noch mal anziehen.«

»Wag es nicht!« Unwetter brodelte in Keves Gesicht. Er packte die Hand seiner Frau, war schon mit ihr auf dem Weg zu den Pferden. »In dem Kleid läufst du mir nie mehr draußen rum. Nie mehr!«

»Wirst du mich wohl loslassen!«

Grollend zog er sie weiter. »Kein Wort mehr davon. Sonst verbrenn ich die Truhe mit allem, was drin ist.« Über die Schultern pfiff er nach Hildegund. »Beeil dich. Wir müssen los.«

Erst als er seine Henne und die burgundische Zofe sicher auf den Pferderücken wusste, schwang er sich selbst in den Sattel. »Schwägerin! Danke für den Braten.« Etwas weicher geriet ihm der Gruß an Goldrun. »Lass es dir gut gehen, Kleines. Ich hol dich zum Fest ab.« Keve schnalzte und achtete darauf, dass die Frauen vor ihm den Hof verließen.

Leb wohl, dachte Goldrun, leb wohl, du sanfter, grober Kerl. Sie atmete heftig und fand noch die Kraft, der Oberin zu sagen: »Ich muss nach meinen Kranken sehen.« Kaum aber hatte sie ihr den Rücken zugewandt, rollten Tränen, und am Eingang des Stalls schluchzte sie auf.

Nicht das Hinüberschaffen der Ausrüstung auf die Fohlenweide, auch nicht das Füllen der Wasserschläuche bereitete Goldrun am übernächsten Tag große Mühe. Es war der Abschied, ohne Abschied nehmen zu dürfen, der ihr schwer fiel.

Morgens hatte sie angekündigt, mit der Frühjahrsuntersuchung ihrer Schutzbefohlenen zu beginnen. Nach und nach wollte sie jede Stute, jedes Fohlen anschauen, und keiner wunderte sich, dass sie häufig zum Stall oder Schuppen zurückkehrte und irgendetwas auf der Schulter oder in der Hand mit sich fort trug. Auch winkten Mägde fröhlich vom Wiesenweg, als sie hin und wieder mit einer Stute quer über das Weidegelände nach Osten ritt und nach einer Weile wieder umkehrte.

Seit dem Mittag lag die Ausrüstung nahe der Zaunecke sicher versteckt in einer Grasmulde. Nicht weit entfernt drückte immer noch der abgebrochene Pfahl die schlaffen Spannseile fast auf den Boden. So oft hatte Goldrun ihn neu befestigen wollen, und ebenso oft hatte sie die Arbeit hinausgeschoben. Nun wollte sie an dieser Stelle bei Dunkelheit mit den Pferden davonreiten.

Nach dem gemeinsamen Abendessen sah sie langsam von einem Gesicht zum nächsten, erwiderte den herzlichen Blick, das Lächeln und durfte den Abschied nur denken. Es ist das letzte Mal, dachte Goldrun, und ich allein weiß es. Ob ihr mich vermisst? Sie atmete tief. Hör auf damit, befahl sie sich, deine Zeit hier ist zu Ende. Der Gedanke an die Mutter und Giselher spülte ihre Wehmut hinweg. Ja, ich reite nach Hause. Goldrun dehnte die Schultern. Und ich bin sicher, viele von euch würden mir Glück für die Reise wünschen.

»Bist du müde?«, fragte die Oberin quer über den Tisch. »Dein Gesicht ist so blass?«

Mit Schrecken bemerkte Goldrun den besorgten Blick. »Nein, nicht sehr.« Sie bemühte sich um einen heiteren Ton. »Der Rauch vom Herd bekommt mir heute nicht. Ich muss ohnehin in den Stall, und dann wollte ich noch mal auf die Weide.«

»Sehr vernünftig«, Tarcal nickte zustimmend. »Vielleicht solltest du mit Wildrose noch einen Ritt unternehmen. Die Abendluft wird dir gut tun.«

Goldrun schluckte. Die Oberin hatte ihr genau das geraten, was sie sich selbst als Ausrede zurechtgelegt hatte. »Ganz bestimmt.« Goldrun erhob sich. »Also, ich geh dann.« Mehr nicht? So darfst du dich nicht von Tarcal verabschieden. An der Tür blickte sie über die Schulter zurück und rief allen mit herzlichem Ton in der Stimme zu: »Gute Nacht!«

Ob die Oberin oder wer von den Mägden und Knechten antwortete, vernahm Goldrun schon nicht mehr. Sie stürmte aus dem Haupthaus, lief quer über den Platz und fühlte sich zum ersten Mal losgelöst.

Im Krankenstall koste sie ein Fohlen und tröstete die Mutter. »Sorg dich nicht. Deinem Sohn geht es gut. Die Wunde unter dem Auge ist fast schon verheilt.«

Mit Lederleinen und Zaumzeug über dem Arm trat sie wieder ins Freie. Ohne sich umzudrehen, schlenderte Goldrun zur Weide hinüber. Als das Gatter hinter ihr zufiel, dachte sie, alles, was war, ist jetzt abgeriegelt.

Sie blickte zum Himmel. Das Blau verblasste, ganz schwach schimmerte da und dort ein Stern. »Keine einzige Wolke. Der heiligen Mutter sei Dank.« Sie blies den Atem durch die halb geöffneten Lippen. »Es bleibt hell. Das ist gut für uns.«

Nicht weit von ihr hatte sich die Herde bei den Wassertrögen zusammengeschart. Einige Fohlen lagen schon mit angewinkelten Beinen im Gras und schliefen. Wie still und friedlich ist es hier. Auf ihren leisen Ruf hin löste sich Wildrose und kam gemächlich herüber. Nur kurz dauerte das Aufzäumen. »Warte hier«, flüsterte

Goldrun, »heute Abend nehmen wir ausnahmsweise auch deine Freundinnen mit.«

Im Verlauf des Vormittags hatte sie drei kraftvolle, gesunde Tiere ausgewählt und vorsorglich schon gehalftert. Die Neugierde schien groß, denn willig ließ sich eine Stute nach der anderen aus der Herde führen und an die Lederleine nehmen.

Noch einmal blickte Goldrun prüfend zu den Hofgebäuden, horchte auf die Stimmen. Niemand näherte sich der Weide, niemand rief nach ihr. »Heilige Mutter, behüte uns«, flehte sie stumm. »Und führe Walther, Hildegund und mich sicher in die Heimat.« Mit sanftem Schwung glitt sie auf den Rücken, schnalzte den drei miteinander verbundenen Stuten, und auf Schenkeldruck ging Wildrose voran, nach einer Weile verfiel sie in leichten Trab.

Neben der Wiesenmulde nahe dem Ostzaun ließ Goldrun die Tiere eine Weile grasen, ehe sie mit dem Auflegen der Reitdecken begann. »Ihr ahnt wohl schon, dass wir einen langen Ritt vor uns haben«, lobte Goldrun und gab jeder ein Plätzchen aus Kleie und Honig. Keine Stute sträubte sich gegen Trense und Zügel. Sie selbst streifte über die Wollhose noch eine zweite, über den Kittel noch einen Kittel, tauschte die Schnürsandalen mit ihren Winterstiefeln und legte sich einen festen Filzumhang über die Schultern. »Wer weiß, wie frisch es noch wird.« Sorgsam bündelte sie die warme Reisekleidung für Hildegund und Walther, verschnürte den ledernen Ausrüstungs- und Proviantsack und packte beides einer der Stuten auf den Rücken. Den langen Speer band sie seitlich daran fest. Walther sollte nachher selbst entscheiden, wo und wie er ihn mit sich führen wollte. »Hab ich an alles gedacht?« Sie wunderte sich über den fremden Klang ihrer Stimme.

Der Zaun. Jäh befielen sie Zweifel. Wildrose würde mühelos über die niedergedrückten Seile springen. Aber auch die anderen? Das Risiko war zu groß. In wenigen Schritten hatte sie den abgebrochenen Pfahl erreicht, zückte einen der drei Dolche aus dem Gürtel und durchtrennte die Stricke direkt am Holz. Nachdem eine gefahrlose Lücke entstanden war, führte sie die Tiere hinaus.

Zu Fuß. Das Herz pochte, jeder Schlag hämmerte: Nun gibt es kein Zurück mehr. Kein Zurück …

»Wir wollen auch nicht.« Goldrun schwang sich auf den Rücken ihrer Stute, über die Schulter lockte sie: »Nun kommt, ihr Schönen.«

Dunkelheit fiel über die weite Ebene, wie ein schwarzes Tuch breitete sie sich aus, am Horizont reichte der Saum bis an den hellen Rand der Himmelsglocke. Ohne Eile gelangte Goldrun quer über die Wiesen zur Fahrstraße und ließ die Stuten in Richtung Stadt traben.

Bald stieg hinter ihr der Mond, das Licht veränderte sich, deutlicher vermochte sie Sträucher und Steine am Wegrand zu erkennen. Hell wurde die Nacht, und das Schattenbild von Pferd und Reiterin trabte vorweg auf dem bleichen Band. Als sich weit entfernt Jurtekegel wie eine schmale Zahnreihe gegen den Himmel abhoben, vernahm Goldrun leise Pfiffe. Sie verlangsamte das Tempo, ließ die Stuten eine Weile zur Ruhe finden, dann hielt sie an.

Wieder Pfiffe, leise und kurz. Von irgendwo hinter ihr. Also bin ich schon an ihnen vorbei. War das Zeichen abgemacht? Bestimmt hat Hildegund nur vergessen, es mir zu sagen. Goldrun drehte den Oberkörper, spitzte die Lippen und gab vorsichtig Antwort. Kurz darauf lösten sich zwei Gestalten aus dem Dunkel der Wiese. Gut drei Pferdelängen entfernt traten sie einige Schritte auf das mondhelle Straßenband hinaus. Beide winkten.

»Hier sind wir.« Die Stimme der Freundin war unverkennbar. Erleichtert glitt Goldrun von der Stute, lief und lachte; Hildegund eilte ihr entgegen, und sie umarmten sich, als wäre eine lange Trennung gerade zu Ende gegangen. »Liebchen, es ist wahr«, wisperte die Adelstochter. »Wir reiten in die Heimat.« Sie presste die Hand vor den Mund, um einen Juchzer zu unterdrücken.

Goldrun zog sie an beiden Zöpfen. »Ging alles gut bei euch?«

»Besser noch. Er hat mich einfach wie eine Dame zum Tor geführt. Die Wachen haben gegrinst und uns, ohne zu fragen, einfach rausgelassen. Ach, er weiß schon, wie eine Flucht durchgeführt werden muss.«

»Genug jetzt«, unterbrach Walther schroff. »Wir müssen uns beeilen. Je weiter wir heute Nacht kommen, desto sicherer sind wir vor den Verfolgern.«

Sofort nickte Goldrun. »Kommt. Erst müsst ihr euch warm anziehen.« Sie rannte zum Packpferd und überreichte ihnen das Kleiderbündel.

In dicker Wollhose und angetan mit einem Filzumhang, ließ sich Walther von ihr den Inhalt des Ledersacks aufzählen. »Das wird uns weiterhelfen.« Wie stets, wenn er mit Goldrun sprach, sparte er an Worten. Seine Finger betasteten den Speer. Gleich beeilte sie sich einer Kritik zuvorzukommen. »Ich weiß, wir haben kein Schwert. Das konnte ich nicht besorgen, dafür aber …« Goldrun nestelte aus dem Gürtel zwei Dolche und überreichte sie ihm. »… hat jeder von uns ein Messer.«

Er schwieg, der Mond beschien sein blasses Gesicht. Deutlich sah sie Lippen, Kinn, die eingefallen Wangen, den Blick der dunklen Augen konnte sie nur erahnen. »Ich will ja nicht bestimmen, ganz sicher nicht, aber dein Pferd … Ich habe die Stute ausgesucht, weil sie zu dir passt … und denke …«

»Einverstanden.«

Das war ja leicht, dachte Goldrun, löste das lange Lederband aus den Trenseringen und führte eine der drei Stuten zu ihm. »Treu ist sie, hat keine Launen; selbst wenn du dich mal ärgerst, nimmt sie es dir nicht übel.«

Ohne zu warten, dass er aufstieg, wandte sie sich an die Freundin. »Deine hier ist nach meiner Wildrose die Klügste. Sie wird dich nie im Stich lassen. Komm, ich helfe dir.«

Hildegund setzte einen Fuß in die gefalteten Hände und mit gemeinsamem Schwung gelangte sie auf den Rücken.

Räuspern. Goldrun vernahm es dicht hinter ihrem Rücken. »Da muss noch etwas klargestellt werden.« Walthers Stimme klang spröde.

Sie drehte sich zu ihm um. »Wenn du Wildrose meinst. Nein, die gebe ich dir nicht, die reite ich …«

»Lass mich ausreden. Bitte.« Mit festem Druck an ihrem Ellbogen führte er sie einige Schritte von Hildegund weg zum Straßenrand, er hüstelte. »Du hast wirklich Großes geleistet. Ohne dich wäre unsere Flucht unmöglich. Dafür wollte ich dir von Herzen danken.«

Völlig überrascht von seiner Redseligkeit wusste Goldrun im ersten Moment nichts zu erwidern, sagte schließlich. »Hab ja selbst auch was davon.«

»Und ich werde dir diese Hilfe nie vergessen, das schwöre ich.«

»Schon gut.«

»Irgendwann kommt sicher der Tag, an dem ich dir meine Dankbarkeit beweisen kann.«

So viel Lob wurde ihr unangenehm. »Lass uns reiten. Wir haben unterwegs noch genug Zeit …«

»Nein. Weil du nicht mitkommen kannst, musste es jetzt und hier gesagt werden.«

»Also gut, dann glaube mir, dass ich mich freue … Was?« Der Stich fuhr ihr tief in die Brust, sie flüsterte: »Was hast du gesagt?«

»Du bleibst hier.«

Mit fahriger Hand wischte sie die Worte aus ihrem Herzen. »Unsere Pferde sind aufgezäumt. Bis zum Morgengrauen sind wir schon weit.«

Walther fasste sie an beiden Schultern. »Sei stark. Hier geht es um mehr als nur um die Flucht einiger Gefangener. Ich, vor allem ich muss zurück. Mein Volk braucht mich. Mit zwei Frauen wird das Durchkommen noch gefährlicher. Eine zu beschützen ist schon Mühe genug. Weil ich Hildegund später zur Gemahlin nehme, ist meine Wahl selbstverständlich auf sie gefallen. Das sollte dir nicht schwer fallen zu begreifen.«

»Selbstverständlich«, hörte sich Goldrun sagen. »Nicht schwer? Nein, nein.« Sie tastete ihren Gürtel ab, fand den Dolch und zog ihn heraus.

Hart umschloss Walther ihr Handgelenk. »Zwinge mich nicht …«

»Nein, niemals …«, so vertrocknet war ihre Zunge. Der Atem schmerzte im Hals wie eine Feuerlohe. Kaum gehorchte die Stimme noch. »Nimm ihn. Ich brauche ihn nicht mehr…« Sie öffnete die Finger, und rasch nahm er die Waffe an sich.

Roter Nebel kam, waberte ihr in den Augen, verflüchtigte sich wieder.

Er stand nicht mehr neben ihr, war schon bei der Stute und federte hinauf.

Ungeduldig winkte Hildegund der Freundin. »Worauf wartest du? Nun beeil dich.«

Walther beugte sich vor und nahm die Leine des Packpferdes. »Sie reitet nicht mit.«

Ein Schrei, gleich erstickte ihn die Adelstochter, dann keuchte sie, stammelte endlich: »Aber, das darfst du nicht… Walther, das hast du mir nicht gesagt…«

»Es ist besser so. Und nun frage nicht weiter.«

»Wenn sie nicht mitkommt, bleibe ich auch hier!« Hildegund ließ den Zügel los, stieg jedoch nicht ab, streckte Goldrun nur die Hände hin. »O Liebchen, nie, nie… ich wusste es nicht. Glaub mir…«

Er gab ihrer Stute einen leichten Schlag auf die Kruppe, gehorsam setzte sich das Pferd in Bewegung. Hildegund weinte, jammerte. »Ich verlasse dich nicht, glaub mir…«

Goldrun stand da und dachte: Es ist ein Schiff… Alles von mir nimmt es mit fort… Mir ist so leer… Sturm kam auf! Durch das Tosen hörte sie Hildegunds verzweifelte Rufe: »Wir sehen uns wieder! Glaub mir…!«

Jäh riss der Lärm ab. Goldrun horchte dem Hufschlag nach, bis er sich im Westen verlor. Nachtstille. »Glauben?« Ihre Knie gehorchten nicht mehr, sie ließ sich auf den Fahrweg sinken. »Was… was soll ich dir glauben?« Tränen überströmten ihre Wangen. »Sag's doch… Ich hab's nicht verstanden… Gar nichts verstehe ich mehr.«

Goldrun verbarg ihr Gesicht, schluchzte, mit jedem Atemzug wurde die Wunde größer, und als keine Tränen mehr in ihr waren, starrte sie den vollen Mond an und wartete unbeweglich, dass sein Licht sie aufsog.

Ein Druck an ihrer Schulter, ein warmer Hauch streifte den Hals. Langsam wandte sie das Gesicht zur Seite. Wildrose. Goldrun schmiegte die Wange an die Nüstern, umschlang jäh hilfesuchend den großen Kopf. »Du verlässt mich nicht. Bitte.« Sie presste die Nase ins Fell und sog den Geruch wie ein Versprechen in sich auf.

Sanft entzog sich Wildrose der Umarmung, trat einige Schritte zurück und schnaubte.

Nach einer Weile erst antwortete Goldrun. »Ja, ich weiß.« Sie raffte sich auf; der Rücken, alle Glieder schmerzten, ihre Finger waren steif, mit Mühe zog sie den Filzumhang enger. »Es ist spät und kalt. Wir müssen nach …« Sie stockte, konnte das Wort nicht aussprechen. »Du weißt es und ich … O heilige Mutter, wo soll ich denn sonst hin? Sonst hab ich doch nichts.«

Geduldig wartete die Stute, bis Goldrun sicher auf ihrem Rücken saß. Ein leichter Schenkeldruck genügte, und sie schlugen die Richtung zum Gestüt ein.

Pläne? Goldrun fror. Ich habe keine Pläne mehr. Später lenkte sie Wildrose vom Fahrweg und ritt quer über die Wiesen. Nach langem Suchen fand sie die Lücke im Zaun.

Und morgen? Die Lippen zitterten. Morgen ist einfach der nächste Tag. So … so ist das eben. Nicht weit von der Herde zäumte sie Wildrose ab. »Eine Freundin hab ich ja noch«, flüsterte sie ihr ins Ohr.

Langsam schleppte sie sich mit Zaumzeug und Reitdecke bis zum Krankenstall. Die dunkle Wärme tat ihr wohl. Goldrun tastete sich zum Verschlag neben dem augenkranken Fohlen und seiner Mutter vor. »Ich bin wieder da«, besänftigte sie mit halblauter Stimme noch die Unruhe, dann breitete sich roter Nebel aus, und sie wollte sich nicht wehren, gab nach und sank hinein.

Lass mich … Sie entzieht Walther den Ellbogen … gleich greift er wieder zu, bekommt ihren Oberarm zu fassen … er drängt sie an den Wiesenrand … eine Felskante … tief unten in der Schlucht ragen spitze Kegel … »Bitte«, wimmert sie, »bitte, stoß mich nicht weg.« Unerbittlich zerrt und drückt er… Der Fuß rutscht ab… Weinen, Flehen. »Halt mich, halt mich fest…«

»Ist alles gut, Mädchen. Alles ist gut.« Die Stimme der Oberin drang in den Traum und hob sie heraus. Goldrun spürte die Berührung am Oberarm, das Streicheln zur Schulter hinauf. Schwer fiel es ihr, die Lider zu öffnen. Erst als sich der helle Fleck über ihr in das hagere Gesicht der Herrin verwandelte, seufzte sie erleichtert.

»Mädchen, du siehst elend aus. Bist du verletzt?«

Groß und laut wurde das Bild: Walther und Hildegund ritten davon. Jeder Hufschlag schmerzte im Kopf.

»Antworte doch.«

»Nein«, flüsterte Goldrun. »Nicht wirklich.«

»Aber was fehlt dir?«

Tränen stiegen, sie wischte sie mit dem Handrücken weg. Tarcal half ihr den Oberkörper aufzurichten und lehnte sie mit dem Rücken an die Bretterwand. »Mädchen, ich bin keine Heilerin«, der Ton nahm etwas an Strenge zu. »Deshalb musst du mir, so gut es geht, Auskunft geben. Wie soll ich dir sonst helfen?«

Goldrun nickte. »Verzeih.«

»Ist dir kalt? Ich frage, weil du den Winterumhang trägst und die Fellstiefel?«

»Jetzt nicht, aber gestern Abend war mir kalt…« Keine Angst, ihr beiden, dachte sie trotz der großen Leere, ich schütze eure Flucht so gut ich kann. »… da habe ich mir vor dem Ausritt noch die warmen Sachen übergezogen. Und als ich zurückkam, da… da dachte ich, ich würde erfrieren. Bis ins Schlafhaus hab ich es nicht mehr geschafft, deshalb bin ich gleich hier geblieben.«

»Fieber, wird wohl Fieber sein.« Tarcal stemmte die Hände in die Seiten. »Was mach ich nur mit dir? Das Beste wäre, ich schicke einen Knecht zum Heilkundigen in die Hauptstadt…«

»Mach dir keine Mühe«, bat Goldrun leise. »Es wird schon wieder.«

»Nein, warte.« Der Gedanke glättete die Sorgenfalten etwas. »Was würdest du einem Pferd geben, wenn es Schüttelfrost hat und so glasig guckt wie du?«

»Erst mal einen Aufguss von getrockneten Schlüsselblumen.« Goldrun senkte die Lider und lächelte leise. »Der senkt die Hitze. Und zudecken würde ich die Kranke. Bis ich rausfinde, warum das Fieber da ist.«

»So wird's gemacht. Den Tee bringt dir nachher eine Magd. Kannst du aufstehen?«

Ohne Hilfe erhob sich Goldrun. Draußen sog sie die frische Aprilluft in sich ein. »Es geht mir schon besser.«

»Das sehe ich«, spottete die strenge Frau. »Du wirst dich hinlegen und zudecken, den Aufguß trinken und schlafen.« Sie begleitete die Kranke durch den lang gestreckten Schlaf- und Wohnraum der Mägde. »Vor morgen früh will ich dich nicht mehr im Hof oder im Stall sehen. Sonst wehe dir.«

In ihrer offenen Kammer nahe der hinteren Wand kroch Goldrun unter die Filzdecke. Müde bin ich, als wäre ich gerade von einer langen Reise zurückgekommen.

Sie blickte zur Oberin auf. »Du bist gut zu mir«, sagte sie und schloss ihre Lider, um die Traurigkeit zu verbergen. »Danke. Danke, weil ich hier sein darf.«

Gleich nach dem Erwachen waren Fragen über Goldrun hergefallen. Wollte Walther mich überhaupt mitnehmen? Oder hat er mich von Anfang an belogen? Damit ich ihm die Flucht vorbereite, alles schön zusammentrage?

Sie starrte zur Decke ihres Wohnverschlages. Wut stieg in ihr auf, gleichzeitig fühlte sie, wie die Kräfte wieder erwachten. Vielleicht hat er sogar heimlich über mich gelacht? Walther, der junge kühne Burgunderherzog, muss in die Heimat zurück! Was bedeutet da schon das Schicksal einer dummen Stutenmelkerin? Sie soll mir helfen, und dann gebe ich ihr einen Tritt.

»Nein, denk das nicht«, befahl sich Goldrun und floh von ihrem Lager auf. Die Gedanken aber wollten nicht schweigen, nagten weiter. Und Hildegund? Eine heimtückische Schlange? Meine beste Freundin, hat sie mich hintergangen? Oder hat Walther sie zu dem Betrug gezwungen?

»Sei still!« Beide Fäuste presste Goldrun an die Schläfen. »Walther hat erst kurz vorher Angst bekommen, weil zwei Frauen zu viel für ihn sind. Und Hildegund wusste gar nichts, sonst hätte die Arme nicht so geweint. So war es.« Das wollte sie glauben und nichts anderes.

Arbeit, mit einem Mal erfüllte sie beinah zornige Lust nach Arbeit. Goldrun warf sich in ihre Stallkluft, beim Durchqueren der Halle band sie den Hüftstrick und kämmte, so gut es ging, mit den Fingern durch die schlafzerwühlten Locken, schüttelte, lüftete das lange Haar, bis es weicher über die Schultern fiel.

»Hunger hab ich.« Drüben im Haupthaus würden ihr die Küchenmägde sicher einen Brei zubereiten. Goldrun blieb stehen. Sie fürchtete die besorgten Fragen der Oberin. »Das schaff ich noch nicht. Da heul ich gleich wieder los.« In der Kitteltasche fand sie einige Kleie-und-Honig-Plätzchen. »Was für meine Pferde gut ist, genügt mir auch.« Gleich drei stopfte sie in den Mund, ging kauend zum Stall und kehrte mit zwei Bottichen zurück. Am Brunnen entriegelte sie die Kurbel. Langsam sank der Eimer am Seil hinunter in den Schacht, und mit gleichmäßigem Armschwung hievte ihn Goldrun wieder nach oben. Wasser schwappte, wieder tauchte das Gefäß tief unten ein, und erneut konnte sie wenig später das klare Nass in einen der Bottiche umfüllen. Arbeit! Sonst war ihr das Wasserschöpfen schwer gefallen, heute aber verspürte sie keine Anstrengung. Im Gegenteil. Ohne Mühe trug Goldrun die gefüllten Eimer über den Hof. Aus den Augenwinkeln nahm sie flüchtig sechs Reiter wahr, die vor dem Haupthaus abstiegen. Im Stall wollte ihr eine Magd helfen. »Lass nur. Ich schaff es leicht.«

»Schön, dass es dir wieder besser geht.«

»Was?« Goldrun zuckte zusammen und musste die Eimer absetzen. Gleich hatte sie sich wieder in der Gewalt. »Ja, ich bin auch froh.« Sogar ein Lächeln gelang ihr. Leise summend füllte sie den Trog für das augenkranke Fohlen und seine Mutter. »So, Kleiner. Jetzt sauf erst mal. Wenn ich zurückkomme, sehe ich mir die

Wunde an.« Goldrun nahm die leeren Bottiche und ging wieder nach draußen.

Nahe dem Brunnen stand Tarcal mit einem der Männer. Beide sahen ihr entgegen. Wieso warten die auf mich? Sofort schlug ihr das Herz hinauf in den Hals. Ist was rausgekommen? Oder ist es nur wieder so einer, der sich ein Pferd holen will? Wie der Zwerg sieht er jedenfalls nicht aus. Wird wohl mein Alter haben, schätzte sie. Schlank ist er. Beim Näherkommen bemerkte sie die Rubinsteine am Lederpanzer, auch die Goldspange, mit der sein Schulterumhang gehalten wurde. Aha, ein hunnischer Adeliger. Ob nun Burgunder oder Hunne, ich hab die Nase voll von diesen feinen Burschen. Was starrt der mich so an? Für einen Kämpfer hat er ein viel zu weiches Gesicht. Als sie die beiden erreicht hatte, übersah Goldrun ihn mit Absicht und nickte ihrer Herrin zu. »Es geht mir wieder besser.«

»Das freut mich.« Tarcal deutete auf ihren Nachbarn. »Dies ist Ernak, der Sohn unseres neuen Großkönigs. Ich habe ihm zwar gesagt, dass wir keine …«

»Darf ich?«, unterbrach er schroff und wartete auf einen Blick von Goldrun. Weil der ausblieb, trat er zwei Schritte zur Seite, nun musste sie ihn ansehen, verzog aber keine Miene.

»Ich bin hier, weil vorgestern zwei burgundische Sklaven aus dem Palast entflohen sind. Beide sind dir bekannt.« Wieder wartete Ernak, und immer noch zeigte sie keine Regung. Seine Stimme verlor etwas an Festigkeit. »Die Frau ist Leibdienerin bei meiner Mutter. Hildegund heißt sie. Und es wurde mir gesagt, dass du mit ihr … Wir haben die Spuren verfolgt …« Ärger funkelte in den dunklen Augen auf. »Verflucht, ich rede mit dir.«

»Das höre ich«, sagte Goldrun eisig und dachte, du bist ein Feind, na los, frage nur, von mir erfährst du gar nichts und setzte hinzu: »Glaubst du etwa, die Geflohenen sind hier?«

»Hör auf zu spotten!«, warnte er. »Ich befehlige den Suchtrupp. Der zweite Sklave heißt Walther, ein burgundischer Fürstensohn. Für ihn und deine adelige Freundin wollte die Hofkanzlei ein hohes Lösegeld fordern … Hildegund ist doch deine Freundin? Oder?«

Goldrun nickte.

»Niemand entkommt uns.« Zur Bekräftigung ballte Ernak die Faust. »Merke dir das genau. Und ich gebe nicht auf, bis ich die beiden wieder eingefangen habe.«

Goldrun wagte einen verstohlenen Seitenblick auf ihre Herrin. Weil Tarcal mit hochgezogenen Brauen den Königssohn betrachtete, wagte sie ihm die Stirn zu bieten: »Nun sag endlich, was du von mir willst.«

Groß wurden seine Augen, dass sie einen Atemzug glaubte, ihr Spiegelbild in dem Dunkel zu erkennen. Gleich erlosch es wieder. »Anfangs sind die Sklaven zu Fuß aus der Hauptstadt in Richtung des Gestüts geflohen. Unterwegs aber haben sie Pferde bestiegen. Mehr konnten wir den Spuren nicht entnehmen.«

»Dein Pech …«

»Genug jetzt«, ermahnte die Oberin. »Mäßige den Ton. Ernak tut nur seine Pflicht. Also unterstütze ihn.«

»Dann soll er mich gefälligst vernünftig …«

»Ich sagte: Genug.«

Goldrun beugte den Kopf vor und warf die Haarmähne mit Schwung in den Nacken. »Entschuldige«, presste sie zwischen den Lippen vor und dachte, jetzt soll ich auch noch höflich zu einem sein, der meine besten Freunde einfangen will.

»Ich habe zwei Fragen.« Ernak blickte zu Boden, als könne er dort die Worte ablesen. »Fehlen Pferde auf der Weide? Die Verwalterin meint, dass du den Bestand am besten kennst, weil du täglich mit den Tieren umgehst.«

Angst erstickte die Wut auf den Königssohn, unvermittelt spürte Goldrun die Gefahr, sie verknotete sich in ihrem Magen. Sag, es fehlen keine, befahl sie sich, nun mach endlich den Mund auf. »Ich vermisse keine Stute.«

Ernak stemmte die Fäuste in die Hüften. »Dennoch will ich wissen, ob du die Sklaven mit Pferden versorgt hast?«

Schlucken, erst nach heftigem Schlucken gelang ihr zu fragen: »Wie denn? Sags's mir. Wie hätte ich das anstellen sollen?«

Er sah ihr verblüfft in die Augen, langsam senkte sich sein Blick, glitt an ihr hinunter und kehrte zu den Augen zurück. Einen Hauch lang ließ er ein Lächeln spielen, dann runzelte er die Stirn. »Wir werden uns auf die Suche begeben. Und ich hoffe …«

Hufschlag unterbrach ihn, er hob den Kopf, auch Tarcal sah auf, und Goldrun wandte sich rasch um. In schnellem Trab kam der Reiter aus Richtung der Fohlenweide. Keve! Goldrun wurde es heiß. Was hatte er bei den Stuten zu suchen? Wieso kam er überhaupt von dort? Gründlich wischte sie die feuchten Hände am Kittel ab.

»Truppführer!« Ernak ging ihm einige Schritte entgegen. »Hast du etwas herausgefunden?«

Ehe Keve antwortete, suchte sein Blick nach Goldrun, beinah bedächtig glitt er aus dem Sattel. »Nichts, Herr. Keine besonderen Spuren.«

»Was jetzt?« Ernak hob die Achseln. »Du bist erfahrener als ich. Was soll ich den Männern befehlen?«

»Die Flucht geht nach Westen. Also, entweder schickst du den ganzen Trupp hinterher oder …« Er kratzte sich im Nacken. »Der Burgunder ist schlau. Um uns zu täuschen, könnte er auch versuchen, nach Norden in die Berge zu reiten, und dann in einem großen Bogen … Oder aber, wenn er sich nach Süden zu den Römern durchschlägt …«

»Fehlt nur noch der Osten«, blaffte Ernak ihn an. »Ich wollte einen Rat von dir. Kein Ratespiel.«

»Verzeih, Herr.« Keve legte die Hand aufs Herz. »Verzeih, Herr. Ich sag dir, was ich denke: Wir sind zu spät dran. Nur wenn wir die genaue Strecke wüssten, könnten wir es versuchen. Aber so? Zwei Nächte und mit heute zwei Tage. Der Vorsprung ist zu groß.«

»Du meinst, keine Suche?«

»Glaub's nur. Die beiden sind weg. Wir vergeuden nur unsere Zeit.«

»Das ist mein erster Auftrag, seit wir in der Hauptstadt sind. Mein Vater wird schäumen.«

»Nicht deine Schuld, Herr. Dazu stehe ich.«

Nach einer Weile erst straffte Ernak den Lederpanzer. »Also

gut, wir brechen ab.« Er gab den wartenden Reitern ein Handzeichen. »Zurück zur Hauptstadt!«

Langsam wandte er sich zu Goldrun um. »Du warst keine große Hilfe. Aber ich komme wieder.« Er blickte ihr fest in die Augen und murmelte. »Irgendetwas habe ich übersehen. Dieses Gefühl werde ich nicht los.«

Wortlos sah sie an ihm vorbei und dachte, komm so oft du willst, daran kann ich dich nicht hindern. Aber erfahren wirst du von mir nichts.

Leicht ging Ernak in die Knie, und aus dem Stand sprang er in den Sattel. »Was ist, Truppführer, willst du nicht mitreiten?«

»Später komme ich nach, Herr.« Keve winkte ab. »Will noch der Schwägerin Grüße von meiner Mela ausrichten.«

Hufe trommelten. Erst als die Staubwolken im Hof sich gelegt hatten, schüttelte Tarcal langsam den Kopf. »Mädchen? Du hast nur gesagt, dass dir keine Stute fehlt.«

So laut schlug das Herz! »Ich habe nicht gelogen«, flüsterte Goldrun.

»Ich weiß.« Die Oberin hob den Finger, war unschlüssig, dann strich sie ihr leicht über den Arm. »Lass uns nie mehr darüber sprechen.« Streng blickte sie auf Keve. »Wieso willst du mir etwas von meiner Schwester ausrichten? Ihr wart doch vor ein paar Tagen erst hier?«

»Später, Schwägerin, warte es ab.« Keve nickte Goldrun zu. »Erst will ich noch mit meiner Kleinen reden.« Er ging schon voraus. »Nun komm, auf der Weide sind wir ungestört.«

Das Gatter fiel hinter ihnen zu. Goldrun erschrak bei dem Geräusch. Wortlos folgte sie der gedrungenen Gestalt, die breiten Schultern schienen ihr gedrückt, auch den Nacken beugte Keve vor. O heilige Mutter, dachte sie, nichts stimmt mehr. Dieser Ernak guckt mich so blöde an, und die Oberin hatte auch was, und jetzt geht Keve so, als hätte er einen Sack voller Steine zu schleppen.

»Hörst du mich, Kleines?« Er blieb stehen, wandte sich aber nicht um.

»Ganz gut, was … was ist denn?«

»Du weißt, was ich beim Krieg zu tun hab? Ich sorg nicht nur für die Beute? Ich muss auch Leute finden, weil ich davon was verstehe. Und wenn ich sie entdeckt hab, dann hole ich sie aus ihrem Versteck und muss sie befragen. Wenn sie nicht antworten wollen, dann … ja, dann geht es ihnen nicht gut.«

»Warum erzählst du mir das?«

»Nicht fragen, bitte.« Er wedelte mit einer Hand nach hinten. »Ich hab mir gedacht, besser gar keine Fragen. Ich erzähl nur was, damit du's weißt.« Schwer atmete er. »Kleines, ich hab die Spuren gefunden, ich mein, wo sie von der Wiese auf die Straße führen. Da waren es vier Pferde, dann hab ich die Stelle entdeckt, an der nur ein Pferd zurück in die Wiese ist.« Keve hob den Kopf, sah in Richtung Osten. »Auch die Lücke im Zaun. Ich hab den Pfahl wieder gerade gestellt und die Seile verknotet. Lange werden sie wohl nicht halten.« Er ging einige Schritte hin und her, wandte sich Goldrun immer noch nicht zu. »Und dann hab ich mir Wildrose angeguckt. Die Hufe. Deine Stute ist da hin und her gelaufen, Mädchen.« Er schwieg.

Goldrun ertrug die Trauer, seine Enttäuschung nicht länger. Sie lief zu ihm und klammerte beide Hände um seinen Arm. »Ich bin ja geblieben.«

»Wolltest du auch …?« Wie im Schmerz presste er kurz die Lippen zusammen. »Nein, keine Fragen. Nur sagen wollt ich dir noch«, er zwang sich zu einem Grinsen: »Ist mir egal, dass sie weg sind. An dem Täubchen und dem Gockel hab ich damals sowieso nichts verdient. Hauptsache, du bist hier. Dann ist es gut.«

Im Mai drehte der Wind und trieb sengende Hitze vom Süden her über die Ebene. Schneller welkten die letzten Frühlingsblumen, und den neuen Knospen fehlte Wasser. In der ungewohnten Trockenheit verblasste das Land schon vor der Sommerglut.

Bei Sonnenaufgang betrat Onegesius, angetan mit wallend gelber Toga, den Thronsaal. Scharf musterte er die beiden Sekretäre der Kanzlei. »Habt ihr meine Anordnung befolgt?« Constantius reichte ihm die Wachstafel mit der Audienzliste. Nicht ein Name war unter dem heutigen Datum verzeichnet. »Wie du es gewünscht hast. Alle Bittsteller, Besucher oder Rechtsuchende mussten sich für morgen eintragen lassen.«

»Gut so!« Ungewohnt lebhaft klang die Stimme des Griechen. »Keine schlechten Nachrichten, keine unliebsamen Gäste sollen unseren Fürsten heute bedrängen. Nach all den Monaten, angefüllt mit engstirnigen Beschwerden, ärgerlichen Stammesfehden, möchte ich ihm einige Stunden der Weite und des Erfolges bereiten.« Er wandte sich an den spitznasigen, stets bleichen Rusticus. »Hast du deinen Gast gut bewirtet?«

Der schwere Seufzer schien dem zweiten Schreiber als Antwort noch zu wenig. »Auch wenn mir die Gastfreundschaft heilig ist, insbesondere wenn es sich um einen zukünftigen Kollegen handelt. Doch er und seine Frau haben gestern Abend mehr gegessen und getrunken als ich mit meiner Flavia in einer ganzen Woche.«

Onegesius schmunzelte und tauschte einen verstohlenen Blick mit Constantius.

»Und das Schlaflager, welches wir ihnen bereitet hatten«, die Stimme hob sich, »war ihnen zu klein. So mussten meine Flavia und ich mit ihnen tauschen. Orestes mag ein freundlicher Mann sein, aber, wie soll ich es sagen, obwohl er nicht dick ist, nimmt er sehr viel Raum ein. Und wenn ich auch noch sagen darf…«

»Keine weitere Klage mehr«, warnte der königliche Ratgeber und Herr der Hofkanzlei. »Das kleine Versteckspiel mit Orestes gehört zu meinem Plan. Inzwischen bist du ja von dieser Plage erlöst worden.« Er ließ sich den Dokumentenköcher aushändigen. »Jetzt entfernt euch. Eure Anwesenheit erinnert den Großkönig nur an Pflicht und Arbeit.« Rasch zogen sich die Schreiber zurück. Ehe sie die Flügeltüren erreichten, rief ihnen Onegesius nach: »Bleibt dennoch stets unsichtbar in meiner Nähe. Falls es notwendig sein sollte, werde ich euch Zeichen geben.«

Erst nachdem Attila auf dem hochlehnigen Audienzstuhl Platz genommen hatte, bemerkte er, dass außer Onegesius sich niemand im Saal befand. »Bin ich zu früh?«

»Nein, mein Fürst.«

Die graugelbe Haut seines Gesichtes war in den letzten Monaten lederner geworden, unzählige kleine Falten überzogen die sonst so übervollen Lippen. »Dann habe ich mich im Tag geirrt?«

»Nein, mein Fürst. Kein Irrtum ist dir unterlaufen, weder was die Zeit noch was den Ort betrifft.«

Attila schüttelte den Kopf. »Nicht dunkel, nicht vermummt? Wieso erscheinst du heute in den Farben eines Papageis?«

»Dir zur Erheiterung.«

»Genug jetzt.« Gereiztes Fingerschnippen trieben die Worte. »Lass uns beginnen. Die Luft im Saal ist mir zu stickig.«

Ohne jedes Lächeln, sogar übertrieben ernst verneigte sich der Grieche. »Ich habe beschlossen, dass du heute von allen politischen Pflichten entbunden bist.«

»Beschlossen ...?« Glut füllte die schwarzen Punkte in den Augenhöhlen. »Du hast über meine Person entschieden ...?«

»Als Freund, doch nur als dein Freund«, warf Onegesius hastig ein; selbst erschrocken, dass der kleine Scherz nicht auf Gegenliebe stieß, versuchte er den so unvermittelt aufsteigenden Zorn seines Herrn zu dämpfen. »Verzeih, hab Geduld mit deinem Diener, dessen Gedanken sich tagaus, tagein nur mit deinem Wohl beschäftigen. Mir ist nicht entgangen, wie sehr dich die Staatsgeschäfte in den vergangenen Wochen und Monate belastet haben.«

»Mag sein. Nachts wälze ich mich über Stunden schlaflos auf dem Lager und grüble.« Die Spannung wich, Attila lehnte sich zurück. »Nichts geschieht. Keine Antwort von den Weströmern. Und die Gesichter unserer verbündeten Stammesfürsten haben in meiner Gegenwart längst das Strahlen verloren. Unzufriedenheit ist wie ein Wurm, mein Freund. Er zernagt den schönen Apfel von innen.«

»Du siehst zu grau, mein Fürst.« Mit einer großen Handgeste durchmaß Onegesius die Halle. »Keine Audienz. Niemand wartet. Ich gestehe, dass ich daran nicht unschuldig bin. Wohlan, ändern lässt sich diese Tatsache nicht mehr. Licht. Wir sollten nach draußen gehen und, solang die Sonne noch nicht zu heiß vom Himmel brennt, die Helligkeit und die frische Luft genießen.«

»Du führst etwas im Schilde«, Attilas Ton gewann an Leichtigkeit. »Ich spüre es genau, nur ahne ich nicht, was.«

»Lasse dich verführen, umso eher löst sich das Rätsel.«

Gemächlichen Schrittes verließen sie den Palast, plauderten über den Umzug der Witwe Bledas und seiner Nebenfrauen in das neu errichtete Dorf. »Milde ist sehr kostspielig«, sagte Attila, öffnete die oberen Schlaufen seines schlichten Lederwamses und atmete befreiter. »Aber wenn ich Marpesa nicht verschont hätte, wäre mir sicher für lange Zeit die warme Pforte zwischen den Schenkeln meiner Kreka verschlossen geblieben.«

Mit unmerklichem Heben der Brauenbögen überging Onegesius die Anzüglichkeit. »Kostspielig ja, zweifellos aber hat sich die Ausgabe mehr als gelohnt. Deine großherzige Geste hat dir bei allen Freunden, ja sogar bei deinen Feinden Achtung eingebracht.«

Derweil hatten sie sich dem großräumigen Haus des Griechen genähert. Bemüht leichtfüßig strebte Onegesius daran vorbei, hinter dem Gebäude jedoch straffte er den Rücken und verharrte. »Dort ist es«, sagte er mit feierlicher Stimme.

Attila runzelte die Stirn. »Was?«

»Mein Bad. Mein griechisches Badehaus.«

»Ich sehe nur unfertige Mauern, im Innern ausgeschachtete Gruben, Werkzeuge und Hebebalken – aber nicht einen einzigen Arbeiter.«

»Der Marmor fehlt. Die Steinlieferungen aus Pannonien bleiben aus.« Onegesius ließ eine Pause. »Doch keine Klagen heute! Erfreuen wir uns an dem Anblick und vollenden das zu teure Prachtwerk in unserer Phantasie.«

»Das kann nicht sein.« Hart stieß Attila ihm in die Seite. »Hast du mich deshalb hierher gelockt? Weil du neues Gold benötigst, um weiterzubauen?«

Onegesius versuchte ein geheimnisvolles Schmunzeln und winkte seinen Herrn weiter. Nahe dem schlichten Wehrzaun war ein nach allen Seiten offenes Zelt errichtet worden. Auf dem silbernen Tisch lockte eine Kanne mit gegorener Stutenmilch, aus einer Schüssel duftete Honiggebäck. »Nimm Platz. Erlaube mir, dass ich dich selbst bewirte.« Er schenkte ein, wartete, bis Attila dem Naschwerk zusprach, dann klatschte er wie ein Zeremonienmeister dreimal in die Hände. Auf das Signal hin trat ein junger, dunkel gelockter Mann aus dem Wohnhaus, sein Gang zeigte Würde und verriet gleichzeitig den durchtrainierten Körper. Vor dem Schattenplatz blieb er stehen und senkte das Knie.

»Dies ist Orestes«, stellte ihn der Ratgeber vor, jedes Wort betonte er nun. »Er stammt aus der Provinz Pannonia Savia. Sohn eines Großgrundbesitzers. Seine Gemahlin ist die Tochter des dortigen Gebietskönigs Romulus. Orestes bietet dir seine Dienste an. Ich habe ihn einer Prüfung unterzogen. Selten erlebte ich solche Sprachkenntnisse, solch eine Bildung. Wenn ich es mir wünschen dürfte, so wäre Orestes eine unschätzbare Bereicherung unserer Kanzlei.«

Attila schnippte leicht. »Erhebe dich, junger Mann. An meinem Hof lege ich keinen Wert auf unterwürfige Körperhaltung, dafür erwarte ich Ehrerbietung und Treue, die von innen kommt.« Halb senkte er die Lider. »Deine Familie ist reich, vornehm«, ein lauernder Unterton kam hinzu, »wie ich hörte, musst du gute Schulen besucht haben. Was treibt dich her? Zu mir, dem Barbaren?«

Hilfe suchend blickte Orestes auf den Ratgeber.

»Antworte«, knurrte Attila, »oder verschwinde. Doch ich gebe dir nur einen Tag Vorsprung, dann schicke ich dir meine Meute hinterher. Besser also, du antwortest.«

Wieder wollte Orestes das Knie senken, besann sich rechtzeitig, knickte dafür den Oberkörper ein. »Für meine Familie ist es eine große Ehre, wenn der älteste Sohn in den Dienst seines Großkönigs tritt.«

»Geschwätz!«

Nun stellte sich Onegesius rettend vor den jungen Aristokraten. »Mein Fürst, die geplanten freudigen Überraschungen scheinen mir heute nicht recht gelingen zu wollen.« Über die Schulter bat er Orestes. »Fürchte nichts, du hast keinen Fehler begangen. Kehre ins Haus zurück und warte getrost ab.«

Attila quoll die Zornader über dem Stirnwulst. Ehe er losbrüllen konnte, flehte sein Ratgeber: »Übereile nichts! Geduld!« Hastig griff er in die Falten der gelben Toga und nestelte den Schriftenköcher heraus. »Ich bin ein Tor.« Sichtlich über sich selbst verärgert schlug er die lederne Röhre immer wieder in die offene Linke. »Verzeih. Ich hätte mich nicht auf das Seil eines Gauklers wagen, sondern dir ernst und nüchtern die Nachrichten mitteilen sollen, wie es die Würde meines Amtes erfordert.«

Beruhigt zwar, aber aufs Neue verblüfft starrte ihn Attila an. »So kenn ich dich nicht. Dein Ratespiel spielt dir selbst einen Streich.«

Onegesius zog mit der Rolle einen Strich durch die Luft, als wolle er sich damit von den Ungeschicklichkeiten der vergangenen Stunde trennen. »Mein Fürst«, er nahm den Deckelverschluss ab. »Gestern sind mit Orestes und seiner Eskorte auch Dokumente aus Ravenna eingetroffen.«

Sofort richtete sich der Herrscher im Stuhl auf. »Der Inhalt? Gut oder schlecht?«

»Meine so sonnige Aufmachung sollte dir Freude signalisieren.«

»Also gut?«

»In der Tat.«

Mit dem Aus- und wieder Einatmen veränderte sich unvermittelt die Stimmung. Ein Anflug von vergnügter Bosheit blitzte jetzt in den Augen. »Gelb? Auf diese Farbe solltest du verzichten, ganz gleich welche Gemütslage du ausdrücken möchtest.«

Das Lachen des Großkönigs malte Erleichterung ins hagere Gesicht des Griechen.

Attila lehnte sich wieder zurück. »Nun lies mir vor. Nein, die Geduld habe ich nicht. Ich fürchte die juristischen Formulierungen der Römer mehr noch als die Schriftstücke, die unsre Hofkanzlei fabriziert. Nein, bleibe heiter, mein sonniger Freund, ich achte deine Arbeit. Gib mir lediglich eine verständliche und kurze Zusammenfassung der Texte.«

Onegesius strich eine Haarsträhne aus der hohen Stirn. »Mein Fürst, du wunderst dich, warum Orestes dir seine Dienste anbietet? Die Antwort darauf gibt das erste Schreiben. Im Namen Galla Placidias willigt dein Freund Flavius Aëtius als zuständiger Konsul in deine Gebietsforderungen ein. Die Provinz Pannonia Savia gehört nun zum Reich der Hunnen.«

»Ohne Krieg?« Attila blähte die Brust, sein Blick wuchs über die Baustelle hinweg. »Nur auf mein Wort hin?«

»Ja, großer Fürst, deine Forderungen wurden sogar mehr als erfüllt.« Die gepflegte Hand glitt über das Pergament. »Rückzug. Die Verteidigungslinie der Weströmer wurde in den Alpenvorraum zurückverlegt. Noch hinter Noricum und Poetovio am Ufer der Drau. Orestes stammt aus dieser Gegend; er ist der lebende Beweis, dass die Adelsschicht dort dich bereits als Großkönig angenommen hat. Dies erspart uns große Summen, die wir für Geschenke hätten aufbringen müssen.« Onegesius wartete die Atemzüge, das befreite Strahlen ab, ehe er hinzufügte: »Erlaube mir den bescheidenen Rat: Weise Orestes nicht ab. Seine familiären Beziehungen zum Gebietskönig nutzen uns. Außerdem besteht nicht der leiseste Zweifel an seiner fachlichen Eignung.«

Aus der Weite seiner Gedanken kehrte Attila unter das Zeltdach zurück. »Du hast doch schon entschieden, mein Freund. Nein, keine Entschuldigung jetzt. Ich warne dich. Du hast mit dem Beschuss begonnen, also ertrage die Pfeile.« Das Lachen rumorte in der Brust. »Ohne jeden Vorbehalt heiße ich Orestes in meiner Hofkanzlei willkommen.« Attila griff nach dem Krug und goss mit großen Schlucken die Stutenmilch in sich hinein. »Endlich wieder ein guter Tag!« Das Gefäß krachte auf die spiegelnde Tischplatte. »Vorhin, als wir an der verwaisten Baustelle vorbeigingen, habe ich dein Gesicht beobachtet, dem Klang deiner Stimme gelauscht. Mein Freund, du bist ein schlechter Schauspieler – und dafür liebe ich dich.« Er gefiel sich mehr und mehr. »Dein Großkönig will dir seine Dankbarkeit beweisen. Lass den Marmor kommen. Selbst wenn die endgültige Summe für dein Badehaus größer sein wird als wir bei der Plünderung einer wohlhabenden Stadt erbeuten können, soll der Bau dennoch vollendet werden.«

»Du beschämst mich.«

Attila wies auf den zweiten Stuhl. »Nun stehe nicht länger

vor mir. Nimm Platz.« Schweiß hatte die Stirn, die breiten Wangen überzogen, fahl glänzte das Gesicht. Er öffnete weitere zwei Schlaufen des Lederhemdes und wedelte seiner Brust mit den losen Hälften etwas Kühlung zu. »In einem hast du Recht, mein Freund. Hier draußen fühlt man sich freier. Im Thronsaal wäre ich heute erstickt.«

»Ich denke, die zweite Nachricht wird dich wie ein Bad erfrischen.« Onegesius entrollte das nächste Pergament. »Dies ist deine Ernennung zum Magister Militum …«

»Gib her.« Schon hatte Attila das Blatt an sich gerissen und las, wischte sich über die Augen, als verschwimme ihm das Geschriebene, dann aber kehrte Klarheit zurück und er lachte: »Sie hat tatsächlich die Kröte geschluckt. Nun stehe ich im Rang eines weströmischen Feldherrn. Ich, der von ihr verachtete hunnische Barbar. Und gleichzeitig lässt sie den goldenen Friedenssaft strömen und füllt mit ihm meine Schatztruhen. O wie muss Galla Placidia geflucht haben, aber sie konnte meine Forderung nicht ablehnen!« Attila griff in den gelben Stoff der Toga, leidenschaftlich zog er seinen Ratgeber nah ans Gesicht. »Erfolg, mein Freund. Ich erziele Erfolge wie Bleda, auch ohne mich dem verweichlichten Leben der Römer anzupassen.«

»In allem bist du deinem Bruder überlegen … Mein Fürst …« Schreck und Besorgnis lähmten die Stimme einen Atemzug lang, dann flüsterte Onegesius: »Blut. Mein Fürst, du blutest. Es fließt dir aus der Nase.«

»Was redest du …?« Jetzt schmeckte der Großkönig selbst die Wahrheit auf den Lippen. Seine Augen weiteten sich. »Bleda? Glaubst du seinetwegen …?«

Onegesius schüttelte den Kopf, die Besonnenheit gewann wieder Oberhand. »Wir benötigen Hilfe! Doch kein Aufsehen.« Er klatschte in die Hände, winkte zur Baustelle hinüber. Die beiden Sekretäre kamen aus ihrem Versteck. Orestes näherte sich vom Haus her. Ihn schickte der Ratgeber sofort wieder zurück: »Meine Gemahlin soll dir nasse Tücher geben. Rasch, rasch! Und ihr«, zu den anderen gewandt, »verständigt den Heilkundigen. Sagt nur, der Großkönig sei plötzlich erkrankt. Sagt nichts von dem, was ihr hier seht. Sonst kostet es euch den Kopf.«

»Warte«, Attilas Hand betastete den Arm des Griechen. »Ajarbas muss auch kommen.«

»Ihr habt es gehört«, scharf wurde die Stimme des Ratgebers. »Rufus, du bittest den Schamanen her. Constantius holt den Arzt. Sputet euch!«

Orestes brachte im Laufschritt die triefenden Lappen zum offenen Zelt. Sie wurden ihm abgenommen, und gleichzeitig erhielt er Befehl: »Ziehe dich bis an die Hauswand zurück. Dort bleibst du, drehst dich nicht um und wartest. Vergiss den Anblick! Nur ein Wort, und du verlierst deine Zunge.«

Onegesius wandte sich wieder seinem Herrn zu. Das Blut hatte sich unterhalb des Mundes in viele Bahnen verästelt, rann den kräftigen Hals hinunter, breitete sich über die Brust aus. »Kühlung, mein Fürst, soll helfen, das Ausströmen zu vermindern.«

»Der Druck verschwindet.« Bei jedem Wort sprühte Blutregen von den Lippen und befleckte die gelbe Toga. Jedoch sprach Attila ohne Qual. »Seit Tagen, auch in den Nächten, verspürte ich eine Bedrängnis im Kopf. Nun wird mir leichter.«

Onegesius legte ihm eines der zusammengefalteten Tücher in den Nacken. »Mir ist, als verlöre ich selbst das Blut«, murmelte er.

In fliegenden Sprüngen, kaum berührten die Füße den Boden, eilte der Schamane heran. Im offenen Zelt kauerte er sich vor dem Fürsten nieder, zerriss mit einem Griff die restlichen Schlaufen des Lederhemdes und betrachtete das schwärzliche Gebilde auf der Brust. Hin und wieder summte er heftig, und seine Oberlippe flatterte.

»Gib Antwort, Onkel«, verlangte Attila. »Ist dies ein Zeichen? Weil ich Bruderblut vergossen habe? Oder was siehst du?«

Ajarbas erhob sich, trat näher und fauchte seinem Neffen den Atem wie eine Feuerlohe in die Nasenlöcher. Sofort versiegte der Blutfluß. »Du hast richtig gehandelt. Die guten Geister des Himmels sind immer noch auf deiner Seite. Nur wenn du an dir zweifelst, wirst du sie erzürnen.«

Goldrun blickte verstohlen zur Seite. Als er den Kopf bewegte, sah sie gleich wieder vor sich hin. Jetzt sitzen wir hier auf dem Stein, dachte sie, und er will gar nichts wissen, sagt auch nichts. Und dafür sind wir mehr als eine Stunde geritten!

Sie schob die Unterlippe vor und blies eine Haarsträhne aus der Stirn. Wie viele Male hatte Ernak sie in der letzten Zeit besucht? Sie zählte an den Fingern der linken Hand ab, nahm die Rechte dazu und gab es auf.

Im vergangenen Jahr, gleich nach der Flucht von Walther und Hildegund, war der Königssohn beinah jede zweite Woche herausgekommen, hatte stets dieselben Fragen gestellt und von ihr ebenso regelmäßig die gleichen Antworten erhalten. Nach dem Sommer kam er seltener, ließ aber nicht locker. Bis Goldrun ihn anfauchte: »Verdammt! Entweder fällt dir was Neues ein, oder lass mich endlich in Frieden.«

Die Wintermonate war er weggeblieben, auch das Frühjahr über. Dann mitten im August, Goldrun kam gerade vom Melken, hatte er sie am Gatter der Fohlenweide erwartet. »Keine Sorge«, besänftigte er ihren zornigen Blick. »Wegen der Sache von damals bin ich nicht hier. Die lass uns einfach vergessen.« Er streckte die Hand nach einem der Milcheimer aus. »Gib her.«

»Wage es nicht. Was glaubst du, wie viele Stuten ich dafür melken musste?«

»Sag's mir.« Ernak lächelte. »Bitte.«

»Wenn du's wirklich wissen willst …«, sie krauste die Nase, weil ihr zum ersten Mal die seidigen, beinah schwarzen Locken auf seinen Schulten auffielen. »Also … ja, fünf – nein, sechs, und … das ist keine leichte Arbeit, das Melken.«

»Kannst du's mir beibringen?«

»Nein.« Goldrun ging weiter. »Von Männern lassen sich meine Stuten nicht … Ach, du willst dich nur lustig über mich machen.«

Sie dachte schon, ihn los zu sein, vor dem Haupthaus jedoch überholte er sie und trat ihr in den Weg. »Ich soll dir Grüße von Frau Fulla ausrichten.«

»Woher kennst du …?« Goldrun schwieg, sie wusste die Antwort, gleich drängte sich die nächste Frage auf. »Bist du deswegen den weiten Weg geritten? Bloß um mir Grüße zu bestellen?«

»Früher sah ich die Burgunderin häufiger. Jetzt nur noch, wenn ich meiner Mutter einen Besuch abstatte.«

Sofort erwachte wieder ihr Misstrauen. »Ich habe dich was anderes gefragt.«

Ernak verschränkte die Hände auf dem Rücken. »Rein zufällig war ich hier in der Gegend. Und da wollte ich sehen, wie es dir geht.«

»Jetzt weißt du's.« Ohne Gruß war Goldrun mit den Milcheimern ins Haus gegangen.

Er hatte ihr nachgerufen: »Und falls ich wieder mal in der Nähe bin, besuch ich dich wieder.«

Von da an war er wieder häufiger erschienen, erwähnte bald das Wort Zufall nicht mehr und beobachtete Goldrun bei ihrer Krankenpflege im Stall. Oft fragte er nach Heilkräutern, und sie hatte immer bereitwilliger Auskunft gegeben und manchmal sogar mit ihm gelacht. Mehr als drei Wochen war es her seit seinem letzten Besuch in den ersten Septembertagen. »Ist mir egal«, hatte sich Goldrun gesagt. Als er aber heute kam, bekleidet mit dunklem, eng sitzenden Leder und einem leichten Schulterumhang, und sie zu einem Ausritt einlud, war Wildrose nie vorher so schnell von ihr aufgezäumt worden.

Und nun sitzen wir hier, dachte sie und gucken. Und mir ist so komisch, als hätte ich ein schlechtes Gewissen. Aber ich weiß nicht warum. Sie lehnte den Oberkörper etwas zurück, stützte ihn mit den Händen am Stein. Begleitet von einem betont lauten Seufzer schickte sie ihren Blick über die weite Ebene und ließ ihn am Horizont von den heranziehenden Wolkenungeheuern in den Himmel tragen.

Ein leichter Druck an ihrer linken Hand. Ohne den Kopf zu bewegen, sah sie an ihrer Seite nach unten. Ernaks Fingerkuppen berührten sie, nein, nicht zufällig, sie wanderten über den Handrücken, streichelten jetzt hin und her. Wieso bekomme ich eine Gänsehaut auf dem Arm? Mir ist doch gar nicht kalt? Goldrun wollte ihre Hand näher an sich heranziehen. Gleich umschloss er das Gelenk und hielt es fest. »Bin ich …?« Sie musste sich räuspern. »Willst du mich etwa gefangen nehmen?«

Auch seine Stimme wollte nicht so recht gehorchen. »Würde ich gern, glaub mir.«

»Ohne Grund?« Goldrun spürte, wie ihr linker Arm steif wurde, die Gänsehaut sich über den Rücken ausbreitete. »Das darfst du nicht.«

Er verstärkte den Druck an ihrem Handgelenk. Widerstandslos gab sie es verloren, und gleich nahm er ihre Finger mit beiden Händen in Besitz. »Ich habe einen Grund. Schon lange …« Er nickte vor sich hin, als bürde ihm die Erinnerung eine schwere Last auf die Schultern. »Nachdem ich dich zum ersten Mal gesehen hab – damals, auf dem Heimritt, als die Wut auf dich verflogen war –, da hab ich was geahnt. Danach dachte ich manchmal daran, habe es aber dann im Winter vergessen wollen.« Eine Hand glitt ihren Unterarm hinauf. »Es ging nicht. Und dann wusste ich mit einem Mal den Grund; immer mehr gewachsen ist er. Verstehst du?«

»Nein«, flüsterte Goldrun und dachte, oder meint er etwa …? Ach was, sei nicht blöde. »Du musst ihn mir schon sagen, deinen Grund.«

Er reckte nur den Kopf, Goldrun fühlte seinen Atem, fühlte sich gelähmt, konnte nicht ausweichen, und sanft drückten sich die Lippen auf ihre Wange. Erstarrt saß sie da. Ernak wartete nicht. Mit dem nächsten Atemzug umschlang sein rechter Arm ihre Schulter, sanft, aber entschlossen zog er sie an sich und küsste ihren Mund.

Goldrun spürte die weiche Härte, nahm den Geruch in sich auf, sie öffnete ihre Lippen, schmeckte die Wärme. Hinter mir weht ein Vorhang, ich sinke hinunter, versinke in einem riesigen Kissen aus Schafwolle, immer tiefer … Vorbei!

Ernak hatte sich von ihr gelöst, sein Atem ging heftig. »Das ist der Grund.«

Sie saß auf dem Stein, atemlos, erschrocken. »Ich versteh's nicht. Besser, wir reiten zurück.«

»Nein!«, befahl er. »Wir bleiben hier!« Gleich milderte er den Ton. »Bitte. Lass uns hier bleiben. Wenigstens noch eine Weile.«

Goldrun sah ihn an. Wie geschwungen der Mund ist, dachte sie und spürte wieder den Druck auf ihren Lippen. Und seine Augen… Sie schüttelte den Kopf. Rede dir nichts ein. Ja, verdammt, auch sein Hals und die Schultern, auch wie er sich bewegt, alles ist schön an ihm. Und das darf mir nicht gefallen! »Bist du wirklich Attilas Sohn?«

Die Frage verblüffte ihn. »Aber ja.«

»Und was willst du dann von mir?« Da Ernak nicht antwortete, fühlte sich Goldrun bestärkt. »So ist das also. Nimm dir doch, wen du willst, mich aber nicht. Du bist ein Königssohn und brauchst nur nach den Weibern zu rufen.« Ohne es zu bemerken, steigerte sie sich in Zorn. »Aber rufe gefälligst in deinem Palast. Nicht hier draußen. Da bei euch ist dir sicher jede auch noch dankbar und küsst dir sogar die Füße und… und… ach, egal, wo du's eben haben willst…«

»Reize mich nicht!« Ernak stemmte die Fäuste in die Hüften. »Ja, es ist wahr. An Frauen für die Nacht mangelt es mir nicht. Und wenn ich nach einer Sklavin rufe, dann muss sie zu mir kommen. Auch dir könnte ich es einfach befehlen, weil ich der Sohn des Großkönigs bin.«

Jäh bemerkte Goldrun den verletzten Blick. »Es tut mir Leid. Ich weiß, du hast die Macht dazu, aber… aber weil du mich nicht einfach zwingst, deshalb halte ich dich für… für…«

»Etwas Besonderes?« Ernaks Miene hellte sich auf. Er rieb sich heftig die Stirn. »Weißt du, wer das mal zu mir gesagt hat?«

»Wovon redest du?«

»Frau Fulla. Das war noch im östlichen Ordu, als ich nicht mit in den Krieg durfte. Weißt du, Fulla ist eine wirkliche Frau. Und als junger Bursche wusste ich das auch schon. Und da hat sie es mir gesagt.« Er hielt inne, seine Stimme wurde dunkel. »Ich werde dich nie zwingen, weil ich viel, viel mehr will von dir. Das spüre ich schon lange.«

»Selbst wenn ich eine Hunnin wäre, würde ich nicht daran glauben. Du gehörst zu den adeligen Mädchen und bestimmt nicht zu einer burgundischen Sklavin.«

»Ich weiß selbst, was ich will.«

Goldrun erhob sich, wollte an ihm vorbei, doch er umfasste ihre Taille und drückte sie wieder an sich. Sein Kuss verführte, Goldrun schlang die Arme um ihn, wollte den Moment festhalten, versank in ihm, und als sie die Lider öffnete, sah sie ihr Bild in seinen Augen. »Ich glaub's nicht. Aber versuchen kannst du es ja.«

Gleichmäßig erdröhnte die Erde. Zwanzig waffenstarrende Elitekämpfer ritten vornweg, sie hatten sich teilen und eine Gasse freigeben müssen, trabten rechts und links nahe dem Wegrand, um die Sicht für den Reiter in ihrer Mitte nicht zu versperren. Je zehn sicherten die Flanken und wieder zwanzig bildeten die Nachhut; mit Tüchern hatten sie Augen, Nase und Mund geschützt und ritten im aufgewirbelten Staub direkt hinter ihm. Die Hufe schlugen den langsamen stetigen Wirbel. An seinen Seiten hielten sich die Griechen aufrecht im Sattel. Scotta, der geschickte Diplomat zur Linken, Onegesius, der oberste Ratgeber zur Rechten. Auge und Ohr galten nur ihm, dem Mächtigen in ihrer Mitte: Attila!

Er war in olivgrünes Leinen gekleidet, selbst das Leder seiner Stiefel glich sich in der Farbe an. Kein Gold, nicht ein Diamant schmückte sein Aussehen. Der Herrscher über das riesige Hunnenreich war unterwegs zu Verbündeten, und kein Stammesfürst durfte durch Kleidung oder Schmuck zum Neid verführt werden. Allein das Zaumzeug des Rappens war mit Gold beschlagen, gehämmertes Goldblech verzierte auch den hohen Sattelsteg. Sein Pferd zu schmücken bewies die Demut des Reiters vor dem heiligen Blutwesen, welches dem Tier innewohnt.

Die kurzfristig anberaumte Besuchsreise sollte das schwindende Vertrauen in die Führungskraft Attilas wiederherstellen und möglichen Unruhen vorbeugen. Nach politischem und militärischem Gewicht der Verbündeten hatte Scotta die vierzehntägige Reiseroute festgelegt. Der erste Besuch galt dem gefürchteten Gepiden König Ardarich. Ihm unterstanden die wildesten, schlagkräftigsten

Horden, und Ardarich wusste genau, welche Säule seine Truppen für die Machtstellung des Großkönigs bildete.

Bis zu dem Hauptdorf im Nordosten lag noch gut eine Reitstunde vor dem königlichen Aufgebot.

Onegesius ließ sich eine halbe Pferdelänge zurückfallen, verständigte sich mit seinem Bruder durch ein Kopfnicken und schloss wieder zur gleichen Höhe auf. »Mein Fürst, Zeit und Umstand erlauben es, dass wir unsere Gedanken nach Konstantinopel, an den oströmischen Hof schweifen lassen können.«

»Einverstanden.« Attila hob warnend den Finger. »Allerdings nur, wenn du dich nicht so umständlich ausdrückst.«

Mit feinem Lächeln nahm der Grieche die Ermahnung hin. »Der Vorfall liegt nun schon mehr als zwei Jahre zurück. Wir lebten noch im östlichen Königsordu. Also es war gut einen Monat, bevor ...«

»Schweig davon.« Attila presste jäh die Lider zusammen, tonlos flüsterte er: »Ich weiß von welcher Zeit du sprichst.« Das Erschrecken löste sich, und er setzte laut hinzu: »Fahre fort.«

»Mein Bruder war mit einer Delegation nach Konstantinopel gereist, um dort Beweise für die Ermordung etlicher Adeliger aus deinem Herrschergeschlecht zu finden.« Knapp umriss Onegesius die damalige Situation am oströmischen Kaiserhof, kam schließlich auf den Eunuchen Chrysaphius zu sprechen und dessen Bestechungsversuch an Scotta. »Mein Bruder nahm das Gold und gab sich sehr interessiert. Natürlich nur zum Schein.«

Attila beugte sich vor und strich seinem Rappen liebevoll die Halsseite. Aus den Augenwinkeln beobachtete er einige Atemzüge lang den Reiter zu seiner Linken, dann sagte er leichthin: »Wem solch ein Angebot unterbreitet wird, der muss vorher sehr hungrig ausgesehen haben.« Nach einer Pause folgte der nächste Stich. »Hände werden erst gefüllt, wenn man sie hinstreckt.« Gefährlicher wurde der sanfte Ton. »Gier ist der Tod der Treue.«

»Fürst!« Scotta klammerte beide Hände an den Sattelsteg, die Lippen bebten. »Mag sein, dass es solche Schurken gibt, doch ich sehe jetzt keine solche Kreatur in deiner Nähe.«

»Brav, brav«, Attila ließ sich nicht anmerken, ob das Lob dem Rappen oder seinem ersten Diplomaten galt. Er richtete sich wieder auf und fragte Onegesius: »Hältst du diesen Eunuchen für den kommenden Mann am Kaiserhof?«

»Je länger ich über den Bericht meines Bruders nachdachte, umso klarer wurde mir die Lage: Von jeher fügte sich der schwache Theodosius dem Diktat seiner prüden Schwester Pulcheria und geriet nach der Heirat überdies noch in Abhängigkeit seiner glaubensstrengen Gemahlin Eudoxia. Seit die frömmelnden Frauen sich mehr und mehr aus der Politik zurückgezogen haben, ist der Einfluss dieses Eunuchen auf den Kaiser erstaunlich gewachsen. Und dies in sehr kurzer Zeit.«

Immer noch sichtlich erregt, ergänzte Scotta mit beherrschter Stimme den Bericht: »In seiner Stellung als Hofmeister kontrolliert Chrysaphius die Kanzlei, alle Beamten, und er besitzt die Schlüsselgewalt über den kaiserlichen Goldschatz. Ob Raub, Erpressung oder Mord, er bestimmt in Konstantinopel, was geschieht. Jeder hasst und fürchtet ihn zugleich.«

»Und dich wollte er als Spion anwerben?« Attila erwartete keine Antwort, versöhnlich hob er die Hand. »Nicht einen Wimpernschlag lang habe ich an deiner Treue gezweifelt, guter Freund. Sobald die Zeit reif ist, werden wir diesen Eunuchen strafen. Qualvoll soll er verenden. Bis dahin aber nimm sein Gold, und verkaufe ihm dafür Lügen als Wahrheit.« Attila hob den Finger, scharf setzte er hinzu. »Doch alles, was er dir gibt, lieferst du in meiner Kanzlei ab.«

Erneut ging ein Ruck durch Scotta. Der ältere Bruder sah den inneren Kampf und antwortete stellvertretend: »Sei unbesorgt, nicht eine Goldmünze, und sei sie auch noch so klein, wird er für sich behalten.«

Unvermittelt gab Attila dem Rappen die Fersen und galoppierte durch die Gasse nach vorn.

Hornstoß! Befehle bellten! Sofort hetzten ihm zu seinem Schutz vier Elitekämpfer der Vorhut nach. Jedoch erst als Attila selbst das Tempo verringerte und schließlich anhielt, konnten ihn die Männer seiner Leibgarde umringen, bis auch das übrige königliche Aufgebot zu ihnen aufschloss. Wortlos nahm der Großkönig wieder den Platz in der Mitte ein und trabte zwischen den Griechen her.

In der Ferne tauchten die Jurten des Gepidendorfes auf. Schwer sog Attila den Atem ein. »Ihr genießt mein größtes Vertrauen, Freunde. Und zwar beide. Es ist eine Unruhe, eine Sorge in mir, die mich so ungerecht macht.«

Das Herannahen des königlichen Aufgebots war bemerkt worden. Ein Reitertrupp verließ in gemessenem Schritttempo das Lager. Goldspangen blinkten auf den Schuppenpanzern der Kämpfer, ihnen voran ritt König Ardarich auf einem Schimmel. Ohne sichtbaren Übergang verschmolz sein weißer Mantel mit dem Rücken des Pferdes, so als berge König und Tier ein und dasselbe Fell.

»Sei willkommen, Herrscher und Freund! Welch große Ehre, mit dir den Sonnenstrahl teilen zu dürfen!«

Glatt das gelbliche Gesicht, schwarz die beinah wimpernlosen Augen, zwischen den halbgeöffneten Lippen zeigte sich das Echsengebiss, wie scharf zugeschliffene Sägen blinkten die Reihen seiner spitzen Zähne.

»Die guten Dämonen der Luft haben mich zu einem Freund geleitet. Nun fühle ich mich geborgen.« Ein Lächeln, ein leichtes Neigen des Kopfes, und die Höflichkeiten waren ausgetauscht. Mit knapper Geste befahl Attila den beiden Griechen, sich eine Pferdelänge zurückfallen zu lassen, und lud den Stammesfürsten an seine rechte Seite. »Keine Umschweife, guter Freund, keine Beschönigung. Ich bin gekommen, um zu sehen und zu hören. Die nüchterne Wahrheit.«

»Das wird mir schwer fallen, Großkönig. Denn blumige Beiwerke und milde Andeutungen sind das einzig Erfreuliche, was ich dir bieten kann.«

Unbemerkt vom Gepiden ballte Attila die linke Faust und presste sie gegen seinen Oberschenkel. »Dann warte, bis wir allein sind.«

Sobald sie den Dorfeingang erreichten, spannten Frauen rechts und links des Weges weiße luftige Leinentücher wie Baldachine aus. Darunter hüpften und tanzten junge Mädchen; jedes winkte dem hohen Gast und warf ihm Kusshände zu.

Attila dankte, verschenkte sein Lächeln, und ohne dass es gefror, fragte er den Stammesfürsten: »Ist die Begrüßung freiwillig oder erzwungen?«

»Meine Leute hoffen auf dich und deine Großzügigkeit. Das Getreide reicht vielleicht gerade noch für den kommenden Winter. Sie huldigen ihrem Vater, damit er sie nicht verhungern lässt.«

Je näher der abgesicherte Mittelplatz kam, umso weniger Jubel brandete auf; dicht an dicht säumten Frauen, Kinder und Männer den Weg, anklagend die Blicke, einige versteckten ihre geballten Fäuste auf dem Rücken. Kurz vor der Absperrung entstand jäh Unruhe. Beschimpfungen! Flüche wurden dem Großkönig entgegen geschleudert! Gleich sprangen einige Gepidenkämpfer aus den Sätteln und stürzten sich in die Menge, kehrten jedoch wenig später ohne einen der Übeltäter wieder zurück.

Die Griechen durften nicht an der Unterredung teilnehmen. Eng nebeneinander schritten sie vor der Königsjurte auf und ab. Von den Verdächtigungen Attilas aufgewühlt, wollte der Jüngere die Gelegenheit nutzen, um mit dem älteren Bruder seinen Zorn zu teilen. Jedoch Onegesius legte nur den Finger auf die Lippen und schüttelte den Kopf.

Die Sonne hatte nicht einmal ihren höchsten Stand erreicht, als die Wächter vor dem Zelteingang wieder Haltung einnahmen und der Gepidenkönig seinen Gast ins Freie geleitete. Attila winkte den beiden Vertrauten. Das graugelbe Gesicht war dunkler geworden, der Blick brannte. »Damit ihr Zeugen seid: Meine Kanzlei wird dem Volk der Gepiden so viel Gold aushändigen, dass für ein Jahr genug Nahrung angeschafft werden kann.«

Ardarich spannte die Lippen, das Echsengebiss zeigte sich. »Du bringst Glück über mein Volk. Mit Freude und Herz werden die Gepiden dir auch in Zukunft als furchtlose Verbündete zur Seite stehen.«

Mühsam beherrscht gelang Attila ein Lächeln. »Hab Dank. Möge die Sonne dich ewig wärmen.«

Nur leicht berührte seine Linke den Mähnenkamm, und der Herr über alle Hunnen schwang sich hinauf in den Sattel.

Ardarich hob die Hand zum Gruß. »Liebe für den Freund! Gemeinsamer Hass für unsre Feinde!«

»So sei es. Leb wohl.«

Hornstoß! Am Rande des Platzes, jenseits der Absperrung, formierte sich das königliche Aufgebot. Drei lang gezogene Signale! Antraben, Hufe dröhnten, die Eskorte schirmte jetzt den Herrscher und die beiden Griechen von allen Blicken der am Wegrand Stehenden ab.

Lange schwieg Attila. Erst als hinter ihm die Jurten des Gepidenlagers kaum noch zu sehen waren, wandte er den Kopf nach rechts. »Was hat Bleda besser gemacht? Sage es mir. Waren die Verbündeten unter ihm wirklich zufriedener?«

»Mein Fürst, du führst das Reich mit harter Hand.« Vorsichtig setzte Onegesius die Worte. »Unter der Herrschaft deines Bruders gab es mehr Bestechung. Vor allem blühte der Schmuggel mit unseren Feinden. Pferde, Sklavinnen, selbst unsere wertvollen Bögen wurden heimlich verkauft. Diese Verwahrlosung brachte einigen Stämmen mehr Reichtum. Andere hingegen litten Hunger. Seit du die Macht in Händen hältst, versucht unsere Kanzlei, alle Sippen und Völker mit gleichem Maß zu bedenken. Und in Zeiten des Friedens gibt es nun mal keinen Überfluss.«

»Fein gesprochen«, knurrte Attila. »Das heißt, ich muss höheren Tribut von den Römern eintreiben. Oder ein Krieg muss her.« Hart schnippte er Scotta. »Nun, mein verhinderter Spion …«

»Bitte, spotte nicht«, flehte der Grieche. »Niemals habe ich auch …«

»Genug!«, fuhr ihn Attila an. Gleich wieder ruhiger forderte er: »Berichte mir, wie es um Konstantinopel bestellt ist? Sind die Fleischtöpfe voll? Schwelgen und prassen die Römer im Überfluss? Was hörst du von unsern Spähern?«

Scotta wollte sofort antworten, sah rechtzeitig den warnenden

Blick des Bruders und hielt inne. Erst nach einigem Nachdenken begann er zu sprechen: »Im kaiserlichen Palast wird es niemanden geben, der Hunger leidet. Gewiss wird es auch Reiche in der Stadt geben, die …«

»Freund!«, brauste Attila auf. »Hast du vergessen, mit wem du sprichst?« Jetzt bezog er auch Onegesius mit ein. »Wie behandelt ihr mich heute? Bin ich ein kranker Gaul, dem gut zugesprochen werden muss?« Blitzschnell streckte er die Hand aus und schnippte dem Ratgeber dicht vor dem Gesicht. »He, antworte!«

»Mein Fürst.« Große Ruhe ging von der Stimme aus. »Behutsamkeit ist ein Freundesdienst, den du annehmen oder ablehnen magst.«

»Er ist abgelehnt!« Dennoch etwas gefasster bat er Scotta: »Fahre fort. Beschränke dich aber nur auf das Wesentliche.«

»Die Bevölkerung in Konstantinopel leidet. Wetterkatastrophen haben die Hauptstadt heimgesucht. Der Winter im Jahre 443 war hart. Monatelang blieb der Schnee liegen. Hungersnot war die Folge. Erst Mitte des folgenden Jahres schmolzen Eis und Schnee. Die Wassermassen überfluteten Felder und Städte, auch Konstantinopel. Hunger und Krankheit breiteten sich aus. Das Jahr 445 dann wurde zum Jahr der blutigen Unruhen. Die politischen Parteien bekämpften sich gegenseitig. Und größer wurde der Hunger. Noch nie fehlte es so an Nahrungsmitteln in der Hauptstadt wie in diesem Jahr. Außerdem hörte ich von Pest, die in den Armenvierteln bereits um sich greift.«

»Gut, gut.« Attila kraulte seinem Rappen in der Mähnenbürste. »Also sind die Römer geschwächt. Ein Angriff wäre erfolgversprechend.« Die Laune besserte sich mit jedem Atemzug. Er blickte nach rechts. »Krieg. Und mit einem Schlag löse ich alle Probleme. Neues Gold, viel Beute und keine Unzufriedenheit.«

Onegesius wiegte unmerklich den Kopf. »In der Tat ein verlockender Gedanke. Doch welchen Kriegsgrund können wir anführen?«

»Der findet sich, mein Freund. Sei unbesorgt.«

»Bedenke, der Winter steht bevor.«

»Den warte ich noch ab!« Ungewohnt laut lachte Attila auf und drohte mit der Faust zu den Wolkenbergen über ihm. »Fürchten sollen mich meine Feinde.« Sein Gesicht bebte. »Mehr noch. Denn ich werde sie würgen und sie in ihrem eigenen Blut ertränken.«

Tarcal sah dem Königssohn ins Gesicht. »Morgen erst?« Ihr Blick forschte in seinen Augen, seiner Miene. »Reitest du mit ihr zur Stadt?«

»Frage nicht, Oberin.« Ernak drückte die Fellmütze fester, rieb sich das Kinn; er wusste nicht wohin mit den Händen, grinste und runzelte gleich darauf die Stirn, dann blickte er an der Verwalterin vorbei zum Mägdehaus hinüber. »Sie weiß doch, dass ich hier bin?«

»Gewiss.« Tarcal verschränkte die Arme. »Weil sie auf dich gewartet hat, war den ganzen Tag über nicht viel mit ihr anzufangen. Und kaum hatte sie dich weit hinten auf dem Fahrweg erkannt, ist sie nach drüben verschwunden.«

»Und warum dauert es so lange?«

»Geduld.« Jedes Wort schien der strengen Frau unangenehm. »Das Mädchen wird sich den Stallgeruch abwaschen, die Haare ordnen …« Nun erlag doch die Höflichkeit ihrem Ärger. »Für mich ist sie mehr als eine Sklavin. Wertvoll ist sie mir.«

»Warum sagst du das?«, blaffte Ernak.

»Weil, weil du … Ach, seit du herkommst, hat sie sich verändert. Liebe ist schädlich für die Arbeit. Den andern Weibern verbiete ich es. Auch den Kerlen. Wenn zwei nicht mehr voneinander kommen, müssen sie gehen, zu ihrem Stamm oder in die Stadt. So will ich das haben. Weil auf meinem Gestüt nur der Hengst zur Stute darf.« Die knochigen Finger zerrten den Kragen ihres schwarzen Schultermantels unter dem Kinn zusammen. »Aber dir darf ich ja nichts verbieten.« Sie seufzte kurz. »Dabei habe ich nichts gegen dich. Aber … aber meine Pferdeheilerin ist keine, mit der ein Kerl einfach nur seinen Spaß treibt, und sobald er keine Lust mehr hat, wirft er sie weg.«

»So einer bin ich nicht.« Unvermittelt entstand ein Leuchten in den dunklen Augen; hastig bat er: »Kein Wort mehr davon.«

»Du bist der Königssohn.« Tarcal musste weitersprechen. »Denk doch an deine Stellung. Du hast das Mädchen gar nicht nötig.«

»Still jetzt!«, zischte Ernak. Das Strahlen breitete sich aus, erhellte sein Gesicht; er beschwichtigte: »Mach dir keine Sorgen.«

»Also nimmst du sie doch mit zur Stadt?«

»Genug! Hör endlich auf zu fragen.« Ernak befreite sich, ging an der Oberin vorbei und lächelte Goldrun entgegen; nach wenigen Schritten blieb er stehen und umarmte sie mit dem Blick. »Dachte, du wärst noch beim Melken.«

»War ich auch bis vorhin.«

Sie sahen sich an. Wohl wird mir, dachte Goldrun, ganz warm. Nur allein mit den Augen kann ich schon seine Lippen spüren …

Jäh erinnerte sie sich an die Anwesenheit der Oberin und ging rasch zu ihr. »Entschuldige, weil ich da einfach rumstehe. Aber …«

»Fürst Ernak ist ja auch ein vornehmer Gast. Da übersieht eine junge Magd sehr schnell ihre Herrin.«

Der Ton erschreckte. »Du bist verärgert? Soll ich heute nicht mit ihm ausreiten? Sage es mir.«

»Geh nur. Ich will dir die Freude nicht verderben.« Die Oberin musterte sie streng. Das wollene dunkelgrüne Mantelkleid reichte Goldrun bis über die Knie, darunter bauschten sich die blauen Pluderhosen bis zu den Fellstiefeln. Mit festem Griff rückte Tarcal ihr den dicken Filzumhang auf den Schultern zurecht. »Frieren wirst du nicht.« Die Hand glitt hinunter zum Oberarm und drückte ihn. »Gib nur Acht. Da in der Hauptstadt ist alles anders als hier. Du kannst jederzeit zu Mela und dem Schwager gehen. Ich mein, wenn …«

»Ich wusste gar nicht, dass wir so weit reiten? Es ist doch schon Nachmittag.«

Entschlossen trat Ernak zwischen die Frauen und funkelte die Oberin an: »Wer dich reden hört, der muss glauben, es gibt zwei Welten. Die gute ist hier auf dem Gestüt. Und alles andere da draußen ist die schlechte Welt. Da wohnen nur von bösen Dämonen beherrschte Mörder, Diebe und Betrüger. Aber du irrst.« Er nahm Goldrun bei der Hand. »Und wir reiten jetzt los.«

Tarcal schloss die Lider, stumm tastete sie hinauf, prüfte den Sitz des rundum festgesteckten Haarwulstes, dann erst öffnete sie wieder die Augen. Ihr Blick hatte sich verändert, war freundlich, beinah sogar etwas wehmütig. »Ich bin eine alte, störrische Jungfer, sage immer, was ich denke, selbst dem Sohn des Großkönigs. Aber das reut mich nicht. Ja, nimm die Burgunderin mit, aber bringe sie mir zurück… und…« Tarcal stockte, suchte nach den Worten: »Und wenn's geht, soll das Mädchen noch lachen können.« Abrupt wandte sie sich ab und ging mit langen Schritten zum Haupthaus hinüber.

Goldrun starrte ihr nach. »Was meint sie damit?«

»Deine Herrin mag dich. Deshalb.« Ernak fasste die goldene Lockenmähne zusammen und zog ihr die Kapuze des Umhangs bis in die Stirn. »Aber nicht so wie ich.« Er lachte sie an. »Und jetzt komm. Hier haben wir schon viel zu viel von unserer Zeit vertrödelt. Los jetzt.« Nebeneinander liefen sie zu den Pferden und schwangen sich hinauf. Ernak gab seinem Wallach die Fersen, aus dem Stand trieb er ihn zum Galopp.

Goldrun beugte sich ans linke Ohr von Wildrose. »Der ist nicht mal ein Hengst, der da vorn. Los, zeigen wir ihm, wer schneller ist.« Ein kurzes Aufwiehern, und die Stute sprengte vom Hof. Sobald Goldrun bis auf fünf Längen herangekommen war, ließ sie Wildrose das Tempo des Wallachs nur halten. Wenn wir bis zur Stadt reiten, dachte sie, müssen wir für den Sieg genug Kraft aufsparen.

Ernak schien den gleichen Gedanken zu haben, weil er sein Pferd etwas zurücknahm; dann wurde das Tier langsamer, trabte nur noch dahin, und unvermittelt musste es die Straße verlassen. Nach Süden. Quer über das braungrüne Gras ging es jetzt in die endlose Weite.

Goldrun folgte ihrem Königssohn, sog die kühle Luft ein und lächelte. Noch immer nicht wollte sie ihn einholen. Meine Wildrose ist stark genug. Sobald ich weiß, wohin er will, zeigen wir es ihm. Nach einer Stunde jedoch wurde sie ungeduldig, legte eine Handmuschel an den Mund und rief: »Reiten wir nur? Oder hast du ein Ziel?«

»O ja! Lass dich überraschen.«

»Aber da ist doch nichts?«

»Schöne Augen reichen nicht aus; sie müssen auch sehen können.«

»Willst du mich ärgern?«

»Niemals«, lachte er und trieb den Wallach wieder an.

Verflucht, wo reitet er hin? Goldrun verengte die Lider und suchte den Horizont ab. Ein weißer Punkt. Nein, mehr: ein kleiner Kegel. Da wohnen Leute? Wusste ich gar nicht. Sie schob die Unterlippe vor. Und die besuchen wir? Schade, ich dachte, wir würden uns irgendwo hinsetzen, wo wir allein sind. Na ja, vielleicht auf dem Rückweg. Jetzt war höchste Eile geboten. »Lauf! Meine Schöne, zeigen wir's dem Wallach.«

Wildrose schien nur darauf gewartet zu haben. Sie streckte sich lang, Goldrun ließ ihr die Zügel, weit griffen die Beine aus, und als wäre es nur ein Spiel von Kraft und Muskeln, jagte die Stute mit leichtem Hufschlag über die Steppe. Der Wind raffte Goldrun die Kapuze aus der Stirn, nahm das Haargold und ließ es wehen. Kürzer wurde der Abstand. Näher kam das Ziel.

Kein Dorf, dachte sie flüchtig, nur eine einzige Jurte. Wer wohnt denn so allein? Wildrose hatte den Schweif des Wallachs fast schon erreicht, als Goldrun jäh das Tempo zügelte. Ernak bemerkte es nicht, trieb sein Pferd weiter. Was sollen wir hier? Brandgeruch stieg ihr in die Nase. Verhalten ließ sie Wildrose traben. Ein hohes geräumiges Zelt, vornehmer als die Jurte von Keve, stellte sie fest. Aus der stumpfen Spitze quoll Rauch. Also gibt es Leute. Vielleicht ein Schamane? Goldrun schüttelte den Kopf. Kann nicht sein. Kein Schaf, kein Huhn, sie sah sich um, nirgends entdeckte sie ein Pferd. Ohne Tiere überlebt keiner hier draußen.

Ernak war vor dem Eingang abgesprungen; die Hände in die Hüften gestützt, stand er breitbeinig da, erwartungsvoll strahlte er sie an. »Na, was sagst du?«

»Nicht so laut.« Goldrun versuchte seine Stimme mit einer Geste zu dämpfen und rutschte eilig von der Reitdecke, halb flüsternd erkundigte sie sich: »Wer wohnt denn hier?«

»Du.«

»Mach dich nicht lustig.«

»Wenn ich es dir sage.« Er riss die Fellmütze vom Kopf und mit einem übermütigen Jauchzer schleuderte er sie hoch über die Jurte. »Du und ich! Wir wohnen hier.« Ehe Goldrun begriff, hatte er ihre Hand gefasst und zog sie hinter sich her zum Eingang, klappte die Filzplane auf, und mit dem freien Arm deutete er ins Innere. »Sieh nach, ob es dir gefällt. Wenn etwas fehlt…« Er klatschte leicht, wartete, horchte und zuckte die Achseln. »Tja, keiner kommt. Also, wenn etwas fehlt, dann fehlt es eben.«

Goldrun trat ein. Wärme empfing sie, gleichzeitig wehte ihr von der Herdstelle in der Mitte ein Duft nach Gewürzen und Fleischsuppe entgegen. Über der Glut hing ein schwarzer Tiegel an einem Dreibein.

Ich versteh's immer noch nicht, dachte sie.

Bei jedem vorsichtigen Schritt zur Mitte hin sanken die Fellschuhe leicht ein. Braun, Rot und mattes Gelb, der Boden war mit weichen Teppichen ausgelegt. Während Ernak die Öllampen an den Stützstreben entzündete, glitt ihr Blick staunend an der runden Zeltwand entlang, tastete über Wasserbottiche, über zwei aus Schilf geflochtene Sattelkörbe und stockte am breiten Felllager, den Decken und Kissen. »Wer wohnt hier?«, vergewisserte sie sich noch einmal.

Ernak sah in die gleiche Richtung und legte ihr den Arm um die Schulter. »Wir…« Seine Stimme gehorchte nicht, und erst nach kurzem Räuspern begann er neu. »Du und ich. Dies ist unsere Jurte.«

Ihre Gedanken wehten wie Seidentücher im lauen Wind; langsam nur, eines nach dem anderen vermochte Goldrun festzuhalten. »Unser Zuhause? Für immer?«

Seine Lippen berührten ihr Ohr, sie spürte den Atem. »Nur für heute Nacht.«

Sofort versteifte sie den Rücken, befreite sich aus der Umarmung und wich einige Schritte von ihm weg. Ich muss hier raus…

Jäh, wirbelte Sturm die Tücher durcheinander. Nein, sei nicht blöde. O verflucht, was mach ich nur? Ich und … er. Deswegen sind wir hier. Ich weiß doch gar nicht …? Nur bei meinen Stuten hab ich es gesehen. O heilige Mutter, steh mir bei. Sie blickte Ernak an; da ihr nichts anderes einfiel, fragte sie: »Wie meinst du das? Nur für heute Nacht?« Gleich verbesserte sie: »Ich mein, diese Jurte? Wieso steht sie hier? Und wer hat hier gekocht? Ich mein, wenn keiner außer uns hier ist, ist das doch seltsam …«

Vorsichtig ging Ernak auf sie zu und nahm ihr Gesicht in beide Hände. Gleich schmiegte sie die Wange an seine Schulter, war froh, Schutz gefunden zu haben, und seufzte: »Bitte, erkläre es mir. Aber so, dass ich es verstehe.«

»Ganz einfach.« Seine Stimme erhielt einen kosenden Klang. »Ich wollte endlich mit dir allein sein. Nicht nur einen Ausritt lang, viel länger. Aber wo konnten wir hin? Auf dem Gestüt hätte uns dieser dürre Drache überall entdeckt.«

»Das glaub ich auch.« Leise lachte Goldrun vor sich hin.

»Und im Palast? Wo jeder dich gleich als eine meiner …« Er strich über ihr Haar. »Nein, du bist was ganz anderes. Deshalb können wir nicht in den Palast, bis ich mit Vater gesprochen habe.« Langsam führte er sie zu den beiden Schilfkörben. »Letzte Woche kam mir die Idee.« Leichter wurde der Ton. Weit entfernt von jeder Siedlung hatte Ernak diesen Platz bestimmt und seinen Knechten befohlen, genau dort eine vornehme Jurte zu errichten. Danach mussten sich die Helfer auf Hornrufweite zurückziehen. »Nur, falls wir in Not geraten. So völlig einsam sind wir also nicht.« Alles war von ihm geplant worden. »Sogar mein Leibgericht mussten die Männer zubereiten. Willst du probieren?«

»Danke«, flüsterte Goldrun. »Hunger hab ich jetzt nicht.«

Ernak öffnete einen Korbdeckel. »Aber das Geschenk für dich habe ich selbst bei einem Fernhändler gekauft.« Damit zog er einen weißen Seidenschal heraus. Rundum schimmerte ein mit Goldfäden gesticktes Bilderband. »Gefällt dir das Tuch?«

»Wunderschön.« Behutsam ergriff Goldrun einen Zipfel und betrachtete die fein gewirkten Pferde und Vögel. Sie wollte das

Geschenk umlegen, doch Ernak entzog es ihr und ließ es an seiner Hand auf und nieder flattern; wie unbeabsichtigt entglitt ihm der Schal und segelte durch die Luft und landete auf dem Felllager. Alles Jungenhafte wich aus seiner Miene. »Ich will… Bitte, zeige mir, wie dich das Tuch kleidet. Ohne die anderen Sachen.«

Mit einem Mal war er ihr so fremd. Sie schluckte, vermochte es nicht, weil der Mund vertrocknet war. »Jetzt gleich?«

Er nickte, ließ sie nicht aus den Augen und legte den Reitmantel ab. Langsam öffnete er die Schlaufen seines Hemdes.

»Warte«, bat sie; mit fliegenden Fingern nestelte sie an den Lederschnüren des Filzumhangs, endlich rutschte er ihr von den Schultern. »Ich hab Durst. Glaub es mir.«

Ernak sah sie besorgt an. »Du hast Angst.«

»Das auch.«

Er nahm einen Krug und füllte zwei Becher. »Wein. Magst du Wein?«

Ohne zu antworten, griff Goldrun danach und leerte den Becher in einem Zug. Süße füllte ihren Mund, dehnte die Brust und wärmte den Magen. Hildegund fiel ihr ein. Von der Freundin wusste sie, dass nach einigen Schlucken Wein alles einfacher wird. Stumm hielt sie Ernak erneut ihren Becher hin.

»Trink langsam«, warnte er.

»Ich vertrage ihn schon.« Wieder stürzte sie den mit Honig versetzten Rebensaft, ohne abzusetzen, in sich hinein. Doch die erhoffte Wirkung blieb aus. Nur war Ernak jetzt kein Fremder mehr, sondern wieder ihr Liebster mit dem schönen Mund und dem so schönen Hals. Ich weiß gar nicht, was ich will, dachte sie. Was mache ich jetzt? »Kannst du mich küssen, bitte.«

Er umarmte ihre Schultern; sie hieß seine Lippen willkommen wie einen Trost und schloss die Augen. Seine Rechte glitt langsam über den Wollstoff ihren Rücken hinunter. Das mag ich, dachte sie und spürte Wärme aufsteigen.

Jetzt erreichten die Fingerkuppen ihren Po, spielten, und gleich darauf tastete seine Hand fester durch Kleid und Hose nach einer der Rundungen.

Goldrun ließ ihn gewähren, küsste derweil sein Kinn, die weiche Nasenkuppe und versank immer wieder in seinen Lippen.

Die Hand war nach vorn gewandert und zog an den Schleifen des Mantelkleides. Keine Gegenwehr, auch nicht, als er die Hälften auseinander zog und ihre Brüste streichelte. Unvermittelt aber schob Goldrun ihn von sich. »Liebst du mich?«

Er strich die schwarzen Haarlocken aus der Stirn, ernst blickten seine Augen. »Mehr, als ich bin. Und das ist noch nicht genug.«

Die Antwort verwandelte sich in Glück, ungeahnter Mut überkam sie. Mit Schwung entledigte sie sich des Kleides, stieg aus den Fellschuhen und streifte die blaue Puderhose ab. Goldrun reckte das Kinn. »Nun gib mir noch etwas Wein.«

Ernak schwieg, sein Blick glitt von den Brüsten hinunter und heftete sich ins Haarvlies zwischen ihren Schenkeln.

»Oder … wolltest du das nicht …?« Unsicher versuchte Goldrun ihre Nacktheit zu bedecken.

»Nicht, bitte.« Ernak ließ sich einfach vor ihr auf die Knie fallen. »Noch nie habe ich einen so schönen Leib gesehen. Glaub mir, noch nie. Weiß und zart die Haut.« Seine Hand näherte sich ihrem Schoß, behutsam berührte er das Haar. »Das gleiche Gold wie auf dem Schal. Rein und wertvoll. Nach deinem Vorbild muss das Tuch gearbeitet worden sein.«

Goldrun begriff sein Staunen nicht, und ehe sie es verhindern konnte, umfasste er ihren Po und drückte das Gesicht ins weiche Vlies. Gleich spürte sie den warmen Atem, die Zunge. »Nicht«, bat sie. »Mir wird schwindlig.«

Doch ihre Bitte wurde nicht erhört.

Tief im Innern erwachte Unruhe. Ihre Hand sank auf seinen Kopf, streichelte ihn. Zittern befiel die Schenkel. Goldrun seufzte, seufzte wieder, spürte das Prickeln aufsteigen, wie manchmal in den Nächten, wenn sie selbst die Unruhe in ihrem Schoß besänftigte. Jäh griffen die Finger in sein Haar, hielten sich fest. Doch kein Halt mehr. Leises Wimmern entrang ihren Lippen, gleich ging ein Beben durch ihren Körper. Schwäche blieb. Goldrun musste sich vorbeugen, stützte sich noch an Ernaks Schultern, dann wurden ihr die Beine schwer. »Verzeih mir … Ich schäme mich so.« Sie wandte sich ab, ging gebückt die wenigen Schritte zum Lager und kauerte sich auf die Felle. Ihre Hand tastete nach dem Schal, sie zog ihn näher und verhüllte mit ihm ihre Blöße.

Auf Knien rutschte er ihr nach und schloss die Handmulden vor Mund und Nase. Tief sog er den Atem ein. »Ich rieche, schmecke dich. Und zerberste vor Sehnsucht.«

Goldrun sah ihn unsicher an. »Wenn du … Also, ich weiß nicht viel davon … Zeigst du es mir?«

»Ja, Liebste, ja.« Im Nu war Ernak bei ihr, küsste ihre Augen, die Nase. Er sprang auf und riss sich das Hemd vom Leib. Während er die Schnürriemen an den Stiefeln losband, betrachtete Goldrun seinen Oberkörper. Wie schöne Schultern er hat, und seine Haut schimmert wie dunkler Samt.

Er schlenkerte die Stiefel von den Füßen, gleichzeitig öffnete er den Waffengürtel, achtlos warf er ihn mit Kurzschwert und Dolch hinter sich und stieg nackt aus den Hosen. »Du ahnst ja nicht, Liebste, wie viele tausend Mal ich diese Nacht herbeigewünscht habe.«

Zerkon. Wie gelähmt starrte sie auf den hochgereckten Speer an seiner Mitte, dann nach heftigen Atemzügen stammelte sie: »Nein. Bitte, bitte nicht.«

»Was ist dir, Liebste?« Ernak kam langsam näher. Er lächelte, sah sie verliebt an. Goldrun presste ihre Hand vor die Augen. Nein, es ist nicht der Zwerg, sagte sie sich immer wieder, es ist mein Königssohn. Nur trägt er auch solch ein großes Ding. Aber es gehört meinem Ernak. Heul jetzt bloß nicht, er kann ja nichts dafür.

»So antworte doch.«

Zögernd ließ Goldrun die Hand sinken, sah ihm ins Gesicht und hütete sich davor, den Blick hinuntergleiten zu lassen. »Verzeih, aber … Bitte, lösch erst die Lampen, dann ist mir leichter.«

»Ich liebe dich«, sagte Ernak sanft und ging durch die Jurte.

Goldrun beobachtete ihn nicht. Sie legte sich mit dem Seidenschal zurück und schloss die Augen. So bleib ich, dachte sie, bis alles vorbei ist. Nach einer Weile spürte sie, wie das Fell sich bewegte, gleich wärmte sein Atem ihren Hals. »Fürchte dich nicht vor mir«, flüsterte Ernak. »Niemals möchte ich dir wehtun.«

Goldrun blieb stumm. Seine Lippen berührten ihren Busen, kosteten von den Knospen. Dann fühlte, atmete sie die Nähe seiner Haut. Nur behutsam tastete die Hand über den Schoß zu ihren Schenkeln, dem leichten Druck gab sie nach und öffnete für ihn den Weg in ihr Tal. Kein schweres Gewicht, kein Stöhnen verrieten den Wanderer, erst als er den Stab gegen die Pforte drückte, spürte Goldrun seine Ankunft und erschrak.

Ihr Rücken verkrampfte sich, die Beine erstarrten. Mächtiger wurde der Eindringling, hielt nicht an. Ein spitzer Dorn, Goldrun schrie auf, Glut versengt mich. Allmählich ließ der Schmerz nach. Jetzt spürte sie wie Ernak tief in ihren Schoß hineinstieß, sich zurücknahm, um ihn gleich wieder auszufüllen.

Weh tut's mir und warm ist es, dachte sie, mehr nicht.

Mit einem Mal wurden seine Bewegungen heftiger, schneller; der Atem flog, wie ein verängstigter Junge jammerte er. Goldrun fühlte, dass der Eindringling jetzt überhastet ihren Schoß verließ. Wenige Augenblicke später stöhnte Ernak laut auf und dann sank sein Körper über sie, er bettete das schweißnasse Gesicht neben ihrem Ohr.

Nach einer langen Weile, als beide Herzen ruhiger schlugen, flüsterte er: »Ich habe den guten Dämonen einen Schatz geraubt.« Zärtlich legte er den Arm über ihre Brüste. »Und ich gebe ihn nie wieder zurück.«

Goldrun schmiegte ihren Mund an seine Wange, küsste sie sanft und flüsterte. »Keinen Schatz. Eine Frau hast du ihnen gestohlen.«

Leise lachten beide vor sich hin, drückten sich und kosteten vom Geruch des anderen. Sachte begannen seine Fingerkuppen zu spielen, wurden unruhiger, bald umtrommelten sie ihren Nabel. »Was machst du?« Goldrun zupfte an den seidigen Locken.

»Gib mir die Hand, dann erkläre ich es dir.« Er zog ihren Arm näher zu sich und führte die Hand langsam über seinen Bauch nach unten. Ehe Goldrun es auch nur ahnte, stieß sie an sein Glied, gleich legte er ihre Finger fest um den harten Schaft.

»Nein!« Ein einziger entsetzter Schrei. Sie riss sich los und rutschte und floh bis an der Rand des Felllagers.

»Aber Liebste …?«

»Bitte, bitte nicht. Bitte, ich muss das Ding nie anfassen. Versprich es mir.«

Ernak gab keine Antwort.

Im schwachen Schein des Herdfeuers beobachtete sie voller Angst, wie er aufstand und mit ungeduldigem Rucken seine Hosen hochstreifte.

»Verzeih«, flüsterte sie. Weil er immer noch schwieg, stiegen die Tränen. Goldrun versuchte das Schluchzen zu unterdrücken, schämte sich wieder, und haltloser noch quoll die Not aus ihren Augen.

Ohne sie zu beachten, entzündete Ernak einen Holzspan an der Glut unter dem Tiegel. Bald flackerten wieder die Öllichter. Mit dem Rücken zu ihr, griff er nach dem Weinkrug und trank viel, ehe er absetzte. »Weil ich Hunne bin? Eine andere Haut habe?«, fragte er unvermittelt. »Ekelst du dich deshalb vor meinem Körper?«

»Nein, Liebster. Nein.« Sie streckte die Hand nach ihm aus, doch er konnte es nicht sehen. »Ich liebe deine Schultern, deinen Geruch, alles an dir liebe ich. Nur …«

»Ich bin ein Mann«, presste er hervor. »Und das Glied ist ein Teil von mir. Ohne Gewalt hat es dich gerade zur Frau gemacht. Doch du …? Sag mir warum?«

»Weil … weil ich mich fürchte.« Immer noch suchte ihre Hand vergeblich nach ihm. »Bitte, schau mich an.«

Mit ratlosem, traurigem Blick wandte sich Ernak um. Langsam ging er zu ihr und kauerte sich neben sie. Goldrun wagte mit den Fingerkuppen seine Lippen zu betasten. »Schon seit Wochen wohnst du in meinem Herzen. Und ab heute sollst du auch in meinem Schoß wohnen, sooft du magst.« Sie atmete schwer, die Tränen versiegten, doch das Weinen schwang in ihrer Stimme weiter: »Und sicher habe ich bald den Schmerz vergessen und sehne mich sogar danach; jedenfalls habe ich das von vielen Frauen gehört; ich mein, das mit dem Sehnen.«

»Sagst du das nur so?« Er hob die Achseln. »Jetzt weiß ich nicht mehr, wie ich dir glauben soll?«

»Warte bitte. Ich versuche es ja.« Um weiter sprechen zu können, schlang Goldrun die Arme um seinen Hals und lehnte ihre Wange an seine Wange. So war sie nahe bei ihm und musste ihn dennoch nicht ansehen. »Wenn ich … Ich habe mich so erschreckt, weil ich plötzlich an das andere ekelhafte Ding denken musste.«

Sofort spannte Ernak den Rücken. »Ein anderer Mann?« Er wollte sich lösen.

»Nein, bei der heiligen Mutter. Bitte bleib.« Und stockend berichtete sie von Zerkon, dem Schuppen und wie Tarcal ihr im letzten Moment zu Hilfe gekommen war. »Gestorben wäre ich sonst. Und vorhin tauchte alles mit diesem Zwerg wieder vor mir auf. Deshalb hab ich so geschrien.« Goldrun hielt inne und wartete, jedoch er sagte nichts. Beinah unmerklich begannen seine Schultern zu zittern. Sie hielt den Atem an, dann ahnte sie den Grund. Vorsichtig löste sie sich. »Ich gebe mir Mühe, das verspreche ich dir. Sei nicht traurig, Liebster, weil ich so furchtsam bin.«

Mit dem Handrücken wischte er über Augen und Nase. »Ich werde dich behüten und nichts von dir verlangen, wovor du Angst hast.« Jäh veränderte sich sein Blick, Wut loderte auf, seine Stimme wurde rau. »Ich bedauere nur, dass Vater diesen Zwerg fortgeschickt hat. Der Gedanke, dass er noch lebt und sogar Späße treibt, frisst mich auf.« Ernak erhob sich, atmete und schien dennoch zu ersticken. »Komm, Liebste. Lass uns nach draußen gehen. Unter dem freien Himmel löst sich jede Enge.«

»Gern. Nur gib mir ein wenig Zeit.«

Nachdem Ernak sich angekleidet hatte, stand er unschlüssig da. »Kann ich dir helfen?«

Jetzt schmunzelte Goldrun zum ersten Mal wieder: »Nein, ich glaube, das sollte eine Frau allein schaffen.« Er antwortete nur mit einem Kopfnicken und ging nach draußen.

Mir ist mit einem Mal so leicht, dachte sie und wusch die Spuren von ihren Schenkeln. Während sie in die Pluderhose stieg fiel ihr Blick auf den Schal. Zerknittert lag er zwischen den Fellen. Sie glättete das Seidentuch notdürftig und legte es sich um die nackten Schultern, liebkoste ihre Brüste mit dem weichen Stoff. Da bemerkte sie den Fleck im Weiß, dicht neben den goldgestickten Bildern; er war nicht groß, eher ein Tropfen, doch dunkel und nicht zu übersehen. »Mein Zeichen. Das lasse ich drin«, flüsterte Goldrun und krauste die Nase. »Ich bin tatsächlich eine Frau.«

Über das Tuch zog sie ihr Mantelkleid, schnürte den Filzumhang unter dem Kinn zusammen und schlüpfte aus der Jurte.

Dunkelheit empfing sie. Tief sog sie die kühle Frische in sich auf. Erst als sich die Augen gewöhnt hatten, bemerkte Goldrun wie hell die Nacht war. Nicht weit von den grasenden Pferden entfernt stand Ernak unbeweglich da und blickte zum sternübersäten Himmel. Goldrun trat leise neben ihn und suchte seine Hand.

Viel später sagte er. »Jedes Licht da oben ist ein Herdfeuer. Sooft ich kann, werde ich eines dieser Lichter herunterholen und unser Zelt darum errichten. Für jede Nacht suche ich uns einen anderen schönen Ort.«

Aber wo sind wir dann wirklich zu Hause, dachte Goldrun, stellte aber die Frage nicht.

Ein blasser Mond stand über Konstantinopel. Sein Licht spendete keine Helligkeit mehr. Ermattet lag es auf Dächern, Türmen, Kuppeln, und ganz im Finstern blieben Plätze und Straßen.

Am Nachmittag des 26. Januar 447 hatte der Wind gedreht. Innerhalb weniger Stunden war bittere Kälte zurückgekehrt und hatte Kinder, Frauen und Männer ins Haus getrieben. Niemand kümmerte sich um das Winseln der Hunde, das unruhige Scharren der Pferde im Stall. Früher als gewöhnlich, schon bei Anbruch der Dunkelheit, hatten die Bürger sich schlafen gelegt und Geborgenheit unter den wärmenden Decken gesucht.

Jetzt, knapp zwei Stunden nach Mitternacht, stampften vier Wachposten am Tor des Kaiserpalastes sich den Frost aus den Füßen, hauchten in die kalten Hände und blickten zum fahlen Mond hinauf. Wie träge er seine Bahn zog! So lange dauerte es noch bis zum Morgen, bis die Ablösung sie endlich aus der Kälte befreite.

Schwanken. Wie ein Lampion im Wind schaukelte der Mond … Nein! Eine übermächtige Kraft ließ die Bewaffneten hin und her torkeln. Unter ihren Füßen bewegte sich der Boden. Grollen und Rumoren stieg aus der Tiefe, wurde lauter. Kein Alarm; die Männer brüllten, brüllten ihre Angst hinaus.

Jäh erwachte Konstantinopel mit tosendem Lärm. Dächer brachen ein, Mauern fielen. Die Menschen rannten aus ihren Häusern. Flucht! Doch wohin? Kein Licht zeigte den Weg. Krachen und Bersten! Über die Schmerzensschreie rief eine Stimme: »Rettet euch auf die Plätze! Zum Forum!« Jeder glaubte, der andere wisse den Weg, und so irrten Tausende durch die Dunkelheit, taumelten irgendwelchen blinden Führern nach. Immer neue Stöße erschütterten die Stadt. »Gottes Gericht!«, warnte eine andere Stimme, gleich stimmten viele mit ein: »Der Herr straft uns Sünder!« Das Tosen und Krachen nahm zu. Mütter verloren ihre Kinder von der Hand, alte Männer und Frauen stürzten im Strudel der Verzweiflung, und die Menge trampelte über sie hinweg.

Die Erde beruhigte sich, das Beben war vorüber, doch niemand atmete auf. Angst trieb die Menschen ziellos umher, bis der Mond ganz verblasst war und das Taggrauen sich ankündigte.

Klagegesänge, oft übertönt von Jammern und Schluchzen, stiegen gen Himmel. »*Kyrie eleison* ….« Mehr als zehntausend Bürger hatten sich vor der großen, kaum beschädigten Kirche zur Prozession eingefunden. Voran trug der Bischof das Kreuz des Erlösers. Ihm folgte Kaiser Theodosius, das weiße Haupt entblößt, die Füße nur notdürftig durch Sandalen gegen Kälte und Steine geschützt. »*Christe eleison* …« An seiner Seite schritt Chrysaphius, demütig beugte er den speckigen Nacken, sang mit trauervoller Stimme, während sein Blick rechts und links die Trümmer erfasste; insgeheim rechnete der Hofmeister bereits zusammen, wie hoch die Schäden den kaiserlichen Goldschatz belasten würden. »*Kyrie eleison* …«

Der Zug quälte sich zu den Hügeln hinauf. Auf der Höhe öffnete sich der Blick zur nördlichen Stadtmauer. Am Schaft des Kreuzes sank der Bischof nieder. Theodosius musste sich auf die Schulter seines obersten Ratgebers stützen, und selbst der sonst so gefühlskalte Eunuch Chrysaphius stöhnte wie von Peitschenhieben gepeinigt.

Die Bürger erstarrten, jeder Schrei erstickte in der Kehle. Es gab keine Sicherheit mehr, keinen Schutz! Gestern noch war Konstantinopel von der Landseite uneinnehmbar für jeden Angreifer gewesen. Kaiser Theodosius hatte ein Bollwerk, eine mehr als fünftausend Schritt lange Mauer, verstärkt mit sechsundneunzig Türmen, von Küste zu Küste errichtet und damit die Landzunge mit ihren Gärten und Hügeln wie auch die Stadt zum sicheren Hort für die Bewohner werden lassen. Und nun klaffte auf einer halben Wegstunde ein Trümmertal, in Schutt zerborsten lag der unüberwindbare Wehrgürtel da, die Türme wie mit der Faust zerschmettert.

»Gott hat seinen Zorn auf uns herabgeschleudert!« Der Bischof erhob sich; an die Menge gewandt, rief er: »Weil ihr gesündigt habt! Weil euer Leben aus Völlerei besteht …!« Noch das Entsetzen der vergangenen Nacht in den Augen, waren die von Hungersnot ausgemergelten Menschen wehrlos den Vorwürfen ausgeliefert, und der fromme Hirte schwang die Geißel. »Weil ihr ungezügelt dem Laster frönt …! Weil Geldgier euch blendet …!« Immer heftiger steigerte er sich in heiligen Zorn.

Derweil hatte Chrysaphius die Fassung wiedererlangt. Er neigte sich zum Ohr seines Kaisers. »Das Furchtbare ist geschehen. Doch es hat uns nicht vernichtet.«

Theodosius schüttelte langsam den Kopf. »Wir sind verwundet. Das Herz unseres Reiches liegt offen und blutend da.«

»Ich werde nicht ruhen, ehe die Wunde wieder geschlossen ist. Neue Steuern, auch für die Kirche und unsern Bußprediger da vorn, sollen als erstes Heilmittel dienen.«

»… wie einst Sodom und Gomorrha hat uns Gott heimgesucht!« Ohne Erbarmen hieb der Bischof weiter auf die Verzweifelten ein.

Um dem Geschrei zu entfliehen, nahm Theodosius seinen Ratgeber einige Schritte beiseite. »Abgaben vom Klerus einfordern? Das wird unseren ewigen Zank mit den Mönchen nur noch anfachen. Frieden, der Thron benötigt endlich Frieden mit dem Himmel. Vielleicht sollte ich eine Wallfahrt nach Jerusalem unternehmen wie meine Gemahlin Eudoxia?«

»Du musst bleiben, Herr. Gerade jetzt in der Not braucht das Volk die Nähe und die Kraft seines gottgleichen Kaisers.«

»Spotte nicht. Meine Kraft ist längst verbraucht, zerbrochen wie meine Mauer dort. Also zügle deine Zunge.«

Näher schob sich der Eunuch. »Dann sei du der Augustus auf dem Throne und lasse mich deine starke Hand sein. Nur so vereint können wir uns vor noch größerem Unglück bewahren.«

Theodosius legte ihm die zitternde Hand auf den Arm: »Ich vertraue dir, mein Freund.«

Der Bischof wies mit dem Kreuz zur weit auseinander klaffenden Maueröffnung hinüber. »… seht nur dorthin und glaubt an ›Siehe, es kommt ein Getöse und Geschrei daher und ein großes Beben aus dem Lande von Mitternacht, auf dass es die Städte verwüstet und sie zu Wohnungen der Schakale werden …‹« Aufschluchzend sanken jetzt die Bürger nieder, schlugen die Hände vor ihre Gesichter, weinten und wimmerten.

Obwohl ihn niemand mehr hörte, predigte der Diener Gottes weiter: »Brüder! Schwestern! Lasst ab von euerm sündigen Leben. Kehrt um! Denn es steht weiter geschrieben: ›Siehe, es wird ein Volk kommen von Mitternacht her, und dies große Volk wird sich erregen an unserm Land. Es wird Bogen und Lanze führen. Es ist grausam und ohne Barmherzigkeit; und die Scharen brausen daher wie ein ungestümes Meer und reiten auf Rossen, gerüstet wie Kriegsleute …‹« Eine Sturmböe riss jäh die Worte des Propheten mit sich fort.

Tief gebeugt über den lang gestreckten Hälsen, trieben drei Reiter ihre Pferde an. Gleich nach Tagesanbruch, sobald das Ausmaß des Erdbebens zu übersehen war, hatten sie Konstantinopel durch das unzerstört gebliebene Goldene Tor verlassen. Drei oströmische

Kaufleute, Spione im Sold der Hunnen, jagten nach Nordwesten. Auf ihrem wilden Ritt durch Thrakien und Moesien sahen sie verwüstete Stadte, eingestürzte Hütten; sie tauschten ihre ermatteten Pferde gegen frische und hatten nur karge Worte des Mitgefühls für die Obdachlosen am Wegrand. Je früher die Nachricht im Ordu des Großkönigs anlangte, umso höher würde der Lohn ausfallen. Die Späher gönnten sich kaum Schlaf; beim ersten Morgenlicht schon schwangen sie sich wieder auf die Gäule. Tag für Tag. Und keine Rast …

Das Beben in den frühen Morgenstunden des 27. Januar hatte furchtbare Schäden hinterlassen. Bis hinauf zur Donau reichte die Zerstörung. Voller Ungeduld warteten zwei der Reiter am anderen Ufer, bis der Fährmann auch den dritten und dessen Pferd übergesetzt hatte. Und weiter hetzten sie. Dann, wie aus dem Nichts tauchten hunnische Bewaffnete auf, im Nu waren die Römer vom Grenztrupp eingekreist; und den Pfeil auf der gespannten Bogensehne, fragte der Anführer nach dem Woher und Wohin. »Gebt Antwort, oder ihr seid tot.«

»Wir haben dringende Nachricht für Großkönig Attila. Neues aus Konstantinopel.« Die Männer gaben sich als Späher zu erkennen und durften ohne Verzögerung mit einer Eskorte von vier hunnischen Kämpfern weiterreiten.

Schnee lag wie ein weißer Teppich auf der endlosen Ebene und verschluckte den wilden Hufschlag. Schon bei Beginn der zweiten Februarwoche baten die Oströmer am Palasttor eingelassen zu werden, und Scotta empfing die Erschöpften. Als oberster Gesandter des hunnischen Hofes hatte er sie bei einem seiner Besuche in der Kaiserstadt angeworben; ihm waren sie verpflichtet, und von ihm erhofften sie ihren Lohn.

Der Grieche hörte zu, fragte nach; jede Einzelheit des Unglücks nahm er begierig in sich auf. »Eine wertvolle Neuigkeit, Freunde Sie wird euch mit Gold aufgewogen. Wartet hier. Seid meine Gäste Erfrischt euch, genießt die Ruhe.« Damit ließ er sie allein und hastete zum Hause seines Bruders.

»Ein Erdbeben?« Ohne Zögern legte sich Onegesius den braunen Fellmantel um, und gemeinsam suchten sie den Großkönig in dessen Gemächern auf.

Attila schloss die Augen, stützte den Stirnwulst auf beide Fäuste, so saß er lange schweigend da. Endlich hob er den Kopf und öffnete die Lider. Fremdes, kaltes Licht glitzerte in den tiefen Augenhöhlen. Sein Finger stach in Richtung seines ersten Diplomaten. »Wie viele Türme, sagst du?«

»Das Erdbeben hat furchtbar gewütet. Siebenundfünfzig von beinah hundert sind in sich zusammengebrochen.«

Jäh packte Attila die Tischkanten und rüttelte, Krug und Becher wackelten, kippten und zerschellten am Boden. Hart schlug er die flachen Hände auf die Holzplatte. »Diese Römer! Sie bauen für die Ewigkeit, und nur ein Aufbäumen der Erde genügt, und alles zerfällt.« Stummes Lachen ließ seine Schultern erbeben. Nach einer Weile erst sprach er weiter. »Der steinerne Panzer ist aufgeplatzt. Die Weichteile liegen offen da.« Er griff in den Fellärmel seines obersten Ratgebers. »Und zwar für uns. Begreifst du, mein Freund? Das Schicksal hat uns den Weg bereitet. Jetzt müssen wir nur noch hinreiten und die Stadt ausplündern. Und sind wir einmal die Herren von Konstantinopel, so sind wir auch die Herren Ostroms, dann gehört uns mehr als die halbe Welt.« Er zog den Griechen näher. »Mein Licht wird die Erinnerung an Bleda auslöschen. Nun glaube ich daran.«

Onegesius ließ eine Pause, in der Attila tief atmete und sich langsam der Rausch seiner Gedanken legte. Dann erst fragte er leise: »Also Krieg?«

»Ja, mein Freund. Und der Krieg beginnt nicht erst in einem Monat, sondern morgen.« Verändert die Miene, ernst und sachlich gab der Großkönig seine Anweisungen. »Schicke Kuriere zu unseren Verbündeten. Unverzüglich sollen sie mit ihren Truppen nach Süden aufbrechen.« Noch auf hunnischem Boden, nahe dem Donauufer, hätten sich alle Stämme einzufinden. »Unter meinem Oberbefehl wird dann die vereinte hunnische Streitmacht über Ostrom herfallen. Der Schlachtruf lautet: Auf nach Konstantinopel!« Attila hielt inne und wandte sich an Scotta. »Danke. Gute

Arbeit. Entlohne deine Spione fürstlich. Doch halte sie hier einige Zeit fest. So kommen sie nicht in Versuchung, die Nachricht über unseren Feldzug an die Römer zu verkaufen, ehe wir die Grenze erreicht haben.« Er beachtete den empörten Blick nicht. »Und nun lass uns allein.«

Kaum hatte sich die Saaltür hinter dem Diplomaten geschlossen, erhob sich Attila. »Ich weiß, mein Freund, was du mir sagen willst.« Mit leichter Berührung des Ellbogens führte er Onegesius zu einem Kerzenleuchter. »Nein, ich werde nichts überstürzen, und doch muss ich mit Eile die Gunst der Stunde nutzen.«

»Ich wünsche so sehr, mein Fürst, dass wir den Erfolg auf unserer Seite haben. Viele Sorgen könnten sich auflösen, und dein Herz wäre von großer Last befreit.«

»Deine väterliche Fürsorge beschämt mich.« Ein Schmunzeln spielte in Attilas Mundwinkeln, gleich verlor es sich wieder. »Nein, darüber will ich nie scherzen. Ja, Krieg. Als Grund werden wir verspätete Tributzahlungen anführen, dieser Vorwurf trifft immer zu.« Er ließ die offene Handfläche über der Flamme kreisen und hin- und herfahren. Wenig später zeigte er Onegesius die verschlungenen Russlinien. »Und ihn werde ich befragen. Er soll für mich in die Zukunft sehen.«

Ajarbas hatte getanzt bis spät in die Nacht. Erst als die hoch züngelnden Flammen sich in die Glut zurückgezogen hatten, war er auf Zehenspitzen über den gefrorenen Boden zum Feuer gehuscht und hatte die Hitze mit reiner, weißer Asche zugedeckt. »Schlafe«, raunte er. »Schlafe. Erwache erst wieder, wenn mein Atem dich weckt.«

Er zog sich hinter seine Behausung zurück, bei jedem Hüpfschritt raschelte das gefiederte Gewand. Der Schamane erklomm den Himmelsberg, einen aufgeworfenen Erdhügel, dessen Seiten mit runden Kieseln und mit bei Tag bunt leuchtenden Muscheln befestigt waren; jetzt in der Dunkelheit schimmerten sie bleich wie blutleere Wangen. Die Kuppe des Himmelsberges bestand aus einer größeren Mulde für den Leib und einer kleineren flachen

Vertiefung für den Kopf. In dieses frostige Grab bettete sich der Seher. Über ihm spannten die Dämonen das gestirnte Tuch.

Ohne Lidschlag starrte Ajarbas hinauf. Das Herz verlangsamte den Rhythmus, weniger wurde der Atem, und sein Geist griff in die Weite, verbündete sich mit den Mächten. Bahn und Kreis des Lichtes sanken, Weg und Ziel brannten sich in seine Iris, dann schlossen sich die Augen und bargen das Bild.

Nach Stunden in der heiligen Zeit kehrte Ajarbas zurück. Keine eigene Körperkraft benötigte er, noch speisten sich Muskeln und Sehnen aus der Quelle im Raumlosen. Er entstieg der Grabmulde und flatterte den Hügel hinunter. Summen; je näher er der Feuerstelle kam, desto lauter summte er. Asche wirbelte davon, rot färbte sich die Glut, und kaum hatte er einige knorrige Wurzeln nachgelegt, leckten die Flammen hungrig hinauf.

Er huschte zum Eingang seiner Jurte. In der Öffnung stand der Kessel mit Knochen vom frisch geschlachteten Ochsen. Ajarbas sog den süßlichen Geruch in sich ein, ertastete das linke klebrige Schulterblatt und barg es wie ein Kind an seiner Brust, bis er es dem Feuer anvertraute.

Als im Osten der Horizont sich färbte, knisterte und krachte der Knochen in der Hitze. Beim ersten Sonnenstrahl zog der Seher das von den Dämonen beschriebene Blatt aus der Glut und legte es vor sich auf die kalte Erde. Die Linien gaben Antwort auf seine stummen Fragen. In kurzen Stößen blies er den Atem aus, immer aufs Neue blähte sich die Oberlippe. Jetzt knüpften sich Fäden zu den Bildern der großen Mächte im weiten Himmel.

Mit einem Mal kicherte er, Tränen stiegen und spülten seinen Geist zurück in den jungen Tag.

Kaum vermochte Ajarbas das Gleichgewicht zu halten; er schüttelte sich, Staub und Asche rieselten aus dem Federgewand. Langsam torkelte er zum Käfig, in dem seine Tauben noch schliefen, nahm die weiße behutsam heraus und biss ihr den Kopf ab.

Attila blieb außerhalb des Zauns stehen. Wettergebleichte Schädel von Bären, Pferden und Vögeln zierten die Pfähle. Schlangenhäute, Schafsblasen und längst verdorrte Hodensacke von Stieren, selbst Adlerkrallen hingen an den Spannseilen. »Darf ich näher kommen?«, rief der Großkönig zum Feuer hinüber.

Ein kurzes Wedeln mit der Hand gab ihm die Erlaubnis. Ohne hastige Bewegungen trat er in den geheiligten Bereich. Bis auf fünf Schritte durfte er sich nähern, dann schüttelte Ajarbas den Kopf. »Störe mich nicht beim Essen, Neffe. Warte.«

Sofort gehorchte der Herr über alle Hunnen. Sein heiliger Onkel hockte mit übergeschlagenen Beinen auf einer Filzmatte und stopfte sich den Rest eines gebratenen Taubenflügels in den Mund, leise krachten die kleinen Knochen; endlich lutschte er genüsslich das Fett von den Fingern. »Was führt dich her?« Singsang lag in der Stimme.

»Antwort suche ich. Was hast du erfahren?«

»Die guten Dämonen wachen über dich. Sie gaben mir mehr als eine Antwort. Komm, setze dich zu mir.«

Kaum hatte sich Attila niedergekauert, als die dürren Finger seine Lippen betasteten, hinunterglitten, das Lederwams befuhren und über dem Herzen liegen blieben. Das graugelbe Gesicht des Neffen verdunkelte sich, unmerklich bebte sein Kinn. »Ertrage den Schmerz«, ermahnte der Seher. »Er soll dich vor Übermut bewahren.«

Nach einigen scharfen Atemzügen keuchte Attila: »Genug!«

»Ja, genug.« Die Finger wirbelten davon. Näher schob sich jetzt Ajarbas, seine Lippen berührten beinah die Lippen des Herrschers. »Der Krieg wird dich als Sieger entlassen. Doch schwer wird der Weg, weil Gewichte deine Füße behindern. Du wirst dein Ziel erreichen, doch … jedoch …« Ajarbas wich mit dem Oberkörper zurück. »Ich sah den Freudenbecher, kostete davon und schmeckte Wasser im Wein.«

»Der Sieg genügt mir.« Attila rieb sich die Schläfen. »Also kann ich auf die Unterstützung der guten Dämonen bauen.« Schon wollte er sich erheben, da klammerte sich der Schamane an seinen

Arm. »Warte. So warte.« Die Stimme geriet ins Wispern. »Mein Neffe, mein Fürst, die fernen Mächte haben mir weit in der Zukunft einen dreifachen Vorhang gezeigt. Als der erste sich hob, sah ich deinen Sohn Ellac verblassen. Der zweite wurde weggenommen, und Dengizik legte sich nieder. Dann entschwand der dritte Vorhang und Ernak thronte dort, schön von Angesicht, und auf seiner linken Faust saß ein Adler.«

Weich wurden die Züge des Herrschers. »Mein Kleinod. Auch wenn er mir so wenig ähnelt, Ernak ist mein ganzer Stolz.«

»Bewahre diesen Sohn wie deinen Augapfel«, drängte Ajarbas. »Denn dein Geschlecht wird dereinst untergehen und allein in Ernak wieder neu erstehen. Mein Fürst, höre auf mich.«

Attila nickte, wie beseelt stand er rasch auf und dehnte den Rücken, ließ die Schultern rollen. »Ein guter Tag beginnt, und er wird am Abend von Erfolg gekrönt sein.« Ernst wurde der Blick, leise die Stimme: »Danke, Oheim, ich werde jedes deiner Worte mit mir tragen. Und Ernak? Sei unbesorgt, er wird an meiner Seite reiten, von mir lernen und zu meinem würdigen Nachfolger heranwachsen.«

Von Norden her kamen sie. Erst war es nur eine lebende Linie am Horizont, die rasch zur Woge anwuchs. Als das dumpfe Trommeln der Hufe zu hören war, lenkte Goldrun ihre Stute näher an die Öffnung der schräg zulaufenden Mauern heran. Neben ihr prüften die vier Fänger noch einmal das gerollte Wurfseil und nickten der Pferdeheilerin zu.

»Wir sind soweit«, rief sie nach drüben zur anderen Seite.

»Dieses Mal bleibst du sitzen«, warnte Oberin Tarcal. »Vorn auf den Steinen ist es zu gefährlich.«

»Aber dort sehe ich besser.«

Ihre Herrin wuchs im Sattel und ließ die Gerte wippen. »Du hast zu gehorchen!« Sie wandte sich neben ihr an den Befehlshaber der königlichen Leibgarde und der Elitetruppen. »Auf den guten Blick meiner Burgunderin ist Verlass. Kaum ein krankes Tier entgeht ihr.«

»Solch eine Gabe ist nicht mit Gold aufzuwiegen …« Edekon schlug die Hälften des Schulterumhangs zurück. Ketten glitzerten an seinem Hals, der lederne Schuppenpanzer spannte sich über die kräftige Brust. Er hob den rechten Arm, und die aufgenähten fingerbreiten Goldreifen unterstrichen den Umfang der Muskeln. Machtvoll ließ er den Arm kreisen, und während seine Männer auf das Signal hin begannen, sich wieder in zwei auseinander strebenden Linien mit ihren Pferden zu postieren, lächelte er nachsichtig. »Und dass eine Frau diese Fähigkeit besitzt, ist schon erstaunlich. Dass aber ausgerechnet eine burgundische Sklavin unsere Pferde behandelt, daran habe ich mich immer noch nicht gewöhnen können.«

»Das solltest du aber«, fuhr die Verwalterin ihn an. »Denn diese Frau ist die beste.« Im hageren Gesicht wetterleuchtete es, eine Weile noch gelang es Tarcal zu schweigen, dann aber erkundigte sie sich mit spöttischem Ton: »Wieso trägst du keine Ohrringe?«

Edekon runzelte die schöne Stirn und nahm ihre Frage sehr ernst: »Oft habe ich schon daran gedacht. Einfache Ringe aber genügen mir nicht. In jedem müssen wenigstens zwei wertvolle Edelsteine eingefasst sein. Und die konnte ich mir bisher nicht leisten. Aber wer weiß, vielleicht machen wir jetzt im Krieg genug Beute.« Edekon rundete Zeigefinger und Daumen beider Hände und schloss mit den Kuppen die Ohrläppchen ein. »Und du meinst auch, solche Schmuckstücke fehlen meinem Aussehen?«

Entgeistert blickte Tarcal den Befehlshaber an. »Aber gewiss«, brachte sie heraus und wandte sich rasch ab.

Die Herde trabte heran. Zweihundert gut genährte Wallache. Der Stolz der Oberin. Nur ihrer Futterplanung war es zu verdanken, dass die Tiere auch in harten Wintern stets genug Heu zu fressen hatten. Schnauben, da und dort stieg Wiehern auf, weiß dampfte der Atem vor den Nüstern. Diese Wallache sollten den Kämpfern als Ersatzpferde dienen, wenn das eigene unter ihnen zusammengebrochen oder während der Schlacht umgekommen war. Stuten und Hengste hatten wegen ihrer Unzuverlässigkeit im Kampfgeschehen zurückbleiben müssen. Inzwischen befand sich die Herde innerhalb der weit auseinander gezogenen Reiterketten. Knechte begleiteten den Zusammentrieb. Sie ritten an den Flanken, verhalten nur ihre Rufe, und ohne Scheu liefen die Tiere zwischen den Mauerschenkeln auf die gut zwanzig Schritt breite Schleuse zu. Kein Gedränge, die Leittiere zeigten den Weg, und langsam folgten die übrigen.

Goldrun reckte sich, kniete fast auf dem Rücken ihrer Stute. Sie sah die Köpfe, beobachtete Mähnen und Kruppen. Gleichmäßig musste der Gang sein. Viel mehr kann ich hier ohnehin nicht feststellen. Die meisten der verletzten oder huflahmen Pferde hatten die Knechte bereits auf den Nordweiden ausgesondert. Hier in der Nähe des Gestüts fand nur noch ein letztes Überprüfen statt, ehe alle kleineren Herden auf den Königsweiden vor der Hauptstadt zu einer großen Herde vereint wurden.

Leise pfiff Goldrun den Fängern und zeigte auf einen Braunen. »Den müsst ihr rausnehmen. Wartet…« Ihr Finger wanderte und blieb bei einem grauen Wallach. »Den auch, der knickt mit der rechten Hinterhand ein. Bringt die Kranken zu mir in den Stall. Vielleicht kann ich ihnen helfen.« Wortlos ritten zwei der Fänger los. Sie hielten sich entfernt von der Herde, erst später würden sie mit Hilfe der Knechte die lahmenden Tiere aussondern. Noch vier Pferde entdeckte Goldrun. »Schafft ihr das allein? Oder soll ich helfen?« Die Männer winkten ab und ritten los. Sie kannten ihre Arbeit; vor allem aber wollten sie die Heilerin möglichst weit entfernt wissen. Denn jeder unbrauchbare Wallach gehörte in den Fleischtopf und nicht zu ihr in den Krankenstall. So war es bisher, und so sollte es bleiben.

Das letzte Tier hatte die Enge durchlaufen. Goldrun sah der Herde nach, wollte sich gerade abwenden, als sie innehielt und die Lider verengte. »Das kann nicht sein.« Rasch führte sie Wildrose neben die Mauer und wechselte vom Rücken gleich auf die schmale Steinkante. Mit den Händen schirmte sie ihre Augen. Aus Richtung Stadt näherte sich ein Schecke, gerade trabte er linker Hand an den Wallachen vorbei und hielt auf die Gestütsgebäude zu. Ernaks neues Pferd.

Warum heute? Wir wollten uns doch erst in einer Woche treffen? Goldrun setzte sich wieder auf ihre Stute. Ist etwas geschehen? Jäh spürte sie eine Leere im Magen. Wenn er mich auf dem Hof nicht findet, dachte sie, wird er herkommen. Und vor der Oberin und diesem Schönling will ich nicht mit Ernak sprechen. Sie atmete gegen die Unruhe. Erst muss ich ihn allein sehen. Goldrun ritt hinüber zu ihrer Herrin. »Brauchst du mich noch?«

»Jetzt nicht mehr.« Nur der Hauch eines Lächelns stahl sich in die Augenwinkel. »Mir ist nicht entgangen, dass drüben Wichtigeres auf dich wartet. Nun trödele hier nicht länger rum.«

»Danke«, flüsterte Goldrun, und ohne Gruß für Edekon galoppierte sie davon.

»Zeigt wenig Achtung, diese Sklavin«, entrüstete sich der Kommandant bei der Oberin. »Ganz gleich wie nützlich sie ist, ich denke, du solltest ihr hin und wieder die Peitsche geben. Das dämpft den Hochmut.«

»Auf deine Ratschläge verzichte ich gerne«, schnappte Tarcal und setzte mühsam beherrscht hinzu. »Ich weiß selbst, wie ich meine Mägde zu behandeln habe.«

Edekon schloss den Schulterumhang vor dem ledernen Schuppenpanzer. »Es sollte nur ein Vorschlag sein, um diesem burgundischen Weibsstück eine Lehre zu erteilen.«

»Eine Lehre?«, höhnte die Verwalterin, im Eifer vergaß sie die Vorsicht und wies hinüber zum Gestüt. »Falls du den Lehrmeister der Burgunderin unterstützen möchtest, die Gelegenheit ist da, reite zu ihm. Ich freue mich schon darauf, was Prinz Ernak dir auf deinen Vorschlag antworten wird.«

»Der jüngste Sohn des Großkönigs und diese Burgunderin …« Leise pfiff Edekon vor sich hin. »Und mir wurde von meinen Unterführern stets berichtet, er reite aus Liebe zu den Pferden so oft hierher. Aber wenn das so ist …«

»Der Prinz hat Freude an dem Mädchen, mehr nicht«, wiegelte Tarcal erschrocken ab. »Glaub mir, er bewundert nur ihre Heilkünste, und sie zeigt ihm einige ihrer Geheimnisse.«

»Das glaub ich gern«, feixte Edekon und zeigte seine weißen Zähne. »Und ich werde dieses Geheimnis so gut bewahren wie ich kann. Vielleicht bringt es mir sogar …« Er zupfte an einem Ohrläppchen. »… Du weißt schon.« Jäh straffte sich die Stimme. »Danke für die kräftigen Wallache, Oberin. Ich werde deine gute Arbeit bei Hof lobend erwähnen.« Er trabte in die Mitte der Mauerschenkel und gab seinen Männern den Befehl zum Abrücken.

Tarcal schlug die Faust auf den Sattelsteg. »Angeber! Verfluchter Mistkerl.«

Nichts hatte er auf dem Hof sagen wollen, bis auf: »Ich habe nur wenig Zeit« – sein Mund lächelte, doch seine Augen nicht –, und: »Lass uns spazieren gehen.«

Innig war die Umarmung, der Kuss gewesen, und Goldrun hatte nicht gewagt, ihn erneut zu fragen. Nun schritten sie eng nebeneinander den Pfad an der Fohlenweide entlang. Goldrun war mit der Hand in seine geschlüpft, und wenn der Druck sich verstärkte, spürte sie, wie ihn die Gedanken quälten. Schließlich ertrug sie ihre Ungewissheit nicht länger. »Hat es etwas mit uns zu tun?«

Ernak nickte.

»Mit unserer Liebe?«

Er schüttelte den Kopf.

»So rede doch. Ich möchte so gerne mit dir teilen, damit es leichter wird.«

Ein kleines wehmütiges Lächeln öffnete seine Miene. »Das würde ich dir verbieten.«

Ein Scherz? Dann kann es nicht so schlimm sein, dachte Goldrun erleichtert, umarmte ihn, küsste den Mund, die weiche Nasenkuppe, dann zog sie an seinem Haar. »Heraus damit, oder die Locke gehört mir.«

Ernak lachte mit ihr und sagte unvermittelt: »Ich muss mit in den Krieg. Vater will es so.«

Die gerade gefundene Melodie riss ab. Ein leerer stummer Raum tat sich auf. Goldrun flüsterte. »Abschied?«

»Nicht für immer …«

»Woher weißt du das?« Ihr Kinn zitterte. »Nein, geh nicht weg von mir. Bitte.«

»Der Krieg dauert sicher nicht lange.« Ernak blickte nach Osten in Richtung Hauptstadt. »Beim letzten Feldzug gegen die Römer war ich verzweifelt, weil Vater mich nicht mitgenommen hat. Kämpfen wollte ich, ein Held sein wie meine Brüder. Damals hat Frau Fulla mit mir geredet und mich besänftigt.«

»Und heute? Willst du immer noch ein Held werden?«

»Ich weiß es nicht. Damals habe ich gelernt, was Mut ist. Was sagte Fulla: um die Gefahr wissen und nur, wenn es sonst keinen anderen Weg gibt, sich hinein begeben. So ähnlich hat sie es ausgedrückt.«

»Nicht weiter«, bat Goldrun und dachte nur, was soll ich mit Worten. Mich können sie nicht beruhigen. Ich will dich nicht verlieren. Alle, die ich lieb habe, gehen weg von mir, oder ich werde ihnen weggerissen. Das muss doch mal aufhören. Wie soll ich denn sonst leben?

Ernak strich ihr über die Stirn. »Ich muss zurück. Denke an die vielen Herdfeuer, die ich dir noch in unserer Jurte anzünden werde.« Er presste sie an sich, und Goldrun sog seinen Geruch ein, konnte nicht aufhören, ihn zu atmen, als bedeute er Hoffnung und mehr als jedes Versprechen.

Ernak wollte sie freigeben, musste sich lösen. »Ich werde im Palast erwartet. Komm, Liebste, begleite mich noch zum Pferd.«

Langsam schüttelte Goldrun den Kopf. »Nein, lass mich hier. Ich will mit meinem Abschied allein bleiben.« Sie hob die Hand und strich ihm behutsam das Kreuzzeichen auf die Stirn. »Möge auch mein Christengott dich behüten.« Erst nach heftigem Schlucken konnte sie ihm ein Lächeln schenken. »Hier warte ich auf dich, am Tag … an dem Tag, wenn du vom Krieg zurück bist. Und jetzt geh, bitte, sonst weine ich doch noch.«

Er nahm ihre Hand und ging, blickte zurück, bis sich ihre Finger voneinander lösten. Dann lief er den Weg entlang der Fohlenweide zum Hof hinüber.

Bald darauf sah Goldrun ihn auf dem Schecken davongaloppieren, sah Ernak nach, blieb dort, auch als nur noch das leere Band der Fahrstraße zu sehen war.

Zu langsam. Drei lange Wochen schon dauerte der Aufmarsch im hunnischen Ostgebiet, und immer noch waren nicht alle Verbündeten mit ihren Truppen eingetroffen. Attila fand keinen Schlaf. Unruhe trieb ihn vom Lager, er stürmte nach draußen, stieß vor seiner Feldherrnjurte die überraschten Wachposten beiseite, war schon im Nebenzelt und riss Onegesius am Arm: »Warum hast du mich nicht gewarnt?«

Der Grieche schlug die Augen auf und benötigte einige Atemzüge, um zwischen Traum und Wirklichkeit zu unterscheiden. Dann erschreckte ihn das dunkle, schweißnasse Gesicht so dicht über ihm. »Mein Fürst? Kann ich helfen?« Seine Sorge war größer als der Ekel vor den Ausdünstungen. »Was ist dir? Soll ich den Heilkundigen holen lassen?«

»Gib Antwort.«

»Ich versteh nicht…« Das gefährliche Schnaufen ließ den Ratgeber endgültig wach werden, mit bemüht ruhiger Stimme gestand er: »Verzeih, ich habe die Frage nicht verstanden.«

Attila richtete sich auf. Im schwachen Schein des Öllichtes wucherte sein Schatten an der Zeltwand. »Lass nur. Wie konntest du auch?« Er schritt vor dem Lager aus Fellen und Kissen hin und her. »Diese verfluchten kleinen Stammesfürsten. Warum habe ich ihnen so viel Selbstständigkeit gegeben? Ich hätte sie knechten, sie zwingen sollen, mir den Staub von den Füßen zu lecken, anstatt sie zu eigenständigen Verbündeten zu erheben.«

»Die Entscheidung war ein kluger politischer Schritt«, warf Onegesius vorsichtig ein. »So kannst du, getragen von vielen Schultern, deine Herrschaft über das große Reich leichter ausüben. Ich verstehe nicht…«

»Ein kluger Schritt im Frieden«, grollte die Stimme aus dem Halbdunkel, wurde lauter, zorniger: »Aber ein Rückschritt, wenn es gilt, Krieg zu führen. Diese verdammten Wichtigtuer, sie spreizen sich, teilen noch vor der ersten Eroberung die Beute. Bis auf die Gepiden muss ich mich mit Hohlköpfen abgeben. Alanen. Nein, schlimmer noch die Gotenstämme! Sie kommen hierher und bringen nicht nur Reiterhorden mit, nein, auch Fußtruppen.«

Attila trat gegen einen Sattelkorb, der Schmerz steigerte noch die Wut. »Mit Schnelligkeit haben wir bisher jeden Gegner besiegt. Und was sind wir jetzt? Ein Heer aus Kröten …« Husten! Attila schnappte nach Luft, hustete, Schleim drohte ihn zu ersticken. Sofort war Onegesius bei ihm, hielt den Arm, während der Großkönig den Oberkörper nach vorn beugte, weiter hustete und würgte, endlich löste sich die Qual und quoll aus dem Mund.

»Ruh dich aus«, Onegesius führte ihn zu einem Hocker. Umsichtig entzündete er noch drei Lichter und kehrte mit einem Krug Wasser und weißen Leintüchern zurück.

Attila trank gierig. Dann sah er zu ihm auf, ein schwaches Grinsen begleitete seine Worte: »Nachdem ich die Kröte ausgespuckt habe, fühle ich mich besser. Selbst wenn wir auf einem Bein nach Konstantinopel hinken müssen, kein Römer wird uns aufhalten können. Denn geführt wird dieses Heer von mir.«

»Ja, Herr. Allein diese Stärke in dir wird den Sieg bringen.« Onegesius nässte einen Lappen, und während er dem Großkönig über Kinn und Hals wischte, setzte er hinzu: »Außerdem stehen deine drei Söhne dir mit Kraft zur Seite.«

»Von den beiden Ältesten erwarte ich es sogar. Ellac wird jeden Befehl ausführen und besser kämpfen denn je. Weil er darauf hofft, hier im Osten von mir zum Gebietskönig erhoben zu werden. Und Dengizik? Er ist nun mal ein Wolf, und ich werde ihm genug Gelegenheit geben, Beute zu schlagen. Ernak aber soll, wie du und ich, die Kämpfe nur von weitem beobachten. Ich will ihn stets um mich haben …« Attila brach ab und runzelte die Stirn. »Du hörst gar nicht zu?«

Im Schein einer Öllampe betrachtete Onegesius den Leinenlappen. »Die Kröte, von der du dich befreit hast … Mein Fürst, sie besteht aus Blut.« Er zeigte ihm den schwärzlichen Schleim. »Wie oft …?«

Ehe er begriff, hatte ihm Attila das Tuch aus den Händen gerissen. Er warf es auf den Boden. »Dazu haben wir jetzt keine Zeit.« Am Zeltausgang drehte er sich noch einmal um. »Wir warten nicht länger auf die Nachzügler. Wir brechen auf, sobald der Tag anbricht.«

Ungezählte Boote brachten Pferde, Karren und Lasttiere zum anderen Ufer der Donau, drei Tage angefüllt mit Befehlen, Flüchen und Gelächter, mehr als achttausend Männer sprangen vom Bug der flachen Kähne ins seichte Wasser und wateten an Land.

Die Rede Attilas beim nächsten Morgengrauen vor den Stammesfürsten, Kleinkönigen und Truppführern sollte von Mund zu Mund weitergegeben werden, der Text verkürzte sich mehr und mehr, allein noch die Satzbrocken »… seid gehorsam …«, und »… vernichtet den Feind ohne Erbarmen«, gelangten bis zu den einfachen Kämpfern.

Hornstöße zerrissen das Band des Friedens, und abertausend Hufe ließen die Erde erdröhnen. Nach Osten, lautete der Befehl, dann tiefer zum Süden bis ins Herz von Konstantinopel. Unaufhaltsam trampelte der Tod über Dörfer und Städte hinweg. Schreie erstickten im Blut. Kein Tier, nur der Mensch gerät in solchen Lusttaumel, wenn er tötet; nur er allein ist noch gierig, wenn er längst gesättigt ist.

Mit verschlossener Miene vernahm Attila den Kampfbericht seiner Unterfeldherren, gab nur spärliches Lob, und nachdem ihm die erbeuteten Güter aufgezählt worden waren, brüllte er und schüttete stellvertretend für die anderen furchtbare Verwünschungen über Ellac und Dengizik aus. Keiner der Söhne wagte aufzubegehren; bleich die Gesichter und ohnmächtiger Zorn in den Augen, so verließen sie als erste das Zelt des obersten Befehlshabers.

Kaum waren auch die übrigen Führer gegangen, erhob sich Ernak vom Hocker an der hinteren Zeltwand und trat zum Stuhl des Vaters. »Ich verstehe es nicht.«

Attila wandte den Kopf, sein Blick wurde weich, mit der Hand tätschelte er die Wange seines jüngsten Sohnes. »Frage nur.«

»Die Truppen haben doch viel zusammengetragen. Getreide, Heu, Schlachttiere, Leinen, sogar eine Wagenladung mit Seidenballen. Ganz abgesehen von Goldmünzen und Schmuck, die Ellac und Dengizik gebracht haben. Und trotzdem bist du unzufrieden und hast ausgerechnet meine Brüder wie Faulpelze und räudige Hunde behandelt.«

»Warte, Junge.« Attila rief nach Onegesius. Sein Ratgeber saß mit den Schreibern Orestes und Constantius über Wachstafeln gebeugt am Tisch nahe dem Ausgang. »Bringe mir eure errechneten Zahlen über unsere Verpflegung«, gleich winkte er ab: »Nein, lass nur. Arbeitet weiter an den Listen. Ich erkläre es besser mit meinen Worten.«

Der Vater erhob sich und führte Ernak nach draußen. Rund um den Fuß des Hügels standen die Jurten der Stammesfürsten und Kleinkönige auf noch braunwelkem Gras, einen Steinwurf entfernt tränkten Knechte unter der Aufsicht des königlichen Pflegers die zehn Wallache, und so weit der Blick ins Tal reichte, hockten dicht an dicht die Zelte und drängten sich Pferde auf eng gefassten Koppeln. »Wenn ein Feldherr in den Krieg zieht, mein Sohn, so nutzen ihm Stärke und Überzahl seiner Truppen allein sehr wenig. Er muss Männer und Tiere ernähren können, sonst hat er verloren. Ihr Hunger ist einer der gefährlichsten Gegner und kaum zu überwinden.«

Eine Zeit lang sah Ernak nachdenklich auf die vielen rauchenden Feuerstellen vor den Unterkünften. »Genug Vorrat für einen langen Krieg können wir doch gar nicht mit uns führen? Jetzt begreife ich. Die Beute dient dazu, das Heer zu ernähren.«

Sofort verdüsterte sich wieder der Blick des Vaters. »Du sagst es. Und nicht allein unsere Männer. Solange noch kein frisches Gras wächst, muss auch Futter für die Tiere beschafft werden.« Er ballte die Faust. »Eine Woche nun ziehen wir über oströmisches Gebiet her. Mehr als zehn Städte haben wir dem Erdboden gleichgemacht und alles aus den Bewohnern herausgepresst, bis aufs Blut.« Er rieb die weißen Knöchel an den Zähnen, bis sein Atem ruhiger ging. »Bisher ernährt dieser Feldzug nur sich selbst. Noch nie habe ich Krieg geführt ohne Verdienst. Deshalb war ich so voller Zorn. Und ich will verflucht sein, wenn diese jämmerlichen Verbündeten nicht heimlich Beute beiseite schaffen. Doch genug davon.« Er legte Ernak den Arm um die Schultern, schien eine Weile unschlüssig und sagte dann leise: »Bitte mich nicht darum, an einem Überfall teilnehmen zu dürfen.«

»Warum sonst bin ich hier?«

»Versprich es mir.«

Ernak hob das Kinn. »Aber …?«

»Sage es, Junge. Das ist ein Befehl.«

»Weil du es verlangst, werde ich dich nicht darum bitten.«

»Gut so«, flüsterte der Vater und verstärkte den innigen Druck seines Armes. »Du sollst den Krieg durch meine Augen sehen, das Führen von mir lernen. Die Gefahr überlasse noch deinen Brüdern. Vertraue mir, und ich werde dir nicht nur Vater, sondern auch Freund sein.«

Keine Gegenwehr. Unter der wärmenden Märzsonne wälzte sich der abertausendköpfige Vielfraß weiter nach Osten, verschlang Hoffnungen und Glück, zermalmte unter seinen Pranken jedes Leben. Zurück blieben zerstörte Mauern, rauchende Trümmer. Niemals zuvor wurde das Land von solchem Grauen heimgesucht.

Am rechten Ufer des Vit bewegten sich Zweige. Gleich darauf glitt ein hunnischer Späher ins Wasser. Auf der anderen Seite verschwand er gebückt in den Sträuchern, befreite sein Pferd von der Fußfessel und sprang in den Sattel.

Nach zwei Stunden traf er auf die Vorhut. Keine Zeit für Erklärungen. »Auf nach Konstantinopel!« Die Losung musste den Männern genügen. Wimpel. Stammeszeichen. Im Galopp preschte der Späher an den trabenden Horden vorbei. Endlich gelangte er zum Hauptteil des Zuges. Waffenstarrende Elitetruppen versperrten den Blick. Nur die flatternde Adlerfahne in der Mitte zeigte, wo sich das Herz befand. »Lasst mich zum Großkönig!« Obwohl sein Gesicht den Leibwächtern bekannt war, musste er Schwert und Dolch abschnallen, dann erst durfte der durchnässte Kundschafter in den Schutzring.

Scharf musterte Attila ihn aus den Augenwinkeln. »Du strahlst nicht? Liegt kein Ort vor uns, der lohnende Beute verspricht?«

»Nein, Herr. Die Römer. Sie erwarten dich. Ich mein, uns alle.«

Ein Ruck ging durch den kraftvollen Oberkörper. »Ich hasse Narren«, sagte Attila sanft. »Auch Lügner. Wehe dir also! Und nun beginne deine Meldung von vorn.«

»Mit eigenen Augen hab ich das Lager gesehen. Mindestens fünf Kohorten, dazu mehr als hundert Reiter. Und immer neue Truppen marschieren heran. Sie rüsten sich für eine Schlacht, Herr.«

Das Wort ließ die Gespräche rundum verstummen. Ellac und Dengizik drängten ihre Pferde näher. »Habe ich richtig gehört?« Breit grinste der Erstgeborene. »Eine Schlacht?«

»Warte, Sohn«, wischte ihm der Vater über den Mund und schnippte dem Kundschafter: »Wo hast du die Römer beobachtet?«

»Für unser Heer einen halben Tagesritt entfernt. Auf der anderen Seite des Vit. Das Lager befindet sich in den südlichen Anhöhen. Von dort oben können die Römer jeden beobachten, der durch die Ebene zieht. Flach ist es da, kaum Bäume, nach Norden bleibt diese Gegend so offen bis hin zur Donau, und in Richtung Osten dehnt sie sich auch noch gut zwei Reitstunden. Herr, glaube mir, sie warten nur auf uns.«

»Die Nachricht ist so unglaublich, dass ich sie glauben muss.« Attila hob die Hand. »Lasst anhalten! Schlagt die Zelte auf. Ich erwarte alle Heerführer sofort in meiner Jurte!«

Gemurmel drang durch die hochgerollte Plane nach draußen. Längst hatten sich die Stammesfürsten und Gebietskönige eingefunden, und immer noch sprach Attila mit seinen drei Söhnen vor dem Zelt. Er schirmte die Augen und beobachtete den Sonnenstand. »Die Strahlen fallen zu flach ein, sie werden unsere Bogenschützen blenden. Wir kommen von Westen, und der Gegner hat alle Vorteile auf seiner Seite. Wenn das Wetter sich nicht verschlechtert, müssen wir die Römer bis zum Nachmittag hinhalten.«

Ernak hörte dem Vater mit blassem Gesicht zu. Seine beiden älteren Brüder waren bemüht, ihre Unruhe nicht zu zeigen. Ellac rollte immer wieder die Schultern. Der geschmeidige Dengizik zückte sein Messer, steckte es zurück. »Was bedeutet schon eine

Schlacht?« Er griff sich an die Hoden, durchs dünne Leder seiner Hose veränderte er ihre Lage. »Das ist ein Kampf wie jeder andere.«

»Täusche dich nicht«, knurrte der Vater. »Unsere Männer verstehen es, wie ein Blitz den Gegner zu treffen, sich zurückzuziehen, um gleich wieder anzugreifen. Die größten Siege verdanken wir der Schnelligkeit unserer Pferde und der Kunst unserer Schützen. Eine Schlacht aber, mein Sohn, bedeutet offener Kampf auf einem freien Feld. Schlagen und Stechen. Und darin haben die Legionäre mehr Erfahrung als unsere Krieger.«

Ellac schlug die rechte Faust in die linke Handfläche. »Legionäre. Ich freue mich schon darauf, diese Eisenpuppen in den Boden zu stampfen.«

»Krieg ist kein Spiel«, warnte Attila. »Du und dein Bruder, ihr seid mein verlängerter rechter Arm. Morgen habt ihr Truppen gegen den Feind zu führen, und nicht allein mit Mut, sondern auch mit Klugheit. Vergesst das nicht. Und nun kommt, weihen wir unsere Verbündeten ein.« Er winkte dem jüngsten Prinzen und betrat an der Spitze seiner drei Söhne das großräumige Zelt.

Sterne verloschen, grau dämmerte der Tag herauf. Nebeltücher waberten über dem Fluss und bedeckten entlang beider Ufer die feuchten Niederungen. Krähen schrien, flatterten in Schwärmen auf und suchten sich tiefer in der Ebene einen neuen Futterplatz. Sonst gab es keinen Lärm.

Der Märzhimmel blieb wolkenlos. Spät hob sich eine rote Sonne aus dem Osten. Ihre Strahlen fanden den Fluss und lüfteten, wie von sanfter Hand, die weiße Decke. Konturen zeigten sich im Dunst.

Jäh zerstörten schrille Hornrufe die Morgenstille. Und aus dem steigenden Nebel des rechten Ufers trabte eine breit gezogene Front von hunnischen Reitern. Schnell formierte sie sich zu kleineren Horden, Bewaffnete zu Fuß folgten im Laufschritt, und wieder drängten Reiter nach.

Attilas erster Plan war geglückt. Ohne vom Gegner gehindert

zu werden, hatte er sein Heer durch den seichten Fluss gebracht. Nun sollten die Unterführer mit ihren Truppen so tief wie möglich ins freie Gelände vordringen und Stellung beziehen. »Zu nah mit dem Rücken am Fluss sitzen wir in der Falle. Wir benötigen genug Bewegungsfreiheit für unsere Reiter. Nur dann werden wir siegen.«

Alarm! Die römischen Ausguckposten, versteckt hinter Felsenbrocken auf halber Höhe der Südhänge, hatten den Feind entdeckt. Trompetengeschrei im römischen Feldlager! Wenig später stürmte die erste Kohorte von der Anhöhe hinunter in die Ebene. Kein Halt, die eiserne Echse mit Schuppen aus glänzenden Helmen und bunten Schilden hastete weiter östlich quer durch das breite Tal und schnitt der feindlichen Streitmacht den Weg ab. Mehr als vierhundertachtzig Legionäre hatten die vorderste Linie gezogen, schon baute sich hinter ihr die zweite Kohorte auf, die dritte folgte …

Geschützt von seinen Elitetruppen hetzte Attila seine Melder zwischen den Unterführern hin und her. »Schickt unsere gotischen Fußtruppen nach vorn! Zuerst die Fußtruppen!« Ihr Angriff sollte von den berittenen Bogenschützen mit Pfeilhagel unterstützt werden.

Grollen hob sich, wurde lauter. Die kampfbereiten Legionäre schlugen bereits mit den Schäften ihrer Wurfspieße den drohenden Rhythmus gegen die lederbespannten Holzschilde.

Feldzeichen leuchteten in der Sonne auf; der hoch getragene goldene Adler überstrahlte sie. Inmitten der Reiterei trabte General Arnegisculus zum Schlachtfeld. Ehe der oberste Feldherr aber den linken Flügel erreicht hatte und ehe auch die rechte Flanke des Hauptheeres geschützt war, gellten die Hornstöße der Hunnen auf.

Kein Warten mehr auf den günstigen Sonnenstand. Schreien Brüllen aus allen Kehlen, der Sturm begann. Die gotischen Fußkämpfer rannten, schwangen Äxte und Schwerter. Sofort setzte auch dreihundert Schritt entfernt das Geheul ein. Mit hocherhobenem Wurfspieß, Seite an Seite, den Schild vor sich hertragend näherten sich die Legionäre den anstürmenden Horden. Sirren. Der Himmel verdunkelte sich, und todbringender Pfeilhagel streckte viele Mutige nieder, noch ehe sie den Schild heben konnten. Ohne Halt trampelten Nachfolger über die Leichen hinweg. Weiter! Nach vorn!

Näher kamen sich die Untiere, jetzt stiegen aberhundert Wurfspieße auf, fanden ihr Ziel, gleichzeitig stießen immer neue Pfeilsalven nieder. Wie wenig Schutz boten Helme und Kettenhemden!

Dann prallten die Gegner aufeinander, verbissen sich, zerfleischten sich. Schmerzensschreie! Blut spritzte und besudelte den Tag. Nach einer Stunde schon gewannen die Römer mehr und mehr an Überlegenheit, schlachteten nun die leichtbewaffneten gotischen Fußkämpfer wie Vieh.

Der Gepidenkönig Ardarich öffnete die Lippen, zeigte das Echsengebiss: »Reitet und schießt!«

»Aber auch unsere Leute kämpfen dort.«

Schon setzte Ardarich dem Truppführer die Schwertspitze an den Hals. »Gehorche. Ich sagte: Reitet und schießt!«

Und die Gepiden ließen ihre Pferde losgaloppieren. Hochgerichtet im Sattel schickten sie Pfeil um Pfeil in das tobende Gewühl. Straucheln, Stürzen; markerschütternd gellten die Schreie. Wahllos starben Freund und Feind. Und der Tod hielt reiche Ernte.

General Arnegisculus sah die Bedrohung jetzt auf breiter Front näher kommen. Er gab Befehl, seine Bläser setzten die geschwungenen Trompeten an, und auf das Signal hin griff von beiden Flügeln die Reiterei ins Kampfgeschehen ein. Mit gezücktem Schwert ritt Arnegisculus an der Spitze seiner Abteilung, gedeckt von vier Zenturionen.

Aus sicherer Entfernung sah Attila, wie das Feldzeichen des obersten Befehlshabers sich bewegte. Sofort rief er seinen Erstgeborenen zu sich. »Der goldene Adler wagt sich persönlich in den Kampf. Sei du mein Arm! Und kehrst du mit seinem Blut an der Klinge zurück, so werde ich dich noch heute zum König unserer Ostgebiete erheben.«

Ellac starrte den Vater an, begriff, und seine Brust blähte sich. Das Gebrüll trug er schon mit fort zu den berittenen Elitekämpfern, riss sie hinter sich her, und die Meute tobte den römischen Reitern entgegen. Ihre Geschosse gierten nach dem Adler. Schilde schirmten den General, und hundertfach bohrten sich die geschliffenen Spitzen ins lederbespannte Holz. Schwerer und schwerer wurde das Gewicht der Pfeile; der Arm drohte den vier Zenturionen zu erlahmen, und die Schilde schwankten. Spalte klafften in der Deckung auf. Gleich drangen Pfeile hinein, zwei durchschlugen den Hals eines der Leibwächter. Er stürzte rücklings vom flachen Sattel. Ehe seine Kameraden die Lücke schließen konnten, wurde das Pferd des Generals getroffen. Drei gefiederte Schäfte steckten in der Schulter; das Tier schnaubte, hob den Kopf, ein nächster Pfeil bohrte sich in den Nasenrücken; kein Wiehern, es war ein qualvolles Schreien, der Wallach stieg, Hufe wirbelten; Arnegisculus verlor den Halt, noch im Niederstürzen sah er die Gefahr, versuchte sich zur Seite zu wälzen, doch zu spät, sein Pferd brach über ihm zusammen.

In verzweifelter Hast wälzten die Zenturionen den Kadaver von ihrem Herrn. »Tot!« Tränen quollen den kampferprobten Männern übers Gesicht, dann schrien sie: »Unser Feldherr ist tot!«

Der goldene Adler sank. Gleichzeitig verkündeten die Hornisten das Unglück durch lang gezogene Signale. Zu mehr Trauer blieb keine Zeit. Jetzt hatte Ellac mit seinen Elitekämpfern die römische Einheit erreicht, sie hieben nach rechts und links, bahnten eine Schneise, erschlugen die drei Zenturionen, den Adlerträger, und kaum sah Ellac den reglosen General, sprang er aus dem Sattel und hieb ihm den Kopf ab. Rausch überkam ihn, Grunzlaute stieß der Erstgeborene des hunnischen Großkönigs aus, während er das Schwertblatt im Blut tränkte. Doch schien ihm der Beweis zu wenig, er öffnete die Brust des Generals und riss das Herz heraus.

Die Nachricht vom Tod des Feldherrn lähmte den Kampfeswillen. »Rückzug!« Doch keine Ordnung war mehr möglich. »Flieht!«, schrie ein Trupp dem anderen zu. »Bringt euch in Sicherheit!«

Und die Legionäre rannten, versuchten die rettenden Anhöhen zu erreichen, sie starben und starben im Pfeilhagel der Verfolger. Auf der Flucht verloren mehr Römer ihr Leben als während der Schlacht. Weit entfernt von ihrem Lager erreichten noch tausend Ermattete den Schutz der Felsen. Nur tausend. Und am Morgen waren viermal so viele mit blank polierten Helmen in den Kampf gezogen.

Die Sieger schlugen ihre Zelte nahe dem Schlachtfeld auf. Beutetrupps fledderten die Toten. Bis zum Abend sammelten sie Waffen, Sandalen, rissen Goldketten an sich, hackten beringte Finger ab.

Keve ritt mit seinen Männern im Schutz von zweihundert Elitekämpfern zum römischen Lager hinauf. Sie stießen auf keinen Widerstand. Keve lachte, als er die zurückgelassenen Vorräte sah. »Davon schlagen wir uns vier Wochen die Bäuche voll.« Er drehte sich im Sattel um und gab Befehl: »Wir nehmen die Wagen der Römer. Aufladen, Leute! Und spannt die Zugtiere ein!«

Die Dämmerung fiel. Kein Freudenfest, still blieb es an den Feuern. Vor seiner Jurte nahm Attila mit versteinerter Miene von den Stammesfürsten die Verlustmeldungen entgegen.

Zornbebend trat der Gotenführer vor den Stuhl. »Großer König. Meine Fußtruppen haben tapfer gekämpft. Dennoch sind, bis auf eine Hand voll, alle Männer gefallen.«

Ein Raunen ging durch die Anwesenden. Kein Bedauern, eher ein verstohlenes Grinsen huschte über die Gesichter.

Ehe er weitersprach, heftete der Gote den Blick auf König Ardarich. »Seltsames haben mir die Überlebenden berichtet. Nicht jeder ihrer getöteten Kameraden ist von einem Römer erschlagen worden. Pfeile. Es waren Pfeile.« Er presste die Hände zusammen. »Herr, es waren Pfeile deiner Gepiden.«

»Was hast du erwartet?«, fuhr ihn Ardarich an. »Wenn wir nicht eingegriffen hätten, wäre die Hauptmacht der Römer durchgebrochen. Wir mussten schießen.« Einige Atemzüge lang öffneten und schlossen sich lautlos die nadelscharfen Zahnreihen, dann blickte der Gepide in die Runde und blieb bei Attila: »Mein Fürst und Freund, urteile du, ob meine Entscheidung richtig war.«

Gespanntes Warten, endlich sagte der Großkönig: »Wir beklagen die gefallenen Goten wie alle unsere Opfer. Doch am Ende zählt nur, wer das Schlachtfeld behauptet. Du, guter Freund, hast mit dem Befehl geholfen, unsere Niederlage zu verhindern. Dafür sei dir Dank.«

Der Gotenführer erbleichte, mühsam bewahrte er Haltung. »Darf ich mich entfernen.«

Mit einem knappen Wedeln der Hand entließ ihn Attila. Kaum war der Mann außer Hörweite, seufzte Ardarich vernehmlich: »Und außerdem werden wir ohne Fußtruppen von heute an wieder schneller vorwärts kommen. Mein Fürst, ist das nicht ein Gewinn?«

Darauf antwortete Attila nichts, sagte nur: »Noch solch ein Sieg, und wir haben uns selbst vernichtet.«

Als letzter trat Ellac vor. Seine rechte Faust umschloss den Schwertgriff. Hochgerichtet trug er die Klinge vor sich her, hatte sie mit einem Tuch verhüllt. Keine Spitze zeichnete sich ab, nur eine klobige Rundung.

»Zehn Männer habe ich in der Schlacht verloren, dafür aber ...«, der Blick leuchtete noch vor der Enthüllung auf, dann zog er mit Schwung das Tuch weg. Inmitten des blutverkrusteten Eisens steckte das Herz und darauf der gespießte Kopf des Arnegisculus. »Dafür bringe ich dir den toten römischen Feldherrn.«

Lange ließ der Vater seinen Sohn stehen, musterte ihn mit durchdringendem Blick und tadelte ihn leise: »Das Blut an der Klinge hätte mir genügt.«

Wieder schwieg er. Ellac bewegte sich nicht, Schweiß rann ihm von der Stirn. Schließlich erlöste ihn der Vater: »Du hast gut gekämpft. Voller Stolz blicke ich auf dich, mein Sohn. Sei mir willkommen, Fürst Ellac, Gebietskönig über das hunnische Ostreich ...«

Im Empfangssaal des Kaiserpalastes zu Konstantinopel ertrugen die Kuriere den Zornausbruch mit militärischer Disziplin. Hofmeister Chrysaphius hieb ihnen nicht ins Gesicht, traf nur Schläfen und Hals, erst als ihm die heftigen Bewegungen den Atem nahmen, hielt er keuchend inne. »Geschlagen? … Beinah eine ganze Legion aufgerieben? … Von … von diesem Barbaren, diesem stinkenden Köter. Ich sollte euch …« Erneut holte er zum Schlag aus, ließ aber gleich den Stock ermattet sinken. »Nein, nein, es ist nicht eure Schuld. Erhebt euch. Ich gönne euch zwei Stunden Rast, dann werdet ihr mit neuen Befehlen zurückreiten.«

Der Eunuch entschwand in Richtung der kaiserlichen Gemächer. Wenig später wurden Schreiber gerufen. Überhastet traf auch der ergraute General Aspar ein. Er hatte vor fünf Jahren die entscheidende Schlacht gegen Großkönig Bleda und das Hunnenheer verloren. Dabei war ihm auch der weltberühmte Narr Zerkon vom Feind genommen worden. Längst aber genoss Aspar seinen Ruhestand und führte ein Leben in üppigem Luxus. Denn seit der Zwerg auf verschlungenen, wundersamen Wegen vom hunnischen Königshof über den Prokurator Galliens, Flavius Aëtius, als Geschenk wieder zu ihm gelangt war, galt sein Haus inzwischen als Mittelpunkt des besonderen Vergnügens in der Stadt. Die schmachvolle Niederlage indes quälte den alten Kämpfer wie eine schwärende Wunde, und stets bot er sich als Ratgeber an, wenn es galt, die Kriegstaktik dieser verfluchten Horde zu durchkreuzen.

Am Ende der Besprechung, die Pergamente waren gesiegelt, gerollt und in Lederköchern sicher verwahrt, verneigte sich Chrysaphius vor seinem Kaiser. »Nur noch vielleicht einen Monat benötige ich, und das Wunder wird wahr. In dieser Zeit muss unser neuer Präfekt Constantinus seine Tüchtigkeit in der Stadt beweisen. Und die Legionen unserer Festungen im Mündungsgebiet der Donau müssen dafür sorgen, dass die Hunnen nicht nach Süden vorstoßen können.«

Gleich drängte sich General Aspar neben ihn. »Mein Kaiser, wenn unsere Truppen die von mir unterbreiteten Vorschläge in die

Tat umsetzen, wird das Eindringen dieser Horden verlangsamt, wenn nicht gar zum Stillstand kommen.«

Kaiser Theodosius hob leicht die Hand. »Gut, gut. Wir wollen den Allmächtigen bitten, dass dieser Satan Attila nicht doch alle Pläne durchkreuzt.« Er lehnte sich zurück, sah zu den Mosaiken der Decke hinauf, als suche er dort zwischen Gold- und Farbenpracht das gnädige Antlitz Gottes.

Schmerzhafte Bisse in die rechte Flanke, schnell ausgeführt, dann trügerische Ruhe; jäh folgten Stiche und Schläge, immer aufs Neue, jedes Mal an anderer Stelle; und stets war die rechte Seite das Ziel der jähen Angriffe. Sie hinterließen keine großen Wunden, verursachten aber zermürbende Unruhe. Und der abertausendköpfige Vielfraß änderte noch vor den großen römischen Festungen im Mündungsgebiet der Donau seine Richtung. Heftiger wurden die Belästigungen, unwillig brüllte er auf, wälzte sich schließlich in einem weiten Bogen herum und zog zurück gen Westen.

Vor den Unterführern zeigte sich Attila klug und überlegen: »Nur scheinbar gewähren wir den Römern diesen kleinen Sieg. Wir lassen sie im Glauben, dass wir den Krieg abbrechen und uns zurückziehen. Bald schon werden sie uns nicht mehr mit diesen Nadelstichen verfolgen. Dann aber wird unsere Stunde kommen. Vertraut mir. Bald werden wir Konstantinopel, das Herz ihrer Macht aussaugen. Vertraut mir!«

König Ardarich ließ das Ziergehänge seines Schwertgriffes gegen die Scheide klirren, nach und nach bezeugten alle Stammesfürsten ihre Zustimmung mit Gerassel der kleinen Ketten aus geschliffenen Kristallen und Edelsteinen.

Nach der Audienz wollte Attila nicht im Befehlszelt mit seinem obersten Ratgeber sprechen. In großen Schritten ging er vor ihm her zur Koppel der Königspferde. Sein Stallmeister lächelte ihm entgegen; als er jedoch die angespannte Miene sah, winkte er den

Knechten und verließ mit ihnen wortlos das von Seilen gesicherte Wiesenstück.

Allein mit Onegesius, spuckte Attila auf den Boden und zertrat seinen Speichel mit dem Stiefelabsatz. »Genau so. Früher hätte ich die Römer so ausgemerzt. Und heute? Erst muss ich unter größten Mühen eine Schlacht gegen sie gewinnen, und dann ist es ihnen sogar möglich, mich mit kleinen Stoßtrupps daran zu hindern, entlang der Küste nach Süden vorzudringen.« Er zog den Griechen näher. »Was ist mit mir? Ich weiß keinen Fehler, der mir unterlaufen ist?«

»Suche in dir nicht nach einer Schwäche. Denn du wirst sie nicht finden.«

Verblüfft sah ihn Attila an, dann seufzte er. »Nein, keine Schmeichelei jetzt, mein Freund.« Etwas ruhiger schon, lockte er mit leisem Schnalzen seinen Rappen zu sich; während er ihn zwischen den Ohren kraulte, sagte er: »Dieser Krieg sollte ein schneller Vernichtungsschlag werden und hat sich nun zu einem taktischen Geplänkel entwickelt.«

Onegesius nickte vorsichtig. »Erinnere dich an die Weissagung des Schamanen. Am Ende wirst du siegen, doch …«

»Ja, ja … schwer wird der Weg, weil mir Gewichte an den Füßen hängen. Ich hüte die Sätze gut. Nur, mein Freund, welcher Verstand spielt hier gegen mich? In allen Kriegen bisher sind die Römer entweder gleich vor uns geflohen oder haben hin und wieder mal versucht, gegen uns zu kämpfen. Mehr nicht. Nie hatten wir ernsthafte Mühe. Wir nahmen uns, was wir wollten. Jetzt aber spüre ich, dass irgendwer etwas im Schilde führt, und finde es nicht heraus.«

»Vielleicht will uns der Gegner in Sicherheit wiegen, um uns dann unerwartet in die nächste Schlacht zu zwingen.«

»Mag sein.« Nachdenklich blickte Attila hinauf zum zerklüfteten Gebirge. »Wir werden Tag und Nacht auf der Hut sein müssen.«

Nichts geschah, unbelästigt gelangte das gewaltige Heer über den Balkan, verschlang die Stadt Serdica und stampfte hinunter in die Ebene weiter nach Südosten. Vom Erdbeben schon verwüstete

Orte wurden endgültig dem Boden gleichgemacht. Ihre Bewohner glaubten in die Fratzen der Höllenbrut zu sehen, ehe sie qualvoll ihr Leben ließen.

»Morgen, mein Freund«, lachte Attila, befreit von allen nagenden Zweifeln der letzten Wochen, und trank seinem obersten Ratgeber zu. »Morgen werden wir die offene Schatztruhe vor uns sehen. Konstantinopel. All unsere Verbündeten sollen sich die Taschen voll stopfen. Kein Murren, keine Unzufriedenheit der Truppen mehr.« Er leerte den Becher und ließ sich nachschenken. »Und bald, mein Freund, bald wird sich alle Macht dieser Welt in meiner Faust vereinen.«

»Mein Fürst, ich bin beglückt, dich so heiter zu sehen, dennoch …«

»Schluss mit den verschnörkelten Sätzen und Ermahnungen.« Attila legte die freie Hand aufs Herz. »Lass mich unvernünftig sein. Jetzt und unter deiner Obhut will ich trinken.«

Onegesius nickte. Er befahl den Wachen, niemanden mehr vorzulassen, und setzte sich zu seinem König.

Lange ehe der Tag heraufdämmerte, kehrten Kundschafter zurück. Erschöpfte Männer rutschten aus den Sätteln, als sie näher ans Wachfeuer vor den Fürstenzelten traten, fiel der flackernde Schein auf ihre verstörten Gesichter, zeigten sich ratlose Augen. »Meldet uns«, bat der Anführer.

»Ihr müsst warten.«

Die Jurte des Großkönigs war noch fest verschlossen. Der Späher drängte, flehte, beteuerte, dass seine Nachricht keinen Aufschub erlaube. Verunsichert weckten die Posten den obersten Ratgeber.

Onegesius hörte den Bericht, griff sich ins Haar, kaum gelang es ihm, ruhig zu sprechen. »Wiederhole. Ich befehle dir, wiederhole, was du und deine Leute glaubt gesehen zu haben.«

»Herr, es ist die Wahrheit …«

»Die Fakten, Kerl.«

»Ohne auf einen römischen Wachtrupp zu stoßen, konnten wir

uns am späten Abend der Hauptstadt nähern …« Ausführlicher als zuvor berichtete der Späher. Sie hatten sich auf einer Anhöhe versteckt und wollten bis zum frühen Morgen warten. Ihr Befehl lautete: Stellungen und Stärke des Verteidigungsheeres vor der zerstörten Mauer auszukundschaften. »Zunächst blieb die Nacht dunkel. Doch dann riss die Wolkendecke immer mehr auf. Der Mond, Herr, war hell genug …« Die Stimme verlor sich ins Flüstern, vorsichtig sprach der Mann, als läge er wieder auf der Anhöhe und müsste erneut lernen, seinen Augen zu trauen. Als er geendet hatte, flehte er den hageren Griechen beinah an: »Es kann keine Täuschung gewesen sein, Herr. Wir waren doch zu viert, und alle haben dasselbe gesehen.«

»Dennoch wäre ein Irrtum möglich.« Onegesius raffte die Tunika mit dem Hüftstrick enger und ging ohne Sandalen in seinem Zelt auf und ab. »Warum, bei allen Dämonen, habt ihr nicht auf den Tag gewartet? Um euch bei Licht zu überzeugen?«

»Das war nicht nötig, Herr. So glaub mir doch. Meinen rechten Arm gebe ich her, wenn wir uns getäuscht haben.«

»Nur den Arm?« Der Ratgeber hob die Brauen. »Sollte deine Beobachtung falsch sein, wirst du, ehe dein Kopf rollt, bei lebendigem Leibe alle Gliedmaßen verlieren. Dasselbe widerfährt dir und deinen Männern, wenn ihr auch nur ein einziges Wort über eure Entdeckung verlauten lasst. Ganz gleich, welche Befehle demnächst ausgegeben werden. Hast du mir genau zugehört?«

Der Führer des Spähtrupps nahm Haltung an, kaum gehorchte seine Stimme: »Wir … wir schweigen, Herr.«

»Und nun lasse mich allein.«

Ohne sich weiter anzukleiden, eilte Onegesius zum nächsten Zelt und rüttelte seinen Bruder aus dem Schlaf. Als er die Nachricht hörte, erbleichte Scotta. »Es kann … es darf einfach nicht wahr sein.« Angst pulste auf. »Bruder, wenn es nun doch stimmt, was wird er mit mir tun? Glaube mir, ich bin mir keiner Schuld bewusst.«

»Nichts wird dich retten können, Bruder. Weder Flucht noch Ausreden. Vielleicht aber verschont er dich um meinetwillen. Vielleicht. Bleibe heute stets in meiner Nähe und verhalte dich so ruhig und gefasst, wie es dir nur möglich ist.«

Attila ließ sich von seinen Leibwächtern einen Eimer kalten Wassers über den Kopf gießen, langsam nur lockerte der Rausch die Umklammerung. Erst nach drei weiteren Güssen, dann lautstarkem Entleeren des Darms, gefolgt von einigen Schlucken Milch und vorsichtigen Bissen vom Trockenfleisch, fand der Großkönig in den Tag. »Mein Freund, wie lange hast du bei mir gewacht?«

Onegesius lächelte dünn. »Ich half dir, die Kleider abzulegen. Nur mit einiger Überredungskunst konnte ich verhindern, dass du dich nackt erneut mit dem heiligen Schwert gürtetest, und dann sorgte ich dafür, dass du dich niederlegtest. Danach zog ich mich zurück.«

Attila rieb sich den Stirnwulst. »So schöne Sätze. An solch einem Morgen strengen sie mich an.« Er stockte, jäh wachte sein Blick auf. »Rede. Was ist geschehen?«

»Mein Fürst, soll ich dir nicht erst beim Ankleiden helfen?«

»Meinst du, Leder könnte mich besser vor schlechten Nachrichten schützen?« Attila klatschte sich mit der flachen Hand auf die Brust. »Nur zu. Ich ertrage viel.«

Onegesius sah voller Kummer auf seinen König. »Die Kundschafter sind zurück. Konstatinopel ist gut geschützt. Zu gut, wie es den Anschein hat.

»Wie stark ist das Heer? Eine Legion? Nein? Sind es zwei Legionen.«

Onegesius schüttelte den Kopf. »Keine Truppen. Die Stadt wird von einer intakten Mauer mit vielen unversehrten Wehrtürmen geschützt.«

Attila verkrampfte die Finger über seinem Herzen. »Kein Erdbeben? Willst du das sagen?«

»Ganz ohne Zweifel hat ein Beben stattgefunden, denn wir sahen unterwegs die zerstörten Orte. Aber es hatte wohl nicht die Kraft, den steinernen Wall zum Einsturz zu bringen.«

Wortlos wandte sich Attila ab, im Vorbeigehen griff er nach

Hose und Wams und schleuderte die Stücke auf den Boden. »Das Ziel… Es gibt kein Ziel! Keine offene Stadt.« Er kehrte zu seinem Ratgeber zurück. »Ich habe meine Verbündeten eingeschworen. ›Auf nach Konstantinopel!‹ – jeder Kämpfer glaubt an dieses Losungswort. Und nun? Was wird aus meinem Ansehen?«

»Mein Fürst, vor allem benötigen wir Zeit für neue Pläne. Auch könnten sich die Kundschafter geirrt haben. Deshalb sollten wir die Stammesfürsten nicht unterrichten, sondern wie geplant weiter zur Stadt vorrücken …«

»Dein Bruder.« Attila packte die Tunika und drehte den Stoff in der Faust. »Er hat mich falsch unterrichtet. Mein oberster Gesandter hat gelogen. Warum wohl? Er hat zwei Hände, also nimmt er von mir und von diesem Eunuchen. Ja, zweiteilen werde ich ihn, mit einem einzigen Schwerthieb, vom Schädel bis zum Arsch. Eine Hälfte überlasse ich den Römern, und die andere werfe ich meinen Hunden zum Fraß vor.«

»Übereile nichts.« Onegesius zitterte das Kinn. »Noch ist nichts bewiesen. Sollte sich aber solch ein ungeheuerlicher Betrug an dem hunnischen Volk bewahrheiten, dann werde selbst ich dir den Rat geben, ihn hinzurichten.«

Ein leuchtender Frühlingstag. Üppig prangten Blüten im frischen Grün der Wiesen und zogen den Blick weiter hinab zur Stadt. Über Hügel, durch Senken, auf und ab verlief die doppelte Mauerschlange von einer Küste zur anderen. Auf je hundert Schritt überragte ein Wehrturm das unüberwindliche Bollwerk, und entlang seines Grundes spiegelte sich silbrig die Mittagssonne im Wassergraben.

Scotta weinte stumm. Er saß auf dem Rücken des Pferdes, die Finger an den Sattelsteg gekrampft, und Tränen strömten über seine Wangen; so blickte er zur Stadtmauer hinunter. Sein Bruder neben ihm schloss die Augen. Trauer und Schmerz zeichneten sein Gesicht.

In ihrem Rücken wurde das Gerücht von einem Unterführer dem nächsten weitergegeben, eilte den Hügel hinunter, gelangte im Tal zu den abwartenden Truppen, und bald legte sich lähmendes Schweigen über das ganze Heer.

Eine Pferdelänge vor den Griechen bemühte sich Attila, flankiert von seinen Söhnen und den verbündeten Stammesfürsten, Haltung zu bewahren. »Freunde. Wenn es keine Täuschung ist, die unsern Blick narrt, so werden wir Konstantinopel nicht ohne Mühe einnehmen können. Aber ich verspreche euch …«

»Mein Herrscher und guter Freund«, wagte ihn der Gepidenkönig mit sanftem Singsang in der Stimme zu unterbrechen, »Wo ist nun die Sonne, die du mir und den anderen verheißen hast? Und womit sollen nun unsere frierenden Herzen gewärmt werden?« Aus seinen Worten tropfte Galle. »Nicht einer meiner Gedanken trauert Großkönig Bleda nach, nein, niemals, denn du bist der Adler, unter dessen Schwingen keines unserer Völker mehr hungern wird. Deshalb kläre uns auf, warum die steinerne Schale nicht aufgebrochen ist, warum wir nicht in die Weichteile der Stadt eindringen können? So wie du es angekündigt hast? Oder …«

»Schweig!« Mit hochgezogenen Schultern schlug sich Attila beide Fäuste gegen die Stirn, er suchte nach Mäßigung und versicherte hastig: »Du bist mir stets willkommen. Ich schätze deinen Verstand und deine Treue.« Laut erhob er die Stimme: »Auch mich überrascht dieser Anblick. Und ich weiß nur eine Erklärung.« Er wartete, bis König Ardarich und alle Fürsten ihn erwartungsvoll anblickten. »Betrug. Eine schändliche Verschwörung gegen unser Volk. Die Nachrichten, die wir von Konstantinopel erhielten, waren falsch.« Mit großer Geste zückte Attila das geheiligte Schwert. »Manchmal verbirgt sich unter der Maske eines Freundes die Fratze eines heimtückischen Dämons.« Er nickte Edekon zu. »Hilf meinem obersten Gesandten aus dem Sattel.«

Der Kommandant der königlichen Elitekämpfer zerrte Scotta mit einem einzigen Ruck herunter und stieß ihn vor den Großkönig. Attila hob die Waffe leicht an, matt schimmerte das geschliffene Blatt. Schon fasste er den Griff mit beiden Händen.

»Mein Fürst!«, rief Onegesius. Rasch drängte er sein Pferd zwischen Stammesfürsten und Prinzen nach vorn und rutschte aus dem Sattel. »Bestrafe, ja, töte meinen Bruder. Doch nicht gleich. Gib ihm Gelegenheit zu gestehen. Nur so erfährst du den Namen der Rädelsführer und auch den Grund dieser für meinen Verstand sinnlosen Täuschung. Ja, sinnlos, denn bisher weiß ich niemanden, der irgendeinen Vorteil daraus ziehen könnte, das Hunnenheer nach Konstantinopel zu locken.«

König Ardarich lachte, jedoch ähnelte es mehr einem Fauchen. »Dies sagt ein Grieche? Und sogar der Bruder dieses Verräters. Mein Herrscher, guter Freund, du umgibst dich mit zu vielen Fremden. Sie verstehen es, ihre wahre Gesinnung …«

»Vater!«

Die Stimme Ernaks zerriss das gefährliche Netz. Langsam ließ Attila das Schwert sinken.

»Vater, die Farbe. Sieh doch.« Der jüngste Sohn deutete auf die Wehrtürme im Mauerabschnitt direkt vor ihnen. »Die Masse zwischen den Steinen ist sauber und frisch.« Er zeigte zum Bereich in der Nähe des Goldenen Tors. »Dort aber vom Regen und Staub verwittert. Ganz deutlich ist der Unterschied zu erkennen.«

Lange schwiegen Attila, seine beiden älteren Söhne und die Verbündeten, jeder überzeugte sich und schüttelte den Kopf.

»Es kann nicht wahr sein«, murmelte Ellac vor sich hin. »Aber es ist so. Neu. Dieser mittlere Teil der Mauer ist neu gebaut.«

Scotta seufzte, wollte sich vor seinem König freisprechen, doch sofort bedeutete ihm sein Bruder zu schweigen.

Endlich sah Attila auf den Griechen nieder. Nur langsam löste sich die Kälte aus dem Blick. »Du wirst morgen als Unterhändler zum Tor reiten und unsere Bedingungen für einen Abzug unterbreiten.« Hochgereckt wandte er sich an die Stammesfürsten. »Wir lagern im Tal vor dieser Anhöhe. Freunde, ich beschwöre euch, tragt Sorge, dass keine Unruhe unter euren Leuten entsteht.« Jäh nahm der Ton an Schärfe zu. »Jedes Murren, jedes Aufwiegeln muss sofort mit aller Härte bestraft werden. Wir sind mitten im Feindesland, und wir werden uns nicht eher zurückziehen, bis unsere Wagen unter dem Gewicht der Beute fast zusammenbrechen.« Attila streckte die Faust zum Himmel. »Freunde! Die Gunst der guten Dämonen führt mich. Und wer mir folgt, den werde ich reich belohnen!«

Erst zögerlich, dann heftiger und endlich wieder begeistert rasselten Söhne und Stammesfürsten mit den Ziergehängen ihrer Schwerter.

Im kaiserlichen Palast senkte Chrysaphius bescheiden den Blick. Seine Miene aber verriet, welch Genugtuung ihm die Bewunderung des gesamten Senats bereitete.

»… Niemals zuvor ist solch eine Leistung in solch kurzer Zeit erbracht worden. Präfekt Constaninus sei Dank. Mehr aber noch gilt unser Dank dem geistigen Vater des Wunders …« Der Führer des politischen harten Flügels fand kaum genügend Worte, um seiner Begeisterung Ausdruck zu verleihen.

Nach ihm trat der Sprecher des wohlhabenden Adels vor den Thron, grüßte den Kaiser und umarmte Chrysaphius mit seiner Rede: »… Hätte ich zu entscheiden, so sollte unserm Präfekten Constantinus zwar eine Tafel gewidmet, die schönsten Blumen aber nach dir benannt werden …«

Zum Anlass der festlichen Stunde hatte sich der Eunuch mit einer lilafarbenen Toga geschmückt, drei Goldketten zierten den feisten Hals, an jedem Finger trug er einen Ring, und in unterschiedlichsten Farben blinkten die Edelsteine.

»Das furchtbare Beben hatte uns alle an den Rand der Verzweiflung gebracht. Offen für jeden Feind lag unsere Stadt da. Niemand wusste Rat, bis auf einen Mann. Ihn gilt es heute zu ehren. Denn gerade jetzt knirschen draußen vor unserer Stadt die teuflischen Hunnen mit den Zähnen, weil Konstantinopel niemals von ihnen erobert werden kann.« Der Sprecher breitete noch einmal die große Tat des Hofmeisters vor der Versammlung aus. Chrysaphius hatte die Bürger nicht vor drohender Gefahr von außen gewarnt, nein, ihm war es gelungen, die streitenden Parteien der Stadt, die Blauen und die Roten, zu einem Wettbewerb anzustacheln. Wer kann schneller bauen? Wer wird der Sieger sein?

Und als wären sie Gegner in einem Zirkusspiel, stürzten sich die

Rivalen ans Werk. Der neue Präfekt befehligte die Bautrupps. Steine wurden gesäubert, geschleppt und geschichtet. Täglich schlossen sich mehr Bürger der einen oder der anderen Partei an, bald fieberte die ganze Stadt, es gab kein wichtigeres Thema mehr als den Wiederaufbau der Mauer; niemand dachte an Lohn; und Woche für Woche wuchsen Mauer und Wehrtürme, schloss sich langsam die klaffende Lücke. Auf seinem täglichen Rundgang schürte Chrysaphius geschickt die Konkurrenz zwischen den Schuftenden weiter an. Und nach nur zwei Monaten war das Wunder vollbracht.

Der Sprecher ließ eine Pause, dann hob er die Hände: »Wer, so frage ich euch, wer ist der wahre Sieger in diesem Wettstreit?« Sein Blick auf den Hofmeister genügte der Versammlung, und niemand wagte das Fehlen des Constantinus bei dieser Feierstunde anzumahnen.

Als der Beifall schließlich erlahmte, bedankte sich der Eunuch bei Gott, bei seinem Kaiser und schmeichelte den reichen Senatoren, ehe er im gleichen Tone dazu überging, die Zukunft düster auszumalen. »Der unersättliche Hunne dort draußen hat Forderungen an den Thron gestellt, die alles bisher Dagewesene übertreffen. Noch habe ich den Unterhändler schroff abgewiesen, ich fürchte aber, wir werden dem Druck nicht mehr lange standhalten können. Denn schlimme Nachrichten erreichen uns auch aus dem Südosten. Die Perser nutzen den Überfall der Hunnen und verheeren unsere Grenzgebiete.« Er ließ seinen Blick von Gesicht zu Gesicht wandern. »Schmerzliche Opfer müssen gebracht werden, verehrte Senatoren. Nur dann wird es eine wahre Siegerin geben, unsere geliebte Stadt.«

Kein Applaus mehr für den Helden, wenige nickten ihm zu, die meisten aber wölbten entrüstet die Brauen, wussten sie doch im Voraus, dass von allen Reichen der Stadt nach dem Kaiser allein der geschickte Eunuch nicht ein einziges Goldstück verlieren würde.

Attila ritt einen Schimmel, ebenso hell und stark wie das Pferd des Gepidenkönigs. Sie ließen ihre Wallache am Ufer der Meerenge durch den Sand traben. Vom Sonnenlicht in flüssiges Silber verwandelt, kräuselte und schäumte das unruhige Wasser. Der Großkönig und sein mächtigster Verbündeter hatten mit Absicht den Weg nach Nordosten gewählt, um nicht ständig die Befestigungsanlage der Stadt vor Augen zu haben. Frühmorgens schon war von der Leibwache dieser Küstenbereich gesichert worden. Jetzt musste der engste Führungsstab des Heeres einige Pferdelängen zurückbleiben. So waren die beiden Männer ungestört.

»Du bist erzürnt, mein Herrscher und Freund.« Ardarich zeigte die offene Fläche seiner linken Hand und neigte den Kopf. »Voller Demut bitte ich um Nachsicht. Der Schmerz über das jähe Ende der Hoffnung auf unermessliche Beute hatte mir für einen Moment den Verstand geraubt. Deshalb sprach ich so unbedacht.«

»Wir sind allein, Gepide.« Trotz des warmen Maitages stach Attila mit Eisspitzen zu. »Zerbrich dir also nicht die Zunge. Jeder Blick von dir, jedes Wort lässt mich spüren, dass du mit meiner Führung nicht zufrieden bist. Es ist leicht, Spötter und Richter zu sein, wenn die Verantwortung für das Ganze ein anderer trägt. Doch halte dir stets vor Augen: Auch du lebst nur von meiner Gnade. Ich könnte dich und dein Volk ausmerzen. Denn den hunnischen Elitetruppen haben selbst die Gepiden nichts entgegenzusetzen. Nein, unterlass die Demutsbezeugungen, ich glaube sie dir ohnehin nicht.«

Das Echsengebiss schnappte einige Male ins Leere, ehe Ardarich sich wieder fasste; das Öl in seiner Stimme war vertrocknet »Großer Fürst, ich bin bereit zu dienen.«

»Verflucht, du sollst dich nicht unterwerfen wie die anderen. Oft genug sind wir schon nebeneinander in einen Krieg gezogen! Ich will, dass du mitdenkst, mitplanst.« Attila wies über den Rücken »Wir können Konstantinopel nur vom Lande her abriegeln.« Ohne sich umzudrehen, deutete er aufs Wasser. »Bald schon wird Nachschub an Lebensmitteln mit Schiffen in den geschützten Hafen gelangen. Selbst wenn wir die Stadt ein Jahr belagern, aushungern können wir sie nicht. Im Gegenteil, uns selbst werden bald Vorräte fehlen, und mit jeder Woche, die verstreicht, wächst außerdem der Unmut in unserem Heer.«

Ardarich schwieg. Wortlos ritten sie nebeneinander her. Jäh kreischten Möven, strichen fast durchs Haar der Männer und fielen weiter vorn über einen angespülten Fischkadaver her.

Der Gepidenkönig nickte. »Das ist es, großer Fürst. Wir sollten die Bewohner der fruchtbaren Provinzen würgen, Thrakien, Makedonien und weit hinunter in den Süden, und ihnen alle Vorräte nehmen, ehe sie die Hauptstadt mit Schiffsladungen versorgen können.«

Ein leichter Schenkeldruck, und Attila ließ seinen Schimmel angaloppieren. Tief beugte er sich über die Mähne. Jeder Hufschlag zog eine kleine Sandfahne hinter sich her. Der Gepidenkönig beschleunigte zwar das Tempo, wagte es aber nicht, den Wettkampf aufzunehmen.

Erst kurz vor Ende des geraden Küstenstreifens brach der Großkönig den wilden Ritt ab. Kaum hatte Ardarich ihn erreicht, sog Attila die salzige Brise tief in sich ein. »Dein Vorschlag ist gut. Ich habe darüber nachgedacht und entschieden.« Während er sprach, entfachte sich neue Glut in den Augen. Die Hauptmacht der hunnischen Elitetruppen sollte unter Attilas Führung weiterhin Konstantinopel belagern. Das übrige Heer aber musste in kleinen Horden nach Süden vordringen. »Zuschlagen, ausholen und wieder zuschlagen. So schnell, wie wir es früher taten. Mein Sohn Dengizik ist gierig und raublüstern genug, er steht dir in nichts nach. Deshalb wirst du ihn als zweiter Feldherr begleiten. Verwüstet Felder und Gärten, tötet und brennt alles nieder. Die Bewohner sollen nicht mehr säen und ernten können. Ich will, dass Kaiser Thedosius durch immer furchtbarere Nachrichten zermürbt wird, bis er meine Forderungen erfüllt.«

Ein Schulterschlenker und der Bogen sprang Attila in die linke Faust, die Rechte griff zum Köcher, schon setzte er den gefiederten Schaft auf die Sehne. Entsetzt wehrte der Gepide mit den Händen ab. Doch Attila lachte, hob die Spitze über den König und ließ den

Pfeil davonschnellen. Im Himmelsblau schrie eine Möve, torkelte lange und klatschte neben Ardarichs Schimmel ins schwappende Wasser. »Ich bin dein Herr! Ist es so?«

Atemlos betastete der Gepide immer wieder den Kehlkopf und nickte.

Mein Herz wird sicher bald taub, dachte Goldrun, und meine Augen hören einfach auf zu sehen. O heilige Mutter, er fehlt mir so! Und mich friert, obwohl die Sonne vom Himmel brennt.

In der Ferne tauchten die Zelte der Hauptstadt wie kleine helle Spitzhüte auf. Sie ließ Wildrose schneller traben.

Vor nun bald drei Monaten war Ernak davongeritten, und keine Nachricht, nichts über den Krieg hatte das Gestüt erreicht.

Aber heute, jetzt bald erfahre ich Neuigkeiten …

Die Erlaubnis für den Ausflug zu erhalten war leichter gewesen, als Goldrun befürchtet hatte.

»Ich möchte Mela besuchen. Bitte.«

Oberin Tarcal sah ihre Pferdeheilerin prüfend an. »Fällt es dir so schwer, Mädchen?«

Goldrun spürte, wie sich die Schlinge noch enger ums Herz legte. »Ich will ja nur … Vielleicht weiß Mela etwas. Das kann doch sein? Oder?«

Das Nicken war eher ein Kopfschütteln gewesen. »Versprich dir nicht zu viel von dem Besuch. Aber nun los mit dir, sonst ist es dunkel, ehe du ankommst.«

Die Oberin hatte ihr noch ein Stück vom Hammelschinken mitgegeben. »Und bestell der Schwester einen schönen Gruß. Sag ihr, weil der Schwager nicht da ist – ich werde nie begreifen, was sie an diesem Kerl findet, aber ist ja auch gleich –, also sag ihr, sie soll dich etwas verwöhnen.«

Goldrun seufzte und strich liebevoll die Schulter ihrer Stute. Keine Suppe, kein Honiggebäck brauche ich, zum Verwöhnen genügt mir schon ein einziger Satz: ›Der Krieg ist vorbei.‹ Sie schloss die Lider. Und schön wäre noch: ›Das Heer kommt bald zurück.‹ Schnell überwucherte der Wunsch die Enge und dann noch: ›Ernak ist nichts geschehen.‹

Sie öffnete erschreckt die Augen. Wusste Mela von ihrer Liebe? Aus Furcht, Keve könnte enttäuscht sein oder sogar versuchen, sie vor dem Königssohn zu warnen, hatte Goldrun bisher nicht gewagt, mit ihm darüber zu sprechen. Aber wenn Oberin Tarcal es ihnen längst … O verflucht! Goldrun drehte den Finger in eine Haarsträhne. Ich muss es ihr sagen, aber nicht gleich. Erst erzähle ich von meinen Pferden, dann frage ich, ob sie was von Keve gehört hat, und dann kann ich ja vorsichtig davon anfangen.

Der Geruch nach schwelenden Mistscheiten, vermischt mit dem Duft nach Suppe, empfing sie bei Anbruch der Dämmerung im Zeltviertel. Lautes Schwatzen und Gelächter übertönte das klagende Blöken der Schafe. Dazwischen bellten Hunde und tollten nackte Kinder. Vor der Jurte saß Mela mit den Nachbarinnen zusammen. Den Rock bis weit über die Knie hochgezogen, rupfte sie einen Hahn und sammelte die Federn im Korb zwischen ihren Schenkeln.

»Kindchen!« Die Frau des Truppführers strahlte. »Das ist eine Überraschung. Aber du kommst gerade richtig.« Sie hob den halb entblößten Gockel in die Höhe. »Der Kerl war nicht gut zu seinen Hennen …« Sofort wurde sie durch erneutes Aufkreischen der Weiberrunde unterbrochen, und es gelang ihr selbst vor Vergnügen kaum weiterzusprechen. »Er hat sie … hat sie mehr mit dem Schnabel bearbeitet, anstatt ihnen …« Mela klatschte dem Hahn einige Male aufs Hinterteil. »Verstehst du?« Sie sah das verunsicherte Gesicht und sprach nach ausgiebig genussvollem Stöhnen etwas ernster: »Na ja, jedenfalls werden wir beide von dem Gockel satt. Nun komm und setz dich zu uns.«

Goldrun glitt von der Satteldecke. Die Frauen rückten enger zusammen, boten ihr den Platz neben Mela an. Fragen bestürmten sie. »Nun erzähl mal.« Nichts Aufregendes war zu berichten, und rasch hatte Goldrun die Neugierde befriedigt. Da sie schon seit langem als die erwachsene Ziehtochter von Keve und Mela galt, keine Fremde war, kam sehr bald das abendliche Lieblingsthema wieder auf. »Wisst ihr noch, wie die Hekka ihrem Mann …« Mehr musste die Frau nicht erwähnen. Einige Freundinnen spitzten die Lippen, atmeten pfeifend aus, als wäre allein der Gedanke schon zu heiß, andere schlenkerten die Finger der rechten Hand neben dem Ohr, als hätten sie sich verbrannt, jedoch beim nächsten Atemzug gaben sich alle einem wohligen Schauder hin. Goldrun sah von einer zur anderen. Ihr könnt mich doch nicht einfach so dumm hier sitzen lassen, empörte sie sich und zupfte Mela am Ärmel: »Was hat diese Hekka denn getan?«

»Tja, Mädchen.« Schneller fielen die bunten Federn zwischen den Schenkeln in den Korb. »Also, die Hekka war eine Nachbarin von uns, jetzt ist sie zurück zu ihrem Stamm im Osten. Ihr Mann war ein schlimmer Hund. Aber die Hekka hat lange alles gemacht, was er wollte. Und wie einige Kerle nun mal sind, werden die erst richtig geil, wenn sie uns quälen. Davon hast du sicher schon gehört?«

Goldrun nickte vorsichtig und wünschte sich insgeheim, nichts gefragt zu haben, doch nun musste sie weiter zuhören.

»Ja, und dieser Hund wollte immer, dass Hekka ihm den Schwanz aussaugt, und dabei hat er sie mit der Peitsche geschlagen. Ich hab den blutigen Rücken mal gesehen.« Mela wandte sich an die Runde. »Ihr doch auch?« Sofort pflichteten ihr alle Zeuginnen bei; nicht genug, gleichzeitig beschrieben sie genau die schlimmen Verletzungen.

Goldrun sah den Zwerg vor sich stehen, die dunkel glänzende Schwanzkuppe näherte sich ihrem Mund, der bittere Schweißgeruch … Sie verbarg ihr Gesicht in den Händen, um sich vor den Frauen nicht zu verraten.

Als wieder Ruhe einkehrte, tätschelte Mela ihren Arm. »Ja, so können Kerle sein, Mädchen. Aber die Hekka hat's ihm gezeigt. Eines Nachts, als sie mal wieder vor ihm knien musste und er auf sie einprügelte, da hat sie den Mund so voll genommen wie es ging … Und zack!« Mela ließ die gekrümmten Finger ins Hahnenfleisch schnappen. »Abgebissen hat ihn die Hekka und ausgespuckt

Dann ist sie aus der Jurte gelaufen. Er hat geschrien und ist auch nach draußen. Blut, Mädchen, aus dem Stumpf ist es richtig geschossen!« Mela lachte grimmig. »Einige Männer wollten dem Kerl helfen. Aber irgendwie kam keiner an ihn ran, weil immer Frauen dazwischen standen. Und am Morgen lag er dann wie ein ausgebluteter Hammel da. Gar nicht weit von hier.« Sie tätschelte jetzt den federlosen Gockel. »Die Hekka war mutig. Glaub mir, seit der Nacht sind die Männer viel freundlicher zu uns Weibern. Na ja, wenigstens hier bei uns im Viertel.« Zustimmend nickten die Freundinnen und gaben sich wieder mit Seufzern dem wohligen Schauder hin.

Goldrun hatte den Schreck nur mit Mühe bezwungen, sie fürchtete noch weitere solcher Geschichten und fragte betont laut: »Was wisst ihr denn vom Krieg? Dauert er noch lange oder ist er schon zu Ende? Kommen eure Männer bald wieder?«

Die Gesichter erloschen. Schweigen.

Goldrun wusste nicht warum und setzte zögerlich hinzu: »Ich mein, wir erfahren da draußen keine Neuigkeiten …«

Die erste Frau erhob sich, nahm ihren Holzklotz und ging, den Kopf gesenkt, leise davon.

»… oder wir hören erst viel später …«

Jetzt verließen gleich vier Nachbarinnen die Runde und wenig später saß Goldrun mit Mela allein da. »Bitte, hab ich was Falsches gesagt?«

»Mädchen, darüber reden wir Frauen nicht. Das ist wie ein Gesetz, und jede hält sich dran. Wenn Krieg ist und die Männer fort sind, dann fragen wir nicht, weil sonst die Angst kommt, und …« Als müsse sie sich wappnen, reckte Mela den Busen. »Und wenn die Angst mal da ist, dann geht sie nicht mehr raus aus dem Kopf. Und das ist schlecht fürs Vieh, für die Arbeit, ach, für alles eben, was wir Frauen in der langen Zeit allein machen müssen.«

Vor Scham und Ratlosigkeit wurde Goldrun heiß. »Nicht böse sein. Aber ich … Bei mir ist die Angst schon. Was soll ich denn nur machen?« Ein neuer Schreck kam hinzu. Hatte sie sich verraten? Beinah flehend sagte sie: »Ich weiß einfach gar nichts mehr.«

Mela klemmte ihren Hahn unter den Arm. »Nun komm erst mal rein.« In der Jurte wies sie auf die sorgfältig gescheitelten Kissen an der Zeltwand. »Da redet es sich besser.«

Nachdem der Gerupfte über der Herdstelle im Kochtiegel versorgt war, kehrte Mela zurück, dabei wischte sie gründlich beide Hände am Kittelkleid ab und setzte sich zu ihrer Ziehtochter. »So sehr hat es dich erwischt? Und ich hab gehofft, dass es längst schon vorbei ist, dass Ernak dich wieder in Ruhe lässt. Ach, Mädchen, diese adeligen Söhne sind alle gleich, ich hab's oft genug gesehen. Sie kommen hier in unser Viertel, haben ihren Spaß mit unsern schönsten Töchtern und bezahlen meistens noch nicht einmal. Glaub mir, die taugen nichts für unsereins.«

»Hör auf!«, fuhr Goldrun sie an. »Du redest genauso wie Tarcal. Aber bei Ernak und mir ist alles anders, und wenn …« Sie stockte und rundete die Augen. »Woher weißt du von uns?«

Mela streichelte ihren Arm. »Ach, du kleines Schaf. Schließlich ist die Oberin meine Schwester. Und wir machen uns beide Sorgen um dich.«

»Und Keve?« Jetzt pochte das Herz herauf. »Weiß er etwas?«

»Aber nein. Und das ist auch besser so. Weil … verstehen würde er es nicht; und wenn er erst mal anfängt, sich über den Königssohn zu ärgern, wäre das nicht gut. Ach, Mädchen, schau doch nicht so.«

Das Mitleid in der Stimme brach den Damm. Aufschluchzend lehnte Goldrun den Kopf an die weiche Schulter. Mela zog sie näher und wiegte sich mit ihr behutsam vor und zurück. Erst als Seufzer und Schniefen leiser wurden, wuschelte Mela ihr durchs Haar. »Eins ist sicher, Mädchen. Sobald Prinz Ernak oder einem aus der Königsfamilie bei einer Schlacht was zustößt, dann werden sofort Boten in den Palast geschickt. Und die Nachricht verbreitet sich noch am selben Tag in der Stadt.«

»Du meinst …« Goldrun setzte sich auf. »Und gehört hast du nichts?«

»Nicht ein Wort.«

Ein kleines Leuchten erwachte in den traurigen Augen. Sofort bemühte sich Mela, es weiter anzufachen und setzte rasch hinzu: »Also, sei ganz ruhig, es geht ihm gut. So gesehen, hast du's besser als wir anderen Frauen. Ja, da staunst du. Sollte nämlich meinem Keve was passieren, dann erfahre ich gar nichts. Kein Hahn kräht nach ihm …« Unvermittelt musste sie heftig schlucken, zu spät, die Tränen rollten schon. »Ach, Kindchen.« Jetzt suchte Mela nach Trost und schlang die Arme um Goldrun. »Wenn er da ist, dann ärgere ich mich über ihn, aber … aber wenn er lange fort ist, dann … dann fehlt er mir.«

Goldrun spürte die warme Nässe an ihrem Hals. Über Ernak, würde ich mich nie ärgern, dachte sie, aber fehlen … das kenne ich. Jeden Tag fehlt er mir mehr. In ihr wuchs der Kummer erneut an, floss über, und ohne Gegenwehr weinte sie mit Mela gemeinsam.

Schließlich schüttelte sich die Frau des Truppführers. »Ich heul hier wie ein albernes Ding.« Sie stand auf und dehnte den Rücken. »Aber eins sag ich dir, Mädchen, es hat gut getan. Mit dir heule ich gern.«

Obwohl auch Goldrun sich besser fühlte, seufzte sie vor sich hin. »Vielleicht sollte ich doch im Palast nachfragen.«

»Untersteh dich!« Mela drohte ihr mit dem Finger. »Damit alle es wissen? Alle sich das Maul zerreißen? Sollte Ernak es wirklich ernst meinen mit dir, dann lass ihn zuerst davon reden. Bei allen guten Dämonen, hör auf mich und halte den Mund, sonst stürzt du euch beide ins Unglück.«

»Aber ich kann doch nicht immer schweigen. Da in mir drin redet es, fragt es und wird manchmal so laut, dass ich mir die Ohren zuhalten muss. Aber das hilft auch nicht.«

Langsam griff sich Mela mit beiden Händen an den Busen. »Mir wird ganz warm. Ich glaub, so verliebt wie du war ich noch nie.« Die Stimme verlor jede Festigkeit, wurde weich und dunkel. »Wenn du's nicht mehr aushältst, Mädchen, dann komm einfach her. So alt bin ich noch nicht, weißt du. Mir darfst du alles erzählen. Na ja, wie einer Freundin eben. Einverstanden?« Um die Rührung zu bekämpfen, schlug sie sich gegen die Stirn. »Mein Hahn!« Schon war sie unterwegs, nahm ein langes Messer und stocherte im

Kochtopf herum. »Zäh ist er. Kein Wunder bei diesem verdammten Biest.« Heftiger stach sie zu, dabei fuhr ihre wildgewucherte, schwarze Haarmähne auf und nieder. »Wie der mit seinen Hennen umgegangen ist. Aber warte nur, ich koch dich so lange, bis dir das Fleisch von den Knochen fällt.«

Beim Anblick der zornigen Rächerin musste Goldrun schmunzeln und spürte mit einem Mal, wie ihr Herz seit langem endlich, endlich leichter schlug.

Die Scheunen waren leer, die Vorratsschächte längst geplündert. Hatten Erdbeben und Krieg bisher die Bewohner der südlichen Provinzen mit Schrecken, Elend und Tod heimgesucht, so wurden die Verzweifelten von den herumstreunenden teuflischen Horden jetzt Woche für Woche tiefer in den Schlund der Hölle getrieben. Prinz Dengizik und König Ardarich stachelten sich gegenseitig zu immer neuen Grausamkeiten an. Längst hatten sie das menschliche Antlitz wie eine Maske beiseite geworfen, waren nur noch Wolf und Reptil.

In der Klosterkirche zu Drizipera lag der Prior mit seinen Mönchen vor dem Altar des heiligen Märtyrers Alexandros auf den Knien. Sie flehten um Hilfe. Draußen näherte sich Heulen und Fauchen, der Lärm kreiste die Mauern ein. »In höchster Not rufen wir dich an: Bitte für uns!«

Ein Donnerschlag, gefolgt von Bersten und Splittern. Grelles Licht brach durch das zerstörte Portal ins Dunkel der Angst. Im gleißenden Eingang zeichnete sich nicht die Silhouette eines rettenden Engels ab. Kein Trost, Befehle gellten. Keine himmlische Heerschar drängte in den Kirchenraum. Und immer noch beteten die Brüder voller Vertrauen. Gott durfte seine schützende Hand nicht fortziehen, nicht zulassen, was doch schon geschah!

Leuchter, Gefäße und alle Schätze nahmen die Unholde an sich. Nicht genug. Der heilige Schrein wurde erbrochen. Blutbeschmierte Finger wühlten unter die Gebeine, suchten nach Gold und Edelsteinen. Jetzt erhob sich brünstiges Geschrei, übertönte den Chor, und die abgeschlagenen Köpfe der Mönche rollten bis allein die Stimme des Priors übrig war. »*Kyrie eleison. Christe eleison* …«

Keve trat zu ihm, fragte nach heimlichen Verstecken. Doch der Diener Gottes sang weiter. Auch als sein Folterer ihm die Ohren abschnitt, die Haut an den Armen aufschlitzte, gab er keine Antwort, nur der inständige Bittgesang entrang den Lippen.

»Truppführer!«, bellte Dengizik durch die Kirche. »Bist du endlich soweit?«

»Gleich, Herr.« Keve packte in den grauen Bart des Priors. »Halt endlich mal das Maul«, grollte er. »Sag, was ich wissen muss, dann kannst du so viel singen, wie du willst.«

»*Kyrie eleison. Christe eleison. Kyrie* …« Die Messerspitze stach wie eine Schlangenzunge zu und löschte das Licht in beiden Augen. Jetzt schrie der fromme Mann zu Gott, doch kein Wunder geschah. Keve schüttelte den Kopf. »Für dich lohnt sich das Leben sowieso nicht mehr.« Er schnitt seinem Opfer die Kehle durch und ließ es achtlos zu Boden sinken. Achselzuckend meldete Keve dem Prinzen: »Scheint so, dass wir hier schon alles rausgeholt haben. Wenn's anders wär, hätte der Kerl es mir verraten.«

»Weiter«, befahl Dengizik. Und wenig später entfernte sich das furchtbare Geheul vom Kloster des heiligen Märtyrers Alexandros und versetzte gegen Mittag die Bewohner des Nachbarortes in Todesangst.

Gesenkten Hauptes stand Attila neben dem obersten Ratgeber und Ernak. Tränen füllten die Augenwinkel des Großkönigs. »Wie konnte das geschehen?«, murmelte er düster. Ihm zu Füßen lag sein Stallmeister auf einer Filzplane, schweißüberströmt, die Lippen aufgedunsen; faustgroße eitrige Schwellungen waren an den Halsseiten gewuchert. Der Heilkundige stach mit einem langen Dolch die Geschwüre auf und hütete sich davor, mit dem austretenden Blutschleim in Berührung zu kommen. Wortlos zertrennte er den Kittel und ging daran, auch die schwärzlichen Beulen in den Achselhöhlen zu öffnen.

»Ich möchte eine Antwort.«

»Ich weiß es nicht, Herr. Man hat nach mir geschickt, und da lag der Kranke bereits hier vor dem Zelt. Sein Knecht hat ihn wohl hergebracht.«

Mit letzter Kraft versuchte der Stallmeister etwas sagen, jedoch seinem Mund entrang nur Stöhnen und unverständliches Lallen.

Der Arzt wagte zu seinem König aufzublicken. »Er ist von einer Seuche befallen. Die Schwellungen deuten auf Pest...«

»Schweig!«, fuhr Onegesius scharf dazwischen. »Verzeih, mein Fürst.« Gleich wandte er sich wieder an den Heilkundigen. »Erwähne dieses Wort nicht. Eine Seuche, mehr sagst du nicht, diese Beschreibung ist schon alarmierend genug. Keinesfalls aber darf das Wort Pest aufkommen. Allein der Verdacht, dass diese Krankheit sich bei uns eingenistet hat, würde die Moral unserer Truppen untergraben und die Eingeschlossenen in der Stadt triumphieren lassen. Hast du mich verstanden?«

»Ich hab's begriffen, Herr.« Der Medicus schnitt jetzt die Hose des Patienten auf. An beiden Leisten waren die Geschwüre bereits aufgeplatzt; fauliger Gestank ging von ihnen aus. »Vorbei. Er ist nicht mehr zu retten.«

Sofort bat Onegesius, dass sich der König und Ernak einige Schritte entfernten. »Selbst nur ein einziger Hauch kann den schwarzen Vogel zum nächsten Opfer tragen.« Dem Heilkundigen befahl er: »Sobald ich den Knecht befragt habe, untersuchst du auch ihn.«

Nach einiger Zeit trat der Grieche mit besorgter Miene zu den Wartenden. »Der Gehilfe konnte noch antworten, ist aber selbst auch schon vom Übel befallen.« Auf der Suche nach einer besseren Weide für die Königspferde hatte der Stallmeister mit seinem Knecht in den Bergen ein Dorf erkundet. Sie waren von Hütte zu Hütte gegangen, fanden jedoch nur furchtbar entstellte Leichen. »Dort scheint die Seuche bereits alle Bewohner hinweggerafft zu haben.« Onegesius trat näher vor den König und senkte die Stimme. »Willst du, dass ich die notwendigen Schritte einleite?«

»Warte noch damit.«

Schwer legte der Vater seinem Sohn die Hand auf die Schulter. »Viele Worte habe ich mit dem Stallmeister nicht gewechselt. Weil er aber meine Pferde geliebt hat, war er mir wie ein Freund. Sein Tod bedrückt mich. Deshalb bitte ich dich, entscheide du an meiner statt, was getan werden muss.«

»Ist dies eine Prüfung?« Darauf erhielt Ernak keine Antwort. Er sah den Vater an, versuchte im Gesicht des Ratgebers zu lesen und fand nur gespannte Mienen. Auf sich allein gestellt, blickte er konzentriert zum Zelt hinüber. Die Leiche des Stallmeisters war inzwischen ganz von der Filzplane bedeckt. Mit Vorsicht beugte sich der Medicus über den Knecht.

»Zunächst muss der Tote sofort verbrannt werden. Nein, er muss auf einem Karren weggeschafft und weit entfernt vom Lager beseitigt werden.« Ernak nickte vor sich hin. »Und Wachposten sollen die Straße hinauf in die Berge abriegeln.«

Attila tätschelte die Wange seines Jüngsten. »Gut, sehr umsichtig«, flüsterte er. »Aber was geschieht mit dem Knecht?«

»Warten wir zunächst ab. Vielleicht kann ihm der Arzt doch mit einer Medizin helfen.«

»Du hast ein warmes Herz, mein Junge. Wenn Ajarbas hier bei uns wäre, dann gäbe es eine Chance. Aber so bedeutet der Kranke eine große Gefahr für alle.«

»Vater?« Das Blut wich Ernak aus dem Gesicht. »Du meinst …?«

»Nein, Sohn. Nicht ich, du hast dich soeben für das einzig Richtige entschieden. Und nun gib den Befehl.«

Zögernden Schritts ging der Prinz zum Medicus hinüber. Er sprach kurz mit ihm, wartete den schnellen Stich ins Herz des Knechtes ab und kehrte blass zurück.

»Warum zögerst du?«, empfing ihn der Vater. »Wo bleiben deine nächsten Anordnungen?«

Ernak atmete gegen die Übelkeit und wandte sich an den Ratgeber: »Im Namen unseres gemeinsamen Königs bitte ich dich, Kommandant Edekon zu beauftragen, für die sichere Beseitigung der Toten und die Sperrung der Bergstraße zu sorgen.«

Onegesius neigte unmerklich den Kopf. »Mein junger Fürst,

deine Bitte ist mir Befehl.« Mit weit ausholenden Schritten entfernte er sich.

Attila stieß dem Sohn sanft gegen die Brust. »Einverstanden. In Zukunft aber hüte dich vor diesen verdrehten Sätzen. Ein Feldherr oder König muss sich knapp, klar und deutlich ausdrücken. Nun komm, lass uns zu meinen Pferden gehen.«

An der Seilumfriedung der Koppel wischte sich Attila den Schweiß vom Stirnwulst hinauf ins Haar. »Eine Lücke. Fehlen wird mir der Stallmeister und nicht nur mir. Schau dir diese wunderbaren Tiere an. Wer soll sie jetzt betreuen?« Attila wies auf den schwarzweißen Schecken. »Diesen Wallach habe ich dir vor unserem Aufbruch geschenkt. Vom Stallmeister ließ ich ihn auswählen, weil er ein Pferd nicht nur ansah, sondern auch sein Wesen erspürte. Bist du zufrieden mit dem Schecken?«

»Ja, Vater. Nie habe ich ein besseres Tier geritten.«

Sie schwiegen. Beide sahen den Pferden zu und hingen ihren Gedanken nach. Mit einem Mal glitt ein Schimmer über das Gesicht des Prinzen, verschwand, kehrte beim nächsten Atemzug wieder und blieb. Schon öffnete Ernak die Lippen, stockte, als müsse er sich die Worte sorgsam zurechtlegen, dann wandte er sich dem Vater zu. »Der Tod des Stallmeisters bedeutet für uns einen großen Verlust, das ist wahr. Bis zum Ende des Krieges werden seine Knechte die Pferde versorgen müssen, und ich verspreche dir, dass ich täglich ihre Arbeit überprüfen werde.«

Zwar sichtlich erfreut wehrte der Großkönig dennoch ab. »Aber Junge, du bist kein Diener. Wenn das Schicksal es will, sollst du später einmal Herrscher über viele Völker sein.«

»Im Stall zu arbeiten wird mir keinen Schaden zufügen.«

Wieder tätschelte Attila die Wange seines Jüngsten. »Du bist mein ganzer Stolz.«

Entschlossen hielt Ernak die königliche Hand fest. »Ich weiß einen Nachfolger für den Stallmeister. Glaub mir, es ist ein wunderbarer Mensch.«

»Wie schön, Junge. Kenne ich den Mann?«

»Kein Mann. Es ist eine Frau.« Weil Attila die Stirn runzelte sprach Ernak hastig weiter: »Eine Heilerin für Pferde. Sie arbeitet auf unserm Gestüt... Weißt du, sie kennt jede Krankheit, sie spricht mit den Tieren, manchmal sogar ohne Worte, und...«

»Genug.« Der Vater sah ihn prüfend an. »Kommandant Edekon berichtete mir, dass du auf unserm Gestüt häufiger eine Sklavin besucht hast. Eine Burgunderin. Sind die Heilerin und diese Sklavin zufällig eine Person?«

Dunkle Röte überspülte Ernaks Gesicht. Er vermochte nichts zu antworten, nickte nur.

»Scham? Aber Sohn, dein Vater weiß nicht einmal, zwischen wie vielen Schenkeln er schon gelegen hat. Genieße die Weiber, genieße nur.« Attila gab ihn frei. »Und sollte deine kleine Hure wirklich auch noch diese wertvolle Begabung besitzen, so ist sie mir, schon deinetwegen, willkommen. Ich werde sie mir ansehen, wenn wir diesen verdammten Krieg beendet haben.«

Bei dem Wort ›Hure‹ war Ernak zurückgewichen, wagte aber nicht, seine Empörung zu zeigen.

Schon Anfang September kündigten Stürme den Herbst an. Körniger Staub wirbelte in Konstantinopel durch Straßen und Gassen, trieb den Hügel zur Hagia Sophia hinauf und traf am geöffneten Portal wie Nadelstiche in die Gesichter der Gläubigen.

Ausgezehrte Menschen mit trauerleeren Mienen. Nur notdürftig schützten sie ihre Augen, den Schmerz auf der Haut aber nahmen sie gleichgültig hin; er war geringer als das Elend der vergangenen Monate, verursachte ihnen weniger Pein als die gellenden Predigten ihres Bischofs. Ob Erdbeben oder Krieg, ohne Unterschied hatte er allein dem sündigen Lebenswandel der Bürger die Schuld an ihrem Unglück gegeben.

»Weil ihr dem Gelde nachgiert... Weil ihr Hurerei betreibt. Und dies nicht nur im Schutze der Dunkelheit. Nein, bei helllichtem Tage werden unschuldige Mädchen entehrt. Schlimmer noch, verheiratete Männer halten sich ohne Scham minderjährige Lustknaben... Ihr vernachlässigt die heiligen Sakramente und frönt stattdessen eurer einzigen Leidenschaft, diesen frevelhaften

Zirkusspielen!« Der ausgestreckte Finger des frommen Mannes schien durch die Wände der Kirche zu dringen, über Hügel und Mauern auf den Großkönig der Hunnen zu weisen. »Denn so steht es bei Josua geschrieben: ›Der Herr wird diese Völker nicht mehr vor euch vertreiben, sondern sie werden euch zum Strick und Netz und zur Geißel werden.‹ Hört, ihr Brüder und Schwestern: Attila ist euch vom Allmächtigen gesandt, als Strafe! Er ist die Geißel Gottes!«

Auf dem Weg in ihre Häuser duckten sich die Geprügelten ratlos: »Geißel Gottes?« Und lauter noch heulte der Sturm.

Chrysaphius kniete vor dem Thron seines Kaisers.

»Großmächtiger Herrscher, unsere Provinzen sind verwüstet, die Bevölkerung ist ausgeblutet.« Er sprach mit einer unheilschweren Stimme, die er selbst jedem Überbringer schlechter Nachrichten mit zehn Extra-Hieben vergolten hätte. »Der Winter steht bevor, und in unseren Speichern lagert kaum noch Korn. Herr, wir müssen uns aus den Klauen der Hunnen freikaufen, andernfalls sterben wir und mit uns das ganze Reich.«

»Quäle mich nicht so.« Theodosius seufzte. Er hob die Hand von der Lehne des Stuhls; weil seine Finger jedoch heftig zitterten, ließ er sie wieder sinken und verzichtete auf die Geste. »Erhebe dich, Freund. Glaubst du, der Hunne begnügt sich mit Gold? Und wenn ja, woher willst du es nehmen?«

»Attilas Gier kennt kein Maß.« Erst nach zweimaligem Ansatz gelang es Chrysaphius unter Ächzen, seine Körpermasse aufzurichten. Mit einem Seidentuch tupfte er sich die Schweißperlen von der Stirn. »Zunächst wird die kaiserliche Schatzkammer belastet werden. Indes habe ich die Senatoren schon seit längerem darauf vorbereitet, dass verschärfte Steuererlasse zu erwarten sind. Mein großmächtiger Kaiser, sei unbesorgt, ich habe ein waches Auge darauf, dass nicht wir, sondern die Bürger die Hauptlast tragen werden.«

Wieder unterließ es Theodosius, die Hand von der Thronlehne zu heben, er drehte sie nur um und krümmte einige Male den Zeigefinger. Als der Hofmeister nah genug vor seinen Lippen stand, flüsterte er. »Schon wieder verliere ich einen Krieg. Nur gut, dass Kaiserin Eudocia in Jerusalem weilt. Aber was werden meine Schwestern dazu sagen? Auch wenn die eine schon dahingegangen ist, so fürchte ich die anderen, vor allem aber Pulcheria.«

»Sei unbesorgt, Herr«, antwortete der Eunuch ebenso leise. »Ich habe mir bereits erlaubt, die frommen Damen von deinem klugen Entschluss zu unterrichten.«

»Und? Und?«

»Weil Pulcheria nickte, gab auch Marina ihre Zustimmung. Danach erhoben alle beide wie stets gleichzeitig den mahnenden Finger und pflichteten dem Aufruf unseres Bischofs nach einem Leben in strengster Buße und Frömmigkeit bei.«

»Gottlob. Und Dank sei dir, dass du mir diesen bitteren Gang erspart hast.« Erleichtert lehnte sich Theodosius zurück. »Nun lasse uns beginnen, die Friedensverhandlungen vorzubereiten. Wen soll ich als Unterhändler benennen?«

»Mein gnädiger Herrscher«, Chrysaphius benetzte mit breiter Zunge ausgiebig die Unterlippe, als kostete er stumm die Antwort vor, ehe er sie aussprach: »Aus inniger Liebe zu dir versteht es dein Diener, deine Wünsche im Voraus zu erahnen und sie auch zu erfüllen.« Er behauchte den in Gold gefassten, dunkelblauen Saphir an seiner Hand. »Der einzige Gesandte, den Attila sofort akzeptieren wird, das ist der ehemalige General Anatolius. Er hat für uns auch den letzten Friedensvertrag ausgehandelt.« Chrysaphius neigte den Kopf. »Dein Einverständnis voraussetzend, habe ich Anatolius schon vor einem Monat zum Patricius erhoben. Diese Würde soll ihn wie ein Duftwasser für den Gestank entschädigen, dem er während der Verhandlung mit diesem Barbaren ausgesetzt ist.«

»Danke. Du umsichtiger Freund gibst mir Ruhe.« Behutsam wagte Theodosius die rechte Hand zu heben, kein Zittern mehr. Er lächelte leise. »Wenn du neben allen Fähigkeiten überdies noch Freude an der Jagd hättest, dann könntest du für mich das Wild erlegen und mir auch diese Mühe abnehmen.«

Jetzt schauderte es Chrysaphius. »Verzeih, mein großmächtiger Kaiser, selbst ich bin unzulänglich. Ein Pferd zu besteigen, vermag ich nicht aus eigener Kraft. Es zu reiten ist mir eine Qual. Sollte ich dann auch noch den Speer werfen müssen, wäre es um mein Gleichgewicht und so auch um mein Leben geschehen.«

Der Kaiser lächelte nachsichtig. »Hab keine Furcht. Deine Mängel sind es, die dich zieren.«Hoch auf der Anhöhe flatterte die Adlerfahne vor dem königlichen Zelt.

Als wäre Anatolius ein lang entbehrter Freund, so ließ der Großkönig den Bevollmächtigten mit seinem Stellvertreter und den Schreibern empfangen: Am Fuß des Hügels standen Hornbläser, den Weg hinauf säumten Elitekämpfer auf gestriegelten Pferden. Die Männer zeigten sich voll gerüstet, kein Schuppenpanzer war zerrissen, die Fellhosen sorgfältig gereinigt, und zwischen den Augen glänzten die ledernen Helmstege vom frisch aufgetragenen Fett.

Oben angekommen, empfing Anatolius erneut Hörnerklang. Und Attila trat selbst hinaus und geleitete den General ins Königszelt.

Gleich nach den Höflichkeiten aber gefror die Miene des Unterhändlers. »Kommen wir zu den Bedingungen.« Kein verbindliches Wort, nicht einmal ein freundlicher Blick.

Einen Atemzug lang verdunkelte Ärger das Gesicht des Großkönigs, dann verständigte er sich kurz mit seinem Ratgeber, sank in den hohen Lehnstuhl und schloss die Lider bis auf einen schmalen Spalt.

An seiner Statt übernahm Onegesius das Wort: »Für den sofortigen Abzug verlangen wir eine direkte Entschädigung von …«

Gold, Gold und wieder Gold! Hinzu kamen ungeheuerliche Summen, die jährlich als Tribut an den hunnischen Hof gezahlt werden mussten. Überdies steigerte sich der Gefangenenrückkauf pro Kopf um vier auf zwölf Solidi. General Anatolius und sein Stellvertreter saßen versteinert da, ihren Schreibern stockte immer wieder die Feder, ehe sie hastig die nächste Forderung zu Perga ment brachten. In der Summe hatten die Römer mehr als achttausend Pfund Gold bereits am nächsten Tag aufzubringen, erst nach der Zahlung würden die Raubzüge und Eroberungen im Süden beendet.

»Kommen wir nun zu den Gebietsveränderungen.« Onegesius ließ sich von Orestes das nächste Blatt reichen. »Um den Frieden dauerhaft zu sichern, verlangen wir südlich unseres gesamten Grenzverlaufes eine unbewohnte Zone auf römischem Territorium in der Tiefe von fünf Tagesmärschen. Außerdem müssen die Handelsplätze neu bestimmt werden. Ferner …«

Als der oberste Ratgeber endlich schwieg, währte es eine lange Zeit, bis die Starre von Anatolius abfiel. Langsam hob er die Hand und betastete den grauen Haarkranz. »Mich wundert, dass er noch meinen Kopf ziert und nicht auch in der Forderungsliste aufgeführt wurde.«

Ein Scherz? Oder eine Spitze? Jäh wuchs Attila in seinem Stuhl, in den dunklen Augenhöhlen lauerte das Feuer. Mit hochgezogenen Brauen sah der Grieche auf den General. »Ist einer der Punkte unverständlich?«

»Nein, bei Gott. Ich hatte allerdings eine Verhandlung erwartet, nach der dem Verlierer des Krieges noch Luft zum Atmen bleibt.«

Jetzt hieb Attila die Faust auf die Stuhllehne. »Und ich erwartete einen General, mit dem mich, obwohl wir auf verschiedenen Seiten stehen, dennoch eine gegenseitige Achtung verbindet. Ich empfing ihn warm und mit allen Ehren. Stattdessen aber ist ein Höfling zu mir gekommen, aus dessen Miene nur Verachtung spricht.«

Der Patricius ging nicht darauf ein, höflich neigte er den Kopf. »In Anbetracht der ohnmächtigen Lage unserer Hauptstadt Konstantinopel und kraft meiner mir von höchster Stelle erteilten Befugnisse akzeptiere ich alle gestellten Forderungen und bitte dies in einem Vertrag festzuhalten, der sodann als Grundlage zum Vorfrieden und später zum eigentlichen Friedenschluss dienen soll.«

»Eine Entscheidung, mit der wir bereits gerechnet hatten. Zwei Ausfertigungen liegen bereit.« Mit Mühe gab Attila die höfliche Förmlichkeit zurück. »Mein oberster Ratgeber wird sich sofort mit allen Schreibern zusammensetzen. Dein Stellvertreter soll als Zeuge dem Dokumentenvergleich beiwohnen.« Hart klatschte er und trieb so die Männer hinüber ans Schreibpult neben dem Zelteingang.

Allein mit dem Patricius, milderte sich der Ton. »Warum? Wir sahen uns zuletzt beim Friedensschluss vor fünf Jahren. Nach dem Festabend meines Bruders Bleda, bei dem dich dieser unsägliche Narr mit seiner Darbietung kränkte; damals teilte ich mit dir den Unmut.« Attila stützte die Hände auf seine Knie. »Warum heute diese Kälte? Meine Forderungen können nicht die Ursache sein, sie betreffen das Oströmische Reich, nicht aber deine Person.«

»Oft erinnere ich mich an unsere letzte Begegnung. Zumal dieser Zwerg nun zu seinem ursprünglichen Besitzer zurückgekehrt ist und Konstantinopel mit seinen giftigen Zoten unterhält. Jedoch erspare mir die Antwort. Ich bin Gast in deinem Zelt...«

»Rede! Du hast nichts zu befürchten. Weder dir noch deiner Begleitung wird etwas geschehen. Also sprich.«

Die scharfen Falten um den Mund des Generals vertieften sich. »Müßig ist es, über den Sinn eines Krieges zu philosophieren. Welche scheinbar triftigen Gründe auch angeführt werden, in Wahrheit ist er nie zu rechtfertigen. Ich selbst wurde schuldig in jeder Schlacht; dies gestehe ich jetzt als alter Mann, der zurückschaut.« Anatolius schüttelte den Kopf. »Jedoch betrachte ich diesen Krieg, den wir gerade beenden, so befällt mich Grauen. Großkönig, du hast dem ohnehin schon Hässlichen eine noch abscheulichere Gestalt verliehen. Deine Horden töten nicht nur, sie wüten. Deine Männer vergewaltigen nicht nur, sie zerstückeln ihre Opfer und suhlen sich lustvoll in deren Blut. Zum ersten Male wurden Klöster und Kirchen von euch heimgesucht, geplündert und Mönche getötet. Nicht genug, bis hinunter zu den Thermophylen gibt es kaum noch ein Frauenkloster, in denen die Nonnen nicht geschändet und auf viehische Weise abgeschlachtet wurden.« Schwer fiel es Anatolius weiterzusprechen. »Ich bin sicher, nicht du in Person hast diese Verbrechen verübt, aber du musst sie verantworten. Bisher war Attila für mich ein großer Feldherr und gewaltiger Gegner. Dieses Bild aber ist zerstört und durch ein neues ersetzt worden. Ich vermag es nur mit Widerwillen anzusehen.«

Blässe hatte die graugelbe Gesichtshaut ausgedünnt, die Lippen waren vertrocknet. Attila hob das Kinn. »Wahrlich, du stellst meine Gastfreundschaft auf eine harte Probe.« Mit erzwungener Leichtigkeit in der Stimme setzte er hinzu: »Aber ich schätze Ehrlichkeit. Mut ebenso. Wärst du an meinem Hofe, so würde ich dich mit einem hohen Amte bekleiden.«

»Danke. Solange ich bei Kräften sein werde, will ich treu meinem Kaiser dienen.«

Das Gespräch versiegte. Schweigend saßen sich Hunne und Römer gegenüber. Als Onegesius mit den Schreibern und dem Stellvertreter des Generals zu ihnen trat, schien jeder erleichtert, sein Zeichen endlich unter die Dokumente zu setzen.

Spröde Worte hatten sie beim Abschied füreinander.

Attila kehrte gleich wieder ins Zelt zurück, und während draußen Hörner erneut zu Ehren der römischen Delegation erschallten, presste der Großkönig in jähem Schmerz die Fäuste an die Schläfen. »Er verachtet mich und ist selbst nur ein Niemand.«

Onegesius schickte mit einem Wink beide Schreiber hinaus. »Ein guter Vertrag«, begann er behutsam. Ohne im Ton zu schmeicheln, blieb seine Stimme einfühlsam. »Dieser Krieg hat uns mehr eingebracht, als dein Bruder jemals ausgehandelt hat. Du kannst voller Stolz vor deine Söhne und die verbündeten Stammesfürsten treten. Deine Macht ist unantastbar …«

»Lass nur, guter Freund, ich kann sehr wohl zwischen Niederlage und Sieg unterscheiden. Sobald dein Bruder Scotta morgen das Gold in Empfang genommen und die Wagen beladen sind, kehren wir in unsere Hauptstadt zurück.« Attila ließ die Arme sinken, sein Atem ging stoßweise. »Dann jedoch sollen die Römer erst wirklich spüren, was es bedeutet, von mir Unhold geschlagen und gepeinigt zu werden.«

Nein, nichts Schlimmes würde geschehen. Goldrun unterdrückte die besorgten Gedanken und bemühte sich um Zuversicht. Nur für den Fall, dass doch ihre Unterstützung notwendig werden sollte, legte sie das Heubündel und einige Lappen nahe der Tränke ab.

Gestern Abend hatte sie die Stute genau angesehen und betastet. Die Kruppe war eingesunken, Milch schon in das Euter eingeschossen; alle Anzeichen für eine nahe Geburt hatte sie feststellen können. Häufig legte sich die Trächtige nieder, um gleich wieder aufzustehen; auch dieses Unstete, dazu der warme Schweißgeruch, war ein sicheres Zeichen gewesen.

Als Goldrun aber vorhin beim ersten Morgenschimmer auf die Weide zurückkehrte, fand sie nirgends ein Fohlen. Etwas abseits der Herde graste die Tragende nahe dem Zaun in Begleitung von Wildrose und einer anderen Stute. Warum dauerte es dieses Mal so lange? Goldrun war umgekehrt und hatte rasch das Heu und die Tücher aus dem Krankenstall hergebracht. Jetzt näherte sie sich behutsam den dreien. Wildrose sah ihr entgegen und schnaubte. Die zweite Helferin stellte beide Ohren steil auf.

»Schickt mich nicht weg«, bat Goldrun mit verhaltener Stimme. »Ich werde mich nicht einmischen. Nur wenn ihr mir Zeichen gebt. Ich verspreche es.« Sie summte eine Melodie, ein wiegendes Auf und Ab, wie wenn Wiesenblumen sich im Winde wiegen. Jeder ihrer Schritte floss in den anderen über.

Dennoch schoben sich beide Hebammen vor die Trächtige, grasten und versperrten ihr die Sicht. Aus dem Summen heraus sprach Goldrun weiter: »Will nur ganz nahe sein. Will mit euch Acht geben.« Sie hatte Wildrose bis auf Armlänge erreicht, berührte aber nicht das Fell, sondern kniete sich dicht neben dem großen Kopf ins Gras, sank auf ihre Fersen und nahm wieder die Melodie auf. Nach einer Weile öffneten die Hüterinnen den doppelten Schutz. Ohne Hast bewegten sich beide Stuten, zupften jetzt das Gras rechts und links von Goldrun. Sie spürte das Herz schlagen. Auch die Schwangere blieb in der Nähe. Wärme stieg. Ihr habt mich aufgenommen, ich bin jetzt eine von euch.

Gleich wuchs wieder die Sorge, verdrängte das kleine Glücksgefühl. Goldrun verengte die Lider, um genauer zu sehen. Sobald der Schweif sich bewegte, sah sie Feuchtigkeit, geweitet war die Spalte. Geduldig wartete sie, bis ihr Blick auch das Euter erfassen konnte. Kein Milchverlust. Du bist stark, dachte Goldrun, nichts fehlt dir. Nur solltest du dein Kind nicht länger festhalten.

Sie stützte das Kinn in beide Hände, gleichmäßig führte sie den Atem. Ihr ganzes Denken richtete sich auf die Stute … alle Geräusche vom Hof erreichten sie nicht mehr … Gehör und Augen wachten einzig noch über den engen Kreis der Verschworenen nahe dem Weidezaun.

Wehen kamen; scharfes Schnauben bestimmte den Takt der Zeit. Die Stute legte sich, stand auf, tappte hin und her. Stets blieben Wildrose und die Freundin an ihrer Seite, rieben sich, knabberten das Fell. Nach zwei Stunden kam die Tragende auf die dritte Helferin zu, als wolle sie sich auch deren Unterstützung versichern; und erneut ging eine Welle durch den ausladenden Bauch. Gut so, dachte Goldrun, wir sind bei dir. Nimm jetzt deine ganze Kraft und zeig uns dein Fohlen.

Weiße Haut drückte sich aus der Spalte, wuchs zur Blase. Langsam sank die Gebärende ins Gras, im gleichen Fluss der Bewegung legte sie sich auf die Seite. Größer wurde der Hautbeutel, er dehnte sich lang; die Vorderfüße, der Kopf zeichneten sich ab, drückten von innen gegen die gespannte Fruchthaut. Zu schwach, die Blase riss nicht. Langsam, jedoch mit größter Wachsamkeit, erhob sich Goldrun auf die Knie. Durch die milchige Haut konnte sie feststellen, dass sich der Kopf des Fohlens unmerklich bewegte. Du lebst, mein Kleines, dachte sie und versuchte es tonlos zu ermuntern: Ich weiß, auf die Welt zu kommen strengt an, aber bitte strampele etwas mit den Füßen, nur ein bisschen, oder streck sie weiter aus. Diese Haube brauchst du nicht mehr, sie erstickt dich nur. So beweg dich doch! Eine neue Wehe schob die Schultern hinaus. Die Blase blieb geschlossen.

Beide Hebammen beschnupperten das Fell der Gebärenden. Ich muss helfen, dachte Goldrun. Sie bewegte sich, hielt gleich wieder inne. Eine der Stuten schob die Nase unter den Hals der werdenden Mutter und hob ihn leicht an. Wildrose senkte den Kopf, sie versetzte der Kruppe einen sanften Stoß, wiederholte ihn.

Das Rucken genügte. Goldrun sank erleichtert zurück: Die kleinen Hufe hatten die Fruchtblase durchstoßen, gleich riss die Haut noch ein Stück weiter auf. Obwohl der Kopf eingehüllt blieb, ersticken würde das Fohlen nicht mehr. Jetzt ruh dich etwas aus, riet Goldrun der Mutter stumm, du benötigst viel Kraft, um auch den Körper des Kleinen hinauszudrücken. Gleich musste sie über sich selbst lächeln. Entschuldige, ich wollte mich ja nicht einmischen.

Die Nüstern der Stute dehnten und verengten sich, ruhig ging der Atem. Beide Hebammen umknabberten ihren Hals, die Ohren und schnaubten dicht an ihren Lippen.

Eine Berührung? Nicht wirklich. Goldrun spürte keinen Druck in ihrem Nacken, und doch fühlte sie ihn wie einen Gedanken, der in den warmen Kreis der Geburt hineindrängte. Weil jede heftige Bewegung die Mutter verunsichern konnte, wandte Goldrun sehr langsam den Kopf, drehte den Oberkörper halb mit.

Ein Ton setzte ein, drohte den Kopf zu sprengen, gleich wurde er zur heißen Welle und stürzte sich über ihr Herz. Sie musste die Augen schließen, um atmen zu können. Nein, ich hab mich geirrt, sagte sie sich. Goldrun öffnete die Lider. Das Bild war Wirklichkeit! Ernak. Kaum zwanzig Schritt von ihr entfernt, dort stand Ernak auf der Weide, reglos, still. Oder bilde ich es mir nur ein?

Vorsichtig hob Goldrun die Hand. Ebenso behutsam winkte er zurück und lächelte. Keine Täuschung! Jubel wollte aufwachen, sofort unterdrückte sie ihn. Ich kann nicht zu dir laufen, dachte sie, und du darfst nicht herkommen. Sie schüttelte den Kopf, deutete auf die Stute. Ernak nickte, und seine Geste sagte: Ich warte. Lass dir so viel Zeit, wie du benötigst.

Goldrun wandte sich wieder um. Das Wunder war vollbracht Ohne Laut hatte die Stute inzwischen ihr Fohlen ganz hergeschenkt. Ermattet lag sie da. Halb bedeckt noch von der zerrisse nen Haube bewegten sich die Beine ihres Kindes, ganz schwach nur hob und senkte sich manchmal der kleine Kopf.

Geduld, befahl sich Goldrun, es dauert noch. Auch wenn mir das Glück den Rücken verbrennt, ich will warten, bis ich weiß, dass Mutter und Kind gesund sind. In ihr jauchzte und lachte es, schnell presste sie die Lippen fest zusammen, damit ja kein Laut hinausdrang. So zäh zog sich die Zeit. Goldrun seufzte und blickte noch einmal verstohlen über die Schulter. Ernak, Liebster. Der Krieg ist vorbei, ja, endlich vorbei. Und du bist hier …

Schnauben. Wie nach einer Ermahnung sah sie wieder nach vorn. Die beiden Hebammen hatten sich etwas entfernt. Unter Mühen erhob sich die Stute, dabei riss die Nabelschnur. Nun musste das Fohlen leben lernen. Weil die Geburt sich so lange hinausgezögert hatte, bewachte Goldrun jede Regung. Die Mutter befreite Kopf und Hals des Kindes von der weißen Hülle und begann das nassverklebte Fell trocken zu lecken. Zungensträhne um Zungensträhne rieb das Blut in Wallung. Die viel zu großen Augen glänzten auf, die Nüstern blähten sich.

Goldrun presste die gefalteten Hände an ihre Lippen. »Danke«, flüsterte sie, »und danke auch für Ernak.« Ernak? Jetzt störte er nicht mehr, jetzt durfte er … »O heilige Mutter, danke, dass du ihn mir zurückgebracht hast.«

Ohne den Blick vom Fohlen zu lassen, winkte Goldrun dem Liebsten. Sie spürte seine Nähe, ehe er bei ihr war, und als er sich neben sie ins Gras kauerte, mussten beide tief atmen, um den Moment auszuhalten. Augen betasteten Augen, wurden zu Spiegeln des Lächelns. Sein Mund ist ernster geworden, dachte Goldrun, und die Wangenknochen, so stark sind sie vor dem Krieg nicht zu sehen gewesen. Dünn bist du geworden, mein Liebster. Genug! Sonst ertrage ich das Glück nicht.

Sie sah wieder auf das Neugeborene. Wie schön du bist. Große, warmbraune Locken, der Mähnenkamm nur ein schwarzer, widerborstiger Strich, aber auf der Stirn schimmerte ein kleiner heller Fleck. Von der Mutter wurde gerade das Hinterteil und der Schweif bearbeitet. Goldrun seufzte. Auch wenn du es nicht weißt, kleines

Pferdchen mit dem Stern, von jetzt an kennt deine Mutter dich, deinen Geruch, sie weiß, wie du schmeckst. Bis du groß bist, wird sie dich nie mehr allein lassen.

Goldrun fühlte, wie Ernaks Hand sich über ihre Hand legte. Kurz sah sie in das Lächeln und lehnte sich an seine Schulter. »Ich kann's kaum glauben«, flüsterte sie. »Seit wann bist du schon hier?«

»Die Geburt hatte gerade begonnen«, gab er leise zurück.

Goldrun schloss die Augen. Jetzt weiß ich, warum es so lange gedauert hat. Die Stute hat auf Ernak gewartet, weil ich heute zwei Geschenke bekommen sollte: Ein gesundes Fohlen und meinen Liebsten. Was für ein Tag! O heilige Mutter, gleich zerspringt irgendwas in mir.

Sie öffnete die Lider, blickte auf Ernak, dann zum Neugeborenen. Und beide sind auch wirklich hier. Als Traum wäre der Tag schon viel, aber jetzt …

Sie zog sich heftig an den Haarsträhnen. Der Schmerz tat ihr gut, half den Gedanken, sich zu ordnen.

Immer wieder nickte das Fohlen mit seinem schweren Kopf, als müsse es Schwung nehmen: Die Brust hob sich aus dem Gras, beide Vorderbeine streckten sich wie dürre Stecken. Aufmerksam beobachtete die Mutter ihr Kind, auch Wildrose kam neugierig näher. Neuer Schwung war nötig, dieses Mal für das Hinterteil, doch er half nicht gleich, erst nach einigen Versuchen und viel Glück gelang es dem Fohlen, sich mit den Hinterbeinen im Gras abzustützen und aufzurichten. Gleich knickten die Gelenke wieder halb ein, gefährlich schwankte der Körper hin und her. Fürsorglich gab die Mutter ihre Hinterhand als Stütze. Ein Anlehnen noch und dann stand das Fohlen mit ausgestellten Beinen aus eigener Kraft da.

»Geschafft«, entfuhr es Goldrun, als hätte sie selbst die Leistung vollbracht.

Ernak legte den Arm um ihre Schulter. »Was ist es denn nun? Ein Hengst oder eine Stute?«

Ohne sich von ihm zu lösen, beugte sie den Kopf vor. Nach

einer Weile sah sie vergnügt zu Ernak auf. »Ich hab's mir beinah schon gedacht: Ein Prinz ist angekommen.«

»Wie meinst du das …?«

»Gleich«, wisperte sie. »Komm, stören wir nicht länger.« Halb gebückt zogen sich die beiden zurück, weit genug entfernt fassten sie sich an den Händen und liefen quer über die Weide nach Osten bis ihnen der Atem fehlte.

Goldrun ließ sich fallen und zog Ernak mit. »Halte mich fest. Bitte, ich muss sofort spüren, wie es ist, wenn du mich fest an dich drückst.« Ernak schlang die Arme um sie und rollte sich mit ihr küssend durchs Gras. Wieder mussten sie nach Luft schnappen und blieben nebeneinander liegen.

Weiße Wolken, dachte Goldrun, der Himmel hat sich für uns mit weißen Tupfern geschmückt. Ob mir so ein luftiges Kleid stehen würde? Bei der Vorstellung musste sie leise lachen.

Ernak stützte sich mit einem Ellbogen auf, blickte in ihr Gesicht und malte mit der Fingerkuppe die Brauenbögen nach, strich über den Nasenrücken hinunter und berührte die Lippen. »Jede Nacht habe ich an dich gedacht.«

Goldrun saugte den Klang seiner Stimme in sich auf. Ich weiß nicht genug Worte, dachte sie, um dir wirklich zu sagen, wie es mir ergangen ist. »Ich hab gewartet und immer nur gewartet …« Mit einem Mal befiel sie Angst und sie setzte sich auf. »Besser du sagst es mir gleich: Musst du wieder los? Oder ist der Krieg wirklich vorbei?«

»Alle Truppen sind auf dem Rückweg. Wir haben die Römer besiegt und Frieden geschlossen. Nichts kann uns mehr trennen. Ich schwöre es dir.«

Nur danach sehnte sich Goldrun und sagte dennoch: »Bis der nächste Krieg kommt.«

»Daran will ich jetzt nicht denken.« Ein Schatten fiel über Ernaks Gesicht, zog weiter und nahm etwas von der Leichtigkeit mit fort.

»Verzeih.« Sie legte die Hand behutsam auf seine Brust. »Ich helfe dir zu vergessen.«

Er dehnte sich. »Als ich dich vorhin so nah bei den Pferden knien sah … Dieses Bild. Weißt du, alles wurde weniger wichtig in mir, allein du warst noch da.« Goldrun schmiegte das Gesicht in seine Halsbeuge, und er streichelte das Haar. Lange blieben sie so, atmeten voneinander. Später sagte Ernak: »Ich habe mit Vater gesprochen.«

Goldrun verstand nicht gleich, dann aber wurden ihre Augen wachsam. »Worüber?«

»Vielleicht wirst du bald in die Stadt ziehen.«

Heftig schluckte sie. Noch mehr Glück? Nein, das Herz sollte nicht lauter schlagen, noch nicht. Vorsichtig gestand sie: »Ich begreife gar nichts. Was meinst du damit?«

Und Ernak berichtete kurz vom Tod des Stallmeisters und setzte hinzu: »Ich habe Vater gesagt, dass du die beste Nachfolgerin wärst. Er hat mir genau zugehört. Und ansehen will er dich.« Innig drückte er sie. »Stell dir vor, er willigt vielleicht ein. Dann wohnst du bald ganz in meiner Nähe, und wir können uns täglich sehen.«

Noch verwirrt von der eben aufgeflackerten und schon wieder erloschenen Hoffnung fragte Goldrun: »Und von uns? Hast du ihm auch von uns beiden erzählt?«

»Etwas. Nur so erwähnt hab ich's …« Ernak gab sie frei und kämmte mit beiden Händen sein Haar zurück. »Vom Kommandanten unserer Elitetruppen wusste Vater schon, dass ich dich häufiger besuche. Verstehst du, und gleich viel mehr zu sagen, wäre nicht gut gewesen. Zunächst ist es wichtig, dass du die neue Stellung erhältst. Verstehst du?«

Goldrun sah ihn verwundert an und dachte, nein, das begreife ich nicht. Warum fehlte dir der Mut, von unserer Liebe zu sprechen? Hast du so viel Angst vor deinem Vater? Sie schüttelte den Kopf, wischte die Fragen beiseite. Der Tag ist viel zu schön. Du bist wieder bei mir, und das will ich fühlen heute und sonst nichts.

Ein Tempel? Oder eine Grabstätte? Aber warum stieg beißender Rauch aus der Deckenöffnung im rückwärtigen Teil des Gebäudes? Die beiden Stammeshäuptlinge blickten verunsichert auf den Ratgeber des Großkönigs, blieben einige Schritte hinter der vornehmen Gruppe und sahen sich an. Diese Griechen! Nicht genug, dass sie Gebäude aus teurem Stein errichteten, nein, sie schienen überdies die Opfergaben in geschlossenen Andachtsräumen zu verbrennen und nicht, wie es sich gehörte, über offenem Feuer, damit Flammen und Qualm von den guten Dämonen auch genau gesehen werden konnten.

Die Ältesten der kleinen Hirtenstämme kratzten die Flohstiche am Hals und auf der Brust. Sie fühlten sich unbehaglich. Daheim in den Zeltlagern, drei Tagesreisen nördlich von hier, gab es nichts Fremdes. Ihre Familien kannten Tag und Nacht, Hitze und Kälte, sie lebten mit dem Vieh, zogen von einem Weideplatz zum nächsten und fürchteten den Winter.

Wie jeden Herbst hatten sie Schlachtrinder zum Königsordu getrieben und vom Erlös genug Getreide und Holzgeschirr gekauft. Die Karren waren schon beladen. Wenn aber ein Stammesoberhaupt, ob reich oder unbedeutend, den Palastbereich betrat, musste er zu einer Audienz in die Königshalle kommen. Dies hatte Attila gleich zu Beginn seiner Herrschaft angeordnet. Für gewöhnlich wurden nur ein paar freundliche Worte ausgeteilt, und dann war der Besucher wieder entlassen. Dieses Mal aber hatte der Grieche die Hirtenführer aufgehalten: »Ihr tüchtigen Leute! Erweist mir das Vergnügen eurer Gesellschaft bei einem Spaziergang zu meiner Wohnstatt. Dort werde ich euch mit einem Wunderwerk bekannt machen.«

Stirnrunzelnd hatten ihn die Männer angesehen. »Was?«

Keine Antwort gab der feine Herr, er wandte sich an den König: »Erlaube diese Demonstration. Sie wird das Eröffnungsfest krönen. Denn diese einfachen Menschen werden so zum ersten Mal in ihrem Leben mit erlesener Kultur in Berührung kommen.«

»Überfordere sie nicht, mein Freund.« Dann hatte der König ihnen zugenickt. »Niemand zwingt euch.«

Dieser Satz war ein freundlicher Befehl gewesen, und so hatten sich die Oberhäupter der Gruppe angeschlossen. Jetzt starrten sie auf das steinerne Haus. Es war nicht rund, wohl aber so hoch wie eine Jurte, dazu noch sonderbar vieleckig und ausgedehnt. Vor allem die Tür aus schwerem Holz in der Mitte des offenen Säulengangs erschien ihnen wenig einladend.

Stärker wurden die Zweifel. Beide Hirten atmeten schneller. Mit welcher Absicht wurden ausgerechnet sie hierher geführt? Was hatten die drei Herren vor? Der eine war König Attila, der zweite sein Ratgeber, die waren ihnen bekannt. Aber der dritte? Dieser spitze graue Bart. Und dieser Zorn in den Augen. Er war kein Hunne, vielleicht aber ein griechischer Schamane? Mit offenem Mund stierten die Stammesfürsten zu den aufsteigenden Rauchwolken hinüber. Opferfeuer! Sie ahnten jäh, wer dort in diesem furchterregenden Tempel verbrannt werden sollte und blieben stehen.

Onegesius wandte sich um. »Nur Mut, Freunde. Seht euch das prachtvolle Gebäude genau an.«

»Ist uns schon genug.«

»So lasst euch wenigstens erzählen, wozu es dient.« Und der Grieche verlockte wie ein Dichter: »Wer dieses Badehaus betritt, dem wird wohl werden. Sein Körper wird gewaschen, hernach führen ihn Sklavinnen zu einem Becken lauwarmen Wassers. Ist die Haut weich und geschmeidig, wird der Besucher in heißes Wasser gesetzt …«

Ein schneller Blick. Einer der Hirten hauchte: »Auch das noch. Die verbrennen ihre Opfer nicht gleich …« Der andere sprach laut für beide: »Danke, Herr … Hoch lebe der König …« Tief verbeugten sich die Männer und zogen sich Schritt für Schritt zurück. »Wir müssen jetzt … Es ist bald dunkel … Danke für die Freundlichkeit …« Sie waren weit genug, keine Wachen hielten sie auf, und überhastet entflohen sie dem unheimlichen Ort.

»Welcher Geist ist in sie gefahren?« Onegesius wölbte die Brauen

»Die Kultur.« Attila gefiel sich im Spott. »Vielleicht aber bist du als ihr Hoher Priester auch nicht überzeugend gewesen.«

»Verzeih, es war ohnehin ein vermessener Gedanke, diese verdreckten Kuhhirten für ein Badehaus begeistern zu wollen. Umso mehr aber sollst du, als mein erster Gast, alle Vorzüge genießen. Und nun lass uns die Stätte der Ruhe und Entspannung betreten.« Onegesius gab dem Baumeister einen kurzen Wink.

Anstatt aber das Portal zu öffnen, trat der Mann einen Schritt zurück, sank auf den Marmorboden, er rutschte auf dem Bauch bis vor den Griechen und küsste ihm die Füße.

Attila sah seinen Ratgeber an, erstaunt rundete er die vollen Lippen. »Welche Ergebenheit verlangst du deinen Dienern ab? Gesten, die vor meinem Thron nicht erwünscht sind, die pflegst du heimlich in deinem Hause?«

Röte übergoss das sonst so bleiche hagere Gesicht. »Bitte, mein Fürst, denke nicht falsch von mir. Nie würde ich solche Unterwerfung …« Ungelenk entzog Onegesius seine Füße dem Baumeister. »Was soll das, Kerl?«

Jetzt rang der Mann die Hände zu Attila empor, flehte aber den Ratgeber an: »Herr, habe Erbarmen, verschließe dein Herz nicht meiner Bitte.« Der spitze Bart wippte bei jedem Seufzer. »Ich habe diese Therme errichtet. Niemand außer mir hätte in dieser Einöde solche Pracht erschaffen können. Mosaike, großzügige Treppen und Reliefs … Doch nicht allein die Ausgestaltung ist bewundernswert, das System im Unsichtbaren zeigt mich als wahren Meister. Die Böden spenden Wärme …«

Ein Fingerschnippen des Großkönigs unterbrach ihn. »Verrate nicht, was ich gleich sehen werde. Komme endlich zu deiner Bitte an meinen Ratgeber.«

»Um Vergebung, ja, sofort, um Vergebung.« Der Baumeister sammelte sich. Inzwischen war die Röte in Onegesius' Gesicht wieder verblasst, mit verhaltenem Zorn in den Augen erwartete er das Gesuch.

»Herr, nachdem ich nun dieses Bauwerk zu deiner Zufriedenheit vollendet habe, erlöse mich aus der Sklaverei, nimm den Ring der Knechtschaft von mir, und lasse mich als ein freier Mann zurück in meine Heimatstadt Sirmium ziehen. Denn …«

»Unverschämter!« Der sonst so beherrschte Grieche holte zum Schlag aus, ließ den Arm jedoch wieder sinken, peitschte dafür mit Worten. »Du glaubst wohl, im Beisein des Fürsten mit deiner Bettelei mehr Erfolg zu haben? Aber du irrst. Du bist mein Sklave und wirst mein Sklave bleiben. Und sollte ich dereinst sterben, wirst du auch meinen Söhnen als Sklave dienen.«

Der Baumeister heulte auf. »Großer König, so erhöre du meinen sehnlichsten Wunsch. Befiehl dem Grausamen, mich freizulassen. Deine Macht...«

Hart trat ihm Attila in die Seite, Wut loderte auf: »Du wagst es? Du Wurm wagst es, mich gegen meinen Ratgeber aufzuwiegeln!« Die linke Hand schnellte vor, packte den spitzen Bart und zog den Hals lang, eine kurze Bewegung nur, und der Dolch blitzte in der rechten Faust. »Nicht Freiheit, den Tod hast du verdient...«

»Mein Fürst!« Onegesius schüttelte wild den Kopf. »Verschone ihn. Ich bitte dich inständig. Er darf nicht sterben. Sonst wäre alle Mühe vergebens gewesen.«

Es dauerte einige Atemzüge, dann ließ Attila von seinem Opfer ab. Voller Zweifel blickte er den Griechen von der Seite an. »Ist dies wieder eines deiner missglückten Rätsel? Erst verfluchst du diesen Kerl, kurz darauf flehst du um sein Leben?«

Der Ratgeber bemühte sich um Würde. »Siehe mir meine Ungeschicklichkeit nach. Die Einweihung heute ist ein Festtag für mich. Jedoch scheint mir Leichtigkeit einfach nicht gegeben zu sein. Schon der Versuch, diese Kuhhirten zum Bade zu verführen, war ein Fehler. Und was diesen Sklaven betrifft, so muss ich die Verantwortung für sein ungehöriges Verhalten übernehmen.«

Leicht tippte ihm Attila gegen die Brust. »Ich betrete dein Badehaus nicht, ehe du mir eine befriedigende Antwort gegeben hast.«

Onegesius wölbte die Brauen. »Dieser Mensch darf weder die Freiheit erlangen, noch darf er sterben. Weil ich ihn brauche. Die neue Therme ist so kunstvoll durchdacht, so ausgeklügelt in der Technik, dass mein Verstand sich weigert, sie zu begreifen. Du und ich, wir können alle Annehmlichkeiten genießen; jedoch er muss dafür sorgen, dass genügend Wasser vom Fluss hergeleitet wird, er ist verantwortlich für die Hitze in den Fluren unter dem Boden. Kurzum, ich habe den Baumeister nach der Fertigstellung zum Meister und Wärter dieses Badehauses ernannt. Weil bisher außer ihm niemand es zu betreiben vermag.«

Verblüfftes Schweigen, dann lachte Attila leise. »Wie klug von dir, mein Freund. Ja, du hast richtig entschieden. Aber welche Ironie des Schicksals? Ausgerechnet seine große Begabung hat ihn tiefer noch in die Knechtschaft geführt.« Attila schmunzelte weiter und patschte dem Erniedrigten die Wange. »Gräm dich nicht. Es ist besser, ein Sklave in meinem Reich zu sein, als ein freier Mann bei den Römern. Und nun stehe auf und erfülle deine Aufgaben.«

Nach der ersten Reinigung mit einer Bürste umgab wohlige Wärme den Großkönig. Er lag im Pflegeraum nackt auf einer mit Leintüchern gepolsterten Marmorbank. Geschickte Finger einer Sklavin führten den dreifach gezahnten Silberkamm auf der Suche nach Ungeziefer durch das grausträhnige Haupthaar, und ebenso fleißig suchte eins der Bademädchen zwischen seinen Lenden nach den Plagegeistern und bemühte sich, so selten wie möglich den halberwachten Herrscherstab in der Mitte mit dem Blick oder der Hand zu streifen.

Räucherwerk glühte in kleinen Töpfen und verbreitete den Duft nach Minze und Zitrus.

Onegesius saß neben der Pflegebank, das Badetuch zur Toga um den weißhäutigen mageren Leib geschwungen. Kein stolzes Lächeln mehr, vergessen schien die Freude über das so sehnlich herbeigewünschte Marmorbad. »Krieg? Du denkst an einen neuen Krieg? Mein Fürst, du siehst mich tief besorgt.«

Attila verzog schmerzhaft das Gesicht, weil der Kamm sich in einem Läusenest verfangen hatte. »Verzeih«, hauchte die Sklavin. »Soll ich aufhören?«

»Untersteh dich. Vernichte jeden lästigen Bewohner, den du findest. Das ist ein Befehl.« Er wandte sich seinem Ratgeber zu. »Und du, streich dir die Falten aus der Stirn. Krieg gegen Ostrom?

Nein, er lohnt nicht mehr. Die Provinzen sind kahlgefressen. Sie werden Jahre benötigen, um wieder aufzublühen.«

»Aber du sagtest …«

»Ich sagte, wir werden die Römer würgen, bis ihnen die Augen aus den Höhlen quellen.« Attila setzte sich auf. Sofort traten die nur mit kurzen Kittelchen bekleideten Mädchen vom Lager zurück und warteten mit gesenktem Blick neben den Räucherschalen. »Mein Freund, wir haben viel gefordert, so viel wie nie zuvor. Doch glaube mir, in den Schatztruhen von Konstantinopel liegen noch Berge von Gold. Und die möchte ich abtragen.« Er legte beide Hände über die Brustwarzen und sog den Duft der Öle tief in sich ein. »Wir werden Monat für Monat eine Gesandtschaft mit neuen Friedensbedingungen zum kaiserlichen Palast schicken. Unerfüllbare Bedingungen.« Er ließ die Hände nun über den Bauch hinunter gleiten, wog genüsslich Hoden und Schwanz, ehe er sich auf die Schenkel klatschte. »Du verstehst, mein Freund?«

Onegesius nickte anerkennend. »Um unseren Zorn zu besänftigen, werden der Gesandtschaft wertvolle Geschenke überreicht.«

»Dieser Theodosius und sein Eunuch sind verweichlicht. Nie werden sie das Risiko eines neuen Krieges eingehen und stattdes sen die Schatzkammer für uns weit öffnen.« Attila bewunderte sich selbst. »Erst schlage ich sie auf dem Schlachtfeld. Für den Frieden müssen sie ohnehin zahlen. Und jetzt zwinge ich ihnen zusätzlich auch noch hohe Summen ab, die sie mir lächelnd in Form von Geschenken überreichen müssen.« Ein fremder Glanz schimmerte in den Augen, seine Stimme kam tief aus der Kehle »Demütigung. Weißt du, mein Freund, schlimmer noch als eine Niederlage ist die Demütigung. Sie vernichtet und tötet bei lebendigem Leib.« Jäh rang Attila nach Luft und krümmte sich nach vorn, Röcheln schüttelte die Schultern.

Sofort schickte Onegesius eines der Mädchen nach kaltem Wa ser, dem anderen befahl er frische Tücher zu bringen. Er selbs beugte sich über seinen Herrn, behutsam fasste er den Arm. »Ve suche, dich aufzurichten.« Attila keuchte den Atem, dann hustete er, und in einem Schwall spuckte er blutigen Schleim auf den Ma morboden. Ruhe überkam den Körper. »Mein Freund.« Attila lächelte dünn. »Nun habe ich dein neues Bad beschmutzt, schlimmer noch, als es die beiden Hirten getan hätten. Ich weiß nicht, ob du solche Gäste wie mich in Zukunft hier dulden solltest.«

Die beiden Sklavinnen kehrten zurück. Onegesius feuchtete selbst den Lappen an. »Dein Blut… «, flüsterte er. Die tiefe Besorgnis ließ ihn stocken, und schweigend reinigte er Lippen und Kinn des Herrschers.

So sehr sich Goldrun auch anstrengte, genau war nicht zu erkennen, was nahe dem Brunnen vor sich ging. Sie stand unter dem Vordach des Krankenstalls; die frostig klare Mittagssonne hing tief im Süden und blendete. »Verflucht, wieso lassen die mich hier so lange warten?«

Vor einer Stunde war Keve mit einem Trupp von sechs Elitekämpfern in den Hof gesprengt. Ihre Pferde dampften. Noch vom Gaul aus hatte er nach der Oberin gerufen. Dann sprang er ab und stieß schnelle Pfiffe aus, rannte zum Schlafhaus, kehrte um, klatschte in die Hände, als gelte es, Hühner und Gänse vor dem Fuchs zu warnen, und schrie wieder nach der Verwalterin.

Kaum hatte Goldrun seine Stimme erkannt, legte sie das Zaumzeug über den Fetttopf und verließ den Geräteschuppen. Unterwegs wischte sie die speckigen Finger am Kittel ab. Einige Mägde waren schon im Hof zusammengelaufen. Es blieb keine Zeit für eine Begrüßung zwischen Keve und ihr, denn jetzt stürmte Tarcal zornbebend aus dem Wohnhaus. »Was fällt dir ein, Schwager? Du ungehobelter Trampel!«

Keve aber lachte nur. »Schwägerin! Sei froh, dass ich schon hier bin.« Mit dem Daumen wies er auf die Bewaffneten. »Die Vorhut hätte auch langsamer reiten können. Aber weil du nun mal die Schwester meiner alten Henne bist, hab ich die Kameraden zum Galopp überredet.«

»Lass dein Geschwätz! Bei mir gewinnst du damit nicht einen Becher Stutenmilch.«

Ihre Schärfe prallte an ihm ab. »Gegorene Stutenmilch? Sehr

gut. Lass schon mal einen Krug rausbringen. Nein, nicht für mich.« Er feixte vergnügt weiter und streckte den Arm in Richtung Fahrstraße. »Aber die feinen Herren dahinten, die haben sicher ’ne ausgetrocknete Kehle.«

Tarcal reckte den Kopf, auch Goldrun und die Mägde sahen nach Osten. Eine helle Fahne wehte voran; rechts und links der kleinen Reitergruppe trabten Bewaffnete. Die Oberin versteifte den Rücken. »Ist er dabei? Sag es, Schwager.«

»Im Krieg weiß jeder von uns, da wo der Adler flattert, da ist der Großkönig. Im Frieden ist das auch so. Oder hast du das nicht gewusst?«

»Verflucht, hör auf zu grinsen. Noch nie war König Attila auf meinem Gestüt. Was will er? Weißt du etwas?«

Keve zuckte die Achseln. »Mir sagt keiner was. Aber helle Gesichter hatten die Herren, als wir losgeritten sind, trotz der Kälte. Was Schlimmes werden sie nicht wollen. Mein ich wenigstens, weil der Ratgeber nicht dabei ist. Nur Prinz Ernak, Kommandant Edekon und unser großer Schamane …«

»Warum stehe ich hier noch rum?«, beschimpfte sich Tarcal selbst. Und nach dem nächsten Luftholen scheuchte sie ihre Mägde an die wenigen Vorbereitungen, die noch möglich waren: »Sagt in der Küche Bescheid! … Weg mit dem Mistkarren! … Fegt den Hof! … Zieht euch saubere Kopftücher an!«

Während die Elitekämpfer ausschwärmten, um zur Sicherheit des hohen Besuches die Gebäude und nahen Weiden zu kontrollieren, nahm sich Keve endlich Zeit und begrüßte seine Ziehtochter. »Ist lange her, Mädchen. Bist noch schöner geworden. Nur …«

Sie streichelte den rauen Handrücken. »Ich habe Mela besucht, während du weg warst.«

»Weiß ich. Sie hat von dir erzählt. Aber jetzt …«

»Und was?« Die Frage war einfach hinausgerutscht, viel zu schnell. Goldrun schwieg und suchte in seinem Gesicht. Wusste er von ihrer Liebe?

»Hab so was gehört, Mädchen …«

»Bitte, lass uns später in Ruhe darüber reden«, flüsterte sie.

»Geht nicht.« Er deutete auf die fettigen Fingerspuren an ihrem Kittel. »Denke, du solltest was Sauberes anziehen, weil der König …« Er schüttelte den Kopf. »Nein, ich glaub zwar nicht, dass es stimmt, was ich gehört habe, aber besser ist besser.«

Keve meinte etwas anderes. Erleichtert lächelte sie. »Ich gehorche. Und dir zuliebe ziehe ich sogar mein grünes Wollkleid an.« So glatt ging ihr die Lüge von den Lippen; weil Ernak bei den Besuchern war, nur seinetwegen wollte sie sich etwas herausputzen.

Als Goldrun zurückkehrte, stand die Oberin bereits vor den eilig zusammengerufenen Mägden und Knechten. Ihren Haarwulst hatte sie straff um den Kopf gewunden und den Schulterumhang hoch geschlossen. »Rasch. Stell dich hier an meine Seite. Sie sind schon da.«

Der Fahnenträger trabte als erster in den Hof, feierlich lenkte er sein Pferd zu Keve und den Elitekämpfern der Vorhut. Goldrun nahm weder den König noch Edekon oder den Schamanen wahr; sie sah allein das Aufleuchten in Ernaks Gesicht und musste an sich halten, um nicht zu rufen oder ihm entgegenzulaufen. Da bemerkte sie sein Handzeichen, halb verdeckt vom Sattelsteg hob er den Zeigefinger.

Eine Warnung? Goldrun hatte sie zwar verstanden, ahnte aber nicht den Grund. Während Tarcal mit kantiger Stimme den hohen Besuch willkommen hieß, blieb ihr Zeit für einen flüchtigen Blick auf König Attila in seinem schmucklosen Pelzumhang, auch Zeit, um sich über das bunte Federgewand des Schamanen zu wundern. Ehe sie sich aber durchgerungen hatte, sogar das Gesicht des eitlen Kommandanten zu betrachten, hob der den goldbereiften Arm und deutete direkt auf sie. »Die Burgunderin soll sich entfernen.« Der verächtliche Unterton in seiner Stimme war nicht zu überhören gewesen. »Falls es nötig sein sollte, wird die Sklavin gerufen.«

Jäh wusste Goldrun, warum der König das Gestüt besuchte. O verflucht, es geht um mich. Mehr erschrocken als vorwurfsvoll starrte sie zu Ernak hinauf. Warum …?

Schon war Keve gekommen, hatte sie weggeführt und vor sich

hin gemurmelt: »Scheint doch ernst zu sein.« Er hatte in Richtung Krankenstall genickt. »Wart da drüben, Mädchen. Da seh ich dich. Und wenn's soweit ist, hol ich dich. Und…« Er war sichtlich verunsichert. »Ich mein, die Richtige bist du schon. Und verdient hast du's… Na ja, ich hör dann mal, was die sagen…« Damit war er wieder umgekehrt.

Seitdem stand Goldrun unter dem Vordach und blinzelte gegen das grelle Sonnenlicht. Warum hatte Ernak bei ihrem letzten Zusammensein vor einer Woche nichts vom Besuch des Vaters erzählt?

Weil unser Glück zu schön war, entschuldigte sie ihn und schloss die Augen. In der Erinnerung lag sie wieder irgendwo weit mit Ernak in der warmen Jurte. Es roch vertraut nach Herdfeuer, und draußen dehnte sich die Stille unter dem winterlichen Nachthimmel. Nur ein Gedanke weiter; tief im Innern spürte sie erneut das Zittern entstehen. Goldrun seufzte. Nach der anderen Stelle sehnt es mich nicht, dachte sie, ich will nur mit Ernak zusammen sein, das würde mir genügen…

Ein kurzer Pfiff. Sie öffnete die Lider. Bis auf zehn Schritt war Keve herangekommen. »Warum guckst du nicht? Beeil dich.« Kaum hatte sie ihn erreicht, flüsterte er: »Ich glaub, du kannst dich freuen. Die Schwägerin hat gut für dich gesprochen. Brauchst jetzt nur noch höflich und freundlich zu sein, Mädchen.«

Ernak hatte sich im Sattel aufgerichtet, er strahlte ihr entgegen. Ehe Goldrun begriff, stand sie mit einem Mal allein vor dem König und seinen Begleitern.

Schweigen. Attila musterte sie von Kopf bis zu den Füßen, langsam glitt der Blick wieder hinauf, verharrte an ihrem Schoß, den Brüsten.

Verflucht, dachte sie, er sieht mich an als wäre ich eine Stute. Nein, mit so einem Blick schätzt ein Mann eine Hure ab. Gleich verbot sie sich diesen Gedanken. Das bildest du dir nur ein. Schließlich ist er der König.

Ein Schmerz! Er bohrte sich in ihre Stirn, nahm Besitz von ihr. Ohne es verhindern zu können, musste sie den Kopf zur Seite drehen, das Gesicht zu dem Schamanen heben. Die Farben seines gefiederten Gewandes flimmerten, schillerten, dann verschmolzen sie ineinander, fächerten sich wieder auseinander. Goldrun sah in zwei Augen ohne Weiß, die übergroßen Pupillen öffneten sich, und sie fühlte sich von ihnen aufgesogen …

›Vater, wo bist du …?‹ Die helle Stimme drang aus weiter Ferne zu ihr. ›Alle sind tot …‹ Goldrun erkannte sich als kleines Mädchen, sah wie es die Stute fand. In Stößen pulste das Blut aus dem verwundeten Herzen. ›Ich bin ja bei dir.‹ Die Satteldecke. ›Keiner von uns beiden muss allein schlafen.‹ So warm; die Halsbeuge der Stute wurde zur schützenden Höhle. Duftendes Blut umgab das Mädchen, verband sich mit der Haut … Drachen kämpften, stürzten … sie vermochten den schmächtigen Körper nicht zu verletzen. Goldrun spürte, wie ihre Hände sich drehten, flatterten, wie ihre Fingerkuppen brannten und gleich wieder erkalteten. Gerüche aller Jahreszeiten strömten herbei. Ihre Nasenflügel weiteten sich, um sie gleichzeitig aufzunehmen. Auf die Zunge tropfte Salz und Süße, Hitze und Eis, schneller fielen die Tropfen. Goldrun schluckte, um nicht zu ersticken. Die Not wuchs. In jedes Ohr drang ein Ton und beide trafen in der Mitte ihres Kopfes aufeinander. Bei dem furchtbaren Klang ging ein Beben durch ihren Körper.

Die fremde Macht wich, der Schmerz löste sich. Goldrun taumelte zwei Schritte nach hinten, verlor nicht das Gleichgewicht und stand wieder aufrecht vor dem König und seinen Begleitern. Was war mit mir?

Ernak blickte besorgt, der König hatte die Lider halb geschlossen, Kommandant Edekon rieb den juwelengeschmückten Ring an seinem rechten Ohr. In keinem der Gesichter fand Goldrun eine Antwort. Erst nach tiefem Atemholen wagte sie zum Schamanen aufzusehen.

In den Augen brach sich das Licht wie in hellen Glaskugeln, bei jedem Ausatmen flatterte seine Oberlippe, die Falten an den Mundwinkeln zuckten heftiger, und dann kicherte er. »Du bist stark. Kaum ein Mann hätte meinen Besuch ausgehalten.« Er deutete mit dem dürren Finger auf ihr Herz. »Und du kannst ohne Worte sprechen.« Lauter kicherte er und wandte sich an Attila. »Mein Neffe, zögere nicht. Ich bin auf der Reise durch ihren Geist dem guten Dämon der Heilkraft begegnet.« Unruhig wiegte er sich im Sattel vor und zurück. »Zwei Türen, in weiter Zukunft allerdings, habe ich aufgestoßen, jedoch das Innere der Räume erhellte sich zu schnell, und ich vermochte kein Bild festzuhalten. Dies aber betrifft nicht das Heute, nicht den Grund unseres Besuches.« Leicht hob er die gefiederten Arme an. »Mein Neffe, mein König, nutze die Fähigkeiten der Burgunderin.«

Attila streifte Goldrun mit dem Blick und sprach zu Edekon: »Ich berufe die Sklavin zu meiner neuen Stallmeisterin. Du wirst sie ohne Vorbehalte unterstützen und ihr helfen. Das ist nicht nur mein Wunsch, sondern auch ein Befehl. An meinem Hofe zählt nicht die Abstammung allein, sondern mehr noch Begabung und absolute Treue. Mit diesen Eigenschaften kann ein Sklave oder eine Sklavin sogar bis in die höchsten Ämter aufsteigen.«

Der Kommandant rang sich ein Lächeln ab. »Nur selten spricht Oberin Tarcal solch ein Lob aus, auch der oberste Schamane findet keinen Fehler. Bei so viel Fürsprache werde ich nicht wagen zu widersprechen. Die Burgunderin steht ab sofort unter meinem persönlichen Schutz, und ich schwöre, soweit es in meiner Macht steht, wird nichts und niemand ihr ein Leid zufügen.« Er blickte kurz auf Ernak, dann zeigte er seine strahlend weißen Zähne: »Ich denke, dass außer mir noch andere Anspruch erheben, die neue Stallmeisterin zu schützen.«

Ehe der Prinz sich für eine Antwort gewappnet hatte, trat Keve einen Schritt vor: »Jawohl, ich! Großer König, ich hab die Sklavin hergebracht. Vom Rhein, damals nach der Schlacht bei Worms, da hab ich sie mitgenommen …« Umständlich berichtete der Truppführer, und Goldrun dachte, diese Männer, alle reden über mich, aber keiner mit mir. Ob ich die Stellung möchte oder nicht, wird erst gar nicht gefragt. Jäh stutzte sie, runzelte die Stirn und betrachtete den Wallach des Königs genauer. Das linke Auge tränte, häufig schloss sich das Lid zu einem Spalt …

Lauter sprach Keve: »… und deshalb werde auch ich Acht ge

ben, dass ihr nichts geschieht. Und wenn sie will, kann sie auch bei mir und meiner Mela wohnen. Und wenn sie …«

»Genug jetzt.« Attila wischte den Truppführer gelangweilt zur Seite. Entschlossen trat die Oberin vor und reichte ihm einen Krug Stutenmilch hinauf. Der König trank und gab das Gefäß an Ernak weiter. »Bist du zufrieden mit deinem Vater?«

»Danke. Ich bin sicher, die neue Stallmeisterin wird dich nicht enttäuschen.« Der Krug wanderte zum Kommandanten und gelangte schließlich mit Hilfe der Oberin auch zu Ajarbas. Gierig griff der Schamane zu, setzte an und goss sich ohne abzusetzen die Milch in den Schlund. Wenig später blähte ein mächtiger Rülpslaut die Oberlippe.

Der Großkönig dankte der Verwalterin, winkte den Mägden und Knechten und nickte seiner neuen Stallmeisterin zu. Schon hob er den Zügel. Da vermochte Goldrun die Frage nicht mehr zu unterdrücken: »Warum reitest du dieses Pferd? Siehst du nicht, dass es krank ist?« Gleich presste sie die Hand vor den Mund. »Verzeih.«

Tarcal stockte der Atem, und Keve straffte den Rücken.

Keine Zurechtweisung folgte. Attila ließ den Lederriemen wieder sinken. »Was meinst du damit?«

Goldrun sah hilfesuchend zu Ernak. Ihr Blick fragte: Bin ich schon zu weit gegangen? Darf ich überhaupt mit dem König sprechen? Keine Hilfe, keine Geste, der Liebste hielt den Mund leicht geöffnet und rührte sich nicht.

»Antworte!«

Goldrun wischte die Hände am grünen Wollkleid ab. »Wenn ich näher kommen darf, kann ich es dir sagen.«

Zum ersten Mal glitt ein Schmunzeln über das graugelbe Gesicht. »Muss ich dafür aus dem Sattel?«

Goldrun schüttelte den Kopf, und ohne die Erlaubnis abzuwarten ging sie, Kopf und Schulter halb abgewandt, auf den Wallach zu. Sanft kratzten ihre Fingernägel das Stirnfell. »Wir kennen uns noch nicht«, flüsterte sie. »Aber glaub mir, ich mag solche Kerle wie dich …« Die Worte gingen in ein leises Summen über. Ihre

Hand glitt hinunter zum linken Augenbereich. Ohne Scheu ertrug das Tier ihre Berührung. Goldrun schob sanft das Lid etwas nach oben. Unter der Hornhaut war eine dunkle Rötung, die Oberfläche war rauchig trüb. Sie kraulte das Tier wieder zwischen den Ohren. »Armer Kerl. Ich weiß, nicht allein die Kälte, auch Wind und Staub quälen dich.« Jetzt sah sie Attila offen ins Gesicht. »Der Augapfel ist entzündet. Auf der linken Seite sieht dein Pferd fast nichts mehr. Und mit jedem Ausritt nimmt die Erblindung zu.«

Er hob die Brauen. »Was schlägst du vor, Stallmeisterin?«

Unschlüssig sah Goldrun wieder zu Ernak. Er hatte den Schreck überwunden und nickte unmerklich. Sie räusperte sich. »Also, wenn ich ehrlich sein soll: Unseren Männern hier würde ich befehlen, sich sofort aus dem Sattel zu schwingen und mir den Kranken zu überlassen. Im Dunkeln muss er stehen, und er braucht dringend eine Heiltinktur gegen die Entzündung.«

Attila beugte sich leicht vor, kraftvoll war die Bewegung und neben dem Pferd federte er seinen Sprung in den Knien ab. Er hielt Goldrun den Zügel hin. »Du bist die Stallmeisterin.« Damit schnippte er einem der Leibwächter, ließ sich dessen Pferd geben und schwang sich wieder in den Sattel. »Mein Schamane hat dich gut erkannt«, sagte er. »Ich werde deine Fähigkeiten nutzen.« Leicht ungeduldig nickte er seinem jüngsten Prinzen. »Komm, Sohn.« Eine knappe Geste für die Begleiter, und als hätte er schon zu viel Zeit auf dem Gestüt verbracht, sprengte der König allen voran vom Hof.

Edekon und Ajarbas folgten sofort inmitten der Bewaffneten Ernak aber zögerte, wollte absteigen, doch der Gehorsam siegte so strahlte er nur seine Liebste an. »Morgen. Ich komme morgen dann besprechen wir, wie's weitergeht. Ach, ich freue mich so!« Mit einem Jauchzer galoppierte er dem Trupp nach.

»Wieso freut sich der so?«, brummte Keve neben der Schwägerin. »Und warum guckt der so auf unser Mädchen?«

»Was schert dich das?«, blaffte Tarcal. »Sie ist nun mal eine schöne Frau. Kümmere du dich um deine Arbeit und nicht darum wie ein Königssohn guckt.«

»Frag ja nur.« Keve schob die Unterlippe vor, dabei glättete er nachdenklich die dünnen Bartsträhnen zwischen den Fingern.

Als wäre sie aus einem wirren Traum erwacht, rieb sich Goldrun mit dem Handrücken die Stirn. Woher weiß ich, dass alles wahr ist? Gleich spürte sie den Kopf des kranken Wallachs an der Schulter und ihr Herz klopfte hinauf in den Hals. »Bin ich jetzt wirklich die Stallmeisterin des Königs?«

»So ist es, Mädchen.« Die Oberin kam zu ihr. Eine Weile blickte sie still auf Goldrun hinab, schließlich seufzte sie. »Für dein Glück war es heute ein guter Tag. Stallmeisterin. Noch nie hat eine Frau die Pferde des Königs betreut. Ich müsste stolz sein, weil du bei mir gelernt hast.« Unmerklich zitterte das Kinn, und die Stimme verlor an Festigkeit. »Schon lange fühle ich mich nicht mehr als deine Herrin … also, nur nach außen hin noch, aber in mir …« Sie schüttelte die Sätze ab. »Was ich sagen will, ich bin jetzt schon traurig, weil du mir fehlen wirst.«

»Dann ist es also wahr.« Gänsehaut kroch Goldrun über die Arme zum Hals hinauf und den Rücken hinunter. Bisher hatte sie mit Ernak zwar darüber gesprochen, aber nie daran geglaubt. Es war eine schöne Hoffnung gewesen, mehr nicht. Jäh wurde ihr bewusst, dass sich ihr Leben verändern würde: von hier fortziehen, eine neue Arbeit … Sie wollte nicht weiterdenken und versprach: »Ich komme oft zu Besuch. Und nach meinen Stuten sehe ich auch …«

»Mela wird sich freuen.« Beide Frauen fuhren herum und sahen in Keves Lächeln. »Denke, wir sollten ins Haus gehen, da ist es wärmer, und in Ruhe überlegen, an was wir jetzt alles denken müssen.«

»... WAS DU BEISEITE SCHAFFST,
RETTEST DU NICHT.«

(Mich. 6,14)

Der kaiserliche Hofmeister Chrysaphius betete um Schneefall, Frost und Eisstürme. Doch kein noch so schlechtes Wetter hielt die hunnischen Gesandtschaften von Konstantinopel fern, und so dauerten die Raubzüge ohne Waffen auch über den Winter an. Jede Delegation wurde von einem anderen Logaden geleitet, stets aber führten sie die gleiche Rede im Munde: »Ich werde mich für einen dauerhaften Frieden zwischen dem Hunnenreich und Ostrom bei Großkönig Attila einsetzen, wenn mir …« Und Beutel um Beutel, prall gefüllt mit Goldmünzen, wanderte in die Satteltaschen der Erpresser.

In seinem Schlafgemach kniete der Eunuch vor dem Lager und rang die Hände zum Himmel. »O Herr, allmächtiger Gott, lasse nicht zu, dass diese Barbaren uns die Kehle zuschnüren. Weise mir einen Weg, wie diese Qual von uns genommen werden kann …«

Keine göttliche Antwort wurde dem Flehenden zuteil, deshalb blieb ihm keine Wahl: Um die Unersättlichen zu befriedigen, musste dem Volk Monat für Monat eine höhere Zwangsabgabe abgepresst werden. Den Armen knurrte bald der Magen, selbst die Frömmsten des Klerus fluchten hinter vorgehaltener Hand, und die Reichen drohten mit offenem Aufruhr im Senat. Nur in Begleitung einer schwer bewaffneten Eskorte wagten es die Steuereintreiber noch, an Türen, Pforten oder Portale zu klopfen.

Die neue hunnische Gesandtschaft traf Mitte Januar 448 ein. Dieses Mal führte der Kanzleischreiber Constantius das Wort. In ausgeschmückter Sprache übermittelte er die Grüße seines Herrschers. Als er innehielt, um tief Atem zu schöpfen, verzog Chrysaphius schon im Voraus schmerzhaft das Gesicht.

»Mit Freuden werde ich mich für einen dauerhaften Frieden …«

Jeder Satz stocherte in derselben Wunde, und Goldmünzen mit dem Abbild des Kaisers in Kettenhemd, Federbuschhelm und Speer wechselten den Besitzer. Hiernach aber folgte eine Forderung, die dem Hofmeister einen Schwall kalten Schweißes vom speckigen Nacken den Rücken hinuntertrieb.

»Mit Verlaub, mein Einfluss auf den obersten Ratgeber des Königs ist groß. Jedoch bewirkt das Goldgeschenk von hundert

Pfund lediglich, dass ich ihn an den Vertrag für den Vorfrieden erinnere. Sollte ich aber darüber hinaus Sorge tragen, dass dieses Dokument auch wirklich unterzeichnet wird, so müsste zuvor für mein persönliches Glück gesorgt werden.« Beide Hände legte Constantius aufs Herz und sandte dem Hofmeister einen wehmütigen Blick, ehe er verschämt die Stimme senkte: »Ich bin Römer wie du. General Aëtius schenkte mich vor Jahren dem hunnischen Herrscher. Seitdem diene ich Attila und muss das Leben bei den Barbaren ertragen. Nie aber würde ich mit einer Hunnin das Bett teilen. Wenn also der Frieden Wahrheit werden soll, erbitte ich von deinem Kaiser eine reiche und vornehme römische Frau zur Gemahlin.«

Chrysaphius zückte ein lindgrünes Tuch aus dem Togaärmel, trocknete sich Stirn und Nacken, seine Mundwinkel sanken. »Eine stolze Römerin soll im Gestank und Dreck dieser Höllenbrut verblühen?« Es war keine Frage, eher eine Klage an das Schicksal. Der Eunuch flüsterte: »Dieser Wunsch des ehrenwerten Secretarius Constantius kann erfüllt werden. Ich bitte einen Tag um Geduld.« Beinah lautlos verließ er den Audienzsaal.

Zur gleichen Stunde am nächsten Morgen kehrte er ebenso leise in die prunkvoll ausgestattete Halle zurück. »Mein Kaiser selbst hat sich in dieser Angelegenheit für den Secretarius verwandt. Du kannst frohlocken, denn die Tochter des überaus reichen und vornehmen Saturnilus wird dir als Gemahlin zugeführt.«

Constantius lächelte; als man ihm die Höhe der Mitgift nannte, strahlte seine Miene; als er dann noch von den unermesslichen Besitzungen seines künftigen Schwiegervaters erfuhr, ging ihm das Herz über. Feierlich trat er vor den Hofmeister. »Sobald meine Braut im königlichen Ordu eingetroffen ist, soll der Vertrag unterzeichnet werden, und wenn ich Attila dabei selbst die Hand führen muss.«

Ein Glitzern erwachte in den Augen des Eunuchen. »So nah kommst du deinem König?«

Aus dem Nebel der Begierde kam die schnelle Antwort. »Selbstverständlich. Niemand verwehrt uns Schreibern der Hofkanzlei den Zutritt in die privaten Räume. Beinah jeden Tag sehe und spreche ich ...« Constantius hielt verblüfft inne. »Warum fragst du?«

Sofort trübte ein Schleier das lauernde Licht. »Rein aus Neugierde. Oft frage ich mich nach den Gepflogenheiten an diesem Hof dort draußen in der Wildnis. Interesse eines Beamten, mehr nicht.« Chrysaphius lächelte, so geleitete er die Delegation bis zur Stadtmauer und legte seine vergnügte Maske erst ab, als sich das Goldene Tor hinter den Erpressern geschlossen hatte. »Verflucht sollt ihr sein! O Herr, allmächtiger Gott, schleudere den Blitz auf diese satanischen Hunde, zerschmettere sie, und befreie die Erde von ihnen ...«

Draußen auf den ersten Anhöhen erwartete Truppführer Keve mit seinen Männern die Gesandtschaft. Gleichmütig nahm er die Goldbeutel in Empfang. Constantius blähte sich vor Stolz. »Na, was sagst du? Mit hundert Pfund Gold ist bisher keine Delegation zurückgekehrt?«

»Kann sein«, brummte Keve. »Ich zähl schon nicht mehr. Hauptsache, du hast dir keins eingesteckt.«

Angstvoll versicherte ihn Constantius seiner Ehrlichkeit. »Sei unbesorgt, Truppführer.« Auch die Mitglieder der Gesandtschaft rutschten mit einem Mal unbehaglich auf den Sätteln. Jeder wusste von einigen ihrer beklagenswerten Vorgänger. Sie hatten das Misstrauen des Beutehüters geweckt, hatten sich ausziehen müssen, und er hatte sich nicht nur damit begnügt, in Mund, Nase und Ohren zu suchen, sondern jedem den Hintern auseinandergerissen und tief im Darm nach einem Goldversteck gesucht. »Glaub mir, niemand von uns hat auch nur eine Münze zurückbehalten.«

»Wenn doch, merk ich es schon noch. Sind ja noch einige Wochen, bis wir zurück sind.« Keve ließ die Gesandten allein reiten und schloss sich seinen Männern an.

Er war reizbarer denn je. Zum vierten Male schon begleitete er eine Delegation nach Konstantinopel und zurück. Zwischen den Reisen gönnte ihm Kommandant Edekon nur wenige Tage Zeit für seine Mela, die Schafe hinter der Jurte und ... Er schlug die Faust auf den Sattelsteg. »Und ausgerechnet, wenn mein Mädchen bei uns wohnt, bin ich nicht da. Verdammt, wer weiß, wie oft ich den Weg noch machen muss?« Gründlich räusperte er sich und spuckte seinen Groll in hohem Bogen aus. »Ein richtiger Krieg wär mir lieber. Der fängt an und hört wieder auf. Da weiß ich, woran ich bin.«

Glut knisterte im Eisenbecken über dem Dreibein. Duft nach Lavendel milderte etwas den Geruch des Holzbrandes. Still lag die Königin neben ihrem Gemahl. Beide schliefen nicht, beide starrten zur holzvertäfelten Decke des Schafgemachs. Eine Weile später tastete Kreka nach dem Leinentuch und bedeckte ihre Blöße. »Es ist nicht wichtig für mich«, flüsterte sie.

»Danke für den Trost.« Bitter klang die Stimme. Attila presste beide Handflächen gegen die Schläfen.

Sie wartete einige Atemzüge, ehe sie hinzufügte: »Meine Zuneigung, meine Liebe zu dir ist unerschütterlich. Beide sind wir älter geworden, wir sollten uns nicht wundern, wenn auch die nächtlichen Stürme nachlassen …«

»Schweig!« Attila setzte sich auf. »Du sprichst mit keinem Kranken.« Er verließ das Lager, ging nackt zur Feuerstelle. An der Wand ragte sein Schatten hinauf zur Decke. »Ich bin nicht alt.« Die Faust umschloss den matten Krieger vor seiner Mitte. »Und noch lange nicht zu alt, um ein Weib zu beschlafen.« Er schnaufte, Wut überwucherte das Versagen: »Aber du! Du bist in die Jahre gekommen Deine Brüste sind schlaff. Und sieh dir deine Haut an. Längst ist aus dem saftigen Tal zwischen deinen Schenkeln eine vertrocknete Grotte geworden.«

Ihr Schweigen trieb ihn weiter. »Das ist der wahre Grund. Du und auch meine Nebenfrauen, ihr seid nur noch runzlige Weibe Die Kraft meiner Lenden ist ungebrochen. Jugend. In Zukunf will ich, dass junge Frauen des Nachts mit mir das Bett teilen. Wild blickte er sich um. »Warum sagst du nichts? Streite mit mi Oder weine wenigstens.« In schnellen Schritten war er neben ih Schweiß glänzte im dunklen Gesicht. »Oder bin ich es dir nich einmal wert, dass du Tränen vergießt?«

Ohne Furcht, doch tief erschrocken sah Kreka zu ihm auf. »Um Attila, meinen Gemahl, habe ich schon oft geweint. Um Attila, den Großkönig, sorgte ich mich manch schlaflose Nacht. Diesem Attila aber, aus dem Ekel und Unflat quillt, will ich kein Gefühl zeigen.«

Jäh ernüchtert wich er einen Schritt zurück, die mächtigen Schultern sanken. »Verzeih.« Fahrig nahm er seinem Fellmantel vom Schemel, bedeckte sich und schnürte ihn mit dem Ledergurt fest um die Taille. »Vergiss, was ich gesagt habe. Bitte.« Kreka streckte die Hand nach ihm aus. Er drückte sie an seine Stirn. »Alles wird gut, ich verspreche es dir.«

»Gute Nacht, mein Gemahl.« Sie schloss die Augen, und leise verließ der König das Schlafgemach.

Den Posten am Portal des Turmpalastes befahl Attila, sofort seinen obersten Ratgeber zu wecken und ihn herzubitten. Wenig später saßen die beiden Männer im Eckzimmer der königlichen Räume. »Ich will nicht allein sein. Nicht in dieser Nacht.« Der König schenkte selbst den Wein aus. Als sie die Becher geleert hatten, bat er: »Erheitere mich.«

Onegesius lächelte verlegen, die Brauenbögen wölbten sich. »Mein Fürst, du weißt, wie unbeholfen ich bin, wenn es gilt, einen Scherz anzubringen.«

Attila trank hastig, als fürchtete er sich vor dem Nüchternsein. Nachdem er dreimal zum Krug gegriffen hatte, stützte er die Ellbogen auf den Tisch. »Dann erzähle mir, wie groß mein Reich ist? Ja, mein Freund, sag es mir. Bis wohin erstreckt sich meine Macht?«

Erleichtert über die neue Aufgabe stellte Onegesius seinen Becher in die Mitte der Holzplatte. »Du bist der Berg, von dessen Spitze wir in alle Himmelsrichtungen blicken. Im Osten reicht dein Arm über die Gebirge hinweg in die Endlosigkeit der Steppen, und selbst die kleinsten Nomadenstämme dort müssen dir gehorchen ...« Ehrfurcht sprach aus den Worten des Ratgebers, während er das Hunnenreich bis zum Kaukasus und dem Kaspischen Meer ausdehnte. Im Norden endete die Macht Attilas an den Küsten der

Ostsee, und im Nordwesten erstreckte sich der hunnische Einfluss bis zur Rheinmündung. »Die Alanen und Gepiden, die Sarmanen und Ostgoten, die Thüringer wie auch andere unzählige kleine Germanenstämme müssen sich dir beugen …«

»Sehr gut, mein Freund«, unterbrach ihn Attila, die Gedanken schwärmten in seinem Blick. Kraftvoll griff er nach dem Krug und füllte den Becher in der Tischmitte bis zum Rand, ließ den Wein überlaufen, bis er sich weit auf der Holzplatte ausgebreitet hatte. »So soll mein Reich werden. Verstehst du? Gespeist von mir, von seiner Mitte.«

Onegesius rutschte ein wenig vom Tisch ab. Die unwillkürliche Geste rief ein Schmunzeln bei Attila hervor. »Mein Freund, fürchtest du um deine weiße Tunika?«

»Um Vergebung.« Damit überging Onegesius den Spott und ohne wieder näher zu rücken, dachte er das Bild weiter. »Bisher sind uns die Völker nur lose verbunden, auch wandern viele immer noch auf der Suche nach besseren Lebensumständen umher. Bei jedem Krieg müssen wir sie erneut auf deine Fahne einschwören. Um aber eine straffe Ordnung einzuführen, benötigst du sesshafte Untertanen.«

»Wie die Römer!« Attila lachte polternd und schlug sich auf die Schenkel. »Mein Freund, manchmal gelingt es dir wirklich, mich zu erheitern.« Er schüttelte den Kopf. »Solange ich denken kann, habe ich die römische Art zu leben verachtet. Und jetzt rät mir mein engster Freund, ich soll das Gefüge ihrer Herrschaft übernehmen.«

»Fürst!« Onegesius erhob sich, nahm den Becher aus der Mitte, trank und stellte ihn wieder zurück. Zwei Haarsträhnen hingen dem hageren Griechen im Gesicht, es kümmerte ihn nicht. »Erlaube mir die Kühnheit.« Nun griff er selbst zum Krug und füllte das Trinkgefäß erneut, ließ den Wein überquellen und goss weiter. Die Pfütze erreichte die Tischränder, bald träufelte, dann floss an allen Seiten der Rebensaft hinunter. »Versuche das Fließen aufzuhalten, es wird dir nicht gelingen. Heute gehorcht dir ein Stamm, und morgen schon ist er weitergewandert. Willst du aber dieses riesige Reich wie ein Herrscher regieren, so musst du ihm gesicherte Grenzen geben. Vor allem aber dürfen die Völker nicht länger den Wein rauben, sondern sie müssen ihn selbst anbauen.« Onegesius sank auf den Schemel. Erschrocken über das von ihm angerichtete nassklebrige Ärgernis um den Tisch herum, sagte er: »Ich war zu leidenschaftlich, verzeih. Aber glaube mir, mein geliebter Fürst, allein sesshafte Völker sind beherrschbar.«

Attila hatte sein Lächeln verloren. »Warum verlangst du von mir, was meinem Herzen zuwider ist?« Unvermittelt wurde der Klang seiner Stimme brüchig. »Solltest du nicht besser mir beipflichten, anstatt mich zu kritisieren? Solltest du nicht besser meine Regentschaft als Großkönig bestärken? Wenigstens heute Nacht?«

»Allein aus Liebe zu dir darf ich nicht schweigen.« Onegesius betrachtete seine Hände, als könnten sie ihm Stärke geben. »Nur ein Wort noch. Du, wir alle hier an deinem Hofe sind doch längst schon Siedler. Wir leben in festen Häusern, kehren nach Kriegszügen immer hierher zurück. Wir sind längst schon das Vorbild für den Aufbau eines neuen Hunnenreiches.«

»Ich weiß.« Attila presste die Faust gegen den Stirnwulst. »Ich wollte es nur nicht wahrhaben.« Er sah den Ratgeber an. »Bleda, mein Bruder? Er hatte sich den Römern angenähert. Durfte ich ihn töten?«

»Bleda herrschte, um zu genießen. Ihm fehlte der weite Blick. Nicht er, du bist bestimmt, die Zukunft des Reiches zu gestalten.« Mehr sagte der Grieche nicht, und Attila drang nicht weiter in ihn. Er rief nach einem neuen Krug Wein. »Wir sollten trinken, mein Freund, bis dieser verfluchte Gedanke für eine Weile ertrunken ist.«

Viel später, draußen schimmerte der Morgen, stützte Onegesius seinen König zur Bettstatt hinüber und deckte ihn wie ein sorgender Vater zu.

Das Frühjahr ertrank im Regen. Keine schöne Zeit für die Liebe, dachte Goldrun und verbesserte sich gleich: Nein, schön ist unsere Liebe schon, nur bei diesem Elendswetter wünschte ich, wir hätten es etwas bequemer und müssten uns nicht verstecken. Sie blickte aus dem Schutz der Kapuze zu Ernak hinüber. Ihr Prinz saß im Lederumhang auf seinem Schecken, das Wasser tropfte vom Rand der Kappe über die weiche Nasenkuppe hinweg auf Lippen und Kinn.

Sie hatten die Nacht in ihrer Jurte verbracht. Eine warme Insel irgendwo in der Einsamkeit, umheult vom Sturm und gepeitscht von Regengüssen. Gleich nach der Ankunft mussten beide ihre durchnässten Kleidungsstücke ablegen und ans Feuer hängen. »Mich friert.« Goldrun zog ihn zum Lager. »Komm und wärme mich.«

Unter der Felldecke waren sie dann geblieben. So eng umschlungen, so ineinander verwurzelt hatte die Nacht keine Stunden mehr, das Unwetter jeden Schrecken verloren. Am Morgen jedoch zerrte über Goldrun die Wirklichkeit wieder an den Zeltplanen. Sie suchte Schutz und barg das Gesicht an der Halsbeuge des Liebsten. »Ich würde mit dir überallhin reiten, das weißt du.« Ihre Fingerkuppen umkreisten seine kleinen Brustwarzen. Während des zarten Spiels erkundigte sie sich so beiläufig wie nur möglich: »Wann sprichst du mit deinem Vater?«

Er bedeckte die Augen mit einer ihrer Haarsträhnen. »So sehe ich die Welt durch einen goldenen Vorhang.«

Kurz und fest kniff sie die linke Knospe. Vor Schmerz schrie er auf. Gleich presste sie auch die rechte mit Daumen und Zeigefinger zusammen. »Mir ist es ernst.«

»Sobald die Gelegenheit günstig ist.« Ernak setzte sich auf. »Vielleicht sollte ich zuerst mit Mutter über dich sprechen.«

Sofort war Goldrun vor ihm auf den Knien. »Sag mir, warum du so zögerst? Es kann doch nicht schwer sein, deinem Vater von uns zu erzählen? Er war auch mal verliebt, vielleicht ist er es ja immer noch in die Königin…« Sie runzelte die Stirn und setzte weniger schwungvoll hinzu: »…oder in eine seiner Nebenfrauen…?«

Ernak beugte sich zu ihr, koste und küsste eine Brust nach der anderen, ehe er leise antwortete: »Das ist es ja. Weißt du, Vater hätte nichts dagegen, wenn ich dich als Bettgespielin nehme. Aber du bist mein Leben. Und … und ich will dich als meine einzige Frau, als meine Hauptfrau in den Palast führen. Und das muss ich ihm vorsichtig beibringen. Weil die Regeln bei uns hart sind … Vater bestimmt, wann ich an der Reihe bin zu heiraten … Und auch wen … Ach, glaub mir doch, ich werde ihn fragen. Hab nur etwas Geduld, sonst … Ich möchte unser Glück festhalten.«

»Ich wusste nicht, dass es so schwer ist.« Betroffen hatte Goldrun sein Gesicht gestreichelt und ihre Stirn an seine gedrückt. »Gemeinsam. Wir halten das Glück gemeinsam fest. Ich warte auf dich, immer.« Sie zuckte die Achseln und lächelte hilflos: »Weil es ohnehin nie mehr einen anderen Mann für mich geben kann.«

Die Liebenden hatten die immer noch klammen Kleidungstücke angezogen, und von Ernaks Knechten waren die Pferde gebracht worden.

Und nun trieb ihnen der Wind den Regen ins Gesicht. Goldrun strich Wildrose über das nasse Nackenfell. »Meine Schöne«, flüsterte sie. »Du könntest dir auch etwas Schöneres vorstellen, als mich ausgerechnet jetzt herumzuschleppen.« Sie blickte auf. Durch die treibenden Schwaden entdeckte sie weiter vorn einen Reiter. Er kam langsam auf die Gruppe zu. Wo wollte er hin? Hier war kein Weg, keine Straße? Wieso hatte er genau diese Richtung eingeschlagen? Ehe Goldrun warnen konnte, hatte auch Ernak ihn bemerkt. Gleich verständigte er seine Knechte. »Reitet ihm entgegen. Fragt, woher er stammt und warum er bei diesem Wetter unterwegs ist. Wenn er nicht antwortet, dann jagt ihn weg. Kämpft nur, wenn es unbedingt nötig werden sollte. Auf keinen Fall möchte ich, dass die Stallmeisterin in Gefahr gerät.«

Zwei, der vier Bewaffneten übernahmen den Befehl und galoppierten los. Bei jedem Aufschlag der Hufe spritzte Wasser von der aufgeweichten Grasnarbe hoch. Bald hatten sie sich bis auf einige Pferdelängen dem Fremden genähert.

Angespannt spähte Ernak nach vorn, auch Goldrun mühte sich; genau vermochten beide nicht auszumachen, ob dort Freund oder Feind von der Leibwache aufgehalten wurde.

Unvermittelt aber lenkten die Bewaffneten ihre Gäule herum,

ließen den einsamen Reiter zu ihrer Mitte aufschließen und trabten dann gemeinsam auf den Prinz und seine Geliebte zu.

Der breite Mund, die Bartsträhnen! Goldrun vergaß zu atmen. »O heilige Mutter«, entfuhr es ihr, dann schnappte sie wie eine Ertrinkende nach Luft. Keve, er war es, kein Zweifel. Aber ich versteh das nicht! In der Hast vermochten ihre Gedanken nur aufzuzählen: Er hat sich doch gestern Morgen von Mela und mir verabschiedet? Dann ist er zum Palast geritten. Er sollte doch die nächste Gesandtschaft nach Konstantinopel begleiten? Darauf habe ich mich verlassen und erst für gestern das Treffen mit Ernak geplant. Weil selbst Mela meint, dass Keve jetzt noch nichts von unserer Liebe erfahren sollte. Oh, verflucht.

Seine Augen waren starr auf den Prinzen gerichtet; auch als er das Pferd anhielt, würdigte er Goldrun nicht eines Blickes. »Musste lange fragen, bis ich erfahren habe, wohin der vornehme Herr mit der Stallmeisterin geritten ist.« Jedes Wort betonte er wie ein Ausrufer. »Ist nicht gut für mein Mädchen, wenn es bei solch einem Wetter draußen unterwegs ist. Das mag ich gar nicht, junger Herr.«

Ernak riss die Kappe herunter, wischte mit dem Ärmel die Stirn und setzte die Kopfbedeckung wieder auf. »Das geht dich gar nichts an, Truppführer!« Der Ton nahm an Schärfe zu. »Du hättest dir den weiten Weg sparen können.«

Langsam sank Keves Hand über den Dolchgriff. »Du bist zwar der Sohn meines Großkönigs und sonst auch ein guter Kerl. Aber deshalb darfst du noch lange nicht meiner Kleinen den Kopf verdrehen und … und mit ihr herumspielen. Verstehst du? Dann bist du nämlich für mich nichts Besseres als diese feinen jungen Nichtstuer aus dem Palast. Und weißt du, was ich mit denen mache …«

»Nein! Schluss damit!« Hastig trieb Goldrun ihre Stute zwischen die beiden Männer. »Warum fragst du nicht mich?«

Ernak versuchte an ihr vorbeizudrängen. »Ich werde dem Truppführer zeigen …«

Sie ließ es nicht zu und flehte: »Bitte, bleibe ruhig. Bitte.« Gleich fuhr Goldrun den Ziehvater wieder an. »Kommst einfach daher und versuchst den Prinzen zu reizen. Ich bin freiwillig mit ihm geritten.«

»Mädchen, Mädchen.« Tief besorgt schüttelte Keve den Kopf. »Ist es so schlimm? Hör zu, wenn er dir was versprochen hat, dann hat er dich belogen. Ich bin doch nur gekommen, um dich nach Hause zu holen.«

»Aber mir geht es gut.«

»Das weißt du gar nicht. Davon verstehst du doch noch nichts.« Er pochte sich an die Brust. »Ach, Kleines, da in mir drin ist es ganz aufgerissen seit gestern. Und als du dann heute Nacht nicht zurückgekommen bist, da hab ich's bald nicht mehr ausgehalten.«

Sein unglückliches Gesicht schmerzte Goldrun, dennoch zwang sie sich, ihn anzufauchen: »Gemeiner Schuft. Du hast mir nachspioniert.«

»Nein, alles falsch …«

»Und wieso bist du nicht längst mit der Delegation unterwegs nach Süden?«

»Weil …« Müde zuckte er die Achseln. »Weil Kundschafter Hochwasser gemeldet haben. Wir können die Donau nicht überqueren.« Er blickte ihr lange in die Augen. »Mela hab ich schon gefragt. Aber sag du es mir. Vielleicht glaub ich es dann.«

Goldrun wandte sich nach Ernak um und wartete, bis sein Schecke neben Wildrose stand. »Ich gehöre zu ihm. Und … verzeih, ich will dir nicht noch mehr wehtun, aber ganz gleich was du tust oder sagst, ich liebe ihn.«

Als hätten Schläge ihm hart zugesetzt, benötigte Keve einige Atemzüge, dann blickte er den Königssohn an. »Und du?«

»Wer erlaubt dir, dieses Verhör durchzuführen?« Doch die Empörung hatte nur eine stumpfe Spitze, sie verletzte den Truppführer nicht mehr. Ernak antwortete leise: »Sterben ist sicher leichter, als Goldrun nicht zu lieben.« Gleich hob er die Hand. »Lass uns Verbündete werden, Truppführer. Wollen wir nicht beide, dass ihr nichts zustößt?«

Umständlich rieb sich Keve die Augen, benötigte lange, ehe er wieder sich den beiden zuwandte. »Glauben tu ich's jetzt. Aber falsch ist es, weil es ja doch gar nichts werden kann. Ich mein, du bist Königssohn, und mein Mädchen stammt nicht von hier und auch nicht von feinen Leuten. Da wartet doch nur Unglück auf euch.«

Der Regen nahm jäh zu. Keiner schützte sich vor ihm. Nach einer Weile sagte Ernak: »Ich werde alles versuchen, damit wir eine Zukunft haben. Und du kannst uns helfen.«

»Ich soll auch noch …?«

»Nur schweigen«, unterbrach ihn Ernak. »Mehr erbitte ich nicht. Einige im Palast wissen zwar, dass wir uns treffen, doch wie ernst es uns ist, ahnt keiner. Dabei muss es vorerst bleiben. Gib mir dein Ehrenwort.«

Keve verengte die Lider, schwer fiel es ihm, den inneren Kampf zu verbergen. Schließlich hatte er sich bis zu einem Lächeln durchgerungen. »Ja, mein Wort drauf.« Er wollte sogar scherzen, doch zu bitter klang seine Stimme: »Lass dir nur Zeit, umso länger hab ich noch mein Mädchen.«

Rasch zog er das Pferd herum und ritt ihnen voraus, wurde schneller, und bald schon verlor er sich im Regenschleier.

Schnabelgeklapper oben auf dem Turmhaus der Königin! Ohne jeden Respekt vor der Audienz unten im weiträumigen Innenhof des Palastes palaverte das Storchenpaar lautstark von Nestrand zu Nestrand miteinander, während die drei Jungen nach ihnen schnäbelten, um die Fütterungspause endlich abzukürzen.

Im Sonnenschatten des überdachten Säulengangs vor dem Portal unterbrach Attila seinen Schiedsspruch über den Streit zweier Familienoberhäupter, wandte sich zur Palastwand um und deutete auf den spitzgesichtigen Schreiber. »Ich verlange, dass du jedes Wort festhältst.«

Rufus zuckte zusammen. Er war vom obersten Ratgeber nur als Ersatz herbefohlen worden, für den Fall, dass Orestes unvorhergesehen die Niederschrift der Gerichtsstunde nicht zu Ende führen konnte. Zaghaft näherte er sich einige Schritte dem Thronsessel. »Verzeih, Herr, ich verstehe nicht?« Einen Lidschlag lang sah er zum Schreibpult, dann gleich auf seine Füße. »Der ehrenwerte erste Sekretär der Kanzlei erfüllt schon diese Aufgabe. Seit er bei uns ist, bin ich nach Constantius nur noch der dritte Schreiber.« Die rechte Hand ballte sich zur schmächtigen Faust, Mut erzitterte den unscheinbaren Mann. »Aber wenn du es verlangst, so werde ich die Feder des Orestes übernehmen.«

»Nein, nein. Diese Mitschrift unterfordert einen wahren Tüchtigen.« Attila blickte zu den klappernden Störenfrieden hinauf. »Ich bitte dich, notiere du jeden Satz der Eltern dort oben. Ich verlange, dass sie sich auf dem nächsten Gerichtstag für diese Missachtung meiner Person verantworten. Sorge dafür!«

Rufus hob den Kopf. »Gern. Aber, aber es sind Störche? Und in welcher Sprache soll ich …?« Furchtsam suchte er Hilfe bei seinem Vorgesetzten. Vergeblich, denn Onegesius bemühte sich um eine ernste Miene, dabei wölbten und senkten sich in schneller Folge die Brauenbögen. Der ratlose Blick floh weiter. Orestes stocherte mit dem Federkiel im Tintenfass. Kommandant Edekon verschränkte die Hände hinter dem Rücken, angestrengt sah er zu den Unterkünften der Elitetruppen hinüber.

Kein Helfer bot sich an. Nach einem kaum hörbaren Seufzer zückte Rufus seine Wachstafel, nahm den Griffel in die Rechte, so bewaffnet verließ er den Schatten des Säulengangs und stapfte in Richtung Turmpalast.

Onegesius bewahrte Haltung, jedoch die beiden anderen Höflinge wurden vom stummen Lachen geschüttelt. Kläger und Beklagter sahen dem Schreiber ungläubig nach.

Attila stieß einen Pfiff aus. »Komm zurück!«, befahl er mit einer Stimme, als riefe er seinen Hund zu sich. Rufus kehrte um, das Unglück drückte die schmächtigen Schultern nieder.

»Sieh mich an.« Attila schnippte ungeduldig. »Wolltest du den Befehl wirklich ausführen?«

»Ja, Herr.«

»Und was hättest du geschrieben?«

»Ich… ich hätte das Klappern… ich meine die Häufigkeit und auch die unterschiedliche Lautstärke… auch wie schnell jeder Storch…«

»Schweig.« Attila spannte die Lippen, auf seiner Stirn wölbte sich die Zornader. »Geh mir aus dem Licht und kehr zu deinem Platz an der Wand zurück.« Seufzend blies er den Atem aus, dann fuhr er die beiden Familienoberhäupter an: »Glaubt ja nicht, ihr wäret klüger. Der neue Brunnen gibt genug Wasser für zwei Familien.« Sein Finger drohte dem Kläger. »Du willst deinem Nachbarn nichts abgeben, weil er beim Ausschachten nicht ebenso viele Stunden gearbeitet hat wie du? Nur ein verbohrter Holzkopf lässt es deswegen zu einen Streit kommen.« Er fuhr den Beklagten an: »Und du musstest ausgerechnet in diesen Wochen auf Jagd gehen. Für acht Murmeltierfelle setzt du die Wasserversorgung deiner Familie aufs Spiel. Schweig! Kein Wort mehr will ich hören. Jeder von uns lebt in einer Gemeinschaft und ist für den Erhalt des Friedens verantwortlich.« Der Großkönig schnippte dem ersten Sekretär seiner Hofkanzlei. »Notiere das Urteil: Der Beklagte muss dem Kläger von seiner Jagdbeute fünf Murmeltierfelle als Entschädigung abgeben. Dafür erhält er das Recht, den Brunnen mitzubenutzen.« Nun sprach er wieder direkt zu den Männern. »Als Strafe für den Zank, an dem ihr beide nicht unschuldig seid, wird jeder einen neuen Sattel an die königliche Leibgarde abliefern. Dazu gebe ich euch eine Frist bis zum Spätsommer…« Er wies hinauf zum Dach des Turmpalastes. »Sobald die Störche sich auf den Weg nach Süden machen, werdet ihr die Sättel bringen, ansonsten lasse ich euch bis zum nächsten Frühjahr einmal im Monat auspeitschen. Und nun weg mit euch.« Attila warf sich in seinem Sessel zurück.

Kaum waren die Männer vom Hof verschwunden, befreiten sich Edekon und Orestes, sie lachten, sie blickten sich nach dem dritten Schreiber um und lachten lauter.

Attila hieb die Faust auf die Lehne. »Sagt mir, was euch so viel Vergnügen bereitet?«

»Dein unerwarteter Scherz während des letzten Richterspruchs, mächtiger Großkönig.« Orestes wies mit der Feder über die Schulter. »Und der von uns allen geschätzte Rufus fiel drauf rein und wollte tatsächlich das Gespräch der Störche notieren. Mit Verlaub, eine recht bedeutsame Arbeit.« Wieder lachte der erste Sekretär.

»Du vergnügst dich auf meine Kosten?« Der gefährliche Unterton brachte Orestes sofort zum Schweigen. Attila winkte den obersten Ratgeber näher. »Mein Freund, als mich das Lärmen der Störche mehr interessierte als dieser lächerliche Streit um den Brunnen, wurde mir bewusst, wie kostbar meine Zeit ist. Ich darf sie nicht länger in diesen endlosen Gerichtsstunden vergeuden. Deshalb wird die Kanzlei in Zukunft jede Beschwerde vorher prüfen. Die leichteren Fälle kannst du mit deinen Schreibern selbst entscheiden. Und mir werden nur die wirklich schweren vorgetragen.«

»Ein Untergericht?« Onegesius erstrahlte. »Damit gehen wir den nächsten Schritt auf ein zentral geführtes Hunnenreich zu. Ich bin tief beglückt, mein Fürst.«

»Ach, Freund. Versuche nicht jede Laune von mir als Klugheit darzustellen! Aus Überdruss kam ich auf den Gedanken. Und nun«, müde wedelte Attila den anderen zu, »dürft ihr euch entfernen. Und wehe, einer von euch verspottet unseren Dolmetscher der Störche.«

Kommandant Edekon trat rasch vor. »Um Vergebung, mein Großkönig. Da gibt es eine Angelegenheit, die keinen Aufschub mehr duldet.«

»Ich warne dich, solltest du mich langweilen, verlierst du einen deiner goldenen Armreifen. Worum geht es?«

»Drüben in der Arrestzelle haben wir einen Gallier. Nein, kein Gefangner. Offen kam er über die Theiß und hat unsere Grenztruppen gebeten, ihn vor deinen Thron zu bringen. Er sei ein Flüchtling, sagt er. Na ja, viel wirres Zeug bekam ich von ihm zu hören. Aber gefährlich ist er auch. Ein Faustkämpfer, wie ich noch keinen erlebt habe.«

Attila beugte sich leicht vor. »Hast du dich etwa mit ihm gemessen?«

»Nein, Großkönig. Aber einer meiner Männer hat ihn ausgelacht.

Wegen seiner Haartracht. Da ist der Fremde wortlos zu ihm gekommen, hat kurz ausgeholt und zugeschlagen. Weil mein Mann wie tot am Boden liegen blieb, sind die Kameraden gleich zu viert auf den Gallier los, aber übrig geblieben ist dieser lange Kerl. Wir mussten ihn fesseln.«

»Diese Geschichte solltest du deinem Sohn erzählen, aber nicht mir. Kommandant? Erwartest du etwa, dass ich mich um einen Faustkämpfer kümmern soll? Dein Armreif ist immer noch auf dem Weg in meine Schatztruhe.«

Edekon gab sich wenig besorgt um das Schmuckstück. »Ich sagte ja schon, er spricht viel. Auch von General Aëtius. Dumm ist der Gallier nicht. Ich dachte gleich an einen Spion, weiß es aber nicht genau. Deshalb bitte ich dich, schau ihn dir an und urteile selbst.«

Fragend blickte Attila zu Onegesius. »Kennst du den Mann?«

Der Ratgeber schüttelte den Kopf. »Immerhin scheint es eine bemerkenswerte Person zu sein.«

»Also gut. Bringt ihn her.«

Kaum hatte Edekon das Handzeichen in Richtung der Unterkünfte gegeben, als die Tür aufgestoßen wurde und zwei Wachen hinaustraten. Der Mann hinter ihnen überragte sie um Kopfeslänge, das fahlblonde Haar wippte ihm in kleinen und größeren Zöpfen um den Schädel. Sein Hals steckte in einer Schlinge, die Hände waren ihm auf dem Rücken gebunden. Ein dritter Posten folgte; zur Sicherheit ließ er den Gallier am langen Strick vor sich hergehen. Jede Flucht oder ein Überraschungsangriff waren ausgeschlossen, denn Hand- und Halsfessel waren durch ein kurzes Seil miteinander verknüpft und die Leine daran verknotet. Ein Schritt zu schnell, selbst eine hastige Bewegung des Körpers genügte, und der Fremde würde sich selbst würgen.

In gebührendem Abstand vom Thron traten die beiden Elitekämpfer nach rechts und links zur Seite und gaben die Sicht auf den Gallier frei. Sein Führer aber blieb mit leicht gespanntem Seil hinter ihm.

Halb belustigt musterte Attila den Fremden: die blassen, stark behaarten Unterschenkel, die enge lederne Hose, den Fellumhang; dann stieg sein Blick rasch hinauf und verharrte eine Weile in den wasserhellen Augen. »Wolltest du mich töten?«, erkundigte er sich sanft. »Oder nur ausspionieren?« Ohne Zeit für eine Antwort zu lassen, stellte er im gleichen gefährlichen Plauderton Frage nach Frage: »Wer hat dich geschickt? Vor allem sag mir, wie viel Gold du für den Auftrag erhalten hast? Wie ist dein Name? Woher kennst du den General Aëtius? Ist dir klar, dass es hier um dein Leben geht? Also, welche Antwort möchtest du mir zuerst geben?«

Der Gallier hob das kantige Kinn. »Sollte ich jetzt eingeschüchtert sein?« Nur kurz war Trotz aufgeflackert, gleich ahmte seine Stimme den weichen Klang des hunnischen Herrschers nach. »Großkönig, auch wenn ich wie ein gefährliches Tier vor deinen Stuhl geführt wurde, so darf ich dir dennoch zur Begrüßung meine Hochachtung und Bewunderung aussprechen. Seit Monaten habe ich auf diesen Tag hingefiebert, habe Entbehrung und Gefahr auf mich genommen, bin von deinen Männern erniedrigt worden, jedoch alles ertrug ich gern für diesen Moment, der vielleicht ein Beginn für die große Wende …«

»Halt!«, unterbrach ihn Attila. »Sprichst du mit mir? Oder mit meinem obersten Ratgeber? Ihn beeindruckt solch eine hochgeschraubte Redeweise, ich aber schätze klare Auskünfte. Also zerbrich dir nicht die Zunge. Falls deine Erklärungen nicht überzeugend sind, wird sie dir ohnehin herausgeschnitten.«

Ein Schmunzeln vertiefte die Falten um den schmalen Mund des Gefesselten. »Verzeih, ich bin solche Ansprachen durch meinen Umgang mit den Römern gewohnt. Diese Herren lieben es, wenn ihnen zunächst mit Worten ein Lorbeerkranz aufs Haupt gesetzt wird. Dann verlangen sie Gefälligkeiten, nehmen und nehmen und bleiben doch taub für Bitten und Flehen …«

»Von wem sprichst du?« Attila setzte sich auf.

»Von den römischen Blutsaugern, die mein Land und mein Volk zugrunde richten.«

»Schließt du etwa meinen Freund Flavius Aëtius mit ein? Er ist der Prokurator über Gallien.«

»Dein Freund, Großkönig, ist ein Feind der Bagauden und deshalb mein Gegner.« Betont sachlich war die Antwort. »Auf seinen Befehl hin werden wir von den Milizen gejagt, gefoltert und niedergemacht wie tollwütige Hunde.«

»Bagauden?« Kurz wechselte Attila einen Blick mit Onegesius und sah wieder lauernd auf den Fremden. »Du gehörst also zu den Rebellen, die sich gegen die Macht Roms auflehnen. Ruchlose Übeltäter werdet ihr genannt.«

Unvermittelt trat der Gallier einen Schritt nach vorn, gleich ruckte das Seil, und die Schlinge schnürte seinen taubeneigroßen Kehlkopf zusammen. Nur ein Röcheln, mehr vermochte er nicht zu erwidern.

Attila schnippte dem Kommandanten. »Nehmt ihm die Würgfessel ab.«

»Aber Herr, der Mann ist gefährlich.«

»Gehorche! Ich will verstehen, was er sagt.«

Edekon gab den Elitekämpfern ein Zeichen. Während zwei mit gezücktem Messer drohten, löste der dritte die Halsschlinge; gleich traten sie zurück, und auf den nächsten Wink hin bezog ein Wachposten mit Pfeil und Bogen in der Nähe Stellung.

Attila nahm den Faden wieder auf. »Übeltäter, Rebell oder Räuber. Welche Bezeichnung gefällt dir besser?«

Während des Schluckens rutschte die markante Ausprägung der Kehle auf und nieder, endlich kehrte die Sprache zurück. »Freiheits- ... wir sind Freiheitskämpfer. Unseren Vorfahren gehörte Gallien, lange bevor die Römer uns besiegt haben. Wir sind Bauern und Hirten, die das Joch der Unterdrückung abschütteln wollen ...«

»Bauer?«, schnitt ihm Attila scharf das Wort ab. »Niemals hast du die Hand an einen Pflug gelegt. Und noch nie hast du eine Herde Schafe mit dem Stecken zusammengetrieben. Wer bist du?«

»Mein Name lautet Eudoxius. Ich bin Arzt. Bei den berühmtesten Medici Roms studierte ich die Lehren des Galenus von Pergamon und kehrte danach in die Heimat zurück ...« Ohne ihn zu unterbrechen, hörte Attila mit fast geschlossenen Lidern seine

Geschichte an. Aus unmittelbarer Nähe hatte Eudoxius den verzweifelten Überlebenskampf seiner Nachbarn erlebt. Sie wurden von grausamen Richtern geplagt und von Steuereintreibern um die letzte Habe gebracht. Mittellos geworden, verloren sie ihre Freiheitsrechte und auch jegliche Ehre. Schließlich waren sie gezwungen, ihr nacktes Leben zu retten. In der Not schlossen sie sich zusammen. Eudoxius senkte die Stimme: »Großkönig. Die Baugauden sind Kämpfer für das Überleben ihrer Frauen und Kinder. Und ich habe ihre Verzweiflung zu meiner Pflicht gemacht. Ich führte den letzten Aufstand, doch wir wurden von der Übermacht der Legionäre besiegt und aufgerieben.«

Seit einiger Zeit schon trommelte Onegesius mit den Fingerkuppen gegen das Kinn. »Du weißt ausgezeichnet mit der Sprache umzugehen und verstehst auch, deine Sache und die deiner Leute eindrucksvoll vorzubringen. Aber du bist hierher geflohen? Zu den Hunnen? Sie genießen außerhalb der Reichsgrenzen wahrlich keinen guten Ruf, werden von den Christen eher als Ausgeburten der Hölle, denn als Engel bezeichnet. Wie kommt es, dass du dich in solch schlechte Gesellschaft begeben willst?«

Oben auf dem Turm des Königinnenpalastes setzte wieder lautes Schnabelgeklapper ein. Nur eine Kopfbewegung zu den Störchen, dann runzelte der Bagaudenführer die Stirn, nach einer Weile sah er den Ratgeber offen und entwaffnend an. »Ein Kirchenmann hat unser Elend beschrieben. Lass mich in seinem Sinne antworten, und diese Aussage soll auch für viele Unterdrückte in Gallien gelten: Ich suche bei den Hunnen, den Barbaren, die so oft gerühmte römische Menschlichkeit, weil ich nicht mehr imstande war, bei den Römern die barbarische Unmenschlichkeit zu ertragen.«

Ein Schatten von Unmut glitt über das Gesicht des Griechen. »Und was erhoffst du hier zu finden?«

»Einen starken Herrscher. Vielleicht sogar ein offenes Ohr …«

Lauter wurde die Auseinandersetzung zwischen dem Storchenpaar. Eudoxius blickte nun direkt zu ihnen hinauf. Im gleichen Moment verstummte das Klappern. Ein Elternteil senkte den Kopf, der Schnabel griff ins Nest, tauchte mit einer langen, schwarzen Feder wieder auf; ein flatternder Hüpfer über die Jungen hinweg, und nebeneinander standen die Vögel auf dem Nestrand. Inzwischen sahen auch die übrigen Männer zum Turmdach.

Erst unterschiedlich, dann bewegten sich die Hälse in gleichem Schwung, das Paar hatte Einigkeit gefunden. Weit klappte der rote Schnabel auf. Die große Feder segelte, schaukelte nieder, sank langsam in den Hof, und vor dem Säulengang nahe dem Königsstuhl bohrte sich der Kiel in die Erde. Attila streckte die Hand aus, hielt inne und verharrte so. Onegesius beugte leicht den Rücken; in seiner Miene stritten Verblüffung und Misstrauen.

Der Gallier starrte auf das gefiederte Zeichen, dann lachte er leise. »Glück. Bei mir zu Hause sagt man, wenn dir der Storch eine Feder vom Nest aus zuwirft, so wartet großes Glück auf dich.«

Onegesius wehrte ab. »Du willst nur schmeicheln. Diese Deutung ...«

»... gefällt mir«, unterbrach ihn Attila schroff und ließ sich von Edekon den Glücksbringer reichen. Mit der Federkante schabte er spielerisch an der Innenseite des rechten Oberschenkels nach oben, dann an der linken Seite und zog die Breite der Feder langsam über die Ausbuchtung seiner Mitte. »An welches Glück dachtest du?« Kein Belauern mehr, beinah freundschaftlich ruhte sein Blick auf dem Bagaudenführer. »Viel entbehre ich nicht. Es gibt keinen Feind, der mich und mein Volk bedrohen könnte. Ich bin Herr über ein Reich, dessen äußerste Grenzen ich nie kennenlernen werde. Selbst der Kaiser in Konstantinopel muss sich meinem Willen fügen. Welches Glück also?«

Die Flügel der schmalen, doch hochhöckrigen Nase im Gesicht des Arztes flimmerten leicht. »Darf ich sprechen, ohne dass dein Ratgeber mir zürnt?«

Wie nach einen Hieb trat Onegesius einen Schritt zurück. Attila übersah es, er wedelte mit der Feder. »Ich warte.«

Eudoxius setzte den Fuß vor. Scheinbar ohne Absicht kam er dem königlichen Stuhl um die gleiche Strecke näher, um welche der oberste Ratgeber zurückgewichen war. »Großer König der

Hunnen. Du hast dem Osten schwere Wunden beigefügt, doch wenn du den römischen Drachen zu Fall bringen willst, so musst du auch den Westen schwächen …«

»Nicht weiter.« Onegesius ballte die Faust. »Von welchem Dämon bist du getrieben? Deine eigene Schwäche willst du …«

»Bitte, lass den Gallier ausreden, mein Freund.« Attila wandte nicht einmal den Kopf zur Seite. »Fahre fort.«

»Der Ratgeber möge mir verzeihen. Aber was mir und meinen Männern trotz Tapferkeit und Mut nicht gelang, wird einem großen, gut gerüsteten Heer nicht schwer fallen. Denn die einstige Stärke der Römer ist längst gebrochen, es fehlt an Disziplin, an straffer Führung …« Eudoxius hielt inne, lächelte über sich selbst. »Großkönig, mag ich auch in den Augen deines besonnenen Ratgebers ein Träumer sein, so will ich dennoch an meinem Traum, der mich hierher getrieben hat, unbeirrt festhalten. Weil allein du ihn erfüllen kannst: Das Weströmische Reich wird fallen, wenn du Gallien befreist. Glaube mir, nicht nur die Bagauden würden sich mit dir im Kampf verbünden. Ungezählte Stämme, ganze Völker warten auf den Retter. Die Unzufriedenheit ist so groß, dass es nur den Ruf deiner Schlachthörner bedarf, und du wirst der Feldherr über ein riesiges Heer sein.« Leicht neigte der Gallier den Kopf. »Mit all meinem Wissen stehe ich dir zur Verfügung.« Die vielen Zöpfe wippten umeinander.

Attila schwieg lange. Abrupt erhob er sich und befahl dem Kommandanten. »Keine Fesseln mehr für ihn, aber er bleibt unter Bewachung. Bringe den Mann bei unseren Geiseln unter.« Ein letzter Blick auf Eudoxius. »Keinem Fremden ist es erlaubt, in meiner Gegenwart eine Waffe zu tragen. Hüte also deine Fäuste, sonst lasse ich sie dir abschlagen.«

Attila nahm den Arm seines Ratgebers und führte Onegesius durchs geöffnete Portal in den Palast.

Kaum waren sie außer Hörweite, atmete der Grieche heftig. »Mein Fürst, von diesem Menschen geht eine Gefahr aus, weil er Falsches überzeugend darbringt. Ich bitte dich, verschwende keinen Gedanken an seine Vorschläge. Unser Reich kann nur erblühen, wenn wir mit Rom ebenso wie mit Konstantinopel in Nachbarschaft leben …«

»Still, mein Freund.« Die Stimme Attilas hatte einen dunklen Klang. »Beruhige dich. Nichts ist geschehen.« Er blies in die schwarze Feder. »Allerdings sollten wir das Glück nicht ganz außer Acht lassen.« In seinen Augen schimmerte ein Licht, wurde stärker …

Onegesius sah es und presste die Lippen aufeinander.

Früh war es. Die Wolkenstreifen am östlichen Horizont färbten sich rot. Tau perlte von den Gräsern, nässte noch das Dach des offenen Unterstandes auf der Königskoppel. Goldrun dehnte die Arme. So frisch und doch so weich roch die Luft.

Wird ein schöner Tag heute, dachte sie und ging mit weit ausholenden Schritten zu den Knechten hinüber. An einem langen Holm waren bereits fünf Pferde angebunden, und jedes wurde von einem der Männer umsorgt. Laut und vergnügt wünschte Goldrun einen guten Morgen. Ohne Zögern erwiderten alle den Gruß.

In den ersten Wochen, seit sie das Amt übernommen hatte, war ihr nur verbissenes Schweigen entgegengebracht worden. Die Knechte wollten sich nicht damit abfinden, nun von einer Frau Befehle zu erhalten. Voller Misstrauen beobachteten sie jede Bewegung der neuen Stallmeisterin, ihren Umgang mit den Tieren, die Kontrolle der Sättel und des Zaumzeugs. Nach und nach aber wandelte sich der Argwohn in Staunen. Geriet einer der stolzen Wallache des Königs mit einem anderen in Streit, benötigte die Meisterin kein lautes Wort, keine Peitsche, um zu schlichten. Wie kam es, dass ein verletztes Pferd sich ohne Scheu behandeln ließ? War es ihre ruhige, dennoch entschlossene Art zu sprechen, lag es an ihren Gesten, oder sollte dieses leise Summen mehr bedeuten als nur eine gedankenverlorene Melodie? Und während die Knechte noch rätselten, warum ihr von den Tieren so schnell Zutrauen entgegengebracht wurde, hatten sie sich selbst der Burgunderin geöffnet und waren bereit, ihren Anweisungen zu folgen.

»Achtet heute besonders auf die Hufe! Räumt die Furchen mit dem Kratzer aus. Denkt daran: nur von hinten nach vorn, damit ihr nichts verletzt.« Sie sah einem der knienden Knechte über die Schulter. »Vertrau den Augen nicht allein. Geh nah mit der Nase an den Huf. Wenn er faulig riecht, sag mir Bescheid. Dann müssen wir die aufgeweichte Stelle vom Horn abschneiden und den Huf mit Alaun behandeln.«

Neben den nächsten Knecht kauerte sie sich nieder und nahm selbst den Vorderfuß in die Hand. Ihre Fingerkuppen strichen langsam über die Hufinnenseite, mit dem Nagel prüfte sie einen Spalt. »Er ist nicht tief. Nimm eine Raspel und schabe ihn weg.« Goldrun erhob sich und ging zu den Heuraufen in der Mitte des Unterstandes hinüber.

»Stallmeisterin!«

Sie wandte den Kopf. Am Gatter der Koppel stand Odoaker, der Sohn des Kommandanten Edekon. In seinem Gesicht glühten die Mitesser, wie rötliche Pilzteller standen die Ohren an den Kopfseiten ab. »Stallmeisterin. Darf ich zu dir kommen?«

Goldrun seufzte leise und gab mit einem Wink ihre Erlaubnis. Er öffnete nicht das Tor, wollte in einem lässigen Stützsprung hinüber, dabei streifte sein linker Fuß die oberste Latte, und er fiel auf der anderen Seite beinahe ins Gras. Nach vorn gebückt stolperte Odoaker eilig weiter, und erst kurz vor dem Unterstand hatte er sein Gleichgewicht wieder gefunden. »Da bin ich.« Trotz der Atemlosigkeit strahlte er. »Gerade noch rechtzeitig.«

»Niemand hat auf dich gewartet.« Kopfschüttelnd betrachtete Goldrun den kaum vierzehn Winter alten Jungen und bedauerte es, dass sie ihn vor drei Wochen aus einer Laune heraus mit auf die sonst streng gehütete Königskoppel genommen hatte. Inzwischen benahm er sich, als gehöre er schon zu ihren Männern; mehr noch, je sicherer er sich fühlte, umso lauter wurde er, gab ungefragt sogar Ratschläge und merkte nicht, dass die Knechte den aufdringlichen Quälgeist nur duldeten. Längst hatte es sich Goldrun vorgenommen, dann doch immer wieder darauf verzichtet, heute aber wollte sie endlich streng mit ihm sein. »Rechtzeitig? Wozu?«

»Zum Reiten, ist doch klar. Ich muss dir doch helfen, die Pferde unseres Großkönigs zu bewegen. Welches soll ich nehmen? Am besten den Schwarzen …«

»Gar keines«, unterbrach ihn Goldrun und setzte gleich hinzu: »Außer der Stallmeisterin darf niemand die Wallache reiten. So lautet die Vorschrift.«

»Aber … aber du hast es mir doch vorgestern erlaubt?«

»Leider. Das war ein Fehler. Außerdem glaube ich nicht, dass dein Vater es gerne sieht, wenn du dich hier rumtreibst. Ich bin zwar die königliche Stallmeisterin, aber immer noch Burgunderin …« Sie hielt inne, weil mit einem Mal jedes Selbstbewusstsein aus dem Gesicht gewichen war; umgeben von blasser Haut prangten die eitrigen Pusteln deutlicher noch hervor. Feuchtigkeit schimmerte Odoaker in den Augen. »Schick mich nicht weg.« Kleiner wurde die Stimme. »Bitte. Hier geht es mir gut.«

»Was erzählst du da? Im Palast gibt es mehr Abwechslung für dich. Dort hast du deine Freunde. Wieso willst du ausgerechnet bei uns sein?«

»Weil hier keiner über mich …« Er senkte den Kopf und schabte mit der Fußspitze im Gras. »Weil die andern hinter den Mädchen her sind. Und weil ich plötzlich so aussehe … im Gesicht, meine ich …«

Goldrun sah die Not. Ach, du armer Kerl, dachte sie und gleich war ihre Strenge verflogen. »Hast du schon den Heilkundigen besucht?«

»Darf ich nicht. Vater meint, das müsste ich aushalten. Weil böse Gedanken sich da bei mir durch die Haut drücken. Bis alle raus sind, soll jeder ruhig sehen, wie schlecht ich bin.«

»Dein Vater ist ein …« Rechtzeitig hielt Goldrun inne und dachte: Dieser verdammte Idiot! Selbst ist er eitel wie ein Gockel lässt aber seinen Sohn unnötig leiden. Sie stemmte die Hände in die Hüften. »Wenn du schweigen kannst, bekommst du morgen von mir ein Mittel dagegen. Eine Salbe aus gestoßenem Bocks hornklee und Öl. Aber kein Wort zu deinem Vater.« Nachdenklich krauste sie die Nase. »O heilige Mutter. Zu allem Übel wirst du dann auch noch stinken wie ein Ziegenbock?« Ihr Entschluss stand fest. »Hör zu. Du kommst jetzt jeden Morgen her. Ich schmiere die Paste auf ein Leintuch und damit verbinden wir dein Gesicht. Solange du den Verband trägst, hilfst du bei den Pferden. Aber …« Goldrun hob warnend den Finger. »Von heute an will ich keinen Angeber hier rumstolzieren sehen, sondern einen freundlichen, bescheidenen jungen Mann. Haben wir uns verstanden?«

Odoaker nickte voller Scham.

Ohne sich durch ein Schmunzeln zu verraten, sagte Goldrun: »Die Wallache müssen bewegt werden. Du könntest mir helfen und den Schwarzen nehmen. Ohne Sattel. Traust du dir das zu?«

»Stallmeisterin. Ich …« Aus großen Augen sah er sie an. »Danke.«

Nur leichter gleichmäßiger Trab. Goldrun führte rechts und links noch je ein Pferd an der Leine mit sich. Vornweg ritt der Sohn des Kommandanten. Was für eine stolze Haltung er zeigt, dachte sie belustigt, kaum sitzt er auf einem der Königstiere, hebt er den Kopf, als wäre er selbst ein Herrscher. Na ja, wenigstens sieht es von hinten so aus. Mit seinem Gesicht kann er zurzeit sicher keinen Eindruck auf die Mädchen machen. Aber nur noch etwas Geduld. Mit diesem Bockshornklee habe ich auch meine Fohlen behandelt, wenn sie Ausschlag am Maul oder auf der Nase hatten. Was denen hilft, wird dem jungen Hengst da vorn sicher auch helfen.

Gegen Mittag führte Goldrun den schwarzweißen Schecken ihres Liebsten aus dem Stall zur Weide hinüber. »Schau nicht so beleidigt. Ich hab dich nicht vergessen.« Längst waren die Knechte mit der täglichen Pferdepflege fertig; um seine Bescheidenheit zu beweisen, hatte Odoaker sich leise verabschiedet und die Koppel sogar ohne Kunststücke ganz schlicht durch das geöffnete Gatter verlassen.

Goldrun schmiegte die Wange an den Kopf des Schecken. »Nur gut, dass Wildrose mich nicht sieht, sonst wäre sie sicher eifersüchtig. Also verrate mich nicht.« Vor dem Unterstand halfterte sie ihn an und legte Bürsten, Schwämme und den aus Ochsenknochen geschnitzten Kamm zurecht. Ein Gedanke, unvermittelt war er da, breitete sich aus, kitzelte gleichzeitig den Bauch und Rücken hinunter, und tief im Innern ihres Leibes setzte das Ziehen ein. Goldrun lehnte sich an den Holm, hielt die Hand vor den Mund, als fürchtete sie sich zu verraten. Das Bild aber wachte auf, lebte: Sie war mit Ernak in der Jurte… Warmes Wasser dampfte… Nach dem Bade stand sie, die Beine leicht gespreizt, nackt im Zuber und verschränkte die Hände hinter dem Kopf… Mit Küssen bedeckte der Liebste ihre Brüste, saugte sich sanft an den Knospen fest. Um sie mit dem Anblick seines erhobenen Speers nicht zu erschrecken, hatte er nur den Oberkörper entblößt. Goldrun liebte den Blick auf die Schultern, das Schimmern der Haut über den Muskeln seiner Arme. Bei jeder Berührung der Zunge aber, ganz gleich ob Ernak den Busen, den Po oder den Nabel liebkoste, ging, ohne dass sie über sich selbst bestimmen konnte, der Atem schneller, und Wärme öffnete ihren Schoß. »Verzauberst du mich?«, flüsterte sie ihm zu. »Oder warum wird mir so heiß?« Er hielt inne und näherte sich mit dem Mund ihrem goldenen Vlies. »Nein, Liebste. Du schenkst uns die Glut, in der wir gleich beide verschmelzen.« Seine Lippen, dann spürte sie die Zunge…

»Hallo!« – »He, Kindchen!« Helle Rufe schnitten ins Bild! Verwirrt öffnete Goldrun die Augen, ihre Beine zitterten.

»Was ist mit dir?«

»Geht's dir nicht gut?«

Jäh zuckte sie zusammen. Sie starrte zum Gatter hinüber und vergaß zu antworten. Dort stand Frau Fulla im hellblauen, leichten Schultermantel und mit einem Kopftuch aus gleichem Stoff. Neben ihr winkte Mela, sie trug ihr dunkelrotes Kleid, darunter die gelbe Pluderhose. So fein?, ging es ihr durch den Kopf, dann war sie ganz zurückgekehrt. O verflucht, wieso träumst du schon am helllichten Tag davon? Zu laut pochte das Herz. Hoffentlich haben die nichts gemerkt… Ach was… Du blödes Schaf, beschimpfte sich Goldrun, steh hier nicht so rum, sag endlich was. Kurz strich sie dem Schecken über die Schulter. »Besuch. Entschuldige. Aber ich bin gleich wieder bei dir.«

Sie lief zum Gatter hinüber, die Luft kühlte, und als sie bei den Frauen anlangte, war die Erinnerung an die Nacht mit Ernak wieder gut in ihr verborgen. »Ich freue mich. Wollt ihr mir bei der Arbeit helfen?« Goldrun hielt inne, fragend sah sie von einem Gesicht zum andern und runzelte die Stirn. »Aber woher ... ich meine, ich wusste gar nicht, dass ihr euch kennt ...« Leere schmerzte in ihrem Magen, sie atmete dagegen an. »Ist etwas geschehen?« Nur Flüstern noch. »Mit Ernak ...?«

»Nicht, Liebchen.« Mela streckte ihr über das Gatter die Hände hin. »Nein, nein. Bleib ganz ruhig. Wegen Ernak sind wir nicht hier.«

Erstaunt hob Fulla die Brauen. »Also stimmt das Gerücht?« Als Keves Frau wie ertappt leicht zusammenfuhr, beschwichtigte sie: »Mich erstaunt es nicht. Wenn ich der Prinz wäre, würde ich sicher dieselbe Wahl treffen. Allerdings hättest du offen zu mir sein sollen. Denn jetzt sehe ich doch einige Schwierigkeiten.«

Mela wandte sich ihr mit erhobenem Busen zu. »Du hast mir dein Wort gegeben«, ein drohender Unterton schwang in ihrer Stimme. »Kneifen kannst du nicht mehr. Oder glaubst du etwa, nur weil du der Königin dienst, könntest du mit mir und der Kleinen spielen?«

»Rede nicht solch einen Unsinn.« Über den zornroten Wangen funkelten Augen. »Meine Zusage gilt nach wie vor. Nur hättest du mich in das Geheimnis einweihen sollen ...«

»Verdammt, seid ihr hergekommen, um euch zu streiten?«, empörte sich nun auch Goldrun. »Es scheint doch um mich zu gehen. Also redet auch mit mir.«

Die Frauen hielten inne, sahen sich betroffen an, ein leichtes Schmunzeln versöhnte, und beide seufzten über sich selbst. Fulla hob entschuldigend die Hand. »Trotz dieses unsinnigen Vorspiels wollten wir mit dir etwas besprechen.«

Ohne Zögern öffnete Goldrun das Gatter. »Begleitet mich zum Unterstand. Stört es, wenn ich dabei den Schecken pflege? Er ist der letzte für heute.«

Die Frauen hatten nichts dagegen, sahen der Stallmeisterin eine

Weile stumm zu, dann bückte sich Mela unvermittelt und reichte ihr den Holzeimer.

»Danke, noch nicht. Heute reibe ich ihn nur ab. Das Wasser benötige ich nachher nur für die Augen und Nüstern.«

Mela nickte, stellte den Bottich wieder hin. »Es ist so … Also, zuerst soll ich herzlich von Tarcal grüßen. Die vermissen dich alle da draußen, Mädchen. Ich mein, nicht nur die Leute, auch die Stuten.«

Mit großen Bogenstrichen fuhr Goldrun dem Schecken über die linke Bauchseite. »Mir fehlen die Fohlen am meisten. Sobald die Hufuntersuchungen bei allen Königspferden abgeschlossen sind, werde ich mal wieder zum Gestüt reiten«, sagte sie lahm und dachte, was ist nur los? So kenne ich Mela gar nicht. Und Frau Fulla guckt mich so prüfend an. O verdammt, vielleicht …

»Es ist so«, begann Mela von neuem. »Weißt du, Kleines, du wohnst ja jetzt schon fast ein Jahr bei uns in der Jurte.«

»Mir gefällt es gut …«

»Nicht, dass ich was dagegen hätte«, kam sofort die Zusicherung. »Der alte Kerl und ich freuen uns, weil du ja wie eine Tochter von uns bist.« Dunkler wurde die Stimme. »Aber eben keine kleine, sondern schon eine erwachsene. Und so alt sind wir ja nun auch noch nicht. Verstehst du?«

Goldrun nickte, dann ließ sie den Filzballen sinken. »Nein, nicht wirklich.«

»Es ist so, Kleines. Der Alte ist ja zurzeit viel unterwegs. Mit den Gesandtschaften zum römischen Kaiser. Und wenn er weg ist, haben wir beide, du und ich, viel Spaß miteinander. Richtig gut geht es mit uns beiden. Aber wenn er dann mal da ist, weißt du, da würde ich gerne mal wieder …« Mela rundete die Lippen. »Na ja, ich mein, mein Keve darf nicht aus der Übung kommen – oder was schlimmer wär, wenn er sich nach einem anderen Hintern umguckt, nur weil es in unserer Jurte so eng geworden ist. Ich mein, er schämt sich sicher, wenn du in der Nähe bist.«

Goldrun hatte verstanden. Um ihr Gesicht zu verbergen, ging sie auf die andere Seite des Wallachs und arbeitete dort weiter. »Ich soll weg«, stellte sie leise fest. »Ihr wollt mich loswerden. Ja sicher, ich kann's gut verstehen.«

Mela kam ihr nach und berührte sie an der Schulter. »Sag das nicht so. Wir lieben dich, als wärst du unser Kind. Und ich mag dich wie eine Freundin.«

Die Leere in Goldrun füllte sich mit Weh. Nur durch einen Schleier sah sie die dunklen Augen. »Wann muss ich …?«

»Warte doch.« Entschlossen drehte Mela die Unglückliche herum. »Ich bin ja noch nicht fertig. Hast du etwa geglaubt, ich werfe dich einfach raus? Dummes Huhn. Da steht die oberste Magd der Königin. Ich bin erst zu ihr hin und hab alles geregelt.« Über die Kruppe des Schecken nickte sie Fulla zu. »Jetzt bist du dran. Nun los doch, sag schon was.«

Die Burgunderin lächelte leicht. »Goldrun, erinnerst du dich noch an den Tag unserer Ankunft hier in der Hauptstadt? Damals hatten wir alle furchtbare Angst, und ich sagte zu dir: Bleib dicht bei mir. In meiner Nähe bist du sicher.« Auch sie ging um das Pferd herum. »Es ist anders gekommen. Heute aber möchte ich den Satz wiederholen: Ja, bleib bei mir. Und damit meine ich, dass du bei mir wohnen darfst. Natürlich nur, wenn du magst.« Auf Grund ihrer Stellung lebte Fulla allein in einer der niedrigen Holzhütten gleich hinter dem Turmpalast der Königin. »Ich habe zwei Räume. Gern überlasse ich dir den einen. Sicher, der Weg zum Stall und auch zur Jurte deiner Freunde wäre etwas weiter, aber seit ich weiß, dass eine andere, dir wichtige Person dann ganz in deiner Nähe wohnt …«

»Bitte warte einen Moment«, unterbrach Goldrun erstickt. »Es … es ist viel zu viel auf einmal.« Sie band den Schecken los, führte ihn aus dem Unterstand und schob den Mund an sein Ohr. Heftig musste sie schlucken, ehe sie ein Wort hervorbrachte. »Lauf zu den anderen. Morgen früh bist du als erster dran. Ich verspreche es dir. Und nun los!« Nach einem Klaps auf die Kruppe trabte er gemächlich davon. Sie sah ihm nach, drehte den Finger in eine Haarsträhne; erst als ihr Atem wieder ruhiger ging, kehrte sie zu den Frauen zurück. »Entschuldigt, aber Unglück und Glück so dicht hintereinander, das ertrag ich kaum. Das muss ich erst einordnen. Aber jetzt geht's schon wieder.« Mehr und mehr hellte sich ihr Gesicht auf. »Ich sag einfach ja.« Sie umarmte Mela. »Ich verschwinde aus der Jurte, damit du und Keve endlich … Das kann ich sehr gut nachfühlen, glaub es mir.« Gleich trat sie vor Fulla. »Du bist sehr freundlich. Danke. Ich … ich kann's kaum fassen, dass ich ab jetzt so vornehm wohnen soll. Und … dass ich so nah …« Nur ein kurzes Stocken, dann sah sie der klugen Frau offen in die Augen. »Ernak möchte, dass niemand im Palast von unserer Liebe weiß. Aber bei dir ist dieses Geheimnis gut verwahrt.«

Fulla nickte nachdenklich. »Und wir müssen es hüten. Deshalb zögerte ich vorhin. Um euch zu schützen, wird Ernak dich nie bei mir besuchen dürfen. Zu groß ist die Gefahr, dass du in die Intrigen am Hof verstrickt wirst. Aber darüber werden wir sicher noch oft sprechen. Jetzt erst einmal möchte ich dich herzlich willkommen heißen.« Ehe Goldrun begriff, hatte Fulla sie umarmt und ihr einen Kuss auf die Wange gedrückt.

Sterne wanderten hinauf zur Mitte der dunkelblauen Kuppe, als sammelte der Himmel seine Schätze wieder ein. Die Regentin des Weströmischen Reiches stand, das Gesicht nach oben gerichtet, in ihrem Mausoleum zu Ravenna. Beinahe sehnsüchtig drängte ihr Blick hinauf in die so kunstvoll gestaltete ewige Nacht. Mosaike der Stille, des Friedens; für diesen Moment der Ruhe hatte sie ihre Grabstätte aufgesucht.

»O großer Gott«, flüsterte Galla Placidia, »nimm die Müdigkeit von mir. Erfülle mich mit neuer Kraft.« Sie senkte den Kopf und kniete vor dem mächtigen Kreuz nieder. Milde schimmerte das Tageslicht durch die Alabasterfenster und wärmte den ockerfarbenen Marmor an den Wänden. »Herr, du gabst mir zwei Kinder. Ich nannte die Tochter Honoria und den Sohn Valentinian; jedoch die Namen ›Plage‹ und ›Kummer‹ wären treffender für sie gewesen. Wenn auch jede Entscheidung, die ich heute zu fällen habe, mich zur Mitschuldigen werden lässt, so gib mir Sünderin dennoch genügend Weisheit, für meine Kinder wie auch für das Wohl des Reiches den richtigen Weg zu bestimmen.«

Schwer erhob sie sich. Ihr Bittseufzer galt den beiden Aposteln auf dem Mosaikbild. Nein, keine Hilfe wurde der geplagten Mutter von Paulus oder Petrus zuteil. Die Heiligen standen dort und wiesen unbeirrt die eine Richtung. »Hätte ich doch nur eure Glaubensstärke, eure Zuversicht …« Galla Placidia presste die Fingerkuppen ihrer linken Hand gegen die Stirn.

Am Morgen war Valentinian in ihre Gemächer gestürzt. Weißlicher Speichel klebte in den Mundwinkeln, am Kinn. »Ich töte sie! Das Herz werde ich dieser Hure herausschneiden!«

Sofort hatte die Regentin mit einem Wink ihre Zofen entfernt. »Beruhige dich. Mein Junge, komm, setze dich zu mir.«

Valentinian aber trat gegen den seidenbespannten Hocker. »Ich will nicht sitzen. Nie mehr, bis dieses Scheusal vernichtet ist.«

»Ein kluger Vorsatz«, pflichtete ihm die Regentin behutsam bei.

»Ach Mutter, du verstehst meinen Zorn.« Er warf sich vor ihr auf die Knie und trommelte die Fäuste gegeneinander. »Sie ist ein Schandfleck, nicht wahr? Wir kommen auch ohne sie aus. Nur du und ich, dein geliebter Sohn.«

»Nein, warte. Ich dachte, eine deiner Konkubinen hätte dich so missgestimmt. Von wem sprichst du, Junge?«

»Honoria!«, heulte er auf. »Für sie darf es keinen Platz mehr auf dieser Welt geben.«

»Versündige dich nicht. Sie ist deine Schwester.«

»Eine Hure ist sie und eine machtgierige Schlange obendrein. Nimm dieses Weibsstück also nicht länger in Schutz, Mutter. Als Mitregentin musste sie ewige Keuschheit geloben.« Abgehacktes Kichern schüttelte den schwächlichen Leib des Kaisers. »Honoria Augusta! Und wie hat sie diese Würde genutzt? Ihre Grotte zwischen den Schenkeln war immer schon nicht viel mehr als der Samenspucknapf ihrer Liebhaber. Dann aber …« Er hob drohend den Finger. »Eugenius, dieser schleimige Hofmeister! Ihm ist es gelungen, meiner Schwester ein Kind zu machen. Jetzt plärrt das Balg schon seit einem Monat drüben in ihrem Palastflügel. Ich hasse dieses Kreischen. Ich werde es nicht los, egal wo ich bin, sogar durch Mauern dringt es mir bis ins Ohr.«

Galla Placidia griff zur Karaffe, schenkte Wasser in einen Pokal und reichte ihn dem Sohn. »Trink, Junge«, forderte sie streng. Ihr Ton erlaubte keine Widerworte, und nachdem er das Gefäß abgesetzt hatte, verlangte sie: »So, und nun will ich wissen, was dich so aufbringt? Bisher hast du nichts Neues gegen Honoria vorgebracht.«

»Du liebst mich nicht, Mutter! Ich bin doch dein Augapfel.« Der Dreißigjährige streckte sich wie ein verzogenes Kind bäuchlings auf dem Boden aus und strampelte mit den Beinen. Jäh hielt er inne, seine Stimme verlor den weinerlichen Klang. »Senatoren ... Senatoren sind vorhin bei mir gewesen. Sie fragten frech, ob das Gerücht der Wahrheit entspricht? Und ich zuckte mit den Schultern, weil ich nicht wusste, wovon sie sprachen.« Valentinian zog die Beine unter den Bauch, bis er sich kniend aufrichten konnte. Seine Augen sprühten. »Weißt du, was man sich im Palast und in der Stadt erzählt? Kaiser Valentinian verzichtet auf den Thron. Und weißt du auch, wer mich ersetzen soll? Eugenius, der Hofmeister unserer Augusta. Und wer hat das Gerücht in Umlauf gebracht? Meine Schwester, die Hure! Um der öffentlichen Schande zu entgehen, will sie ihren Beschäler auf den Thron heben, ihren schreienden Bastard zum Erben des Reiches machen und mich einfach davonjagen.« Mit einer kaum wahrnehmbaren schnellen Bewegung hatte er den Dolch gezückt. »Erst schneide ich ihr die Zunge heraus. Und dann werde ich sie zerteilen.« Wie eine brennende Kerze bewunderte er die Klinge.

»Steck die Waffe weg. Ich bitte dich, nein, ich befehle es dir.«

Böse starrte der Sohn auf seine Mutter, verstärkte das Hässliche in seinem Blick noch, indem er mit der Dolchklinge auf sie zielte. »Hindere mich nicht. Du bist auch nur ein Weib, und ich bin der römische Kaiser ...«

Galla Placidia erhob sich, ging an ihm vorbei und sah aus dem Fenster.

Gleich wieder weinerlich, zeterte er: »Warum hörst du mir nicht zu?«

Erst nach einer Weile wandte sich ihm die Regentin zu. »Mein geliebter Sohn, enttäusche deine Mutter nicht. Es ist wahr, Honoria hat einen unverzeihlichen Fehler begangen, und dies aus schierer Dummheit. Gib mir Zeit zum Nachdenken, wie dieses Problem zu lösen ist. Bis dahin darfst du nichts unternehmen. Versprich es mir.«

Nur zögerlich hatte Valentinian das Messer zurückgesteckt. »Beseitigen, nicht lösen. Denk daran, Mutter, ich will das Problem aus der Welt schaffen. Nie mehr soll solch ein ekelhaftes Gerücht entstehen können.« Seine Stimme war in ein kaum noch verstehbares Geflüster gesunken. »… Weinen wird sie … vielleicht auch schreien … Und ich werde …«

Galla Placidia schüttelte den Kopf, gleich verstummte die Erinnerung, und Ruhe umgab sie wieder. Langsamen Schritts durchquerte sie den kleinen, so kostbaren Raum. Kaum wagte ihr Blick bei Christus, der umgeben war von weißen Lämmern, innezuhalten, und im Fortgehen raunte Galla dem guten Hirten zu: »Wie soll ich dir nacheifern? Wie Güte zeigen, wenn die große Herde um mich herum aus Hyänen besteht, wenn meine eigenen Kinder nur Hass füreinander empfinden? Verzeih mir meine Schwäche, Herr.«

Voller Ungeduld hatte der Kaiser auf ihre Rückkehr gewartet und verscheuchte die Sänftenträger mit Händeklatschen. Kaum waren sie allein, wrang er die Finger ineinander. »Gib mir den Segen, Mutter. Ich werde sie nicht quälen, das verspreche ich.«

»Begleite mich in den Garten.« Schon ging Galla voraus. Im Schatten der Zedern ließ sie sich auf einer Steinbank nieder. Valentinian setzte sich nicht, er ging in kurzen Schritten vor ihr auf und ab. Nach einer Weile begann sie zu sprechen: »Du darfst kein Blut der eigenen Familie vergießen. Nein, schweige noch. Ganz gleich, welche Schande deine Schwester auf sich geladen hat, sie ist und bleibt eine Augusta. Wenn du sie tötest, tötest du gleichzeitig ein Stück deiner Macht. Bedenke, mein Sohn, unser Ansehen im Volk ist ohnehin schwach. Wenn du Honoria selbst hinrichtest oder ihr einen Mörder schickst, verlierst du noch mehr an Rückhalt.«

»Mein Herz blutet!«, schrie er auf. »Soll ich etwa abdanken? Willst du das, Mutter?« Schaum quoll aus den Mundwinkeln. »Niemals! Ich bin der Kaiser, und keiner …«

»Schweig!« Der scharfe Befehl ließ ihn verstummen. Valentinian klappte den Mund zu, und ehe er sich gefasst hatte, sprach die Regentin in kühlem Ton weiter: »Honoria muss bestraft werden. Ich halte es für ratsam, wenn wir sie unter Arrest mit dem Schiff nach Konstantinopel an den oströmischen Hof schicken. Dort im Palast soll sie von den glaubensstrengen Schwestern des Kaisers beaufsichtigt werden.« Sie lächelte bitter. »Und glaube mir, Junge, die Frömmigkeit dieser vertrockneten Weiber kennt kein Erbarmen. Züchtigkeit und Demut. Was ich bei der Erziehung verabsäumt habe, bei ihnen wird es deine Schwester lernen, ganz gleich, wie sehr sie sich auch sträubt.«

»Du liebst nur diese Schlange. Mich hast du vergessen.« Valentinian schob die Unterlippe vor und zurück. »Sie will Eugenius zum Kaiser machen, an meiner Statt, und das darf ihr nicht gelingen. Deshalb wäre es besser, wenn ich ihr die Kehle durchschneide.«

»Nein. Denke nach, mein Sohn.« Galla Placidia schloss die Augen, schwer fielen ihr die Worte. »Nicht Honoria, sondern der Hofmeister soll deinen Thron besetzen. Also? Um dem Gerücht endgültig jede Nahrung zu nehmen, müsste nicht sie getötet werden, sondern …« Sie bot den Gedanken wie eine Frucht an, bis Valentin danach griff.

»Eugenius. Wenn er …? O Mutter, du bist so klug.« Heftig rieb er den Knöchel des linken Zeigefingers an den Zähnen, dabei ging sein Atem schneller. »Aber nicht mit dem Dolch. Nein, das wäre zu wenig. Eine Zeremonie …«

Beseelt von dem entstehenden Gedankenbild bedeckte er seine Faust mit kleinen spielerischen Küssen. Mit einem Mal blickte er, ohne den Kopf zu drehen, die Mutter aus den Augenwinkeln an. »Und heute noch wird Honoria verschwinden. Sobald sie aufs Schiff gebracht wurde, lasse ich die Zimmer ausräuchern und neu gestalten. Nichts darf mehr im ganzen Palastbereich an sie erinnern. Versprich es mir, Mutter.«

Placidia nickte. Er aber gab sich mit der Geste nicht zufrieden. »Nein, sag es. Bitte, sag es.«

»Warum bestehst du so sehr darauf? Genügt dir nicht ...?«

Valentinian stampfte ungeduldig mit dem Fuß auf. »Ich verlange es!«

»Honoria wird heute noch weggebracht.«

Erneut zertrampelte seine Sandale die Erde vor der Bank. »Weiter!«

Mit ergebenem Schulterzucken setzte Placidia hinzu: »Einverstanden. Nichts soll mehr im Palast an deine Schwester erinnern.«

Leichte Röte stieg ihm ins Gesicht, färbte die sonst so blassen Wangen, die geweiteten Augen überzog ein feuchter Schimmer. »Danke, Mutter. Fast hatte ich geglaubt, dass auch du gegen mich bist. Aber nun weiß ich, du hältst wirklich zu mir. Was für ein schöner Tag heute.« Er wandte sich ab, ging bereits davon. »Und nun will ich ihn genießen.«

Schneller wurde sein Schritt. Beide Zeigefinger steckte er in die Ohren, als fürchte er, zurückgerufen zu werden; so eilte er zwischen den blühenden Sträuchern zum Palast hinüber.

Die Mutter sah ihm nach. »Sonderbar«, flüsterte sie beunruhigt. »Habe ich etwas übersehen?« Eine Weile war sie ratlos, dann aber schnitt ein Gedanke ihr ins Herz. »Und ich gab ihm leichtfertig meine Zustimmung. O allmächtiger Gott, hab Erbarmen!« Ihre Schultern sanken. Nur Hoffen und Warten blieben, denn jetzt würde ihn kein Befehl mehr erreichen.

Angetan mit Hermelin, Seide und Brokat, das Schwert gegürtet und das Haupt mit Lorbeer gekrönt, so ruhte Valentinian am frühen Nachmittag in seinem Thronsessel. Aus halb geschlossenen Lidern beäugte er den Hofmeister seiner Schwester.

Seit fast einer halben Stunde stand Eugenius in der Halle. Eingetreten war er im überheblichen Bewusstsein, Vater des Sohnes der Kaiserschwester zu sein, und in dem von Honoria geschürten Glauben, nun bald selbst Anspruch auf den Thron erheben zu können. Je länger aber sein künftiger Schwager ihn warten ließ, umso mehr fiel die geschwellte Brust ein. Erste Schweißtropfen rannen Eugenius von der Stirn.

Endlich. Der Kaiser räkelte sich in seinem Stuhl und rutschte nach vorn bis zur Sitzkante. Die Unterarme auf beide Lehnen gestützt, streckte er unvermittelt seine Beine waagerecht von sich, ließ sie abwechselnd hoch und nieder wedeln, und als es ihm genug schien, setzte er beide Füße sorgfältig vor sich auf den Marmorboden.

»Ich habe nachgedacht …« Der Ton seiner Stimme gefiel ihm nicht. Er setzte tiefer an: »Sicher war es für dich nicht schwer, die Schenkel meiner Schwester auseinander zu drücken. Und dann hat sie dieses Balg rausgepresst. Dein Kind. Und nun …« Er brach ab. »Nein, das langweilt mich nur. Vergessen wir meinen Ärger. Schließen wir Frieden. Na, was hältst du davon?«

»Großer Kaiser! Nein, lasse mich jetzt schon sagen: geliebter Schwager.« Eugenius atmete. Erleichterung öffnete das Gesicht. »Glaube mir, nicht Ehrgeiz treibt mich, sondern die Verantwortung. Du siehst mich überglücklich, denn nun können wir gemeinsam und mit Vernunft den Wechsel der Macht vorbereiten.«

»Du bist ein kluger Mann!« Valentinian klatschte ihm zu. »Bravo, sehr brav. Aber noch bin ich in Amt und Würden. Vergiss dies nicht.«

Eugenius legte die Hand aufs Herz. »Meine geliebte Honoria und ich werden dich stets als Bruder und Ratgeber in höchsten Ehren halten.«

»Dann komm her und begrüße mich. Beweise mir deine Ergebenheit. Küsse mir die Füße, wie es sich gehört.« Wohlwollen lockte in der Stimme. »Und dann lösen wir das kleine Problem.«

Ohne Zögern näherte sich der Hofmeister dem Thron. Die Leibwächter an der Flügeltür und entlang der Mosaikwände fassten ihre Speere fester, doch Valentinian befahl ihnen mit einem Wink, sich ruhig zu verhalten.

Eugenius fiel auf die Knie, streckte sich bäuchlings aus und robbte nach vorn, bis er das Gesicht über die rechte Sandale heben konnte. Seine Lippen sanken auf den Spann.

Valentinians Arm bewegte sich, beinah lautlos glitt die Waffe aus der Scheide, die Klinge wirbelte, zeigte nach unten, beide Hände umschlossen den Griff und mit aller Wucht trieb er die Spitze in den Rücken des Hofmeisters. Tief drang das geschliffene Blatt ein. Röcheln. Arme und Beine schlugen. Der gespießte Körper zappelte. Aufmerksam, beinahe staunend beobachtete der Mörder den Todeskampf seines Opfers. Erst als auch das letzte Zucken aufhörte und Eugenius reglos dalag, zog er das Schwert heraus.

Beim Anblick der blutbeschmierten Klinge nickte Valentinian. »Ich sagte ja, wir lösen unser kleines Problem.« Er stand auf. Immer noch lag das Gesicht auf seinem Fuß. Ärgerlich rief er durch den Saal: »Zu Hilfe! Seht ihr denn nicht, dass ich belästigt werde.«

Sofort war einer der Leibwächter bei ihm. »Großmächtiger Herr? Wer ...?« Der Mann sah sich suchend um. »Ich, meine, wo ist ...?«

»Bist du blind?« Valentinian deutete nach unten. »Da. Er hält mein Bein fest.«

Mit rohem Griff packte der Wächter in die Toga und wuchtete den Toten beiseite.

»Sieh dir mein Schwert an. Der Hofmeister ist schuld, er hat es besudelt, also nimm auch seine Kleider, um es zu reinigen.« Während der Mann noch die Klinge abwischte, empörte sich der Kaiser erneut. »Dieses Schwein!« Er starrte auf seine rechte von Blut und Erbrochenem beschmutzte Sandale. »Weg. Putze es weg! Hörst du nicht?« Mit einem hastig abgerissenen Fetzen führte der Leibwächter den Befehl aus.

Von einem Atemzug zum nächsten erhellte sich das Gesicht des Herrschers. »So. Und nun folgt mir.« Der Befehl galt allen sechs Bewaffneten. »Ich werde der Augusta einen Besuch abstatten. Nehmt zur Vorsicht einen Strick mit. Vielleicht ...« Selbst überrascht von der Möglichkeit kicherte er. »Es könnte ja sein, dass sie sich wehrt. O ja, dann müssten wir sie gefesselt aus dem Palast zerren.«

Auf dem Weg zu den Gemächern seiner Schwester, blieb Valentinian vor der Ammenstube stehen. Kinderkreischen drang durch die Türvorhänge nach draußen. Er flüsterte den Leibwächtern zu:

»Wartet hier«, und schlüpfte hinein. Jäh riss das helle Gebrüll ab. Eine Frauenstimme weinte auf, auch sie verstummte. Wenig später kehrte der Kaiser zurück. Schweiß glänzte auf den Wangen. Er postierte zwei der Männer vor dem Eingang. »Bis ich in Begleitung der Augusta zurückkehre, darf keiner die Ammenstube betreten. Vor allem die Regentin nicht. Niemand.« Sein Ton wurde vertraulich. »Ich habe da drinnen eine Überraschung für meine Schwester vorbereitet. Zum Abschied, weil sie uns doch für immer verlässt.« Er zwinkerte ihnen verschwörerisch zu. »Sobald ich mit Honoria den Gang entlang komme, öffnet ihr den Vorhang und haltet ihn fest, damit sie gleich alles sehen kann. Habt ihr mich verstanden?«

Er wartete die Antwort nicht ab. Viel zu sehr erhitzte ihn die Erwartung, und gefolgt von vier Leibwächtern drang er in die Gemächer seiner Schwester ein.

Immer noch nicht! Bisher war der Friedensvertrag nicht unterzeichnet worden. Immer wieder formulierte Großkönig Attila die Bedingungen neu, erweiterte alte Forderungen um Kleinlichkeiten, vor allem aber beschwerte er sich bitter über die Unzuverlässigkeit der Oströmer. Und immer noch schickte er eine Gesandtschaft nach der anderen zur Kaiserstadt am Bosporus, um dort ohne Waffe einen neuen Raubzug zu verüben.

Vor ohnmächtigem Zorn zerriss Chrysaphius des Nachts sein seidenes Schnupftuch. »Herr, warum hast du mich verlassen?« Der kaiserliche Hofmeister haderte mit Gott. Mehr als anderthalb Jahre waren seit Kriegsende vergangen, und trotz aller Gebete hatte ihm der Himmel bisher keine Rettung, nicht einmal einen Wink für einen Ausweg gesandt.

Jetzt im Sommer des Jahres 449 standen Parther, Isaurier und Sarazenen an den Grenzen im Osten und Süden wie hechelnde Hunde und warteten nur darauf, dass Theodosius II. sich endlich gegen den unverschämten Barbarenkönig auflehnte. Sofort würden sie ihre Chance sehen und ins Reich einfallen. Das Ende wäre nahe. Denn an allen Fronten sich zu schlagen, dafür war der oströmische Riese zu geschwächt. »Also müssen wir uns den Hunnen fügen«, flüsterte Chrysaphius und barg das Gesicht in den Kissen. Er schämte sich vor dem neuen Tag, weil morgen wieder eine Delegation angesagt war und ein nächstes Schreiben dieses Unholds seinem sanftmütigen Kaiser überreicht werden sollte. »Nein, bei Gott, dieses Mal werde ich beim Empfang nicht anwesend sein«, schwor sich der Ratlose. »Einmal möchte ich auf die scheinheiligen Grüße und Segenswünsche des Hunnenbastards verzichten.«

Mit dem Sonnenaufgang war Keve vom Lagerplatz hinauf zum Bergrücken gestiegen. Unter ihm, noch im Nachtschatten, erstreckte sich düster das mächtige Bollwerk der Stadtmauer. Dahinter dehnten sich die Hügel von Konstantinopel im Morgenlicht. Erste Strahlen ließen Kuppeln, Türme und Dächer aufleuchten.

Keve kauerte sich nieder, lehnte den Rücken an einen Felsbrocken und blickte weit hinüber zur Landzunge, zu den mächtigen Bauten des Kaiserpalastes. »Bin mal gespannt, wie viele Tage ich und meine Männer diesmal warten müssen.« Er kaute an einer getrockneten Eselswurst und malte sich die mit köstlichen Speisen überladenen Tische in den Prunksälen aus. Als das Knurren seines Magens zunahm, schimpfte er: »Unsere feinen Gesandten stopfen sich die Bäuche voll. Aber bisher hat noch keiner von denen an uns hier draußen gedacht und was mitgebracht. So süße Sachen oder weißes Brot …« Mit dem Fingernagel pulte er ein Stück Wurst aus den Zähnen und spuckte es in hohem Bogen den Abhang runter. »Aber wenigstens werd ich ihnen alles Gold aus den Taschen klauben.« Dieser Gedanke versöhnte ihn, und ohne Groll sah er zur kaiserlichen Schatztruhe hinüber.

Die Spitzen der Parteien, Senatoren wie auch vornehme Höflinge hatten rechts und links des Throns Aufstellung genommen. Sie verneigten sich, als Theodosius II. leicht gebeugt durch ihre Mitte tappte und mit einem Seufzer seinen Platz einnahm. Ein flüchtiges Nicken als Morgengruß, schon gab er den Wink.

Die Flügeltüren schwangen auf.

Kühnen Schritts durchquerten die Besucher den Audienzsaal. Laut ertönte die Stimme des Zeremonienmeisters. »Edekon, der ehrenwerte Gesandte des Großkönigs über alle Hunnenvölker!«

In respektvoller Entfernung setzte der Kommandant den rechten Fuß vor und verneigte sich. Umhang und Pluderhose waren aus leichtem grünen Leinen, das hüftlange Lederwams schmiegte sich eng an die breite Brust und umspannte die kraftvollen Arme, seine Bizeps wurden noch durch je vier Goldreifen hervorgehoben. Den Gürtel zierte eine funkelnde Brosche. Und zur Vollendung seiner Erscheinung spielten juwelenbesetzte Goldgehänge an beiden Ohren. Edekon richtete sich wieder auf, mit einem Armschlenker ließ er den Umhang wie durch einen Luftzug aufbauschen und blickte Beifall heischend zu den Spalieren der Höflinge, musste sich aber mit starr lächelnden Masken begnügen.

»Orestes, der ehrenwerte Gesandte des Großkönigs über alle Hunnenvölker!« Auch der erste Schreiber Attilas trat einen Schritt vor und verbeugte sich formvollendet.

Verwundert betrachtete Theodosius den mit weißer Toga und hellem Mantel bekleideten Mann. »Wieder ein Römer?«, murmelte er dem nächststehenden Hofbeamten zu. »Soviel ich weiß, ist der Zweitmächtigste am hunnischen Hof ein Grieche. Dieser Attila scheint sich gerne mit klugen Fremden zu umgeben?«

Der Höfling rümpfte die Nase und gab ebenso leise zurück: »Nur weil es dem Barbaren selbst an Intelligenz mangelt …«

»Still!«, unterbrach ihn der Kaiser. Nach einem Hüsteln hieß er die Besucher mit unterkühltem Ton willkommen. Ob Senatoren oder Beamte, trotz des eingefrorenen Lächelns war ihren Augen der Hass auf die hunnische Delegation abzulesen.

»Wer führt das Wort?«

Orestes zückte eine Pergamentrolle, verneigte sich erneut und setzte zur Rede an. Unversehens schnappte ihm Edekon elegant das Schreiben aus der Hand und stellte sich vor ihn. »Allmächtiger

Kaiser. Gemeinsam leiten wir die Gesandtschaft …« Sein Latein war schlecht. Doch es kümmerte ihn nicht. Ehe er weitersprach, legte er sich in selbstgefälliger Ruhe den nächsten Satz zurecht. »Ich aber bin beauftragt, den Willen meines Herrschers vorzubringen. Hier in diesem Schreiben …«

Weil er wieder innehielt, legte der Zeremonienmeister schuldbewusst die Hand aufs Herz. »Verzeih meine Unhöflichkeit.« Er klatschte einige Male, gab Fingerzeichen zur Wand, und ein schmalbrüstiger Höfling huschte näher. »Dies ist Viglias, einer unserer gotischen Sklaven. Er beherrscht die Sprache deines Volkes ebenso, wie auch Latein und Griechisch. Er wird übersetzen, falls …«

»Nur weil ich langsam spreche?« Edekon blähte die Brust. Von hinten raunte ihm Orestes ins Ohr. »So lasse mich doch reden.« Ärgerlich winkte der Kommandant ab und hatte sich für den Goten entschieden.

Forderungen! Beschwerden! Als der Kaiser während der Lektüre des Briefes bei der Frage nach den immer noch nicht ausgelieferten siebzehn hunnischen Überläufern anlangte, runzelte er die Stirn; er hob die Brauen bei den Vorwürfen, dass in dem eroberten fünf Tagereisen tiefen Landstreifen entlang der Donaugrenze die römischen Bauern immer noch die Felder bestellten; schwer seufzte er, weil Attila auf dem Gebiet des Ostreiches die Stadt Naissos zur neuen Grenzstadt bestimmte und auch dort den gemeinsamen Markt einrichten wollte. Theodosius ließ das Pergament sinken. »Jeder Punkt soll geklärt werden.« Seine Stimme bemühte sich um Freundlichkeit für den Hunnen. »Sei mit deinem Adlatus und der übrigen Gesandtschaft mein Gast. Lasst euch bewirten und genießt.«

Edekon ließ den Umhang schwingen und wagte sich noch einen Schritt vor. »Allmächtiger Kaiser …« Kaum bemerkte er Viglias hinter seiner rechten Schulter, sprach er in tief tönendem Hunnisch weiter, und der Gote bemühte sich, sogar seine Klangfarbe in der Übersetzung nachzuahmen. »Großkönig Attila lässt dir durch mich ausrichten, dass jede Missachtung seiner Bitten eine neue Kriegsgefahr heraufbeschwört. Außerdem fordert mein Großkönig, dass ihm eine römische Gesandtschaft geschickt wird. Allerdings dürfen es nicht jedwede Männer sein, sondern er verlangt nach Unterhändlern, welche höchste Würden bekleiden. Nur mit ihnen will er diese letzten Streitfragen erörtern …«

»Letzte Streitfragen?« Wie jäh erfrischt richtete sich der Kaiser in seinem Sessel auf. »Sollte nach deren Klärung wirklich der Vertrag unterzeichnet werden?«

»Wenn auch das Herz meines Herrschers durch wertvolle Geschenke ausreichend erwärmt wurde, so steht dem Friedenschluss nichts mehr entgegen.«

Bei diesem Satz ging ein schmerzhaftes Zucken durch die Reihen der Vornehmen. Theodosius sank wieder in sich zusammen. »Wohl denn. Um diese Angelegenheit zu klären, bitte ich dich, meinen Hofmeister und Schildträger, den ehrenwerten Chrysaphius, aufzusuchen.« Er wedelte müde mit dem Schreiben. »Die Antwort hierauf wird dir morgen oder übermorgen ausgehändigt.«

Der Zeremonienmeister ließ die Flügeltüren öffnen, und nach tiefen Verbeugungen zogen sich beide Gesandte in Begleitung des Übersetzers zurück.

Draußen schlug Edekon dem ersten Sekretär Attilas auf die Schulter. »Wie war ich? Ja, mein Freund, so wird Politik gemacht. Hast du bemerkt, wie gebannt alle an meinen Lippen hingen? Und wie geschickt ich das Gold ins Spiel gebracht habe?«

Verblüfft starrte Orestes ihn an, war noch unfähig zu antworten, als ihm der Kommandant freundschaftlich befahl: »Du kümmerst dich jetzt um die übrigen Mitglieder unserer Delegation. Die Gastgeber sollen euch Konstantinopel zeigen, besucht Geschäfte und lasst euch beschenken. Ich werde dem Eunuchen meine Aufwartung machen und …« Zeigefinger und Daumen zählten bereits unsichtbare Goldstücke; nach dieser Geste entfernte er sich mit wehendem Umhang in Begleitung des Goten.

Orestes schüttelte den Kopf, als wäre er gerade aus einem bösen Traum erwacht. »Du bist nicht mein Herr. Wir beide sind von Attila mit dieser Mission beauftragt worden. Wir leiten sie gemeinsam.« Er verbarg die geballten Hände auf dem Rücken. So beherrscht, schritt er zu den wartenden Hunnen am anderen Ausgang der Vorhalle hinüber.

Edekon erblasste, sein Verstand fasste nicht, was sich den Augen an Pracht darbot. »Warte«, bat er seinen Führer und deutete ergriffen zu den Alabastervasen hinüber, aus der Ferne ließ er den Finger über Gold beschlagene Truhen streichen. »Reichtum«, flüsterte er und glitt mit den Sandalen weiter über den schwarz-weiß gemusterten Marmorboden. »Jetzt weiß ich erst, was Reichtum bedeutet.«

Viglias verzog die schmalen Lippen zu einem Lächeln. »Du siehst nur das Elfenbein, das Gold und die aus Edelsteinen gefertigten Wandbilder. Doch …« Er bückte sich und tätschelte den Boden. »Hier drunter verbirgt sich erst der wahre Luxus. Wärme. Alle Räume dieses Palastes werden unsichtbar beheizt. So können gewisse Damen selbst im Winter ihre luftigen Gewänder tragen.« Er zwinkerte anzüglich. »Wenn du verstehst …?«

»Weiber gibt es bei uns genug.« Erneut gebannt war Edekon vor einem aus Gold- und Silberblech gearbeiteten Jagdbild stehen geblieben; aus dem mit Blumenranken gestalteten Rahmen blinkten Blüten aus Smaragden, Jaspis und Opalen. »Aber das hier ist wahre Schönheit. Teuer und wertvoll.«

»Unbezahlbar«, schmiegte sich Viglias wieder bei ihm ein.

Sie mussten warten. Weil ihnen von einem Sklaven gesagt wurde, dass der Hofmeister bald Zeit haben würde, blieben sie stehen; als es dann doch ungebührlich länger dauerte, setzte sich Edekon auf eine Bank und polierte mit dem Mantelstoff seine Armringe. Der Gote bemühte sich, ihn mit Hofgeplapper bei Laune zu halten. »Falls du noch irgendetwas wissen möchtest? Frage nur! Ich höre und sehe alles in diesem Palast. Für ein paar Silberstücke weihe ich dich gerne in einige Geheimnisse ein.«

Der Kommandant unterbrach das Putzen. »Deswegen bin ich nicht hier«, brummte er. »Wäre ja noch schöner, wenn ich dich bezahlen sollte.«

»Ich habe es nur erwähnt«, wiegelte der Gote ab, »mit Informationen verdiene ich mir etwas Zubrot, nur so kann ich Frau und

Sohn ernähren.« Der Blick seiner beinahe wimpernlosen braunen Augen belauerte das Mienenspiel des Hunnen, als suche er nach einer schwachen Stelle. »Und wenn ich dir verrate, dass seit einem Monat Honoria Augusta im Palast weilt, die Schwester des weströmischen Kaisers Valentinian III.?«

»Was schert mich, wer hier bei euch zu Besuch kommt?«

»Verstehe. Das mag nicht wichtig sein. Aber, dass es Streit im Palast zu Ravenna wegen Honoria gegeben hat, dies müsste doch … Nein?«

Gelangweilt blähte Edekon die Wangen und blies hörbar die Luft aus.

Viglias aber lockte weiter. »Nicht zu Besuch. Die Augusta wird hier von der einzigen noch lebenden Schwester unseres Kaisers bewacht wie eine Gefangene. Sie darf den Ostflügel nicht verlassen. Ein schreckliches Los für solch eine schöne Frau …«

Er brach ab, denn die Tür öffnete sich, und der Sklave bat den hunnischen Gast einzutreten. Viglias folgte und flüsterte noch rasch. »Falls du mehr wissen möchtest, ich stehe zu Diensten.«

Das Mosaik an der rechten Wand zeigte drei nackte Jünglinge in einem Garten. Der Mittlere stand in kraftvoller Pose da. Viel Mühe hatte der Künstler auf die Ausgestaltung von Hoden und Penis gelegt. Einer der Freunde kniete und bot dem Schönen eine Schale mit goldenen Früchten dar, der andere Nackte lehnte verliebt seinen gelockten Kopf an die starke Schulter. Edekon bewunderte das Bild, ging näher; nicht die frivole Darstellung, es waren lediglich die Steine, mit denen das Sonnenlicht dargestellt wurde, die sein besonderes Interesse weckten. Schließlich war die Verlockung zu stark, und er streckte den Finger nach dem Gold aus.

»Gefällt dir das Bild?«

Ertappt fuhr Edekon herum und sah in das leicht gerötete Gesicht des Hofmeisters. »Ich war … Nur aus Neugierde, weil …« Er hatte sich wieder gefasst, trat einen Schritt zurück, mit lauter Stimme erbot er seinen Gruß: »Edekon, Gesandter des Großkönigs über alle Völker der Hunnen …«

»Ich weiß«, unterbrach ihn Chrysaphius gereizt. Mit einem blauen Seidentuch tupfte er sich den Schweiß vom speckigen Nacken. »Wenn du einverstanden bist, verzichten wir auf alle Umschweife und kommen gleich zum Anlass deines Besuches …« Er hielt inne, sah den Barbaren forschend an. »Verstehst du, was ich sage?«

Tief atmete der Hunne ein. »Du bist nicht der erste Römer, den ich treffe.« Der Ton grollte. »Und wenn du langsam sprichst, verstehe ich jedes Wort.«

»Ach, so ist das, verzeih.« Bemüht, den Spott zu unterdrücken, setzte der Hofmeister hinzu: »Deshalb ist Viglias in deiner Begleitung. Wie unaufmerksam von mir. Entschuldige mich für einen Moment.« Er entfernte sich bis zur Mitte des Saals und befahl den Goten an seine Seite. »Diese Missachtung ist unerhört.« Halblaut und bewusst sehr schnell schimpfte er weiter. »Jetzt schickt uns dieser Barbar schon Männer, die nicht einmal unsere Sprache richtig beherrschen. Was weißt du über den Hunnen?«

»Er liebt Reichtum …« Leise und ebenso hastig informierte ihn der Dolmetscher. Als er geendet hatte, schritt Chrysaphius nachdenklich zum Fenster und starrte hinaus. Nach einer Weile wandte er sich wie neu belebt um, strahlte und kehrte mit ausgebreiteten Armen zu seinem Gast zurück. »Willkommen, sei mir als Freund von Herzen willkommen. Darf ich dir eine Erfrischung anbieten?« Leicht tänzelnd geleitete er den Kommandanten zur Sitzecke hinüber. Der feiste Bauch wippte im Rhythmus der kleinen Schritte. »Nimm Platz.« Sein Diener musste Saft in die goldenen Becher einschenken, ein Wink beorderte Viglias hinter den Gast, dann erst ließ sich der Hofmeister selbst auf einem der Hocker nieder. »Der Gote soll übersetzen. Weil ich dir jede unnötige Anstrengung selbstverständlich ersparen möchte.«

Edekon genoss den ihm so unvermittelt gezollten Respekt. »Es ist zwar nicht nötig, aber so lassen sich in der Tat wichtige Dinge klarer ausdrücken.«

»Sehr klug bemerkt«, bestätigte Chrysaphius. Eine Weile tippte er die Fingerkuppen gegeneinander: »Wie ich soeben hörte, liebst du Eleganz und kultivierte Lebensweise. Erlaube mir, ehrlich zu sein: Es gibt durchaus eine Möglichkeit, dir solch ein Leben in Luxus zu bereiten. Langweile ich dich?«

Edekon glättete mit beiden Händen das Leder über der Brust und schüttelte den Kopf.

»Und wenn ich Luxus sage, dann meine ich, du kannst selbst Herr über goldene Paläste werden, kannst über unermessliche Schätze verfügen …« Der Eunuch dehnte die Pause, ließ den Gedanken im Raum schwingen, dann erst setzte er leicht hinzu, als wolle er einen unterhaltsamen Scherz auflösen: »Du müsstest nur das Hunnenreich verlassen und zu uns nach Konstantinopel übersiedeln.« Er lächelte verschmitzt.

Edekon fühlte sich wohl, vergnügt gab er den Ball zurück. »Gern. Allerdings darf ich als Kommandant der Palasttruppen solch einen Schritt nicht ohne die Genehmigung meines Großkönigs tun. Aber ich werde ihn fragen …«

Bei der Vorstellung allein lachte er laut auf. Und Chrysaphius stimmte in sein Vergnügen mit ein. Als auch das Vibrieren der Fettringe des Halses nachließ, zückte der Eunuch das Seidentuch und tupfte sich Tränen aus den Augenwinkeln, dann nippte er etwas vom Saft, wollte sprechen, hielt verschämt inne und fasste sich schließlich doch ein Herz.

»Verzeih, wenn ich persönlich werde. Aber dein Anblick … Diese ausgeprägte Männlichkeit, gepaart mit dem Sinn für Schmuck … Allein schon die von Meisterhand gefertigten Ohrgehänge.« Ein banger Unterton schwang bei der Frage mit: »Sicher bist du verheiratet?«

»Warum …?« Jetzt erst bemerkte Edekon, worauf der Eunuch anspielte, halb geschmeichelt und halb auf der Hut, rieb er sich die Oberschenkel. »Aber ja. Mein Weib ist eine Schönheit. Und ich habe einen prächtigen Sohn.«

»Das habe ich befürchtet.« Der Seufzer hob und senkte den fülligen Bauch. »Jemand wie ich muss eben stets zurückstehen. Das ist mein Los.« Ohne Übergang setzte er hinzu: »Du aber wirst beschenkt aus dem Füllhorn des Glücks. Auch wenn du nicht zu dem engsten Kreis der Vertrauten deines Königs gehörst, so wirst du ihn doch gewiss hin und wieder sehen können.«

»Nur sehen?« Edekon stemmte die Fäuste auf seine Knie. »Ich spreche Attila sogar täglich.« Das Erstaunen seines Gegenübers ließ ihn weiter prahlen. »Kaum einer genießt so viele Vorrechte wie ich. Ohne mich bei der Kanzlei anzumelden, habe ich jederzeit Zutritt zu seinen Gemächern. Denn ich befehlige die Leibwache und bin für Attilas Schutz verantwortlich.«

»Mein Freund …« Chrysaphius brach ab, voller Unruhe erhob er sich. »Einem Mann mit deinen Fähigkeiten ist es vorbestimmt, die höchsten Stufen des Lebens zu erklimmen. Und ich meine wirklich die allerhöchsten …« Das Schwärmen erlosch. Der Ton wurde ernst und nüchtern. Ein Fingerzeig warnte Viglias, das nun Folgende sehr sorgsam zu übersetzen. »Ich möchte dir einen überaus wichtigen und für dich sehr einträglichen Vorschlag unterbreiten. Zuvor aber musst du mir unter Eid absolutes Stillschweigen geloben.«

Edekon straffte sich, öffnete den Mund, jedoch der Eunuch bat: »Warte noch, guter Freund. Die Angelegenheit benötigt Zeit und Ruhe. Aus diesem Grunde schlage ich vor, dass wir heute Abend gemeinsam speisen. Nicht mit den anderen Mitgliedern deiner Gesandtschaft, sondern allein, nur wir beide. Und der Gote wird uns dolmetschen.«

»Ist es so geheim?«

»Mehr als das. Glaube mir, bei Gelingen wird sich die Welt verändern. Doch erst deinen Schwur, dass du vor niemandem unser Treffen erwähnst, und solltest du meinen Vorschlag ablehnen, dass du ihn selbst dann nicht verraten wirst.«

Langsam stand der Hunne auf, er nestelte am Halssaum des Lederwamses. »Allein schwöre ich nicht. Wer weiß, worauf ich mich da einlasse?«

Sofort erstrahlte Milde im Gesicht des Hofmeisters. »Wie Recht du hast. Ich versichere dir, dass mein Ansinnen keinerlei Gefahr für dich bedeutet und dir nur Vorteile und großes Vermögen einbringen kann.« Er streckte seine Hand aus. »Schlag ein, guter Freund.«

Edekon zögerte nicht mehr. Und während sie sich die Hände drückten, fest in die Augen schauten, wiederholte jeder sein Versprechen, und Viglias übersetzte Wort für Wort …

Die Wandspiegel vervielfältigten das Licht der Öllampen. Duft nach Pinien und Minze entstieg den tönernen Räucherfässchen. Längst hatten die Sklaven alle Schüsseln und Platten hinausgetragen und dafür Schalen mit Gebäck und kandierten Früchten gebracht. Chrysaphius hob den Kelch. Er blickte seinem Gast fest in die Augen. »Trinken wir auf das köstliche Mahl.« Beide nahmen einen tiefen Schluck. Ehe sie die Gefäße zurückstellten, setzte der Hofmeister hinzu: »Und sollten wir einig werden, so wird uns der rote Rebensaft wie Blut miteinander verbünden.«

Zu schwungvoll setzte Edekon den Kelch ab, und Wein schwappte über seinen Handrücken. Er sah es und erschrak. »Ein böses Vorzeichen?«

»Aber nein«, beschwichtigte der Eunuch. Gleich nestelte er ein frisches gelbes Seidentuch hervor und tupfte die Spritzer von der Haut. »Kein Tropfen deines Blutes soll vergossen werden.«

Edekon griff nach dem fleischigen Handgelenk. »Bitte, dieses Geheimnisvolle ist nichts für einen Mann wie mich. Keine feinen Reden mehr. Sag mir, was du willst, einfach und geradeheraus.«

Der Blick gefror, die zuvor so einschmeichelnde Stimme verlor etwas an Schmelz. »Der Kern ist schnell gesagt. Du sollst nach Hause an den hunnischen Hof reisen, dort ermordest du Attila und kehrst zu uns Römern zurück.«

Der Kommandant sprang auf, sein Sessel kippte nach hinten um. »Ein Attentat?«

»Nein, mein Freund, eine längst notwendige Korrektur.« Ehe Chrysaphius weiter sprach, schnippte er dem Dolmetscher. Viglias begriff, hob die Sitzgelegenheit auf und rückte sie dem Gast hin. Noch benommen von dem ungeheuerlichen Gedanken setzte sich Edekon wieder.

»Du bist mutig. Hast die Kraft eines Stieres …« Jetzt legte der Eunuch erneut eine Honigspur für die Eitelkeit. »Und so wie ich dich einschätze, besitzt du die wichtigste Gabe eines Kämpfers: Du handelst schnell, sicher und ohne Leidenschaft. Du bist ausersehen, mein Freund. Und bei deiner Rückkehr erwarten dich Siegeskränze, höchste Ämter und ein Leben in unermesslichem Reichtum.«

Edekon strich nachdenklich mit der flachen Rechten über das Brustleder. »Möglich wäre es.« Die Finger spielten mit den Armreifen. »Du hast schon Recht, außer mir schafft das keiner. Nur ich allein komme, ohne Verdacht zu erregen, an den König heran. Weil ich ja sein persönlicher Schutz bin …«

Gedankenbruchstücke folgten. Näher schob sich der Dolmetscher an den Gast und übersetzte im Flüsterton. Chrysaphius hielt den Mund leicht geöffnet, wagte kaum zu atmen. Schließlich war Edekon mit sich zufrieden, er hatte den Mord im Geiste vollzogen und kein unüberwindliches Hindernis war ihm aufgefallen. »Ganz allein schaffe ich es nicht«, sagte er im nüchternen Ton eines Feldherrn. »Aber die Männer, die ich auswählen werde, sind mir absolut ergeben. Gold. Nicht viel, aber ich benötige fünfzig Pfund, um die Helfer zu entlohnen.«

»Mein Freund, du erhältst alles, was du befiehlst. Ich werde dir die Summe sofort aushändigen.«

Halb hatte der Hofmeister seinen schweren Leib schon aus dem Sessel gewuchtet, als Edekon energisch abwinkte. »Halt! Um Attila zu töten, müssen wir vor allem unsern Kopf benutzen, sonst verlieren wir ihn.« Einen Atemzug lang genoss er seine kluge Redewendung, dann plante er weiter: »Zunächst kehre ich mit meinen Leuten und dem Antwortschreiben in unsere Hauptstadt zurück. Attila hat römische Unterhändler verlangt, um die Streitigkeiten wegen der Überläufer zu klären. Also?« Er gab selbst die Antwort. »Du schickst eure Gesandtschaft gleich mit. Und zwar auch unseren Dolmetscher.« Jetzt beugte sich Edekon über den Tisch. »Du musst nämlich wissen, dass wir jedes Goldstück abzuliefern haben. Niemals könnte ich die fünfzig Pfund vor den anderen verbergen. Sobald ich Attila berichtet habe und alle Geschenke aushändigt sind, gebe ich Viglias Bescheid. Er wird dich unterrichten, wie und auf welchem Wege du mir das Gold schicken kannst. Den Rest erledige ich dann.« Mit einer großen Bewegung lehnte er sich wieder zurück, und wie ein Sieger hob er die Faust. »Glaub es nur. Wer mich auf seiner Seite hat, der kann sich auf mich verlassen.«

»Du bist…« Chrysaphius schluckte. »Ich bewundere Männer mit deiner Entschlossenheit.« Die Lippen vibrierten, gerötet waren seine Wangen, feierlich griff er nach dem Kelch. »Lass uns trinken.« Er vermochte den Blick nicht von seinem Werkzeug abzuwenden. »Wir haben ein und dasselbe Ziel. Ja, guter Freund. Tod dem Tyrannen!«

Etwas war anders als sonst. Seit dem Aufbruch von Konstantinopel spürte Keve das Unbehagen wie ein Ziehen im Rücken; wenn das Gefühl stärker wurde, stieg es bis hinauf zum Nacken. Er drehte sich im Sattel um und blickte den steinigen Fahrweg zurück. Weit unten, noch ehe der Anstieg ins Gebirge steiler wurde, sah er die Römer. Zwölf Tage ritten sie schon hinter dem hunnischen Tross her, achteten sorgsam auf einen gleich bleibenden Abstand. Lediglich am Abend schlugen sie ihre Zelte in Rufweite auf. Hin und wieder verständigten sich die Führer über das kommende Wetter, engere Kontakte aber hatte es bisher nicht gegeben.

Die Helme der vier berittenen Legionäre blinkten, ihre Fahne flatterte den hochbeladenen Tragtieren voran. Nur weil Keve es wusste, erkannte er auch die nachfolgende Gruppe. Nein, weder die beiden Gesandten noch der Dolmetscher mit seinem Sohn hatten ihm bisher einen Grund für den Argwohn gegeben. »Auch nicht dieser kleine ekelhafte Kerl«, brummte er und sah wieder nach vorn. »Hätte nie gedacht, dass der sich noch mal zu uns an den Königsordu traut! Will die Herausgabe seiner Frau verlangen! Obwohl Attila sie ihm verweigert hat.« Ein geräuschvolles Schnalzen mit der Zunge begleitete das Kopfschütteln. »Ist schon dreist, dieser

Angeber. Aber wer weiß? Kommandant Edekon hat ihn eingeladen. Wer weiß, was er dem Kerl zugesagt hat? Vielleicht bekommt er das Weib doch. Na ja, mir kann's egal sein.«

Keve spuckte in die Handmulde und pflegte mit dem Speichel die dünnen ergrauten Bartsträhnen rechts und links des Mundes. Vor ihm trottete seine Delegation. Nur zwei Pferdelängen entfernt sah er auf den Rücken des Schreibers. Warum ritt Orestes nicht mit dem Kommandanten an der Spitze? Die Herren könnten sich doch gegenseitig mit schönen Gesprächen den Tag verkürzen. Aber nein, der Schreiber hielt sich zurück und sorgte sogar dafür, dass der Großteil des Trupps immer zwischen ihnen war. »Bei den beiden ist was nicht in Ordnung«, dachte er halblaut vor sich hin. Jetzt erinnerte er sich auch an das verschlossene Gesicht des Sekretärs, als die Delegation oben in den Hügeln über Konstantinopel mit ihm und seinen Männern zusammengetroffen war. »Hätte mir gleich auffallen können.« Aber in dem Moment war er zu überrascht gewesen, weil die Gesandten kaum Gold oder andere Geschenke abgeliefert hatten.

»Nicht mehr? Nur Seidenballen, Gewürze und diese beiden Beutel mit Münzen?«

Sein Vorgesetzter schlug ihm auf die Schulter. »Sei nicht so gierig, Mann. Du bist ja hinter den Schätzen her, als wolltest du sie für dich behalten.«

»Herr, sag das nicht!« Jäh verengte Keve die Lider, einen gefährlichen Augenblick lang spannte sich der Körper, dann stieß er scharf den Atem aus. »Keiner darf sich was heimlich einstecken. König Attila hat den Befehl gegeben. Und du hast die Aufgabe mir übertragen. Und so ist es. Also?«

Der Kommandant hob die Brauen. »Was willst du?«

»Nur eine Antwort, Herr. Warum kommt der Sekretär mit leeren Händen? Und warum bringst du nicht so viel Gold wie die anderen vor euch?«

Edekon rettete sich in gönnerhaftes Lachen, wieder klatschte er dem Truppführer auf die Schulter. »Bist mein bester Mann. Warum? Warum? Wenn du's wissen willst, dann erkundige dich doch bei unserm Sekretär hier. Der ist so gescheit und durchschaut die Römer besser als ich.«

Ohne den Nachbarn eines Blickes zu würdigen und ohne jede Regung hatte Orestes ihm Auskunft gegeben: »Ich vermute, die Hofkanzlei zeigte sich so sparsam, weil ihre eigene Gesandtschaft unserem Großkönig die Geschenke gewiss selbst überreichen möchte. Dies entspräche einer nachvollziehbaren Logik.«

»Logik? Wieso? Ach, lass nur.« Keve hatte sich damit begnügt und nicht weiter nachgefragt. Schließlich war der Kommandant sein Vorgesetzter, und ganz wollte er es sich nicht mit ihm verderben.

Er stützte sich mit den Händen auf dem Sattelhorn ab, hob den Hintern leicht an, lockerte die Muskeln und senkte ihn wieder. »Aber ich spür's, irgendwas stimmt nicht. Nur komm ich nicht drauf.«

Hufschlag. Hinter ihm, rasch kam er näher. Ein Schulterschlenker. Der Bogen sprang in seine Faust, gleichzeitig trieb er mit einem Schenkeldruck das Pferd an, lenkte es vom Fahrweg, während die Rechte nach dem Pfeil griff, wendete er den Wallach und war für jeden Angreifer bereit.

»Gut Freund!« Aus dem Galopp zügelte der Legionär seinen Gaul. »Nicht schießen!« Er fuchtelte mit dem Arm. »Bleib ganz ruhig. Ich habe eine Botschaft.«

Keve führte die Sehne zurück, schulterte den Bogen und ließ den Pfeil spielerisch ums Handgelenk wirbeln. »Ist dein Glückstag heute.«

Der Römer trabte näher. Mit dem Arm wischte er sich die Stirn. »Verflucht, was bist du schnell. Also, im Kampf möcht ich dir nicht begegnen.«

»Ist auch besser so.« Breit grinste der Truppführer. »Was für eine Nachricht?«

»Wir alle … das heißt, die Herren von uns laden die Herren von euch … und auch euch alle zum Essen ein. Gutes Essen, Fleisch und Wein genug. Aber das soll ich den Gesandten selbst sagen.«

»Lass dich nicht aufhalten. Da reitet einer von denen und der andere ganz vorne.« Der Legionär war schon vorbei, als ihm Keve nachrief. »Und wann? Ich hab Hunger.«

»Denke, morgen. Sobald wir Serdica erreicht haben.«

Schlingpflanzen überwucherten eingestürzte Dächer und Mauerreste; dort wo früher Kinder spielten, Bauern ihre Früchte anboten und das Leben der Stadt pulste, gab es jetzt nur noch ein Dickicht aus Brennnesseln und Dornenranken. Das stolze Serdica war menschenleer, ein ausgeplündertes Grab des letzten Krieges.

In der zweiten Mittagsstunde erreichte der hunnische Tross die hoch gelegene Ebene. Als wenig später auch die Römer eintrafen, hatten sich die Führer schnell geeinigt und den Rastplatz bestimmt. Einen Steinwurf vom längsten Schatten der Trümmer entfernt wurden die Zelte errichtet. Während die hunnischen Kämpfer Balken und Bretter heranschleppten und vier Holzstöße auf dem Mittelplatz errichteten, kauften die Legionäre in den ringsum verstreuten Ansiedlungen Schafe und Rinder und ließen sie von den Einheimischen zum Lager treiben. Abgemacht war, dass die Bauern ihre Tiere am Rande des Lagerplatzes auch schlachten sollten, jedoch beim unvermittelten Anblick der Hunnen erstarrten sie. Schuppenpanzer und Lederhelme riefen das Grauen wach: Überfall, Mord, Vergewaltigung und nicht enden wollende Qual. Der Krieg zeigte wieder seine teuflische Fratze. Die Entsetzten ließen die Halsstricke der Tiere fahren, in sich gekrümmt wichen sie Schritt für Schritt vor den Unholden zurück, dann flohen sie davon.

»So was.« Betroffen kratzte sich Keve das Kinn; mit einem Mal herrschte er die drei Kämpfer in seiner Nähe an: »Steht da nicht rum. Schlachtet das Vieh. Na los, beeilt euch.«

Einer der Legionäre stieß einen Pfiff aus. »Jetzt weiß ich, womit ihr Hunnen jeden Kampf gewinnt. Mit eurem Gesicht.«

Schon hatte Keve den Dolch in der Faust, war bei dem Spötter und schob ihm die geschliffene Spitze in ein Nasenloch. »Gut gelaunt bin ich, Römer. Ein Wort noch, und ich schlitz dir deinen schönen Riecher bis zur Stirn auf. Dann können wir beide lachen.«

»Nicht. Bitte, nicht«, brabbelte der Legionär; um dem Schmerz zu entgehen, hob er den Kopf, wuchs höher, erst als er auf den Zehen stand, lauter bettelte, brach Keve ab. »So, und nun halten wir Frieden.« Noch mit der blanken Waffe winkte er den anderen Legionären zu. »Nichts für ungut, Freunde. Einverstanden?«

Allmählich erst begriffen sie, was vorgefallen war, in welcher Gefahr ihr Kamerad sich befunden hatte. Vorsichtig und voller Misstrauen nickten sie. Der Truppführer grinste. »Na los, kommt nur her. Vergessen wir den Ärger. Ihr habt Hunger, wir auch. Und wer mehr Durst hat, werden wir ja später erleben.«

Wie magische Orte zogen die vier Glutfeuer in der Abenddämmerung die Männer an. Ob Römer oder Hunne, ruhelos umkreisten sie die goldgelben, fetttriefenden Spießbraten, kosteten vom Duft, und lauter knurrten ihre Mägen. Noch hatte das Fest nicht begonnen. Blicke fluchten zu den Zelten der beiden römischen Delegierten. Licht schimmerte durch das Leinen. Erst wenn die Gastgeber herauskämen, würden auch die hunnischen Gesandten erscheinen. Die Herren aber ließen sich Zeit. Dabei war längst alles vorbereitet. Weinschläuche lagen aufgereiht im Gras. Aus Brettern und Steinen war ein Tisch in Form eines offenen Vierecks errichtet. Die schmalere Stirnseite für die Vornehmen, die beiden langen Schenkel für den Tross. Holzklötze sollten als Sitzgelegenheiten dienen.

»Diese feinen Wichtigtuer«, zischte Keve gereizt. »Verdammt. Wir sind hier nicht am Kaiserhof.« Um das Warten abzukürzen, beschloss er, noch einmal nach den Pferden und Lasttieren zu sehen. Kaum aber hatte er sich einige Schritte entfernt, als in seinem Rücken ein vielkehliger Seufzer, gefolgt von Raunen und Händeklatschen, zu hören war. »Na endlich.« Er kehrte um. Die Kontrolle der Weide verschob er auf den späteren Abend.

Vor der Tafel begrüßte Maximinus als Leiter der römischen Delegation die beiden hunnischen Ehrengäste. Der rundliche, doch sehr bewegliche Patrizier bedachte Edekon in gewählter Sprache mit Höflichkeiten. Er lächelte weiter, bis Viglias übersetzte hatte, und strahlte, als ihm vom Dolmetscher die Antwort des Kommandanten in Latein wiedergegeben wurde. Weil die Verständigung mit Orestes ohne Hilfe stattfinden konnte, plauderten die beiden gebildeten Männer. Maximinus gestand dem Sekretär Attilas, dass dies seine erste diplomatische Mission sei. Er winkte seinen schlanken Begleiter näher, musste den Arm recken, um dessen Schulter zu umarmen »Auch für meinen jungen Freund Priscus hier ist die Reise ein aufregendes Unterfangen. Ich bin sehr froh, dass ich ihn überreden konnte, mit mir zu kommen.«

Der zweite römische Gesandte blickte mit großen ernsten Augen auf Orestes. »Ist es schwer, die Heimat zu verlassen und sich in einer neuen Kultur zurechtzufinden?«

»Mir fiel es leicht. Weil ich frei von Vorurteilen und erfüllt von Neugierde an den hunnischen Hof kam ...«

»Lasst euch nicht stören«, unterbrach ihn Maximinus. »Ihr beide habt etwas gemeinsam. Auch Priscus beherrscht die Kunst des Schreibens. Doch solltet ihr euch bei Tisch weiter miteinander austauschen. Denn bleiben wir hier stehen, so befürchte ich einen Aufstand. Und zwar von Römern und Hunnen in seltener Einmütigkeit.« Mit lauter Stimme wandte er sich an die gut zwanzig Männer. »Mein Dank gilt euch allen, den Knechten, Führern, den Bewaffneten. Ihr habt uns sicher bis nach Serdica geleitet. Möge unsere Reise auch weiterhin so gefahrlos verlaufen. Meine Landsleute, lasst uns heute mit unseren hunnischen Gästen den Abend genießen, in Freundschaft lachen und singen.« Er breitete die Arme aus. »Teilt euch den Braten, trinkt gemeinsam. Das Fest ist eröffnet.«

Kein Halten mehr. In vier Pulken drängten die Hungrigen zu den Feuern. Kaum einer nahm sich Zeit, seine gefüllte Holzschale zum Tisch zu bringen. Auch Keve spießte das dampfende Fleischstück mit dem Messer auf, biss hinein; es verbrannte ihm den Schlund, aber ganz gleich, er verschlang es, während er sich am Ende der Schlange wieder anstellte.

Sobald der Heißhunger gestillt war und jeder befriedigt feststellte, dass der Braten selbst für dritte oder vierte Portionen noch ausreichte, setzten sich die Männer, Römer zu Römer, Hunne zu Hunne. Sie aßen nun langsamer und sprachen dem Wein zu. Noch herrschte schmatzendes Schweigen. Zwar wurden schon erste Blicke mit dem Nachbarn ausgetauscht, niemand aber sah zur gegenüberliegenden Tischreihe.

An der Stirnseite hatte Maximinus das Gespräch mit dem Kommandanten aufrechterhalten. Edekon wusste von seinem Mitverschwörer, dass der Patrizier nicht in den Mordplan eingeweiht war, und gab sich, wortgewaltig unterstützt vom Goten Viglias, als treuer Vasall des Großkönigs.

Nachdem zwischen Orestes und Priscus klargestellt war, dass der eine Sekretär sei, der andere Literat, hatte sich zwischen ihnen ein entspanntes Geplänkel über den Wert des Schreibens entwickelt.

Ein Pfiff! Die Köpfe fuhren herum. Wieder ein Pfiff, dieses Mal lang und trillernd. Jetzt ertönte Schellengestampfe. Es näherte sich von den Zelten der römischen Gesandten.

Maximinus neigte sich dem Kommandanten zu. Hinter vorgehaltener Hand versicherte er halblaut: »Diese freudige Abwechslung haben wir nur dir zu verdanken.« Gleich beugte sich auch Viglias vor und übersetzte wispernd. »Für gewöhnlich tritt er nur vor der reichsten Gesellschaft Konstantinopels auf. Und sein Herr, der ehrenwerte General Aspar, fordert stets die Hälfte des Honorars für sich.«

»Ich werde ihm zu seinem Recht verhelfen«, gab Edekon betont bescheiden zurück. »Als er damals den Palast des Großkönigs unfreiwillig verließ, musste er seine Frau zurücklassen. Damals konnte ich nicht helfen, inzwischen aber ist mein Einfluss bei Hof gewachsen, und er wird in nächster Zeit noch größer werden. Ich betrachte den Spaß heute Abend als kleinen Vorschuss für meine Hilfe.«

Rot, von den stampfenden Füßen bis hinauf zu den Schultern, darüber ein riesiger dunkler Ball mit zwei weißen Augenflecken Zwischen den unteren Enden der Tafel, genau inmitten der Grenzlinie, hüpfte der Zwerg. Schellengerassel wechselte sich mit Pfiffen ab. Das schwache Abendlicht verwandelte den Spaßmacher in ein zappelndes, unförmiges Scheusal.

»Ich bin Zerkon! Der große Zerkon!«

Römer und Hunnen klatschen ihm zu; wer ihn kannte, johlte und jubelte.

Der Zwerg streckte dem Publikum die Zunge raus. Als Stille einkehrte, heulte er unvermittelt wie ein Kind: »Ich kann nicht! Nein. Ich kann nicht.« Er hockte sich auf den Boden. »Ich fürchte mich vor der Dunkelheit. So gebt mir doch Licht.« Bittend und bettelnd patschte er die Hände zusammen.

Gleich vier Römer rannten zu den Fackeln, entzündeten sie am Feuer, und wenig später erhellten lodernde Lichter den freien Wiesenplatz zwischen den Tischen. Zerkon ließ den großen Kopf vornüberfallen; ehe sein Haar das Gras berührte, stemmte er sich mit den Armen ab, eine schwungvolle Bewegung, und mit den kurzen Beinen nach oben watschelte er auf den Händen an der rechten Tischreihe entlang. Seine schellenbewehrten Füße wurden zu Puppen, schwatzten unterwegs miteinander, jede meldete sich mit Rasseln zu Wort.

»Es riecht hier so scharf. Was ist das bloß, Liebste?«

»Ja, jetzt rieche ich es auch. Aber nicht nur scharf, meine Teuerste, auch faulig.«

»Nein, es riecht nicht, es stinkt hier.«

»Oh, den Gestank kenne ich. Gib Acht, es müssen Hunnen in der Nähe sein.«

Prustendes Gelächter, Schenkelschlagen bei den Römern. Halb noch gutmütig, halb schon verärgert antwortete Gemurmel von der linken Seite.

Ein Wirbel, Zerkon stand, war mit einem einzigen Satz auf dem Tisch. Wie ein Hund schnüffelte er an den Legionären und Knechten; dann stöhnte er, drehte sich angeekelt ab, hielt seine Nase zu, er hob die rechte Fußpuppe und ließ sie kreischen: »Ich habe mich geirrt, Teuerste! Es sind Römer! So stinken Römer, wenn sie sich seit Tagen nicht gewaschen haben.«

Jetzt gaben Keves Männer mit besonders lautem Gegröle die

soeben erlittene Häme zurück. Zerkon schürzte sein knielanges Wams und streifte für einen Augenblick lang die Hose runter, zeigte Schwanz und Hintern, dann bedankte er sich wie ein artiges Mädchen mit einem Knicks. Von beiden Seiten bejubelten ihn die Zuschauer.

Er stolzierte auf dem Tisch weiter, verließ das einfache Publikum, mit klimpernden Augendeckeln warf er Priscus und Orestes Kusshände zu und baute sich breitbeinig über dem Leiter der römischen Delegation und Kommandant Edekon auf. »Erlaubt mir eine Frage, ihr Herren. Und ich hoffe auf eine kluge Antwort. Wisst ihr sie nicht…« Blitzschnell beugte er sich vor, richtete sich wieder auf und hielt in jeder Hand einen der Holzkelche. »… so werde ich euren Wein austrinken. Also aufgepasst: Wenn Kaiser Theodosius und Großkönig Attila durch einen Zauber ineinander verschmelzen und zu einer Person werden – sagt mir, wer diese Person ist?«

Maximinus runzelte die Stirn, Edekon drehte an seinen Armreifen, dann zuckten beide die Achseln. »Dummköpfe!«, beschimpfte sie der Zwerg, wandte sich um und prostete nach rechts und links den Männern zu. Hunnen wie Römer hoben ihre Becher, jäh verebbte der Lärm, Stille. Vorn an der Tischkante stehend hatte Zerkon seinen Kopf zurückgelegt. Hoch reckte er die Holzkelche, öffnete die wulstigen Lippen und goss sich aus beiden Trinkgefäßen gleichzeitig den Wein ins große Maul. Nicht ein Tropfen ging verloren. Applaus. Sofort versuchten einige ihm nachzueifern, das Kunststück gelang nicht, und lauter wurde die Bewunderung für den Spaßmacher.

»Die Lösung?«, rief ihm Priscus zu. Andere stimmten in die Forderung mit ein: »Was ist die Lösung?«

»Ich sag es euch!« Der Zwerg trat auf den Holzbrettern zurück, bis er wieder zwischen Maximinus und Edekon stand. »Die Auflösung des Rätsels ist ganz einfach. Wenn Kaiser Theodosius und Großkönig Attila miteinander verschmelzen, so kann selbstverständlich nur ein einzigartiger Mensch entstehen. Und der ist…« Er bat den Patrizier, ihm die Hand zu reichen, auch den Kommandanten; so verbunden richtete er sich auf und reckte den monströsen, mit rotem Samt behängten Brustkorb. »Na? Kennt ihr den Namen?« Er gab selbst die Antwort: »Ja, ihr Leute. Es ist Zerkon! Der große Zerkon!« Mit einem weiten Satz sprang er ins Gras. Ein Pfiff, gefolgt von Schellengerassel, das Publikum trommelte im Rhythmus auf den Tisch, begleitete den Abgang des Spaßmachers, bis er in Richtung der Zelte verschwunden war.

Keve hatte nicht gelacht, keine Hand zum Applaus gerührt. »So ein verfluchter Scherz«, grollte er und trank, ließ sich vom Nebenmann aus dem Weinschlauch nachschenken und leerte den Becher wieder auf einen Zug. Er verspürte keine Erleichterung, im Gegenteil, größer wurde sein Zorn. Mit schnellem Griff packte er den Nacken seines Nachbarn und zog ihn näher. »Aus unserm Großkönig und dem Kaiser soll so eine Missgeburt werden? Findest du das etwa zum Lachen?« Sofort schüttelte der Mann den Kopf. Keve steigerte sich. »Was fällt diesem Angeber ein? Und überhaupt. Mit Attila darf sich niemand vergleichen. Nicht der römische Kaiser und schon gar nicht dieser Zwerg. Und die da drüben überhaupt nicht.« Er drohte mit der Faust und rief: »Hoch lebe Großkönig Attila!« Unter dem Tisch trat er dem Nachbarn auf den Fuß. »Mach mit«, knurrte er, gleich erhielt auch der Mann auf seiner anderen Seite einen Tritt. »Du auch. Los jetzt.« Gemeinsam ließen sie Attila hochleben, und der Truppführer ergänzte: »Es gibt keinen Herrscher mit so viel Mut wie Attila!«

Ein Legionär rief zurück: »Kaiser Theodosius ist der klügste Herrscher der Welt!«

Mit Hohngelächter winkten Keve und seine Männer ab. »Niemand übertrifft Attila an Weisheit. Schon gar nicht euer Theodosius!«

Am Kopf der Tafel furchte Maximinus die Stirn. »Nur jetzt keinen Streit.«

Gleich beruhigte ihn der Dolmetscher. »Die Situation ist mit wenigen Worten zu klären.« Ohne eine Erlaubnis abzuwarten, richtete sich Viglias auf. »Hört her! Ruhe!« Seine durchdringende Stimme übertönte den Lärm. »Leute. Ihr könnt doch nicht Göttliches mit

Menschlichem vergleichen! Attila ist nur ein Mensch. Theodosius aber ein Gott.«

Stille. Dann ein scharfer Widerspruch von der hunnischen Seite: »Im Vergleich zu unserm König ist euer Kaiser ein verlauster Kuhtreiber!«

Der Tumult brach aus. Aufreizende Pfiffe hier wie dort. Im Weinrausch wuchs die Erregung. Münder wurden zu Schleudern, die Ruhmestaten der Fürsten zu Geschossen. Einer überschrie den anderen, drohte mit der Faust. Auf beiden Seiten erhoben sich die ersten Männer.

Voller Entsetzen sah Maximinus das nahende Unheil, sein Kinn bebte, er fasste den Arm des Kommandanten: »Schnell. Wir müssen eingreifen. Gemeinsam. Wenn es zur blutigen Auseinandersetzung kommt, entsteht ein Schaden, den keiner von uns vor seinem Herrscher verantworten kann.«

Edekon wartete nicht, schon sprang er auf. »In die Mitte! Wir müssen uns zwischen sie stellen.« Ehe Orestes sich erheben konnte, zog ihn der Kommandant schon wie einen Untergebnen vom Sitz. Die Empörung über diese Behandlung war dem Sekretär anzusehen, doch er schwieg. Jetzt musste die Gefahr gebannt werden. Im Sturmschritt folgte er Edekon. Sie eilten im Rücken der fluchenden und brüllenden Hunnen zum Ende der Tafel; auf der anderen Längsseite hastete Maximinus mit Priscus und Viglias. Das Erscheinen der Gesandten auf dem von Fackeln beleuchteten, noch leeren Schlachtfeld zwischen den Fronten dämpfte das Gebrüll etwas. Edekon stellte sich breitbeinig vor seine Elitekämpfer, sagte kein Wort, sondern stemmte lediglich die Fäuste in die Seiten. Sein Blick genügte, sofort erlahmte der Zorn, nach und nach hockten sich die Hunnen wieder, griffen nach ihren Bechern und löschten die trocken geschrienen Kehlen.

Maximinus und Priscus liefen vor ihren Leuten hin und her, beschwichtigten, baten, flehten um Vernunft, und trotz ihrer Unbeholfenheit gelang es endlich auch ihnen, die Aufregung zu schlichten. Ruhe kehrte ein.

Als er sicher war, dass der Friede tatsächlich hielt, lächelte der rundliche Leiter der römischen Delegation erleichtert und wandte sich an beide Seiten. »Vergessen wir diesen unnötigen Streit.« Maximinus klatschte seinen Dienern und ließ eine Sattelkiste bringen. »Ich will diesen Abend nicht beenden, ohne meine beiden verehrten Gäste zu beschenken.«

Seidene Gewänder. Funkelnde Edelsteine aus Indien.

Beim Anblick der wertvollen Gaben war Keve sofort nüchtern, er verengte die Lider und beobachtete jede Geste des Römers. »Gleich viel«, brummte er befriedigt. »Dann krieg ich auch von jedem gleich viel.«

Edekon bedankte sich höflich, wartete, bis Viglias übersetzt hatte, und bat den Dolmetscher wie einen engen Vertrauten, ihn noch in sein Zelt zu begleiten. »Es gibt einige Dinge, die wir besprechen müssen.« Ohne ein erklärendes Wort für Orestes ging er mit Viglias davon.

Sichtlich betroffen sah der Sekretär den beiden nach. Erst nach einer Weile wandte er sich gefasst an den Gastgeber. »Ich will von Herzen danken.« Er pries den Braten, den Wein und bekannte ehrlich, seit langem nicht mehr solch ein tief gründendes Gespräch wie mit dem jungen Priscus geführt zu haben. Kurz zögerte er, setzte dann hinzu: »Überdies möchte ich dir meine Bewunderung aussprechen und dich für deine Umsicht und Klugheit loben, weil du nicht denselben Fehler begehst wie die Höflinge am Kaiserhof.« Er atmete heftig, ehe er weitersprechen konnte. »Dort hat man Edekon allein zum Mahle gebeten und nur ihn mit Geschenken geehrt …«

»Aber das kann …« Maximinus verbesserte sich erschrocken: »Nein, das darf nicht sein. Werter Freund, wann hat man dich übergangen? Wer war der Ungeschickte?«

Orestes trat einen Schritt zurück, blieb die Antwort schuldig, und nach einer eckigen Verbeugung entfernte er sich rasch.

»Er scheint tief gekränkt zu sein.« Der Patrizier nickte Priscus. »Vielleicht gelingt es dir in den nächsten Tagen, herauszufinden, was vorgefallen ist, und ihn zu besänftigen.«

Kaum hatte Keve festgestellt, dass der Sekretär nicht zu den hunnischen Zelten ging, sondern unterwegs in Richtung der Pferdekoppel war, stand er auf. »Muss den Wein rauspissen.« Seine Nachbarn feixten verständnisvoll, und mit schwerem Gang entschwand der Truppführer aus dem Licht des Festplatzes.

Als ihn die Dunkelheit verbarg, gewöhnte er seine Augen mit kurzem Blick zum sternenübersäten Himmel an die Nacht. Er wollte Orestes nicht vorzeitig warnen, deshalb beschrieb er einen weiten Bogen, ehe er sich der abgezäunten Weide näherte. Neben einer der Seilstangen entdeckte Keve den Schreiber. Er schnalzte mit der Zunge und sprach sofort weiter: »Bleib ganz ruhig. Ich bin's, der Truppführer.«

Kein Erschrecken, Orestes bewegte nicht einmal den Kopf. »Was willst du?«

»Nach den Gäulen sehen«, knurrte Keve. »Und ich hab's nicht gern, wenn sich einer mit Seide und Edelsteinen heimlich davonmacht. Die Schätze gehören unserem Großkönig.«

Jetzt fuhr Orestes herum. »Kerl! Wage es nicht, mir einen Betrug unterzuschieben.«

»Und warum hast du die Sachen hierher gebracht? Dein Zelt steht woanders.« Kein Drängen, im Ton schwang gefährlicher Gleichmut. »Sag es mir. Und zwar jetzt gleich. Dann wird es nicht so schlimm für dich.«

»Du … du unverschämter …«

»Das sag besser nicht. Ich will was anderes von dir wissen.«

Mit wilder Geste schleuderte Orestes ihm die Seidengewänder vor die Füße. »Da! Was bedeutet schon dieser eitle Plunder? Ich sorge mich um viel Wichtigeres …«

Keve strich die dünnen Bartsträhnen und wartete.

Nach tiefem Atemholen kam der Schreiber näher, so nah, dass jeder im Mienenspiel des anderen lesen konnte. »Glaub es mir oder nicht, aber ich habe Verstand genug, um Anzeichen richtig zu deuten. In Konstantinopel ist etwas geplant worden. Verrat oder Schlimmeres.«

Prüfend forschte Keve in den Augen des Mannes. »Etwa von diesem Dickbauch Maximinus? Oder wer mit wem? Raus damit.«

Orestes zögerte, dann sagte er leise: »Kommandant Edekon und der Hofmeister Chrysaphius. Anfänglich wurde unsere Delegation sehr frostig von den Höflingen behandelt. Dann aber verwöhnte man uns mit ausgesuchter Freundlichkeit. In einem unbedachten Moment bezeichnete Edekon den obersten Ratgeber des Kaisers sogar als Freund. Die beiden haben abends in den Privatgemächern des Eunuchen allein gespeist. Was besprochen wurde, weiß ich nicht. Aber bei der Audienz am nächsten Tag gab es für uns andere höchstes Lob und übertriebene Segenswünsche und für Edekon die Geschenke.«

»Reicht mir.« Keve bückte sich und hob die Gewänder auf. »Kein Gold hat es gegeben. Kann mir jetzt auch vorstellen warum.« Nachdenklich legte er sich den seidigen Stoff um den Nacken. »Also, mein Kommandant. Verflucht, das wäre schlimm.« Ein Seufzer entrang der Brust. »Na gut. Ich werd ihn fragen.«

»Nein … Ich meine, ja.« Furcht befiel den Sekretär. »Nur mit äußerster Vorsicht, bitte. Und falls … Könntest du meinen Namen heraushalten?«

»Lass mich nur machen.« Keve grinste breit. »Hast schon Mut genug gezeigt, jetzt darfst du ruhig ein bisschen feige sein.« Er streckte die offene Hand aus. »Aber wir sind noch nicht fertig miteinander.«

Orestes verstand nicht.

»Na, die Edelsteine. Her damit. Oder hast du geglaubt, du kannst sie behalten?«

Nach dem menschenleeren Serdica lag inzwischen auch das zerstörte Naissos hinter ihnen. Seit dem Krieg hatte dort niemand mehr genügend Kraft, die Häuser und Mauern wieder aufzubauen. Von den wenigen Überlebenden waren die Gesunden geflohen, und nur noch Verkrüppelte und Kranke vegetierten in den Trümmern dahin.

Drei Tage zuvor hatten sie einen Umweg nehmen müssen, weil ihre Pferde am Rande eines steinigen Uferfeldes scheuten, auf dem sich Schädel und Knochen türmten. Kein Römer ertrug diesen

Anblick, und selbst die Hunnen mussten sich abwenden; dazu vergiftete süßlicher Geruch den Atem, und das Kreischen unzähliger Raben und Krähen schmerzte in den Ohren.

Niemand in Naissos hatte damals Zeit gefunden, die hingeschlachteten Väter und Söhne, Mütter und Töchter zu bestatten. So waren die Leichen auf Karren dorthin zum Steinacker gebracht und abgeladen worden.

Gestern war es schließlich zum verabredeten Treffen mit der Kohorte gekommen. Zwar gab der Unterfeldherr auf Anweisung des Kaisers lediglich fünf von den geforderten siebzehn Gefangenen der römischen Gesandtschaft mit, doch Edekon zeigte sich sehr zufrieden. Unterstützt von Viglias scherzte und lachte er sogar mit dem Römer. Nur mit Mühe bewahrte Orestes die Fassung und schwieg.

Beim Aufbruch waren dann die Legionäre zurückgeblieben. So nahe der Grenze wollte Maximinus jeden Konflikt vermeiden. Aus diesem Grunde hatte er jetzt schon auf den bewaffneten Geleitschutz verzichtet und sich selbst, den Literaten Priscus wie auch seinen ganzen Tross mit einem Lächeln den Hunnen anvertraut.

Heute war Keve entschlossen. Sie hatten den letzten Gebirgsrücken ihrer Reise erklommen, ohne dass auch nur ein Lasttier vom steilen Weg in die Schlucht gestürzt war. Während der Mittagsrast auf einer windgeschützten Waldlichtung schlenderte der Truppführer zu seinem Kommandanten. Er stand einfach nur da, hielt in der Faust die Ration Dörrfleisch, riss mit den Zähnen ein Stück ab und kaute schmatzend.

Edekon lagerte ausgestreckt im Gras. Nach einer Weile stützte er sich auf. »Willst du was von mir?«

Keve feixte breit und sagte, ohne den Mund zu leeren: »Wenn du Zeit hast, Herr. Ich will dir was zeigen.« Mit dem Daumen deutete er zum unteren Ende der Lichtung. »Ist nicht weit. Aber wichtig ist es schon.«

Ein leichter Schwung, und Edekon federte hoch, lockerte ein Bein nach dem anderen. »Na, dann los.«

Keve stopfte das Dörrfleisch neben den Dolch in seinen Gürtel und ging voraus. Schweigend verließen sie den Rastplatz. Der Pfad wand sich quer zum Berg zwischen knorrigen Baumstämmen lang. Nach einer Viertelstunde traten sie aus dem Schatten der Laubkronen ins grelle Licht, rechts und links wucherte nur noch dorniges Gestrüpp. Die Sonne brannte beiden auf den Nacken. »Wo bringst du mich hin?«

»Gleich. Ist nicht mehr weit.«

Kein Gesträuch mehr. Der Weg endete an einer schmalen, weit hinausragenden Felsplatte. Ohne Halt betrat Keve die steinerne Zunge, erst nahe der abgebrochenen Spitze verlangsamte er seinen Schritt, blieb stehen und stemmte den rechten Fuß gegen einen Steinbrocken. »Da sind wir, Herr. Aber gib Acht.«

Kraftvoll wölbte und dehnte Edekon den Rücken, dann trat er noch näher an den Rand. Leicht beugte er sich vor und blickte in den schroffen Abgrund. Nicht weit entfernt rauschte ein Bach von der Berghöhe nieder, er schäumte über Gestein und stürzte ins Leere, zog im Fall einen schillernden Schleier nach sich, und erst unten in der Schlucht schlug das Wasser mit dumpfen Donnern auf, ehe es sich brodelnd hinaus in die Ebene wälzte.

Direkt an der Felskante baute sich Edekon breitbeinig auf und dreht den Kopf seinem Truppführer zu. »Was soll hier sein?«

»Nichts.«

»Aber du hast mir doch gesagt …?«

»Das war nur, damit die anderen sich nichts denken sollten. Die Wahrheit ist, ich muss mit dir über was reden, mit dir allein. Und hier kann uns keiner belauschen.«

»So viel Umstand machst du doch sonst nicht?« Zweifel flackerte auf und erlosch gleich wieder. »Du weißt, ich bin jederzeit für meine Kämpfer da. Und du bist mein bester Mann. Habe noch viel vor mit dir, aber das erfährst du, wenn es soweit ist.« Edekon sah wieder hinaus in die Ebene. Gönnerhaft wedelte er mit der Hand. »Nun los. Wie kann ich dir helfen?«

»Helfen?« Keve nahm langsam den Fuß vom Steinbrocken und trat zurück. »Ja, das wäre gut …« Mit einem Seitenschritt schob er sich halb in den Rücken des Kommandanten. »Mir ist da was aufgefallen. Damit komm ich einfach nicht klar. Es geht um dich, Herr.« Edekon versteifte sich. Leidenschaftslos erwähnte Keve das schlechte Verhältnis der beiden Gesandten untereinander und die übertriebene Freundlichkeit, mit der Edekon dem römischen Unterfeldherrn begegnet war.

»Was scherst du dich darum, mit wem ich lache?«

»Alles wird wichtig, Herr. Wenn es …« Ehe Keve weitersprach, zückte er unbemerkt den Dolch und hielt ihn stoßbereit. »Wenn es um Verrat geht.«

Edekon wollte herumfahren, doch sein Truppführer warnte. »Nach hinten lass ich dich nicht. Kannst aber gleich nach vorn, ich mein, wenn du Schuld hast. Sonst ist es besser, wenn du dich gar nicht bewegst, bis wir fertig sind.«

Der Kommandant verhielt sich still, ging dennoch zum Gegenangriff über. »Du hast soeben deinen Kopf verloren, Kerl. Mich zu beschuldigen, mich, den Vertrauten des Großkönigs. Ein Nichts bist du.«

»Bin ich ja gern, Herr, wenn du mir erklären kannst, warum du dich im Kaiserpalast heimlich mit dem Eunuchen getroffen hast?«

»Von wem weißt du …?«

»Ich hab gute Ohren, Herr. Und auch Augen im Kopf. Glaubst du etwa, mir wäre nicht aufgefallen, wie oft du dich mit diesem Dolmetscher triffst? Und zwar allein, ohne dass er für dich übersetzen muss.«

»Er kommt als Freund zu mir.«

»Mach mich nicht böse, Herr. Ich kenne dich lange genug. Du befreundest dich nicht mit einem Goten und schon gar nicht mit einem Sklaven. Dafür bist du viel zu stolz.« Keve seufzte. »Machen wir's kurz. Wenn zwei Gesandte ausgeschickt werden, dann müssen sie auch alles gemeinsam verhandeln. Dieses Mal war's nicht so. Du bist auf einem Geheimtreffen gewesen. Allein das genügt mir schon.«

Ein Zittern befiel Edekons Schultern. Vorsichtig drehte er den Kopf. Auch sein Kinn bebte. »Überstürze nichts, Freund. Bitte.«

»Bist mir immer ein guter Herr gewesen«, versicherte ihm Keve. »Ich wünsch auch, dass es so bleibt. Aber Verrat ist nicht gut, den muss ich verhindern.« Er grinste. »Das bringst du doch jedem neuen Kämpfer bei.«

Edekon nickte, eine Zeit lang starrte er wieder in die weite Ebene. »Also gut.« Er hatte sich entschlossen und gestand den Mordplan, erzählte auch von den Reichtümern, die ihn nach der Tat in Konstantinopel erwarteten. »Und Viglias ist eingeweiht. Deshalb halte ich den engen Kontakt mit ihm.«

»Das ist schlimm, Herr.« Keve blies hörbar den Atem aus. Er fasste den Dolch fester. »Hab immer noch gehofft, dass es nicht so ist. Aber jetzt.« Er nahm den Arm nur ein Stück zurück. »Sag noch, was ich deiner Frau von dir sagen soll und dem Jungen?«

»Langsam, Freund.« Die Stimme Edekons klang mit einem Mal sicherer. »Wenn du mir noch eine Weile zuhörst, dann kann ich Odoaker später selbst erzählen, wie die Römer versucht haben, seinen Vater in ein Mordkomplott gegen Attila zu verwickeln. Aber sie haben sich verrechnet.«

Keve ließ die Waffe sinken. »Was meinst du damit?«

»Glaubst du etwa, einen Mann wie mich könnte man mit Gold und teuren Palästen dazu bringen, seinen Großkönig zu töten? Niemals. Ich bin nur zum Schein auf den Plan eingegangen, weil ich wissen wollte, wie weit die Römer in ihrem Hass auf Attila gehen.« Edekon hob die Hand. »Darf ich mich jetzt endlich umdrehen?«

»Nein. Noch nicht.« Keve steckte den Dolch zurück. »Rede erst weiter.«

»Also gut. Sobald wir über die Donau sind, werde ich sofort zu Attila reiten und ihn von dem Mordplan unterrichten. An den Eunuchen werden wir nicht rankommen, aber einen Verschwörer haben wir ja bei uns. Viglias, den Dolmetscher. Ihn will ich Attila ausliefern.«

»Klingt gut«, brummte Keve. »Geht mich auch nichts an, wann du dir das überlegt hast. Hauptsache, jetzt klingt es gut.« Er ging bereits über die Felsplatte zurück zum Weg. Schnell holte ihn der

Kommandant ein. »Vergessen wir das Gespräch, hörst du. Kein Wort darüber. Und ich bin nicht nachtragend, glaub mir, weil du…«

»Ich weiß, Herr.« Keve nahm das Dörrfleisch aus dem Gürtel, riss mit den Zähnen ein Stück ab und sagte: »Weil ich dein bester Mann bin, ich weiß.«

Der Tag verblasste im Grau. Träge hingen Wolken über der endlosen Weite, doch es wollte nicht regnen. Kein Wind kam auf. Solange der königliche Zug unterwegs war, hatte der Adler sich hoch über dem Fahnenträger entfaltet. Nun aber, während der Rast am kleinen See, war das Symbol der Macht neben Attila aufgepflanzt, und kraftlos hingen die Schwingen an der Stange.

Onegesius kehrte von einem Spaziergang durch den lagernden Reitertrupp zurück. Er hatte die Halsschlaufen seines Hemdes geöffnet, vereinzelte Haarsträhnen klebten ihm auf der verschwitzten hohen Stirn. »Die Schwüle allein ist schon bedrängend genug. Durch die unzähligen Stechmücken indes wird die Situation schier unerträglich.«

»Armer Freund, soll ich dich bedauern?« Spott spielte in den Mundwinkeln. »So lange begleitest du mich schon, und immer noch nicht hast du gelernt, das einfache Leben draußen in der Natur anzunehmen.«

»Mein Fürst, wenn nötig, weiß ich jederzeit damit umzugehen. Dies sollte genügen.« Viel zu heftig setzte der Grieche noch hinzu: »Mehr Begeisterung kann ich der Unbequemlichkeit nun mal nicht abgewinnen. Und ich gedenke, diese Haltung…«

»Warum so empfindlich?«, unterbrach Attila. Er reichte ihm den ledernen Wasserschlauch. »Nimm einen Schluck.«

Seine Geste versöhnte. »Verzeih, ich bin sehr angespannt. Die vergangenen Monate haben viel Kraft gekostet.« Onegesius trank. Er benötigte Zeit, bis er seine Mitte wieder zurückgewonnen hatte.

dann erkundigte er sich in gewohnt ruhigem Ton: »Möchtest du sie noch einmal sprechen? Ihr noch einen Augenblick schenken, ehe sie geht?«

»Diesem verbrauchten Weib?« Attila winkte ab. »Selbst als ich sie noch beschlief, wusste ich nie, was ich mit ihr reden sollte. Vor zwanzig Jahren habe ich sie mir als Nebenfrau genommen. Damals prangten ihre Brüste. Hintern und Schenkel waren aus festem Fleisch. Jetzt aber …« Er hielt inne und schüttelte sich. Unvermittelt fuhr er den Ratgeber an: »Warum fragst du? Ich habe dir gesagt, dass mir der Anblick alter Weiber zuwider ist. Genügt dir das nicht?«

»Verzeih, der Grund meiner Frage …«

»Beweise ich diesem Weib nicht meine Gnade?« Zorn loderte in den Augenhöhlen auf. »Ich verstoße sie nicht einfach. Nein, sie darf ins Dorf der Witwe meines Bruders umsiedeln. Dort bei den Frauen wird sie bis zu ihrem Tode sorgenfrei leben können. Ist das nicht genug? Antworte!«

»Eine großzügige Geste …«

Zu mehr kam Onegesius wieder nicht, denn wie getrieben musste sich Attila weiter verteidigen: »Hat sich meine Gemahlin etwa schon bei dir beklagt? Kreka kann ganz beruhigt sein, niemals wird ihre Position geschwächt. Sag ihr das. Sie wird meine Hauptfrau bleiben, bis sie stirbt. Aber die anderen …« Er brach ab, presste beide Hände zwischen die Schenkel, und als bereite der Gedanke allein schon heftigen Schmerz, vermochte er ihn erst nach scharfem Atemholen auszusprechen: »Ich bin nicht alt. Sie aber, sie haben mir die Lust genommen, deshalb werde ich eine nach der anderen ins Frauendorf zu Bledas Witwe verbannen.« Beim nächsten Atemzug presste er die Hand auf die Brust; trotz der Stiche glättete sich seine Miene. »Und die alten Weiber durch junge ersetzen.« Er rang nach Luft, hustete und spuckte zähen, dunklen Schleim; kaum war ihm wieder leichter, strich er an den Innenseiten seiner Schenkel auf und ab. »Sobald wir uns die römische Gesandtschaft angesehen haben, ziehen wir ins Dorf von unserem geschätzten Eskam, und ich nehme mir seine Tochter zur

Frau. Das Kind ist noch keine zwanzig Winter alt. Stell dir nur diese Haut vor, mein Freund!«

»Verzeih, meiner Phantasie sind bei diesem Thema Grenzen gesetzt.« Onegesius wandte sich um und reckte den Arm.

Etwas abgesondert vom Trupp hatten zwei der Elitekämpfer auf dieses Zeichen gewartet. Als der oberste Ratgeber jetzt deutlich erkennbar den Kopf schüttelte, griffen sie nach dem Halfter ihrer Pferde, einer von ihnen nahm ein drittes Tier an die Leine, und ohne Hast näherten sie sich der verloren am Ufer dastehenden, in dunklen Stoff gehüllten Gestalt. Bei der Ankunft der Männer hob sie den Kopf, jedoch Achselzucken zerstörte ihre Hoffnung. Kein Laut, kein Schluchzen. Langsam krümmte sich die Trostlose. Ehe sie zu Boden sank, wurde sie von den Männern aufgefangen und behutsam in den Sattel gehoben. Während einer vorweg ritt und ihr Pferd am langen Leder mit sich führte, blieb der andere dicht an ihrer Seite.

Onegesius blickte der Gruppe nach. Im grauen Dunst jenseits des kleinen Sees hockten Hütten und Jurten eng beieinander. Nach einem Leben voller Hingabe war dort der letzte Ort der Verstoßenen. Der Ratgeber rieb die Fingerkuppen aneinander, Unruhe befiel ihn, er ging vor dem Fürsten auf und ab.

Eine Weile sah ihm Attila verwundert zu, schließlich mahnte er: »He, Freund. Du hast die Erlaubnis, jederzeit mit mir zu sprechen, erinnere dich.«

»Wirklich, mein Fürst?«

»Was soll der düstere Ton? Ich scherze mit dir, und du antwortest wie aus einem Grab.«

Onegesius blickte kurz über die Schulter zu den Leuten hinüber, niemand näherte sich. »Gerne ertrage ich deine Scherze; sie können meiner Liebe zu dir keinen Schaden zufügen. Ehe wir aber aufbrechen und mein Bruder Scotta wieder neben uns reitet, lass mich dir offen sagen, welche Sorge mich seit vielen schlaflosen Nächten beschäftigt. Eine Sorge, die ich bisher bei Tag nur mit Mühe vor dir verborgen habe.«

Attila bot ihm den Platz neben sich im Gras an. »Auch wenn

ich dir kein sauberes Kissen ausbreiten kann, setze dich, mein Freund.«

»Bitte, erlaube mir zu stehen.« Onegesius wies in Richtung des Sees. »Dieses arme Weib …«

»Unterstehe dich, wieder von ihr anzufangen.« Jedes Lächeln war versiegt. »Die Entscheidung ist endgültig …«

»Bitte, mein Fürst«, wagte ihn der Ratgeber zu unterbrechen, »nichts will und kann ich ändern. Doch am Beispiel dieser Frau entzündet sich meine Frage: Wirst du in Zukunft nicht nur mit deinen Nebenfrauen so verfahren, sondern auch …« Der für gewöhnlich so Redegewandte geriet ins Stocken, schließlich schüttelte er den Kopf, als wollte er noch vor der Frage die Antwort beeinflussen. »… sondern auch alles andere Gute, das Altbewährte wie einen abgetragenen Schuppenpanzer abschütteln?«

»Du sprichst mit mir, Freund.« Attila schnippte. »Also verzichte auf die Andeutungen und drücke dich klar und verständlich aus.«

»Gut, mein Fürst, ich wage es: Auf wessen Rat wirst du in Zukunft hören? Bin ich bald so überflüssig wie deine alt gewordenen Nebenfrauen?«

Attila erhob sich, trat dicht vor den Griechen hin. »Du bist ein Teil von mir.« Er sagte es wie eine Drohung. »Nie werde ich dir erlauben, dass du dich von deinen Pflichten zurückziehst.«

»Und dieser Gallier?«

Überrascht von der Frage stockte der König einen Augenblick, dann aber lachte er leise, packte ins Hemd seines Ratgebers und schüttelte ihn. »Jetzt weiß ich endlich, was dich umtreibt. Es ist Eifersucht. Mein alter Freund fürchtet sich vor unserm Bagauden.«

»Ich fürchte nicht ihn!«, empörte sich Onegesius. »Ich fürchte seine Ideen.«

»Ja, ich muss zugeben, dieser Eudoxius begeistert mich.« Attila zog den hageren Mann näher, scharf blickte er zu ihm auf. »Der Westen. Dort liegt unsere Zukunft. Mein Freund, nicht ich, sondern du solltest das alte Denken ablegen und mich endlich bei den neuen Ideen unterstützen. Das erwarte ich von dir.« Er ließ den Stoff los, und in jäh aufwallendem Gefühl umarmte er den Weggefährten. »Niemand kann dich ersetzen. Erinnere dich an den Abend, als ich enttäuscht von Kreka kam, an deine Worte. Ja, wir erschaffen das Weltreich der Hunnen, wir beide. Konstantinopel ist wie ein alter zäher Bär, der nicht mehr kämpfen kann; doch es würde uns zu viel Kraft kosten, ihn endgültig zu besiegen. Gallien aber ist eine reife Frucht für uns, wir müssen nur die Hand ausstrecken, um sie zu pflücken. Danach nehmen wir Rom. Und herrschen wir erst einmal dort, dann wird auch der Osten vor uns in die Knie brechen und fallen.« Attila gab den Ratgeber frei. Er griff nach seinem Staubumhang, und während er ihn überwarf, setzte er betont schwungvoll hinzu: »Also keine Eifersucht mehr, mein Freund. Eudoxius ist lediglich ein kundiger Helfer auf diesem Weg. Wir beide aber werden das höchste Ziel gemeinsam erreichen.« Er gab Onegesius keine Gelegenheit für eine Antwort. Der Wink für den Hornisten. Das Signal zum Aufbruch ertönte. »Und nun lass uns die römische Gesandtschaft um ihr Gold erleichtern. Danach nehme ich mir die junge Tochter des Eskam.«

»Mein Fürst, nicht alle meine Bedenken sind ausgeräumt.«

Attila hörte ihm nicht mehr zu, einige schnelle Schritte, der Griff zum Sattelsteg, und mühelos schwang er sich auf den Rappen. »Komm, mein Freund! Nur Mut. Zeige mir, wie jung du noch bist.«

Jedoch sein Ratgeber verschränkte die Arme und wartete auf Scotta, dann nahm er mit steifer Würde das gebeugte Knie des Bruders zu Hilfe.

Die Schwüle hielt an. Keine Zoten, kein Gelächter mehr. Während des Ritts schwiegen die Elitekämpfer, jeder sparte den Atem, um bis zum Abend mit dem Wasservorrat auszukommen. Die Nacht brachte keine Abkühlung, und die gereizte Stimmung von gestern wurde auch zur kaum erträglichen Melodie des nächsten Morgens

Erst nach drei Tagen entlud sich der Himmel. Blitze grellten Donner folgte auf Donner. Jäh entfesselter Sturm peitschte Regen waagerecht über die Ebene. Und in fliegender Hast sorgten die Männer dafür, dass ihre Pferde sich legten, hiernach bedeckten sie Attila und die beiden Griechen mit einer Filzplane und kauerten sich selbst nieder als Schutzmauer für ihren Großkönig vor der heulenden Urgewalt.

Stärker noch brandete das Tosen auf. Dämonen der Tiefe zogen gegen Dämonen der Höhe zum Kampf, und ihre Waffen krachten mit furchtbarem Zorn aufeinander, sie schossen gezackte Feuerlanzen und bespien sich mit faustgroßen Hagelklumpen.

Stille. Über dem königlichen Notlager zerriss das Grau. Sonne brach durch die Lücken, strahlender wurde das Licht. Die Kämpfer hoben den Kopf, blickten zum Nachbarn. Zwei von ihnen quoll Blut unter dem Rand des Lederhelms in die Stirn und schmierte sich über das nasse Gesicht. Die von den Eisgeschossen verursachten Wunden bekümmerten die Verletzten wenig, umso mehr aber ärgerte sie der Spott ihrer Kameraden.

Es hatte sich abgekühlt. Erfrischt war die Luft. Bis zu den Knöcheln versanken die Männer noch im Wasser. Wen kümmerte es? Mit lauten Zurufen wurde die Schutzplane eingerollt. Pfiffe und Schnalzen riefen die Pferde zusammen. Wie eine alte Welt war das Niederdrückende vom Unwetter zerschlagen worden und das Neue, Helle geboren.

Attila stand neben Onegesius, beiden hingen die Staubmäntel nass von den Schultern. Der König blickte den düsteren, zum Osten hin stürmenden Wolkenfetzen nach. »So sind wir, mein Freund. Gerade hast du erlebt, was uns Hunnen so stark macht. Mit der unbändigen Wildheit dieses Wetters fallen wir über den Gegner her, brennen ihn, stechen und zerfleischen ihn. Und ehe er an Widerstand denken kann, liegt er besiegt am Boden. Wir aber jagen längst schon weiter und werden dem nächsten Gegner zum Dämon.« Als er sich umwandte, glänzte Triumph in seiner Miene. Mit großer Armbewegung nahm er das Himmelsblau und auch die sonnenglitzernde Weidelandschaft in seinen Besitz. »Und dies hier ist der Lohn. Reichtum und Pracht. Ach, glaube es mir, der Westen kann uns gehören.«

Onegesius wischte sich mit dem Ärmel über Stirn und Gesicht. »Du kennst meine Einstellung. Sollte aber selbst dieser Traum zum Plan und dann auch Wirklichkeit werden, so wirst du mehr denn je einen Mahner, einen Denker und einen nur dich liebenden Freund benötigen. Immer schon fandest du diese drei Stützen in mir, und nichts und niemand wird daran etwas ändern können.«

»Ich wusste es.« Keine Genugtuung, kein Spott schwang in Attilas Stimme: »Mit dir als Verbündeten an meiner Seite gibt es keine Macht, die mir widerstehen kann.«

Reiter! Kaum waren die schwarzen Punkte am südlichen Horizont erschienen, preschten zwanzig Elitekämpfer des königlichen Zuges nach vorn. In vollem Galopp trennten sie sich in fünf Gruppen und hetzten, weit auseinander gefächert, durch die Donauniederung den Unbekannten entgegen. Kein Wild machte kehrt oder versuchte ihnen auszuweichen, und so engten die Jagdtrupps nach und nach ihre Angriffslinie wieder ein. Dann aber verlangsamten sie das Tempo, schwenkten ihre Bögen, pfiffen und johlten.

Gut eine Stunde später traf die hunnische Delegation, eskortiert von den Männern der Palasttruppe, auf den Tross des Großkönigs. Hornsignale! Bald standen im Schutze eines Hügels mehr als hundert Zelte rund um die großräumige Königsjurte. Feuer flackerten hoch. Geruch nach Fleischsuppe und Knoblauch stieg aus den großen Kupferkesseln und würzte die milde Abendluft.

Attila speiste allein mit Onegesius und Scotta. Erst als er gesättigt und vom süßen thrakischen Wein angenehm entspannt war, ließ er die beiden Gesandten hereinrufen.

Seine Begrüßung versprach ein Gespräch unter Freunden zu werden. Er fragte nach der Reise, den Gefahren unterwegs; und Edekon ließ Orestes berichten, ohne den Sekretär auch nur einmal zu unterbrechen.

Genüsslich schlürfte Attila, rollte den Rebensaft lange auf der Zunge, bevor er ihn Kehle und Schlund anvertraute. »Nun das Gold. Wie viel Pfund hat mein Freund Theodosius euch für mich mitgegeben?«

Statt einer Antwort trat Orestes vor und überreichte ihm das kaiserliche Schreiben.

Die Brauen unter dem Stirnwulst zuckten. »Dazu kommen wir gleich.« Ungelesen gab Attila die gesiegelte Pergamentrolle an Onegesius weiter. »Wie viel? Ich warte.«

Als Orestes schwieg, sogar die Lippen aufeinander presste, war mit dem nächsten Herzschlag jede Heiterkeit des Königs verflogen. Ein schneller Seitenblick auf seinen Ratgeber und Scotta, dann hieb Attila die Faust auf den Tisch. Suppenschalen und Becher sprangen. »Ihr wagt es? Noch nie kam eine Gesandtschaft ohne Gold zurück. Da entsende ich zwei meiner besten Männer, und die wagen es, mit leeren Händen vor meinen Stuhl zu treten. Ich werde euch …« Wieder hob er die Faust.

Jetzt trat Edekon einen Schritt vor. Mit elegantem Armschwung ließ er seinen Schultermantel aufbauschen. »Um Vergebung, Herr. Wir bringen kein Gold. Es ist wahr, außer mit Seide und Edelsteinen kommen wir mit leeren Händen zurück.«

Der königliche Arm sank. »Kommandant, du wirst vier deiner Armreifen verlieren, falls die Erklärung mir nicht genügt. Wo ist dein Truppführer? Wie ich hörte, hat der Mann bisher jede Gesandtschaft in Schrecken versetzt, weil er alle Geschenke während der Reise bewachte. Ihn will ich als Zeuge dabei haben.«

»Unmöglich, Herr«, entschuldigte sich Edekon hastig. »Nachdem wir die Donau überquert hatten, ist Truppführer Keve mit einigen Kämpfern bei der Delegation aus Konstantinopel zurückgeblieben.« Kurzatmig folgte Satz auf Satz. »Die Römer warten darauf, vor dir erscheinen zu dürfen. Solange habe ich diesen Keve als Schutz bei ihnen gelassen. Aber wenn du befiehlst …«

»Was ist in dich gefahren?« Attilas Ton war leise, bedrohlich wie singendes Eis auf einem See. Unvermittelt stach er mit dem Finger in Richtung des Sekretärs. »Weißt du, was mir der Kommandant meiner Palasttruppen mitzuteilen hat?«

Orestes fuhr zusammen. »Ja, allmächtiger Großkönig«, antwortete er gepresst. »Und ich … ich bin zutiefst davon überzeugt, dass die Angelegenheit der Wahrheit entspricht.«

»Nun gut.« Attila stützte das Kinn auf beide Fäuste, halb schloss er die Lider und flüsterte: »Ich warte, Kommandant.«

Tief atmete Edekon, in seiner Miene stritten Scham und Empörung, ehe er mit düsterer, unheilschwangerer Stimme sein Herz öffnete. »Geliebter Herr, du über alle Völker gesetzter Herrscher, ich bringe dir mehr als nur das Gold der Römer. Denn ich habe mein ganzes Geschick darangesetzt, hinter die christenfromme Maske dieses Kaisers und seines obersten Ratgebers zu blicken...« Nun folgte eine Geschichte von Hinterlist und Mord, sorgfältig gespickt mit wörtlichen Zitaten des Eunuchen und glatt erzählt wie hundertmal im Sattel geübt.

Onegesius hörte sichtlich betroffen zu; bei den Einzelheiten des geplanten Attentats streckte er unwillkürlich seine Hand schützend nach dem Arm des Königs aus. Attila bemerkte die Geste, für einen Moment öffnete er leicht den Mund, dann galt seine Aufmerksamkeit wieder allein dem Kommandanten. Scotta war blass geworden, sein Kinn bebte, ihn schien das Intrigenspiel am römischen Hof bis ins Innerste zu treffen.

»... aber ich würde mich selbst den Dämonen der Sümpfe ausliefern, wenn mir die versprochenen goldenen Paläste mehr bedeuteten, als dir, meinem Gebieter, in unerschütterlicher Treue zu dienen.« Nun ritt Edekon als Held in die Geschichte, trotzte allen Verführungen, und als Beweis seiner Ehrlichkeit offenbarte er den Zuhörern auch gleich einen der Bösen. »Keiner der Gesandten ist in den Mordplan eingeweiht bis auf Viglias, er begleitet die Delegation als Dolmetscher. Um bieder zu wirken, hat dieser heimtückische Gote zur Tarnung sogar seinen Sohn auf die Reise mitgenommen. In Wahrheit aber ist er der Giftpfeil, den Chrysaphius auf dich, großer König, abgeschossen hat.«

Edekon gefiel sich. Es war ihm gelungen, das Publikum in Spannung zu halten. Beim letzten Satz hatte ihn sogar Orestes überrascht von der Seite angesehen. Jetzt verriet er zum krönenden Abschluss, welche List sein Verstand erdacht hatte. »Erlaube mir einen Vorschlag, großer Herr: Wenn Viglias so lange nichts von seiner Enttarnung erfährt, bis ich ihn beauftragt habe, die mir zugesagten fünfzig Pfund Gold herbeizuschaffen, so hätten wir die Römer um eine beträchtliche Summe erleichtert, das Attentat verhindert und könnten außerdem den abgeschlagenen Kopf des Viglias als Geschenk an Kaiser Theodosius ...«

»Schweige. Nicht weiter«, bat Attila; seine wulstige Unterlippe war in der Mitte aufgesprungen, rechts und links des Mundes furchten tiefe Falten die graugelbe Gesichtshaut. »Du hast genug geredet. Dein Vorschlag krankt allein schon daran, dass dieser Verräter den Schutz eines Gesandten genießt und für uns unantastbar ist. Also zerbrich dir nicht den Schädel mit Dingen, welche allein ich mit meinen Ratgebern zu entscheiden habe.«

Bei der schroffen Zurechtweisung trat Edekon einen Schritt zurück. Gleich milderte der Fürst ab. »Ich danke dir für den Beweis deiner Freundschaft.« Er tastete nach der kleinen Lippenwunde und besah nachdenklich den Blutstropfen auf der Fingerkuppe. »Kommandant? In dieser Nacht, als mein Bruder Bleda starb, warst du als einziger in meiner Nähe. Damals habe ich dir vertraut, obwohl wir uns noch nicht lange kannten. Du durftest deine Stellung behalten, mehr noch, ich vergrößerte von Jahr zu Jahr deine Macht. Nie hast du mich bisher enttäuscht«, Attila senkte den Finger und zog auf der Tischplatte einen kurzen Blutstrich, »und deshalb glaube ich dir auch heute. Und jetzt ...« Der Wink galt beiden Gesandten. »Wartet draußen, bis wir zu einem Entschluss gekommen sind. Geht jetzt.«

Kein Stolz mehr, Edekon war lediglich noch Diener seines Herrn, gehorsam wandte er sich auf dem Absatz um und eilte hinaus. Ehe auch Orestes die Königsjurte verlassen konnte, befahl Onegesius: »Warte!« Schnell folgte der oberste Ratgeber dem Sekretär und führte ihn einige Schritte beiseite. »Ich verlange von dir keine Denunziation«, begann er eindringlich. »Aber ich habe dich, während der Kommandant sprach, beobachtet. Deshalb verlange ich eine klare Antwort: Hat er dir bereits in Konstantinopel von dem geplanten Attentat erzählt?«

Orestes sah zu Boden.

»Gut, mein Sohn. Ich frage weiter: Ist die vorgebrachte Version des Komplotts erst während der Rückreise entstanden? Vielleicht weil die Aufdeckung des Plans, durch welche Person auch immer, zu befürchten war?«

Orestes hob den Kopf. Einen Moment lang trafen sich die Blicke.

»Danke, mein Sohn. Sei unbesorgt, dies bleibt unter uns. Denn letztlich hat der Kommandant doch noch richtig entschieden. Nur musste ich wissen, wie gefestigt der Charakter des Mannes ist, der das Leben meines Fürsten schützen soll.« Onegesius entließ den Sekretär und kehrte zum Tisch zurück.

Dort stand Scotta, seine Miene war erstarrt, versteckt in den Falten des Umhangs aber flatterten die Hände. Attila trank in großen Schlucken und setzte den Becher hart ab. »Lieber Freund, dein Bruder möchte mich gerade umbringen.« Er lachte, erst nur leise, dann fand er Lust daran und lachte, bis er gesättigt war.

»Ich verstehe nicht, mein Fürst.«

Die Wunde an der Unterlippe blutete wieder. Attila leckte sie mit der Zunge ab. »Glaub es mir. Dabei sagte ich nur zu ihm, dass er die Verführungskunst des Eunuchen doch sicher noch gut in Erinnerung haben müsste. Schließlich war er als mein Unterhändler oft genug mit ihm zusammen. Und dann dieses Erdbeben und die Mauer, die zerstört und dann doch nicht zerstört war …«

»Hab Erbarmen!« Die Stimme Scottas flehte aus den Trümmern. »Großkönig. Dieser Verdacht hat sich nicht bewahrheitet. Meine Unschuld ist erwiesen …«

»Schon gut.« Attila winkte ab. »Ihr Griechen versteht nun mal meine Scherze nicht. Setzt euch wieder zu mir.« Jäh erkaltete die heitere Miene. »Erstaunlich, was unser eitler Kommandant berichtet hat, jedoch meine ich damit nicht allein den Mordplan, sondern auch die Art, wie er ihn vortrug …« Er dehnte eine Pause ehe er fortfuhr. »Wie viele wahre Freunde besitze ich wirklich?« Mit der flachen Hand tippte er auf den Arm seines Ratgebers. »Bei Gelegenheit sollten wir eine Liste aufstellen, die wir dann von Zeit zu Zeit überprüfen. Welche Namen werden übrig bleiben?« Er füllte seinen Becher. »Aber ich wollte nicht scherzen.« Erneut stürzte er den Wein in sich hinein. »Verflucht, das Attentat ist so schlecht geplant, so jämmerlich, dass ich in meiner Ehre gekränkt sein müsste. Allein deswegen sollte ich Konstantinopel den Krieg erklären. Dieser fette Eunuch! Doch der Osten hat kaum noch Wert für mich.« Attila stemmte beide Ellbogen auf den Tisch und senkte die Stimme: »Aber, Freunde, wir werden ihr Spiel nicht nur durchkreuzen, sondern es auch auf unsere Weise weiterspielen. Denn für den Mordversuch sind mir fünfzig Pfund viel zu wenig, und auch der Dolmetscher soll nicht ungeschoren davonkommen ...«

Als er geendet hatte, nickte Onegesius voller Bewunderung. »So erwirken wir sogar noch erheblichen politischen Nutzen. Mein Fürst, dein Bruder Bleda rühmte sich, ein geschickter Diplomat zu sein. Du aber überragst ihn um vieles.«

Ein kurzes Glitzern in den Augenhöhlen, ein Schmunzeln, dann ließ Attila die beiden Heimkehrer wieder hereinrufen.

Zwar hatten die Römer in der dritten Stunde des Nachmittags ihre Zelte nahe dem hunnischen Lager aufstellen dürfen, jedwedes Zeichen aber, dass sie willkommen waren, blieb aus. Voller Unruhe stapfte Maximinus vor dem Eingang der Behausung hin und her. Priscus und Viglias hockten auf Steinen. Sie hatten bereits die Festgewänder ausgepackt. Schweigend reinigten sie Schnürsandalen und polierten die stumpf gewordenen Silberbroschen. Reiter näherten sich aus Richtung der Königsjurte. Erleichtert strich Maximinus über die Rundung seines Bauches, benetzte die Lippen, mit einem hellen und tiefen Summton vergewisserte er sich noch rasch, ob seine Stimme auch gehorchte. Mehr Zeit zur Vorbereitung blieb nicht.

Keine Begrüßung, keiner der Vornehmen stieg ab; nur ein Kopfnicken hatten sie für den römischen Gesandten und seine Begleiter übrig. Selbst Edekon und Orestes, die Weggefährten über drei lange Wochen, zeigten keine freundliche Regung. Knapp stellte sich der Sprecher vor: »Scotta, oberster Diplomat des Großkönigs.« Und ohne Übergang bedrängte er den Römer: »Warum bist du hergekommen? Sag mir den Grund?«

»Ich überbringe eine Botschaft meines Kaisers.«

»Welchen Inhalts?«

Maximinus suchte mit dem Blick Hilfe bei Priscus. Erst als der Literat neben ihm stand, fühlte er sich etwas sicherer. »Mit Verlaub, aber es ist üblich, dass Gesandte ihre Nachricht nur dem anvertrauen, zu dem sie geschickt wurden.«

Scotta blieb wirsch und überheblich. »Ich bin nicht zum Vergnügen hier, sondern ich frage dich im Auftrag meines Herrschers. Also heraus damit.«

Erbost über die Behandlung hob Priscus den Zeigefinger. »Wir sind angewiesen, mit keinem anderen als dem Großkönig über unsere Mission zu sprechen. Eher reisen wir unverrichteter Dinge wieder ab.«

»So sei es. Verlasst auf der Stelle dieses Lager. Eine Eskorte wird euch bis zur Grenze begleiten.« Scotta lenkte sein Pferd herum, schnalzte, und im Galopp entfernten sich die Vornehmen.

Entsetzt starrte Maximinus ihnen nach. Erst nach heftigem Schlucken gelang es ihm zu flüstern: »Umsonst? Wir haben alle Mühsal, alle Entbehrung vergeblich auf uns genommen?«

»Ich wollte nur mit der Abreise drohen, sie als Möglichkeit erwähnen.« Priscus presste beide Hände an die Schläfen. »Aber sie gehen darauf ein und jagen uns weg.«

»Ihr wollt Gesandte sein?« In wenigen Schritten stand Viglias zwischen den beiden und schleuderte ihnen seine Sandalen vor die Füße. »Ungeschickter hättet ihr das Gespräch wahrlich nicht angehen können. Warum, zur Hölle, habt ihr dem Kerl nicht irgendetwas erzählt? Eine Lüge. So hätte er uns vielleicht doch zu Attila geführt.« Der Gote sammelte sein Schuhwerk wieder aus dem Gras. »Der Großkönig hätte mich sicher erkannt. Weil ich bereits bei der letzten Verhandlung mit General Anatolius dabei war. Oh, verflucht! Und Kommandant Edekon hat Vertrauen zu mir. Ich hätte die Mission für euch zum Erfolg bringen können. Aber ihr habt alles verdorben.«

Schuldbewusst nahmen Maximinus und Priscus die Schelte hin und begaben sich daran, die Satteltruhen wieder zu füllen.

Heiß und kalt, dann mit einem Mal wieder heiß. Maximinus schnappte nach Luft, die Aufregung trieb ihm den Schweiß auf die Stirn. Sie hatten doch nicht abreisen dürfen. Im letzten Moment, alle Tragtiere standen schon bepackt, war ihnen der Befehl des Hunnenfürsten ausgerichtet worden. Jetzt stand der rundliche Römer mit Priscus und Viglias in respektvoller Entfernung vor dem hölzernen, jedoch immer noch leeren Thron.

Ohne durch Hornisten oder einen Zeremonienmeister angekündigt zu werden, betrat Attila endlich den Empfangsraum; leicht in den Schultern wiegend erreichte er seinen Stuhl, ließ sich nieder und schnippte. Die Audienz war eröffnet.

So lange hatte Maximinus auf diesen Moment hin gelebt. »Großmächtiger Attila, Herrscher über viele Völker und Stämme …« Nun überbrachte er in mit Girlanden und Blumen überladenen Sätzen die Grüße und guten Wünsche seines Kaisers.

Kaum war er zum Ende gelangt, traf ihn ein Speer aus Eis. »Sehr schön. Ich wünsche dem Römer dasselbe, was er mir wünscht. Richte ihm dies aus.«

Attilas Blick fasste nach Viglias. »Du! Tritt vor, dass ich dich besser sehen kann.«

Der Gote gehorchte, dienerte mehrmals und schmeichelte sich ein: »Möge die Sonne ihr Licht auf ewig über dir scheinen lassen, du gottgleicher Herrscher. Vielleicht erinnerst du dich noch an mich, den sprachkundigen Diener …?«

»Du räudiger Köter!«, unterbrach ihn Attila. »Dann weißt du auch, was zwischen mir und dem General vereinbart wurde: Keine Gesandtschaft mehr, bis alle Überläufer mir ausgeliefert sind.«

»Um Vergebung, großer König.« Der Dolmetscher verbeugte sich wieder. »Aus sicherer Quelle weiß ich, dass sich nicht ein einziger hunnischer Gefangener mehr im Gewahrsam der Römer befindet.«

»Bastard!«

Ein Wink. Und Orestes las laut Namen für Namen der Überläufer vor.

Attila riss den Halssaum seines Hemdes auf, erneut fuhr er auf

Viglias los: »Du elender Wicht! Sei froh, dass du den Schutz eines Gesandten genießt.« Über dem Stirnwulst schwoll die Zornader an. »Ich sollte dich für deine Lügen ans Kreuz binden lassen, damit die Geier dir Stück für Stück das Fleisch von den Knochen fressen. Ich sollte dich …« Mit jeder Verwünschung wurde Attila lauter und hieb die Faust auf die Lehne des Thronstuhls. Jäh verrauchte der Zorn. Nüchtern und kühl erging der Befehl an Viglias: »Du wirst sofort in Begleitung des Logaden Esla losreiten und von den Römern die Auslieferung aller Abtrünnigen verlangen, die auf dieser Liste stehen. Sobald du meine Forderung überbracht hast, kehrst du ohne Verzögerung zurück und meldest mir, ob die Römer meiner Bitte Folge leisten oder einen neuen Krieg mit den Hunnen vorziehen.« Attila wies zum Ausgang der Jurte. »Keine Fragen mehr. Sei froh, dass ich dir trotz deiner Lüge noch eine Chance gebe. Hinaus. Der Kommandant meiner Leibgarde wird dich im Auge behalten, bis du aus unserm Lager verschwunden bist.«

Viglias stolperte, fing sich wieder; ehe er den Ausgang erreichte, hatte ihn Edekon eingeholt, und gemeinsam verließen sie die Jurte des Königs.

Eine Weile lastete Stille im Audienzraum. Attila tauschte einen langen Blick mit seinem obersten Ratgeber, schmunzelte Orestes zu und wandte sich dann mit Wohlwollen an die römischen Gesandten. »Meine Hofkanzlei wird das Schreiben eures Kaisers prüfen und beantworten. Dies benötigt einige Zeit, außerdem sollten wir auch damit warten, bis der Dolmetscher mit neuen Nachrichten zurück ist. Folgt also dem königlichen Tross bis zur Hauptstadt. Dort in meinem Palast will ich euch mit einem großen Festmahl ehren. Wir werden Geschenke austauschen. Und ich verspreche euch, bei der Rückkehr in die Heimat werdet ihr voll des Lobes über die Gastfreundschaft am Hofe des Barbarenkönigs sein. Bis dahin, lebt wohl.«

Befreit von der Sorge des Scheiterns und beseelt mit neuer Hoffnung verneigte sich Maximinus tiefer noch als Priscus; so traten sie gemeinsam einige Schritte zurück. Als sie aus dem Schwung des

Aufrichtens sich gleichzeitig zum Ausgang umdrehten, klatschte Attila in ihrem Rücken. »Bravo, werte Herren. Welch eine Eleganz. Doch auf ein letztes Wort!«

Beiden stockten Fuß und Herz.

»Nur eine dringliche Bitte: Solange ihr in meinem Reich weilt und ehe nicht die strittigen Fragen mit Ostrom geklärt sind, ist es keinem Mitglied eurer Delegation erlaubt, irgendetwas zu kaufen, weder Pferde noch Waren, weder römische Gefangene noch Sklaven. Ihr seid gut beraten, wenn ihr diese Anordnung auch dem Dolmetscher ausrichtet.«

Der Herzschlag setzte wieder ein. Nicht ganz so schwungvoll wiederholten die Römer ihre Rückzugsgeste und entschwanden aus der Jurte.

Der Kommandant hatte mit Viglias nicht den direkten Weg genommen. Während sie vom Mittelplatz durch enge Zeltgassen eilten, beschwerte sich der Gote mit erstickter Stimme: »Diese Beschimpfung habe ich nicht erwartet. Wieso werde ich beleidigt und die anderen nicht?« Er verlangsamte den Schritt. »Ahnt der König irgendetwas? Sag es mir?«

»Nicht stehen bleiben.« Edekon zog ihn weiter. »Glaub mir, wenn der Großkönig auch nur den leisesten Verdacht hätte, dann wären wir beide jetzt schon ohne Kopf. Nein, Freund. Vielleicht hat Orestes ihm erzählt, dass du beim Essen in Serdica deinen Kaiser als Gott bezeichnet hast, Attila aber nur als Mensch.«

»Das ist es.« Viglias schlug sich mit der Faust gegen die Stirn. »Verflucht. Und ich wollte doch nur den Streit schlichten. Diese Äußerung hätte ich besser unterlassen.«

Unvermittelt bogen drei Elitekämpfer in die Gasse ein und näherten sich ihnen rasch. Der Gote wollte umdrehen, doch Edekon zischte: »Wehe dir!«

Freundlich grüßten die Bewaffneten, und kaum waren sie außer Hörweite, griff der Kommandant den Arm des Ängstlichen. »Reiß dich zusammen! Niemand ahnt etwas. Im Gegenteil, wir haben Glück. Du reitest im offiziellen Auftrag des Königs nach Konstantinopel und musst sogar zurückkommen. Im Gepäck hast du dann den Lohn für meine Helfer. Ist das klar?« Weil das Lager der römischen Delegation in Sicht kam, gab Edekon ihn frei, schnell raunte er noch: »Einfacher kannst du die fünfzig Pfund Gold gar nicht ins Land bringen. Ich verlasse mich auf dich.« Damit straffte er die Brust, seine Miene wurde starr, und als Kommandant der königlichen Leibgarde geleitete er Viglias zu den Zelten hinüber, um, wie befohlen, die Abreise zu überwachen.

Schöner kann das Leben gar nicht sein, dachte Goldrun. Auf dem gemeinsamen Ritt zu den Außenweiden des Zuchtgestüts hatte sie unvermittelt den Wunsch verspürt, für einen Moment allein zu sein, und war hinter der Oberin und Ernak etwas zurückgeblieben.

Zuerst eine Nacht mit dem Liebsten in unserer Jurte und heute den ganzen Tag hier draußen! Unbeobachtet von den beiden reckte sie ihre Arme zum Himmel und war sich ganz sicher, einige der weißen Wolkentrauben abpflücken zu können, wenn sie nur wollte. »Aber ich will nicht«, flüsterte sie und zwinkerte großzügig. »Da habt ihr noch mal Glück gehabt.« Sie schmunzelte über ihre Albernheit. »So führt sich keine Stallmeisterin des Königs auf!« Kurz streckte sie der Ermahnung die Zunge raus und bot dem Wind das Gesicht, genoss sein kühles Streicheln, sein Zupfen an den wehenden Locken.

»Wo bleibst du?« Ernak hatte sich im Sattel umgewandt. »Ist dir nicht gut?«

»O doch! Soll ich es dir beweisen?« Nur ein leichter Schenkeldruck, und Wildrose streckte sich lang. Auf der Höhe des Liebsten rief Goldrun: »Was ist? Schläfst du noch?«, und war schon vorbei. Gleich setzte der Königssohn ihr nach, ließ seinem Schecken die Zügel. Aber obwohl Ernak pfiff und johlte, nichts half, der Abstand vergrößerte sich, seine Angebetete ritt ihm davon.

Oberin Tarcal prüfte, ob ihr hochgesteckter Haarwulst noch

festen Halt unter dem Tuch besaß, und hob die Brauen. »Er scheint es tatsächlich ernst zu meinen. Und Mela hat Recht, aus unserem Mädchen ist eine richtige Frau geworden. Aber helfen wird es den beiden wenig.« Sie seufzte und ließ das Pferd schneller traben.

Bei ihrer Ankunft standen der Prinz und die Stallmeisterin eng nebeneinander auf dem mittleren Balken des Koppeltores, und Goldrun deutete zu drei Halbwüchsigen hinüber. »Siehst du den Braunen? Der mit dem Stern über den Augen? Seine Mutter hat die gleiche Zeichnung.« Sie erkundigte sich über die Schulter: »Oberin, habe ich Recht? Der Schöne dahinten, das ist er doch?«

»Ja, von ihm sprach ich.« Tarcal glitt aus dem Sattel. »Dieses Hengstfohlen wurde vor ungefähr zwei Jahren geboren. Und …«

»Ich weiß«, unterbrach Goldrun. »Den Tag vergesse ich nie.« Langsam stieg sie vom Tor. »Genau an diesem Tag kehrte Ernak aus dem Krieg zurück. Heilige Mutter im Himmel, was war ich glücklich. Und er hat mich …«

»Keine Einzelheiten.« Die Oberin tippte mit dem Finger auf ihren Arm. »Wir wollten über die Zukunft des Hengstes sprechen, ob er zur Zucht taugt, und nicht über euch …«

»Na, das eine hat schon auch was mit dem anderen zu tun«, sprudelte Goldrun heraus. »Vielleicht haben wir nur etwas mehr Spaß dabei …« Sie schlug sich die Hand vor den Mund, gleichzeitig übergoss Scham ihr Gesicht mit dunklem Rot. »O je, verzeih mir, Oberin. Das ist einfach so rausgerutscht.«

Tarcal verzog keine Miene. »Du bist eben schon zu lange weg von mir, Mädchen.« Jetzt rang sie sich doch einen Scherz ab: »Aber solch ein Gedanke mag nahe liegen. Nun, Schluss damit.« Energisches Räuspern folgte, eckig waren ihre Schritte zum Tor. »Ich … ich bin überzeugt, dass der Junghengst gute Anlagen besitzt. Aus diesem Grunde habe ich ihn nicht legen lassen. Sag mir deine Meinung, könnte er vielleicht sogar für die Zucht der Königspferde in Frage kommen?«

Goldrun sah Ernak von der Seite an. »Was meinst du? Gefällt er dir?«

»Er steht gut. Hat jetzt schon kräftige Schultern. Und er lässt den Schweif nicht einfach hängen, sondern er trägt ihn. Ein schöner kleiner Hengst, finde ich.«

»Lässt den Schweif nicht einfach hängen?« Goldrun unterdrückte das Schmunzeln. »Mein Königssohn hat keinen schlechten Blick. Trotzdem will ich mir den Kleinen noch aus der Nähe ansehen.« Nur in den Mundwinkeln zuckte es, dann schlüpfte sie durchs Tor, und schon nach wenigen Schritten ließ sie das leichte Geplänkel hinter sich und begann zu summen. Keine hastige Armbewegung, kein direkter Blick; als wäre ihr Ziel ein anderes, so ging sie halb an dem Tier vorbei und blieb dann stehen.

»Kleines Pferdchen mit dem Stern?« Bei ihrem Wortgesang stellten sich die Ohren auf. »Ich kenne dich schon seit deiner Geburt.« Während Goldrun von seiner Mutter erzählte, hielt sie ihm einige Körnerplätzchen hin. Süßigkeiten verführen. Wenig später nahm er das erste Stück mit sanftem Lippenkuss von der ausgestreckten Hand. Nach dem zweiten ließ er sich streicheln und sträubte sich nach dem dritten nicht, während Goldrun mit den Fingern seine Zähne befühlte. Auch gegen die Umarmung und das Abtasten seines Bauches hatte er nichts einzuwenden, allerdings verlangte er zum Lohn energisch nach der nächsten Leckerei. Goldrun bezahlte sofort für die gewährte Gunst und hatte einen neuen Freund gefunden. Denn der Schöne stapfte hinter ihr her und stupste sie in den Rücken. »Ich bin zwar schon vergeben, Kleiner, aber du hast einen guten Geschmack.« Als das Tor ihn trennte, schimmerte Enttäuschung im Dunkel seiner großen Augen.

»Ein prächtiger kleiner Hengst«, verkündete Goldrun und dachte gleich, oder sage ich das nur, weil ich mich heute Nacht an unserm Sternenherdfeuer schon wieder neu verliebt habe? Um sich zu konzentrieren, drückte sie beide Handflächen gegen ihre Schläfen. »Natürlich weiß ich nicht, wie er sich entwickelt. Aber sein Kopf ist lang und schön geformt. Fünf Backenzähne hab ich gezählt. Das entspricht seinem Alter. Der Körperbau ist stark. In jedem Fall hat er die Anlagen, um ein guter Zuchthengst zu werden.«

Nachdenklich schüttelte Tarcal den Kopf. »Begreifen kann ich es nicht, nur bewundern. Mädchen, wie du mit den Pferden umgehst. Jede Geste sieht so leicht, so einfach, nein, das wäre zu wenig, es sieht so natürlich aus.«

Bei dem Lob nahm Ernak seine Geliebte in den Arm. »Du kannst noch so viel schmeicheln, Oberin. Sie kommt nicht mehr zurück auf das Gestüt.«

Goldrun drückte ihn von sich. »Einen Namen. Wenn wir den Kleinen für so große Aufgaben bestimmt haben, dann sollte er auch einen Namen bekommen.« Ein Blick zur Oberin. »Darf ich?« Ohne die Erlaubnis abzuwarten, wandte sie sich gleich an Ernak. »Damals nach der Geburt des Fohlens wolltest du wissen, was es ist, ein Hengst oder eine Stute. Erinnerst du dich noch an meine Antwort?«

Er zuckte die Schultern. Zur Strafe griff sie fest in seine schwarzen Locken. »Ein Prinz ist angekommen, sagte ich. Und weil das Pferdchen ein helles Mal über den Augen trägt, heißt es von heute an ›Sternenprinz‹.«

Oberin Tarcal hatte ihnen zum Abschied zwei Satteltaschen, voll gepackt mit Schinken, für ihre Schwester und den Schwager mitgegeben. Goldrun schob die Unterlippe vor und blies eine Strähne aus der Stirn. Viel zu rasch ist die Zeit vergangen. So gerne wäre ich noch hier draußen in der Weite geblieben.

Jedoch mitten im Geplauder hatte sich Ernak mit Schrecken an seine Pflichten erinnert: »Das Gastmahl. Heute gibt der Vater ein Fest für die römische Gesandtschaft!« Weil auch Dengizik und sogar Ellac zurzeit im Palast weilten, hatte der Großkönig angeordnet, dass alle seine Söhne beim Fest erscheinen müssten, auch der jüngste Prinz. Ein Blick zum Sonnenstand genügte. »Verflucht. Das Essen beginnt schon zur dritten Nachmittagsstunde.« Und überhastet waren sie aufgebrochen.

Ernak zügelte das Tempo. »Was soll's«, rief er. »Wenn ich ohnehin nicht rechtzeitig komme, müssen wir uns auch nicht abhetzen. Dafür war der Tag mit dir zu schön.«

»Und die Nacht?«

Er drängte den Schecken näher, streckte seine Hand aus, er berührte ihre Hüfte, und kurz fanden die Finger den Weg hinunter. »Ich wünschte, sie wäre noch vor uns. Glaub mir, dann würde ich auf jedes Essen, jede Feier verzichten.«

»Hunger hab ich nie, wenn du bei mir bist. Ich meine, nach Suppe oder Brot.«

Sie lachten, und Ernak ließ seine Kappe über dem Kopf kreisen. Abrupt setzte er sie wieder auf. »Weißt du eigentlich, dass Vater noch mal geheiratet hat?«

Die ausgelassene Melodie in Goldrun verstummte. »Und Königin Kreka? Wie hat sie es aufgenommen?«

»Ich weiß nicht. Darüber würde Mutter nie mit mir sprechen.«

»Aber wieso nimmt sich der Großkönig noch eine Frau? Hat er denn nicht schon genug?«

»Im Palast wird geflüstert, dass er nur noch junge Frauen haben will. Die anderen schickt er weg. Und es ist wahr. Ich habe die Neue gesehen. Noch ein Mädchen ist es …« Er schüttelte langsam den Kopf. »Nein, froh und stolz wie eine Braut sah es wirklich nicht aus.«

Das Gespräch versiegte. Ernak heftete den Blick auf das staubige Straßenband vor ihnen.

Du hältst den Mund, befahl sich Goldrun. Doch der Gedanke wühlte und wucherte. Als die ersten Jurten der Hauptstadt auftauchten, schmerzte ihre Brust, sie konnte nicht länger schweigen. »Und wir? Dein Vater ist über fünfzig Winter alt, und jetzt heiratet er ein Mädchen, das sogar noch jünger ist als ich. Was wird denn mit uns? Sei nicht ärgerlich, Liebster. Aber wann endlich sprichst du mit deinem Vater?«

»Ich habe es gefühlt.« Er nickte vor sich hin. »Die ganze Zeit wusste ich, dass du mich fragen würdest.«

»Dann antworte doch.«

»Bald. Mehr kann ich nicht versprechen.«

Goldrun schloss beide Fäuste um den Zügel. »Ich dachte, so

eine neue Heirat erfreut den Großkönig gewiss. Und du könntest die gute Stimmung nutzen.«

»Quäle mich doch nicht, bitte.« Bedrängt sah Ernak sie an. »Sehr bald. Ich werde Mutter um Rat fragen, ohne deinen Namen zu nennen. Vielleicht kann sie ein wenig nachhelfen und ihn vorbereiten.«

»Jetzt bist du doch wütend auf mich.«

»Nein, glaub es mir. Aber du willst einfach nicht wahrhaben, dass ich unsere Heirat ganz behutsam vorbereiten muss.«

»Ich gebe mir ja Mühe. Aber an einem Tag wie heute, nach so viel Glück, wird das Warten besonders schlimm.«

»Nichts kann uns trennen.« Kopf an Kopf ließ Ernak den Schecken neben Wildrose traben. »Aber noch dürfen wir nicht gleichzeitig bei der Palastwache eintreffen.«

»Ich weiß. Reite nur vor. Du hast es heute eiliger als ich. Das Fest wartet.«

»Morgen besuche ich dich im Stall«, versprach er mit weicher Stimme. Noch einmal streichelte sein Blick ihr Gesicht. »Es wird gut, alles wird gut, glaub es mir.« Er schnalzte und trieb seinen Schecken zwischen den Jurten her in Richtung Königsordu.

»Manchmal wünschte ich, du wärst kein Prinz«, flüsterte Goldrun ihm nach. »Du, ganz einfach so, wie du bist, und ich, deine Frau. Das wäre Glück genug.«

Aus dem Empfangssaal drangen Lieder, sie erzählten von Kampf und Heldenmut. Im Vorraum warteten fünf Knechte mit frischen Fackeln an der geschlossenen Saaltür, voller Inbrunst sangen sie mit, und einigen rollten Tränen der Begeisterung über die Wangen. Leise trat Ernak hinzu; kaum hatten die Männer ihn bemerkt, schwiegen sie erschreckt, einer wollte dem Königssohn öffnen, doch der wehrte ab. »Nicht jetzt. Ich warte, bis die Barden ihre Darbietung beendet haben. Singt nur weiter, Freunde, die Ruhmeslieder auf unser Volk höre ich gern.« Er schmunzelte. »Und ich bin sicher, dass ihr sie besser vortragt als die altersschwachen Künstler da drinnen.«

Im Beisein des Prinzen aber wollte die unbefangene Leidenschaft nicht wieder aufkommen, und so verkümmerten die Melodien für Tapferkeit und Siege noch in den Kehlen.

Applaus! Fäuste trommelten, das Stimmengewirr nahm zu, dann schwang ein Flügel der Saaltür auf, und beide Barden schlüpften mit erhitzten Gesichtern heraus. Im Gegenzug drängten die Knechte hinein. Ernak folgte, hielt sich dicht hinter einem von ihnen und gelangte so, unbeachtet von der Festgesellschaft, an den rechten Tischreihen vorbei nach vorn.

Er hustete hinter vorgehaltener Hand. Hitze und die rauchschwere Luft, säuerlich durchgärt von Bratendunst und Schweiß, beengten das Atmen. Nur langsam gewöhnten sich Nase und Auge an die festliche Umgebung. Erst als der Diener die abgebrannten Stümpfe gegen neue Lichter ausgewechselt hatte, löste sich Ernak und schlenderte nahe der Stirnwand zur Mitte, zu dem mit Kissen gepolsterten Prunklager des Vaters.

Attila bemerkte ihn sofort. Das graugelbe Gesicht hellte sich auf. »Ich fürchtete schon, dass dir etwas zugestoßen ist.« Kaum stand der jüngste Sohn nah genug, fasste er nach dem Handgelenk. »Du warst unterwegs mit meiner Stallmeisterin. Kommandant Edekon hat es mir gemeldet.« Er verstärkte den Griff und zog ihn zu sich herunter. »Junge, du sollst später herrschen.« Der Ton war leise und streng. »Also lerne endlich, dass die Pflicht wichtiger ist als das Vergnügen. Stille deine Lust an dieser Sklavin oder irgendeiner anderen so oft du willst, nicht aber, wenn ich dich hergebeten habe.«

Ernak schloss die Augen. »Vater, die Stallmeisterin ist für mich keine Sklavin, die ich …«

»Schon gut«, unterbrach Attila. »Genießen wir das Fest.« Er löste seinen Griff. Wortlos richtete sich Ernak auf und wollte zu den älteren Brüdern am Tisch neben dem Prunklager, doch der Vater hielt ihn zurück. »Bleibe bei mir. Heute sollen die Gäste sehen, welcher der drei Söhne meinem Herzen am nächsten ist.«

Verwirrt von dieser so unerwarteten Ehrung ließ sich der jüngste Prinz auf der vordersten Kante des Lagers nieder. Kein Pelzkragen, keine Goldbrosche zierte Attila; der Herrscher über das Hunnenreich war angetan mit einem schlichten Gewand aus hellem Leinen. Auch Ernak trug lediglich ein schmuckloses blaues Wams, einen Ledergürtel und braune Pluderhosen. Der Anblick begeisterte die viel festlicher gekleidete Gesellschaft. Gäste und Freunde klatschten dem Vater und seinem Lieblingssohn zu, Segenssprüche und Lobpreisungen erfüllten den Saal, nach und nach erhoben sich alle von ihren Plätzen und reckten die silbernen oder goldenen Pokale in Richtung des Prunklagers.

»Das gilt dir, mein Sohn.« Das Glühen in den Augenhöhlen verriet den Stolz des Vaters. »Du darfst ihnen zulächeln und aus meinem Becher den ersten Schluck nehmen.«

Nach einigem Zögern gehorchte Ernak, leicht öffnete er die Lippen, blickte nach rechts und links und hob den schlichten Holzkelch.

Trompetenschall! Das römische Signal vor einer Schlacht! Es ertönte draußen im Vorraum. Schreck erstickte jeden Lärm. Alle Köpfe wandten sich zur Saaltür. Wieder erdröhnte der Ruf, rau und durchdringend.

Attila verengte die Brauen, sein Blick suchte den Kommandanten der Leibgarde am zweiten Tisch neben seinem obersten Ratgeber. Und während Edekon noch versuchte, ihn mit Handzeichen zu beschwichtigen, folgte das dritte Signal.

Gewaltig war der Stoß. Gleichzeitig sprangen beide Türflügel auf. Ein glänzender runder Helm erschien in der Öffnung. Er bedeckte einen riesigen Kopf; dunkel das Gesicht, die Augäpfel rollten hin und her; das blutrot gefärbte Maul öffnete sich. »Aufgepasst! Hier kommt nicht Zerkon, der große Zerkon. Aufgepasst! Hier kommt der mächtige Oberbefehlshaber Westroms, hier kommt Flavius Aëtius!« Der Zwerg marschierte los. In gebührendem Abstand folgten zwei schwarz gekleidete Knechte; am Rand der Mittelfläche blieben sie stehen und setzten einen geschlossenen Korb zwischen sich ab.

Das jähe Entsetzen löste sich in johlende Begeisterung. Erleichtert lachten die Gesandten aus Konstantinopel, und gemeinsam mit den hunnischen Vornehmen trommelten sie im Marschrhythmus ihre Trinkgefäße auf die Tischplatte.

Vorn auf dem Prunklager saßen der Großkönig und der Prinz. Attila hatte die Faust geballt, jedes Wort grollte aus der Brust hinauf: »Wer hat dieses Scheusal zurück an meinen Hof gebracht?« Dann versteinerte seine Miene, so blieb er und ließ es geschehen.

»… meine Siege, wer dankt sie mir?« Der Spaßmacher war inmitten des Spielfelds stehen geblieben. Er nahm den Helm ab und setzte ihn wie einen Topf feierlich auf den Boden. Umständlich stellte er sich rückwärts davor, senkte langsam den Hintern über die Öffnung und rief: »Ich, der tapfere Aëtius, habe die Franken besiegt.« Mit dem Mund ahmte er einen langen Furz nach. Er wartete das Gelächter ab. »Auch die Westgoten.« Wieder blubberten und prusteten seine Lippen. Bei den Burgundern spielte das Publikum schon mit. Von da an verstärkte es bei jedem weiteren besiegten Volksstamm mit Hingabe das Begleitgeräusch einer Darmentleerung.

Alles Blut war Ernak aus dem Gesicht gewichen. »Zerkon«, flüsterte er, und seine Hand tastete nach dem Dolch. »Zerkon. Du elender Zwerg. So lange habe ich auf dich gewartet.«

Attila sah ihn von der Seite an. »Was sagst du da?«

»Ich hasse diese Missgeburt.«

»Wie verwandt wir in unserm Geschmack sind, mein Junge. Aber zeige deine Gefühle nicht. Das Fest gehört unsern Gästen, sie sollen lachen, nicht wir.«

Zerkon schleppte jetzt den kotgefüllten Helm in beiden Händen an den Tischreihen entlang, am Prunklager vorbei und wieder zurück zur Mitte, hier bot er ihn als Geschenk an. »Valentinian, du gottgleicher Kaiser. Dein treuer General bringt dir seine Erfolge. Hier nimm.«

Atemlos schwieg das Publikum.

Die Hände wirbelten, versteckten den Helm hinter dem Rücken, setzten einen Lorbeerkranz auf den Kugelkopf, im Sprung drehte sich der Zwerg und stand als Kaiser Westroms dem jetzt unsichtbaren Aëtius gegenüber. »Pfui! Kriege langweilen mich.«

Valentinian streckte seine lange Zunge raus, rundete sie zur Röhre und ließ sie einige Male vor- und zurückstechen, ehe er sie wieder einschlappte. »Behalte deine Siege. General, ich erwarte ein Geschenk von dir, an dem ich meinen Spaß habe. Du weißt genau, was mich wirklich glücklich macht.«

Kaum vermochten die Augen den Bewegungen zu folgen und schon stand Zerkon wieder als Aëtius da. Er furchte die Stirn, dann setzte er sich den schweren Helm mit einem satten Schmatzlaut selbst auf den Kopf.

Die hunnischen Höflinge und Vornehmen grölten. Maximinus aber tupfte den Schweiß von der Stirn. Sein Begleiter Priscus quälte sich ein höfliches Lächeln ab.

»Das ist die Rache, weil Aëtius ihn nicht behalten wollte.« Der Großkönig bewegte die Lippen kaum. »Mit welchem Unflat bewirft er wohl meine Person, wenn er in Konstantinopel seine Späße treibt?«

Grübelnd marschierte Zerkon vor ihm und Ernak auf und ab. Mit einem Mal jauchzte er. Einige schnelle Schritte, dann überschlug sich der Zwerg in der Luft, ohne mit den Händen den Boden zu berühren, und gleich wieder, schon stand er vor seinen beiden Helfern. »Folgt mir.« Er trippelte zurück und bestimmte, wo sie den Korb absetzen sollten. »Verschwindet jetzt.«

Hastig entfernten sich die Knechte.

»Mein gottgleicher Kaiser, hier bringe ich dir, wonach du dich mehr sehnst als nach irgendetwas sonst im Römischen Reich.«

Eisen gegen Lorbeer. Schon war der Wechsel wieder vollzogen. Als Valentinian III. öffnete Zerkon den Deckel und sah in den Korb. Sein Gesicht verklärte sich; Geifer quoll ihm aus den Mundwinkeln; mit beiden Händen tauchte er ein und hob das Geschenk heraus.

Ungläubiges Staunen an allen Tischen. Hocker rutschten, viele wollten besser sehen, um wirklich zu glauben, was sie sahen. Vereinzelte Rufe. Zögerliches Gelächter. Dann gackerte das Huhn in den Klauen des Kaisers. Mit dem Schnabel in Richtung Publikum presste Zerkon dem Tier die Flügel an den Leib. Hin und her ruckte der kleine Kopf. Und erneut gackerte die Henne. Sofort schwieg die Gesellschaft.

»O meine Schöne«, säuselte Valentinian. »Was bedeutet mir schon meine Gemahlin Eudoxia, wenn ich dich in Händen halte?« Er beugte sich über das Huhn und leckte ihm den Kamm.

Die ersten Zuschauer ahnten etwas, dabei sank ihnen die Kinnlade.

»Keine meiner Konkubinen reizt mich so wie du.« Zerkon betrachtete das Huhn von beiden Seiten, hob es über seinen Kopf, besah es von hinten. »Dein Anblick bringt mich in einen wilden Rausch.« Übertrieben hell ahmte er die Stimme Valentinians nach, steigerte das Keuchen und ließ die vorgequollenen Augen rollen, das aufblitzende Weiß unterstrich seine Gier. »Füge dich, meine Schöne!« Zerkon lockerte den Griff der rechten Hand, ließ den Flügel frei, seine Finger aber krallten sich in die Brust. Gleich folgte auch der linke Flügel. Aufgeregt flatterte das Tier, konnte aber dem Peiniger nicht entfliehen. »Empfange Valentinian!« Der Zwerg schabte die Henne mit dem Bürzel über seinen roten Samtrock hinunter bis vor die Mitte. Sein Hintern wölbte sich, dann stieß der Unterleib zu.

Gelächter! Die Gaffer hieben sich auf die Schenkel. Zerkon vollführte heftigere Bewegungen, verstärkte sie noch, indem er das Huhn ruckartig vor- und zurückführte. Federn stoben. Die Audienzhalle wurde zum Zirkus, die Vornehmen zum Pöbel. Je lauter das Opfer kreischte und gackerte, schrien und jubelten die Zuschauer.

Ohne zu unterbrechen, sprang Zerkon mit beiden Füßen gleichzeitig in die Luft, hüpfte wie ein geiler Derwisch zwischen den Tischreihen hin und her. Jäh stand er still.

Schweigen in der Halle.

Die kurzen Beine begannen zu zittern, fest presste er die Henne an den Stoff. Dann stieß er einen schrillen langen Pfiff aus, der Ton sank, kam nur noch stoßweise und versickerte zwischen den Zähnen.

Im tobenden Applaus wankte der Kaiser Westroms zum Korb,

warf das empört kreischende Huhn hinein, warf seinen Lorbeerkranz wie auch den Helm des Aëtius dazu, noch eine müde Kusshand, dann klappte der Deckel, und er setzte sich als feixender Narr oben drauf. Zerkon genoss seinen Erfolg, winkte rechts und links den Zuschauern.

Vorn an der Stirnseite der Halle herrschte Schweigen. Zunächst hatten Dengizik und Ellac sich von den Zoten anstecken lassen, ein einziger zorniger Blick des Vaters in ihre Richtung aber war ausreichend gewesen. Seitdem hockten sie wie Statuen neben Onegesius am Tisch. Er hatte seine Stirn während der obszönen Darbietung in die Hand gestützt und bisher noch nicht wieder hoch geschaut. Auf dem Prunklager saß Ernak. Er schien gar nicht zu spüren, dass sein Vater ihm den Handrücken streichelte. »Warum so bleich, Junge? So schändlich der Vortrag auch war, du musst Haltung zeigen. Später erst darfst du deinem Zorn nachgeben.«

»Dieser Zerkon«, flüsterte Ernak erstickt. »Er quält und hat noch seinen Spaß dabei. Solch ein Ungeheuer darf nicht leben.«

Jetzt kniff ihn der Vater sanft in die Wange und tätschelte gleich dieselbe Stelle, als wolle er den Schmerz wieder lindern. »Still. So hart kenne ich dich gar nicht. Wir sind hier im Palast. Der Narr verursacht auch mir nur Ekel, gegen eines unserer Gesetze aber hat er nicht verstoßen. Und ohne Verbrechen habe ich keinen Anlass, ihn töten zu lassen.«

Die Begeisterung in der Halle hatte sich gelegt. Immer noch saß Zerkon auf dem Korb. Er jammerte leise, wischte mit den Ärmeln seine Augen. »Herr! Du viel gerühmter Großkönig. Willst du mich nicht für meine Kunst entlohnen? Schenke mir dein Lächeln als Dank.«

Attila schnippte und wies zur Saaltür. »Du bist genug gefeiert worden. Jetzt darfst du dich mit meiner Erlaubnis entfernen.«

Ein gewaltiger Satz, und der Narr stand breitbeinig vor dem Prunklager. Kurz stach sein Blick zur Seite in Richtung des Kommandanten, das Gesicht verzerrte sich zur zornigen Fratze, dann verneigte er sich lächelnd. »Zerkon, der große Zerkon verabschiedet sich für heute Abend. Vielleicht leihst du, größter König, irgendwann dem kleinen Spaßmacher dein gnädiges Ohr.«

Wieder schnippte Attila, dieses Mal ungeduldiger. »Melde dich in der Kanzlei. Nun geh endlich.«

Auf dem Absatz kehrte Zerkon um, klatschte dem Publikum, bis es zurückklatschte. Seine Helfer nahmen den Korb, und mit rhythmischem Ohrgewackel verließ er den Festsaal.

Mundschenke gingen von Tisch zu Tisch. In den Gesprächen wiederholte sich das Erlebte, steigerte sich bei den meisten, und nur wenige zeigten ihren Abscheu. Maximinus und Priscus saßen da, ratlose, unerfahrene Gesandte Ostroms, die noch nicht entschieden hatten, ob die Beleidigung Valentinians auch eine Kränkung ihres Kaisers bedeutete.

»Vater?« Ernak erhob sich.

Gleich schüttelte Attila den Kopf. »Willst du mich beschämen, Junge? Ich habe dich auf den höchsten Ehrenplatz eingeladen. Jeder deiner Brüder würde hier vor Stolz Wurzeln schlagen. Du darfst erst gehen, wenn das Fest zu Ende ist. Also setze dich wieder und trinke mit deinem Vater.«

Nachtdunkel. Eng an die Wand gepresst, stand Ernak unter dem Säulenvordach des Palastes und achtete darauf, nicht vom flackernden Schein des Wachfeuers in der Hofmitte erfasst zu werden. Längst waren die letzten Gäste gegangen; weinselig schwankend hatten sie sich unter Gelächter und mit lauten Gesängen von den Bewaffneten hinunter zum Tor geleiten lassen. Ernak wartete noch, bis die Posten von ihrem Rundgang zurückkehrten, dann trat er aus dem Versteck und schlenderte zum Feuer hinüber. Noch auf halbem Weg wurde er angerufen. »Wer da?«

»Prinz Ernak. Ich will zum Haus der ersten Zofe meiner Mutter.«

Sofort war einer der Elitekämpfer an seiner Seite. »Besser, junger Herr, wenn ich mitgehe«, sagte er gedämpft. »Sonst fangen dich die Dunkelposten ab.«

Sie verließen den Innenhof. Der Mann warnte vor jedem Stein, hin und wieder stieß er zwei kurze Schnalzlaute aus, wie ein Echo kam die Antwort des versteckten Wächters aus der Finsternis, rasch hatten sie die flachen Holzhütten hinter dem Turmpalast erreicht. Vor der mittleren blieb Ernaks Begleiter stehen. »Soll ich die Zofe wecken?«

»Lass nur.«

»Dann warte ich hier.«

»Danke. Es dauert nicht lange«, raunte der Königssohn und huschte zum Eingang. Klopfen, erst leise, nichts regte sich, dann stärker, und endlich schimmerte Licht durch die Ritzen. »Was gibt es?« Die Stimme klang verschlafen.

»Ich bin's, Ernak. Bitte öffne. Es muss sein. Bitte.«

Einen Spalt breit schwang die Tür auf, im Schein der Öllampe vergewisserte sich Fulla und ließ den Prinzen eintreten. »Nicht weiter.« Sie hatte sich nur einen leichten Leinenmantel umgelegt. »Nein, ich darf dich nicht zu ihr lassen.« Ihre Miene war bekümmert und streng zugleich. »Auch wenn ich deinen Wunsch noch so gut verstehe, aber du musst wieder gehen.« Entschlossen stellte sie sich in die Mitte des schmalen Durchgangs zu den beiden Wohnräumen. »Ich weiß, du hast die Macht dazu, doch um Goldruns Sicherheit und Glück willen erzwinge dir nicht den Zutritt. Ihr wart doch gestern zusammen …« Fulla brach ab und runzelte die Stirn. »Du siehst elend aus. Aber du kommst ja vom Fest. Ist dir der Wein nicht bekommen?«

»Hör mir zu. Bitte.« Ernak trat dicht vor sie hin. »Ich bin nicht betrunken, will auch heute Nacht nichts von ihr. Aber ich muss Goldrun sprechen … nein, warnen muss ich sie.«

»Allmächtiger Gott«, hauchte Fulla und griff sich ans Herz. »Eine Gefahr?«

Er nickte nur.

Wenig später kehrte die Burgunderin mit ihrem Schützling zurück. Goldrun war noch nicht ganz wach. Zerzaust hingen die rotgoldenen Locken, sie sah den Liebsten, lächelte zufrieden und schmiegte den Kopf an seine Brust. »Komm, lass uns weiterschlafen.«

Ernak umschlang ihre Schultern. »Ich muss gleich wieder gehen.« Er küsste die Stirn. »Du darfst dich nicht erschrecken, mein Herz. Dieser Zwerg ist wieder im Land.«

Goldrun fuhr zusammen, öffnete den Mund und konnte nicht atmen. Ernak streichelte ihre Wangen. »Hab keine Angst. Er wird dir nie mehr etwas anhaben können. Ich sorge dafür.«

Hart saugte sie die Luft ein, und ihre Finger krallten sich in sein blaues Wams. »Woher weißt du …? Wo ist er?«

»Ganz in der Nähe. Der Zwerg wohnt bei Kommandant Edekon.«

»Zerkon? O nein! Ich fürchte mich.«

»Bleib ruhig. Hier bei Frau Fulla und im Stall oder auf der Königsweide bist du vor ihm sicher.« Ernak blickte die Burgunderin an. »Ich werde Posten vor dein Haus stellen. Und ab morgen lasse ich Goldrun von einem Leibwächter begleiten.«

Fulla schloss ihren Mantel enger. »Mit der Stutenmelkerin glaubte dieser Unhold leichtes Spiel zu haben, aber ich vermute, dass er nicht wagt, der königlichen Stallmeisterin etwas anzutun. Viel mehr sorge ich mich … ich meine, solange Zerkon in der Nähe ist, wird sie kaum noch Ruhe finden.«

Ernak nickte, fester schloss er die Arme um sein Kleinod. »Ich schwöre, für alles muss der Narr mir büßen. Bald, sobald sich eine Chance bietet, werde ich dafür sorgen, dass er nie mehr eine wehrlose Frau quälen kann.«

»Du willst …?« Goldrun schluchzte und sah angstvoll zu ihm auf. »Nicht du. Lass ihn vom Großkönig wegjagen, Liebster. So wie damals. Aber ich flehe dich an, kämpfe nicht mit ihm. Zerkon hat viel zu viel Kraft und ist heimtückisch …«

»Ich fürchte mich nicht.« Ernak nahm ihr Gesicht jetzt in beide Hände und flüsterte: »Solange der Zwerg lebt, wirst du nie vergessen können.« Die Lippen berührten beinahe ihren Mund. »Vielleicht aber befreit dich sein Tod von der Angst.« Er küsste Goldrun, löste sich und gab sie in die Obhut der Burgunderin. »Ich muss jetzt gehen.« Schnell wandte sich Ernak ab und eilte hinaus.

»O heilige Mutter, sei uns gnädig!« Goldrun bekreuzigte sich und suchte nach Frau Fullas Hand.

Kurz hinter der Grenze schnappte die Falle zu. Kaum hatte Viglias mit dem Logaden Esla auf der Rückreise ins Hunnenreich die Donau überquert, waren sie von Spähern eingekreist und gestellt worden.

Keve befehligte das Aufgebot. Wortlos schlenderte er am Zug der Lasttiere entlang, kehrte um, prüfend sah er in die Gesichter der beiden Männer und blieb bei dem Dolmetscher, dabei glättete er in großer Ruhe seine Bartsträhnen.

Esla schlug die Faust aufs Sattelhorn. »Kerl! Was nimmst du dir heraus? Ich werde mich an höchster Stelle über dich beschweren. Ich werde …«

»Ist ja gut, Herr.« Ohne ihn anzublicken, sprach er leise weiter. »Mach was du willst, aber jetzt hältst du dein Maul.« Erschreckt verschluckte der Logade den Protest.

Viglias fuhr sich mit dem Finger unter den Kragen, die wimpernlosen Augen irrten umher und mussten doch immer wieder zum Truppführer zurückkehren, schließlich flüchtete er sich in den Angriff: »Ich kenne dich. Ich weiß genau, wer du bist.«

»Dann ist es ja gut.«

»Warum starrst du mich so an?«

Keve blies den Atem aus. »Hab genug gesehen. Wollte nur sicher sein, ob du's verdient hast. Und so ist es auch.«

»Ich verstehe nicht, was du meinst?«

»Egal, Herr. Ich übersetz dir's nicht, wirst es bald selbst merken.« Keve wandte sich an zwei seiner Männer. »Los jetzt. Öffnet die Sattelkisten.«

Esla brachte seltene Gewürze und drei silberne Schalen als Geschenke aus Konstantinopel mit. Obwohl er sich keinerlei Schuld bewusst war, atmete der Adelige erleichtert auf, als der Truppführer von seinem Gepäck abließ. Bei dem Dolmetscher aber fanden die Bewaffneten, versteckt unter Sandalen und Regenumhängen, einen doppelt genähten, prallen Ledersack. Gold!

Keve wog den schweren Beutel mit der Hand. »Schätze mal, da müssen um die hundert Pfund drin sein. Hab ich Recht?«

»Ich genieße den Schutz eines Gesandten!« Vor Erregung verkrallte Viglias die Finger in den Mantelstoff. »Meine Habe darf nicht angetastet werden.«

Da feixte Keve, war in drei Schritten neben ihm, sein Arm zuckte nach oben, und er riss den schmalbrüstigen Goten aus dem Sattel, warf ihn wie eine Puppe ins Gras. »Gerede nutzt dir bei mir nichts. Spar's dir auf, bis du gefragt wirst. Ich nehm das Gold mit. Und dich auch.«

Der Raum war kahl, der Boden gestampfte Erde. Drei Hocker. Auf dem Tisch davor lag eine Peitsche. Die Wände bestanden aus rohen Brettern. Viglias ging hastig auf und ab; ohne Unterlass bewegte er die Lippen, suchte nach Erklärungen und vermochte keine zu finden. Die Tür sprang auf. Bei dem Geräusch taumelte er rückwärts gegen den Tisch und konnte sich gerade noch aufrecht halten.

»Soll das die Begrüßung für den Großkönig sein?«, erkundigte sich Onegesius mit eisiger Stimme und verwies ihn zur Mitte des Raums. »Bewahre den gebührenden Abstand.«

Erst nachdem sich der Gote entfernt hatte, erging die einladende Geste zum Flur. »Der Großkönig des Hunnenreiches!«

Leicht in den Schultern wiegend trat Attila ein und ließ sich auf dem mittleren Hocker nieder. Ihm folgte Orestes; ohne den Kopf zu heben, nahm er an der schmalen Seite des Tisches seinen Platz ein, legte sorgsam Wachstafel und Griffel vor sich hin.

Quälend lang dehnte der oberste Ratgeber nun die Pause, ehe er mit der Förmlichkeit fortfuhr: »Mein Fürst. Vor dir erschienen ist der Dolmetscher Viglias, ausgestattet vom oströmischen Hof zu Konstantinopel mit allen Rechten eines Gesandten. Die Audienz ist eröffnet.« Würdevoll setzte sich der oberste Ratgeber zur Rechten seines Großkönigs.

Attila schnippte dem Goten. »Jetzt du.«

Eine tiefe Verneigung. Keinen Wohlklang vermochte Viglias seiner Stimme zu verleihen. »Großmächtiger, gottgleicher Herrscher, möge die Sonne …«

Der Peitschenstiel knallte auf den Tisch. »Genug!«

»Aber ich … Um Vergebung, ich bitte um Vergebung.« Der

Gote presste die Handflächen zusammen. »Warum hier? Warum nicht im Palast?«

Onegesius hob nur leicht die Brauen. »Der Saal ist gedacht für den Empfang vornehmer ausländischer Würdenträger. Allem Anschein aber nach haben wir Schmutz und Übles von dir zu erwarten, deshalb ist dieses leicht zu reinigende Verhörzimmer in den Unterkünften der Leibgarde sicher geeigneter für das Gespräch.«

Schweiß nässte dem Goten die schmale Oberlippe. »Ich genieße den Schutz …«

Wieder unterbrach ihn das Aufschlagen der Peitsche. Attila nickte und sagte sanft, beinah versöhnlich: »Sei unbesorgt. Gib mir nur eine befriedigende Antwort. Dann musst du dir keine Sorgen machen. Also: Warum hast du diesen Goldschatz mitgebracht? Mehr will ich gar nicht wissen.«

Der milde Ton schien Viglias wie ein rettender Strohhalm, und die Gründe sprudelten nur so aus seinem Mund. »O großmächtiger, gnädiger Herrscher. Das Gold? Ich benötige es für mich und die Führer der Tragtiere, falls uns der Proviant während der langen Reise ausgeht, falls wir Verluste an Mauleseln oder Pferden haben. Außerdem ist ein Teil der Summe gedacht als Lösegeld für Kriegsgefangene. Viele Römer haben mich angefleht, ihre geliebten Verwandten aus der hunnischen Knechtschaft freizukaufen …«

Attila senkte den Peitschenstiel, gleich riss er ihn wieder hoch, und die lange Schnur zischte nach vorn, der Knall entlud sich über dem Kopf des Goten.

»Hundsfott! Hundert Pfund Gold? Das ist weit mehr, als du benötigst, um Nahrung und Tiere zu besorgen. Selbst der Loskauf von Gefangenen würde nicht einmal die Hälfte verschlingen.« Erneut züngelte die Peitschenschnur nach Viglias, verfehlte den Hals nur um Fingerbreite. »Und habe ich nicht ausdrücklich befohlen, dass von keinem einzigen Mitglied der römischen Delegation etwas in meinem Lande gekauft werden darf?«

»Vergessen. Diese Anordnung habe ich vergessen. Vergib, Herr.« Viglias rang die Hände über dem Kopf. »So glaube mir doch. Alles was ich sagte, entspricht der reinen Wahrheit.«

Attila wölbte die Unterlippe vor. Quer über dem Stirnwulst stand die Zornesader. Er nickte; Onegesius klatschte dem obersten Schreiber; gleich öffnete Orestes die Tür. »Es ist soweit«, sagte er und kehrte auf seinen Platz zurück.

Zwei Elitekämpfer betraten den Raum, breiteten wortlos vor Viglias einen verdreckten Filzteppich aus, in die Mitte setzten sie einen Hackklotz, dann bezogen sie Posten an der Wand. Verständnislos sah der Gote auf das hüfthohe Baumstück, als er begriff, wich ihm alles Blut aus dem Gesicht, kaum gehorchte seine Stimme noch. »Allmächtiger Großkönig, ich …« Viglias brach ab, seine Augen weiteten sich, er schrie und wehrte mit den Händen, als wollte er eine Erscheinung vertreiben. Ein junger Mann wurde ins Verhörzimmer gestoßen. Die Hände waren ihm auf den Rücken gebunden. Gleich folgte Keve. Grob zwang er den Gefangenen vor dem Klotz auf die Knie.

»Rotas«, stammelte der Gote fassungslos. »Mein Sohn. Mein geliebter Sohn.«

Ohne jede Hast packte Keve ins Haar des kaum sechzehn Winter alten Jungen, sein Messer blitzte und die Locken fielen, das Genick war nackt.

Onegesius hob die Hand. »Warte noch.« Er wandte sich an den Dolmetscher. »Um spätere politische Verwicklungen zu vermeiden, sei vorsorglich darauf hingewiesen, dass mein Großkönig sehr wohl das Sonderrecht eines Gesandten achtet. Aus diesem Grunde bleibst du unbehelligt. Der Sohn aber wird für den Vater büßen, weil du uns verschwiegen hast, wozu und für wen das Gold bestimmt ist.« Er gab dem Truppführer das Zeichen, mit der Hinrichtung fortzufahren.

Ein leises helles Schaben; das Schwert glitt aus der Scheide. Unvermittelt trat Keve seinem Opfer in den Bauch. Vor Schmerz krümmte sich Rotas über den Klotz, würgte. Die breite Klinge schwang hoch.

»Nein!« Viglias fiel neben dem Sohn nieder. »Ich habe gelogen! Verschone meinen Jungen. Ich habe gelogen! Das Gold … Es ist der Lohn für die Mordhelfer.«

Erneut wurde der Truppführer zurückgehalten. Das Schwert sank. Gleichmütig zog sich Keve einen Schritt zurück, behielt die blanke Waffe aber in der Faust.

Attila stützte beide Arme auf den Tisch. »Rede, Kerl.«

Unter Tränen und Schluchzen gestand der Dolmetscher, er nannte Chrysaphius als Rädelsführer des geplanten Attentats auf den Hunnenkönig, beschuldigte Kaiser Theodosius der Mitwisserschaft, er verriet Edekon und bezichtigte sich selbst. »Großmächtiger Herrscher.« Viglias rutschte auf Knien näher zum Richtertisch. »Verschone meinen Sohn. Töte mich. Lasse mir von deinem Folterer das Herz aus der Brust schneiden …« Er wimmerte, sah sich nach dem Jungen um; wie schon geschlachtet lag der immer noch reglos über dem Klotz, und lauter brach die Verzweiflung aus dem Vater. »Doch hab Erbarmen mit diesem unschuldigen Leben.«

»Schweig.«

Zu große Not aber betäubte das Ohr. »Mich hat der versprochene Reichtum geblendet, meine Gier …«

Die Peitschenschnur züngelte, legte sich um den Hals des Goten und würgte ihn. »Dein Gejammer langweilt mich.« Attilas Arm ruckte zurück, und Viglias schlug bäuchlings vor ihm auf den Boden. »Der Schwerttod ist zu ehrenvoll für dich.« Blau angeschwollen prangte die Ader auf der königlichen Stirn. Nur mit Mühe beherrschte Attila noch seine Stimme. »Wie einer giftigen Schlange sollte dir der Kopf zertreten werden. Aber weil du dieses Mal die Wahrheit gesprochen hast, wirst du … wirst du in Fesseln gelegt. Und du bleibst mein Gefangener.« Attila beugte sich leicht vor; als sei er der Sache überdrüssig, stützte er die Stirn auf die Fingerkuppen und schirmte das Gesicht mit beiden Händen ab. »Dein Sohn Rotas wird nach Konstantinopel reisen …« Er hüstelte, atmete durch den Mund und benötigte Zeit.

Onegesius sah das Blut, es floss aus der Handfläche, es sickerte in den Ärmel. »Soll ich fortfahren?«, flüsterte er.

Ein unmerkliches Kopfschütteln und ohne die Haltung zu verändern, sprach Attila jetzt kraftvoller: »Rotas wird weitere fünfzig Pfund Gold von diesem Eunuchen verlangen als Lösegeld für dich.«

Blut rann unter dem Fingerschirm vor und bildete eine Lache auf der Tischplatte. »Zwei zuverlässige Männer meines Hofes werden deinen Sohn zu den Römern begleiten. Und jetzt weg mit dir.«

Kurz vergewisserte sich Onegesius. Bisher hatte niemand im Raum die Unpässlichkeit des Herrschers bemerkt: Der Sekretär war noch mit der Niederschrift beschäftigt, die Bewaffneten starrten zur Wand, Truppführer Keve hatte nur den Richtklotz im Blick. Daneben kauerte der Junge wie ein verängstigtes Tier, und sein Vater lag mit dem Gesicht nach unten, so hatte er den Richterspruch entgegengenommen.

Onegesius stellte sich vor den Tisch, verdeckte die Sicht auf seinen König und befahl mit scharfer Stimme: »Werft den Verräter ins Erdloch. Bewegt euch. Bis zur Abreise bleibt sein Sohn bei den Geiseln. Schnell!« Die beiden Elitekämpfer schleiften Viglias hinaus.

Keve steckte das Schwert zurück. Er berührte mit seinem Finger nur leicht den Nacken des Jungen. Da schrie Rotas, floh vor ihm davon, und feixend schlenderte Keve hinterher.

»Orestes. Du holst den Schamanen. Keine Fragen jetzt. Gehorche.«

Als sie allein waren, nahm Onegesius seinen Schultermantel ab und legte ihn zusammengerollt auf den Tisch. »Mein Fürst.« Sorge, mitfühlender Schmerz furchten die Stirn. »Vielleicht solltest du ausruhen. Gleich hier.«

Attila ließ die Hände sinken. Zäher schwarzroter Schleim hatte Lippen, Wangen und das Kinn überzogen, und immer noch liefen spärliche Blutrinnsale aus den Nasenlöchern. »Guter Freund, wenn ich in dein Gesicht sehe, dann weiß ich, wie meines aussieht.« Als Onegesius um Fassung rang, schloss er halb die Lider. »Warum verstehst du meine Scherze nicht? Der heftige Druck ist vorüber. Mir geht es besser.«

»Welches Unheil bedroht dich? Vielleicht sollten wir statt Gold den besten Medicus von Konstantinopel fordern.«

Jetzt lachte Attila müde. »Du erstaunst mich. Wo bleibt das stets wachsame politisches Gespür?«

»Verzeih, bei deinem Anblick schlug mein Herz einen Augenblick lauter als der Verstand. Es ist wahr, niemals darf das Gerücht über eine Schwäche oder gar eine Krankheit von dir Verbreitung finden.« Onegesius ließ sich neben seinem Fürsten auf den Hocker sinken, leise setzte er hinzu: »Und wenn alle Siege errungen sind? Wenn dein Ruhm bis zu den Sternen reicht? Was nützt es, wenn du diesen heimtückischen Feind in dir nicht auch bezwungen hast? Mein Fürst, wir …«

»Schluss!« Hart griff Attila nach dem Handgelenk des Griechen. »Du bist mein Ratgeber, nicht aber mein Schamane. Also kein Wort mehr. Ich bin nicht alt. Auch nicht krank. Im Gegenteil, mein Körper hat mehr von dem roten Saft, als er benötigt, deshalb gibt er hin und wieder davon ab. Das genügt.«

Die lange Hutfeder schaukelte mit dem gemächlichen Gang des Pferdes.

Seit sie vorhin vom Haus des Edekon losgeritten waren, starrte Ernak unverwandt auf dieses leichte Wippen über dem großen Kopf. Er durfte sich nicht vorzeitig verraten. Erst als sie zur Straße in Richtung Westen abbogen und ihm vor den Jurten einige Frauen freundlich zuwinkten, ging sein Herzschlag ruhiger, und er senkte den Blick, wagte aus den Augenwinkeln das dunkle Gesicht und die Gestalt rechts neben sich zu beobachten. Der Zwerg hatte den Überwurf fest geschlossen, die kreuzweise gebundenen Riemen der Sandale schnürten ihm die Wollhose ans kurze, muskelbepackte Bein. Ob er eine Waffe trug, war nicht festzustellen.

»Schöner Prinz?« Zerkon sprach verhalten, als betrete er ein Schlafgemach. »Wache endlich auf.« Er deutete zum Himmel. »Der Morgen ist zwar neblig grau und etwas frisch, ich gestehe es, aber wir unternehmen einen Ausflug in die freie, wilde Natur, und ein schönes Gespräch unter Männern könnte den Tag erhellen.«

Der Sprachwitz erschreckte den jüngsten Sohn des Großkönigs, und weil er nichts dagegenhalten konnte, sagte er spröde:

»Warte noch. Der Kommandant bat mich, dein Anliegen vertraulich zu behandeln. Hier gibt es noch zu viele Ohren.«

Zerkon hob entschuldigend die Hand, und beide verstummten wieder.

Sechs Wochen waren seit dem Festgelage vergangen. Stets aufs Neue hatte der Zwerg bei den Sekretären um eine Audienz bei Attila nachgefragt, war aber erfolglos geblieben. Für ihn war der Herrscher nicht zu sprechen.

Er beschuldigte seinen Gastgeber. »Wo ist nun dein großer Einfluss, von dem du in Konstantinopel geprahlt hast? Du hast mich überredet, mit in diese Wildnis zu kommen. Mein hunnisches Weib wolltest du mir zurückgeben. Alles Lüge. In Wahrheit bist du nur ein kleiner Befehlsempfänger.«

»Sag das nicht …« Edekon ballte die Faust. »Auch wenn du in meinem Hause Gastrecht genießt, überspanne den Bogen nicht.«

Sein Besucher aber setzte ihm furchtlos den nächsten giftigen Stachel. »Ist es meine Schuld, dass du zwar aussiehst wie ein Held, in Wahrheit aber ein Schwächling bist? O ich höre schon das vornehme Publikum in Konstantinopel lachen, wenn ich ihnen den Kommandanten der Leibgarde Attilas vorspiele. Etwa so werde ich beginnen.« Zerkon verdrehte die Augen, warf die Oberlippe auf. Wie ein Pfau stellte er sich in Pose. Mit dem Finger spielte er an unsichtbaren Ohrgehängen, dann spuckte er sich auf den Oberarm und wienerte andachtsvoll die Armreifen. »Na? Gefällt dir dein Spiegelbild? Und lasse ich dich erst einmal sprechen, werden die Zuschauer weinen vor Vergnügen.«

»Hör sofort auf damit!« Schnell sah sich Edekon um. Die Tür zum Nebenraum war nur angelehnt. »Mein Sohn soll nicht hören, wie du mich lächerlich machst.«

»Besorge mir das Weib, und schon bist du mich los.«

»Warte noch einige Tage.«

Sich direkt an den Herrscher zu wenden, wagte der Kommandant nicht. Gerade hatte er den Verdacht, selbst ein Attentäter zu sein, glücklich ausgeräumt. Außerdem war Attila nicht gut auf ihn zu sprechen, weil er diesen Zwerg wieder an den Hof gebracht hatte. So versuchte Edekon einen der Söhne als Fürsprecher zu gewinnen. Doch die beiden Unterkönige Ellac und Dengizik lehnten ab; auch sie hüteten sich davor, den Vater zu verärgern. »Wie gut ich euch verstehen kann«, seufzte er und fragte, ohne Hoffnung auf Erfolg, dennoch den jungen Prinzen.

Zu seinem Erstaunen war Ernak gleich einverstanden. »Allerdings nur unter einer Bedingung: Ich muss gut vorbereitet sein; sonst sehe ich keine Chance. Dieser Narr soll mir das Bittgesuch persönlich schildern.«

»Danke. Du befreist mich von einer schweren Last.« Und aus Furcht, der Königssohn könnte es sich noch einmal überlegen, hatte Edekon hastig vorgeschlagen: »Ein Ausritt. Da seid ihr ungestört. Gleich morgen, was hältst du davon?«

Ernak war aufgestanden, war rasch durch den Raum gegangen, ohne dass der Kommandant sein Gesicht sehen konnte, hatte er zugestimmt: »Gut, ich reite mit dem Narren. Morgen, in der Frühe«, und beinah tonlos hatte er hinzugesetzt: »Je eher diese Last verschwindet, umso besser.«

Die Zelte der Hauptstadt blieben hinter den Reitern zurück. Noch eine Weile begleitete sie das Kläffen der Hunde, dann waren sie allein.

Leichter Wind blies ihnen entgegen. Nebellaken wallten dicht über der Graslandschaft, da und dort und weiter entfernt reckten sich Sträucher wie ausgefranste Dämonenköpfe aus der Blässe.

Ernak ließ den linken Arm sinken, betastete unauffällig die Schwertscheide; er bewegte seine Schultern, fühlte das Bogenholz und den Köcher; weil er kein Misstrauen erwecken wollte, überprüfte er nicht den Dolch in seinem Gürtel.

Die Hutfeder tanzte, mit kaum vernehmbarem Händeklatschen wandte sich Zerkon an seinen Begleiter. »Befriedige meine Neugierde. Die Männer des Hunnenvolkes sind nicht berühmt für ihr ansprechendes Äußeres, du aber bist eine Ausnahme. Selten sah ich so einen edlen Jüngling. Wem ähnelst du? Nicht deinem Vater, er hat sich mehr in deinen älteren Brüdern fortgepflanzt. Aber dieses lockige dunkle Haar, diese Wimpern…« Er tätschelte wieder seine Handflächen. »Nie hatte ich das Glück, die Königin zu sehen, sollte sie aber deine Mutter …«

»Bezweifelst du etwa …?«

»Bitte, geliebter Prinz, warte, bis ich geendet habe, und genieße meine Bewunderung. Also: Sollte sie aber deine Mutter sein – und niemand bestreitet dies –, so muss sie eine Frau von außergewöhnlicher Schönheit sein.« Der Zwerg belohnte sich selbst, indem er den Hut lüftete und wieder aufsetzte.

Stirnrunzelnd hatte ihm Ernak zugehört. »Warum sprichst du so sonderbar mit mir?«

»Ganz einfach, ich wollte dir eine Kostprobe meiner Weltgewandtheit bieten, damit du weißt, dass nicht nur ein Spaßmacher neben dir reitet, sondern auch ein Mann von Bildung und Lebensart.«

»Du, höflich und gebildet? Das überrascht mich tatsächlich.« Ernak bemühte sich um einen Plauderton: »Denn bei deinem letzten Auftritt war nichts davon zu spüren. Ich konnte nicht ein einziges Mal lachen.«

Der große Kopf zuckte nach rechts, verbarg das Gesicht. Nach einem Atemzug drehte Zerkon sich wieder dem Königssohn zu, breit lächelte sein Mund. »Alle Welt rühmt meine Kunst, im Westen ebenso wie im Osten. Du bist noch sehr jung, und sei glücklich darüber. Ich aber kenne die Menschen, kenne ihre geheimen Wünsche. Und mein eigener Schatz an Erfahrung ist so groß, dass sich kaum ein Mann mit mir messen kann.«

Wild hieb Ernak seinem Schecken die Fersen in die Flanken und galoppierte den Fahrweg entlang. Hin und wieder blickte er zurück. Der Zwerg bemühte sich zu folgen, lag tief über dem Hals und spornte das Pferd mit der Faust an.

Jetzt verließ Ernak die Straße, ritt durch ein Nebeltuch, war wieder ganz zu sehen, tauchte erneut in den aufsteigenden Dunst, weiter hetzte er seinen schwarz und weiß Gefleckten, und Zerkon jagte ihm hinterher. Erst nach gut einer halben Stunde zügelte der Königssohn das Tempo und ließ den Wallach traben.

Bald schon holte der Zwerg auf. Während er seinen Hut abnahm, den Halt der Feder überprüfte, benetzte er ausgiebig Ober- und Unterlippe. »Warum dieses Wettspiel?«

»Nur ein kleiner Scherz.« Ernak lachte unbeholfen. »Ich wollte sehen, ob du auch im Sattel so geschickt bist wie … na, eben wie bei anderen Dingen. Ich meine, wenn du mit dem Publikum spielst …« Er schüttelte über sich selbst den Kopf. »Ich wollte sehen, ob du reiten kannst. Und jetzt weiß ich es, auch von dieser Kunst verstehst du sehr viel.«

»Ich bin eben Zerkon«, schmunzelte der Narr geschmeichelt. »Der große Zerkon.«

Gleich lockte ihn Ernak weiter. »Sind auch Frauen von deiner Kunst begeistert?«

»Weiber? Wenn sie mir zusehen, verstecken sich die meisten hinter einem Schleier. Aber später …« Die Zungenspitze züngelte zwischen den geöffneten Zähnen. »Geil sind sie alle nach mir. Ja, da staunst du, gerade weil ich ein Zwerg bin, aber nicht nur deswegen, sondern weil ich ihnen noch was Besonderes zu bieten habe. Und ich bekomme alle, die ich will: adelige Römerinnen, Gotenweiber, Vandalenweiber …«

»Aber wenn du so viele Frauen haben kannst, warum forderst du von meinem Vater unbedingt die Herausgabe deiner Gemahlin?«

»Weil sie mir gehört. Das Weib ist mein rechtmäßiger Besitz. Großkönig Bleda hat mir die Frau geschenkt.«

»Nur deshalb?«

Zerkon sah ihn an. »Du wirst mir doch wirklich helfen?« Er wartete das Nicken ab. »Gut, junger Prinz. Dann überlegen wir nachher gemeinsam, wie du am besten meine Bitte vorträgst, Satz für Satz. Jetzt aber …« Glanz überzog die vorstehenden Augen, in seinem Blick spiegelte sich rohe Wollust. »Im Vertrauen, so von Mann zu Mann, will ich dir gestehen, es macht mir Spaß, die Weiber aus möglichst vielen Ländern zu testen. Ich sammle sie und spieße sie wie Kröten mit meinem Prachtkerl auf.«

Ernaks Kinnmuskeln verhärteten sich, er schloss und öffnete die Fäuste.

Doch der Spaßmacher nahm es nicht wahr, immer mehr geiferte

er sich in Begeisterung. »Und warum ich diese Hunnin zurückhaben muss? Ach, Prinz. Das Weib schreit nicht wie die anderen. Verstehst du, ich kann ihr meinen ganzen Schwanz reinschieben … und glaub mir ausgefahren, ist er so lang und dick wie der von einem Hengst … aber kein Gejammer. So eine Stute hab ich vorher noch nie bestiegen.«

Ernak war blass geworden. »Du sammelst … aus verschiedenen Volksstämmen …«

»Aber ja doch. Zerkon kennt die Welt und hat seinen Schwanz schon fast überall in die nassen, fleischigen Löcher gesteckt. Kaum eins fehlt mir noch … Da fällt mir ein …« Er kicherte, schlug sich auf die Schenkel, dann deutete er nach Westen. »Liegt dahinten nicht irgendwo euer Zuchtgestüt?«

»Das stimmt«, flüsterte Ernak.

»Mein ich doch«, lärmte Zerkon genüsslich. »Also da hätte ich damals beinah eine junge Burgunderin erwischt. Ich hatte das kleine rothaarige Biest schon in der Stallecke. Was die für Augen machte, als ich ihr meinen harten Freund vorstellte. Zur Begrüßung sollte sie ihn lutschen … Aber leider, leider …« Der mächtige Brustkorb hob und senkte sich. »Diese verdammte Verwalterin kam dazwischen. Gibt es den Drachen noch? Auch würd ich zu gern wissen, was aus dem rothaarigen Biest geworden ist?«

»Ich sag es dir.« Ernak legte den rechten Arm langsam über den Sattelsteg, seine Hand tastete sich weiter zum Schwertgehänge vor. »Oberin Tarcal leitet immer noch das Gestüt.« Die Finger umschlossen den Griff der Waffe. Atem fehlte, um ruhig zu bleiben. Ernak schluckte, halb öffnete er den Mund, die Lippen setzten zweimal an. »Und … und meine Goldrun –« Er brach ab.

Doch zu spät. Der Zwerg stand schon auf dem Sattel. Ernak zerrte an seiner Waffe. Zu langsam. Ehe das Blatt halb aus der Scheide fuhr, sprang Zerkon in einem gewaltigen Satz zum Schecken hinüber. Beide Füße trafen den Königssohn mit voller Wucht ins Gesicht. Er kippte zur Seite, noch im gemeinsamen Sturz hatte sein Gegner ihm den Bogen von der Schulter gezerrt. Hart schlug Ernak mit der Schläfe auf, drehte sich benommen um, da federte der Spaßmacher hoch und landete auf seiner Brust. Gleich stampfte er, stampfte die Fersen in die Rippen, in den Bauch. »So ist das also: ›meine Goldrun‹.« Böse lachte er. »Ich habe begriffen, die rothaarige Hure gehört dir.«

Ernak keuchte, würgte, wand sich unter den harten Tritten.

»Du redest so undeutlich.« Mit vergnügtem Gekicher hüpfte Zerkon von seinem Tanzboden; eine Pferdelänge entfernt stemmte er beide Fäuste in die Seiten des unförmigen Körpers. »Nun sag doch was, schöner Prinz.«

Ernak raffte sich hoch, konnte stehen, als er sich ganz aufrichten wollte, verzerrte er das Gesicht, musste dem heftigen Schmerz in der Brust nachgeben und starrte halb nach vorn gekrümmt den Feind an. »Du bist es nicht wert… ihren Namen auszusprechen.«

»Aber, aber, sei nicht so streng. Ich habe deiner, wie hieß die burgundische Hexe noch, ach ja, ja, Goldrun, ich habe deiner Goldrun doch bloß meinen prachtvollen Spaßmacher gezeigt.«

Ernak ließ ihn nicht aus den Augen, langsam befreite er sich vom Köcher, warf den Mantel ab, mit jeder Bewegung wurde er sicherer und etwas von seiner Kraft kehrte zurück. Er zückte das Schwert. »Ich werde dich töten.«

»Oh, da fürchte ich mich. Hab Erbarmen und warte einen Augenblick.« Schwungvoll entledigte sich der Zwerg seines Umhangs und wirbelte ihn um den linken Unterarm, kurz steckte er die linke Hand in den Gürtel; als er sie herauszog, steckten seine Finger in einem eisernen, mit vier Dolchspitzen bewehrten Ringkranz. »Ein Spielzeug«, säuselte er. »Ich habe es aus meiner Heimat im fernen Afrika mitgebracht. Ein schönes Spielzeug.« Unvermittelt jagte er los, überschlug sich in der Luft, setzte auf und mit dem nächsten Satz zuckten die scharfen Dornen nach dem Gesicht des Königssohns. Rechtzeitig wich Ernak aus, schlug mit dem Schwert, doch der Hieb fuhr ins Leere; er wirbelte herum, schon griff der Widersacher erneut an; Ernak stieß nach ihm, traf aber nicht. Zerkon rollte unter der Klinge seitwärts von ihm weg und stand außerhalb der Reichweite des Schwertes mit feixendem Maul da. »Hab ich dir gesagt, dass Zerkon unbesiegbar wie ein Riese ist?« Er spuckte in

Richtung Ernak. »Weißt du, Prinz, ich darf dich nicht schlachten wie ein Schwein. Weil mich dein Vater dann ans Kreuz schlägt.« Er steckte den Ringkranz umständlich zurück in den Gürtel.

Diesen Moment nutzte Ernak und stürzte auf ihn zu. Jedoch der Narr war nicht mehr an derselben Stelle. »Hier oben bin ich, Kleiner.« Ernak riß den Kopf herum. Der Unhold federte an seinem Gaul hoch, schritt durch die Luft, kurz berührte eine Sandale den Sattel, dann tauchte er auf der anderen Seite nieder. »Deshalb Prinz, werde ich dich zunächst einmal halb totschlagen, ohne deine schöne Haut zu verletzen.«

Ernak klatschte dem Pferd auf die Kruppe, erschreckt galoppierte es davon. »Du entkommst mir nicht.« Endlich war er dem Feind nahe genug. Mit beiden Händen fasste er den Schwertgriff. Zerkon rannte nicht davon, konnte aber jedem Hieb ausweichen, dabei verlor er den Federhut. Trotz der Gefahr bückte er sich danach. Ernak nutzte die Chance, holte aus, um einen gewaltigen Schlag über Kopf zu führen, war noch hochgereckt, da sprang ihn der Zwerg von unten an, stieß ihm den riesigen Kopf gegen Hals und Kinn.

Der Königssohn verlor das Gleichgewicht und stürzte rücklings zu Boden. Gleich wurde ihm das Schwert aus der Hand getreten, der Dolch aus dem Gürtel gerissen; sofort kniete sich der Zwerg auf beide Arme des Opfers, und wie Krallen eines Raubtieres schlossen sich die Finger um den Hals.

»Warum unterbrichst du mich ständig?«, flüsterte ihm Zerkon ins Ohr. »Was wollte ich denn doch sagen? Ach ja, nach und nach zerquetsche ich alles in dir, deine Lunge, die Gedärme, zuletzt deine Hoden. Und liegst du dann ohnmächtig da, schlage ich dir mit einem Stein den Schädel auf. Dann heule ich, und bei meinem Geschrei wird mir jeder glauben, dass du vom Pferd gefallen bist und leider mit dem Kopf auf diesen Felsbrocken.«

Ernak wand sich, versuchte den Unhold abzuwerfen, vergeblich; es blieb ihm nur so viel Luft, dass er nicht erstickte. Dann erschlaffte seine Gegenwehr. Zerkon ließ von ihm ab, zog ihn an den Locken halbhoch und ohrfeigte das Gesicht. »Verdirb mir nicht den Spaß.« Schlag auf Schlag folgte. »Du darfst noch nicht müde werden, kleiner Prinz.«

Ernak ballte erschöpft die Faust und traf die Seite des massigen Brustkorbs. »Ich … ich töte dich.«

»So gefällst du mir.« Ohne die Locken loszulassen, schlug Zerkon mit der flachen Hand so lange auf den Kopf, bis er das Haarbüschel ausgerissen hatte. Noch während Ernak zurück ins Gras sank, winkelte der Zwerg den rechten Arm und hieb dem Stöhnenden seinen Ellbogen in die Rippen über dem Herzen, immer wieder, heftiger; er nahm sich den Unterleib vor, wie im Rausch quoll ihm der Geifer aus den Maulecken, und ohne jedes Erbarmen quälte er weiter.

Kein Laut mehr, nur Flüstern kam Ernak von den Lippen: »Ich … ich … töte dich.« Dann lag er still.

Erst nach einer Weile bemerkte Zerkon, dass sein Opfer sich nicht mehr rührte. »Nein, immer noch zu früh. Wir haben längst noch nicht alle Scherze ausprobiert. Du musst wach werden, Prinz.« Der Zwerg stellte sich breitbeinig über ihn, griff sein schweres Glied aus der Hose und bepisste das Gesicht.

Ernak schlug die Lider auf. Der Strahl traf seinen Mund, er warf das Gesicht hin und her, entkam nicht, musste die Schmach erleiden. Hilflos rutschten seine Arme übers Gras, die Finger der rechten Hand berührten den Hut, er verkrallte sich in den Filz, spürte die Feder, sie zerknickte, und er hatte den Kiel in der Faust.

»Na, da staunst du, mein Prinz.« Zerkon winkte ihm mit dem tropfenden Schwanz, ehe er ihn wegsteckte.

»Du … du hast …«, tonlos flüsterte Ernak weiter.

»Was sagst du?« Zerkon beugte sich dicht über das geschundene Gesicht.

»Du hast noch nicht …«, wiederholte Ernak; ein wildes Aufbäumen und er stieß dem Widersacher den spitzen Kielschaft tief ins rechte Auge.

Der Schrei gellte zum Himmel. Zerkon fiel auf die Knie, warf den riesigen Kopf in den Nacken, presste die Hände gegen die Schläfen und brüllte.

»… gesiegt!« Mühsam richtete sich Ernak hoch, blickte sich um, suchte, und endlich entdeckte er sein Schwert. Die Zeit verlangsamte sich. Wie auf einer Nebelbank kroch er hinüber, sank ein, wollte nicht aufgeben und erreichte die Waffe. An ihr stemmte er sich hoch und wankte zurück. Immer noch schrie Zerkon, glasig blutiger Schleim floss ihm aus der Augenhöhle. Ernak stellte sich hinter ihn, wuchtete das Schwert mit beiden Händen hoch, schwang es weit zurück und schlug zu; die Klinge spaltete den Kopf bis zu den wulstigen Lippen.

Der Zwerg verstummte, sein Körper aber kippte nicht.

»Ich … Meine Liebste, du brauchst jetzt nie mehr …« Ernak versagten die Knie. Als er im Gras lag, murmelte er: »…nie mehr Angst …« Dann tauchte er wieder in den Nebel ein.

Leise, fast behutsam war der Bote eingetreten, sagte nichts und wartete. Er trug noch den Reitmantel, das Tuch gegen Wind und Staub hing ihm schweißverdreckt um den Hals, die Haut auf seinem kahl geschorenen Kopf glich einer schmutzigen Kappe.

In der Palastkanzlei herrschte Stille. Angestrengt beugten sich die drei Sekretäre Attilas über ihre Schreibpulte, sie prüften Zahlen und übertrugen Listen von Wachstafeln auf das Pergament. Endlich blickte Orestes auf, erstaunt bemerkte er den Besucher in römischer Kleidung. »So spät im Jahr noch? Armer Kerl, das Reisen muss bei den Stürmen sehr beschwerlich sein.« Er rieb sich die Stirn. »Aber … Nein, ich irre mich nicht. Es ist keine Delegation angekündigt?«

»Ich bin mit den Fernhändlern geritten.« Die knabenhelle Stimme und der weiche Tonfall passten wenig zur kraftvollen Statur. »Meine Mission ist dringend und duldet keinen Aufschub. Deshalb musste ich trotz des schlechten Wetters von Konstantinopel aufbrechen. Und jetzt bin ich hier. Meldet mich beim Großkönig.«

Verblüfft ließen Rufus und Constantius die Schreibkiele sinken. Orestes unterdrückte ein Schmunzeln. »Du bist zwar im Lande der Barbaren, aber auch hier an unserm Hof gibt es Vorschriften und Regeln. Ich könnte dich für nächste Woche zur öffentlichen Anhörung eintragen. Zwei Stunden nimmt sich dann unser Herrscher Zeit für die Sorgen und Bitten des Volkes. Ob du allerdings als Fremder zu Wort kommst, hängt nicht von mir, sondern vom Glück ab.«

Der Bote schüttelte den Kopf. »Mein Auftrag ist von größter Wichtigkeit.«

»Wer schickt dich?«

»Meine Herrin.«

Leicht verärgert ging Orestes auf ihn zu, unvermittelt roch er die strenge Ausdünstung und bewahrte Abstand. »An Ratespielen habe ich kein Interesse.«

»Entschuldige. Die Mission ist wirklich sehr heikel. Ich möchte keine Fehler machen. Nur so viel kann ich verraten: Der Name meiner Herrin lautet: Justa Grata Honoria.«

»Die Schwester des weströmischen Kaisers? Ich warne dich, für Spaßmacher ist das Klima hier sehr gefährlich. Erst vor einem Monat ist Zerkon, der berühmte Narr, bei einem Jagdunfall umgekommen. Glaub mir, für Scherze ist hier der falsche Ort.«

»Bitte, du musst mir glauben.« Der Bote zog einen schmalen ledernen Briefköcher aus dem Gürtel. »Dieses Schreiben von ihr soll ich dem Großkönig überbringen.«

Orestes sah ihn verunsichert an, blickte zu den beiden anderen Sekretären. Sie zuckten nur die Schultern. Dann hatte er sich entschieden. »Warte hier.« Er verließ die Kanzlei durch eine Nebentür und kehrte wenig später in Begleitung des obersten Ratgebers zurück.

»Nun sag, was du zu sagen hast.«

Formvollendet verneigte sich der Fremde. »Glück und Segen, hoher Herr, wünscht dir der Eunuch Hyacinthus im Auftrag der schönen Justa Grata Honoria. Ich bin erster Kammerherr der Augusta, hergesandt ins Hunnenreich …« Die strahlende Stimme geriet ins Stocken, Röte überzog das glatte Gesicht. »Verzeih, dieser Teil meiner Rede ist für die Ohren des Großkönigs bestimmt.«

Aus nasensicherer Entfernung musterte Onegesius den sonderbaren Kurier. »Besitzt du ein Geleitdokument der kaiserlichen Kanzlei?«

»Gott bewahre!«, hauchte Hyacinthus und deutete mit einer weichen Geste auf den ersten Schreiber. »Ich vergaß ihm zu sagen, dass außer mir niemand am Kaiserhof in die Mission eingeweiht ist.«

Onegesius hob die Brauen. »Werter Kammerherr. Ich bilde mir ein, über genügend diplomatische Erfahrung zu verfügen, um selbst kleinste Andeutungen richtig einzuschätzen.« In seinen Augenwinkeln spielte ein Lächeln. »Jedoch bleiben mir deine Worte bisher hinter einem Schleier verborgen. Wenn du zum König möchtest, so musst du mich zuvor in deinen Auftrag einweihen.«

»Ich habe geschworen …« Hyacinthus presste den Briefköcher an die Lippen, nach einem tiefen Seufzer fuhr er sich mit der Hand über den nackten Schädel. »Könnte ich dir … Ich meine, nur dir …« Er begann von neuem. »Erlaube, dass ich dir das Geheimnis zuflüstere. Dann urteile selbst, ob ich mich richtig verhalten habe.«

Onegesius zögerte. Zwar erheiterte ihn das ungeschickte Verhalten, jedoch fürchtete er den Geruch. Um die Sache aber nicht länger hinzuziehen, musste sich sein erster Schreiber außer Hörweite begeben, dann winkte er den Eunuchen näher und lieh ihm sein Ohr. Hyacinthus sprach, hielt immer wieder den Lederköcher zum Beweis hoch, steckte ihn zurück in den Gürtel und nestelte ein kleines elfenbeinernes Kästchen aus der Innentasche seines Ärmels. Kurz gewährte er dem Ratgeber einen Blick hinein.

Onegesius trat einige Schritt beiseite, seine Stirn furchte sich, glättete sich wieder, er tippte die zusammengelegten Hände gegen die Lippen, schnell spielten die Fingerkuppen, endlich hatte er sich gefasst. »Dieser Auftrag bedurfte wahrlich höchster Verschwiegenheit. Folge mir. Unverzüglich sollst du meinem Großkönig davon Kenntnis geben.«

Unterhalb des Palasthügels, nah dem Wehrzaun, hatte Attila ein großräumiges, eckiges Zelt errichten lassen. Dorthin zog er sich zurück, wenn er mit dem aus Gallien geflüchteten Bagaudenführer Eudoxius über den Westen sprechen wollte. Kein bloßer Traum mehr. Unter den geschickten Händen des Arztes war im hinteren Bereich eine begehbare Karte auf dem Bodenfilz entstanden. Ein breites blaues Stoffband zeigte den Rheinverlauf, kleine und größere Häufchen aus Goldstücken markierten die reichen Städte an den Ufern des Flusses: Köln, Mainz, Straßburg. Von der Moselmündung bei Koblenz schlängelte sich ein schmaleres Band zwischen Berghöhen, aus Erde geformt, nach Westen bis zu einigen Türmen aus Münzen. Dort stand Eudoxius und blickte den Großkönig am Rande der Karte an. »Das Moseltal wird sehr eng für die Truppen werden. Trier aber kann sich sicher nicht lange gegen deinen Ansturm halten. Und hast du diese Stadt erst einmal eingenommen …« Die vielen Zöpfe wippten um den Kopf des Bagauden, er wies mit einem Stecken auf die breiten Kiesspuren in Richtung Metz, Orléans und Paris. »Dann stehen dir gut ausgebaute Straßen der Römer zur Verfügung …« Ein Räuspern draußen vor dem Türfilz unterbrach ihn.

Ärgerlich wandte sich Attila um; als er seinen Ratgeber eintreten sah, drohte er: »Wehe dir, du bringst Arbeit aus der Kanzlei. Erinnere dich, Freund. Ich habe befohlen, dass ich heute nicht mit irgendwelchen trockenen Problemen belästigt werden möchte.«

»Nie würde ich wagen«, ein langer Blick zur Karte und zum Bagauden hinüber, »deine Mußestunde zu stören, hätte sich nicht Unglaubliches angekündigt. Du weißt, mir gelingen Scherze nicht, dennoch erlaube, dass ich ein Wortspiel wage: Dieses Problem ist wahrhaft kein trockenes.«

»Heraus damit.«

Onegesius schüttelte den Kopf. »Nicht ich. Darf ich den Boten aus Konstantinopel hereinrufen?«

»Gold? Bringt er die fällige Tributzahlung?«

»Mehr als das, mein Fürst.«

»Er soll vortreten. Und solltest du mir zu viel versprochen haben, dann werde ich dich zur Strafe mit einigen meiner Scherze erfreuen.«

Onegesius klatschte drei Mal.

Vorsichtig schob sich der Eunuch durch den Spalt zwischen den schweren Vorhängen. Er sah Attila, glitt fünf Schritte auf ihn zu und verneigte sich; tiefer noch als der nackte Kopf schwang sein Arm im Bogen hinunter, sodass die Fingerspitzen über den Boden streiften. »Großmächtiger, starker König über zahllose Völkerstämme, im Namen meiner Herrin, Justa Grata Honoria, preise ich dich, du von der Sonne und den Sternen gleichermaßen geliebter Herrscher. Ich bin der erste Kammerherr der schönen Augusta, hergesandt ins Hunnenreich, um auf ihr Geheiß eine Angelegenheit des Herzens dir zu unterbreiten …«

»Warte.« Mit allen Fingern kratzte sich Attila im dunkelgrauen Haar. »Könntest du auf den Schmuck deiner Rede verzichten. Auch darfst du getrost mit männlicher Stimme zu mir sprechen.«

Da errötete Hyacinthus wieder. Schnell half ihm der oberste Ratgeber: »Verzeih, mein Fürst. Er verfügt nur über diese Tonlage.«

Attila stutzte, dann fasste er sich langsam zwischen die Beine. Abrupt schnappten Zeige- und Mittelfinger wie eine Schere zu. »Ich denke, so grausam wie bei den Römern werden die Sklaven bei uns nicht behandelt. Fahre fort, du Verschnittener, aber komm schnell zur Sache.«

Seiner vorbereiteten Rede beraubt, begann Hyacinthus zu zittern und suchte mit wachsender Unsicherheit nach Sätzen. Schließlich hielt er den Lederköcher wie eine Waffe hoch und forderte tapfer mit heller Stimme: »Großkönig, meine Herrin möchte von dir geheiratet werden! In diesem Brief findest du ihr Werben um deine Hand.« Sprach's und ging mit gestrecktem Arm auf Attila zu. Ehe er aber in den Dunstkreis des Herrschers eindrang, schnappte ihm Onegesius rasch den Brief aus der Hand. »Bleibe stehen.« Der Befehl war mehr ein Schmunzeln. »Sprich von hier aus weiter.«

Der Bote sah nicht zur Seite, gehorchte aber und entledigte

sich auch des zweiten Teils seiner Mission. »Zum Beweis sendet dir meine Herrin ...« Er hielt den Ton an, bis er das Kästchen gezückt und geöffnet hatte, dann fuhr er in gleicher Stimmlage fort: »... ihren goldenen Ring. Und bittet dich, ihn als Geschenk und Unterpfand ihres Heiratsversprechen anzunehmen.«

Ohne dass der oberste Ratgeber auch nur Gelegenheit fand, die kleine Elfenbeinschatulle zu berühren, war Attila bei dem Boten und schnappte das Kästchen an sich. Er griff nach dem Ring. »Und ich dachte, es sei ein Scherz?« Ein Blick zum Griechen. »Unterlass den vergnügten Gesichtsausdruck.« Er fuhr herum. Der Bagaudenführer hatte die Kartenlandschaft Galliens verlassen. Eudoxius stand am rechten Rheinufer, den Stecken geschultert, und obwohl keine Regung seine Gedanken verriet, knurrte der Großkönig. »Beherrsche dich, Gallier. Ich verlange ernsthaftes Nachdenken von euch, bis die Sache aufgeklärt ist.« Ein Schnippen für den Ratgeber. »Was steht in diesem Schreiben. Fass den Inhalt zusammen.«

Onegesius erbrach das Siegel und überflog die Zeilen. »Kein Zweifel, mein Fürst. Das Angebot der Augusta ist deutlich, ich würde sogar sagen: überdeutlich. Nach der herzlichen Anrede beschreibt sie sich als ... nun ja, als erfahrene Frau von beinah dreißig Jahren, welche bei der Schwester des oströmischen Kaisers in strenger Obhut ihr Leben fristen muss und ... wie sie sich ausdrückt, bald vertrocknen wird, wenn du sie nicht aus dem Kerker der Keuschheit befreist. Honoria erwähnt auch ihren Reichtum. Dich selbst nennt sie zum Schluss den lendenstarken Bezwinger, den von ihr angebeteten Bräutigam ...«

»Genug! Ich habe dir jeglichen Spott verboten!«

»Verzeih, mein Fürst.« Der langgliedrige Finger tippte auf die Zeilen. »Soll ich wörtlich zitieren?«

»Nein, verflucht. Nein.« Jäh schloss Attila den Ring in der Faust ein und herrschte den Boten an. »Verschwinde! Aus meinen Augen!«

Leise gab ihm Onegesius mit auf den Weg. »Warte draußen, bis ich zu dir komme.«

In kurzen Hüpfern hastete Hyacinthus rückwärts; kaum berührte sein gebeugter Rücken die Filzplanen, drehte er sich und entschwand.

Der Großkönig schnaubte und lachte zugleich. »Soll ich hier zum Gespött der Welt werden? Ich schicke Werber aus, die mir junge Frauen für eine Heirat besorgen müssen. Und nun werde ich selbst zur Braut gemacht. Da wirbt ein Weib um mich! Was glaubt diese Honoria, wer ich bin? Etwa ein Lustknabe?«

Mit ein paar schnellen Schritten stand Eudoxius neben dem Griechen. »Ohne dir als Ratgeber zuvorkommen zu wollen, darf ich darauf antworten?«

Nur zu bereitwillig nickte Onegsius.

»Großer König der Hunnen! Dieses Heiratsangebot stellt einen wahren Glücksfall dar.« Eudoxius ließ dem Erstaunen genügend Zeit, ehe er ausführte: »Einen Glücksfall für den großen Plan. Denn Justa Grata Honoria ist Mitregentin über das Weströmische Imperium. Und durch eine Heirat mit dir, großer König, bringt sie ihren Anspruch auf die Reichsländer mit ins Ehebett …«

Heftig winkte Onegesius ab. »Du weißt, ich habe mein Sträuben gegen den Plan aufgegeben. Aber dieser Gedanke ist grotesk. Die Folgerung daraus bereitet mir Schwindel.«

Attila hatte die Faust wieder geöffnet, jetzt betrachtete er den Ring mit einigem Gefallen. »Geduld, mein Freund. Lass unsern klugen Medicus aussprechen.«

Die vielen Zöpfe nickten und wippten. »Großer König, da es in deinem Reich erlaubt ist, mehrere Frauen gleichzeitig zu ehelichen, könntest du den Antrag der Honoria annehmen und sofort von Kaiser Valentinian die Herausgabe der Mitgift verlangen.«

Attila lachte auf. »Du meinst … O Bagaude, du bist ein Fuchs. Ich werde vom Weströmischen Reich genau die Hälfte fordern …«

»… und sie nicht erhalten«, schimpfte Onegesius. »Unsere Gesandtschaften werden davongejagt. Und daraufhin …« Die eckigen Schultern zuckten.

»So ist es, mein Freund. Und damit haben wir einen triftigen Grund. Wir müssen erkämpfen, was die Römer mir zu Unrecht vorenthalten. Dies ist Anlass genug für unseren Krieg.« Attila wollte sich mit dem Ring schmücken, doch seine Finger waren zu dick; er legte ihn sich auf die Zunge und lutschte schmatzend daran. »Und nun lies mir doch vor, was meine Braut über mich geschrieben hat.«

»Verzeih, mein Fürst.« Der Grieche zwang sich zu einem Lächeln. »Da du dich entschieden hast, wäre es angebracht, den Boten so schnell wie möglich mit deiner Zusage auf den Rückweg nach Konstantinopel zu schicken. Erlaube mir, dies in die Wege zu leiten.« Er reichte dem Gallier das Schreiben. »Ich bin mir ganz sicher, unser Fuchs wird mich als Vorleser bestens vertreten.« Rasch verließ Onegesius das Zelt.

Draußen winkte er dem Eunuchen mitzukommen. Sie schlugen nicht den Weg in Richtung Kanzlei ein. Im Sturmschritt eilte der Ratgeber zum Gefangenentrakt hinüber. Knapp waren seine Befehle. Und wenig später schleppten Bewaffnete den Dolmetscher Viglias ins Verhörzimmer. »Herr …«

»Du redest nur, wenn ich es dir erlaube.« Onegesius schnippte. Gleich trat der Bote ein.

»Gefangener, kennst du diesen Mann?«

»Hyacinthus. Das ist der erste Kammerherr der Augusta.« Viglias reckte die Hände. »Du hier? Bringst du Nachricht von meinem Sohn? Das Gold?«

Streng wies der Ratgeber zur Tür. Die Bewaffneten zerrten den Gefangenen wieder hinaus. Bereits auf dem Flur heulte Viglias. »Hyacinthus! Berichte am Kaiserhof, dass ich hier wie ein Tier behandelt werde. Hörst du? Wie ein Tier …« Die Stimme brach ab.

Onegesius schüttelte unmerklich den Kopf. »Und ich hatte gehofft, es wäre letztlich doch ein Scherz … Nein, nein, fürchte dich nicht, du Unglücksbote. Es war mein letzter Versuch, das Rad nicht in Gang setzen zu müssen.« Er seufzte und bat: »Folge mir. Du darfst in meinem Hause wohnen. Jedoch solltest du dich zuvor in den dampfenden Wassern meiner Therme von allen Reisegerüchen befreien.«

Obwohl die Sonne schien, fröstelte Goldrun, als sie dem geheiligten Bereich näher kam. »Nein, es ist kein wirkliches Klappern.« Leicht bebten ihre Nasenflügel. »So hört sich das Geläut im Dunkelreich an, wenn die Toten zusammengerufen werden.«

Nicht die bleichen Schädel auf den Zaunpfählen erschreckten sie, auch nicht die ausgedörrten Hodensäcke, Schafsblasen oder Schlangenhäute an den Spannseilen, es waren diese unzähligen bleichen Knochen und Knöchelchen dazwischen. »Von Menschen stammen die«, flüsterte Goldrun und war sich ganz sicher. »Füße, Arme, Finger und dann die ekelhaften Rippen.« Ganz gleich woher der Wind kam, ständig schlugen, schabten und klickerten die Gebeine aneinander.

Seit ihr Liebster vom Schamanen gepflegt wurde und sie jeden Mittag nach der Arbeit im Königsstall herkam, erfand sie für das unangenehme Geräusch eine andere schreckliche Bedeutung und war froh, wenn sie das Krankenzelt hinter dem abgezäunten Zaubergarten erreicht hatte.

Heute bannte im schnellen Vorübergehen auch der Himmelsberg ihren Blick; sie wollte nicht, musste dennoch hinschauen. Die bunten Muscheln? Gleich spürte Goldrun, wie eine Faust sich in den Magen grub. An einer Stelle leuchteten die Muscheln nicht mehr! Oben von der Kuppe, vom Rand der Sitzmulde des Schamanen, zog sich eine breite Blutspur den Hügel hinunter, färbte auch die weißen Kiesel der Befestigung und bildete eine Lache auf dem Grasboden.

»O heilige Mutter, was ist nur …?« Goldrun hastete die letzten Schritte bis zum offenen Zelteingang. Gedämpfte, schrille Schreie drangen heraus. Beißender Geruch nach verbrannten Kräutern nahm ihr fast den Atem. Sie wagte sich nicht weiter, starrte ins Innere; durch die Rauchschwaden erkannte sie dort, wo Ernaks Lager nahe dem Feuer sein musste, die auf- und niederfahrende Gestalt des Sehers.

Wer stieß die Schreie aus? Angestrengt horchte sie. Es war die Stimme von Ajarbas. Erleichtert seufzte sie; gleich aber trieb neue Sorge das Herz. Warum sagte Ernak nichts? Gestern noch hatte er lange mit ihr gesprochen. »Bald bin ich wieder ganz gesund …« Er hatte ihre Hand genommen. »Und dann entführe ich dich für zwei … nein, die reichen mir nicht, wir verbringen gleich drei Nächte in unserer Jurte.« Und jetzt hörte sie ihn nicht. Einfach hineingehen? Bleib stehen, befahl sie sich, du darfst die Zeremonie nicht stören, sonst verbietet der Schamane dir jeden Besuch.

Eine brodelnde, bläuliche Wolke erreichte sie, hüllte ihr Gesicht ein. Goldrun atmete durch die Nase, unterdrückte den Husten und schmeckte Bilsenkraut, Pfeffer, auch Opium; in ihrem Kopf weitete sich ein Raum, die Wände bogen sich nach innen, beim nächsten Atemzug wölbten sie sich nach außen … So angenehm weich wurden die Knie. Mir wird schwindlig, dachte sie und sank am Eingang zu Boden. Hier warte ich …

»Stallmeisterin.« Das Wort ergab ein Echo, war kein Ruf, eher ein Gesang, der sich immer tiefer in ihr fortsetzte. »Stallmeisterin!« Jetzt schrill, beißend. Goldrun schlug die Augen auf, schloss sie gleich wieder und stöhnte. Diese schmerzverzerrte Fratze!

Ein Aufschrei, gleich gefolgt von Kichern. »Täusche dich nicht selbst, Burgunderin. Du bist viel stärker, als du glaubst.«

Goldrun schlug die Lider auf und sah direkt in die übergroßen Pupillen des Schamanen. Eine weite warme Landschaft … Unsere Jurte … Der Spiegel erlosch. »Entschuldige«, flüsterte sie.

»Gut! Gut!« Der Atem roch faulig. Eine Gewalt riss Ajarbas von ihr weg, schüttelte den ausgemergelten Körper. Er schrie gepeinigt.

»Was ist mit dir?« Goldrun erhob sich.

Das Beben war vorüber; als wütete es aber in seinem Innern weiter, zischte der Schamane: »Ich habe den Schmerz … aufgesogen. O ja.« Er krümmte den Körper, fuhr auf, krümmte sich wieder … »Aus dem kranken Leib … O ja. Und habe dem Königssohn die letzten Quetschungen genommen … und sie mir zugefügt. Und ich … O ja. Mein Leib vernichtet sie für immer.« Er kicherte, wand sich, das Gesicht durchlitt furchtbare Qualen; mit einem Mal stand er ruhig da. »Burgunderin, warum bist du heute so früh gekommen?«

Sie wollte antworten, doch er legte ihr sofort den Finger auf den Mund. »Ich habe dich schon verstanden. Sorge dich nicht. Nun fließen alle Ströme in seinem Körper wieder frei. Geh zu ihm und wache.« Wie ein Vogel begann Ajarbas in seinem gefiederten Gewand zu zupfen und zu wischen. »Habe die Räucherschalen von seiner Brust genommen«, trällerte er, »habe den Brei aus gestampfter Bryonia abgewischt. Seine Haut riecht bitter …« Ohne Übergang schwieg er. Dennoch hörte Goldrun in ihrem Kopf seine tief tönende Frage: »Wer bist du?«

Ich liebe ihn, dachte sie.

»Das weiß ich«, sprach er langsam und hohl, ohne die Lippen zu bewegen. »Du bist mehr, bist ein Rätsel, und ich kann es noch nicht lösen.«

Ich weiß nicht was du meinst, dachte sie.

Wieder laut und für das Ohr vernehmlich rülpste Ajarbas, danach nahm er auch den unterbrochenen Satz wieder auf. »Seine Haut riecht bitter, aber ich habe ein Öl aus Lilien und Oliven bereitgestellt. Sobald der Königssohn erwacht, sollst du ihn damit einreiben. Ich komme später zurück.«

»Danke. Du hast ihn gerettet. Solange ich lebe, werde ich dir dafür dankbar sein.« Kaum ertrug Goldrun die Kraft seiner Augen. »Das Blut auf den Muscheln? Ist es dein Blut …?«

»Frage nicht!« Scharf wie ein Schnitt. »Heute Nacht, auf meinem Weg zu den fernen Mächten, habe ich dich gesehen.« Sein Ton klang vorwurfsvoll. »Da war ein Fluss aus weißem Staub, dahinter entdeckte ich wieder die hohen Tore. Ich setzte einen Fuß vom Ufer in den Staub, er war heißer als jedes Feuer. Für einen Lidschlag schwang einer der düsteren Flügel auf. Ich sah dich umgeben von bunten Bändern. Ein Reiter näherte sich dir. Ehe ich ihn aber erkennen konnte, schlug das Tor wieder zu.« Er wandte sich von ihr ab. »Burgunderin, die guten Dämonen haben dir eine Gabe geschenkt. Nutze sie, aber greife nicht nach mehr Erkenntnis, sonst erstickt dich das Wissen.« Er stakste davon, bei jedem Schritt schnellte er das Knie hoch bis zur Brust.

Der betäubende Rauch hatte sich verflüchtigt. Langsam ging

Goldrun auf das Lager neben der Herdstelle zu, ihr Blick indes eilte voraus, legte sich sanft über den Liebsten, betastete seine gerötete Haut und berührte das Kinn, glitt die weiche Nasenkuppe hinauf zu den geschlossenen Lidern; sie kauerte sich zu ihm, streichelte seine Wange und küsste behutsam den leicht geöffneten Mund.

»Schlafe dich gesund, mein Liebster«, flüsterte sie, »ich bin bei dir.« Goldrun rückte ein Kissen nah an seine Herzseite und setzte sich so, dass sie seinen linken Arm über ihr Bein legen und die Hand auf ihrem Schoß betten konnte. So fühle ich dich durch den Stoff hindurch, dachte sie, und vielleicht kann ich dir von meiner Kraft abgeben. O Liebster, was war das für ein furchtbarer Tag!

Gedankenverloren starrte sie in die Herdglut. Schemen bewegten sich, flossen zu Bildern ineinander, jäh pochte das Herz ihre Angst wieder herauf.

So kalt und grau war dieser Morgen, dachte sie. Bevor ich zur Königsweide ging, hatte ich im Stall gewartet, weil du noch vorbeischauen wolltest. Aber du bist nicht gekommen. Zunächst habe ich gedacht, du hättest unser Treffen vergessen und bin wütend zu den Pferden hinüber. Später dann, als Odoaker nachkam und mir erzählte, dass sein Vater den Zwerg auf einen Ausritt mit dir losgeschickt hätte … allein, nur du mit diesem Ungeheuer … da dachte ich, mir zerspringt der Kopf, so laut hämmerte das Herz. Goldrun atmete heftig und flüsterte: »Nur einer konnte dich retten.«

Sie hatte sich auf den Rücken ihrer Stute geworfen, war durch die Straße gehetzt bis zur Jurte von Mela und Keve. Keine Zeit für Erklärungen. »Hilf mir«, flehte sie den Truppführer an. »Dieser Zerkon hat versucht, mich zu vergewaltigen …« Weiter kam sie nicht, schon schloss Keve schützend seine Arme um sie. »Wo … Wo ist er, Kleines? Sag es schnell. Und dann holt Mela den Heilkundigen. Hat er … bist du verletzt? O mein Kleines. Wo versteckt sich diese Missgeburt?«

»Er ist ausgeritten. Mit Prinz Ernak. Und Ernak will Rache für das, was der Kerl mir angetan hat, das weiß ich genau. Aber er darf mit dem Zwerg nicht kämpfen, weil … weil …«

»Still, ganz ruhig, Kleines«, knurrte Keve. »Jetzt will ich Rache für dich.« Wie ein zerbrechliches Kleinod übergab er Mela seinen Schützling. »Vielleicht badest du sie. Und ich glaub, nachsehen musst du auch, ich mein, da unten ...«

»Was stehst du hier noch rum?« Die wilde Haarmähne vibrierte. »Verschwinde. Und wehe dir, du kommst zu spät und dem Königssohn ist was zugestoßen.«

Gleich wimmerte Goldrun. »Nein, o heilige Mutter, lass ihm nichts geschehen.«

Keve war schon gerüstet. »Wohin sind die beiden geritten?«

»Nach Westen, sagt Odoaker. Genau weiß es aber sein Vater.«

Kaum hatte Keve die Hütte verlassen, war Goldrun der Ziehmutter um den Hals gefallen. »Ich hab solche Angst um Ernak.«

»Sag's mir, Kleines, hat Zerkon wieder versucht, dir ...?« Das Kopfschütteln beruhigte sie. »Glaub mir, wenn mein Alter diesen Blick hat, dann hält ihn nichts mehr. Er findet die beiden. Und dann lebt der Zwerg nicht mehr lange. Warte ab, Mädchen, wird schon gut werden.«

»Ich wünsche es so sehr.« Goldrun hatte sich von Mela gelöst. »Zurück auf die Weide kann ich jetzt nicht, weil sich die Pferde vor meinen Gedanken erschrecken würden ... Nein, das ist nicht wahr. Weil mich das Warten verrückt macht! Bitte, ich kann jetzt nicht ...«

»Du bleibst.« Als wollte sie sich wappnen, hatte Mela kurz mit beiden Händen ihre schweren Brüste angehoben. »Gemeinsam halten wir's schon aus, Mädchen.«

Viel zu spät, um nicht doch vor Angst zu frieren, um doch nicht mehr ruhig dasitzen zu können, viel zu spät, erst gegen Abend war Keve in die Jurte zurückgekehrt.

»Lebt er?« Goldrun stürzte auf ihn zu.

Fest strich der Truppführer ihren Arm. »Er atmet, Kleines. Aber viel mehr ist es nicht. Nein, nein, bitte keine Tränen jetzt. Dein Königssohn lebt ja. Und außen hat er nichts, keine Verletzung. Wir haben ihn gleich zum großen Schamanen gebracht.«

Von der Seite griff Mela ihn an, schlug mit der Faust gegen

seine Brust. »Wie konnte das geschehen? Verflucht, wieso hast du auf unseren Prinzen nicht besser aufgepasst?«

»Mach mich nicht böse«, knurrte Keve und schnappte ihre Faust. Mit der anderen Hand griff er ungeschickt Goldruns Hand und hielt sie umschlossen. Trotz seiner Kräfte war er den beiden Frauen unterlegen und verteidigte sich: »Es war so: Ich bin zum Kommandanten, hab ihm gesagt, der junge Prinz will mit dem Zwerg kämpfen. Da ist Edekon hochgesprungen, weil er wohl den Ausritt von den beiden organisiert hat. Und auch keine Leibwache mitgeschickt hat. Und dann sind wir beide mit zehn Kämpfern hinterher. Als wir hinkamen, lag der Prinz reglos im Gras, und dieser Zerkon kniete einfach da. Zuerst dachte ich, er lebt, aber dann sah ich das Schwertblatt in seinem Kopf. Und war beruhigt, weil er tot war.«

Keve gab Melas Faust vorsichtig frei; als sie nicht erneut auf ihn losging, legte er ihr den Arm um die Schulter. »Ich weiß nicht, was mit dem Königssohn ist und hab auch keine Schuld dran. Weil wir zu spät waren. In jedem Fall hat Edekon Angst gekriegt: der Junge unseres Königs ohnmächtig! Der berühmte Spaßmacher, den Kopf gespalten! Also haben wir aus Mänteln und Schwertern eine Trage gemacht und den Prinzen draufgelegt. Ich hab dem Zwerg mit einem Wurfseil die Kopfhälften wieder zusammengeschnürt, Hut drüber, dann rauf mit ihm auf seinen Gaul.« Keve lächelte grimmig. »In der Stadt haben wir gesagt, es sei ein Jagdunfall. Na ja, Pech eben, das mit der Missgeburt; aber ein richtiges Unglück, das mit dem Prinzen.« Beinahe verlegen blickte er Goldrun an. »Und bist du verletzt? Ist es schlimm? Aber eins ist doch gut: Ernak hat ihn allein getötet! Für dich.«

»Nichts ist gut, eh' ich nicht weiß, ob er am Leben bleibt.« Ohne Abschied, wie blind war Goldrun zum Ausgang der Jurte getappt.

Das Bild zerfiel. Mit dem brechenden Glutscheit versanken auch die Schemen in der Asche. Sie seufzte und dehnte den Rücken; ein Gedanke, gleich musste sie schmunzeln. Was hat denn nun geholfen? Der Schamane und seine Zaubermittel oder meine Gebete zur heiligen Mutter? In jedem Fall waren wir beide jede Nacht beschäftigt …

Der Arm zuckte, Finger betasteten den Stoff über ihrem Schoß. Noch mit geschlossenen Lidern murmelte Ernak. »Ich fühle, wo ich bin.«

Goldrun spreizte leicht die Beine und rückte ihr Vlies noch etwas der Hand entgegen. »Nur eine kleine Kostprobe. Mehr würde den Kranken zu sehr aufregen.«

»Wer sagt das? Mir geht es gut.«

Die Fingerkuppen fanden die Wärme, spielten und rieben. Goldrun ließ sich in das so lang entbehrte Gefühl sinken, dann aber hielt sie sein Handgelenk fest. »Genug, Liebster. Du bist noch viel zu geschwächt.«

Er öffnete die Augen. »Komm, leg dich zu mir. Nackt. Ich will dich spüren. Deine Haut an meiner Haut. Nur so werde ich ganz geheilt.«

»Sei still. Du redest wie im Fieber. Wenn uns der Schamane überrascht, tötet er mich vor Zorn; und dann hängen bald auch meine Knochen an seinem ekelhaften Zaun.«

Ernak sah ihr in die Augen, trank den Blick. »Als ich vorhin noch schwebte, da warst du neben mir, ganz nah. Ich habe dir von uns erzählt, wir hatten Kinder, ich glaube es waren drei, ja ein Mädchen mit goldenem Haar und zwei Jungen, und alle hatten so schöne Nasen wie deine.«

»Vom Träumen allein bekomme ich keine Kinder.« Sie nahm die kleine Glasflasche und träufelte das Heilöl auf seine Brust. Duft nach Lilien übertönte den bitteren Geruch der Bryonia. Sanft begann sie das Öl in die Haut zu massieren. »Lass uns eine Familie gründen, und ich werde dir kleine Ernaks und Goldruns schenken, meinetwegen von jeder Sorte gleich drei.« Auf den Knien beugte sie sich über ihn und zog einen glänzenden Hof um seine Brustwarzen, dann beschäftigten sich ihre Fingerkuppen ausführlich mit den Erhebungen, bis sie zu harten, öligen Knospen wuchsen. »Das liegt nur bei dir.«

Ernak seufzte und verzog übertrieben schmerzhaft das Gesicht. »Quäle mich nicht. Bitte, nimm Rücksicht auf meinen geschwächten Zustand.« Unbemerkt hatte er die Halsschlaufen ihres

Wollkittels aufgezupft, seine Hand glitt in den Ausschnitt; ehe sie sich zur Abwehr entscheiden konnte, war ihre rechte Brust entblößt. Ernak koste und schaukelte sie in der Handmulde. »Ich hab Durst«, sagte er dunkel. »Lass mich trinken.«

Goldrun salbte lächelnd seine Lippen. »Damit du auch etwas schmeckst.« Auf Knien und Händen schob sie ihren Körper über sein Gesicht, und er saugte, biss behutsam in die Haut und ließ die Zunge spielen. Warm wird mir, dachte Goldrun, sie spürte, wie tief in ihrem Schoß das Ziehen einsetzte.

Stimmen! Irgendwo draußen vor der Jurte. Frauenstimmen, sie näherten sich. Erschreckt starrte Goldrun zum Ausgang. Jetzt waren auch das Gekicher und der Singsang des Schamanen zu hören. »Geht nur hinein. Geht, Geht!«

Rasch entzog sich Goldrun dem Liebsten, verbarg die Brust und band mit fliegenden Fingern die Schlaufen ihres Ausschnittes. Deutlicher wurde das Sprechen. »Da kommt dich Frau Fulla besuchen«, flüsterte sie.

»Und meine Mutter.« Ernak drehte sich zur Seite, es gelang ihm nicht, das Leinentuch zu erreichen. »Deck mich zu. Schnell, beeil dich. Und dann musst du weg. Mutter darf uns nicht zusammen sehen.«

Goldrun half ihm. »Weg? Aber wohin denn?« Ihre Augen funkelten ihn an. »Verflucht, Liebster. Ich kann mich hier nicht verstecken. Und ich will es auch nicht.«

Der Eingang verdunkelte sich. Großkönigin Kreka trat ein, grüne Seide knisterte, nach wenigen Schritten blieb sie stehen. »Komme ich ungelegen?« Ihre erste Zofe folgte; kaum entdeckte sie Goldrun, stockte auch ihr Fuß.

Kreka ließ sich von Fulla den Kopfschal abnehmen. Silbern schimmerte das hoch geflochtene Haar. »Mein Sohn, der Schamane erwähnte nicht, dass du Gesellschaft hast.«

Weil Ernak mit der Antwort zögerte, Goldrun anblickte, dann wieder zu den Frauen hinüber sah, half ihm die Mutter mit leiser Ironie in der Stimme weiter. »Gewiss bedurftest du einer besonderen Fürsorge. Ist es nicht so?«

»Ja, Mutter. Ich …« Er deutete auf das Öl. »Meine Haut musste eingerieben werden. Ajarbas hat es eigens für mich zubereitet …« Er brach ab. Scharf sog er den Atem ein, verzog das Gesicht, weil Goldrun ihm die Fingernägel in den Unterarm grub. Erst nach einer Weile erlöste sie ihn. »Mein Prinz, für heute ist die Behandlung abgeschlossen. Ich sehe morgen wieder nach dir.« Sie erhob sich, warf mit einem Kopfschwung die Haarlocken in den Nacken. Auf halbem Weg zum Ausgang blickte sie zurück und betonte: »Keine Angst, Prinz, ich komme morgen, übermorgen, jeden Tag komme ich dich besuchen.«

Sie ging weiter, Zorn und Mut ließen den ockerfarbenen Ring im Blau ihrer Augen lodern. Tief beugte sie das Knie vor der Königin und blieb in dieser Haltung. Kreka reichte ihr die Hand. »Steh auf, Kind. Ich bin dankbar, dass du meinen Sohn umsorgst.« Das Lächeln krauste die kleinen Faltenfächer in den Augenwinkeln. »Wer bist du? Habe ich dich im Palast schon mal gesehen? Nein, ganz sicher nicht; solch ein schönes Gesicht wäre mir in Erinnerung geblieben.«

»Danke, Herrin. Ich bin …« Goldrun schluckte, sah Fullas warnenden Blick, und dennoch zerriss in ihr der so fest geschnürte Gürtel der Vorsicht. »Ich bin die Stallmeisterin des Großkönigs. Und ich bin Burgunderin, nur eine Sklavin. Aber ich bin froh, dass Ernak bald wieder gesund ist. Und warum? Das, das kann er dir selbst sagen, wenn er will.« Mein Kopf glüht, dachte Goldrun, gleich brenne ich. Ohne die Erlaubnis der Herrscherin abzuwarten, rannte sie hinaus.

»So leidenschaftlich?« Kreka wandte sich an ihre Zofe. »Du kennst die junge Frau?«

Fulla nickte. »Sie wohnt in meinem Haus. Goldrun ist mir wie eine Tochter. Ich fühle mich für sie verantwortlich.«

»Dann weißt du auch, was sich hinter ihren Andeutungen verbirgt?«

»Ja, Herrin.« Fulla faltete die Hände unter dem Busen. »Doch bitte frage nicht weiter. Es steht mir nicht zu, dieses Geheimnis …«

»Aber mir!« Der Ruf vom Krankenlager her unterbrach die Zofe. »Mutter hör zu, bitte.«

Gefasst ging die Großkönigin zum Herdfeuer, während Fulla ihr aus Kissen einen bequemen Sitz bereitete, nahm Kreka die kleine Ölflasche zur Hand und sog den Duft ein. »Ich dachte, du liegst hier noch entkräftet von deinen inneren Verletzungen, und wollte mich nach deinem Befinden erkundigen. Freust du dich darüber?«

»Das weißt du doch.«

Die Großkönigin ließ sich nieder. Ernst betrachtete sie das Gesicht. »Ich spüre, dass du dich fürchtest zu sprechen. Aber vertraue mir, Junge. Ich weiß ein Geheimnis zu wahren.«

Ernak schloss die Lider. »Du musst mir helfen, Mutter. Ich liebe Goldrun mehr als mein Leben. Ihretwegen habe ich mich auf den Kampf mit Zerkon eingelassen. Und ich würde allein gegen ein ganzes Heer reiten, nur um sie zu retten. Mutter, so glaube mir doch, diese Liebe hat es noch nie zuvor gegeben.«

Behutsam streichelte sie den Arm des Prinzen. »Aber ich glaube dir ja, Junge. Schon die erste Begegnung mit deiner Geliebten hat mich beeindruckt. Deshalb begreife ich die Sorge in deiner Stimme nicht, verstehe auch nicht, warum und wie ich dir helfen sollte? Du bist sicher Manns genug, eine Frau zu beglücken.«

»Du weißt noch nicht alles.« Ernak öffnete die Augen, blickte seine Mutter offen an. »Ich möchte Goldrun heiraten. So wie du die Hauptfrau Attilas bist, so soll sie meine Hauptfrau werden.«

Kreka rieb sich die Stirn. »O ihr guten Dämonen«, flüsterte sie nach einer Weile. »Jetzt begreife ich deine Furcht. Du weißt, dass dein Vater allein bestimmt, wen du zur Hauptfrau nehmen musst. Zu allem Unglück ist deine Geliebte auch noch Burgunderin …«

»Aber ich …« Ernak versuchte sich hochzustützen. Mit großer Anstrengung gelang es ihm. »Hilf mir, Mutter. Bereite Vater darauf vor. Bitte.« Er sank aufs Lager zurück.

Schweigen. Nur das leise Singen der Herdglut schwang in der Jurte. Großkönigin Kreka erhob sich, sie tauschte einen langen Blick mit der Zofe, dann bat sie um das Kopftuch. »Werde gesund, mein Sohn.«

Während sie sich mit Fulla vom Lager entfernte, knisterte die Seide. Im Ausgang blieb Kreka noch einmal stehen, sah zurück. Rat suchend fasste sie nach dem Arm ihrer Vertrauten.

»Er ist nicht so wie sein Vater«, flüsterte sie, »und dafür bin ich dankbar. Aber dieser Wunsch kann nicht in Erfüllung gehen, das weißt du ebenso wie ich. Und jetzt bittet er mich um Fürsprache?«

»Du bist seine Mutter«, sagte Fulla still.

Die Großkönigin seufzte. »Ich hatte so gehofft, nicht mehr mit Attila streiten zu müssen. Aber es geht um das Glück meines Sohnes. Wagen wir also den Kampf.«

Es gab Fisch. In den großen, reich verzierten Kupferkesseln vor dem Empfangszelt brodelte Suppe, Blasen warfen sich auf, platzten und ließen die Nasen erahnen, in welcher Schärfe und Würze die am Morgen frisch aus der Drau gefangenen Hechte ihr letztes kochendes Bad nahmen. Auf Befehl Attilas hatten sich sogar die Köchinnen und deren Mägde zu Ehren der hochrangigen oströmischen Gesandtschaft mit sauberen Kitteln bekleiden müssen. Vom ersten Schreiber der Kanzlei waren den Frauen goldene Broschen ausgehändigt worden. »Dies ist eine Gabe meines Herrn Onegesius. Tragt den Schmuck während der Arbeit. Unsere hohen Gäste sollen wissen, dass selbst das einfache hunnische Weib den Wohlstand kennt.« Allen hatte Orestes sein strahlendes Lächeln geschenkt und dann erst hinzugesetzt: »Falls das Festmahl gemundet hat, dürft ihr zum Lohn die Broschen behalten, wenn nicht, so kehren die schönen Stücke wieder zurück in die königliche Schatztruhe.«

Ein Ansporn. Sorgfältig waren die Fische geschlachtet, geschuppt und in den Sud gelegt worden; als er siedete, kamen getrocknetes Gemüse und Wurzeln dazu. Im späten Vormittag standen die Köchinnen mit großen Holzlöffeln an den Kesseln, sie kosteten, gaben Kräuter hinein und kosteten wieder, während ihre Helferinnen mit Getuschel und Gekicher die Brotfladen in Körbe füllten. Leichtigkeit wehte heute durch das hunnische Lager.

Gestern, bei der Begrüßung der Delegation, hatte Attila anfänglich nur frostige Worte für General Anatolius und seinen Begleiter, Exkonsul Nomus, gefunden: »Immer noch klingen mir die Freundlichkeiten im Ohr, werter General, mit denen du mich bei unserer letzten Zusammenkunft bedacht hast. Ja, der hässliche Barbar vergisst niemals. Aber er bietet dir erneut die Hand. Genieße also den Schutz und die Großzügigkeit meiner Gastfreundschaft.«

Anatolius neigte leicht den Kopf. Um seinen kahlen, braunfleckigen Schädel schimmerte silbrig der ausgedünnte Haarkranz. »Mein Freund Nomus und ich kommen mit offenem Herzen zu dir. Zwei Jahre sind ins Land gegangen. Viele Wunden, die der Krieg schlug, vernarben nicht. Vielleicht aber wird das Band des Friedens sie heilen. Mögen Gott und deine guten Dämonen unsere Gespräche leiten.«

»Benötigen wir so machtvolle Fürsprecher?«

»Nach diesen bitteren Erfahrungen? Der Weg war steinig...«

»Was beklagst du dich?« Attila schwoll die Ader über dem Stirnwulst. »Erinnere dich, dein Kaiser schickte mir Meuchelmörder. Allein durch die Treue meiner Männer wurde das Attentat vorzeitig aufgedeckt.«

»Ein Schandfleck!« Auch Anatolius ereiferte sich, er ballte die Faust. »Glaube mir, Großkönig, hätte der Kaiser von diesem Plan gewusst, er wäre niemals in die Tat umgesetzt worden. So nimm denn wenigstens meine Entschuldigung an. Hier steht ein alter Legionär vor dir, der sich schämt für dieses verabscheuungswürdige Komplott gegen dich.«

Unmerklich hellte das graugelbe Gesicht auf. »Mein Vater lehrte mich, wenn das Wort sich im Blick eines Mannes widerspiegelt, so traue ihm. Deine Ehrlichkeit versöhnt mich. Lass uns gemeinsam den Friedenschluss endlich besiegeln.«

Orestes und der römische Schreiber nahmen ihre Tafeln zur

Hand. Der Gastgeber ließ sich mit den Gesandten und Onegesius auf den Hockern nieder.

»Erlaube mir, Großkönig, dir zunächst meinen Dank auszusprechen«, begann Anatolius, sichtlich bemüht, die gerade erwachte milde Stimmung weiter wachsen zu lassen. »Welch eine Ehre, dass du uns bis zur Grenze entgegen geritten bist. Welch ein Empfang wurde uns zuteil. Mein Freund Nomus hält Geschenke für dich bereit, doch glaube ich, dass sie kaum ausreichen, um deiner Güte gerecht zu werden ...«

»Bitte quäle dich und mich nicht weiter«, unterbrach Attila mit leisem Schmunzeln. »Diese Art zu reden liebt mein Ratgeber, und bestimmt wird sie auch von den Höflingen des Kaisers gepflegt. Wir beiden alten Kämpfer aber sollten einfach und klar miteinander sprechen.«

Beinahe verlegen rieb Anatolius die Stirn. »Das befreit mich von einer Last.« Er betastete den Silberreif an seinem Kopf. »Dennoch habe ich mir fest vorgenommen, dieses Mal ohne jedes scharfe Wort mit dir zu verhandeln. Selbst meine letzten Haare bin ich bereit zu opfern, damit endlich Frieden herrscht zwischen unsern Völkern.« Nach einer Pause beugte der General sich vor. »Gut, kein diplomatisches Samtkissen, wir sitzen ohnehin auf harten Hockern. Was die Erfüllung deiner Forderungen angeht, so bitte ich um Nachsicht und Verständnis. Die rasche und vollständige Räumung des von dir beanspruchten Landstreifens jenseits der Donau übersteigt unsere Möglichkeiten. Dort leben Bauern mit ihren Familien. Wir verjagen sie, und kaum einen Monat später kehren sie zurück. Die endgültige Vertreibung ganzer Dorfgemeinschaften benötigt viel mehr Zeit.«

Anatolius erwartete eine Antwort, jedoch der hunnische Herrscher tauschte nur einen langen Blick mit Onegesius. Etwas verunsichert sprach der General die Überläuferfrage an, bedauerte sehr, dass auch diese Bedingung kaum zu erfüllen sei, weil die meisten hunnischen Flüchtlinge bei Freunden Unterschlupf gefunden hätten. »In den Städten lassen wir die Häuser von Steuereintreibern nach nicht aufgelisteten Bewohnern kontrollieren.

Meist ohne Erfolg. Auf dem Lande aber ist eine Suche schier unmöglich.«

Immer noch sagte Attila nichts. Er nickte seinem Ratgeber, Onegesius klatschte, und Orestes brachte ein auf dem Schreibbrett befestigtes Dokument sowie einen kleinen, an der Spitze angekohlten Holzgriffel; nach einer knappen Verbeugung zog er sich wieder zurück.

Der Ratgeber zeigte den Gesandten das eng beschriebene Pergament. »Dies ist der zwischen uns ausgehandelte Vertrag für den Waffenstillstand. Überzeugt euch selbst, werte Herren.«

Ein Blick genügte, und die scharfen Falten um den Mund des Generals vertieften sich. »Mein Zeichen setzte ich darunter. Es waren Zusicherungen, welche nicht erfüllt wurden. Nicht erfüllt werden konnten. Denn die immer weiter ansteigenden Goldzahlungen muss das Volk aufbringen. Viele einfache Leute hungern, weil ihnen die Abgaben nichts mehr zum Leben übrig lassen. Für diese Menschen will ich klagen und jammern und dich, großmütiger Herrscher, um Frieden bitten.«

Mit unbewegter Miene suchte Onegesius den Blick seines Fürsten. Erneut nickte Attila. Daraufhin nahm der Grieche den angekohlten Stift und begann auf dem Dokument eine Passage nach der anderen durchzustreichen.

Anatolius hob abwehrend die Hand, fasste es nicht, stützte sich auf den Arm seines Begleiters, endlich ließ ihn die Unruhe nicht länger schweigen. »Großkönig. Ich … ich hatte Entgegenkommen erwartet, stattdessen zerstörst du jetzt auch noch, was wir damals erarbeitet haben? Und wir stehen wieder am Beginn der Verhandlungen, als wäre der Krieg gestern erst beendet worden.«

»So ist es, General.« Attila blieb kühl und nüchtern. »Ich vernichte das Abkommen und ersetze es durch einen gültigen Friedensvertrag. Natürlich müsstest du ihn gegenzeichnen.«

»Bitte, hab Geduld mit mir«, flüsterte Anatolius und rieb sich die Stirn. »Verstehe ich richtig? Du verwirfst die alten und stellst neue Forderungen?«

»Nicht ganz, General.« Tief in den Augenhöhlen setzte Leuchten ein. »Hiermit bekunde ich vor dir und im Beisein deines Zeugen feierlich, dass ich auf die Gebietsforderungen südlich der Donau verzichte. Außerdem werde ich deinen Kaiser nicht mehr wegen der Überläufer bedrängen. Der schriftliche Vertrag wird dir morgen vorgelegt. Außerdem übergebe ich dir vierzig Kriegsgefangene, ohne für sie ein Lösegeld zu verlangen. Einen Mann allerdings überlasse ich dir nur gegen die Zahlung von fünfzig Pfund Gold…« Attila erhob sich und bat den sprachlos staunenden General und seinen Begleiter nach draußen.

Vor dem Zelt warteten bereits zwei Elitekämpfer mit Viglias. Verwahrlost und verdreckt die Kleidung, hohlwangig das Gesicht, die lange Haft hatte dem Dolmetscher zugesetzt.

»Bist du bereit, diesen Kerl loszukaufen?«

»Nur um dem Sohn den Vater zurückzugeben.« Anatolius fand seine Ruhe wieder. »Der Junge ist im Tross meiner Delegation. Er wartet sehnsüchtig…«

»Rotas?«, stammelte der Dolmetscher. Gleich streckte er dem Retter die gefesselten Hände hin. »Befreie mich, Herr. Lasse mich zu ihm, bitte.«

Mit Verachtung in der Stimme fuhr ihn der General an: »Du bist deinen Sohn nicht wert. Und hättest es wahrlich nicht verdient freizukommen. Die Fesseln bleiben, bis wir Konstantinopel wieder erreicht haben.« Er bat die Kämpfer: »Bringt den Kerl zu unsern Treibern. Sie sollen ihn streng bewachen. Ich werde später neu entscheiden.«

Viglias wurde weggeführt. Lange standen die Männer schweigend vor dem Zelt. Anatolius sah zu den blühenden Uferwiesen der Drau hinüber. »Seltsam. Als wir vor Stunden zum Zelt gingen, ist mir die Frühlingspracht nicht aufgefallen.« Seine Stimme zitterte. »Nein, ich schäme mich nicht meiner Rührung. Wir haben Frieden. Als erfahrener Unterhändler müsste ich stolz auf das Gelingen sein, und sicher werde ich am Kaiserhof geehrt werden. Als Mensch aber darf ich dir, Großkönig, von Herzen danken und weiß sehr wohl, dass nicht mein diplomatisches Geschick, sondern deine Großzügigkeit uns den Erfolg geschenkt hat.« Er wollte sich verneigen, aus einem Impuls heraus aber streckte er stattdessen dem Herrscher die Hand hin. »Gewiss trennt uns vieles; mein harsches Urteil bei unserem letzten Treffen jedoch, es war falsch. Dafür bitte ich um Verzeihung.«

Attila wölbte die Unterlippe vor, zögerte, dann gewann sein Lächeln. »Du erwähnst die Wiesenblumen. Ja, General, auch ich lebe nach meiner Natur.« Attila ergriff die dargebotene Hand. »Vielleicht haben die Apriltage uns beide milde gestimmt.«

Dem alten Legionär waren die Augen feucht geworden. »Dürfen wir uns zurückziehen. Und das unerwartete Glück bedenken?«

»Nicht ohne für morgen meine Einladung zum Festmahl anzunehmen. Auch ich habe Geschenke für dich und den Patrizier. Nach der nüchternen Arbeit heute sollten wir den morgigen Tag in Freuden genießen.«

Mit herzlichem Lächeln und einer Verbeugung hatten sich die Gesandten verabschiedet und waren in Richtung ihres Lagers davongegangen.

Eine Weile hatte ihnen Attila nachgeblickt, dann mit einem Wink seinen Ratgeber zu sich gebeten und ihm zugeflüstert. »Sag es offen. Bist du zufrieden mit mir?«

Ebenso leise gab Onegesius zurück: »Mein Fürst, ich schlug Nachgiebigkeit vor, weil wir für das Vorhaben im Westen den Rücken frei haben müssen. Du aber beherrschst wahrhaft die Kunst der Verstellung, sodass du den östlichen Bären nicht nur besänftigst, sondern ihn sogar zu Tränen rührst.«

»Keine voreilige Schmeichelei, mein Freund. Warte damit bis morgen.« Attila hatte ihm die Faust gegen die Brust getippt. »Bei ihrer Abreise sollen die Gesandten so viel Honig gekostet haben, dass sie ihrem erhabenen Herrscher nur in den süßesten Klängen von mir berichten.«

Die Hechtsuppe schmeckte scharf, trieb der Tischgesellschaft den hellen Schweiß auf die Stirn. Attila und sein Gefolge schlürften mit Genuss, immer aufs Neue ließen sie sich die Schalen füllen, und General Anatolius, sein Begleiter sowie die geladenen Führer ihres

Trosses mussten mithalten, auch wenn sich ihnen längst die Augen gerötet hatten. Zu keiner Unterhaltung fähig, baten sie um Wasser, verschlangen Unmengen von Brot und mussten dennoch immer wieder den Atem einsaugen, um ihren Zungenbrand zu kühlen.

Endlich legte der Großkönig den Löffel neben das Holzgefäß. Das Zeichen für die Mägde. Sie huschten um den Tisch, trugen das Geschirr hinaus und brachten bis zum Rand mit gegorener Stutenmilch gefüllte Krüge herein. Anatolius bat, seinen Becher nur halb zu füllen, der Patrizier tat es ihm gleich; die einfachen Männer aber verweigerten gar das wenig verlockende gelblich fette Getränk.

»Keine Bescheidenheit!«, lärmte Attila launig. »Für meine Gäste soll nur das Beste gereicht werden. Köstlicher noch als jeder Wein beseelt Stutenmilch das Gemüt. Trinkt also mit mir.«

Die Becher wurden gehoben, Lobpreisungen auf den großzügigen Herrscher stiegen zur Zeltdecke, und gleich folgte ihnen das harte, gequälte Schlucken der Römer nach.

Genüsslich wischte sich Attila mit dem Ärmel übers Kinn. »General, es ist dir sicher nicht verborgen geblieben, dass bald das weströmische Kaiserhaus durch eheliche Bande mit meinem Hof verknüpft wird. Berichte mir, wie ergeht es meiner Braut Honoria in Konstantinopel? Sie schrieb mir von der überstrengen Hüterin? Vielleicht kannst du etwas mehr Freiheit für die künftige Gemahlin des hunnischen Großkönigs erwirken?«

Anatolius stockte die Hand, sein Becher schwebte dicht über der Tischplatte. Neben ihm starrte Nomus angestrengt zur Zeltwand, den übrigen Mitgliedern seiner Delegation war die Unterhaltung auf den Lippen versiegt. Behutsam setzte der General den Holzbecher ab, als wäre er aus feinstem Glas. »Justa Grata Honoria? Ich ahnte nicht… dass du keine Kenntnis von den jüngsten Entwicklungen besitzt, welche die Augusta betreffen …«

»Was ist mit ihr?« Attila grollte, schnaufte, er schleuderte seinen Becher über die Köpfe der Tischgesellschaft zum Festzelt hinaus, dann brach der Zorn los: »Honoria ist meine Braut! Und wehe dem, der ihr etwas angetan hat!« Halb erhob er sich von seinem Sitz, beide Fäuste hämmerte er auf die Tischplatte. »Rede, General! Und verschweige mir nichts; sonst lasse ich deine gesamte Delegation hier festsetzen.«

Bestürzt über den unerwarteten und so heftigen Wutausbruch legte Anatolius seine Handflächen offen vor sich hin. »Zunächst möchte ich dir versichern: Als mir die Augusta das letzte Mal begegnete, war sie wohlauf, und ihre Schönheit erhellte den Tag.«

Die Zornesflamme erlosch, Attila ließ sich wieder auf den Hocker sinken. Gleich schob ihm Onegesius das eigene Trinkgefäß hin, doch er wehrte ab, scharf sah er den Gesandten an: »Und weiter?«

»Als der Eunuch Hyacinthus zurückkehrte und das eigenmächtige Handeln Honorias bekannt wurde, ging eine Erschütterung durch den Palast, wie ich sie selten erlebt habe.« Mehr und mehr gewann der General seine Ruhe zurück. »Den zweiten Schock erlitt Kaiser Theodosius, als er von deiner Einwilligung in die Heirat erfuhr.« Knapp und sachlich berichtete Anatolius von den geheimen Besprechungen zwischen dem Kaiser und seinem Kanzler Chrysaphius. Was sollte unternommen werden? Die Vorschläge der frommen Schwester des Herrschers erwähnte er nur mit bitterem Lächeln, dann hüstelte er und räusperte sich gründlich: »Großkönig, mein Kaiser ist zu dem Entschluss gelangt, dass nicht er, sondern der weströmische Herrscher für die Heiratserlaubnis deiner Braut zuständig ist. Und so wurde Justa Grata Honoria mit ihrem Eunuchen schon Anfang März per Schiff wieder nach Italien gebracht, zurück in die Obhut von Valentinian III. und ihrer Mutter Galla Placidia …«

Aufstöhnen unterbrach ihn. »Nach Ravenna? Dieser feige, schwache Mann.« Attila stützte den Kopf in beide Hände, Enttäuschung schwang in der Stimme: »Es wäre so einfach gewesen. Er hätte mir die Braut nur übergeben sollen. Wie gern hätte ich Honoria in einem Prunkzug von nie gesehener Pracht in mein Reich geführt. Und jetzt werde ich sie von ihrem unberechenbaren Bruder einfordern müssen. Außerdem ist Ravenna sehr weit.«

»Der Weg ist inzwischen noch weiter.« Anatolius war bekümmert und gerührt zugleich über den immer stärker spürbaren menschlichen Kummer des Großkönigs. »Der weströmische Kaiserhof ist wieder nach Rom verlegt worden.«

Weil Attila die Lider schloss, erkundigte sich Onegesius nach dem Wann und Warum.

»Aus Gründen der Sicherheit wollte Kaiser Valentinian – oder, besser gesagt, seine Mutter, die eigentliche Regentin – ins Herz des Reiches zurückkehren.« Mehr wusste der General nicht zu berichten.

Müde stand Attila auf, gleich erhob sich auch die Tischrunde. »Lasst uns das Festmahl beenden, das so ausgelassen begann, mit Geschenken, mit köstlichen Speisen … Und mich zum Schluss so betroffen macht.« Er atmete tief und zwang sich zu einem Lächeln. »Das Wichtigste aber haben wir geleistet. Der Friedensvertrag ist unterzeichnet. Mögen unsere guten Dämonen über ihn wachen.« Er geleitete den General selbst zum Ausgang. Draußen strahlte die Sonne. Abschied. Fest blickten sich die beiden Männer an.

»Großkönig. Ein neues Bild von dir ist in mir entstanden, es zeigt auch Wärme und Gefühl. Dafür danke ich dir.« Und als wollte Anatolius ihm noch ein kleines Geschenk überreichen, setzte er hinzu: »Ganz im Vertrauen. Vielleicht wird die Heirat einfacher werden als gedacht. Denn mein Kaiser hat in einem Brief Valentinian den dringlichen Rat gegeben, dir die Augusta zu übergeben und auf alle deine Forderungen einzugehen. Ich glaube nicht, dass der unbedarfte Schwiegersohn es wagt, Theodosius zu verärgern.«

Attila rieb sich den Stirnwulst, dabei verdeckte er für einen Moment die Augen, als er wieder aufschaute, lag ein fremder Schimmer in seinem Blick. »Ich hoffe nur, Valentinian entscheidet sich in meinem Sinne. Leb wohl, General.«

Noch ein freundlicher Wink, dann erstarrte das Gesicht zur lächelnden Maske. Kaum hatte der General mit dem Patrizier Nomus und ihren Männern das Lager verlassen, schnellte Attila herum, zerrte seinen Ratgeber mit sich fort.

Am Ufer der Drau lachte er leise vor sich hin, nahm einen Kiesel und ließ ihn übers Wasser schnellen. Fünfmal setzte der flache Stein auf, ehe er versank. »Mein Freund, jetzt bin sogar ich mit mir zufrieden. Anatolius ist überzeugt von meiner Leidenschaft für Honoria. Und genau dies wird er im ganzen Reich verbreiten …«

»Und was ist, wenn Valentinian tatsächlich seine Schwester herausgibt?« Onegesius verschränkte die Arme. »Wir hätten keinen Kriegsgrund mehr.«

Erneut bückte sich Attila nach einem geeigneten Kiesel. »Glaubst du, ich übertreffe die fünf Mal von vorhin noch? Ja oder nein?«

Ohne Zögern kam die Antwort: »Mein Fürst, dir wird der Wurf gelingen.«

Gemeinsam zählten sie sieben Spritzer auf dem ruhig ziehenden Fluss. Attila sah zu dem hageren Gesicht auf. »Die magische Zahl. Also glaube getrost an unsere Sache, mein Freund.«

Über den Hügeln im Westen verlor sich die Abendsonne hinter Wolkenstreifen. Orestes schlenderte zum Küchenzelt hinüber. Dort saßen die Frauen beieinander und schwatzten vergnügt, jede trug noch das goldene Schmuckstück am Kittel. Als sie den Schreiber bemerkten, richteten sich alle Augen gespannt auf ihn. »Na, waren die Gäste zufrieden?« – »Dürfen wir das Geschenk behalten?«

Streng sah der Schreiber in die Runde. »Diese Suppe? Wie konntet ihr es wagen? Kaum haben unsere Gäste etwas davon gegessen. Und Gräten! Der erste römische Gesandte ist beinah daran erstickt. Deshalb muss ich …«

»Halt's Maul!«, rief ihm eine kräftig gebaute Köchin zu. »Wir wissen schon, was kommt.« Sie löste bereits die Brosche von ihrem Kittel und warf Orestes das Kleinod zu Füßen, während er sich danach bückte, erhob sie sich rasch, wuchtete mit einem Griff den Abfallkorb hoch und besudelte den Schreiber über und über mit Hechtköpfen und Innereien, langen Gräten, Schuppen und Schwänzen. »Danke. Wir kochen gern für euch. Bestell das deinem großzügigen Herrn.«

»... der Tod führt sie auf seine Weide.«

(Ps. 49,15)

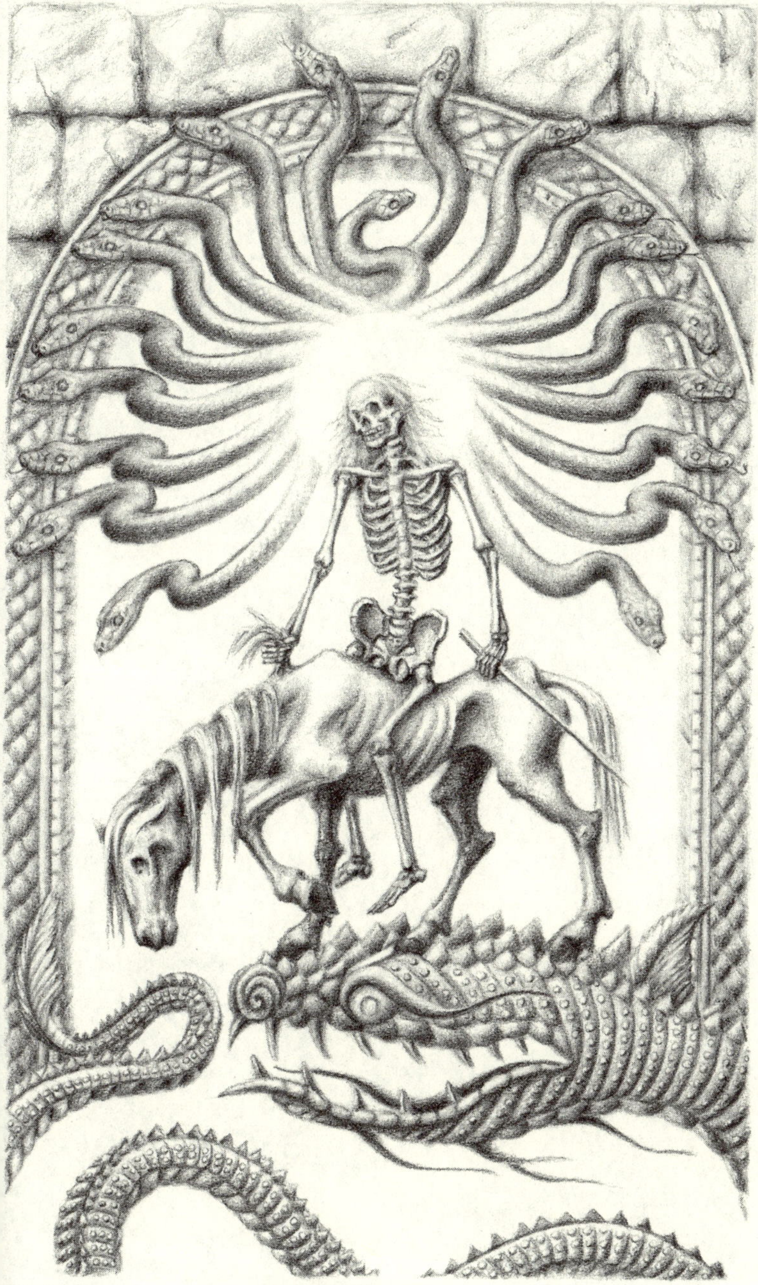

Hoch über den Wiesen und Feldern zogen die Lerchen ihre jubilierenden Kreise, ließen sich vom Wind bis weit hinter den Hügelrücken abtreiben, kehrten zurück und stiegen, ohne ihr Lied zu unterbrechen, höher dem Himmelsblau entgegen. Sommer in Gallien; die Sonne wärmte, verwöhnte die fruchtbare Ebene der Champagne. Laue Luft kräuselte die Blattkronen im Eichenwäldchen unterhalb der Anhöhe zwischen Suippes und Châlons.

In der Wiese nahe dem Bach arbeiteten drei Knechte mit bloßem Oberkörper. Gleichmäßig schwangen sie ihre Sensen zurück, die geschliffenen Klingen blinkten auf und strichen den nächsten Bogen ins lange Gras; still legten sich Margeriten, Salbei und Fingerhut neben den Halmen nieder, und die Sandalen der Burschen schritten über sie hinweg. Bis zum Mittag hatte die Wiese ihre bunte Pracht verloren, dafür duftete es aus dem weichen Teppich nach gemähtem Gras und Würze.

Drei Mägde kamen aus dem nahen Dorf mit Rechen und breiten Holzgabeln auf den Schultern, in ihren Körben brachten sie Brot und Wein. Während der Mittagshitze lagerten die jungen Leute unter einer Esche am Bachufer, aßen und tranken, sie lachten und plauderten unbekümmert miteinander. Nach der Pause mähten die drei Männer weiter. Und auf Rufweite hinter ihnen lockerten die Mägde das frisch geschnittene Gras.

Eine Wolke schob sich unvermittelt vor die Sonne, schwarz, blasig; Dunstfäden bewegten sich wie Schlangen an den Rändern. Sie warf ihren Schatten auf die Wiesen, Felder und den Hügelrücken. Schnell sank das Gebilde nieder, wurde weniger, und als es die mächtige Esche am Bach erreichte, blieben nur einige Schlangenfäden im Astwerk hängen; sie tanzten zu Boden, dann war nichts übrig bis auf einen vom Raureif weißen Fleck, der trotz Sommerhitze nicht wegtaute.

Die Mägde hatten dem Schatten keine Bedeutung beigemessen. Sie schwatzten, kicherten und wendeten die Mahd. Wie ein Stein schlug vor ihnen eine Lerche ins Gras! Nicht weit entfernt stürzte eine zweite vom Himmel, dann eine dritte. Die Frauen blickten sich an, und die mutigste hob einen der Vögel auf. »Gefroren«, flüsterte sie. Auch die beiden anderen Tiere waren erstarrt in einer Eisschicht. »Wie kann das sein?«

Furchtsam bekreuzigten sich die Frauen. Da streifte sie ein kalter Hauch, er zog vorbei in Richtung der Knechte. »Seht doch!«, stammelte die Zweite, kaum wagte sie den Finger auszustrecken. Von einer unsichtbaren Macht gebahnt, zog sich eine Raureifspur über das gemähte Gras; schon war sie an den drei Schnittern vorbei, eilte weiter den Hügel zum Wäldchen hinauf.

Kein Halten mehr, die Mägde brachten ihre Furcht den Knechten, und dann flohen Frauen und Männer heim ins Dorf. Sie wandten nicht den Kopf, sahen nicht, wie in ihrem Rücken der Tod Gestalt annahm, den Hut tiefer über den Schädel zog und oben von der Hügelkuppe das flache Land ringsum begutachtete.

Der Knöcherne ging wieder hinab, durchmaß jetzt die wogenden Kornfelder im Süden, und die Ähren gefroren zu schwarzem Stroh, sobald sein Fuß über sie hinwegglitt. Er zog seine kalte Spur weit nach West und Nord um die Ebene. Als gegen Abend der Nebel aus den Wiesen stieg, kehrte der Tod von seiner langen Wanderung zurück. Er hatte das Gelände erkundet und für gut befunden. Hier wollte er ernten, wenn die Zeit gereift war. Bis dahin aber musste noch sorgfältige Auslese getroffen werden, damit die Saat ungehindert aufgehen konnte.

Unter der Esche am Bach wartete sein fahles Pferd. Ohne Hast schwang sich der Knöcherne in den Sattel und ritt davon. Nach Süden. Die Umrisse wurden zu grünlich bleichem Dunst, verschwammen bald im Abendnebel.

Hungersnot in Italien. Die Vorräte vom letzten Jahr waren von gierigen Geschäftsleuten ins Ausland verkauft worden. Der Frühling des Jahres 450 hatte sintflutartigen Regen gebracht und die Saat auf den Feldern verfaulen lassen. Jetzt verbrannte die Julisonne ohne Erbarmen auch die Früchte an Sträuchern und Bäumen. Voller Sorge wiegte die Mutter ihr geschwächtes Kind auf dem Arm. Rom litt.

Der Tod lenkte sein Pferd durchs Tor des Kaiserpalastes. Schreie stiegen aus den Kerkerkellern auf. Valentinian III. stand da, den Mund zum Lachen verzerrt, unaufhörlich rieb er die Fingernägel seiner Hände aneinander. »Durchstoß diesem frechen Eunuchen jetzt das linke Ohr«, befahl er dem Foltermeister. »Aber langsam. Ich will hören, wie sein Fleisch verbrennt.«

Das glühende Eisen zischte. Jammervoll schrie Hyacinthus, und süßlicher Brandgeruch zog durch das Gewölbe. Inmitten des Strohteppichs war der zerschundene, nackte Körper mit auseinander gezogenen Armen und Beinen an ein hölzernes Reck gebunden, kraftlos baumelte dem Gequälten der kahle Kopf hin und her. Längst hatte er gestanden: »Im Auftrag der Augusta Honoria brachte ich Brief und Goldring zum Großkönig des Hunnenreiches …«

Doch Valentinian begnügte sich nicht. »Fahre mit der Folter fort.«

Immer größere Wunden klafften an Rücken, Beinen und Brust, zerquetscht waren die Finger und Zehen. Jeder Schmerzenslaut beseelte die Miene des Kaisers, als vernehme er Musik. Und er selbst sang zur Melodie: »Du elender Verschnittener, was hast du getan?«

Seit gestern hatte Hyacinthus hundertfach auf die Frage des Kaisers geantwortet und war stets aufs Neue gepeinigt worden. Heute gelang ihm nur noch unverständliches Brabbeln.

Am Rande der Folterstätte trampelte Valentinian verärgert mit den Füßen, trat gegen das Stroh. »Wer nicht reden will, der benötigt auch keine Lippen mehr.« Der Satz gefiel ihm, er kicherte, brach gleich wieder ab und befahl: »Los, los, du guter Meister. Senge ihm das Maul weg.«

Ein verkohltes Loch blieb. Der Folterer wandte sich um, mit dem Werkzeug in der Hand beugte er vor Valentinian das Knie. »Allmächtiger Kaiser, weil er nicht mehr antworten kann, bitte ich: Gib der armen Seele Ruh.«

»Spielverderber.« Speichel traf das Gesicht des Henkers. »Alle beide seid ihr Spielverderber.« Ein neuer Gedanke wischte den Ärger beiseite. »Gut, der Eunuch soll sich ein Weilchen ausruhen.

Aber lasse ihn so schön zubereitet dort hängen. Bis ich zurück bin.«

Valentinian verließ den Folterkeller und sprang die Stufen hinauf; mit wehender Toga eilte er zum Seitenflügel der Regentin, und ehe Zofen ihm die Tür zum Privatgemach öffnen konnten, hatte er sie schon aufgestoßen. »Mutter, du musst mir helfen, sofort.«

Galla Placidia sah von den ausgebreiteten Pergamenten auf. »So stürmisch, mein Sohn? Was gibt es so Dringendes, dass du bei mir eindringst, ohne dich anzumelden?«

Gleich verzog er den Mund. »Früher durfte ich zu dir kommen, wann ich wollte.«

»Da warst du noch ein Kind. Heute aber ...« Die Regentin griff sich ans Herz, musste vorsichtig atmen. Als die Stiche nachließen und das Lächeln wieder gelang, sprach sie weiter. »Heute aber bist du ein Mann, sogar Vater von zwei schönen Töchtern, und deshalb erwarte ich etwas mehr Rücksicht von dir.«

Valentinian trat dicht vor sie hin, senkte den Kopf und schmiegte kurz das Haar über ihren Arm. So von unten sah er zur Mutter hoch. »Um einen kleinen Gefallen bitte ich dich.« Seine Stimme schmeichelte. »Versprich mir, dass du ihn erfüllst.«

Galla Placidia runzelte die Stirn. Sie kannte ihren Sohn und war auf der Hut. »Wenn es zu deinem und zum Besten unserer Familie ist.«

»Aber ja, Mutter. Ich habe ein Kunstwerk geschaffen, das möchte ich meiner Schwester gerne zeigen. Deshalb sag mir, wo du Honoria versteckt hältst.«

Sie versteifte den Rücken, entschlossen schob sie Valentinian von sich. »Du vergisst, dass wir diese Angelegenheit beredet und abgeschlossen haben. Mit meiner Zustimmung hast du Honoria aller Ämter und Würden enthoben. Dafür erhielt ich dein Wort, dass du ihr nie nach dem Leben trachtest. Um sie an einer Ehe mit diesem furchtbaren Barbaren zu hindern, haben wir sie mit Herculanus vermählt. Auf meinen Befehl hin hält sich das Paar an einem geheimen Ort auf.« Galla Placidia ergriff seine Hand. »Begreife doch, ich verstecke sie nicht vor dir, es geht darum, den von ihr angerichteten Schaden so gering zu halten, wie wir können. Deshalb muss sie einige Zeit unauffindbar bleiben. Selbst für dich.«

Schmollend riss sich Valentinian los. »Du verdirbst mir den Spaß...« Seine Stimme wurde drohend. »Ich bin der Kaiser, Mutter...«

»Nicht weiter, Junge«, bat sie und presste den angewinkelten Arm an ihre linke Seite. »Bitte, lasse mich allein. Ich fühle mich nicht wohl.«

Auf dem Absatz wirbelte Valentinian herum, flog zur Tür und knallte sie hinter sich zu.

Im Kerkerkeller baute er sich vor dem Strohteppich auf. »Lebst du noch? Na los, zeig es mir.« Weil der Geschundene reglos am Reck hing, drohte ihm Valentinian mit dem Finger. »Ach, du verstellst dich? Willst auch nicht mehr mit mir reden? So ist das.« Er schnippte dem Foltermeister: »Sieh nach.«

Der Henker fasste nach dem Hals. »Das Herz schlägt noch.«

»Gut, gut. Dann schlage ihm jetzt den Kopf ab.« Valentinian verschränkte die Arme vor der Brust. »Mir ist der Tag verleidet. Ich will diesen ekelhaft nackten Eunuchenschädel nicht mehr sehen. Aus meinen Augen mit ihm.«

Und das Schwert erlöste Hyazinthus.

Der Tod wartete, bis das Blut im Stroh versickert war, dann schloss er den grauen Umhang und lenkte sein fahles Pferd gen Osten.

In den Bergen oberhalb von Konstantinopel graute ein frischer Morgen herauf. Lange vor Sonnenaufgang verließen die Treiber mit ihren Hundemeuten in großer Stille das Jagdlager. Noch führten sie die Tiere an langen Lederschnüren. Kein Gebell stieg auf, erst wenn jeder Helfer seinen vorbestimmten Platz im dichten Forst erreicht hatte und das Hornsignal ertönte, dann durften die Hunde losgeschickt werden.

Tau nässte die Planen des kaiserlichen Zeltes. Theodosius II. hatte seine engsten Freunde zur Hirschjagd geladen. An der Feuerstelle befreiten Diener mit Blasebälgen die Glut von der Asche und bereiteten über den angefachten Flammen einen Brei aus Milch, Korn und Früchten, süßten ihn mit Honig.

»Ein schöner Tag!« Wohl gelaunt trat der leicht gebeugte Kaiser ins Freie, winkte seinen Gästen und nahm mit ihnen gemeinsam das schlichte Mahl ein. Zehn Goldmünzen lobte er aus für den Jäger, der den ersten Hirsch erlegte. »Aber zwanzig erhält er«, jetzt zuckte ein verschmitztes Lächeln in den Mundwinkeln, »wenn er mir das Wild zum Speerwurf überlässt.«

Hochrufe, Löffel klapperten gegen die Näpfe, ein jeder war bereit, auch dieses Mal seinem Herrscher den Jagderfolg zu erleichtern. Die schnellen Ritte, das Aufspüren der Tiere und sein Verfolgen über Höhen und durch Täler gehörten längst der Vergangenheit an. Seit Jahren schon kesselten die Treiber das Wild ein, hetzten es zu einer ausgewählten Lichtung, und gleich wurde der Ring ganz geschlossen. Dort vermochte dann der körperlich geschwächte Kaiser seine Jagdlust zu stillen.

»Lasst die Hörner erklingen!« Zwei Leibdiener beugten sich nieder, bauten Stufen mit ihren Rücken, und er stieg über sie hinweg in den Sattel. In der einen Hand den Speer, mit der anderen schwenkte Theodosius den weichen Lederhut. »Möge das Glück uns begleiten!« Die Jagd war eröffnet. Pferde schnaubten, und ihre Reiter ließen sie in leichten Galopp fallen.

Der Tod reihte sich in die froh gestimmte Gesellschaft ein, ohne Eile führte er den Knochengaul an die Seite des Kaisers.

Die Lichtung kam in Sicht. Von weither tönte Hundegebell, rasch näherte es sich, jetzt waren auch das ›Ho!‹ und ›Holla!‹ der Treiber zu vernehmen. Theodosius fasste den Speer fester.

Jäh brach der Hirsch aus dem Dickicht; in weiten Sprüngen, das Geweih in den Nacken geworfen, schnellte er über die freie Fläche, gewaltig stießen sich die Hinterläufe im Moos ab. Der Hirsch kam direkt auf den Kaiser zu, wich nicht aus. Noch war der Ring von den Treibern nicht ganz geschlossen, das mächtige Tier sah den einzigen Fluchtspalt, hetzte weiter.

Theodosius riss den Arm mit der Waffe zurück. Da sprang der Hirsch, im Flug streifte sein Gehörn beinah den Jäger.

Das kaiserliche Pferd wieherte, scheute, stieg auf die Hinterhand; Theodosius konnte sich nicht im Sattel halten. Er stürzte, schlug mit dem Kopf hart auf einen Stein und lag reglos da. Helfer und Freunde rannten hinzu. Behutsam drehten sie den Körper, sahen die gebrochenen Augen und jammerten. Es geschah zur Mittagsstunde des 28. Juli im Jahre 450.

Der Tod nickte zufrieden. Ruhig wendete er sein fahles Pferd und kehrte in die Hauptstadt zurück. Noch wollte er Konstantinopel nicht verlassen.

»Der Kaiser ist tot!«

In den Straßen, auf den Plätzen stockte der Atem, die Bürger sahen sich an. Einige Frauen begannen zu weinen, ihre Nachbarinnen fielen mit ein, lauter wurde das Schluchzen, und bald legte die ganze Stadt den Trauerflor an. Männer schlugen sich gegen die Brust. »Was wird nun werden?«

»Der Kaiser ist tot.« Die Nachricht war durch den Palast geeilt, von Saal zu Saal, und hatte Kanzler Chrysaphius zur gleichen Zeit erreicht wie im Ostflügel die Schwester des verunglückten Herrschers.

Trotz seiner Leibesfülle war der Eunuch auf die Knie gesunken und hatte in tiefem Schmerz zu den Deckenmosaiken geblickt. »Großer Gott! Nimm dich seiner Seele an. Nie gab es einen sanfteren, milderen und so menschlichen Kaiser wie ihn.« Er schluckte und wischte die Tränen von den Wangen. »O Herr, stärke mich für die nun schwere Bürde. Gib mir Kraft und Weisheit, die Geschicke des Reiches zu lenken, bis ein neuer Augustus den Thron besteigt.« Mit erstickter Stimme breitete Chrysaphius vor dem Allmächtigen alle Staatssorgen aus und erflehte seinen Beistand.

Auch Pulcheria kniete in ihrem spärlich eingerichteten Gemach. Längst hatte sie die Bitte für das Seelenheil des Bruders abgeschlossen. Nun stützte sie das Kinn auf die gefalteten Hände. Gedanken belebten das eingefallene, scharfkantige Gesicht. Durchs Fenster fiel ein Sonnenstrahl, wärmte aber den Blick ihrer Augen nicht. Und als das Licht weitergewandert war und die geöffnete

Bibel auf dem Lesepult erhellte, sagte die fromme Frau kühl und vernehmlich: »Hab Dank, Herr, für den Weg, den du mir gewiesen hast. Deine Dienerin wird dir in allem gehorchen.« Damit erhob sie sich und verließ den Ostflügel.

Seit ihre beiden Schwestern gestorben waren, pflegte Pulcheria gewöhnlich nur in Begleitung ihrer Nonnen durch den Palast zu schreiten. Heute aber befahl sie vier Bewaffneten der Palastwache, ihr zu folgen.

Mit gewaltigem Splittern platzte die Flügeltür zu den Gemächern des Hofmeisters auf. Chrysaphius kniete immer noch auf dem Marmorboden. Ehe er den Kopf wenden konnte, bedrohten ihn vier Schwertspitzen. »Wer wagt es?«, fuhr er die Männer an. »Wer gab euch den Befehl, mich auf diese pöbelhafte Weise zu überfallen? Noch dazu an solch einem Unglückstag?«

Eckigen Schritts näherte sich ihm die kaiserliche Schwester. »Ich, Augusta Pulcheria, von nun an Regentin des Ostreiches. Denn ich bin die einzige, in deren Adern noch das Blut unseres Herrschergeschlechts rollt.«

Chrysaphius nestelte sein rotes Seidentuch hervor und tupfte sich die Stirn. Mühsam gefasst nickte er. »Darüber, liebste Freundin, sollten wir in Ruhe reden. Die Reichsgeschäfte benötigen eine starke Hand und nicht die zarten Finger einer Frau.«

Kurz holte Pulcheria aus und schlug ihm den knöchernen Handrücken zwei Mal ins Gesicht. »Ich habe lange Jahre geherrscht, und Theodosius war froh, mir die Regierungsmühe zu überlassen. Dann kam seine Gemahlin und drängte mich beiseite; du Verschnittener jedoch, du hast dich ins Herz meines Bruders eingeschmeichelt und mir die Macht ganz entrissen.« Wieder schlug sie mit aller Härte zu. Blut sprang aus der vollen Unterlippe. »Seit ihrer Trennung von Theodosius betet Kaiserin Eudocia in Jerusalem, ganz vom Glauben umfangen. Dich aber muss ich entfernen, und zwar sofort, so wie es mir der Allmächtige aufgetragen hat.« Sie trat zur Seite. »Hinweg mit ihm!«

Chrysaphius hatte die Augen geschlossen und rührte sich nicht. Die Bewaffneten versuchten ihn aufzurichten, doch der füllige

Leib war zu schwer. Je zwei der Männer ergriffen den Kanzler an den Armen, so schleiften sie ihn davon.

Pulcheria wollte nicht den Kaiserpurpur, sie wollte allein die Macht. Und so suchte sie nach einem Augustus, der den Thron besteigen sollte und ihr hörig war. Die Wahl der frommen Jungfrau fiel auf einen alten, verdienten Krieger.

»Ja, ich bin bereit.« Pflichtbewusst wie ein guter Legionär stellte sich Marcianus dieser Aufgabe.

Pulcheria verschränkte die Arme vor dem vertrockneten Busen. »Ein Opfer muss noch von mir gebracht werden: Du sollst mit unserem Herrschergeschlecht verbunden sein, deshalb wirst du mich zur Gemahlin nehmen.«

Nichts regte sich in der Miene des alten Kämpfers. »Großmächtige Regentin, ich bin dein Diener.«

»Allerdings«, nun hüstelte Pulcheria, befühlte den schmalen Grat ihres Nasenrückens, wieder hüstelte sie und rang sich die Worte ab: »Allerdings wird meine Keuschheit niemals von dir angetastet, so wie Joseph auch Maria nicht anrührte. Den Schatz der Jungfräulichkeit will ich mir bewahren und dies auch öffentlich bekennen. Schwöre, dass du niemals die Ehe an mir vollziehen wirst.«

Unmerklich wie ein Hauch glitt Erleichterung über das Gesicht des Erwählten. Er hob die Hand und gelobte: »Bei Gott, ich schwöre es.«

Am Vorabend des 25. August im Jahre 450 klirrten Schlüssel tief in den Kellern des Palastes. Das schwere Eisengitter zum Kerkertrakt schwang auf. Allein betrat die kaiserliche Braut das Verlies. Chrysaphius wuchtete sich von der steinernen Bank hoch. »Hat dein Herz doch ein Einsehen? Hat das Gericht endlich entschieden?«

»Der Allmächtige über Himmel und Erde und ich, die Augusta, sind deine Richter.« Mit erhobenem Finger stand Pulcheria wie ein Racheengel da. »Höre dein Urteil, Verschnittener. Weil du die Schwäche meines Bruders für deinen eigenen Vorteil ausgenutzt hast, fällt dein gesamtes Vermögen an die kaiserliche Schatztruhe. Weil du versuchtest, auf dümmliche Weise den hunnischen Barbaren ermorden zu lassen, und das Attentat fehlschlug, hast du unser Reich in tiefe Schmach gestürzt und neue Bedrängnis für das Volk heraufbeschworen.«

»Gib mir Gelegenheit zu erklären!«

»Schweig!« Der dürre Finger zielte auf die Brust des Eunuchen. »Diese beiden Gründe von vielen genügten Gott und mir allein schon, um das Urteil zu fällen: Du hast dein Leben verwirkt. Die Schwere deiner Verfehlungen wirst du zuvor abbüßen, um gereinigt vor deinen Schöpfer treten zu können. Möge er sich deiner Seele erbarmen!« Mit hölzernem Ruck kehrte Pulcheria um, und das Gitter zum Kerkertrakt schlug hinter ihr zu.

Von den Folterknechten wurde Chrysaphius aus seinem Verlies in die geräumige Torturhalle getrieben. Wie gemeinsam jagende Raubtiere rissen sie ihm die Kleider vom Leib, und als er nackt und keuchend vor ihnen zwischen den Marterinstrumenten hin und her floh, nahmen die Knechte ihre Knüppel und hieben auf ihn ein. Immer wieder trafen sie Stellen, die schmerzten, und sorgsam achteten die Peiniger darauf, dass keine Ohnmacht den Tod linderte; erst als der Verurteilte in die Knie brach, der an hundert Stellen aufgeplatzte riesige Leib zusammensank, zertrümmerten sie den Schädel.

»*Vivat Marcianus!*« Die Zurufe aller Generäle und Senatoren bestätigten die Wahl am nächsten Morgen. »*Vivat Augustus!*« Mit dem Purpurmantel bekleidet ließ sich der altgediente Krieger auf dem Thron nieder.

Draußen in der Stadt schlemmten die Bürger auf Kosten des neuen Herrschers und tranken sich in den Jubel: »Hoch lebe der Kaiser!« Sie übten den Namen: »Hoch lebe Marcianus! Marcianus, unser Wohltäter!«

Schwärme weißer Tauben stiegen in den blauen Augusthimmel und flogen über das Goldene Tor hinauf zu den Bergen.

Der Tod zog den grauen Hut tiefer in die Stirn. Er ließ sein

Pferd antraben, überwand die mächtige Mauer im lang gedehnten Sprung, der weiter in die Lüfte führte; bald umwucherte ihn eine Wolke, schwarz und blasig. Dunstfäden bewegten sich an den Rändern; sie nahmen Gestalt an und wurden zu schwarzen Falken. Die Raubvögel stießen auf die Tauben nieder; noch im Sturz griffen ihre Krallen den Unschuldigen ins Herz, und am Boden färbte Blut das weiße Gefieder.

Schlechte Nachrichten! Beide Gesandtschaften waren zurück in der hunnischen Königsstadt, und keiner der Sprecher wollte als Letzter vor Attila treten. Denn wie ein Vulkan erst grollt, danach aber Feuer und Asche und Verderben bringt, so verlief auch der große Wutausbruch des Herrschers. Und weder Constantius noch Scotta wollten von seiner ganzen Wucht getroffen werden.

Am Morgen vor der Audienz standen sie in der Kanzlei und sprachen gleichzeitig auf den obersten Ratgeber ein.

»Die Botschaft aus Konstantinopel hat Vorrang.« Mit kurzen Schlägen hämmerte Constantius den Dokumentenköcher in seine offene Linke. »Schließlich geht es um Gold. Viel Gold.«

»Was bedeutet schon schnöder Mammon? Bei mir geht es um Herzensdinge.« Mit dem überlegenen Ton des Diplomaten versuchte Scotta den Bruder zu beeinflussen: »Ich komme aus Rom zurück und muss meinem König eine Antwort überbringen, die seine Braut betrifft. Gibt es etwas Wichtigeres? Ich denke, nein.«

Onegesius sah von einem zum anderen, nichts in der Miene verriet seine Gedanken. Schließlich sagte er kühl: »Hasenfüße seid ihr, alle beide. Bei dir, Constantius, kann ich der Furcht noch etwas Verständnis entgegenbringen, weil du noch unerfahren bist.« Der Zeigefinger drohte dem Bruder. »Du aber solltest dich wirklich mit der Übermittlung schlechter Nachrichten auskennen. Nein, verteidige dich nicht. Ganz gleich, wie der Fürst die Antwort aufnimmt, du wirst es ertragen.« Er zückte eine Goldmünze. »Wir müssen vor Attila im Audienzsaal sein. In der gebotenen Eile, und um jede Parteilichkeit auszuschließen, soll das Los entscheiden. Wenn der Kopf oben liegt, wird Constantius als erster vortreten.« Ein Schnippen, das Glitzern wirbelte hinauf, herunter, rollte über den Boden und das Abbild des verstorbenen Kaisers Theodosius blieb sichtbar.

Langsamer als gewöhnlich schritt Attila durch die Halle, auch sein Gruß im Vorbeigehen war gedämpfter als sonst. Mit verhaltenem Stöhnen ließ er sich auf seinem erhöhten Stuhle nieder: »Was für ein Morgen!« Der Besuch bei seiner jüngsten Nebenfrau in der vergangenen Nacht schien ihn sichtlich angestrengt zu haben.

»Mein Fürst, wir schreiben heute den 30. September. Vor dir erschienen sind …«

»Wage es nicht, mir unsern Schreiber und deinen Bruder vorzustellen.« Er wedelte ihnen zu. »Fangt an.«

Mit beiden Händen hielt sich Constantius am ledernen Köcher fest. »Großkönig. Vieles hat sich am oströmischen Hof verändert. Ich will sagen, der Luxus ist weniger geworden, oder besser noch, die Augusta Pulcheria verzichtet auf übermäßigen Prunk, und der neue Herrscher ist eher ein Kohortenführer als ein Kaiser …«

»Langweile mich nicht. Über die vertrocknete Feige und ihre Holzpuppe bin ich bestens im Bilde. Du solltest dem Paar meine Grüße überbringen und gleichzeitig an die fällige Tributzahlung erinnern.«

Constantius zog die Schultern hoch, als wolle er seinem Kopf einen festeren Sitz verschaffen. »Nichts, Herr.«

»Was sagst du?« Langsam ballte und öffnete Attila die Hände. »Werde deutlicher. Raus damit.«

»Es ist wahr, Herr. Nichts. Kaiser Marcianus fühlt sich nicht an die Vereinbarungen zwischen dir und seinem Vorgänger gebunden. Er stellt ab sofort sämtliche Tributzahlungen ein.«

Jede Müdigkeit war verflogen; die Fäuste rieben über die kunstvoll geschnitzten Thronlehnen. »Hat dieser Weiberknecht eine Erklärung dazu abgegeben?«

Fahrig öffnete Constantius die Lederhülle, seine Hand zitterte, als er dem Großkönig das Schreiben hinstreckte, doch der schüttelte den Kopf. »Kerl, ich will es von dir hören.«

»Ja, Herr.« Zweimal musste der Bote schlucken, ehe er den Mut fand. »Wenn du, Großkönig, dich künftig still und ruhig verhältst, dann würden dir die Römer hin und wieder ein kleines Geschenk zukommen lassen.« Die Stimme wurde vorsichtiger. »Solltest du aber mit Krieg drohen, so werden dir die Römer mit ebenbürtigen Streitkräften entgegentreten.«

Böse lachte Attila auf: »Dieser Schwätzer! Marcianus prahlt doch nur. Dieser aufgeblasene Emporkömmling!« Er hieb auf die Schnitzereien. »Dieses Nichts von einem Mann! Wenn er Krieg will, so soll er ihn haben!«

Attila warf sich zurück in den Thron. »Vergrabe das Schreiben in der Kanzlei; es ist es nicht wert, von mir gelesen zu werden. Aus meinen Augen, Schreiber! Gewiss erwartest du keinen Dank für diese Botschaft.«

Aufatmend zog sich Constantius zurück und verließ leise die Halle.

Die Lider fest geschlossen, marterte Attila mit Daumen und Mittelfinger den Stirnwulst über seinen Augen. Verstohlen suchte Scotta den Blick des Bruders, Onegesius aber war selbst tief in Gedanken und bemerkte es nicht.

Endlich winkte der Herrscher seinen obersten Diplomaten näher. »Ich hoffe, du bringst mir aus Rom bessere Nachrichten.«

Ob blumig ausgeschmückt oder nüchtern berichtet, in jedem Fall schien Scotta dem Unwetter nicht entkommen zu können, und so hatte er sich für den direkten Weg entschieden. »Mein großmächtiger Herr! Die Antwort des Weströmers ist beschämend. Bitte erspare mir die Schilderung Valentinians bei der Audienz, seine Wortwahl war reine Beleidigung. Nur die Fakten: Er weist den Heiratsantrag und deine Forderung nach der Hälfte des Westreiches zurück. Als Gründe führt er an, dass einer Frau keine Regierungsgewalt zustehe, da die Römer nur eine männliche Erbfolge kennen, nicht aber eine weibliche.« Scotta hatte zu schnell gesprochen, der Atem fehlte. Hörbar saugte er die Luft ein, ehe er fortfuhr: »Außerdem lässt dir Valentinian bestellen, dass eine Ehe zwischen dir und Honoria gar nicht möglich sei, weil sie … weil sie schon verheiratet ist.«

Ein Ruck ging durch Attila. »Betrug! Der Weströmer wagt es, mir die Braut vorzuenthalten! Er hat sie verheiratet, obwohl ich durch Ring und Brief die älteren Rechte an ihr besitze.« Der König erhob sich und zugleich wich Scotta einen Schritt zurück. »Das ist richtig, Herr.«

Attila stampfte auf ihn zu. »Weißt du, was diese Botschaft bedeutet?«

Weiter tappte Scotta rückwärts in Richtung Ausgang. »Ein Unglück?« Die Stimme haspelte. »Soll ich … ich könnte … gut, ich werde noch einmal in Rom vorsprechen? Vielleicht …«

»Wehe dir!« Unvermittelt war jeder Zorn verflogen. »Du hast gute Arbeit geleistet.« Attila lachte in das verwirrte Gesicht und wandte sich an den älteren der beiden Griechen. »Es ist soweit, mein Freund! Rom hat uns geliefert, was wir erhofft haben.«

»Mein Fürst, ich gebe zu bedenken …« Onegesius zögerte, sah auf den Bruder und bat ihn. »Bitte lasse uns allein. Und wundere dich nicht, dass deine vermeintlich erfolglose Mission so wohlgelaunt aufgenommen wurde. Bald werde ich dich einweihen. Geh jetzt.«

Kaum waren sie allein, zog der König den hageren Mann zur übrig gebliebenen Hälfte des Wandteppichs. »Siehst du, mein Freund. Damals beseitigte ich den zweiten Adler, weil der Himmel über uns für mich sonst zu klein geworden wäre. Inzwischen aber sind meine Schwingen noch gewachsen, und ich beanspruche viel mehr Jagdraum als jemals ein Hunnenkönig vor mir.«

»Mein Fürst, bedenke die Nachricht aus Konstantinopel. Sie birgt Gefahr und Schwierigkeit zugleich. Ostrom bereitet sich auf eine Gegenwehr vor.«

»Ach Freund, höre endlich auf, düstere Farben zu suchen. Ich habe den Bären so geschwächt, dass er kaum noch die Pranken heben kann.«

Unbeeindruckt sah Onegesius den Herrscher an. »Ich versprach, all meinen Verstand einzusetzen, damit das große Vorhaben gelingt. Wenn unter unseren Verbündeten ruchbar wird, dass Konstantinopel dir die Tributzahlungen verweigert und du dich deshalb ihnen gegenüber nicht mehr so großzügig zeigst…« Er zögerte, setzte dann hinzu: »Also wittern die Stämme einen möglichen oströmischen Angriff im Rücken, und wenige von ihnen werden sich uns anschließen. Zum andern aber wird dir der ausbleibende Tribut als Schwäche ausgelegt. Ich denke besonders an den Gepidenkönig Ardarich; er wird seine scharfe Zunge nicht zügeln…«

»Verflucht«, Attila griff in den Hemdstoff, zog den Ratgeber näher und gab ihn gleich wieder frei. »Dieser Schlangenkopf wird sich die gesamte Aufrüstung seiner Truppen von mir bezahlen lassen…«

»Und wir werden ihn bezahlen«, ergänzte Onegesius, »und zwar in römischen Münzen.«

»Sei nicht so aufreizend ruhig«, knurrte Attila. »Wenn ich besorgt bin, dann solltest du es umso mehr sein.«

»Ich habe bereits darüber nachgedacht.« Ein Lächeln nistete sich in den Augenwinkeln ein. Der Grieche zückte die Goldmünze aus dem Gürtel und überreichte sie. »Bitte, mein Fürst, nimm den Solidus als Geschenk von mir.«

»Ein Spaß?« Der Ton nahm gefährliche Schärfe an. »Du wagst es, Freund, wagst mich zu verspotten? Gib mir Tausende davon, dazu noch dein ganzes Vermögen, dann wäre es eine Geste…«

»Bitte, zürne nicht.« Onegesius hob die Hand. »Ich wage nicht mehr, vor dir zu scherzen. Diese Münze aber bedeutet die Lösung des Problems. Wenn wir von den Römern keinen Tribut mehr erhalten, dann sollten wir den Solidus selbst prägen. Für unsere Goldschmiede ist es ein Leichtes, das Konterfei des Theodosius zu kopieren.«

Der Gedanke wurzelte, schnell wuchs er zu einem breiten Schmunzeln heran. »Du verfluchter griechischer Schlaukopf! Wir verteilen die Münzen unter unsern Verbündeten. Keine Unruhe kommt auf; kein Gerücht über angebliche Schwierigkeiten mit den Oströmern entsteht.« Attila schnappt nach dem Solidus. »Und alle werden sich mit Begeisterung meinem Kriegsheer anschließen. Ach, Freund.« Er dehnte den Rücken. »Du sorgst immer wieder dafür, dass du mir unentbehrlich bist. Soll ich deinen Lohn erhöhen?«

Unmerklich schüttelte Onegesius den Kopf. »Besitz habe ich genug«, sagte er mehr zu sich selbst. »Und Liebe ist unbezahlbar.« Ein Räuspern, und der nüchterne Ratgeber sprach wieder aus ihm: »Mein Fürst, wann gedenkst du die Unterkönige und Stammesführer von dem Feldzug zu unterrichten?«

»Ab nächster Woche.« Dem Rang nach sollte der Gepide als erster informiert werden. »Dann lass unsere Kuriere ausschwärmen. Spätestens Mitte Oktober müssen unsere Völkerstämme mit der Aufrüstung beginnen.« Attila ging zum Tisch und trank gierig aus dem Krug, setzte schwungvoll ab, und das Wasser schwappte nach, nässte ihm Kinn und Brust. »Mein Freund, du solltest dich auch vorbereiten, deine Muskeln üben, denn wir werden Seite an Seite reiten und lange unterwegs sein. Und jetzt ziehe ich mich ins Kartenzelt zurück und lasse mir von unserem Bagauden die Heerstraßen in Gallien beschreiben.«

Sofort runzelte Onegesius die Stirn. »Das Wissen dieses Eudoxius mag groß sein. Ich hoffe nur, dass seine Angaben auch zutreffen.« Gleich überging er seine kleine Stichelei. »Ich möchte vorschlagen, dass der gallische Informant warten soll. Erinnere dich, mein Fürst, für den Nachmittag hast du Prinz Ernak zu einem Gespräch hergebeten. Ich denke, eure Unterredung wird für beide keine reine Freunde sein.«

»Nicht heute. Meine Gedanken sind jetzt mit der Zukunft des Reiches beschäftigt. Heute will ich den Kriegszug weiter planen und nicht…« Mit einem Mal fahrig sah Attila zum Griechen auf. »Seine Mutter hat mich bedrängt. Du weißt es, mein Freund. Und vor zwei Tagen musste ich mir erneut Vorwürfe der Großkönigin anhören. Lasse meinem Sohn ausrichten, dass ich ihn morgen sehen werde. Und zwar nicht hier. Sorge für einen ruhigen Raum.«

Der Ratgeber neigte den Kopf. »Mein Badehaus bietet eine entspannte Atmosphäre …«

»Einverstanden. Und nun bin ich beschäftigt.« Großen Schritts verließ der Herrscher den Audienzsaal.

Onegesius sah ihm bekümmert nach. »Gern würde ich dir auch diese Bürde abnehmen. Aber weil du Vater und König zugleich bist, musst du dich selbst zwischen Herz und Vernunft entscheiden.«

Dämpfe drangen durch die schmalhohen Öffnungen der Marmorwände. Ein heißer wohlriechender Dunstatem, schwer und herb vom Geruch nach Zedern, Amber und Aloe legte sich auf die Haut der beiden Männer, schmeckte auf der Zunge, weitete die Nasen und trieb den Schweiß. Nach genauen Anweisungen des obersten Ratgebers war die Duftmischung für den Badebesuch von König und Prinz zusammengestellt worden.

Onegesius hatte den Baumeister und Wärter seiner Therme gewarnt: »Keine Belästigung.« Den Sklavinnen musste eingeschärft werden, sie sollten so unsichtbar bleiben wie möglich und dürften sich den vornehmen Gäste nur auf deren ausdrückliches Begehr nähern, sei es für das Beseitigen von Ungeziefer oder für andere Wohltaten des Körpers. »Früchte, Säfte und Wein müssen in der Ruhehalle bereitstehen. Und, bei deinem Leben, keine neugierigen Lauscher! Der Gong wird dich rufen, um Wünsche entgegenzunehmen.«

Attila und Ernak saßen sich im Dunst gegenüber. Bisher hatten sie kaum gesprochen. Hin und wieder verlangte eine Frage des Königs nach Antwort, löste auch kurzes bitteres Lachen bei Ernak aus. »Ja, die Kräfte kommen langsam zurück. Ich übe täglich mit Truppführer Keve.« – »Meine Schmerzen sind vorbei.« – »So glaub mir doch, Vater, ich war nicht leichtsinnig. Der Zwerg musste sterben.«

Danach war wieder Schweigen zwischen ihnen, und lauter wirkte das Fauchen, mit dem die Dämpfe aus den Marmorspalten drangen. Wurde der duftende Nebel lichter, sah der Sohn gespannt dem Vater ins Gesicht, wartete. Doch Attila erwiderte den Blick nicht, saß nur da, die Lider halb gesenkt, und Schweiß rann ihm über Brust und Bauch, tropfte von den kraftvollen Armen. Ein neuer Dampfstoß verhüllte den Großkönig. Mit einem Mal sprach er aus dem Nebel: »Krieg, mein Sohn. Er ist beschlossen. Ich werde den Westen unterwerfen. Außer meinem Ratgeber weißt bisher nur du von meiner Entscheidung. Begreifst du? Ich unterrichte dich noch vor deinen Brüdern. Und warum? Weil die Weissagung prophezeit, dass sie untergehen werden, in dir allein aber sich mein Geschlecht dereinst neu erheben wird. Dies bedeutet Ehre und Pflicht zugleich. Begreifst du, was ich damit sagen will?«

»Vater?« Ernak dehnte das Wort und setzte tastend hinzu: »Viel durfte ich von dir lernen, und ich bin bemüht, dich nicht zu enttäuschen.«

Die Sicht wurde freier. Jetzt fasste der Blick des Königs nach dem Prinzen. »Wir werden zusammen nach Gallien reiten. Im Feldlager oder auch während des Kampfes darf es keine Unklarheit zwischen uns geben. Deshalb habe ich dich zu mir gebeten, um mit dir ernst und offen über deine Zukunft zu sprechen.«

Rasch nahm Ernak das Leintuch, verbarg sein Gesicht, trocknete sich viel zu lange, rieb auch durchs Haar, als er den Stoff sinken ließ, zitterte ihm das Kinn. »Darf ich …?«

»Warte, Junge, höre dir erst an, was dein Vater für dich plant, dann erlaube ich dir zu sprechen.« Eine Wolke verbarg ihn wieder. »Du musst für Söhne sorgen. Deshalb werde ich dich verheiraten. Sobald wir siegreich vom Feldzug zurück sind, werde ich dir eine Hauptfrau auswählen …«

»Vater …«

»Nein, du schweigst, Junge!« Die Stimme wurde lauter, der Ton bestimmter. »Du bist mein Lieblingssohn, Ernak. Mein Herzblut rollt in deinen Adern, ich weiß es. Wenn ich mal nicht mehr bin, so wird Ellac den Thron des Großkönigs besteigen. Dich aber werde ich nach deiner Heirat mit vielen unanfechtbaren Rechten am Hofe ausstatten. Mehr noch, ich erhebe dich zum Unterkönig. Die Kinder Ellacs und Dengiziks schließe ich von der Thronfolge aus, und so wirst du das neue Herrschergeschlecht begründen.« Attila beugte sich vor und stemmte die Arme auf seine Oberschenkel.

»So sehr liebt dich dein Vater.« Sein Lächeln bat um ein Lächeln. »Nun, ist das Beweis genug?«

Ernak faltete die Hände vor der Brust, verkrampfte seine Finger ineinander, dass die Knöchel weiß wurden. »Ich danke dir für deine Großzügigkeit.« Kein Nebelversteck kam zu Hilfe, er musste dem Vater in die Augen sehen. »Meine Pflichten als Prinz und als Sohn sind mir bekannt. Auch weiß ich, was Gehorsam bedeutet. Nur in einem Punkt erbitte ich deine Güte. Vater, lasse mich die Hauptfrau wählen. Bitte, suche mir keine Gemahlin unter den adeligen Mädchen, denn ich ... ich habe meine Frau schon gefunden.«

»Sohn, lieber Sohn«, murmelte Attila, »deine Mutter hat davon gesprochen. Aber es ist doch ganz sicher nur eine Schwärmerei für schönes festes Fleisch unter weicher Haut. Hab ich Recht?«

»Vater!«, begehrte Ernak auf. Das Fauchen des Dampfes ließ ihn mehr wagen. »Bitte, sprich nicht so abfällig von ihr. Sie ist keine Hure, keine Sklavin.«

»So? Habe ich mich etwa verhört?« Der Ton wurde beißender. »Oder sollte dieses Weib nicht doch Burgunderin sein, eine Sklavin, die mit dem Hurenwagen hergebracht wurde?«

»Du weißt genau, von wem wir sprechen!« Der Sohn rang um Beherrschung. »Sie ist deine Stallmeisterin, Vater. Und ich liebe Goldrun. Gib sie mir zur Hauptfrau. Bitte.«

»Wir sind das Königsgeschlecht der Hunnen, wir vermischen uns nicht mit dem Blut des einfachen Volkes und schon gar nicht mit dem Blut der Burgunder.« Attila richtete den Oberkörper auf. »Hör mir genau zu, mein Sohn. Du wirst die Stallmeisterin nicht zur ersten Gemahlin nehmen. Weil sie tüchtig ist, darfst du sie beschlafen, sooft du willst; ja, auch als Nebenfrau erlaube ich sie dir. Mehr nicht.«

»Verzeih, Vater«, erregt schlug Ernak beide Fäuste auf die Sitzbank, »ich ... ich kann dir nicht gehorchen.« Er sprang hoch, stürzte nach draußen und schlug die Tür hinter sich zu.

Wenig später folgte ihm der Vater. »Begleite mich zum kalten Wasser«, sagte er ruhig. »Ehe wir unser Gespräch fortsetzen, benötigen Körper und Geist eine Abkühlung.«

Der Klang seiner Stimme erlaubte kein Zögern. Ernak folgte ihm. Beide gingen durch ein Becken mit kniehohem, lauwarmem Wasser und stiegen dann ins Kalte, tauchten die Köpfe unter. Attila schnaubte, spuckte und schüttelte sich. Sein Sohn prustete und rang nach Luft. Der Schreck des Blutes lockerte die Spannung, und beim Lachen des Vaters schöpfte Ernak erneut Hoffnung. Als sie abgetrocknet in den Ruheraum zurückkehrten, füllte er zwei silberne Pokale mit Wein und brachte einen dem Vater. »Ich verehre und liebe dich.«

Attila trank ihm zu. »Weißt du noch, wie wir früher gespielt haben? Ich war der zornige Bär und du der tapfere Hund.«

»Genau erinnere ich mich daran. Und wenn ich mich nicht abschütteln ließ, dann durfte ich dich besiegen, und du versprachst mir zum Lohn dein Fell.«

»Und mein Herz«, setzte Attila hinzu. »Vergiss das nie.«

Ernak nahm den warmen Ton auf. »Weißt du, Goldrun ist die Tochter eines Gutsherrn. Er war Vasall des Burgunderkönigs. Von Geburt gehört sie also beinah dem Adel an.«

»Versuche nicht mich umzustimmen.« Die Lippen blieben weich, nur in den Augen glitzerte Härte. »Niemals wirst du diese Frau zu deiner ersten Gemahlin nehmen.«

Obwohl der Kampf längst verloren war, wollte Ernak nicht aufgeben. Trotz stieg, gefahrvoller, zorniger Trotz. Er wandte sich ab; ohne den Vater anzusehen sagte er: »Ich verzichte auf alle Ansprüche bei Hof. Und wenn du es verlangst, verzichte ich sogar darauf, dein Sohn zu sein. Alles tausche ich ein für mein Glück und werde Goldrun heiraten.«

Attila hob nicht die Stimme. »Dann … werde ich sie töten lassen.«

Wie von einem Dämon angerührt erstarrte der Sohn, erst nach heftigem Atemholen wandte er sich um. »Vater! Du könntest mir wirklich so Furchtbares antun?«

Die Kälte klirrte nun in jedem Satz. »Um dich zur Vernunft zu bringen, scheue ich nicht davor zurück, dieses Weib zu beseitigen. Nein, drohe nicht mit gemeinsamer Flucht. Du weißt, ganz gleich, wie weit ihr reitet und an welchem Ort ihr euch versteckt, wir spüren euch auf. Und es wird immer nur ihr Tod sein. Selbst wenn sie deine Nebenfrau wäre und ich eine zu innige Verbindung zwischen euch feststellen muss, wird sie sterben.« Attila ließ den Becher aus seiner Hand und dem Sohn vor die bloßen Füße fallen. Hart schlug das Silber auf, Wein spritzte. »Ich verliere meine beste Stallmeisterin, doch sie ist ersetzbar. Du aber nicht.« Er griff nach Ernaks Schultern und zog ihn langsam, doch mit ungeheurer Kraft an sich; erst als das Sträuben etwas nachließ, der junge Körper den älteren berührte, sprach der Großkönig weiter: »Die Stallmeisterin wird uns auf dem Feldzug begleiten. Es bleibt dir also Zeit genug, zur Vernunft zu kommen. Nutze diese Frist, reiße sie dir aus dem Herzen. Denn nach dem Sieg und unserer Heimkehr werde ich eine große Hochzeit für dich ausrichten.« Seine Hand umschloss das Genick, er drückte seine Stirn gegen die Stirn des Sohnes. »Du bist von meinem Blut. Junge, mein Prinz, keine noch so schöne Frau ist es wert, dass ein Mann ihretwegen den Verstand verliert.« Er gab ihn frei. »Und nun wollen wir nicht mehr darüber sprechen.«

Das Blut war Ernak aus dem Gesicht gewichen. »Ich habe begriffen«, flüsterte er. Die Nasenflügel bebten. Die Stimme wurde etwas fester: »Darf ich mich entfernen?«

Attila sah ihn prüfend, beinah verwundert an. »Noch nie habe ich … Ja, geh nur, mein Sohn.«

Verloren, mit gesenktem Kopf verließ Ernak den Ruhesaal.

Hinter ihm schlug der Vater heftig den Gong und verlangte nach seinem obersten Ratgeber.

Eilig zogen die Wolken über Wiesen, Felder und den Hügelrücken zwischen Suippes und Châlons. Oben im Eichenwäldchen bürstete der Wind die letzten Blätter aus den Kronen, kalt fuhr er über die Anhöhe. Spätherbst in Gallien; die Äcker ringsum lagen brach, das Gras war welk. Von Woche zu Woche mehr verloren die Farben ihre Kraft. Und die Esche am Bach reckte ihr kahles Astwerk gen Himmel.

Galla Placidia trat ans Fenster des Audienzsaales. Sie wollte diesem Mann ihre Furcht nicht zeigen, nicht das Zittern der Hände. Flavius Aëtius, der Heerführer, der mächtigste General des Reiches, mit ihm verband die Regentin seit Jahrzehnten eine Hassliebe. Sie atmete heftig, sah auf die Dächer der Häuser unterhalb des Kaiserpalastes, weiter entfernt spiegelte sich der Himmel bleiern im Wasser des Tibers.

So oft hatte sie Aëtius in Ungnade fallen lassen, ihm nach dem Leben getrachtet; jedoch er war nicht zu besiegen, nicht zu bestechen, und keinem Nebenbuhler war es gelungen, ihm die Machtstellung zu nehmen. Und weil Galla Placidia diesen stärksten aller Arme im Westreich benötigte, hatte sie ihm die Ämter und Würden geben müssen, nach denen er verlangte. Niemals aber war Wärme zwischen ihnen entstanden. Und jetzt forderte er eine Entscheidung. Er bat nicht, fragte nicht, nein, er forderte.

Die scharfen Falten um ihre Mundwinkel vertieften sich. »Sind deine Spione verlässlich?«

Ein kurzer Laut in ihrem Rücken, ob er Empörung oder gar Spott bedeutete, war nicht auszumachen, dann tönte seine volle ruhige Stimme: »Mit Verlaub, Regentin, gäbe es einen Zweifel, hätte ich nicht den weiten Weg nach Rom unternommen. Nicht jetzt zu dieser Jahreszeit …«

»Und wenn ich dich wegen einer anderen Sache gerufen hätte?«, unterbrach sie ihn scharf. »Wärst du meinem Befehl gefolgt, obwohl die Straßen jetzt Ende November womöglich etwas beschwerlicher zu bereisen sind?«

»Ich verlange von meinen Männern Gehorsam, und eben diesen Gehorsam übe ich selbst meiner Regentin gegenüber.« Er ließ eine Pause, ehe er ernst hinzusetzte. »Wir sollten nicht streiten, Herrin. Denn die hunnische Bedrohung verlangt jetzt Einigkeit von uns. Jedes kleinliche Aufrechnen, ob nun zu Recht oder nicht, schwächt uns nur.«

Galla Placidia zog den Schultermantel enger vor der Brust zusammen und wandte sich dem General wieder zu. Mit dem Blick maß sie die immer noch kraftvolle Gestalt. Er trug einen schimmernden Harnisch, die Arme hielt er im Rücken unter seinem blauen Umhang verschränkt. Über der Stirn kräuselte sich angegrautes Haar und verriet sein Alter. Jedoch die Härte im Blick der hellen Augen machten die sechzig Jahre gleich wieder vergessen. Würdevoll ging sie an ihm vorbei zum Tisch mit den Dokumenten und ließ sich auf dem hohen Stuhl nieder. Eine Geste bat ihn auf den Platz ihr gegenüber. »Was ist zu tun?«

»Wir müssen Verbündete gewinnen.« Aëtius legte die Fingerkuppen beider Hände gegeneinander. »Falls Attila mit einer Streitmacht von solcher Größe heranzieht, wie ich es befürchte, wird uns nur ein festes Bündnis mit den westlichen Völkern in die Lage versetzen, ihm die Stirn zu bieten.«

»Haben wir denn Freunde?« Als bereite ihr die Frage heftigen Schmerz, griff sich Galla Placidia ans Herz und schloss für einen Moment die Augen.

»Kann ich helfen, Herrin?«

»Nein, nein«, flüsterte sie und bat dann doch: »Gib mir einen Schluck Wasser.« Nachdem sie getrunken und das Glas wieder auf der Marmorplatte abgesetzt hatte, schüttelte Galla Placidia den Kopf. »Ganz unvermittelt überfallen mich bisweilen diese Stiche, und bald danach ebbt der Schmerz wieder ab.« Sie bemühte ein Lächeln. »Aber wie sagtest du vorhin? Wir sind nicht hier, um über Schwäche zu reden, deshalb beantworte meine Frage: Haben wir Freunde?«

»Nein, Herrin. Wer die Macht innehat, dem schenkt niemand Zuneigung, der muss sich Verbündete erkaufen oder ihnen überzeugende Argumente liefern. Attila wird nicht vor dem nächsten Frühjahr aufbrechen, dennoch bleibt uns wenig Zeit. Vor allem müssen wir König Theoderich gewinnen. Wenn der Westgote sich uns anschließt, haben wir einen gut gerüsteten Partner auf unserer Seite.« Er wiegte den Kopf. »Die Franken sind durch den Thronstreit gespalten, ganz sicher aber stehen die südlichen Stämme zu uns. Vielleicht können wir auch die Alanen mit Gold überzeugen. Und die Burgunder?« Jetzt wurde der Blick ein wenig weicher. »Ich glaube, sie haben es in ihrem neuen Siedlungsgebiet sehr gut angetroffen. Ein tüchtiges Volk. König Childerich wird von ihm geliebt. Und seine rechte Hand, der junge Herzog Walther, versteht es, die Menschen für sich und das kleine Reich zu begeistern. Ich werde meinen Sohn Carpilio persönlich als Gesandten in die Hauptstadt der Burgunder schicken. Er und Walther kennen sich.« Der General lachte trocken. »Beide waren zur gleichen Zeit am Hofe des Hunnen. Carpilio als Geisel und Walther als Gefangener.«

»Hast du nicht auch als junger Mann unter diesen Barbaren gelebt?«

»Zwei Jahre. Eine schöne Zeit.« Aëtius seufzte. »Damals ritt ich sogar mit Attila zur Jagd. Und heute werden wir uns bald als Feinde gegenüberstehen.«

»Du sprichst seinen Namen immer noch mit Achtung aus.« Galla Placidia griff nach dem Glaskelch. »Aber aus deinem Gefährten von einst ist ein Ungeheuer geworden.« Wie eine Verdurstende trank sie das Wasser. »Die furchtbarsten Grausamkeiten werden von ihm berichtet. Und diesem Unhold hätte ich meine Honoria überlassen sollen? Bitte, schenke mir nach.« Während der General den Pokal erneut füllte und sie noch einige Schlucke nahm, sagte er: »Deine Tochter hat sich ihm selbst versprochen. Ich kenne den Stolz und auch den Jähzorn des Großkönigs. Er wird nie nachlassen, von dir und dem Kaiser die Auslieferung seiner Braut zu verlangen.«

Die Regentin setzte den Kelch ab, ihre Hand zitterte. »Hätte ich Honoria opfern sollen? Wärest du an meiner Stelle, hättest du deinen Sohn dem sicheren Verderben überlassen, nur um …?«

»Um einen Krieg zu vermeiden?«, vollendete Aëtius nachdenklich. Schließlich hob er die Achseln »Was hat Vorrang? Elternliebe oder die Verantwortung für das Reich? Aber es ist im Augenblick müßig, darüber zu diskutieren, denn Attila wird kommen …«

»Hierher? Nach Rom?«

»Nicht gleich. Er wird zunächst in Gallien einfallen«, jetzt lächelte Aëtius bitter, »und dort auf mich treffen. Vielleicht kann ich ihn aufhalten.« Die klare Härte kehrte in den Blick zurück. »Deshalb muss ich deine Vollmacht … Verzeih.« Er setzte neu an: »Herrin, ich erbitte von dir freie Hand. Ernenne mich zum obersten Feldherrn aller unserer Heere, ermächtige mich, die Gefahr für das Reich mit allen Mitteln abzuwenden.«

Die Regentin zögerte nicht länger und setzte ihr Zeichen unter das Dokument. »Möge Gott auf unserer Seite sein.«

Als am Abend die Zofen ihre Herrin verließen, hatte der Tod das Schlafgemach betreten. In großer Ruhe ließ er sich neben dem Lager nieder. Aus dem grauen Mantel zog er das Stundenglas. Wenig Sand war noch in der oberen Hälfte verblieben. Der Tod wartete.

Zwei Öllichter flackerten. Galla Placidia ruhte auf ihrem Lager und sah dem stillen Spiel der Schatten an der Decke zu. Das Gold im Mosaikbild funkelte auf, erlosch; Rot glühte, wurde dunkel und wieder blinkten die Sonnensteine. »Krieg? Du bist mir kein Fremder«, flüsterte sie. »Denn niemals hatte ich wirklich Frieden.« Erinnerungen wucherten über ihr. Hochzeitsprunk. »So jung war ich noch.« Als blühende Gemahlin des Gotenkönigs Athaulf lächelte sie, während er ihr die Morgengabe überreichte: hundert Teller, bis zum Rand gefüllt mit Gold und Edelsteinen … Nur ein Lidschlag, und die glitzernde Pracht verwandelte sich in bittere Tränen … Ihr erster Sohn starb wenige Tage nach der Geburt, in einem silbernen Sarg wurde er zu Grabe getragen … Bald fiel der Gatte durch das Schwert eines Mörders … alle Kinder aus seiner ersten Ehe wurden vor ihren Augen wie Schlachtvieh niedergemacht, eines nach dem anderen …

»Nicht weiter!«, flehte sie und warf den Kopf im Kissen hin und her. Da spürte sie wieder das Pochen, laut und fordernd. Sie tastete nach dem Becher neben ihrem Bett und erreichte ihn nicht. Ein eiserner Fuß setzte sich auf ihre Brust, unerträglich wurde die Schwere. Angst schnürte sie ein. Das Herz kämpfte gegen die Enge, jeder Schlag schmerzte mehr, jetzt verlor es den Gleichtakt, stolperte, fand den Rhythmus nicht mehr. Galla Placidia rang nach

Luft, wimmerte, zuckte, dann verkrümmte sich der Körper. Unter den geschlossenen Lidern quollen Tränen hervor, und mit ihnen rieselte das letzte Sandkorn durchs Stundenglas.

Befriedigt erhob sich der Tod und ging davon. Die Auslese vor der großen Ernte war nun abgeschlossen.

Ein Versteck im Schnee, dachte Goldrun und räkelte sich wohlig unter der Felldecke.

Weitab von der Hauptstadt hatte Ernak die Jurte errichten lassen, weit entfernt von den seit Wochen überfüllten Fahrstraßen. Der Aufmarsch war in vollem Gange, immer mehr Stämme zogen heran und bauten ihre Lager in den Außenbezirken. Das Leben in der Königsstadt wurde lauter, härter. Als übten die Männer schon den Alltag unterwegs, grölten sie durch die Straßen, prügelten sich, suchten nach schneller Lustbefriedigung und fluchten, wenn sie von Patrouillen der Elitetruppen mit Gewalt in ihre Behausungen zurückgeschafft wurden.

»Wir wollen allein sein, ungestört«, hatte Ernak gedrängt. Und wie auf der Flucht war er mit der Liebsten losgeritten, sprach kaum; als sie gegen Mittag ihr Sternenheim in der winterweißen Ebene erreichten, hatte er Goldrun gleich an der Hand hinter sich her ins Innere gezogen.

»Liebster, falls uns jemand verfolgt, hab keine Angst, ich beschütze dich schon.« Auf den Scherz war er gar nicht eingegangen, hatte ihre Lippen, den Mund, die Augen mit Küssen bedeckt. Und dann wollte auch sie nicht mehr sprechen. Goldrun gab sich der Berührung seiner Hände, dem Geruch seiner Haut hin und öffnete sich weit, um den Gast willkommen zu heißen. Keine Schmeichelspiele um Po oder Busenknospen und kein Streicheln mit Worten, dafür aber war Ernak inniger, bedürftiger gewesen. Als er sich dem Tal entzog und auf ihrem Bauch der Lust sein Opfer darbrachte, rollten ihm Tränen über die Wangen, dann war er neben ihr niedergesunken, hatte sein Gesicht in ihr Haar gewühlt.

Goldrun spürte den Atem und rückte noch näher an seine Wärme. »Ein Versteck im Versteck bist du, mein Liebster«, flüsterte sie.

»Was sagst du?«

»Ich mein, wenn ich mich unter dem Fell bei dir verkrieche, gibt es draußen gar keine Welt mehr.«

Aufstöhnend umschloss Ernak sie mit den Armen, presste ihren Körper voller Leidenschaft an sich; er atmete nicht, die Stille füllte sich mit Angst, dann sagte er: »Ich habe mit Vater gesprochen.«

Goldrun versteifte den Rücken. In seiner Stimme schwang kein Glück, das hörte sie, doch so hastig konnte sie nicht aus der Geborgenheit hinaus in die Kälte und fragte, nur um Zeit zu gewinnen: »Worüber? Nein, warte, Liebster. Antworte noch nicht.« Sie setzte sich auf, stopfte zwei Kissen vor den Bauch und zog die Beine an, mit den Armen umklammerte sie ihre Knie. »Jetzt kannst du anfangen.« Sie schluckte. »Jetzt ertrag ich es besser.«

Ernak legte beide Fäuste auf seine Stirn. »Du darfst nicht meine Hauptfrau werden. Der Vater verbietet es.«

»Einfach so?« Goldrun gab die Hoffnung nicht verloren. »Vielleicht hast du ihn nur falsch verstanden? Vielleicht ...«

»Glaub mir.«

»Wann warst du bei ihm?«

»Schon vor einem Monat.«

»So lange weißt du es schon und hast mir nichts gesagt?«

Die Gedanken wirrten, Goldrun fand keine Ordnung, vermochte nichts festzuhalten und wollte es aber: »Bitte, erzähle mir genau, wie das Gespräch war. Alles, bitte, damit ich begreife.«

»Es war am Tag, nachdem die Gesandtschaften in den Palast zurückkehrten. Vater hatte mich in die Therme von Onegesius bestellt.« Ernak berichtete stockend von der Härte des Königs und davon, dass Attila ihm eine Hauptfrau auszusuchen gedachte; die Todesdrohung gegen seine Liebste verschwieg er.

Als ihr Prinz geendet hatte, wiegte sich Goldrun hin und her und sah in die Flamme der Herdstelle. »So viele Träume. Da verbrennen sie einfach, als wären sie nur gepresster Kuhmist gewesen.

Nein, Liebster, das darf nicht sein. Wir haben uns, das genügt doch für ein schönes Leben. Lass uns einfach fortgehen.«

»Unmöglich!« Erschreckt fuhr Ernak hoch. »Wir würden von den besten Kundschaftern gesucht – und die finden uns, egal wohin wir gehen, und dann, dann wird Vater …« Er biss sich auf die Unterlippe und begann neu: »Ich bin sein geliebter Prinz …«

»Mein Mann, mein Herz, mein Leben bist du.« Ihre Augen füllten sich. »Ist das nicht mehr, als nur der Sohn von Attila zu sein?«

»So glaub mir doch, niemals gibt er mich frei.« Keine Erklärung, eher eine Klage. »Unsere Königsfamilie ist wie ein Kerker … und keiner entkommt.«

Goldrun legte die Stirn auf ihre Knie. O heilige Mutter, so hilf uns doch, flehte sie stumm. Du kannst uns doch nicht zusammenbringen, schaust eine Weile unserm Glück zu, und dann lässt du es zu, dass dieser Großkönig es einfach zerbricht. So grausam bist du nicht, darfst du nicht sein … Ohne den Kopf zu heben, fragte sie mit kleiner Stimme: »Und wir? Wie soll es denn mit uns weitergehen?«

Ernak wagte nicht, sie zu berühren, rückte sogar etwas von ihr weg. »Wenn der Vater mir nun eine Logadentochter als erste Gemahlin gibt, so muss ich sie nehmen …«

»Nein!« Sofort presste Goldrun die Hände auf ihre Ohren.

Er wartete, bis sie die Arme wieder sinken ließ. »Bitte, Liebste, lass es mich wenigstens sagen. Bitte, hör zu, weil es die einzige Möglichkeit ist, die mir einfiel. Und glaub mir, ich habe in den letzten Wochen jede Nacht nur nach einem Ausweg für uns gesucht.«

Goldrun nickte, sie ahnte, welche Möglichkeit für ihre Liebe übrig blieb und flüsterte: »Sag es, mein Prinz.«

»Vater erlaubt, dass ich dich zu einer meiner Nebenfrauen mache. Dann wären wir wenigstens nicht getrennt, und ich könnte dich hin und wieder besuchen.«

Wie eine Bestrafte, die das Ausmaß des Urteils nicht fasste, starrte sie den Königssohn an. »Eine …? Eine deiner vielen Nebenfrauen?«, murmelte sie und erhob sich. »Sehr freundlich von dir …

Also hin und wieder kommst du mal vorbei?« Goldrun griff nach der Felldecke, schleifte sie nackt hinter sich her. Nahe dem Türfilz legte sie sich den Pelz um die Schultern. »So viel … so viel bin ich dir wert?«, brachte sie noch mühsam beherrscht hervor, dann stürzte sie nach draußen in den grellweißen Nachmittag.

Mit bloßen Füßen rannte Goldrun durch den Schnee. Tränen kamen, sie schrie, und ihre Verzweiflung wurde von der Weite verschluckt. Sie lief, bis der Atem fehlte; als die Beine schwach wurden, sank Goldrun nieder und schluchzte.

Ernak hatte sie bald eingeholt. Nur mit einem losen Reitumhang bekleidet, kauerte er sich zu ihr und wollte den Arm um ihre Schulter legen.

»Lass mich!« Jäh überwallte Zorn den Kummer. »Kennst du mich überhaupt? Weißt du, wer ich bin?« Sie drohte ihm mit der Faust. »Glaubst du etwa, ich würde es ertragen, wenn du in einem anderen Bett, bei irgend so einem Weib liegst? Ja, verflucht, nimm mich nur als Nebenfrau! Aber ich schwöre dir, deine feine erste Gemahlin darf unsere Jurte sauber halten, kochen und waschen, mehr aber nicht! Dafür sorge ich schon.« Wieder weinte sie.

»Ich wusste es, Liebste, ich weiß, dass du so bist. Und nichts anderes wünsche ich mir vor dir.« Ernak ließ die Stirn auf ihr Haar sinken, küsste es und streichelte ihren Nacken. Nach einer Weile seufzte er, sagte mit veränderter fester Stimme: »Es muss, nein, es wird noch einen anderen Ausweg geben.«

Sie blickte zu ihm auf. »Tröste mich nicht mit einer Lüge.«

»Ich schwöre es dir, bei unserer Liebe.«

Erneut keimte Hoffnung, und beinah gierig wollte Goldrun das Gefühl in sich wuchern lassen. »Wie viel Zeit haben wir noch? Ich mein, wann will dein Vater dich mit einer anderen … bestrafen?«

»Nach dem Feldzug. Wenn wir zurück sind.« Ernak half ihr auf, er umarmte sie unter dem Pelz. »Bis dahin finde ich eine Lösung, ich verspreche es.«

»Und ich muss dir vertrauen, Liebster. Weil ich sonst … Nein, nein, so wird es gut.« Goldrun suchte nach seiner Haut. »Ganz eng bei dir und nie mehr loslassen.«

Sie blieben so. Erst als ihnen auffiel, dass die nackten Füße zu erstarren drohten, liefen sie in ihren Spuren zurück ins warme Jurtenversteck.

Ende Januar war der Winter über Nacht alt geworden. Große welkbraune Flecken zerfraßen das strahlende Weiß der unendlich weiten Decke ringsum, und auf den Straßen der Königsstadt lag knöcheltiefer Matsch aus verharschtem Schnee und aufgewühltem Erdreich.

Ernak lenkte das Pferd vom Fahrweg nach rechts ins westliche Zeltviertel. Um möglichst kein Aufsehen zu erregen, ritt er heute nicht den Schecken, sondern einen Braunen; auch trug er einen schlichten dunklen Filzmantel und hatte die Kapuze tief ins Gesicht gezogen. Selbst seine beiden Begleiter waren nicht als Leibwächter zu erkennen, weil sie Lederharnisch und Waffen sorgsam unter den Reitumhängen verborgen halten mussten.

Wie so oft in den vergangenen Monaten wollte Ernak zur Jurte des Truppführers. Gewöhnlich hatten die Kinder des Viertels, kaum näherte sich der Königssohn, ihm zugewunken und geklatscht. Oft war eine Gruppe junger Mädchen unvermittelt aufgetaucht und gab den Pfad nicht frei; im Gegenteil, die Schönen schlenderten mit betontem Hüftschwung langsam vor seinem Pferd her, bis er das Ziel erreicht hatte. Und auch dann waren sie nicht entschwunden, sondern hatten als bewundernde Zaungäste seinen Muskelübungen mit dem Truppführer zugesehen. Dieses Mal aber wollte Ernak nicht erkannt werden; weder stand ihm der Sinn nach den schwärmenden Blicken der Mädchen, noch durfte das Gerücht über seinen Besuch den Palast erreichen.

Als die Reiter sich näherten und abstiegen, stürzte Mela aus der Jurte; sie hatte einen Speer mit beiden Fäusten wie einen langen Spieß gepackt. »Raubgesindel! Keinen Schritt näher! Ihr verfluchten Diebe. Verschwindet, sonst rufe ich meinen Mann.«

»Zu ihm wollte ich.« Ernak schob die Kapuze aus der Stirn und lächelte ein wenig.

»O Prinz! Verflucht, ich wusste nicht …« Mit dem nächsten

Atemzug hatte sich Mela schon vom Schreck erholt. »Und ich hab geglaubt, du und deine Aufpasser, ihr wärt aus den Lagern da draußen. Jeden Tag kommen welche her und streunen hier rum. Sie klauen alles, was nicht festgebunden ist. Sogar am helllichten Tag.« Mela stieß einige Male mit der geschliffenen Spitze gegen die Luft. »Elendes Pack! Wird Zeit, dass der Feldzug endlich losgeht und wir anständigen Leute wieder ruhig leben können.« Sie stellte den Speer aufrecht vor sich hin. »Entschuldige, Prinz, weil ich hier rumschwatze. Du willst zu meinem Alten?« Gleich runzelte sie die Stirn. »Ich will ja nicht neugierig sein, aber er sagte, dass du ihn nicht mehr als Lehrmeister brauchst, weil du wieder kämpfen kannst wie früher, nein, sogar besser noch. Der Alte hat dich sehr gelobt. So was ist selten, glaub mir.«

»Ich habe ihm viel zu verdanken und würde gerne noch mehr …«

»Wie geht es unserm Mädchen?«, unterbrach Mela ihn. »Nein, danach frag ich besser nicht. Sie wird mir's schon erzählen. Ich hoffe sie kommt noch vorbei, bevor ihr nach Westen zieht. Ob das richtig ist, dass Goldrun mit euch reitet, weiß ich nicht. Aber, du und mein Alter, ihr seid ja bei ihr.« Jetzt schlug sie sich selbst auf den Mund. »Nun aber Schluss. Er ist hinter der Jurte.«

Ernak ging sofort los.

»Auf unserer Schafweide!«, rief Mela ihm nach und klapperte gleich für die beiden Leibwächter mit den dunklen Wimpern. »Ihr müsst hier nicht rumstehen, bis eurer Herr zurück ist. Wenn ihr mir Neues aus dem Palast erzählt, geb ich euch was von meiner Suppe, vielleicht sogar was von meinem frisch gebackenen Brot. Na, wie wär's?«

Die Männer zögerten zwischen Pflicht und Hunger, dann grinsten sie und nahmen die Einladung an.

Schuss folgte auf Schuss. Die Pfeile sirrten, schlugen nacheinander in die fünf schaukelnden Filzkugeln. Keve stand, den Körper halb abgewandt, den linken Fuß in Zielrichtung vorgesetzt, auf der schneewässrigen Weide. Gut dreißig Schritt entfernt hingen an einer zwischen zwei Pfählen gespannten Leine die fest gewickelten, kopfgroßen Stoffbälle. Kein Stocken, seine Bewegungen flossen ineinander über, und die knochenspitzigen Geschosse sangen von der Sehne und befiederten eine Kugel nach der anderen. Ohne zu unterbrechen, ohne das Ziel aus den Augen zu lassen, murmelte Keve: »Warte. Gleich bin ich für dich da.« Zehn Mal noch griff seine Rechte über die Schulter zum Köcher; jeder Pfeil traf, und die Filzkugeln trugen in der Mitte einen hellgrauen Federkranz.

Ernak klatschte anerkennend. »Du bist schnell.«

»Ach was«, winkte Keve ab. »Nur wenn ich stehe und das Ziel sich nicht heftig bewegt. Solltest mal unsere Scharfschützen bei einer Schlacht erleben. Aus vollem Galopp treffen sie vom Sattel aus genau ins Römerauge neben dem Nasensteg.« Er schnalzte mit der Zunge. »Und dein Vater erst! Er war einer von den Besten. Heute vielleicht nicht mehr ...« Keve brach ab, er hatte bemerkte, wie sich das Gesicht seines Besuchers verschloss und beendete den Satz nicht. »Hab ich was Falsches gesagt?«

Nur ein unmerkliches Kopfschütteln.

»Junger Prinz, wenn ich bei irgendwas helfen kann, sag's ruhig.«

Ernak fuhr mit gespreizten Fingern in die schwarzen Locken und kämmte sie hinters Ohr zurück. »Fällt mir schwer. Weil ich nicht weiß, wie ich anfangen soll.«

»Macht nichts. Ich hab noch Arbeit hier.« Damit ließ Keve ihn stehen, ging zu den Filzkugeln hinüber, bald kehrte er mit einem Pfeilstrauß im Köcher wieder zurück. »Bin dabei, die Waffen für den Feldzug zu richten. Heute sind meine drei Bogen dran. Mit Bärenfett hab ich das Holz schon eingerieben und die Hornstücke neu umwickelt. Wenn du sowieso hier bist ...«, er spannte gleich beide übrige Bogen, »... kannst du mir beim Einschießen helfen.« Er reichte dem Königssohn eine der wie ein Kuhgehörn doppelt geschwungenen Waffen und setzte den Köcher zwischen ihnen beiden ab. »Du nimmst die oberen Hälften der Köpfe. Ich stopfe allen unten das Maul. Ich fang rechts an, du links. Und los geht es.«

Es sollte ein Wettspiel werden, jedoch Ernak vermochte nicht mitzuhalten. Drei Pfeile flogen ins Leere, und er hatte gerade erst fünf verschossen, als der Truppführer zum fünfzehnten Male eine der Kugeln zum Schwingen brachte. »So was.« Keve runzelte die Stirn. »Ist der Bogen nicht in Ordnung?«

»Doch, Truppführer. Eine gute Waffe. Nur ich bin ein schlechter Schütze heute. Weil mir zu viele Gedanken durch den Kopf gehen.«

»Dann werd sie doch ... Ich mein, wenn ich dir nicht ein zu einfacher Mann bin ...«, er glättete die dünnen Bartsträhnen, »kannst du ja ein paar loswerden. Von den Gedanken, meine ich.«

Nach einer Weile schulterte Ernak entschlossen den Bogen und trat dicht zu ihm. »Mein Vater verbietet mir die Heirat mit Goldrun. Ich habe alles versucht, damit sie meine Hauptfrau wird. Bitte, du musst es mir glauben! Du glaubst mir doch, nicht wahr?«

Keve atmete hörbar aus und ein, sagte aber nichts.

»Sie weiß es schon, und sie ist sehr unglücklich. Ich ... ich auch.« Dem Königssohn fielen die Worte schwer. »Aber was Goldrun nicht weiß ist, dass Vater sie ... sie töten will.«

Blitzschnell packte Keve nach Ernaks Handgelenk und riss es hoch. »Sag das nicht, junger Prinz.«

»Es ist die Wahrheit. Deshalb bin ich hergekommen ...«

»Aber warum? Was hat denn mein Mädchen dem Herrscher getan? Ist was mit den Pferden falsch? Ich versteh's nicht.«

»Nur weil ich Goldrun mehr liebe als alles auf der Welt.«

Keve gab den Königssohn frei; die Lippen strafften sich. »Nicht gut, wenn unser Herrscher so was androht. Und auch nicht gut für ihn selbst ...«

»Nein, denke nicht so, bitte. Das macht unsere Lage nur noch schlimmer.« Ernak schüttelte den Kopf. »Ich weiß, damals, als du uns bei dem Unwetter entgegengekommen bist, habe ich dir versprochen, alles zu versuchen, damit Goldrun und ich eine gemeinsame Zukunft haben. Es ist mir nicht gelungen. Und deshalb benötige ich deine Hilfe.«

Als müsse er ein Unglück verkünden, so sah er den Truppführer aus geweiteten Augen an und sprach langsam, dunkel und unterbrach sich nur, wenn er vor Trauer schlucken musste.

Keve hörte zu, sein Blick wurde härter, hin und wieder schnaufte er, und als der Prinz geendet hatte, brummte er. »Das wird schwer. Aber wenn ich's mir so überlege, geht es auch gar nicht anders, weil sonst ...« Sichtlich bewegt wollte er den Prinzen umarmen, besann sich aber rechtzeitig und sagte: »Du bist ein Mann mit einem guten Herzen.« Er besah angestrengt den Bogen in seiner Linken. »Und wenn du mir jetzt den Auftrag gibst, dann werde ich ihn auch ausführen. Egal, ob du's dir später anders überlegst. Schließlich geht es um unser Mädchen.«

»Einverstanden. So will ich es, weil ich ganz sicher nicht durchhalte; und weil Heer und Tross in zwei Wochen nach Westen aufbrechen, wollte ich vorher mit dir gesprochen haben. Und ich gehe morgen in die Kanzlei zum obersten Ratgeber, erkläre ihm alles und lasse mir das Dokument ausstellen. Alles muss vorbereitet sein, damit du helfen kannst.«

Leise pfiff Keve durch die Zähne. »Du hast mein Wort drauf, junger Prinz.« Er griff einen Pfeil aus dem Köcher, setzte das Schaftende auf die Sehne, spannte und schoss. Die Spitze streifte nur einen der Filzköpfe. »Jetzt schieß ich auch schlecht. Aber kein Wunder, das sind nun mal die Gedanken.«

Hornstöße schwangen sich hinauf in den frühen Februarmorgen, schrill wie die Schreie der Raubvögel, sie sanken ins Tiefe, lang anhaltend, drängend, dann stiegen sie erneut ins Grelle empor. Wieder und wieder ertönten die Signale über der Königsstadt und schallten draußen über die in der Nacht schon abgebrochenen Lagerdörfer. Melder galoppierten von Volksstamm zu Volksstamm, hielten nicht inne; vom Sattel aus schrien sie Befehle, den Atemrauch vor dem Mund, und waren schon weiter geritten. Bewegung entstand in der unübersehbaren Masse von Mensch und Tier auf den frostkalten, zerfurchten Wiesen: Zucken, Gewühle, dazu kamen Stimmen, gedämpfte Rufe und Gelächter, Blöken und Wiehern; allmählich formierten sich Fußtruppen und

Reiter hinter Fahnenwimpeln; Trossweiber lenkten die mit Planen, Stangen und Haushaltsgerät hochbeladenen Ochsengespanne zur Fahrstraße und ordneten sich an den befohlenen Stellen ein. Unentwegt forderten die Hornsignale!

Auf dem weiten Platz vor dem Königsordu waren gut vierhundert gerüstete Adelige, Stammesälteste, Kleinfürsten und Truppführer versammelt. Nur hin und wieder entstieg kurzes Gelächter dem Gemurmel. Die Frage, wie lange der Feldzug wohl dauern würde, vermochte keiner zu beantworten, und den Zweifel, ob der Zeitpunkt des Aufbruchs so früh im Jahr richtig gewählt sei, wagten nur einige Mutige hinter vorgehaltener Hand auszusprechen.

Keve beteiligte sich nicht. Unverwandt sah er zu den Frauen hinter der linken Absperrung hinüber. Sein Blick verschmolz mit Melas Blick. Längst hatten sie Abschied voneinander genommen ... ein gutes Essen, Streit und späte Versöhnung in der Nacht, Flüche am Morgen von ihr, um den Kummer nicht zu zeigen ... und nun so kurz vor der Trennung beteuerte jeder dem anderen stumm, dass sie einander gehörten.

Als sich die vom Osten rasch herziehenden Wolken blassrot färbten, trat Attila aus dem Palasttor in Begleitung seines Ratgebers und des obersten Schamanen. Ihnen folgte der Gepidenfürst Ardarich im weißen Fellmantel, rechts und links flankiert von Unterkönig Dengizik und Prinz Ernak. Der älteste Sohn Ellac fehlte; auf Befehl des Vaters musste er im unteren Donaugebiet bleiben und mit einem Teil der hunnischen Reiterarmee die Grenze zum römischen Ostreich sichern.

Der Herrscher über das Hunnenreich hob beide Arme, sofort legte sich Schweigen über den Platz. »Freunde, Verbündete! Ihr, meine stolzen Kämpfer! Nicht Übermut treibt uns in den Kampf. Nein, es ist Rache für erlittene Schmach ...« In seiner Stimme lag Stärke. Jeder Satz war einfach, doch genau gewählt, er drang in die Herzen und weckte den Zorn, aus ihm ließ Attila dann die Begeisterung hochflammen. »Tragt meine Worte zu euren Truppen. Jeder, selbst der einfachste Bewaffnete, muss erfüllt sein vom unbedingten Kampfeswillen für unser Reich und für mich, euren

Großkönig. Freunde und Verbündete! Auf nach Westen!« Jubel aus vielen Kehlen. Fäuste reckten sich ihm entgegen.

Schnell zerstreute sich die Versammlung, die Unterbefehlshaber und Truppführer ritten zu ihren Einheiten. Keve aber schien es nicht eilig zu haben, er führte sein Tier am Halfter zur geöffneten Schranke an der Straßeneinmündung, immer wieder wandte er den Kopf. Bis auf Attila saßen inzwischen auch Ernak und die Vornehmen im Sattel. »Wo bleibst du nur, Mädchen?«, murmelte er, um gleich darauf jedoch befriedigt den Atem auszustoßen.

Vom Palastbezirk her näherte sich Goldrun mit zwei Pferden; sie ließ Wildrose am Tor zurück und brachte den prächtig aufgezäumten Schimmel zu Attila. Fest griff die königliche Hand nach dem Sattelsteg, nicht mehr wie früher im Federsprung, erst nach zwei Schritt Anlauf schwang sich der Großkönig hinauf und trabte, begleitet von den beiden Söhnen, Ajarbas und seinem engsten Führungsstab, vom Platz. Hochrufe der Frauen, Kinder und alten Männer am Straßenrand verabschiedeten den Herrscher.

Keve wartete, bis Goldrun ihn erreicht hatte, ehe er aufsaß. »Mädchen, hab schon gedacht du kommst nicht.« Er wies nach links zu den Frauen hinüber. »Siehst du meine alte, gute Henne? Da vorn!«

Goldrun reckte den Kopf, fand Mela und rief durch den Trichter der Hände: »Ich komm zurück! Bis bald! Ich komm zurück!«

Im Lärm war die Antwort nicht zu verstehen, so winkte sie, drehte sich um, bis ihre Freundin und Ziehmutter in der Menge nicht mehr auszumachen war.

»Ist dir auch warm genug?« Keve besah den dicken Filzumhang, die Wollhosen und Fellstiefel. »Wo ist die Mütze, Kleines?«

»Verflucht, hör auf damit.« Goldrun warf das Haar zurück. »Mir ist nicht kalt, noch nicht. Und sollte es so weit sein, dann habe ich auch Handschuhe an und was auf dem Kopf. Zufrieden?«

»Hab ja nur gefragt. Weil, ohne Mütze ist es schlecht.«

Goldrun schloss die Augen und dachte, warum kränkst du ihn? Was kann er dafür, dass du unglücklich bist. »Entschuldige. Ich weiß ja, du meinst es nur gut. Aber ich hab an alles gedacht.«

Sie lächelte ihm zu. »Schließlich reitest du neben der königlichen Stallmeisterin. Und die hat einen eigenen Wagen für Gepäck, Medizin und Zelt und sogar noch einen fürs Futter und die Sättel. Dann müssen mir fünf Pferdeknechte gehorchen. Und außerdem habe ich den besten Beschützer, den es gibt, nämlich dich.« Bekümmert setzte sie hinzu. »Ich bin eine wohlhabende Frau. Was will ich mehr?«

»Ach, Kleines. Glaub nur, der junge Prinz meint es ehrlich mit dir. Und bis nach Gallien ist es weit. Sehen wirst du ihn ganz oft. Hab gehört, er hilft seinem Vater beim Planen und muss nicht in den Kampf, das ist doch gut.«

Goldrun runzelte die Stirn. »Von wem weißt du das? Habt ihr beide …?

»Nein, nein«, unterbrach Keve schnell. »Der Prinz war neulich zum Bogenschießen bei mir. Über mehr haben wir nicht gesprochen.« Er brummte noch: »Wird Zeit für uns. Das Signal zum Aufbruch kommt jeden Augenblick. Ich sehe später nach dir. Muss jetzt zu meinen Leuten.« Ein Zungenschnalzen, und sein Brauner sprengte vorbei an den schnaubenden Pferden der Nachhut. Auf Höhe der Planwagen und Karren mit dem Schlachtvieh zügelte ihn Keve, sprach mit Kutschern und gab den Trossweibern letzte Anordnungen.

Verwundert sah Goldrun ihm nach und dachte, was hat er nur? Bis da hinten hätten wir auch zusammen reiten können? Dann kraulte sie Wildrose hinter dem Ohr. »Nun lauf, meine Schöne. Er hat ja Recht, auch wir sollten uns beeilen, weil die Königspferde nicht ohne ihre Stallmeisterin los dürfen.«

Das flatternde rotgoldene Haar erntete anerkennende Pfiffe und Johlen bei den Fußtruppen der Skiren und Sarmaten. Besonders laut wurde die Begeisterung, als Goldrun an den Ostgoten vorbeigaloppierte. »O je, du bist eine blöde Kuh«, flüsterte sie und schüttelte über sich selbst den Kopf. »Deshalb hat Keve nach der Mütze gefragt. Es gibt viel zu viele Männer auf einem Feldzug, daran hab ich überhaupt noch nicht gedacht.«

Auf dem freien Straßenstück zwischen Fußvolk und Reiterei

standen ihre beiden Wagen. Sie lenkte Wildrose dicht an den Kutschbock des vorderen Gespanns, zog das linke Bein über die Mähnenbürste und kletterte, ohne den Boden zu berühren, gleich zur Kutschbank hinauf. Der Fuhrmann wippte bewundernd mit der Peitsche. »Du verstehst es, Stallmeisterin.«

»Hab auch lange genug geübt«, schmunzelte sie und schlüpfte durch die Plane ins Innere. Als sie zurückkehrte, waren ihre leuchtenden Locken unter einer großen Filzkappe versteckt.

Goldrun stellte sich neben dem Kutscher auf die Bank und sah nach vorn. Dort warteten ihre zwanzig Königspferde: stolze schöne Wallache, die gestruppten Winterfelle schimmerten matt, im geraden Strich führten die dunklen Mähnenbürsten bis hinauf zu den Ohren. »Sind das nicht Prachtkerle?«, sagte Goldrun leise.

»Wir hatten immer schon gute Pferde für den König.« Der Fuhrmann blickte zu ihr auf. »Aber seit du Stallmeisterin bist, weiß ich erst, wie stark ein Tier bei guter Pflege werden kann.«

»Brich dir nicht die Zunge ab«, lachte Goldrun und stieg wieder auf Wildrose um. Langsam ritt sie an ihren Schützlingen entlang, ließ von den Knechten noch einmal Maulringe und Lederriemen überprüfen. »Gebt ihnen so viel Freiheit, dass sie sich nicht gegenseitig behindern …«

Hornsignale, drei lange, gleich bleibende Töne, sie kamen von weit vorn, von der Spitze der Reiterei. Gleich geht es los, dachte Goldrun und schloss die Augen: Heilige Mutter, beschütze Ernak, nichts darf ihm geschehen. Und behüte auch unsere Liebe. Und Keve, auch ihm darf nichts zustoßen …

Inmitten der berittenen Hauptmacht, abgeschirmt von zweihundert Elitekämpfern der Leibgarde, saß Attila aufrecht im Sattel. Er zückte langsam das heilige, dem Kriegsgott geweihte Schwert und hielt das blinkende Blatt waagerecht seinem Nachbarn im bunt schillerndem Federgewand hin. »Berühre die Klinge, Onkel.«

Ajarbas warf den Kopf zurück. Sein Blick durchdrang die inzwischen grauen, wühlenden Wolken über sich, der Atem blähte die Oberlippe, er legte die langgliedrigen Spinnenfinger auf den

Stahl. »Spürst du die Hitze, Neffe? In dieser Waffe wohnt die Kraft der Mächte, die das gestirnte Tuch ausspannen. Nie wird dein Arm erlahmen, solange du dieses Schwert führst.«

Mit Triumph im Blick wandte sich Attila zu seinen Söhnen und Onegesius um, feierlich streckte er die Waffe hoch. »Auf nach Westen! Auf nach Gallien!«

Die Hornisten sahen das Zeichen des Großkönigs. Kurze helle Stöße! Zehnfach wurde das Echo, und es pflanzte sich fort von Truppe zu Truppe.

Die Vorhut trabte los. Das hunnische Reiterheer folgte, dann führten Wimpel und Stammeszeichen die Fußkrieger an. Trommelschläge gaben den Takt vor, bald fielen die Kehlen der Männer mit ein, im eintönigen Rhythmus sangen sie von weiten Weidelandschaften, von Nachtfeuern vor den Zelten; es waren die alten Melodien, doch ohne Schmelz, zerhackt für den Gleichschritt.

Die Jurten blieben zurück, wurden zu kleinen weißen Punkten am Horizont. Gegen Mittag nahm der Wind aus dem Osten zu, heulte in Stößen über das Hunnenheer hinweg. Die Wolken fuhren nicht mehr mit dem Sturm; wie von gewaltiger Hand gerührt wirbelten sie in riesigen Kreisen umeinander, zum Grau kam Rot, kam Weiß, Tiefschwarz drängte vor, die Farben vermischten sich, wurden zum schmutzigen Bunt, dann schlug ein Hagelschauer nieder, prasselte auf Mensch und Tier, tobte sich aus und brach ab. Sonnenstrahlen fingerten durch die Wolkenrisse; ein heller Schein wanderte aus der endlosen Weite wie ein langer Blitz heran, blendete und erlosch. Dann heulte wieder der Ost. »Ja, komm nur. Ziehe mit uns!« Attila grüßte mit der Faust, lachte und rief seinen Begleitern zu: »Das sind wir. Mit dieser Gewalt werden wir zum Dämon des Westens. Kein Feind wird uns standhalten!«

Der Sturm riss den Ruf mit sich. Da übernahmen drei unsichtbare Reiter die Spitze des Heerzugs. Der auf dem Schimmel hatte einen Bogen und trug auf der Stirn die Krone des Siegers. Der auf dem Fuchs so rot wie Feuersbrunst, er hielt ein riesiges Schwert in der Faust. Und der dritte saß auf einem Rappen, und die Getreidewaage hing am Sattelhorn. Krieg, Hass und Hunger, diese furchtbaren Brüder stürmten vornweg in Richtung Westen. Dem letzten Trosswagen hinterher aber trabte auf einem fahlen Knochengaul der vierte der Schrecklichen, den Hut tief über dem Schädel, den Schultermantel geschlossen.

Über die Theiß, dann donauaufwärts. Das vielmäulige, gewaltige Ungeheuer wälzte sich am Flussufer entlang und hinterließ eine Schneise der Verwüstung. Jede Woche stießen neue Truppen dazu, stärkten den Arm des Hunnenfürsten. Heruler und Rugier verließen ihre Dörfer und huldigten ihm. Dann sammelten sich auch die Reiterhorden der Thüringer, wilde Männer mit groben bärtigen Gesichtern, Mord- und Beutegier loderten ihnen im Blick. Sie stürmten aus den Wäldern und schlossen sich lärmend dem Heerzug an. Niemand unterwegs wagte sich aufzulehnen. Und ehe die Heuvorräte knapp wurden, erwachte der Frühling mit frischem Grün.

Attila drängte den Schimmel neben das Pferd seines Ratgebers. »Du hast dich umsonst gesorgt. Selbst das Wetter liebt mich. Mein Freund, riechst du die Wärme in der Luft? Wie ich es erhofft habe. Je weiter wir nach Westen kommen, desto mehr beschert uns die Natur an Futter für unsere Tiere.« Er sah zur wehenden Adlerfahne hoch. »Ja, ich breite die Schwingen aus. Die Krallen sind geschärft.«

»Auch ich danke den guten Dämonen.« Onegesius nahm seinen Lederhelm ab und wischte sich übers verschwitzte Haar. »Wenn die letzte Berechnung meiner Kanzlei zutrifft, dann verfügst du über mehr als sechzigtausend Kämpfer. Und alle müssen satt werden. Wären wir durch schlechtes Wetter langsamer vorangekommen und hätte …«

»Wäre … hätte …!«, unterbrach ihn Attila spöttisch. »Nichts hat uns gehindert. Nur das zählt. Jetzt ernähren wir uns von den Städten und Orten, an denen wir vorbeiziehen. Und was die Stärke des Heeres angeht, so rechne getrost weiter.« Er straffte den schwarzen Lederharnisch. »Eudoxius, unser gallischer Arzt, versprach mir noch die Unterstützung der Franken rechts des Rheins, und dann darfst du auch seine Bagauden nicht vergessen. Ich denke, mit noch mal zwanzigtausend Männern werde ich jeden Widerstand in Gallien brechen.«

Besorgt strich Onegesius über seinen Helm. »Sobald Aëtius erfährt, dass du in römisches Territorium eindringen willst…«

»Ich denke, er weiß es inzwischen. Doch für eine Verteidigung ist es längst zu spät. Denn schon ehe das Frühjahr beginnt, bin ich vor der Grenze, damit hat er nicht gerechnet. Sei getrost, mein Freund, unser Plan geht auf. Ich reiße mir ganze Stücke aus Gallien, ehe Aëtius eine Armee aufgestellt hat. Und jetzt vorwärts!« Attila befahl den Hornisten zu blasen, drängte sein Pferd aus dem Sicherheitsring und galoppierte in Richtung Vorhut; seine Leibwachen hatten Mühe, ihm zu folgen.

Das erste Hindernis! Hoch ragten die Gebirgszüge des Schwarzwaldes vor dem heranziehenden Hunnenheer auf. Unüberwindlich, weil die Alemannen längst jede Straße, jeden Steg ihrer Heimat gesichert hatten. Dort in den Bergen und zerklüfteten Tälern waren sie allein die Herren und fürchteten weder Hunnen noch Römer.

»Wir haben keine Zeit zu kämpfen!« Attila stand breitbeinig vor dem Kommandozelt, scharf sah er von einem Unterbefehlshaber zum nächsten. »Jeder Tag, den wir hier vergeuden, kostet uns Zeit, in der wir reiche Beute machen können. Deshalb werden wir das Heer teilen, dem Hindernis ausweichen und auf zwei Wegen nach Gallien eindringen.« Von dem Bagaudenführer ließ er die Strecken mit einem Stock in den Boden furchen. Die vielen Zöpfe wippten, jetzt so nah der Heimat trug Eudoxius wieder die enge lederne Hose und seinen Fellumhang. »Am Oberrhein ist die Flussüberquerung beschwerlicher…«

Fauchen ließ ihn stocken. Mit halb geöffneten Lippen zischte der Gepidenkönig den Atem durchs Echsengebiss. »Darf ich wählen, großer Herrscher und Freund? Mit deinem Einverständnis werde ich den südlichen Weg nehmen. Meine Männer sind ungeduldig. Seit Wochen müssen sie Rücksicht auf die Fußtruppen nehmen. Sie wollen endlich wieder reiten.«

Attila hob die Hand. »Wie gut ich deine Sorge verstehe, werter Freund.« Sanft setzte er hinzu: »Dir ist klar, dass von jeder Beute die Hälfte an die königliche Schatztruhe abgeliefert werden muss. Außerdem werde ich dir meinen Sohn Dengizik und seine Truppen zur Seite stellen. Ich denke, gemeinsam seid ihr für den Gegner das gefährlichste Gespann, und überdies hat jeder ein aufmerksames Auge für den anderen.«

Ohne die wimpernlosen Lider zu senken, lächelte der Gepide weiter. »Danke, Großkönig. Ich glaube an die Sonne aus purem Gold, die du uns versprochen hast, und bin mit meinem Anteil daran zufrieden.«

Attila zog mit dem schwerfälligeren Großteil des Heeres nordwärts durch die Maingegend und dann den Rhein hinab. Wo konnten Wagen und Vieh, wo abertausend Menschen übersetzen? Onegesius beobachtete schon seit Tagen den Bagauden, sein Misstrauen wuchs, als die Höhen näher ans Ufer rückten und der Zug sich zu einem endlosen Wurm auseinanderdehnte. Ehe er aber sich entschloss, das Unbehagen seinem Fürsten vorzutragen, gelangten sie in ein weites Becken, hier konnten Heer und Tross ungefährdet und ohne zu große Verluste den Fluss überqueren.

Über den Wiesen zwischen Suippes und Châlons lag zarter Duft. Bienen suchten das Gelb der Schlüsselblumen und das tiefe Blau der Veilchen. Die Lerchen schraubten sich wieder hoch hinauf in den milden Tag. Frühling in Gallien; auf den Feldern pflügten die Knechte und brachten das Saatkorn aus. Die Eichen im Wäldchen unterhalb der Hügelkuppe standen noch geschlossen. Im Geäst der Esche am Bach aber schimmerte schon das erste Grün.

Trier war gefallen, das Schreien verstummt. Wer nicht rechtzeitig fliehen konnte, lag erschlagen auf den Straßen und Plätzen, war verkohlt in den brennenden Häusern. Im Sturm rasten die Schrecklichen heran, brachen durch Tore und Mauern, aus den Nüstern ihrer Gäule lohten Flammen und zerstörten alles Leben. Am Abend wehte beißender Qualm über das Gemäuer der Porta Nigra und mischte sich mit dem Bratendunst im Lager der Sieger.

Auf dem Weg zum Planwagen winkte Ernak den Stallknechten. Müde hockten sie vor ihrer Jurte, keiner sprang auf oder fragte. Bis auf den König selbst war es niemandem ohne Erlaubnis gestattet, den mit Seilen abgesperrten Bereich der Königspferde zu betreten, aber der Prinz besuchte die Stallmeisterin. Seit Jahren wussten die Männer von der Verbindung und gönnten ihrer Herrin das Glück. Mit Kopfnicken erwiderten sie den Gruß des Königssohns, kauten weiter am Dörrfleisch und starrten ins flackernde Feuer.

Goldrun hatte auf der Kutschbank gewartet, sie zog ihn durch die Planenlappen in den Wagen. Beim schwachen Schein der Öllampe barg sie den Kopf an seiner Brust. »Wie furchtbar, Liebster.« Ihre Hand verkrallte sich im Stoff des Schultermantels. »Ich habe die Leute fliehen sehen. Sonst lagern wir immer weit entfernt vom Krieg. Aber heute …«

»Sei ruhig«, flüsterte er. »Denke nicht mehr daran.«

»Aber das Bild ist da, hat sich in mich hineingefressen.« Goldrun blickte an ihm vorbei zur Lampe. »Da war eine Mutter. Sie trug ihr Kind. Dem Kind fehlten beide Hände, und auch das halbe rechte Bein war abgeschlagen, Blut floss aus den Stümpfen. Das Kleine schrie, schloss gar nicht den Mund und schrie. Und seine Mutter hatte die Augen weit aufgerissen vor Angst, sie rannte, als wären Dämonen hinter ihr her.« Goldrun flüsterte: »Und diese Dämonen seid ihr.« Gleich umarmte sie ihn wieder. »Nein, verzeih, das wollte ich nicht sagen. Aber es stimmt doch? Oder? Ach, ich weiß nicht weiter.« Erst nach einem tiefen Seufzer sagte sie: »Nur gut, dass du nicht kämpfen und plündern musst.«

»Dennoch gehöre ich dazu, Liebste.« Ernak kauerte sich mit ihr auf die weiche Filzdecke. Behutsam legte er den Arm um ihre Schulter. »Und du auch. Jeder von uns, der mit dem Heer zieht, hat auch Schuld am Unglück dieser Mutter und ihres Kindes. Das ist der Krieg.«

Goldrun schüttelte ratlos den Kopf. »Ich schäme mich für uns.«

Sammeln! Am nächsten Morgen drängten die Hornstöße, zwangen Mensch, Tier und Wagen auf der breiten Römerstraße in die Marschrichtung nach Süden. »Als nächste Stadt nehmen wir Metz!«, verkündete Attila bei der Morgenbesprechung. »Unser Bagaudenführer weiß, dass sich dort wohlhabende Römer in den Thermen suhlen. Viele seiner Brüder warten nur auf unsere Unterstützung. Also helfen wir ihnen. Freunde, wir prügeln diese Blutsauger so lange kopfunter, bis ihnen auch das letzte Goldstück aus den Taschen fällt!« Gelächter in der Runde. Diese Sprache ihres Oberbefehlshabers gefiel den Männern. Nur Onegesius hob die Brauen und mühte sich um ein dünnes Lächeln.

»Zu wenig!« Alle Köpfe fuhren herum. Durch die Reihen schob sich der Anführer der thüringischen Horden. Eine rot glühende Narbe von der Unterlippe bis zum Kinn zerteilte seinen schwarzen Kinnbart. »Wenn es recht ist, Großkönig …« Er baute sich so nah vor Attila auf, dass zwei Leibwächter ihn erst einige Schritte zurückdrängen mussten. »Also, ich und meine Männer. Uns schmeckt der Feldzug bisher gar nicht.«

Kalt starrte Attila in das breite Grinsen. »Überlege dir genau, was du nun sagst.«

»Nichts für ungut«, beschwichtigend hob der Stammesfürst die Hand. »Wir Thüringer sind und bleiben Verbündete. Nur mehr Spaß wollen wir, wenigstens einmal. Sonst …«

»Kerl, vergeude nicht meine Zeit!« Mehrmals schnippten die Finger. »An welche Art von Spaß denkst du? Heraus damit.«

»Gib uns eine Stadt, uns allein. Muss ja nicht eine von den großen wichtigen sein. Wir dachten an Tongern oben in Belgien. Da gibt's auch 'nen Bischof und alles drum und dran. Wird sicher viel zu holen sein. Danach schließen wir uns wieder an. Unsere Gäule sind schnell.« Er schwieg und verschränkte die Arme vor der Brust.

Attila tauschte einen langen Blick mit seinem obersten Ratgeber. Onegesius hob die Achseln; in seiner Miene war zu lesen, dass es besser sei, dem Wunsch nachzugeben, als einen unzufriedenen Verbündeten an der Seite zu haben. Der Großkönig nickte. »Thüringer, sehr tüchtig von dir. Diese Ungeduld gefällt mir. Du willst also meine Schatztruhe zusätzlich mit der Hälfte eurer Beute füllen. Gut, reite mit deinen Truppen. Aber kehre zurück, denn sonst...« Er rieb die Kuppen von Daumen und Zeigefinger. »Sei sicher, ich finde dich und zermalme dich wie einen Käfer.« Ringsum lachten seine Befehlshaber, auch der Anführer kratzte feixend die Scheitelnarbe an seinem Kinn.

Und weil bis zur großen Ernte noch Zeit genug blieb, schlossen sich die vier Schrecklichen den Horden der Thüringer an. Schimmel, Fuchs und Rappe sprengten vornweg, der fahle Knochengaul blieb bis vor den Toren Tongerns im Rücken der Nachhut.

Die Stadt war ohne ihren guten Hirten! Längst hatte Bischof Arvatius aus Furcht vor den Teufeln aus dem Osten seine Herde im Stich gelassen. Auf den Fingerwink des Knöchernen aber ereilte den frommen Mann, noch ehe er Maastricht erreichte, ein tödliches Fieber. Denn niemand sollte verschont bleiben. Und der Brunnen des Abgrunds öffnete sich für Tongern, schwarzer Rauch, durchzogen von gelblichem Weiß und roten Schwaden, stieg hinauf und verdunkelte die Sonne.

Die Thüringer trieben alle Bewohner vor der Stadt zusammen. Dann feierten sie das Plündern der Häuser und Kirchen wie ein wildes Fest. Als die Karren hoch beladen waren, warfen sie Brandfackeln in jede Tür, tranken und tobten grölend durch die Straßen hinaus zu den Verängstigten. Im Angesicht der Eltern packten sie die Söhne, durchbohrten ihnen mit Spießen die Schenkel, zogen Stricke durch die Löcher. Kein Erbarmen, das Schreien steigerte den Rausch der Schlächter. Bald hingen die Knaben als lebende Früchte in den Bäumen. Die Qual nahm kein Ende. Mütter und Väter fielen auf die Knie, flehten, doch der Himmel war verfinstert. Ihre halbwüchsigen Töchter wurden nackt zu den Pferden geschleppt und mit ausgebreiteten Armen zwischen Pferdehälse gebunden. Dann trieben Peitschenhiebe die Gäule auseinander. Nur der Mensch ist fähig, solche Hölle zu erfinden. Sie pflockten die übrigen Mädchen auf die gepflasterten Fahrspuren und zermalmten sie unter den Rädern der hochbeladenen Beutekarren. Endlich des Vergnügens überdrüssig, warfen die Unholde achtlos die zerrissenen und zerstörten Leiber ihren Hunden zum Fraß vor.

Der Knöcherne aber nahm den grauen Hut vom Schädel, ruhig wies er auf die schluchzenden Frauen und Männer und setzte den grauen Filz erst wieder auf, als seine thüringischen Handlanger die blutigen Schwerter wieder einsteckten.

Das furchtbare Brausen in den Lüften dauerte an. Es trieb die hunnische Streitmacht nahe der Einmündung des Flüsschens Seille in die Mosel, gegen den lang gestreckten Hügelrücken, auf dem die stolze Stadt Metz thronte.

Im Bethaus des heiligen Stephanus lag ein einfacher Mann auf den Knien und bat den Patron um Fürbitte bei den Aposteln. »Möge unsere Stadt verschont bleiben!«

Von allen Seiten stieg draußen der Feind schon über die Mauern.

»Habt Erbarmen mit uns Verzweifelten!«

Der Moloch fraß sich durch die Straßen, weiter und weiter, zerstörte den Wasserzulauf der Thermen, verwüstete die beiden Amphitheater und brach die Patrizierhäuser auf, weiter und weiter, näher kam das Schreien und Toben.

Unbeirrt in seinem Glauben flehte der fromme Mann: »Helft uns aus der Not!«

Aus dem Lärmen um ihn herum vernahm der Beter die Stimmen von Petrus und Paulus, trauerschwer und voller Bedauern: »Gehe du in Frieden, geliebter Bruder. Dein Bethaus wird von den Flammen verschont bleiben. Für die Stadt aber werden wir nichts mehr erreichen können, weil der Befehl des Allmächtigen schon ergangen ist. Denn groß ist die Sünde des gallischen Volkes; der Ruf seiner Verruchtheit ist bis hinauf zum höchsten Thron gedrungen. Zur Strafe schlägt der Herr diese Stadt mit seiner Geißel und lässt sie in der Feuersbrunst verglühen.«

Am Abend des 7. April herrschte Stille in Metz. Der fromme Mann trat aus dem Bethaus. Er rief und fand kein Leben mehr, sah nur den Rauch aus verkohlten Trümmern aufsteigen. Es war Ostersamstag im Jahre des Herrn 451.

Möwenheere kreischten über den ungezählten Seitenarmen der unteren Rhône, stießen ins Wasser, jagten sich gegenseitig die Beute wieder ab. Der Starke wurde satt, dem Schwachen blieben nur die Reste.

Warmer Südwind aus der Camargue trieb das Geschrei und den Geruch der Salzsümpfe hinauf zur Stadt auf dem Felssporn. Arles erstrahlte im Frühling. Die Fenstervorhänge des mächtigen Palastes waren zur Seite gezogen. Licht flutete ins Arbeitszimmer des Oberbefehlshabers über Gallien und aller weströmischen Armeen.

Flavius Aëtius ließ das Schreiben sinken. »Endlich! Er hat sich entschieden!« Seine Sekretäre staunten. Für einen ungewöhnlich langen Moment erhellte Lächeln die harten Züge ihres Herrn. Erleichterung! »Wir haben Theoderich auf unserer Seite. Nehmt eure Tafeln.« Und während Aëtius vor den Schreibern auf und ab ging, diktierte er aus dem Brief des Westgoten an Kaiser Valentinian, der ihm vor gut einer Stunde von Eilboten überbracht worden war: »›… Ihr habt nun euren Wunsch, Römer; ihr habt den Attila auch uns zum Feind gemacht. Wir werden Aëtius folgen, wohin er uns ruft. Und mag Attila auch hochmütig sein wegen seiner Siege über viele Völker, so verstehen es die Goten sehr wohl, auch mit Hochmütigen zu kämpfen. Keinen Krieg möchte ich zu gefährlich nennen, es sei denn, die Sache sei keine ehrenhafte. Keine Gefahr vermag uns zu schrecken, solange das Überwinden dem Wohl und Ruhme dient …‹«

Der General sah über das Blatt zu den Stehpulten. »Von diesem Passus verfertigt ihr Abschriften. Und nehmt das beste Pergament, schreibt in eurer schönsten Schrift. Jedem Führer unsrer Verbündeten, auch dem geringsten Stammeshäuptling; selbst wenn er nicht lesen kann, so muss ihm doch ein Exemplar überbracht werden.« Aëtius stellte sich in die geöffnete Tür zur Terrasse, nach einer Weile setzte er leise hinzu: »Ein wirklich haltbares Bündnis ist in der Eile nicht zu schließen, deshalb soll wenigstens vom äußeren Schein her alles getan werden, was der Einigkeit nützlich sein kann.« Unvermittelt rieb er sich die Stirn, gleich kehrte er lebhaft zu den Sekretären zurück. »Der Bischof von Orléans? Wie war der Name? Anianus, ja richtig. Hält er sich immer noch in der Stadt auf?«

»Ja, Herr. Er fragt jeden Tag um eine Audienz nach und wartet dann den ganzen Vormittag über in der Eingangshalle. Auf deine Anweisung hin mussten wir ihn bisher vertrösten …«

»Weil ich nicht einmal wusste, ob die hunnische Invasion überhaupt aufzuhalten ist. Bittet ihn zu mir. Sollte er schon gegangen sein, so schickt eine Sänfte in sein Quartier. Schnell.«

Kaum hatte der greise Kirchenhirte den Raum betreten, eilte ihm Aëtius entgegen. »Ehrwürdiger Vater, verzeih. Ich bin untröstlich. Aber die Vorbereitungen für den Kampf gegen den Hunnen haben mich in Atem gehalten. Bitte, folge mir nach draußen. In der Sonne spricht es sich leichter.« Er geleitete den Bischof zur dunkelblau und gelb blühenden Pracht am Rande der Terrasse. »Sorge führt dich her?«

Anianus zerrte unwillig am Gürtel seines grob gewebten Gewandes. »General, ich bin Streiter Gottes, mir steht die Kraft des Glaubens und das Wort der Bibel zur Seite. Und im Gegensatz zu vielen meiner Brüder bin ich kein frommer Träumer.« Er ballte die Faust und hielt sie dem verblüfften Aëtius vors Gesicht. »Auch kann ich, trotz meines Alters, immer noch ein Schwert schwingen, glaub es mir, mein Sohn. Jetzt aber naht das Strafgericht in Person dieses hunnischen Teufels, gegen ihn hilft Christenmut allein nicht.« Unter den buschigen Brauen sprühte Zorn. »Wo sind nun die römischen Herren? Die Steuereintreiber mit ihren bewaffneten Horden? Wo waren diese überheblichen Ausbeuter in Trier, in Metz und in den anderen niedergebrannten Städten, als der Hunne kam? Sie sind rechtzeitig geflohen, General, sie haben sich in Sicherheit gebracht.« Die Erregung drängte alle Höflichkeit beiseite, dicht trat der Bischof vor Aëtius hin. »Kirchenmänner, ja, Priester sind es, die mutig versuchen, das Volk vor dem Eindringling zu schützen. Aber auch wir sind nur schwache Menschen, und ich frage dich: Wer von uns ist ein David, um gegen Goliath zu bestehen? Und aus diesem Grund bin ich hierher gereist und weiche nicht, bis ich dein Versprechen habe, dass du meiner Gemeinde zu Hilfe kommst.« Die drohende Faust verschwand hinter dem Rücken.

Aëtius war keinen Schritt zurückgewichen, auch hatte er mit großer Ruhe dem Blick standgehalten. »Woher weißt du, dass Attila sich nach Süden wenden wird? Bisher melden meine Kundschafter nur von Eroberungen ...«

»Beim Allmächtigen. Er wird, mein Sohn.« Ein bitteres Auflachen, dann spannte Anianus die Lippen. »Seit Metz gefallen ist, sammeln sich Bagauden in unserm gallischen Vorland. Männer, die sich gewöhnlich vor dem Zugriff der Legionäre fürchten, kommen aus ihren Verstecken. Mir wurde zugetragen, dass sie sich auf die Ankunft des großen Retters vorbereiten. Und zwar nicht mit Palmwedeln und Ölzweigen, sondern mit Äxten, Speeren und Bogen. Mein Sohn, Orléans ist das Nadelöhr, durch welches der Teufel schlüpfen muss. Wenn Attila ganz Gallien erobern will, so muss er über die Loire weiter nach Süden, und bei uns befindet sich die einzige Brücke.«

Anerkennend nickte Aëtius. »An dir ist ein Feldherr verloren gegangen. Deine Einschätzung der Lage teile ich ...«

»Sehr freundlich«, unterbrach ihn der greise Gottesstreiter. »Verzeih, aber selbst für Lobrede bin ich nicht mehr empfänglich. Wir haben Angst, Todesangst.« Er streckte dem General fordernd die Hand hin. »Gib mir dein Wort, dass du uns nicht dem Hunnen überlässt, sondern Orléans schützen wirst.«

»Nach unseren Berechnungen ...«

»Dein Wort, General. Bitte.«

Aëtius zögerte nicht mehr. Er schlug ein. Da seufzte Ananius, schritt langsam zu den duftenden Sträuchern hinüber, zupfte einige Blüten und streute sie andächtig auf den Boden. »*Hosianna*«, flüsterte er. »*Gloria in excelsis Deo!*«

Zum Abschied wandte er sich noch einmal an den Oberbefehlshaber Galliens. »Mit diesem Vertrauen kehre ich zurück. Damit werde ich meine Gemeinde stärken, bis du uns rettest. Leb wohl.«

Hoch aufgerichtet verließ der greise Hirte den Saal. Längst war er gegangen, als Aëtius immer noch zur Tür sah. »Gott gebe, dass Theoderich mit seinen Truppen sich nicht verspätet … dass der schwache Alanenkönig sich nicht auf die Seite der Hunnen schlägt … dass Franken und Burgunder sich nicht zerstreiten …« Er furchte die Stirn. »Gott gebe, dass ich mein gegebenes Wort nicht brechen muss, du unbeugsamer, frommer Streiter.«

Ardarich und Dengizik waren wieder zum Hauptheer gestoßen. Mit tausendfachen scharfen Klingen hatten sie das Land durchkämmt, und das Blut von Besançon und anderer heimgesuchter Städte klebte noch in den Mundwinkeln des Gepidenfürsten, troff noch von den Händen des Attilasohnes. Gefangene hatten sie nicht mitgebracht.

Beim Anblick der hoch mit Beute beladenen Packtiere schüttelte Keve den Kopf. »Nicht gut.« Er schwang sich aufs Pferd, ritt zum abgesperrten Bereich der Führungszelte hinüber und fragte nach Kommandant Edekon. Seitdem Keve ihn als Beteiligten an der Verschwörung nicht verraten hatte, war sein biegsamer eitler Vorgesetzter beinahe übereifrig bemüht, jeden Wunsch des Truppführers zu unterstützen.

»Will ja keine Umstände machen, Herr. Aber noch zwei Städte, und wir haben so viel zusammen, dass meine Beutewagen das Marschtempo nicht mehr mithalten können. Ich mein, hinterherhängen tun wir jetzt schon, aber bald sind wir nur noch Schnecken. So geht das nicht mit dem Krieg.«

»Leise, Mann.« Edekon wandte rasch den Kopf, die Ohrgehänge klimperten, dann trat er näher. »Und was sollte nach deiner Meinung an dem Plan verbessert werden?«

»Wird Zeit, dass wir uns hier irgendwo einen Stützpunkt besorgen, gut bewacht. Da schaffen wir unsere Beute hin, die Sklaven, und wenn's Kranke oder Verletzte gibt, die können da auch versorgt werden.«

Ein Handschlenker warf den Schultermantel zurück. »Versprochen. Ich gebe es an die höchste Stelle weiter, ja, versprochen, Mann.«

»Ist gut.« Keve lenkte das Pferd herum, zögerte und sagte mit einem Anflug von Spott in der Stimme: »Kannst es ja als deine Idee ausgeben, vielleicht gibt's dafür 'nen neuen Armring.«

Ehe Edekon die passende Antwort einfiel, war der Truppführer schon außer Hörweite.

Reims! Die römischen Herren hatten sich rechtzeitig in Sicherheit gebracht. Ohne Verteidiger war die Stadt hilflos dem Unhold ausgeliefert.

»›... Und der Herr ist des Armen Schutz, ein Schutz in der Not ...‹« Bischof Nicasius unterbrach sein Psalmgebet. Draußen vor dem Marstor nahmen das Lärmen und Johlen zu. Er lag, angetan mit den Messgewändern, in der Kathedrale vor dem Bildnis der Patronin auf den Knien. Diakone und Gläubige umgaben ihn, ganz eng an seiner rechten Seite aber kniete Eudorica, seine geliebte, in voller Schönheit erblühte Schwester. Andachtsvoll hielt sie die Augen geschlossen, der schwarze Wimpernflor ruhte auf den hohen Wangen.

Weil der Bruder schwieg, flüsterte Eudorica den nächsten Vers des Psalms: »›... Darum hoffen auf dich, die deinen Namen kennen; denn du verlässest nicht, die dich, Herr, suchen ...‹«

Behutsam legte Nicasius die Hand auf ihren Arm. »Es ist Zeit zu gehen, Schwester«, mahnte er. »Gott wird uns beschützen. Lass uns nun den Feind mit dem heiligen Wort bannen und ihn vertreiben.«

»Amen.« Eudorica erhob sich, ohne Hast richtete sie ihr weißes Prozessionskleid. Der Bruder nahm die goldenen Messgefäße zur Hand. So verließ das Paar, gefolgt von der kleinen Schar, die Kathedrale. Draußen auf dem Vorplatz kauerten die Bürger, drängten sich furchtsam aneinander.

Den Blick zum wolkengetriebenen Himmel erhoben, sang der fromme Mann mit lauter Stimme aus dem Psalter: »›... Denn er wird des Armen nicht so ganz vergessen, und die Hoffnung der Elenden wird nicht verloren sein ewiglich …‹« Nichts schreckte ihn, nicht die gellenden Hornrufe, nicht das teuflische Johlen.

Die Wächter schoben die schweren Riegelbalken beiseite, öffneten das Stadttor. Und aufrecht schritten der Bischof und die Schöne dem Feind entgegen.

In ihrem Rücken sank den Gläubigen der Mut; sie wagten nicht, sich weiter dem schnaubenden, geifernden Maul des Untiers zu nähern; einer nach dem anderen blieb verzagt auf dem Weg zurück.

Dengizik verengte die Augen. Er führte den Stoßtrupp, der Reims nehmen sollte. »Was trägt der Christenschamane in den Händen?«

Sein Offizier kratzte das Kinn. »Einen Feuertopf …?« Gleich sog er scharf den Atem ein. »Dieser Rauch …? Es ist ein Zauber. Gib Acht, Herr! Der Schamane hält direkt auf dich zu. Hörst du die Beschwörungsformel? Ich werde …«

»Bleib ruhig.« Dengizik ließ die Zunge schnalzen; seine Miene verriet grausame Neugierde. »Wir lassen ihn näher kommen. Erst will ich hören, was er sagt. Dann gebe ich dir das Zeichen.«

Sonnenstrahlen fingerten durch die Wolkenrisse; ein heller Schein wanderte aus der Weite wie ein langer Blitz heran, streifte über den Bischof und Eudorica hinweg, blendete und erlosch.

Da schwiegen die hunnischen Horden, jeder Lärm war erstickt.

Keine menschliche Stimme entrang mehr der Kehle des frommen Streiters, jedes Wort wurde zum Donnerschlag. »›… Herr, steh auf! Dass nicht Menschen die Oberhand gewinnen!‹« Lauter, gewaltiger wuchs der Ton an. »›… Lasse alle Heiden vor dir gerichtet werden!‹« Dreifach schlug das Echo auf die Hunnenhorden nieder. »Gerichtet! … Gerichtet! … Gerichtet!«

»Töte ihn!«, schrie Dengizik mit aschfahlem Gesicht. »Bring ihn zum Schweigen!«

Der Offizier sprang aus dem Sattel. Ehe er den Boden erreichte, hatte er das Schwert gezückt. Mit einem furchtbaren Hieb durchtrennte er den Hals des Bischofs. Blut sprang aus dem Rumpf. Der

Kopf rollte, kannte das Ziel, dicht vor dem Sohn Attilas blieb er auf der Wunde stehen.

Und die Lippen öffneten sich, und die Stimme sprach markerschütternd den Psalm zu Ende.»›… Lege, Herr, einen Schrecken auf sie! … Dass die Heiden erkennen, dass sie Menschen sind! …‹«

Wie gebannt starrte Dengizik auf den Schädel, dessen Mund sich nicht mehr schloss; allmählich erst wich die Lähmung von ihm.

»Schafft das Weib unbeschadet zurück in die Stadt«, murmelte er. »Zerstört die Zaubergeräte. Wir werden …«

Ein Schrei! Eudorica erwachte aus der Erstarrung. Sie sah den blutenden Torso, sah den Kopf des Bruders.

Der Offizier näherte sich ihr, versuchte mit Gesten zu beruhigen, doch für sie waren die ausgestreckten offenen Hände die Klauen des Schänders ihrer Tugend, das feindliche Gesicht die Fratze des Bösen. Sie sprang den Hunnen an, das hochgebundene Haar löste sich, flatterte; ihre Finger stießen ins Gesicht des Feindes, die Nägel gruben sich in seine Augäpfel. Brüllend wich der Mann von der Furie zurück, stolperte, er schlug zu Boden und wand sich im furchtbaren Schmerz.

Der Sohn Attilas gab seinem Pferd die Sporen, vom Sattel aus stach er Eudorica die Schwertspitze in den Hals. Blut besudelte ihr weißes Gewand. Über die Schulter rief er seinen Horden zu: »Der Christenschamane und seine Hexe sind tot. Es gibt keinen Bann mehr. Folgt mir! Nehmen wir uns die Stadt.«

Er galoppierte vornweg auf das Marstor zu. Während des Ritts erschlug er mit wilden Hieben rechts und links die Gläubigen. Dengizik kämpfte die eigene Furcht nieder, johlte und pfiff …

Weil der Himmel sich nicht öffnete und ihn strafte, kehrte die Rohheit zurück, schäumte in den Gemütern wieder hoch und spülte die Horden ins Innere der Stadt. Gewarnt durch das Erlebte, scheute der Anführer nun jedes Risiko. Ehe Häuser und Speicher geplündert wurden, wollte er den Christentempel, das Herz der Stadt, zerstören.

Die Bürger flohen von dem weiten Vorplatz, verbargen sich in Gassen und Winkeln. Mütter gruben sich mit den Kleinsten in die Misthaufen, Väter verkrochen sich mit Söhnen und Töchtern in den Felshöhlen unter ihren Kellern. Gott hatte das Flehen nicht erhört. Mit geschlossenen Augen erwarteten sie die Heimsuchung des Bösen.

Dengizik und die Offiziere sprangen von den Gäulen. Mit blanken Waffen stürmten sie auf das geöffnete Kirchenportal zu. Schon hatten sie die Steinstufen erreicht. Da erdröhnte ein dumpfer Schlag, gleich gefolgt von einem helleren, mächtigeren; die Schläge wiederholten sich, schmolzen zusammen; der Glockenschall wuchs an zu einem Brausen, erfüllte die Kathedrale, und dann schlug der göttliche Ton hinaus, traf die Hunnen, betäubte Ohren und nahm den Atem. Schlag auf Schlag folgte, von der ungeheuren Wucht wurde Dengizik mit seinen Männern rückwärts geschleudert. Taumelnd erreichten sie ihre Pferde, schwangen sich hinauf. Der Arm Dengiziks wies zum Marstor, und alle Horden folgten ihm aus der Stadt hinaus.

Mehr als eine Stunde waren die Hunnen von Reims entfernt; so schnell sie auch ritten, ohne Unterlass verfolgte und peinigte sie das Geläute weiter.

Die Bürger wagten sich aus ihren Verstecken, sammelten sich vor der Kathedrale und konnten das Glück nicht fassen. Als gegen Abend der Glockensturm endlich nachließ, glaubten einige Gläubige im Verklingen des letzten Tons wieder die Stimme ihres Bischofs zu vernehmen. »›… Gib ihnen, Herr, einen Meister, dass die Heiden erkennen, dass sie Menschen sind …‹«

Das Korn stand gut auf den Feldern zwischen Suippes und Châlons. Im saftigen Grün der Wiesen leuchtete Löwenzahn, und die Blattkrone der Esche am Bach spendete Schatten. Mai in Gallien; oben im Eichenwäldchen unterhalb der Hügelkuppe trafen sich am Abend die Verliebten aus dem nahen Dorf. Der Kriegslärm war in der Ferne vorbeigezogen. Stille und Friede lag über der Gegend.

Attila lachte trocken. Er saß im Befehlszelt auf seinem hohen Stuhl, stützte mit der Hand die Stirn und schüttelte immer wieder den Kopf. »Ich fasse es nicht. Bin ich nur noch von Schwächlingen umgeben?« Er blickte an dem erbleichten Kommandanten Edekon vorbei in die Runde seiner versammelten Feldherren. Kein Regung, starr blieben ihre Mienen.

Obwohl seine Zornader bereits blau angeschwollen war, spottete der oberste Kriegsherr mit gefährlich sanfter Stimme. »Erst kommt vor einer Woche mein ach so tüchtiger Sohn aus Reims zurück. Ohne Beute. Ihr kennt ihn doch, Freunde. Oder?« Der Finger stach kurz in die Richtung des Unterkönigs. »Das ist er, der gefährliche Dengizik, dieser Held in vielen Schlachten, gefürchtet von seinen Feinden. Ich will nicht wiederholen, welche Ausreden er mir auftischte. Aber waren es nicht ein Zauberer und lautes Gepolter, die ihn in die Flucht geschlagen haben?«

Er ließ eine Pause, wartete, dann hieb er unvermittelt die Faust auf die Lehne. »Warum lacht ihr nicht über meinen Scherz? Ich verlange Gelächter!« Nur kurz bröckelten Lachlaute, jedoch dauerte der Moment schon zu lange für den Stolz des Sohnes. »Vater, wenn du erlebt hättest …«

»Schweig! Ich habe auf jede Bestrafung des Stoßtrupps und seines Führers verzichtet, deshalb ertrage den Spott.« Er schnippte Kommandant Edekon etwas näher vor seinen Stuhl. »Und nun zu dir. Du kommst von deinem Ausflug an die Seine zurück, auch mit leeren Beutesäcken? Unser Bagaude sprach von einem kleinen, aber wohlhabenden Ort auf einer Insel im Fluss; er meinte, dass sich die Bewohner längst schon vor uns in Sicherheit gebracht hätten; wenn nicht, sei kaum Gegenwehr von ihnen zu erwarten. Ich gewährte dir und deinen Männern diesen Vergnügungsritt zum Dank für gute Dienste. So also lohnst du meine Großzügigkeit?«

»Darf ich erklären, Herr?«

»Aber ja.« Voller Hohn klatschte Attila ihm Beifall. »Mein schöner Kommandant, ich warte darauf. Und solltest du mich nicht überzeugen, so verlierst du zwei deiner Armreifen.«

Edekon verkrallte eine Hand in den linken Schal seines Schultermantels, als benötige er sicheren Halt. »Da war ein Weib, Herr. Nicht mehr so jung, aber schön. Ein gutes Weib eben, es hatte schulterlanges Haar …« Mit der freien Rechten ließ er unsichtbare Locken von seinem Kopf wallen. »Und Augen, Herr, wir konnten deutlich das Leuchten sehen …«

»Kerl!« Attila fuhr vom Stuhl hoch, in schnellen Schritten stand er vor dem Befehlshaber seiner Leibgarde. »Bist du betrunken? Ich will nicht wissen, mit welcher Hure du deine letzte Nacht verbracht hast.« Er ballte die Faust. »Paris! Heraus damit. Warum habt ihr die Stadt nicht geplündert?«

Edekon bebte das Kinn, als fürchtete er sich selbst vor seiner Antwort. »Wegen dieser Genoveva und der anderen Frauen.«

»Nein, nein. Sag das nicht.« Der Herrscher öffnete die Hand und tätschelte einige Male die goldenen Armreifen über dem mächtigen Bizeps des Kommandanten, er sprach jetzt wie zu einem verstörten Kind. »Erinnere dich. Beginne von vorn, aber bitte, berichte einfach nur die Tatsachen.«

Edekon sah Hilfe suchend über die Schulter, fand aber nur Schweigen in den Gesichtern, und nach gründlichem Räuspern erklärte er: »Also, wir kamen ungehindert zum rechten Ufer der Seine. Eine Brücke führte zur Insel. Sie wurde geschützt durch ein kleines Kastell. Wird ganz einfach, dachten wir. Das hält uns nicht lange auf.« Edekon nickte vor sich hin. »Ja, das dachten wir …« Er nahm seine Stimme zurück, wollte nicht von den Freunden gehört werden. »Und dann, glaub mir Herr, wir hatten noch keinen Brandpfeil zur Insel hinübergeschossen, da öffnete sich das Tor. Und raus kam dieses Weib in einem weißen Kleid …« Edekon war immer noch so tief von dem Erlebnis beeindruckt, dass er trotz des Verbots ihre Erscheinung weiter schildern musste. Volle Brüste drückten sich durch den Stoff, bei jedem Schritt schwangen die wohlgeformten Hüften. »Sie kam erst allein, ging einige Schritte, dann winkte sie zum Tor, und dann folgten ihr gut zwanzig Weiber. Auch in weißen Kleidern, auch sehr schöne …«

»Warte«, unterbrach ihn Attila, rasch kehrte er zu seinem Platz zurück. »Ich muss mich auf meine Hände setzen, weil ich dir sonst das Genick breche, ehe du mit deiner Geschichte zum Ende findest.« Er warf sich in den Lehnstuhl. »Weiter, Kerl!«

»Alle waren barfuß, sie haben getanzt und kamen langsam über die Brücke auf uns zu, jedes Weib hat gelächelt. Erst dachte ich, sie wollen sich uns anbieten, so als Bezahlung, damit wir die Stadt nicht plündern. Aber da fing die schöne Frau an, den Kopf zu schütteln, die andern machten es ihr nach. Nur noch fünf Pferdelängen von uns entfernt, jeder von uns konnte sehen, wie sich die Augen des Weibes in Glutstücke verwandelt haben, da rief uns die weiße Hexe zu…« Edekon rieb heftig seine Stirn, fürchtete nicht mehr den Hohn der Kameraden und gab mit laut bebender Stimme das Gehörte wieder: »›Ich bin Genoveva und komme mit meinen Freundinnen, um euch zu warnen. Hört auf meinen Rat, zieht von dannen, solange es euch noch möglich ist. Niemals werdet ihr unsere Stadt einnehmen, niemals, denn Paris steht unter dem Schutz des großen allmächtigen Gottes.‹«

Attila unterdrückte ein Lachen, musste Tränen aus den Augenwinkel trocknen, ehe er sich mühsam ernst erkundigte: »Und dann bist du voller Angst an der Spitze deiner Männer davongaloppiert. Sehr tapfer, Kommandant…«

»Nicht gleich, Herr. Die Weiber haben weiter getanzt, sind aber nicht näher gekommen, sie haben gelächelt und auch weiter den Kopf geschüttelt, und das Feuer brannte der Genoveva in den Augenhöhlen. Zufällig sah ich nach oben. Auf den Rundtürmen des Kastells blinkte es in der Sonne, auch in den Mauerscharten. Da wurde mir schlagartig klar: Die Weiber sollten uns heranlocken, und wenn wir erst mal mit den Gäulen auf der Brücke wären, würde die Falle zuschnappen.« Edekon atmete schneller. »Deshalb sind wir abgezogen. Weil hinter jedem Stein ein Scharfschütze saß. Deshalb…« Er sah sich um, die Starre in den Gesichtern war aufgeweicht, einigen Truppführern und Gebietsfürsten zuckten verräterisch die Mundwinkel. Allein Unterkönig Dengizik nickte ihm ernst und voller Verständnis zu.

»Kommandant!«

Der Ton Attilas allein schon sprach das Urteil. Edekon zog den

Kopf zwischen die Schultern. Er wagte nicht, die Augen zu heben, hörte nur das doppelte Schnippen und kannte das Strafmaß. Gefasst zückte er den Dolch, durchtrennte die kleinen Lederschlaufen, mit leisem Seufzen streifte er zwei Reifen vom Bizeps und brachte den goldenen Stolz als Buße seinem Großkönig.

»Lässt sich von Weibern vertreiben«, spottete Attila und schnappte ihm die Ehrenzeichen aus der Hand. »Und jetzt vergessen wir diese Schmach.« Unvermittelt veränderte sich seine Miene. Kühl und sachlich wandte er sich an alle Feldherren. »Unsere Späher melden, dass mein alter Freund Aëtius mit einem Heer von Süden heranzieht. Noch sind die Römer allein, aber auch bei den Westgoten gibt es Truppenbewegungen. Beeilen wir uns! Ehe sie sich vereint haben, müssen wir bei Orleáns die Loirebrücke eingenommen haben und über den Fluss sein.« Seine Stimme wuchs an, er hob die Faust zum Schwur. »Dann aber, Freunde, werden wir wie ein Keil die feindlichen Verbände aufspalten und ihnen die Eingeweide herausreißen. Das verspreche ich euch! Wir kennen keine Niederlage, nur Siege. Ja, auf nach Süden, errichten wir den hunnischen Thron in Galliens Mitte!«

Seine Begeisterung riss mit, unwichtig wurden Reims und Paris, das neue Ziel war gesteckt, und die Feldherren, auch Dengizik und Edekon, hoben die Fäuste; so grüßten sie ihren Herrscher.

Bischof Anianus trank das Wasser in kleinen Schlucken, setzte den Becher ab, er nahm den knusprigen Brotfladen, und weil seine Backenzähne längst verfault und ausgefallen waren, zerriss er den flachen Laib zu kleinen Stücken und bröckelte sie in den Teller mit warmer Milch. Schlürfend löffelte der Greis seine Morgenspeise.

Als er gesättigt war, sah er auf zum Kreuz an der Wand seiner schlichten Behausung. »Wie lange noch, Herr, willst du warten, willst du zusehen, wie meine Herde sich ängstigt vor den Wölfen? Wann schickst du uns Hilfe?«

Seit vierzehn Tagen belagerte das hunnische Riesenheer die Festungsstadt: Orléans wurde zum Hindernis auf dem schnellen Marsch nach Süden! Attila war gezwungen, sich Zeit zu nehmen.

Täglich hatte er den Halbring am rechten Ufer der Loire enger ziehen lassen. Um aber die Steinbrücke zu erreichen, musste er hohe Wehrmauern überwinden oder durch eines der Tore in die Stadt eindringen.

Gebietskönig Sangibanus hatte sich beim Herannahen der Teufel rechtzeitig und voll gerüstet vom Hirten der Stadt verabschiedet. »Ehrwürdiger Vater, halte du mit den Bürgern die Stellung.« Das fliehende Kinn des Feiglings war schon zum Westgotenreich gerichtet. »Ich werde dem Heer des großen Theoderich entgegenreiten und dann mit ihm zurückkehren. Gott schütze dich und die Stadt…« Er hatte dem frommen Mann nicht in die Augen sehen können und war mit seinen Truppen über den Fluss nach Südwesten geflohen.

Bischof Anianus stützte sich vom Tisch hoch und rief nach dem Diakon. »Lege mir die heiligen Gewänder an. Dann, mein Sohn, gehe in unsere Kirche und knie vor dem Altar nieder. Bete für mich und das Lächeln, mit dem ich den armen Menschen heute begegnen möchte. Hernach bitte um das Vertrauen auf Gott, mit dem ich sie erfüllen will…« Anianus seufzte. »Und ab dann betest du ohne Unterbrechung, dass dieser…«, rechtzeitig verschluckte er den Fluch, »dieser römische General endlich kommt und uns rettet. Ich werde durch die Stadt gehen, werde die Verzagten aufrichten und ihre Hoffnung bestärken. Mehr ist mir im Angesicht der Übermacht vor unsern Mauern nicht gegeben.«

»Angriff und Sturm!«, schrien Hornsignale. Von allen Seiten setzten sich Truppen in Bewegung, das Anrennen gegen die Festungsstadt hatte begonnen. Rammböcke donnerten gegen die Tore, wieder und wieder, jeder Schlag traf ins Mark der Bürger, ließ das Blut stocken.

»Fürchtet euch nicht!«, rief der Hirte und sammelte seine Schafe nahe der südlichen Mauer um sich: »Betet und singt mit mir!« Nach der Litanei schickte er Mutige hinauf zum Wehrgang. »Seht nach, ob der Herr uns erhört hat.« Sie kehrten weinend zurück.

Dunkle, sirrende Pfeilwolken stiegen, in ihrer Mitte verbarg sich der Schreckliche auf dem weißen Pferd, und aus dem Himmel stießen die dreiflügeligen Eisenspitzen auf Orléans nieder, trafen wahllos Kinder, Frauen und Männer. Feuergeschosse folgten, der Fuchs des zweiten furchtbaren Reiters wieherte und spie den Brand in die Dächer der Stadt.

»Reminiscere miserationum tuarum, Domine, et misericordiae tuae, quae a saeculo sunt: ne umquam dominentur nobis inimici nostri…«

Unerschütterlich, immer wieder aufs Neue sandte der Bischof sein Flehen hinauf zum Thron des Allmächtigen, stimmte Lob und Preisgesänge an, dann schickte er Frauen in den Turm über der südlichen Mauer. Auch sie kehrten tränennass zurück.

Das Nordtor splitterte, brach mit Gedonner auseinander! Die Stadt war aufgebrochen, und die Horden stürmten hinein. Todesschreie der Opfer, Brüllen der Plünderer, der Lärm schwoll von Straße zu Straße an.

»Befreie uns, Herr! Lass deine Stadt nicht zuschanden werden…« Der Hirte war geschwächt, die Stimme kaum noch zu vernehmen, doch die Menschen lasen von seinen Lippen, klammerten sich wie Verirrte in der Finsternis ans Licht seiner Augen. Nach dem Bittgesang wählte der greise Bischof vier Kinder aus. »Steigt ganz hinauf in die Späherstube.«

Die Kleinen blieben lange. Unvermittelt ertönte heller Jubel oben auf dem Mauerkranz, er perlte hinunter zu den Verzweifelten. Bald kehrten die Mädchen und Jungen hüpfend zurück. »Zwei riesige Wolken aus Staub wachsen ganz weit hinten aus der Erde! Eine von da und eine von da.« Die Arme reichten nicht aus, um die Größe zu beschreiben. »Und beide kommen ganz schnell auf uns zu!«

Da umarmte und küsste der greise Bischof die kindlichen Boten. »Das Erbarmen des Herrn naht, um uns zu retten…«

Alarm! Späher waren von Süden gekommen, hatten ihre Pferde unterhalb der Festungsstadt in den Fluss getrieben; noch im Wasser ließen sie ihre Hüfthörner gellen: Alarm! Sie hetzten am anderen Ufer auf den Befehlsstand des Großkönigs zu, flogen aus den Sätteln und stürzten vor Attila und seinen Beratern erschöpft zu Boden. »Römer! Westgoten!«, keuchten sie. »Ein riesiges Aufgebot!«

Sofort verhärtete sich das Gesicht des Großkönigs. »Wann? Wie stark sind sie?« Er kauerte sich selbst zu den beiden Männern nieder, fest griff er ihre Arme und zog sie auf die Knie hoch. »Redet.«

»Jede Vorhut hat acht- bis zehntausend Mann. Sie marschieren schnell. In vier, spätestens in fünf Stunden treffen Römer und Westgoten nicht weit vor der Steinbrücke zusammen. Ihre Hauptheere werden die Stadt erst morgen erreichen.«

Attila federte hoch. Er befahl seine Söhne, den Gepiden, Onegesius und Edekon zu sich. »Den Durchbruch zum Süden schaffen wir nicht mehr.« Er schlug die Fäuste gegeneinander. »Verflucht, ich habe Aëtius unterschätzt. Mit Absicht ließ er uns unbehelligt bis hierher vorrücken.«

Jetzt begriff auch König Ardarich. »Unser Tross!« Er fauchte den Atem durchs Echsengebiss. »Wir müssen den Tross in Sicherheit bringen, sonst verlieren wir die Beute.«

»Wir verlieren unsere Versorgung, werter Freund«, nickte Attila, und Onegesius setzte düster hinzu: »Und das würde das Ende des Feldzugs bedeuten.«

»Sei still!«, blaffte ihn Attila an. »Noch ist nichts verloren.«

Befehle ergingen an den Führungsstab, knapp, eindeutig. »Sorgt für Ordnung und Gehorsam«, schloss der oberste Feldherr. »Bestraft jede Missachtung mit dem Tod.«

Die Plünderung der Stadt war sofort abzubrechen, keine Beute, keine Geiseln durften mitgenommen werden! Ardarich übernahm mit Edekon persönlich die Kontrolle am Nordtor. Und bald schon ließen die beiden unsichtbaren Schrecklichen auf dem Schimmel und dem Fuchs von Orléans ab.

Mit scharfer Stimme zwang Dengizik den Stammesfürsten der Thüringer, seine Truppen in Aufstellung zu bringen, dann gab er ihm vor den Hordenführern die Anweisungen: »Ihr werdet hier die Stellung halten, während sich das Hauptheer zurückzieht.«

»Warum wir?« Die Scheitelnarbe am Kinn des Bärtigen glühte. »Denke, das macht uns wenig Spaß.«

Dem Königssohn sprang der Dolch in die Faust, schon drückte sich die Spitze in den Hals des Thüringers. »Weil der Großkönig es dir befiehlt.« Die Linke packte ins wilde Haar. »Noch eine Beschwerde, Kerl, und du hast nie mehr Spaß. Ich steche dich an und lass dich ausbluten wie einen Ochsen.« Erste dunkelrote Tropfen quollen. »Und wenn ihr den Römern und Westgoten nicht bis zum Abend Widerstand leistet, dann sieht keiner von euch was von der Beute. Auch was ihr aus Tongern rausgeholt habt, verteilen wir unter den anderen Stämmen.« Dengizik schrie ihm ins Ohr und meinte gleichzeitig die Hordenführer: »Habt ihr mich verstanden?«

Der Häuptling hob die Hand. »Schon gut«, röchelte er. »Wir sind gute Verbündete. Wir kämpfen.«

Ernak galoppierte in Begleitung von fünfzig Elitekämpfern zu den Viehweiden und Wagenburgen weit vor der Stadt. Kaum hörte Keve von der heranziehenden Gefahr, spuckte er zornig aus. »Schon vor einem Monat hab ich diesem Schönling gesagt, dass wir ein festes Lager brauchen. Jetzt rücken die Römer an, und ich kann sehen, wie wir rechtzeitig wegkommen.« Er spannte die Lippen; seine Pfiffe gellten über das Lager. Bewaffnete und Knechte, Kutscher und Trossweiber unterbrachen die Arbeit. Sie sahen ihren Truppführer winken; schnell sammelte sich die Gruppe, und wenig später rannte sie wieder auseinander. Frauen und Männer wussten, dass alles verloren war, wenn nicht die Jurten so rasch wie möglich abgebaut wurden, wenn nicht Vieh- und Vorratskarren, wenn nicht Planwagen und Beutefuhrwerke in weniger als einer Stunde losrollten. Zurück! Nach Norden! In Richtung Troyes!

Der Königssohn berührte Keves Arm. »Ich sag es ihr. Bitte.«

Nur kurz trafen sich die Blicke. »Aber kein Geturtel, Prinz. Das Mädchen soll sich gleich auf den Weg machen.«

Goldrun sah ihn auf dem Schecken heranreiten und lief zum Rand der abgesicherten Koppel. »Willst du mich entführen?« Keine ernste Frage, nur ein Scherz, und doch schwang der sehnlichste

Wunsch in ihrer Stimme mit: Wann endlich hatte der Liebste einen Ausweg für sie beide gefunden?

Seine Miene erschreckte. »Was ist geschehen?«

»Du musst weg, sofort.« Ernak sprang ab, erstickte mit seinen Lippen ihre nächste Frage, küsste sie voller Leidenschaft und erklärte dann die gefahrvolle Lage.

Goldrun schüttelte den Kopf. »Aber ich muss bleiben. Was ist, wenn der König ein neues Pferd benötigt?«

»Lass einen tüchtigen Wallach hier, ich nehme ihn später an der Leine mit.« Er schwang sich wieder in den Sattel. »Bitte, Liebste, keine Widerrede jetzt. Auf Befehl Keves sollst du mit den übrigen Pferden und deinen Leuten sofort aufbrechen. Ich gebe euch zehn Elitekämpfer als Geleitschutz mit.«

Goldrun trat dicht an den Schecken heran und sah zu ihm hoch. »Erinnerst du dich noch an Trier? An die Mutter mit dem schreienden Kind?« Sie wartete sein Kopfnicken nicht ab, gefasst zeigte sie zu den Rauchwolken über Orléans. »Was glaubst du, Liebster? Bisher waren wir allein die Ungeheuer, haben alles vernichtet und zerstört. Kommen da jetzt größere als wir, um uns zu schrecken?«

»Hab keine Angst.«

»Nein, um mich geht es nicht.« Sie streichelte sein Knie. »Solange ich dich in der Nähe weiß, fürchte ich mich nicht. Aber du hast gesagt, dass jeder von uns Schuld am Unglück der Mutter hat, und ich frage mich, ob wir jetzt dafür bezahlen müssen.«

»So schlimm wird es nicht werden.« Ernak fasste nach ihrer Hand und drückte sie fest. »Glaub nur, dafür sind wir zu stark.« Kein Spott stahl sich ein. »Der große König Attila ist ein guter Feldherr. Er wird schon sorgen.« Und beinah bitter fügte er hinzu. »Auch für uns, Liebste, fürchte ich.« Sie lösten sich voneinander. »Und jetzt beeil dich, sonst reißt mir Keve den Kopf ab.« Langsam ritt er in Richtung der sich schon auflösenden Wagenburgen zurück.

Goldrun sah ihm nach. Also weißt du noch keinen Ausweg, dachte sie voller Kummer und blickte zum Himmel. »Heilige Mutter, beschütze unsere Liebe vor diesem Vater.« Seit jenem letzten

Tag damals in der Sternenjurte begann und endete jedes ihrer Gebete mit diesem Flehen.

In der Wiese nahe dem Bach zwischen Suippes und Châlons schwangen die Knechte gleichmäßig ihre Sensen zurück und strichen den nächsten Bogen ins lange Gras; still legten sich Margeriten, Salbei und Fingerhut neben den Halmen nieder, und die Sandalen der Burschen schritten über sie hinweg. Wieder Sommer in Gallien; die Sonne verwöhnte die Ebene, Wind kräuselte die Blattkronen des Eichenwäldchens unterhalb der Anhöhe. Mägde kamen aus dem Dorf, und während der Mittagshitze lagerten die jungen Leute im Schatten der Esche am Bachufer.

»Reite mit mir«, sagte Attila an einem klaren Morgen in den ersten Augusttagen. »Ich will reden und nachdenken. Mit dir allein.«

Seit Wochen, seit sie auf dem Rückzug von Orleáns waren, hatte Onegesius auf diese Bitte seines Großkönigs gewartet. Er wies zum nahen Wald hinüber. »Wir könnten uns dorthin zurückziehen.«

Attila nickte nur. Und der Ratgeber ließ das Gebiet von Elitekämpfern absichern und durchkämmen. Zwei Stunden später lösten sich die beiden Männer aus dem Heeresverband und trabten auf einem gewundenen Weg durch den schattigen Tann bis zu einer Lichtung. Noch im Sattel befreite sich Attila vom Lederhelm, presste beide Hände gegen die Schläfen und sog tief den Atem ein. »Welch eine Wohltat.« Leises Rauschen und Wiegen über ihm. Die Luft war gewürzt mit dem Geruch nach Harz, Moos und warmem Nadelboden. Ohne Schwung rutschte er vom Rücken des Rappen.

Onegesius bot seinen Mantel als Decke an, der Fürst aber wollte sich nicht setzen. So ließen sie ihre Pferde zurück und schritten schweigend nebeneinander her tiefer in den Wald hinein.

Nach einer Weile fragte Attila unvermittelt: »Bin ich schwach?« Ehe der Ratgeber antworten konnte, setzte er gleich hinzu. »Nein, nicht. Ich weiß schon, was du sagen wirst. Es war die falsche Frage. Mein Freund, ich muss Klarheit haben, und du mit deinem kühlen Verstand sollst mithelfen, sie zu finden.«

Kaum merklich nickte Onegesius; sein wacher Blick, die steile Falte auf der Stirn zeigten Bereitschaft und Aufmerksamkeit.

Attila schloss und öffnete die Faust. »Was ist seit Orléans wirklich geschehen? Wir konnten ungehindert abziehen. Unser Tross ist sogar bereits über die Seine auf dem Weg in Richtung Chalôns. Und dieser Bischof Lupo von Troyes hat sich mir freiwillig als Geisel angeboten.«

»Nicht aus Zuneigung«, gab der Ratgeber zu bedenken. »Eher aus verzweifeltem Mut, um so seine Stadt zu retten.«

»Sehr klug von dir«, bitterer Spott lag in der Stimme. »Da die derzeitige Lage es inzwischen verbietet, Bauern und Orte gegen uns aufzubringen, konnte ich auf seinen Handel großzügig eingehen. Nein, dieses Abkommen treibt mir das Blut nicht schneller durch die Adern. Mehr aber beschäftigt mich, dass nun sogar ein Christenschamane an meiner Seite reitet. Bin ich so zahnlos geworden? Und warum haben uns die Entsatzheere von Orléans aus nicht verfolgt?«

»Dank der Thüringer, die sie aufhielten. Beinah die Hälfte ihrer Horden ist gefallen …«

»Falsch, mein Freund. Kein noch so wilder undisziplinierter Haufen stellt ein wirkliches Hindernis für Aëtius und seine Verbündeten dar. Nein, der Römer wollte uns nicht verfolgen. Unsere Späher berichten, dass er sich vor der Festungsstadt in aller Ruhe mit Gotenkönig Theoderich, den Burgundern und den Südfranken vereinigt hat. Dann erst sind sie uns nachgezogen und halten zwischen ihnen und uns stets den Abstand von mehr als einer Marschwoche ein.« Attila riss einen langen Grashalm aus und zerknickte ihn langsam. »Was will er mir damit sagen? Oder lacht er sogar über mich?«

»Nein, mein Fürst, dieses Verhalten hat eher den Anschein, als gebe dir der Römer genügend Raum, um eine Entscheidung zu fällen.«

»Du meinst, aus alter Freundschaft?« Die Zornader schwoll blau an. »Verflucht, er spielt den großzügigen Feldherrn, der sich an dem Barbaren nicht die Hände beschmutzen will. Meinst du das?« Schmerz zuckte im graugelben Gesicht. »Antworte.«

»Ich denke, eine gewisse Überheblichkeit spielt sicher mit, mehr aber sehe ich dahinter die geschickte Kriegstaktik. Wenn Aëtius abwartet, bis du handelst, so erspart er sich viel unnötigen und kostspieligen Aufwand, weil er nur gezielt reagieren muss …« Erschreckt unterbrach sich Onegesius.

Wieder presste der Großkönig die Schläfen, er taumelte leicht, atmete flacher und stöhnte.

»Mein Fürst?« Schnell ergriff der Ratgeber den Arm. »Bitte, ruh dich einen Moment aus.«

Attila wandte ihm das Gesicht zu. Blut. Aus beiden Nasenlöchern strömten dunkelrote Bäche, überspülten die vollen Lippen, quollen ineinander und besudelten Kinn und Hals. »Es … nimmt mir das Stechen …« Husten befiel den Großkönig, er spuckte, röchelte, dabei verschluckte er sich am Blut, hustete mehr. Onegesius hielt ihn, bis der Anfall vorüber war und die Ströme versickerten, dann nahm er das Hüfthorn vom Gürtel. »Ich fordere Hilfe an. Die Leibwächter sind am Waldsaum postiert.«

»Wage es nicht.« Attila riss ihm das Horn aus der Hand. »Reicht es nicht schon, dass mich Aëtius belächelt? Sollen unsere Truppen ihren obersten Feldherrn etwa so sehen?«

»Verzeih, die Sorge um dich zerreißt meinen Verstand jedes Mal aufs Neue. Diese Krankheit …«

»Verflucht, mir fehlt nichts. Hör auf, mich wie einen kranken Gaul anzustarren. Sag mir, welche Möglichkeiten wir haben?«

Onegesius war entschlossen, war bereit, jeden Zorn zu ertragen. »Nur wenn du mit mir zur Lichtung umkehrst, mein Fürst. Nur wenn ich dein Gesicht mit Wasser reinigen darf …«

»Du erpresst mich? Mich, deinen König …?« Attila sah den furchtlosen Blick und verzog die schwärzlich verkrusteten Lippen zu einem Schmunzeln. »Einverstanden, du griechische Amme. Begleite mich zurück.«

Mit großer Umsicht versorgte ihn der hagere Mann. Er benutzte sein Halstuch und leerte den ledernen Wasserschlauch beinahe zur Hälfte, bis alle Blutspuren von der Haut abgewaschen waren. Noch auf dem Moos liegend schnappte Attila nach seinem Handgelenk. »Ist es wirklich Sorge? Oder gefällt es dir, einige Momente über mich zu verfügen?«

»Fürst, ich bin ...« Erst nach tiefem Atmen hatte Onegesius das Gekränktsein niedergekämpft. »Schon vor langer Zeit hat mich des Schicksals Fügung zu einem Teil von dir werden lassen. Unlösbar von meiner Seite, trennbar nur durch dich.«

»Beschäme mich nicht.« Sichtlich gerührt setzte sich der Großkönig auf, gab dem Gefühl aber keinen Raum. »Ich besitze wohl die Gabe, dich stets aufs Neue zu erschrecken. Genug davon, mein Freund. Das Blut ist abgewaschen. Ich warte.«

»Nach meiner Überlegung haben wir drei Möglichkeiten.« Knapp und sachlich begann der Ratgeber sie dem Herrscher zu erläutern. »Zum einen der schnelle endgültige Rückzug. Der Vorteil wäre zweifellos, dass wir ohne große Verluste mit unserer jetzt doch schon sehr beträchtlichen Beute in die Heimat zurückkehren könnten. Zum anderen ...«

»Ohne Verluste?«, unterbrach ihn Attila. »Durch eine Flucht hätte ich vor der gesamten Welt meine Ehre verloren. Und du nennst dies keinen großen Verlust?«

»Verzeih, mein Fürst«, in den Ton mischte sich sogar etwas Strenge. »Du verlangtest von mir einen strategischen Rat und keine moralische Wertung.« Zeige- und Mittelfinger strichen die graue Strähne aus der Stirn. »Zum anderen also gäbe es den langsamen Rückzug. Hier wäre der Vorteil, noch mehr Schätze erbeuten zu können. Allerdings stünden wir stets unter der Bedrohung unserer Verfolger und müssten uns auf heftige Abwehrkämpfe einstellen.« Ehe Onegesius weiter ausführte, sah er angestrengt ins Dornengestrüpp am Rande der Lichtung, als ließe sich seine nächste Überlegung nur schwer aus den Ranken befreien. »Bliebe die dritte und letzte Möglichkeit: Eine Feldschlacht. Ost gegen West; das heißt, wir und unsere Verbündeten gegen die Allianz von Römern, Westgoten, Franken und Burgundern sowie kleinerer Volksstämme. Solch eine Schlacht würde diesen Krieg, den wir über die Welt gebracht haben, sofort entscheiden. Das Risiko aber ist sehr hoch für uns. Du verfügst, Bagauden und nordfränkische Stämme mit eingerechnet, über eine Heermacht von ungefähr einhundertzwanzigtausend Kämpfern. Allerdings stellen unsere schnelle Reiterei und die Truppen des Gepiden davon lediglich ein Viertel. Der weit größere Teil besteht aus schlecht ausgebildeten, vor allem beutehungrigen und meist leider undisziplinierten Horden.«

»Danke, du guter Freund!«, knurrte Attila und erhob sich. »Du zeichnest ein sehr entmutigendes Bild über den Zustand meiner Streitmacht.« Er trat gegen den Wasserschlauch. »Du selbst hattest keine Einwände, als ich meinem Sohn Ellac unsere hunnischen Einheiten zur Verstärkung der Ostgrenze sandte. Jetzt fehlen sie mir …« Erneut überkam ihn Husten. Gleich war Onegesius zur Stelle, doch der Herrscher wehrte mit der Hand ab, spuckte blutigen Schleim und sprach weiter: »Verflucht, was soll ich tun? Sag es mir.«

»Wähle die erste der Möglichkeiten. Rückzug, mein Fürst, so schnell wie nur eben durchführbar.«

»Und mein Traum?« Attila packte den Griechen vor der Brust. »Gib es zu, du wolltest nie wirklich, dass ich mein Reich auch nach Westen ausdehne. Rätst du mir deshalb zur Flucht?« Er stieß ihn von sich. »Ich habe meinen Bruder Bleda getötet, um zu herrschen. Sich jetzt wie ein Feigling davonzumachen, das wäre schlimmer als der Tod.«

Unmerklich schüttelte Onegesius den Kopf. »Dann brenne dem Land noch tiefer dein Zeichen ein, aber ziehe dich langsam zurück.«

»Nein, du furchtsamer Freund. Dein dritter Vorschlag reizt mich. Die Schlacht. Der alles entscheidende Kampf. Und glaube mir«, er drohte mit der Faust in Richtung des Heerzuges, »jeder Mann, der dort marschiert, wird gehorchen und für mich kämpfen.«

»Und eine Niederlage?« Onegesius gab nicht auf. »Mein Fürst, wir haben ein Reich aufgebaut. Auch ohne Gallien thronst du über zahllose Länder. Eine Niederlage – und ich spüre, dass auch du sie nicht ganz ausschließt –, eine Niederlage würde uns zurückwerfen. Das schon Erreichte kann sehr leicht zerfallen.«

Jäh veränderte sich das Gesicht des Herrschers, seine Miene verlor wieder die gerade gewonnene Sicherheit. »Ich sollte dich hassen, muss dich aber lieben, weil mir sonst dein Verstand fehlen würde. Nein, spare dir noch den Seufzer der Erleichterung. Befragen wir unseren obersten Schamanen nach dem Ausgang der Schlacht. Dann erst werde ich mich entscheiden.«

Während des Tages hatte der aufgewirbelte Staub über dem endlosen Heerwurm gewabert, am Abend dann hing er in den Rüstungen, klebte auf Lippen und hatte die Zungen ausgedörrt.

Weit dehnte sich das flache Gelände oberhalb von Troyes. Für die Nacht waren alle Planwagen zu einem riesigen Rundwall postiert worden. Gewöhnlich wurde die Beute nur von Keves Bewaffneten gemeinsam mit den Trupps der Eskorte geschützt. Heute aber waren fünfhundert Elitekämpfer zur ihrer Verstärkung abkommandiert worden. Der Großkönig und sein oberster Ratgeber verbrachten die Nacht im Trosslager.

Als Keve feststellte, dass Prinz Ernak sie nicht begleitete, war er sofort zum abgeschirmten Bereich der Königspferde nahe der hohen Jurte des Herrschers geeilt. »Was ist los, Mädchen? Warum ist der Königssohn nicht hier?«

»Soll das ein Verhör sein?«, fuhr ihn Goldrun an. »Kommst hierher, hast mich seit einer Woche nicht gesehen und kein Wort zur Begrüßung …«

»Antworte!« Gleich milderte Keve den Ton. »Bitte, es ist mir wichtig. Hat unser Herrscher irgendwas zu dir gesagt? Was Besonderes? War er zu freundlich oder zu streng? Erinnere dich.«

Wieso schaust du mich so an, dachte sie verwundert.

»Sag was, Kleines.«

»Nichts. Außer über unsere Pferde hat er bisher noch nie mit mir gesprochen. Auch heute nicht. Vom obersten Ratgeber kam der Befehl, dass ich zwei Wallache mitführen muss. Unterwegs habe ich gehört, dass er zu seinem Onkel will.«

Keve zwirbelte eine Weile die Bartsträhnen. »Zum Schamanen also«, brummte er. »Dann ist es gut.«

»Stimmt etwas nicht?« Goldrun berührte seinen Arm. »Worüber machst du dir Sorgen?«

»War nur so ein Gedanke. Weil ich will, dass es dir und dem Prinzen gut geht. Denk nicht mehr daran.« Keve tätschelte behutsam die schlanke Hand. »Ich muss los. Wenn der König da ist, gibt's mehr zu tun im Lager als sonst.«

Goldrun lächelte ihm nach. Oberin Tarcal kam ihr in den Sinn. Wie nannte sie ihn immer? Ungehobelter Trampel. Goldrun nagte an der Unterlippe, mag sein, hin und wieder wirkt er so auf den ersten Blick. Wenn ich das nächste Mal auf dem Gestüt bin, werde ich mal ausführlich mit Tarcal über ihn reden.

Das Absperrseil um den heiligen Bereich am östlichsten Rand des Lagers schien zu leben. An den Schwänzen aufgefädelt streckten mehr als zehn Schlangen ihre Leiber, wanden sich, verknoteten sich, zischelten und züngelten. Dazwischen krochen in aufgeblähten, schaukelnden Stierblasen schwarze Spinnen und saugten Käfern und Faltern das Leben aus.

Unbeweglich stand Ajarbas, nur mit einem Lendentuch bekleidet, nahe seiner Jurte, in der Faust hielt er das Messer. Jede Sehne des ausgemergelten Körpers war angespannt. Mit den Hinterläufen ans Holzreck gebunden hing der gestochene Hammel, und Blut floss aus der Halswunde in den Bottich. Als der Strom zum Rinnsal wurde, der Lebenssaft nur noch tröpfelte, nahmen die Füße des Sehers den Rhythmus auf, trippelten, tappten, und mit den letzten Tropfen stampften sie schwer das Gras. Jäh hielt er inne, trat dicht an den Kadaver. Ein gewaltiger Schnitt vom Afterring senkrecht hinunter bis unters Kinn öffnete den Hammel, die langgliedrigen Finger griffen hinein, die scharfe Klinge löste das Ende des Darms, ein nächster Schnitt durchtrennte den Schlund,

und das Gekröse wälzte sich über den nackten Arm des Schamanen zu Boden. Ajarbas wischte das Messer an seinen Brustwarzen ab, floh in Hüpfschritten zur Jurte und kehrte im bunt schillernden Federgewand gleich wieder zurück.

Mit Flügelschlägen umkreiste er das Feuer, dabei fuhren Sturmlaute aus seinem Mund. Die Flammen zuckten auf und nieder, Glutregen sprühte hoch und verlosch dampfend in den Innereien des Hammels. Ajarbas stand still. Behutsam zog er ein Fläschchen aus dem Gefieder, öffnete es und gab auf jede Fingerkuppe der linken Hand einen Gifttropfen. Seine Zunge schleckte mit lautem Schmatzen das Schlangenelixier auf. Bald ging ein Beben durch den Körper, die übergroße Iris beider Augen erstrahlte in Verzückung, immer wieder warf er den Kopf zurück, hielt jäh inne und bot das Gesicht den nächtlichen Dämonen. Sein Geist drang hinauf, während er vor den Gedärmen des Opfertiers niedersank.

Lange verharrte er so. In der dritten Stunde nach Mitternacht löste sich die Erstarrung, und Ajarbas begann zu summen; wie eine Glucke verbarg er die Eingeweide unter seinen Fittichen, bis sich der östliche Himmel rot färbte. Beim Licht des jungen Tages dann suchte er im Schlinggewirr des Gedärms nach Antwort.

»Darf ich näher kommen?« Der Großkönig stand vor dem Schlangenzaun. Drei Mal musste er die Frage wiederholen, ehe Ajarbas den Kopf wandte. »Du störst nicht, Neffe. Löse getrost das Seil und befestige es wieder, meine Freundinnen werden dich nicht beißen.«

Eine Viper ringelte sich um Attilas Handgelenk. Wohlgefällig sah Ajarbas zu, wie der Herrscher sie sanft abschüttelte. »Du hast dein Vertrauen nicht verloren«, empfing er ihn. »Setze dich so, dass unsere Augen auf gleicher Höhe sind.«

Ohne Zögern folgte Attila der Bitte, auch drängte er nicht, als der Onkel ihn nur schweigend betrachtete.

Endlich öffnete Ajarbas die trockenen Lippen. »Neffe, du Sohn des Mundschuk, du Herrscher über das Hunnenreich, deine Frage hat das unendlich Weite durcheilt; die großen Dämonen lüfteten vor mir den Schleier der Zukunft. Was ich sah, erschreckte mich. Ich flehte um Einzelheiten, und sie erlaubten mir in den Eingeweiden des Hammels einen Lidschlag lang den genaueren Blick. Ich konnte es nicht fassen, warf noch den Schulterknochen in die Glut, doch auch die Risse schrieben mir keine andere Botschaft.«

»Ich ertrage die Wahrheit, Onkel.« Die graugelbe Haut spannte sich über den Wangenknochen.

Ajarbas berührte mit dem Zeigefinger die Brust des Neffen. Sofort durchzuckte Attila heftiger Schmerz. »So höre dein Unglück.« Die Stimme verfiel in einen Singsang. »Du wirst die Schlacht nicht als Sieger verlassen.«

Attila stöhnte, doch der Finger blieb auf seinem Herzen.

»Ein Trost aber wird dir zuteil … Der vornehmste Anführer deiner Feinde wird im Kampf den Tod finden … Und sein Untergang wird den Siegestaumel der Gegner trüben …«

»Er fällt? Wenn er beseitigt ist, gehört mir die Zukunft Roms? Um diesen Preis lohnt es sich, eine Niederlage in Kauf zu nehmen.«

Ajarbas zog seinen Arm zurück und wandte dem Großkönig den Rücken zu. »Geh jetzt, Neffe«, krächzte er. »Sammle alle deine Kräfte, du wirst sie nötig haben.«

»Nicht mehr? Hast du nicht noch eine Antwort erhalten?«

Weil Ajarbas den Kopf schüttelte, verließ der Herrscher ohne Dank den geheiligten Bereich.

Der Befehl war am 20. August ausgegeben worden. Melder hatten ihn allen Truppenteilen überbracht, und so wie nach langen schwülen Tagen eine Sturmböe das Gewitter ankündigt, war die Eintönigkeit des Rückmarsches jäh zu Ende. »Wir stellen uns den Römern zum Kampf! Bereitet euch vor!«

Hinter Troyes, auf halber Strecke nach Chalôns, riegelten hunnische Einheiten das Gebiet ab. Gepidenkönig Ardarich und die Nordfranken sicherten die Flussübergänge. Sie sollten einen verfrühten Vorstoß der Westalliierten nach Norden aufhalten, bis Attila sich für ein Schlachtfeld entschieden hatte und die Hauptarmee zum Kampf bereit war.

Bischof Lupo von Troyes, der sich freiwilllig als Geisel in die Hand des Hunnen gegeben hatte, bot sich im Beisein von Onegesius als ortskundiger Führer an. »O großer König und verehrter Kanzler, als Diener Gottes predige ich den Frieden. Doch lässt sich der Krieg nicht vermeiden, so bin ich bemüht, möglichst viel unschuldiges Leben zu retten. Deshalb erlaubt mir, euch eine fast unbewohnte Gegend zu zeigen, welche sich für die Schlacht eignet.«

Attila zückte den Dolch, ein Handschlenker, dann tippte er ihm das elfenbeinerne Griffende an die Stirn. »Christenschamane, du bezeichnest dich doch selbst gerne als Hirte? Höre also genau zu: Falls du hoffst, mich überlisten zu können, warne ich dich. Selbst bei dem kleinsten Versuch spielst du mit deinem Leben, doch zuvor mit dem Leben anderer. Denn ehe du durch meine Klinge stirbst, lasse ich zunächst alle Lämmer deiner Gemeinde schlachten.«

Ohne Furcht hielt der weißhaarige Kirchenmann dem Blick stand. »Niemals würde ich die mir Anvertrauten in Gefahr bringen.«

Attila ließ den Dolch einige Male um die Hand wirbeln, steckte ihn zurück und schnippte. »Lass hören.«

»Oberhalb von Chalôns gibt es einen Höhenrücken, davor öffnet sich die weite Ebene der Champagne …«

Als der Bischof geendet hatte, vergewisserte sich Attila mit einem Seitenblick bei Onegesius. Das zögerliche Nicken genügte ihm, schon sprang er auf. »Ehe du uns hinführst, erwarte ich noch einen Beweis deiner Kenntnisse. Wo finde ich dort in der Gegend einen sicheren Platz für das Lager?«

Heftig rieb Lupo seine rechte Ohrmuschel. »Wenn ich mich recht entsinne, Großkönig, so gibt es in der Nähe eines Dorfes, südlich der Hügel, geeigneten Raum, umgrenzt sogar von einem natürlichen Erdwall. Ich kann dies aber nicht mit Sicherheit sagen und bitte, dass du dich an meinen Bruder im Amte, an Bischof Alpin von Chalôns, wendest. Er ist ein Schüler von mir, vor allem aber ein eifriger Jäger, der dort jeden Pfad und jeden Strauch kennt.«

Attilas Mundwinkel zuckten. »Glück für dich, denn hättest du mir auch den Lagerplatz genau beschrieben, so wäre mein Misstrauen geweckt. Ein Spion der Römer, im Christenkleid, kommt freiwillig zu mir und will mich mit seiner verblüffenden Ortskenntnis überzeugen, wo ich die Schlacht führen und wo ich meine Beute aufbewahren soll. Ich habe da einen tüchtigen Truppführer, der sich darauf versteht, Spione gründlich zu befragen; sei froh, dass er dir erspart bleibt.«

»Qualen fürchte ich nicht.« Der Bischof faltete die Hände. »Auch strebe ich nicht danach, dein Freund zu werden. Du bist die Geißel, mit der Gott uns straft, und ich versuche den Schmerz meiner Mitmenschen, soweit ich kann, zu lindern.«

»Schön gesprochen.« Attila ging zum Tisch schüttete mit Schwung aus dem Weinkrug zwei Becher bis zum Rand voll und reichte davon einen dem Kirchenmann. »Trink, Christenschamane. Dann reiten wir und sehen uns die Gegend an. Nun, was ist?«

Erst nach langem Zögern ergriff Lupo den dargebotenen Holzbecher. Seine Hand zitterte, als er das triumphierende Lächeln des Herrschers sah, doch er trank mit ihm den Wein, ohne abzusetzen.

Hufe dröhnten. Inmitten der schwer bewaffneten Reiter wehte die Adlerfahne. Kein Halt, südwestlich von Chalôns trennte sich ein Trupp von dreißig Kämpfern und hielt direkt auf die Stadt zu, während der Großteil den König sicher über die Marne geleitete und direkt in Richtung Suippes weiterritt.

Ernak hatte vom Vater den Befehl erhalten, sich nach einem geeigneten Lagerplatz umzusehen. »Erzwinge dir in Chalôns die Hilfe von dem Christenschamanen und sag ihm, falls er sich weigert, zerstören wir die Stadt und enthaupten seinen Lehrmeister.«

»Danke für den Rat.« Ernak ballte die Faust im Rücken. »Selbst wenn ich auf meine Weise zum Ziel komme, wird das Ergebnis dich nicht enttäuschen. Das verspreche ich dir.«

»Gekränkt? Aber, mein lieber Sohn.« Die väterlichen Finger kniffen die Wange, um sie gleich wieder zu tätscheln. »Du weißt, ich hüte dich wie meinen Augapfel. Sei nicht zornig, weil ich mich sorge.«

»Nein, Vater.« Mit kurzem Schwung warf Ernak die Locken zurück, er nahm Haltung an, der Ton wurde knapp. »Wenn ich eine Bitte äußern darf, so bitte ich, mir Truppführer Keve mitzugeben. Der Mann leitet den Tross und kann sicher bei der Wahl eines Lagerplatzes die Vor- und Nachteile genau beurteilen.«

Attila hatte ihn an sich ziehen wollen; ehe er aber die Schulter berührte, ließ er den Arm wieder sinken, und auch seine Stimme war kühl geworden. »Einverstanden, Sohn. Ich höre dann später deinen Bericht.«

Bischof Alpin erwartete den hunnischen Trupp bereits vor der Stadt. Ein spitzgesichtiger, kleiner Mann, die leicht vorgequollenen Augen rollten hin und her, sein Blick suchte in den Gesichtern. »Gott …« Er schluckte und begann von neuem. »Möge Gott sich uns aller erbarmen. Wer ist …? Mein Bruder in Christo ließ mir ausrichten … Attila selbst …?«

Ernak lenkte seinen Schecken direkt vor den Bischof. »Ich bin sein Sohn und führe den Trupp …«

Da kniete der junge Hirte nieder. »Verschone die Stadt, Herr, verschone die Menschen, denn ich will dir zu Diensten sein.« Er sprach schnell, hatte seine Rede vorbereitet. »Du suchst einen geschützten Ort als Standquartier? Ich weiß, wo dieser Ort sich befindet und ich führe dich dorthin. Und wenn du großer König … verzeih … und wenn du großer Prinz unsere Stadt verschonst, so werden wir, alle Männer und Frauen, helfen, das Lager zu befestigen.« Alpin schwieg, sah mit offenem Mund zum Königssohn auf.

Völlig überrascht vom Redeschwall runzelte Ernak die Stirn, und sagte schließlich nur: »Also gut. Dann führe uns …«

Näher rückte die riesige vereinte Heeresmacht unter der Führung des Aëtius, verkürzte den Abstand von Tag zu Tag. Zeit! Attila musste Zeit gewinnen, um sich bis zur Schlacht die wenigen Vorteile zu verschaffen, die er noch erringen konnte. Kaum hatte der letzte Reiter seiner Nachhut die Marne bei Chalôns überquert, ließ er ab dort bis zu einem halben Tagesritt flussabwärts alle Steinbrücken zerstören, und Mannschaften seiner Elitekämpfern erhielten Befehl, Tag und Nacht diesen Uferabschnitt zu sichern. Aufatmen. Der lärmende Drache war gezwungen, den mit abertausend Schilden gepanzerten Leib nach Westen zu wälzen. Feldzeichen blinkten, Gesänge schallten über die Marne, und Paukenschläge bestimmten den Takt des Marsches.

Am Abend des 29. August erreichten Melder das Hauptquartier nahe dem Trosslager. »Römer, Westgoten und ihre Verbündeten haben die Marne überschritten!« Sofort mussten sie auf der von Eudoxius nach Angaben des jungen Bischofs Alpin grob gezeichneten Gebietskarte die Stelle genau markieren.

Der Großkönig nickte befriedigt und trat mit Onegesius hinaus in die helle Nacht. »Er wird von Nordwesten kommen, er hat keine andere Wahl. Wenn er mich treffen will, so kann er es jetzt nur auf dem Schlachtfeld, das ich ausgewählt habe. Und zwar hier auf den Feldern bei Chalôns.«

Der wichtigste Plan schien aufzugehen, und schnell wucherten daraus neue. Wenn das Lager rechtzeitig befestigt wäre … Wenn die Waffenschmiede genügend Pfeilspitzen angefertigt hätten … Wenn von den Spähern rechtzeitig die Schlachtordnung des Gegners erkundet würde …

Attila sprach leise, drängend, und sein Planen klang eher wie das Beschwören von Hoffnungen. Still hörte Onegesius zu; als sein Fürst schwieg, blickte er hinauf zum kalt glänzenden Vollmond. »Denke ich an die Weissagung unseres Schamanen, so werden wir am Ende jenes Tages dringend Dunkelheit benötigen.«

»Mahne mich nicht, mein Freund.« Attila lachte bitter. »Auch daran habe ich längst gedacht und werde versuchen, die Schlacht hinauszögern, bis der Mond wieder ganz erloschen ist.«

Über der Gegend etwa zehn Meilen nördlich von Chalôns dämmerte der 11. September herauf. Träge wich die Nacht dem blassen Morgen. Noch ragte die Esche am Bach schwarz gegen den Himmel. Als der Tau fiel, trabte der Tod auf dem Knochengaul aus der Weite der Champagne näher. Frühnebel umwaberte ihn. Unter der mächtigen Baumkrone band er sein fahles Pferd an und ließ sich auf einem Stein nieder; den Filzhut tief über dem Schädel, den grauen Mantel geschlossen, wartete er. Lautlos sprengte auf dem roten Pferd der zweite der vier Schrecklichen heran. In der Mitte der Ebene zügelte er den Fuchs. Das riesige Schwert hing noch an seiner Seite. Gleichzeitig galoppierten nun auch der auf dem Schimmel und der auf dem Rappen von rechts und links über die Katalaunischen Felder und gesellten sich zu ihrem furchtbaren Gefährten. Erntetag; der Schnitter und seine Helfer waren zur Stelle.

Der Himmel erglühte, dann stieg die Sonne. Klirren, Marschschritte und gedämpfter Hufschlag näherten sich aus südöstlicher Richtung. Der vielköpfige hunnische Heerwurm hielt direkt auf das Gebiet am Fuß des lang gestreckten Hügelrückens zu.

Späher meldeten den Aufmarsch des Gegners. Sofort erhob sich auch der römische Drache; und zum dumpfen Trommelschlag näherten sich aus Nordwesten mehr als einhundertsechzigtausend Krieger der sanft ansteigenden Erhebung.

Eine Stunde vor Mittag waren beide Armeen kampfbereit. Melder von jeder Seite hetzten zu ihren Kommandoständen im Rücken der Truppen.

»Die Hauptmacht der Hunnen in der Mitte. Links Gepiden und Ostgoten. Auf dem rechten Flügel viele kleine Stammesverbände.« Aëtius nickte und lächelte dünn.

»Die Legionäre stehen auf der linken Seite. Sangibanus mit seinen Alanen bildet das Zentrum, unterstützt wird er von Südfranken und Burgundern. Rechts inmitten der Westgoten sitzt König Theoderich voll gerüstet auf seinem Schlachtross.«

Attila spuckte auf den Boden. »Verflucht. Die Alanen sind schwach. Er will, dass wir sie überrennen, um uns dann von beiden Seiten in die Zange zu nehmen.« Umgeben von zweihundert Elitekämpfern hockte Attila im Kreise seiner Heerführer etwas erhöht auf einem Wiesenhügel. Ein nach allen Seiten offener Befehlsstand, das mit Leder verstärkte Filzdach sollte während der

Schlacht verirrte Pfeile und Speere abhalten. Von hier aus konnten die Anhöhe wie auch das flache Gelände beobachtet werden.

Ernak war auf Anweisung des Großkönigs mit fünftausend Kämpfern im Trosslager zurückgeblieben. »Du verteidigst unsere Beute und die Vorräte«, hatte der Vater seinem jüngsten Prinzen aufgetragen und hinzugefügt: »So weiß ich dich in Sicherheit.«

Attila sah zur Fahne hoch, kein Wind breitete die Adlerschwingen aus, sein Blick stieg weiter hinauf, wolkenlos erstrahlte das Blau. »Wird ein heißer Tag.«

»Wir sollten angreifen, mein Herrscher und Freund.« Ardarich zeigte die nadelspitzen Zahnreihen. »Mittagshitze schwächt unsere Männer.«

»Nicht so sehr, wie sie den Legionären in ihren eisernen Schuppenpanzern zusetzt. Die Sonne kämpft auf unserer Seite, hab also Geduld.«

Stille lastete über Feldern, Wiesen und dem Hügelrücken. Jeder Mann vernahm nur seinen eigenen Herzschlag, Schweiß rann unter dem Helmrand vor, floss über die Stirn und brannte in den Augen. Warten. Nur nicht ermüden, nicht unachtsam werden, nicht an Wasser denken, um den Durst zu stillen. Warten, bis das Signal ertönt …

Gegen Ende der dritten Nachmittagsstunde schickte Attila die Befehlshaber zu den Truppenverbänden. Der Gepidenkönig sollte den linken Flügel, Bagaudenführer Eudoxius den rechten in die Schlacht führen, seinem Sohn Dengizik befahl er: »Sobald die Fanfaren erschallen, lässt du zuerst den Hügel erstürmen. Haben wir die Höhe, so beherrschen wir das Schlachtfeld und können von oben über die Legionen herfallen.«

In den Augen des Unterkönigs leuchtete Kampfeslust, langsam griff er sich zwischen die Schenkel. »Wir werden sie niedermachen, Vater. Vielleicht bringe ich dir heute Abend ein Geschenk …« Er grinste genüsslich und setzte hinzu: »Beide Ohren deines alten Freundes Aëtius.«

»Bleibe kühl, Sohn.« Attila sah ihn durchdringend an. »Wenn du deinen Verstand nutzt, beschenkst du mich genug. Und nun, viel Glück.«

Wenig später erhob sich der Großkönig vom Holzklotz und trat vor den Befehlsstand. Seine Linke sank zur lederbespannten Schwertscheide, winkelte sie an, und die Rechte umschloss den Griff; mit hellem Schaben glitt das dem Kriegsgott geweihte Schwert heraus.

Zur gleichen Zeit zückte auch zwischen den Armeen der unsichtbare Schreckliche auf dem Fuchs sein riesiges Schwert. Wie ein Spiegelbild des Hunnenkönigs reckte auch er die Waffe in die Höhe.

Hörner gellten: Angriff!

Trompetenstöße schrien: Kampf!

Die Signale zerrissen die Zeit. Und beide Untiere stampften aufeinander zu. Sofort durchschaute Aëtius die List seines Gegners und jagte fünf schnelle Kohorten und ebenso viele Goteneinheiten den Hügel hinauf. Gebrüll beschleunigte den Sturmlauf!

Auf der anderen Seite behinderte das Eichenwäldchen die hunnischen Horden, sie stürzten sich hinein, brachen endlich durchs Unterholz wieder ins Freie. Zu spät. Der Höhenrücken war vom Gegner eingenommen. Wurfspieße durchbohrten die Atemlosen. Doch kein Zurück, immer wieder, immer heftiger drängten neue Horden hinauf und starben, und schon trampelten die nächsten über sie hinweg. Süßlich warmer Todesgeruch legte sich auf den Höhenrücken.

Unten in der Ebene spien Drache und Lindwurm Pfeile und Speere. Hier wie dort wurden Frontreihen niedergemäht, starben Männer; ihre Schreie mischten sich ins Heulen und Schnauben. Dann prallten die Untiere gegeneinander. Schwerter, Äxte färbten sich rot. Blut entfachte Gier nach noch mehr Blut. Der Hauptleib des hunnischen Heerwurms zerquetschte die Alanen. Dann aber schlugen beide Ungeheuer mit den mächtigen Flügeln aufeinander ein, verbissen sich in den Weichteilen und zerfleischten sich Glied um Glied. Burgunder gegen Thüringer. Keine Ordnung mehr. Südfranken gegen Nordfranken. Keine Befehle mehr, nur noch blinder Kampf. Ostgoten gegen Westgoten, Brüder wurden zu Todfeinden.

Bagaudenführer Eudoxius schwang das Schwert. Fünf Legionäre hatten ihn eingekreist, versuchten den Tobenden zu treffen, hieben mit den Klingen auf ihn ein; doch der Gallier tauchte unter dem Hieb hinweg, durchbohrte einem Gegner die Kehle, wich dem Schlag aus, wehrte den nächsten mit der Waffe ab. Funken sprühten, er wirbelte herum, parierte und stach zu. Näher, Schritt für Schritt, enger umschlossen ihn die verbleibenden vier, waren bis auf zwei Schwertlängen heran. Eudoxius brüllte, schüttelte sich und sprang, wollte den Ring durchbrechen, jedoch er sprang gegen zwei hochgerissene Schilde, verlor Helm und Schwert und wurde zurückgeschleudert. Gleichzeitig holten die Gegner zum letzten Hieb aus. Lachen! Eudoxius stand dicht vor dem einen, seine Faust trieb dem Römer den Helmschutz ins Gesicht, die Knochen brachen. Lachen! Vom gewaltigen Schlag gefällt, stürzte auch der nächste Legionäre zu Boden. Dann aber trennte ein Schwertstreich dem Bagaudenführer den rechten Arm von der Schulter. Eudoxius stand wie erstarrt. Ein zweiter Hieb nahm ihm den linken Arm. Kein Schmerzenslaut. Die vielen Zöpfe wippten leicht, als der dritte Hieb den Kopf abschlug.

Die Sonne neigte sich im Westen dem Horizont zu, und immer noch tobte das Schlachten. König Theoderich ritt aufrecht durch die Reihen. »Habt Mut!« – »Lasst nicht nach!« – »Kämpft, Männer!« Da durchbohrte eine Lanze seine Brust. »Für unsere Freiheit…« Schwächer wurde die Stimme. »… Nieder mit den hunnischen… Teufeln…« Der König sank zurück, fiel aus dem Sattel, niemand sah seinen Sturz; die Schlacht ging über ihn hinweg, und er starb unter den Stiefeln der Kämpfenden.

Verwundete wimmerten, doch niemand hörte sie; die Katalaunischen Felder waren übersät mit Leichen, doch der Erntetag dauerte an. Das Blut abertausend Gefallener ließ den Bach anschwellen, er trat bei Einbruch der Dämmerung über die Ufer und umspülte nahe der Esche die beinernen Füße des Schnitters.

Trommelwirbel! Vom Hügelrücken stießen jetzt zweitausend Römer und Westgoten auf der Ostseite hinunter. Kein Widerstand mehr im Eichenwäldchen. Schneller wurde der Trommelschlag. Die Einheiten hielten direkt auf den Befehlsstand der Hunnen zu.

Attila sah die Bedrohung nahen. Wer war Sieger, wer Verlierer? Noch gab es keine Entscheidung, noch konnte die Waagschale sich ihm zuneigen. Sein Leben aber war in Gefahr! Zweihundert Elitekämpfer würden diesem Ansturm nicht lange widerstehen. Was nutzte ein Sieg, wenn der Großkönig ihn nicht erlebte? Attila gab den Hornisten das Zeichen und ließ im Angesicht der Übermacht zum Rückzug blasen. Flucht. Er schwang sich auf den Rücken des Wallachs, Kommandant Edekon blieb mit gezückter Waffe an seiner Seite. Der Fahnenträger ritt vornweg, und in der Mitte seiner Leibgarde erreichte der Großkönig ungefährdet das befestigte Trosslager.

Fanfaren! Ermattet ließen Römer, Westgoten, Burgunder und Südfranken die Waffen sinken, keiner fand mehr Kraft, den abziehenden Truppen der Hunnen, Ostgoten und Gepiden, den Horden der Nordfranken, Thüringer und Bagauden nachzusetzen. Die Schlacht war zu Ende. Und wer zurückwich, der musste doch der Verlierer sein? Helle Trompetenstöße verkündeten den Sieg! Nur da und dort antwortete ein Jubelruf, zu groß waren die Verluste. Bei den Westgoten aber setzte Schluchzen und Jammern ein. »Der König ist tot!« Sie suchten ihren geliebten Herrn und konnten ihn im Leichenmeer nicht finden.

An jenem 11. September 451 starben von der dritten Nachmittagstunde bis zum Einbruch der Dämmerung mehr als hunderttausend Krieger auf den Katalaunischen Feldern.

Spät in der Nacht, kein Mond erhellte das Schlachtfeld, erhob sich der Tod von seinem steinernen Sitz, watete durchs blutgetränkte Wasser und bestieg den Knochengaul. Gemächlich ritt er in die Finsternis davon, und seine drei furchtbaren Erntehelfer folgten ihm.

So kurz nach dem Kampf war kein Angriff zu befürchten, dennoch hatten Scharfschützen ringsum auf den Erdwällen des Lagers Stellung bezogen. Mehr und mehr Einheiten kehrten zurück, Verwundete schleppten sich durch die streng bewachten Zugänge, und die Dunkelheit war erfüllt von Wimmern, Aufstöhnen und Fluchen. Trost wusste keiner für den anderen.

Attila hatte voller Ungeduld gewartet, doch keiner der Feldherren brachte ihm die ersehnte Nachricht. Auch Unterkönig Dengizik trat ohne Geschenk vor den Vater. »Der Römer lebt. Ich konnte nicht bis zu ihm vordringen. Wir waren zu schwach.«

»Ein Irrtum?« Fahl schimmerte die graugelbe Gesichtshaut. »Das darf nicht sein.«

Fackelträger bahnten den Weg durch die überfüllten Zeltgassen, nahe dem geheiligten Bereich blieben sie zurück. Allein begleitet von Onegesius trat Attila bis vor die Absperrung. Keine Flamme, im Schein der roten Glut saß der oberste Schamane mit geschlossenen Augen vor seiner Jurte, die Beine verschränkt und eng an den Leib gezogen, unbeweglich saß er da wie ein Fabelwesen, in dessen Federkleid Farben aufschillerten und wieder erloschen.

»Du hast geirrt«, drohte ihm Attila mit mühsam beherrschter Stimme. »Entweder hast du versagt, oder aber du hast mir bewusst die Wahrheit verschwiegen.«

»Neffe!« Hell und spitz war der Ton. »Andere sprechen durch meinen Mund. Andere, die größer und weiser sind als ich. Du würdest an ihrem Wissen vergehen …«

»Er ist nicht gefallen. Aëtius lebt.« Vor Erregung schnellte die Faust hoch, gleich aber nahm der Großkönig sie wieder zurück. »Onkel. Du hast mir seinen Tod vorhergesagt. Nur deswegen stellte ich mich der Schlacht, nahm die Niederlage hin. Deine Weissagung ist nicht eingetroffen.«

Sturmgeheul entfuhr dem Mund des Sehers, einen Moment lang wurde der Körper gerüttelt, er schlug hin und her und fand zur Ruhe zurück. »Erinnere dich. Neffe, du Sohn des Mundschuk …« Die Stimme tönte, als dringe sie aus einer fernen Halle, sie wiederholte die Prophezeiung und wurde lauter »… ein Trost aber wird dir zuteil. Der vornehmste Anführer deiner Gegner wird im Kampf den Tod finden …«

»Lüge!«

»Belästige mich nicht weiter.« Ohne die unbewegliche Sitzhaltung zu verändern, drehte ihm der Schamane den Rücken zu.

Attila riss Onegesius mit sich, kaum waren sie außer Hörweite, schnaubte er: »Dieser alte verlogene… Er hat mich ins Unglück gelockt.«

»Niemals, mein Fürst«, der Ratgeber versuchte mehr zu besänftigen als zu widersprechen. »Ajarbas bemühte sich im Buch deines Lebens vorauszulesen, und jede Erkenntnis teilte er dir mit. Niemals hat er dabei eigene Pläne verfolgt…«

»Schweig. Erspare mir dein Mitleid.«

Im Vorübergehen riefen Verwundete nach ihrem Großkönig, doch er nahm es nicht wahr.

Vor dem Befehlszelt wartete Dengizik mit einem großen breitschultrigen Kämpfer. »Das ist Logade Andagis«, empfing er die beiden. »Seine Familie steht dem ostgotischen Fürstenhaus nahe. Er hat mehr Glück gehabt als ich, Vater. Dieser tapfere Hordenführer hat mit seiner Lanze König Theoderich getötet.« Dengizik schlug ihm gönnerhaft auf die Schulter. »Nun sag doch was.«

»Ein guter Wurf, Herr. Und zwischen die Platten des Harnisch. Hab eben Glück gehabt, Herr.«

Einen Atemzug lang schwankte Attila, fest griff er nach dem Arm seines Ratgebers. »Sehr tüchtig, Mann«, schwer fiel ihm das Lob. »Dein Name ist also Andagis… Ich werde ihn nicht vergessen, du hast mein Wort. Ruh dich aus, Andagis, und melde dich in der Kanzlei, später… irgendwann. Du sollst für diese Tat belohnt werden. Geh jetzt.«

Der Großkönig sah ihm nach. »Die Prophezeiung. Sie ist eingetroffen. Und dieser Ostgote hat sie erfüllt… Nicht Aëtius war gemeint, sondern Theoderich… Sein Blut ist das Blut eines Königsgeschlechts. Er war der vornehmste Anführer meiner Gegner.« Die vollen Lippen bebten. »Höre mir zu.« Attila zog den Griechen aus dem Feuerschein, und als sie wenig später zurückkehrten, zitterte Onegesius am ganzen Leib. Mit kalt entschlossener Miene betrat der Großkönig das Befehlszelt. »Freunde!« Sofort richteten sich alle Blicke auf ihn. Lange hatten Heerführer, Schreiber und der Beraterstab auf ihn gewartet. Ehe er weiter sprach, mussten sich Ernak und Dengizik wie auch der Kanzler neben ihn stellen. So gestärkt, dankte er für den aufopfernden Einsatz, verteilte Lob und verkündete: »Niederlage oder Sieg? Niemand darf jetzt schon urteilen. Wir sind nicht geflohen. Nein, wir haben uns zurückgezogen, weil in der mondlosen Nacht der Gegner nicht mehr zu erkennen war und wir nicht das Blut der eigenen Männer vergießen wollten.«

Obwohl kein Funke in die abgekämpften Gesichter übersprang, ließen die Männer ihre Schwertgehänge klirren, einige reckten zustimmend die Faust.

»Morgen jedoch werden die feindlichen Truppen sich sammeln und unser Lager angreifen. Wir aber sind vorbereitet. Wir werden uns verteidigen und bei erster Gelegenheit zurückschlagen. Freunde, ihr Helden der Schlacht, gebt euren Truppen neue Kraft! Zum Zeichen aber für jedermann…«, Attila ließ eine Pause, legte Ernak den Arm auf die Schulter, »dass er nicht leichtsinnig wird, sondern bis zuletzt seine Kraft für den Sieg einsetzt, soll ein Scheiterhaufen errichtet werden. Nehmt unsere Sättel, schichtet sie auf zu einem Berg, dieses Holz, das uns so weite Strecken trug, es soll brennen, falls der Feind doch das Lager überrennt.« Nur mit Mühe bewahrte Onegesius Haltung, Attila aber hob kraftvoller die Stimme. »Und ich werde dann auf dem obersten Sattel sitzen und den Feuergaul reiten, bis die Flammen mich verschlingen, denn niemals darf der Herrscher über das Hunnenreich lebend in die Hände des Feindes fallen. Und keiner soll sich je rühmen dürfen, mich getötet zu haben!« Noch einmal drückte er seinen jüngsten Sohn, dann wies er zum Zeltausgang. »Und nun geht und gehorcht.«

Damit entließ er die Versammlung. Nur Onegesius blieb bei ihm zurück.

Ernak eilte durchs Lager. Im Ostbereich, nahe der gesicherten Koppel für die Königspferde, Stallknechte und die beiden Fuhrwerke, standen kaum noch Zelte, nur ein Feuer flackerte in der Dunkelheit. Leise rief er den Namen der Liebsten.

Sofort kam Antwort: »Endlich!« Goldrun hatte gewartet und holte ihn mit einer Fackel am Gatter ab. »Ich hatte schon Angst, du könntest heute Nacht nicht herkommen.« An den Händen gefasst huschten beide in die Geborgenheit des Planwagens.

Erst nach der Umarmung, nach dem Tasten und Finden der Lippen, dem neu Entdecken des vertrauten Geruchs löste sich Goldrun und zog Ernak näher zur Öllampe über ihrem Schlafplatz. Sie betrachtete sein Gesicht, strich ihm mit den Fingerkuppen über die Brauenbögen bis zu beiden Schläfen. »Du siehst gar nicht müde aus?«

Ernak küsste ihre Stirn. »Ich komme auch nicht aus der Schlacht. Aber du solltest die Männer sehen. Einige haben es vor Erschöpfung nicht mehr bis zu ihrem Zelt geschafft, sie sind davor zusammengesunken und gleich eingeschlafen.«

Sanft streichelte er vom Hals hinunter über die Brüste. »Weißt du, so sah das aus.« Er hielt sich an ihr fest, knickte mit den Beinen ein, und beide sanken auf die Filzdecken.

»Nein, Liebster, das ist kein Scherz. Wenn ich an diesen grauenvollen Tag denke, daran, was da draußen auf den Feldern geschehen ist …«

»Nicht, bitte. Ich wollte dich nur etwas aufheitern. Verzeih, der Vergleich war schlecht.«

»Ach, mein Prinz. Auch wenn es zur Zeit wirklich nichts gibt, worüber wir lachen können, Sehnsucht habe ich immer nach dir.«

Goldrun gab sich seinen Liebkosungen hin. Zum ersten Mal wieder, seit sie auf dem Feldzug waren, wollte er nicht gleich zum Ziel gelangen, zögerte sich heraus, gab auch ihrer Lust die Zeit zu wachsen; und Goldrun fühlte, wie tief im Innern das Zittern einsetzte, zum heftigen Beben wurde; und gleichzeitig mit ihrem unterdrückten Schrei wimmerte er und opferte auf ihren Bauch.

Später lag sie in seiner Armbeuge, hörte sein unruhiges Atmen und spürte, dass der Liebste nicht einschlafen wollte. »Warum hat es so lange gedauert? Ich mein, die Besprechung im Zelt?«

Ernak antwortete erst nach einer Weile, zögerte zwischen jedem Satz. »Vater hat viel gesprochen … Er lässt einen Scheiterhaufen aus Sätteln mitten im Lager bauen... Weil er sich verbrennen will, wenn der Feind über die Erdwälle kommt...« Lange blies Ernak den Atem aus. »Ich weiß, es ist nur ein Mahnmal, um unsere Männer zur Tapferkeit anzuspornen, alles sollen sie hergeben für ihren König... Aber vielleicht...« Er sprach nicht zu Ende, schwieg und streichelte ihr Haar.

»An was denkst du?« Goldrun legte ihre Wange auf seine Brust.

»An unser Glück«, flüsterte er und wiederholte noch leiser. »Ja, nur an unser Glück.«

Im Morgengrauen wölbte sich der Scheiterhaufen zwischen den Zelten, und Attilas mit Silber beschlagener Sattel krönte seinen Buckel.

Fanfaren schrien! Draußen marschierten Truppen auf, näherten sich von allen Seiten dem Lager. Die Gesänge aus rauen Kehlen kündigten den Todesstoß an.

Sofort antworteten schrille, lang gezogene Hornsignale; Johlen und Gebrüll verstärkten sie. Und es klang wie das Knurren und Bellen eines verletzten Wolfes: »Wir sind nicht besiegt!« – »Kommt nur!« – »Qualvolle Tode erwarten euch!«

Dann erhielten die Bogenschützen auf den Erdwällen Befehl. Pfeilhagel schlug dem Feind entgegen, trieb ihn zurück, und erst außer Reichweite der todbringenden dreiflügligen Pfeilspitzen konnten Römer und ihre Verbündeten damit beginnen, die Belagerung vorzubereiten.

»Gönne mir einen Moment der Ruhe«, befahl Aëtius seinem ersten Schreiber. »Die kleineren Stammesführer sind für ihre Dienste entlohnt.« Er saß im großräumigen Feldherrenzelt, über Stunden schon zog sich die Audienz hin. Von draußen drang das Gemurmel der Wartenden herein. Nachdenklich rieb er sich die hohe Stirn. »Ehe ich mit unsern wichtigsten Verbündeten spreche, will ich einen Schluck auf den Hunnen trinken.« Er ließ sich den Kristallkelch füllen und hob ihn gegen das Licht. »Kann aus dem Blut je wieder Wein werden? Aus dem Feind wieder ein Freund?« Schluck für Schluck nahm er den dunkelroten Saft zu sich. »Ganz gleich. Leben sollst du, denn das Entsetzen, das du verbreitest, dient meinen Plänen.« Er trank den Kelch bis zur Neige, ehe ein Wink dem Sekretär bedeutete, dass er bereit war, die Audienz fortzusetzen.

»Der Herzog von Burgund!«

Strähnig hingen die verschwitzten dunklen Locken bis auf die Schultern, nur flüchtig war der Schmutz aus dem hageren Gesicht gewischt, noch gezeichnet vom Kampftag trat Walther zum Tisch.

Ernst bot ihm der römische Feldherr den Platz neben sich an. »Mein Freund, mit tiefem Bedauern habe ich von den schweren Verlusten deiner Truppen gehört.«

»Eine Niederlage des hunnischen Teufels wäre das Opfer wert gewesen. So aber sind meine Männer einen sinnlosen Tod gestorben.«

Offen sah Aëtius in das kantige Gesicht. »Dank dir konnten wir ihn aufhalten. Und diese Hilfe wird nicht vergessen werden.«

»Als dein Sohn Carpilio zu mir kam, hoffte ich endlich Rache nehmen zu können für den erbarmungslosen Mord an meinem Volk, damals bei Worms.«

»Kehre mit den Truppen in die neue Heimat zurück, mein Freund.« Aëtius überreichte dem Herzog zwei prall gefüllte Beutel. »Wenn auch Gold keine Wunde heilt, so vermag es doch Schmerzen zu lindern. Nimm, dies ist nur eine Anzahlung. Denn so wie mein Sohn es mit dir ausgehandelt hat, werden Abgaben und Steuern für Burgund gesenkt, dafür verbürge ich mich als römischer Patricius und als Freund deines Volkes.«

Walther verengte die Brauen. »Jetzt schon den Lohn? Und die Belagerung? Benötigst du nicht unsere Unterstützung?«

»Ihr Burgunder habt genug geblutet. Geh, mein Freund. Ich benötige deinen Arm nicht mehr. Leihe ihn wieder König Childerich; er kann sich glücklich schätzen, solch einen Mann wie dich an seiner Seite zu haben. Leb wohl.«

Als nächstes entließ der Feldherr den jungen Frankenfürsten. »… Dein Bruder ist gefallen. Jetzt liegt es an dir, endlich für Ordnung und Frieden zwischen den fränkischen Stämmen zu sorgen. Deshalb vergeude hier nicht länger deine Kraft…«

Thorismund, der älteste Sohn des gefallenen Westgotenkönigs Theoderich, blieb in der Mitte des Zeltes stehen. Die Verbände an Kopf und Arm nässten, waren voll gesogen mit schwärzlichem Blut. »Wir haben den Vater gefunden…« Trauer erstickte immer wieder die Stimme. »Wir haben ihn zu Grabe getragen… Mit allen Ehren… Und nun sind die Tränen ausgeweint… Doch der Hass lodert in mir. Ich will ihn! Seinen Kopf. Attila soll durch mich sterben…«

»Nicht weiter.« Der Römer erhob sich, ging zu dem Unglücklichen und legte ihm die Hand auf den gesunden Arm. »Lasse mich tun, was getan werden muss. Du aber solltest an dein Reich denken. Andernfalls wird einer deiner Brüder nach der Krone greifen. Mein Sohn, höre auf den Rat eines erfahrenen Mannes, der nur dein Bestes im Sinn hat: Reite mit deiner Heeresmacht, so rasch du kannst, zurück nach Toulouse, zeige Stärke, und sichere dir die Nachfolge des ruhmreichen Theoderich, ehe Eifersucht und Machtgier deine Familie zerreißen.«

Thorismund zögerte, suchte in den Augen, doch kein Ausweichen, der Blick blieb ernst und besorgt. »Dein Rat soll mir Gebot sein. Hab Dank.« Zu heftig warf der Westgote den Kopf zurück, nur mit Mühe konnte er den Schmerz verbergen, und verließ das Zelt.

Erneut musste der Schreiber einschenken. Aëtius leerte den Kelch zur Hälfte. »Das Reich zerfällt, weil kein Verstand, sondern verdorbenes Fleisch den Purpur trägt. Und du, mein Freund aus alten Tagen, sollst das Instrument sein, um für mich dieses faulige Stück vom Kaiserthron abzuschälen und den Gestank aus Rom zu vertreiben.« Ohne abzusetzen, ließ er den Wein durch die Kehle rinnen, hart stellte er den Kelch zurück. Das Kristall zersprang. Er schüttelte die Scherben vom Handrücken und sprang auf. »Notiere für den Bericht«, befahl er dem Schreiber: »Bald nach der Schlacht auf den Katalaunischen Feldern rücken Westgoten, Burgunder und Franken ermattet mit ihren Truppen ab. Allein auf sich gestellt aber sind die mir verbliebenen Legionen zu schwach, um eine Erfolg versprechende Blockade des hunnischen Lagers aufrechtzuerhalten …« Aëtius öffnete den blauen Umhang, der Glanz seines Harnischs schien sich in den hellen Augen widerzuspiegeln, und die Hände auf dem Rücken verschränkt, verließ er das Zelt. Draußen erteilte er mit kraftvoller Stimme den Meldern seine Befehle.

Rufe der Späher! Bogenschützen glaubten an ein Trugbild, wischten sich die Augen, jedoch kamen im Südosten die aufsteigenden Staubwolken über den feindlichen Linien nicht näher. Nein, dort brach der gerade erst geschlossene Belagerungsring auf. »Burgunder und Franken ziehen sich zurück!«

Wie eine Sturmböe fuhr das Gerücht durch die Zeltreihen, wurde lauter, erschallte vor der Königsjurte.

Kämpfer rannten den Erdwall hinauf, sahen den Abzug mit eigenen Augen.

Da riefen auch die Späher von der Westseite. »Goten! Seht ihre Fahnen. Die Truppen setzen sich in Marsch. Sie verschwinden!« Drängen, Stolpern, die Enge auf dem Wehrgang nahm zu. Nein, keine Kriegslist! Und langsam wich die Anspannung aus den Gesichtern.

Ernak kontrollierte mit Knechten gerade die Vorräte an Getreide. Als das erste Rufen herüberschallte, kümmerte es ihn nicht; als der Lärm wuchs, nicht abriss, schickte er einen der Männer, um nachzusehen. Jedoch der Knecht kehrte nicht zurück. Dafür stieg der Jubel an, breitete sich immer weiter auf dem Befestigungswall aus.

Der Prinz befahl dem zweiten Knecht nachzusehen. Auf halbem Weg hielt der Bursche im Lauf inne, drehte sich um und brüllte: »Der Feind zieht ab, Herr!« Dann hetzte er weiter.

Ernak schreckte zusammen. Vergessen waren die Kornsäcke, er ließ seine Wachstafel zurück und ging, den Blick starr geradeaus gerichtet, auf die Wehranlage zu. Oben angelangt, wurde der Königssohn begeistert empfangen. Gleich räumten Bogenschützen für ihn eine der schmalhohen Scharten zwischen den aufgetürmten Steinzinnen. Um Ernak herum wühlte und brodelte die Freude, er nahm nicht teil, sah unverwandt den abziehenden Westgoten nach.

Jetzt hob sich dumpfes Dröhnen weit draußen vor der Nordseite; keine Schilde blinkten mehr, Kolonnen setzten sich in Bewegung, eine folgte der anderen; auch die römischen Legionen marschierten davon.

»Sieg! Wir haben den Feind vertrieben!« Schnell war das Wort Niederlage vergessen, wandelte sich in aufbrandenden Siegestaumel. Die Männer lachten, tanzten durchs Lager zum Scheiterhaufen hinüber. In feierlichem Singsang trugen sie den Berg ab, auf dem sich ihr Herrscher hatte selbst opfern wollen. Und ein jeder nahm seinen Sattel, presste ihn an sich, als erhielte er selbst das Leben zurückgeschenkt.

Den mit Silber beschlagenen Sattel brachte Kommandant Edekon in die Königsjurte. Vom Wunder ergriffen, sprach er salbungsvoll: »Geliebter Herr, du über alle Völker gesetzter Herrscher. Hörst du den Jubel? In unerschütterlicher Treue halten deine Männer zu dir.«

Attila legte die Hand auf den hochgewölbten Steg. Mit einem Nicken dankte er dem Befehlshaber der Leibgarde, sah dann lange zu seinem obersten Ratgeber hinüber, und neues Feuer entfachte sich in den tiefen Augenhöhlen.

Oben auf der Wehranlage aber stand Ernak, bleich, unbeweglich. Als spät nachmittags auch die letzten Staubfahnen im Horizont verwehten, bebte sein Kinn, Tränen füllten die Augen, dann schlug er die Hände vors Gesicht.

»Verloren.« Seine Stimme erstickte beinah. »Alles. Ich … habe alles verloren.«

Goldrun schreckte aus dem Schlaf. War da nicht ein Geräusch direkt neben ihrem Planwagen? Mit geschlossenen Augen horchte sie. Nichts. Von irgendwo weiter entfernt vernahm sie den Gesang einer Amsel. Sonst herrschte Stille im Lager. Du hast schlecht getráumt, und davon bist du wach geworden. Sie gähnte, räkelte die Arme. Schlaf noch was, ermahnte sie sich, der Tag wird sicher hart.

Seit vorgestern bereiteten sich Truppen und Tross auf den langen Rückweg vor, und heute war der Aufbruch.

Meine Wallache sind versorgt, dachte Goldrun müde, alle Sachen hab ich im Ledersack. Sie drehte sich auf die andere Seite.

Leises Schaben draußen an der Kutschbank. Goldrun öffnete die Lider. Jetzt knarrte Holz, als steige jemand den Tritt hinauf. Sie sprang von ihrer Schlafstatt hoch. Sie hatte sich gestern Abend schon für die Reise angezogen, warf sich dennoch den Mantel über und drohte durch die geschlossene Plane: »Verschwinde, Kerl. Sonst rufe ich meine Knechte. Hau ab!«

»Hab keine Angst. Ich bin's.« Seine Stimme.

»So früh?« Rasch löste Goldrun die Schlaufen an den Ösen und klappte die Planenlappen auseinander. »Komm rein, Liebster.«

Ernak stand neben der Kutschbank, die Locken wirr. Er schwieg. Im schwachen Dämmerlicht bemerkte Goldrun sein bleiches Gesicht. »Geht es dir nicht gut?«

Unmerklich nur schüttelte er den Kopf.

Leere dehnte sich im Magen aus, Goldrun atmete gegen den Schmerz. »Ist etwas geschehen?«

»Ich wollte dich abholen«, sagte er.

»Aber doch nicht so früh. Alle schlafen doch noch. Komm rein, Liebster, bitte.« Weil er zögerte, griff sie entschlossen nach seiner Hand und zog ihn in den Wagen. »Und jetzt sag mir …?«

Unvermittelt umarmte er sie, erstickte die Frage mit seinen Lippen, küsste ihre Wangen, die Nase, ihre Halsbeuge und wieder den Mund, dann lehnte er atemlos die Stirn an ihre Stirn. »Ich muss dich abholen … Und … und es ist nicht zu früh.«

»Warum? Gibt es neue Befehle?« Goldrun streichelte sein Gesicht, ihre Fingerkuppen wurden nass, sie stockte. »Du weinst ja, Liebster?« Angst füllte die Leere. O heilige Mutter. Ich will nicht raten, ich hasse raten. »Geht es um deinen Vater?«

Ernak wagte nicht, ihr in die Augen zu sehen, enger presste er sie an sich. »Damals habe ich dir nicht alles gesagt«, seine Lippen berührten beinah ihr Ohr, »vom Gespräch mit Vater. Er verbietet nicht nur unsere Heirat. Er… er will…« Heftig musste Ernak schlucken. »Es ist so, wenn ich verheiratet bin und wir uns weiter lieben, dann tötet er dich.«

»Nein, das glaube ich nicht.« Goldrun befreite sich aus der Umarmung und sah ihn an, sah Elend und Verzweiflung in seinem Blick. Heftig schlug ihr Herz. »Wirklich? Du glaubst, er kann wirklich so grausam sein?«

»Deshalb bin ich so früh hergekommen. Um dich zu retten.«

»Noch bleibt uns etwas Zeit. Noch sind wir nicht zu Hause.« Goldrun rang um Zuversicht. »Bis dahin fällt dir ganz sicher eine Lösung ein. Das hast du mir damals im Schnee versprochen.«

»Ich habe den einzigen Ausweg gefunden.« Langsam bückte er sich nach ihrem Ledersack. »Komm…« Seine Stimme versagte, er setzte neu an und vermochte das Weinen nicht zu unterdrücken. »Du musst jetzt los…« Schnell ging er mit dem Gepäck zur offenen Plane, stieg über die Kutschbank und sprang hinunter.

Goldrun begriff nicht, folgte ihm. Weil Ernak nicht stehen blieb, überholte sie ihn und stellte sich dem Liebsten in den Weg. »Wo willst du mit meinen Sachen hin?«

Voller Trauer nickte der Königssohn zum Gatter hinüber. »Er wartet schon.«

Goldrun fuhr herum. Am Sperrseil stand Keve mit vier Pferden, ihr Blick streifte seinen Wallach, die beiden Packtiere… und sie erkannte Wildrose. Kälte griff nach ihr, sie konnte nicht atmen, roter Nebel kam, erblindete, löste sich wieder auf. »Weg von dir?« Aus dem grauen Himmel stürzte ein riesiger Stein auf ihr Herz. »Du schickst mich fort?«

»Sag das nicht, bitte. Sag das nicht.«

Beide sahen sich erschrocken an, ahnten den Abschied nur, und der Ledersack entglitt seinen Händen; ein Augenpaar saugte das andere auf, dann klammerten sie sich aneinander. »Lass mich nicht los«, flüsterte Goldrun, »Halt mich. So halt mich doch.« Und Ernak verbarg das Gesicht in ihrem Haar.

»Prinz, es wird Zeit.«

Der mahnende Ruf würgte Goldrun, sie schüttelte den Kopf. »Bleib. Hör nicht auf ihn.« Jeder fühlte das Zittern des anderen. Ein letzter Zufluchtsort.

Keve öffnete das Gatter, kam zu den Unglücklichen und legte Ernak schwer die Hand auf die Schulter. »Lass gut sein, Prinz. Ich nehm das Mädchen jetzt mit. Weil's besser so ist.«

Ernak gab Goldrun frei, hielt aber ihre Hände fest. »Nie … nie werde ich eine andere Frau lieben. Und weil ich dich über alles liebe, muss ich mich von dir trennen.«

»Wo soll ich denn hin?« Die Zunge war verdorrt. »Ohne dich gibt es keinen Ort.«

Seufzend fasste Keve nach den Handgelenken und trennte die beiden mit sanfter Gewalt. »So geht das nicht. Sonst redet ihr morgen noch.« Er nahm Goldruns Arm. »Ich bring dich nach Burgund, Mädchen. So haben wir's abgemacht, der Prinz und ich.«

Sie ging an seiner Seite zum Gatter und dachte, ich bin nur eine Hülle, alles in mir lasse ich bei Ernak zurück. Mit leisem Schnauben begrüßte Wildrose sie.

So als fürchtete der Liebste seine Schwäche, kam er erst zu ihr, als Goldrun bereits auf dem Rücken der Stute saß.

»Vergiss mich nicht.«

»Vergessen?« Tränen strömten.

Keve schnalzte und ritt an, führte die beiden Packpferde mit sich.

Und Goldrun folgte ihm … Zelte verschwammen … sie wandte nicht den Kopf.

Mehr als dreitausend Verwundete waren im Lager zurückgeblieben, sie mussten bleiben, denn der beschwerliche Rückmarsch hätte den sicheren Tod bedeutet. Jedem Mann war sein Anteil in Gold ausbezahlt worden, und so hatten sich die Bürger von Chalôns auf Anraten ihres jungen Bischofs gerne der einträglichen Pflege an den verletzten Kämpfern angenommen.

Alpins Lehrmeister aber, der weißhaarige Kirchenhirte von Troyes, wollte nicht ruhen, war nicht in die Mitte seiner Herde zurückgekehrt. »Ich begleite dich.«

Attila hatte die Lider verengt und eine Weile die volle Unterlippe vor- und zurückgeschoben. »Ein Spion bist du nicht, Christenschamane. Welchen Nutzen siehst du darin, in meiner Nähe zu bleiben?« Kurz lachte er auf. »Willst du mich etwa bekehren?«

»Solch schwerer Aufgabe fühle ich mich nicht gewachsen. Weil du keine Reue kennst.« Bischof Lupo faltete die Hände, stark wurde sein Blick. »Und vielleicht hat Gott der Allmächtige dich wirklich als sein furchtbarstes Werkzeug zu uns gesandt …«

»Hüte deine Zunge …«

»Warum sollte ich? Selbst wenn du mich tötest, führst du nur seinen Willen aus.« Während er weitersprach, gelang dem mutigen Hirten sogar ein Lächeln. Er wollte sich mit eigenen Augen davon überzeugen, dass der Feind tatsächlich außer Landes war, dass die mit Blei und Stacheln bewehrten Riemen der Geißel Gottes keinen Schaden in Gallien mehr anrichten konnten. »Nur deshalb begleite ich dich und zeige deinem Heer den Weg bis zum Ufer des Rheins.«

»Bravo! Ein ehrliches Wort höre ich gern.« Attila hatte sich auf die Schenkel geschlagen, sein Blick aber war gefroren. »Woher nimmt solch ein alter Mann diese Kühnheit?«

»Von Gott, denn er ist mächtiger als du.«

»Schweig!«

Nach Osten! Zwei Wochen schon marschierten die Horden, Gebirgsrücken und Flusstäler wechselten sich ab. Langsamer als zu Beginn des Feldzugs schlugen die Trommeln den Takt für die Marschierenden, leiser waren ihre Gesänge: Lieder von weiten Weidenlandschaften daheim, von Nachtfeuern vor den Zelten; ein erschöpfter Rhythmus ließ den Bogen der alten Melodien noch brüchiger werden.

Oberhalb von Andernach blieb die Enge zurück, weit bot sich die Niederung dem Blick, und in der Ferne schimmerte das breite Band des Rheins.

Wie jeden Morgen seit dem Abrücken von den Katalaunischen Feldern brachte einer der Pferdeknechte den frisch gestriegelten, aufgezäumten Wallach zur Königsjurte. Die frühe Sonne wärmte längst den Herrscherhügel, so stand Attila im Gespräch mit seinem Beraterstab draußen vor dem Zelt. Mit einem Mal runzelte er die Stirn und pfiff den Knecht zu sich. »Wo ist meine Stallmeisterin? Wieso bringt sie mir nicht selbst den Rappen?« Kurz schnellte sein Blick in die Runde der Berater und traf Ernak. »Oder fühlt sich die Burgunderin inzwischen etwa zu fein dafür?« Gleich sah er wieder den Knecht an. »Antworte!«

Das Blut stieg dem Mann ins Gesicht, versickerte wieder, und bleich stammelte er. »Unsere Meisterin? Weg, Herr. Sie ist nicht mehr da.«

Ein Griff zum Gürtel, die Peitsche wirbelte hoch, mit hässlichem Zischeln legte sich die lange Lederschnur um den Hals des Mannes, ein Ruck und er lag vor den Füßen des Großkönigs. »Ich habe dich nicht verstanden. Wiederhole.«

»Es ist wahr, Herr.« Zwischen Atemringen und Keuchen gelangen nur verstümmelte Worte. »Die … Stallmeisterin ist schon lange … nicht mehr bei uns.«

»Verschwinde!«

Mit flatternden Fingern löste der Knecht die Würgefessel und stolperte, so schnell er konnte, davon.

Attila fuhr herum, streifte die Gesichter und verhielt bei seinem jüngsten Prinzen. Spott überzog die Miene des Vaters; ehe er jedoch etwas sagte, trat Onegesius zu ihm und raunte: »Darf ich erklären, mein Fürst? Die Angelegenheit schmerzt deinen Sohn, deshalb bitte ich dich, höre uns gemeinsam an, jedoch nicht vor den Ohren aller.«

Ein Fingerschnippen entließ die Runde. Als sie allein waren, verschränkte der Großkönig die Arme vor der Brust. »Nun, Sohn? Die Burgunderin gibt es also nicht mehr. Für meine Pferde bedeutet es einen großen Verlust. Sonst aber… Ich nehme an, du hast dieses Weib einfach beseitigt. Sehr…«

»Vater! Wage es nicht…« Ernak schlug sich die Faust gegen den Mund, biss auf die Fingerknöchel und schüttelte den Kopf, endlich hatte er sich wieder gefasst. »Nein…«, flüsterte er. »Nicht beseitigt. Denn glaube mir, dann wäre ich auch tot.«

»Mein Fürst, dein Sohn hat dir ein Geschenk bereitet.« Onegesius sprach mit warmer dunkler Stimme, berichtete von Ernaks Plan und dass er diesem gleich zugestimmt und auch den Geleitbrief für Keve ausgestellt hatte. »Falls es zu einer Audienz kommen sollte, führt er sogar einige Geschenke für den Burgunderkönig Chilperich bei sich. Damit genießt der Truppführer den vollen Status eines Sondergesandten unseres Hofes und kann nach Erfüllung des Auftrags unbeschadet wieder zu uns gelangen.«

Langsam löste Attila die gekreuzten Arme. »Und worin, meinst du, sollte ich das Geschenk erkennen?«

»Gehorsam. Der Sohn lehnt sich nicht länger gegen den Wunsch des Vater auf.«

»Ist es so?« Attila suchte jetzt den Blick seines Lieblingsprinzen. Kein Leuchten antwortete, nur ein Kopfnicken und Lippen, die zitterten.

Da kniffen die königlichen Finger in die Wange und betätschelten gleich darauf den verursachten Schmerz. »Du erfüllst mich mit Stolz. Endlich hast du wie ein Mann gehandelt. Und sobald wir zurück sind, werde ich dir ein junges Weib aus einem unserer vornehmsten Geschlechter geben. Söhne, mein Sohn! Das wäre ein wahres Geschenk. Und bald schon will ich der Großvater deiner starken Söhne werden.«

Onegesius hatte die Verzweiflung bemerkt und rettete Ernak vor einer unbedachten Antwort. »Bald, mein Fürst.« Betont knüpfte er an den Faden die Tagesbefehle. »Ich denke auch, wir sollten möglichst rasch den Rhein überqueren, damit wir vor Einbruch des Winters den Königsordu wieder erreicht haben.« Er klatschte dem ersten Schreiber seiner Kanzlei und ließ sich die Wachstafel aushändigen. »Ehe uns gestern der Bischof von Troyes verlassen hat, vertraute er mir an, dass es bei der Stadt Köln womöglich sogar eine Brücke über den Fluss gibt. Hier an dieser Stelle.«

Während Attila die Zeichnung studierte, gab der Grieche dem Prinzen heimlich einen Wink, sich zu entfernen. Ernak war längst den Zelthügel hinunter gegangen, als der Großkönig aufblickte. »Du schützt meinen Sohn?« Die Hand schnappte nach dem Arm. Die Stimme blieb leise, doch Gefährlichkeit schwang in ihr mit. »Das gefällt mir, mein Freund. Wage es aber nicht, ihn gegen mich aufzubringen. Ernak muss lernen, hörst du. Wer über Völker herrschen soll, muss sein Gefühl beherrschen. Und besser wäre es sogar, wenn er es ganz abtötet.«

»Bist du frei davon, mein Fürst?«

»Nur hin und wieder erliege auch ich dieser Schwäche. Schau mich nicht so zweifelnd an. Schluss damit, mein Freund.« Attila tippte auf die Tafel. »Wenn es stimmt, was uns der Christenschamane aufgezeichnet hat, so könnten wir an zwei Stellen gleichzeitig zum anderen Ufer gelangen und würden viel Zeit sparen. Also gut.«

Der Tross samt der Beute und den Fußtruppen sollte wie geplant bei Andernach übersetzen. Die schnellen Reiterhorden der Hunnen und Gepiden aber schwenkten ab. Gab es die Brücke bei Köln nicht, so würden sie längst zurück beim Hauptheer sein, ehe der letzte Beutewagen nach drüben geschafft worden war.

Hörnerklang! Weit mehr als zwanzigtausend Hufe dröhnten entlang des Ufers rheinabwärts. Wer die Meute nahen sah, verbarg sich im Keller oder floh aufs Feld und betete inständig, das Unheil möge vorbeiziehen.

Reiten. Regen prasselte nieder, Blitze zuckten, ohne Unterlass rollte und grollte der Donner, entlud sich in furchtbarem Krachen. Reiten! Kein Wetter vermochte die wilden Horden aufzuhalten. Sie flogen an Bonn vorbei. Als der Sturm am Gesicht des Herrschers zerrte, lachte er zum ersten Male seit der Schlacht wieder laut auf, doch es war ein hartes fremdes Lachen.

In der fünften Nachmittagsstunde dann erreichten die Hunnen Köln.

Todesangst befiel die Stadt.

Und immer noch peitschte der Regen, jagten die Wolken. Vor dem südlichen Schutzwall, am Rande des Hafens, ließ Attila das Nachtlager aufbauen.

»Herr, erbarme dich unser …«, flehten die Bürger.

Späher kehrten zurück ins Feldherrnzelt. »Großkönig, die Brücke ist zerfallen. Nur Steintürme ragen noch aus den Fluten. Wir müssten Balken über die Stümpfe legen, dann könnten wir vielleicht …«

»Verflucht soll dieser Christenschamane sein. Er wusste es.« Blau und hart prangte die Zornader auf der Stirn. »Warum hat er mich hierher gelockt? Hat er mir eine Falle gestellt?« Weil Onegesius beim Tross geblieben war, stand dem Großkönig kein besonnener Rat zur Seite. Im Gegenteil. Atem fauchte, der Gepide zeigte das Echsengebiss. »Kein Hinterhalt, mein Herrscher und Freund. Ich weiß, diese Christen lieben sogar ihre Feinde.« Ein scharfes Zischen. »Sei dem Schamanen dankbar. Als Abschiedsgeschenk wollte er uns noch zu einem Goldtopf führen.« König Ardarich wies mit der gekrallten Hand über die Befestigungsanlage. »Ich, dein Sohn Dengizik und Kommandant Edekon«, er genoss jedes Wort, »wir sind mit unsern Männern stark genug, diese Stadt bis auf die letzte Münze zu plündern. Gleich morgen früh.«

»Ein Sieg? Ja, Freund, danach sehnt es mich. Endlich ein klarer Sieg.«

Der Gepide verneigte sich, und Öl troff ihm von der Zungenspitze: »Welch ein Glück, dir meine treue Ergebenheit beweisen zu können. Und wenn die Stadt nach unserem Besuch fackeln soll, so erteile nur den Befehl und erfreue dein Herz am brennenden Köln.«

Über dem Rhein riss der Himmel auf, die Wolken türmten sich über beiden Ufern zu brodelnden Bergen, in der Mitte aber erstrahlte das Blau, als leuchte der Fluss in einem fernen Spiegel.

Die Arbeit im Hunnenlager stockte, jeder Kämpfer warf den Kopf zurück, begriff nicht, was er sah. Und rheinaufwärts, von weither ertönte Gesang, leise, hell und leicht.

Vor der großen Flusskehre zur Stadt hin hielt der Kundschafter den Atem an, beschattete die Augen, um besser sehen zu können, dann gab er vorsichtshalber Alarm. Der nächste Posten auf der Uferböschung gab ihn weiter, und schnell erreichte die Warnung das Lager. Noch war der Hornruf nicht verklungen, als die Männer nach den Waffen griffen und sich formierten. Die drei Unterfeldherren stürmten ihren Horden voran zum Südwall der Stadt. Von dort drohte keine Gefahr. Sie bogen ab und rannten ans Ufer, verteilten sich. »Alarm!«, meldete die Späherkette ohne Unterlass; ihre Arme zeigten, dass sich der Feind von Süden her auf dem Fluss näherte.

Bogen und Pfeil im Anschlag erwarteten die Hunnen den Gegner.

Lauter wurde der Gesang, Melodien schwappten und hüpften auf den Wellen, dann glitten Schiffe um die Flusskehre. Weiß erstrahlten geblähte Segel, und lieblicher noch schallten die Lieder herüber. Elf Schiffe! Sie fuhren nicht vorbei, verließen die Mitte und hielten direkt auf den Hafen zu.

»Da seht doch!« Kommandant Edekon zückte sein Schwert, mit der Spitze fuchtelte er in Richtung Deck des ersten Seglers. »Weiber! Sie kommen. Wie damals bei Paris. Seid wachsam, Leute!«

Dengizik schmerzte der fromme Gesang in den Ohren, jeder Ton wurde zur Dolchspitze. Waren es bei Reims dröhnende Schläge, die ihn zurückgetrieben hatten, so musste er sich jetzt gegen die hell klingenden Stiche wehren. Dieses Mal aber wollte er nicht versagen. »Männer, haltet euch bereit!«, brüllte er. »Es sind Christenhexen! Sobald sie das Ufer betreten, schießt! Und wehe euch, wenn auch nur eine entkommt.«

Mit wildem Vergnügen hatte der Gepidenkönig festgestellt, dass die Besatzungen ausschließlich aus Frauen bestanden. »Weißes junges Fleisch. Wertvolle Sklavinnen.« Die erste Belegschaft ging von Bord. Ardarich bleckte die Lippen, zeigte seine nadelscharfen Zahnreihen. »Und wir müssen die Beute nicht fangen. Sie kommt uns freiwillig ins Netz.« Kaum aber sah er, wie die vorderen Reihen der Hunnen den Bogen spannten, riss er warnend die Hand hoch.

»Nein, lasst sie leben!« Zu spät. Von Pfeilen niedergemäht, sanken die Frauen zu Boden.

Keine Flucht der anderen Boote zurück auf den Fluss; keine Furcht entbrannte, auch brach der Gesang nicht ab; und Segler für Segler legte an. Aufrecht verließen die Frauen ihre Schiffe, betraten das Ufer und schritten singend in das Maul des Todes.

Ardarich stöhnte: »Nicht weiter. Hört auf.« Vergeblich. Das schöne Geschäft verblutete dort am Ufer. Nur einer noch konnte die Mordgier eindämmen. Der Gepide schickte seinen Melder zum Feldherrnzelt.

Als Attila mit seiner Leibwache an der Hafenmole erschien, war auch das letzte der elf Schiffe vertäut. Nur widerwillig gab die Hunnenmeute eine Gasse für den Herrscher frei, und mit wiegenden Schultern schritt er näher.

Eine einzige Frau stand noch an Bord, schlank, das lange Haar wehte leicht um die Schultern, in ihren Augen leuchtete das Blau des Himmels. Sie sah ihn nur an.

Schweiß perlte dem Großkönig auf der Stirn, er verengte die Lider. »Komm her!«

Ohne Hast setzte die Fremde den Fuß an Land und verharrte mit gefalteten Händen bei den ermordeten Gefährtinnen, leise murmelte sie ein Gebet. Da fingerten Sonnenstrahlen über das Wasser, ein heller Schein wanderte wie ein langer Blitz heran, blendete und erlosch in ihrem Haar.

Attila rieb sich den Nacken, schüttelte den Kopf, und als müsse er sich aus einer Umklammerung befreien, trat er ruckartig zwei Schritte auf die Fremde zu.

»Ich befehle es dir Weib: Her zu mir. Sag deinen Namen.«

Sie sah auf. »Ursula. Mein Vater ist König Deonetus von England.« Ihr Blick füllte sich mit Vorwurf. »Wer aber bist du?«

Die Fessel riss. Attila sah sich nach seinen Männern um. »Habt ihr das gehört? Da kommt ein Schwan dahergeschwommen und wagt frech seinen Schnabel aufzumachen, wagt es mich zu fragen, wer ich bin.« Er lachte, nur der Gepide stimmte ein, Dengizik und Edekon aber blieben ernst und stumm.

Leicht hob Ursula die Hand. »Niemals sah ich solch ein Gesicht. Es ähnelt …«

»Schweig!« Mit einem Satz war der Hunne bei ihr, packte ins Haar, bog den Kopf zurück. »Ich bin Attila. Ich bin der König aller Könige. Morgen gehört mir diese Stadt. Bald wird mir die Welt gehören.« Er stieß sie von sich. »Auch du, Weib gehörst mir.«

»Niemals.« Ein Ton schwang nach. »Ich bin dem wahren König über alle Könige versprochen …« Jedes ihrer Worte kehrte mehrfach wieder. Und ins gläserne Klingen sprach sie weiter. »Seine Macht ist unermesslich … Den Tod fürchte ich nicht, denn mein König hat sogar den Tod besiegt …«

»Ich bin …«, schrie Attila. Weil kein Echo kam, wiederholte er selbst: »Ich bin …«

»Du bist nur ein Mensch.« Ursula lächelte.

»Tötet sie!«

Ein Pfeil schlug in ihre Brust, durchbohrte das Herz. Die Mutige stürzte nicht, sie stand, und Klarheit erstrahlte ihre Augen. »Du magst die ganze Welt erobern … Diese Stadt Köln aber wirst du nie bezwingen … Meine Gefährtinnen und ich werden uns hier zur ewigen Ruhe niederlegen, und du wirst unsern Frieden nicht stören können …« Als wäre er nicht mehr da, summte sie eine helle Melodie, dann erinnerte sie sich wieder an ihn. »… Und solltest du auch alle Länder vernichtet haben, so bleibst du doch nur ein Mensch.« Ursula wandte das Gesicht der Stadt zu, schenkte ihr ein seufzendes Lächeln und sank zu Boden.

Wirbel fuhren durch die Wolkenberge rechts und links des Rheins. Wie von einem Sog gezogen trieben die grauen Massen aufeinander zu. Rasch schloss sich der Himmel über dem Fluss, und das Blau im fernen Spiegel erblindete.

Wortlos kehrte der Großkönig in seine Jurte zurück. Keine Gespräche. Weder die Unterfeldherren noch sein Sohn Dengizik durften ihn stören. An diesem Abend trank Attila viel.

Düster zog der Morgen mit nieselndem Regen herauf. Hornrufe rissen die hunnischen Horden aus dem Schlaf. Befehle trieben zur Eile an. »Aufbruch!« – »Rückkehr zum Tross!«

Unter der Haube des Wetterumhangs war das graugelbe Gesicht kaum zu erkennen. Seit Stunden schon trabte der Großkönig inmitten seiner Leibgarde, kaum bewegte sich der massige Oberkörper. Um ihn herum hatten die Elitekämpfer einen Freiraum schaffen müssen, und sorgfältig hielten seine engsten Begleiter den Abstand ein. Jeder trug die unbeantwortete Frage im Blick, jedoch einfach nach vorn zu reiten und den Herrscher anzusprechen wagte keiner von ihnen.

Erst gegen Mittag bot sich eine Gelegenheit. König Ardarich lenkte das Pferd dichter neben den Kommandanten der Leibgarde. »Es wird Zeit für eine Rast. Frage, ob wir den Befehl geben dürfen.«

»Warum ich?«

Gleich drängte Dengizik auf der anderen Seite näher. »Weil du dafür zuständig bist. Und wehe, du erfährst nicht, warum er Köln verschont hat.« Der Königssohn senkte die Stimme. »Du und ich, wir beide ahnen den Grund. Erinnere dich, wie er uns nach Reims und Paris verspottet hat. Es geht um unsere Ehre, denke daran.«

Edekon wagte sich in den geschützten Raum vor, schloss bis auf eine Kopflänge mit dem Herrscher auf. »Die Pferde. Sollen wir ihnen eine Pause geben? Auch unsere Männer haben es verdient.«

Regen rann in Bächen vom Rande der Haube und nässte die Fäuste auf dem Sattelsteg. Aus dem Schutz der Filzhöhle drang Attilas knappe Antwort. »Wir reiten.«

Der Kommandant ließ sich nicht zurückfallen. Lange Zeit furchte er die Stirn, schließlich hatte er Mut gefasst. »Verzeih, Herr, war diese Ursula eine Christenhexe?«

Keine Antwort kam. Er versuchte es erneut. »Seit Paris bin ich ganz durcheinander. Und nur weil ich von dir lernen will, frage ich.«

Attila schwieg.

»Auch Unterkönig Dengizik weiß keine Antwort. Und der Gepide fragt sich auch, wer diese Frau da gestern im Hafen war.«

»Sei still.« Einige Male öffnete und schloss sich die rechte Faust. »Es war eine Falle. Der Christenschamane hat uns dieses Weib mit den elf Schiffen geschickt. Deshalb …« Der Satz blieb unvollendet, nach einer Pause wandte sich die Haube unmerklich dem Kommandanten zu. »Sobald wir diese verfluchte Christengegend verlassen haben, gebe ich dir die beiden Armreifen zurück. Erinnere mich daran.«

Der Duft nach gekochtem Fleisch drang ins niedrige Zelt, lockte den Speichel und bohrte Hungerlöcher in den Magen. Dieser scheinheilige Kerl, Goldrun sah zu den dünnen gekreuzten Streben unter der Plane hoch, er ruft nicht, nein, weil er ganz genau weiß, dass ich bei dem Geruch nicht lange liegen bleiben kann, sondern gleich zu ihm raus komme. ›Ich bin ganz vorsichtig zu dir‹, hat er versprochen. ›Sollst es gut haben, solange wir unterwegs sind.‹ – ›Sag nur, was du willst, Mädchen.‹ Und getan habe ich dann doch nur, was er wollte.

Goldrun rieb den Knöchel des Zeigefingers an den Zähnen. Aber der Streit gestern? Ich war ungerecht, das gebe ich ja zu.

Keve hatte direkt am Ufer des Sees einen versteckten Lagerplatz gefunden. Niemand würde oben von der Straße aus ihre beiden Zelte oder die Pferde entdecken. Später war er stolz mit einem Hasen von der Jagd zurückgekommen. ›Nur für dich, Mädchen. Sollst noch mal gut essen. Wer weiß, was du bei den Burgundern kriegst.‹ So schnell hatte er dem armen Tier das Fell samt den langen Ohren abgezogen, dass ihr ganz schlecht geworden war.

Oder war es, weil er dabei so vergnügt gepfiffen hat? Verdammt, ich weiß es nicht. Sie setzte sich auf. Ist auch gleich, in jedem Fall hab ich ihn angeschrien, richtig beschimpft und bin ohne Essen gleich ins Zelt. Aber er? Kein Fluchen! Nichts. Sogar: ›Schlaf gut, Mädchen.‹ Und jetzt rührt er da draußen eine Hasensuppe …

»Er kann so gut zu mir sein, wie er will«, flüsterte Goldrun vor sich hin. »Auf ewig bleibt er mein Feind. Weil er …« Die Tränen stiegen. »Weil er mich Ernak weggenommen hat.« Sie wollte die Augen wischen, weinte dann aber still in den Ärmel ihres Kittels.

Nichts war in den vergangenen Wochen verheilt. Zwar bemühte

sich Goldrun, den Tag zu meistern, konnte reiten, mit Keve hin und wieder sprechen, die Pferde versorgen, doch jeder Gedanke an Ernak schmerzte. Mit Tränen schlief sie ein, manchmal im Schlaf fand sie den Liebsten in der Sternenjurte, doch wenn sie erwachte, war er fort, und größer noch wurde ihre Trauer.

Goldrun trocknete die Wangen. Sie knotete den Gürtelstrick und legte sich das Schultertuch um. Er soll mich nicht heulen sehen, dachte sie, und entschuldigen werde ich mich auch nicht. So entschlossen kroch sie nach draußen.

Dem ersten Blick zum Feuer traute Goldrun nicht, sie schüttelte den Kopf, vergewisserte sich noch mal und wusste keine Erklärung. Keve kauerte vor dem Feuer: nackt bis auf den Lendenschurz, das angegraute Haar klebte nass am wuchtigen Schädel. Und er rührte nicht im Suppentiegel über der Flamme, sondern rieb sich Brust und Arme mit einem Tuch ab. Kaum bemerkte er die Ziehtochter, griff er rasch nach seiner Filzdecke und verhüllte notdürftig den Körper. »So früh, Mädchen?« Verlegenes Grinsen löste die spärlichen Bartsträhnen von den Mundwinkeln. »Bin noch nicht fertig.« Er wollte zu seinem Zelt, doch Goldrun fuhr ihn an. »Was soll das? Wenn Mela wüsste, dass du dich vor mir …«

»Nein, nein. So ist das nicht«, wehrte er entrüstet ab. »Das darfst du nicht meinen. Ich hab mich im See gebadet …«

»Und warum?« Die strenge Richterin verschränkte die Arme. »Seit du mich weggeschleppt hast, haben wir noch nie gebadet. Hin und wieder gewaschen, ja, aber gebadet, nein. Gestank stört dich doch sonst auch nicht. Was also hast du vor?«

Zunächst beschwichtigte Keve nur stumm mit den Händen, dabei zog er die Brauen zusammen, dann endlich glättete sich seine Stirn. »Lass uns friedlich darüber reden.« Mit der linken Hand hielt er die Decke fest und zeigte mit der anderen dem Seeufer entlang nach Südwesten. »Die Burgunder da vor uns putzen sich auch. Hab mich gestern rangeschlichen. Und das machen die wie wir auch, wenn wir aus dem Krieg nach Hause kommen. Ein oder zwei Tage vorher wird sich was sauber gemacht, weil's besser aussieht für die Weiber und, na ja, für alle eben, die auf die Krieger warten.«

Das Misstrauen in Goldrun war längst verflogen. Dumme Gans, beschimpfte sie sich stumm, nie würde er etwas von dir wollen, aber verstanden hab ich ihn immer noch nicht. »Und wieso du? Wartet hier etwa einer auf dich?«

»Mach mir's doch nicht so schwer, Mädchen.« Bekümmert sah er sie an. »Dieses Genf, ich mein, die Hauptstadt der Burgunder, muss irgendwo dahinten liegen. Und vielleicht wartet da jemand auf dich.«

Mutter? Der Bruder? Aus der Tiefe stiegen die Worte, formten sich aus, klangen, wurden laute Bilder. Bisher hatte Goldrun nur um das Weggehen geweint, nicht ans Ankommen gedacht; niemals waren ihr Mutter oder Giselher in den Sinn gekommen. »Du meinst, ich soll mich auch baden?«

Erleichtert nickte der Truppführer. »Wär besser, Mädchen. Ist gut für uns nachher, wenn du gute Sachen anhast, wenn deine Haare schön glänzen.« Er wagte einen Scherz. »Früher hab ich dich Goldfohlen genannt. Bist immer noch so schön, wenn du auch heute eine …«

Weil er zögerte, stampfte sie mit dem Fuß auf. »Sag's nur. Eine Stute! Verflucht, du bist auch nicht besser als die anderen Kerle! Und jetzt verschwinde oder guck weg. Ach, das ist mir auch egal.«

Sie drehte sich um, zerrte ihren Ledersack aus dem Zelt, ließ ihn davor liegen und lief zum Ufer hinunter. Weder den glatten Spiegel des Sees noch das strahlende Morgenlicht auf den Bergspitzen weit hinter dem anderen Ufer, auch nicht die herbstlich bunten Baumkronen auf der Böschung neben ihr, nichts nahm sie wahr. Ohne sich nach Keve umzuwenden, legte sie die verschwitzte Kleidung ab. Nach dem ersten Schreck wurde das Wasser angenehm kühl. Bis zu den Hüften wagte sich Goldrun hinein, tauchte unter, genoss das Gleiten an den Armen, dem Busen, den Beinen.

Später wrang sie ihr langes Haar am Ufer aus, und weil Keve nicht zu sehen war, kehrte sie nackt zurück. Das Feuer wärmte und trocknete. Goldrun wählte den dunkelblauen Wollkittel mit dem Ledergürtel und zog ihre hellen Pluderhosen an. »Wo bleibst du? Ich habe Hunger!«

Er kam aus seinem Zelt, und sie kämmte sich nicht weiter. »Was soll das denn jetzt?« Nur drei Mal bisher hatte sie ihn so verkleidet gesehen. Er trug seine Festtagsgewänder. Der hüftlange Rock und die Hose waren von Mela aus fein gegerbtem braunen Leder geschneidert, und für den Schulterumhang hatte sie Leinen sogar dunkelgrün gefärbt. »Willst du so zu den Burgundern reiten?«

»Anders wär's mir auch lieber«, brummte er und legte den Schwertgurt an. »Aber ich muss ja jetzt friedlicher Gesandter von unserm Großkönig sein. Und die tragen nun mal keinen Panzer. Aber keine Angst …« Kurz streifte er die Ärmel zurück. Auf der nackten Haut steckten zwei flache Messer in Lederschlaufen, auch an beiden Unterschenkeln hatte er Klingen befestigt.

»Die können mir ruhig das Schwert abnehmen; ich werd mit jedem fertig, der dir was will.«

Er sah Goldrun an; mit einem Mal schimmerte feuchter Glanz in seinen Augen, und rasch nahm er die Suppe vom Feuer. Schweigend löffelten sie gemeinsam aus dem Topf. Das Fleisch war zart, die fettige Brühe wärmte. Doch schmecken? Beide nahmen die Köstlichkeit nur lustlos zu sich.

»Heute holen wir sie ein«, sagte Keve, als sie aufsaßen und die Packpferde hinter sich herzogen. Dank seiner Erfahrung war es ihnen auf dem ganzen Weg gelungen, bei Tag stets unentdeckt hinter den burgundischen Truppen herzureiten und nachts weit entfernt genug zu lagern. »Wir zeigen uns.« Er ließ seinen Wallach antraben, verschärfte rasch das Tempo. »Und dann werden wir ja sehen ….«

Mühelos hielt Wildrose mit. »Und wenn uns niemand anhört?« Goldrun lenkte die Stute näher. »Wir sind Hunnen, ihre Feinde. Das sieht doch jeder gleich.«

Da lachte Keve. »Du bestimmt nicht.« Er deutete auf ihre wehende Lockenpracht. »Schon gut, dass du sie gewaschen hast.«

Gegen Mittag zogen am Himmel vereinzelte Wolkenballen vom Westen her, legten sanfte lange Schatten auf die Straße, ehe sie über die beiden hinwegglitten. Nach einer Straßenkehre richtete sich Keve im Sattel auf, um gleich drauf den Wallach zu zügeln. Auch Goldrun hatte weiter vorn den Trupp entdeckt und nahm Wildrose zurück.

»Das ist ihre Nachhut.« Keve beobachtete die Reiter, bis sie hinter der nächsten Kehre verschwunden waren. »Kleines, muss gar nicht schlimm werden, nachher.« Seine Stimme klang rau. »Wir wollen ja gar nichts von denen. Verstehst du?« Er kratzte den Hals. »Sonst wüsst ich schon, wie's geht. Ich mein, so was wie heute hab ich auch noch nicht gemacht.«

»Hast du etwa …?« Goldrun verschluckte den Rest, jedoch er hatte die spöttische Frage schon verstanden, schüttelte langsam den Kopf, und sie spürte, wie ihr die Röte ins Gesicht stieg. »Verzeih, ich bin gemein zu dir. Aber du hast«, sie kämpfte das Weinen nieder, wollte reden, »mir mein ganzes Glück einfach zerrissen.«

»Kann sein, Mädchen.« Ratlos hob er die Schultern. »Aber sollte ich abwarten, bis irgend so ein Kerl dir die Kehle durchschneidet? So ist es immer noch besser. Und glaub mir, Unglück ist es für uns alle. Für dich, den jungen Prinzen«, er atmete schwer, »und auch für mich … Und ich weiß gar nicht wie ich meiner alten Henne das erklären soll. Glaub, von ihr hab ich mehr zu fürchten als von den burgundischen Kriegern da hinten.«

Die Vorstellung, wie Mela über ihn herfiel, ließ Goldrun wehmütig lächeln, und beinah dankbar lächelte er zurück. »Ich sag dir, Mädchen, wie wir's gleich machen: Trennen dürfen wir uns nicht, merk dir das. Ganz egal, was ist, wir müssen zusammenbleiben …« Kurz und knapp waren seine Anweisungen, dann trieben sie ihre Pferde zum Galopp an.

Die Straße führte etwas vom Seeufer weg, schlängelte sich durch einen Laubwald höher. Weiter zur Kuppe hinauf blieben die Bäume zurück, Wiesenhügel wuchsen rechts und links, und zwischen ihnen senkte sich die Fahrstraße wie ein gerades, sanft gewelltes Band wieder ins Tal. Auf halber Strecke hinunter ritt die Nachhut, vor ihr marschierten Fußtruppen, rollten Trosswagen, marschierten wieder Kämpfer. Die Spitze des Zuges war schon dem Blickfeld entschwunden. Bald nachdem Keve und sein Schützling die Kuppe hinter sich gelassen hatten, wurden sie bemerkt. Sofort wandten acht Burgunder ihre Gäule, vier blockierten die Straße, je zwei von ihnen bezogen rechts und links auf den Weiden Posten.

»Weiter!«, rief Keve. »Noch nicht langsamer werden.«

Wildrose schnaubte unruhig. Dicht über den Hals gebeugt versicherte ihr Goldrun: »Ich geb schon Acht. Lauf du nur, meine Schöne.«

Einer der Reiter auf dem Fahrweg hob die Hand; sein Zeichen blieb unbeachtet. Näher und näher sprengten die Fremden. Hastig zückten die Burgunder ihre Schwerter. Die Kameraden auf den Wiesen griffen nach Pfeil und Bogen.

»Jetzt!«, befahl Keve. Als wäre Leichtigkeit das Geheimnis von Kraft, so ergänzten sich Mensch und Tier, und nur zwei Pferdelängen vor der Sperre kamen der Wallach und Wildrose zum Stillstand.

»Bewegt euch, Männer!«, herrschte Keve. »Bringt uns zu eurem Feldherrn!«

Von der Stimme überrumpelt, steckten drei der Kämpfer die Waffen zurück. Allein ihr Vorgesetzter blieb unbeeindruckt. »Wer sagt das?«

»Ich, der Sondergesandte des Großkönigs Attila. Und wenn du nicht sofort …«

»Attila schickt dich? Was will dieser hunnische Teufel von unserm Herzog?«

»Das muss ich ihm selbst sagen.«

»Antworte, oder du kommst an uns nicht vorbei, Hunne. Eher spalte ich dir den Schädel.«

Goldrun krampfte die Hand um den Zügel, sie wagte nicht aufzusehen.

»Aber, Freund.« Keve bemühte ein Lächeln, doch es glich eher dem Zähnefletschen eines Raubtieres. »Ich will den Auftrag friedlich erledigen. Besser, du hinderst mich nicht daran. Die feine Dame da«, er deutete mit dem Daumen auf sie, »die ist eine Burgunderin und war Geisel bei uns. Und die soll ich mit einem freundlichen Gruß bei eurem Hof abliefern. Na, was ist nun?«

Zögern, der fragende Blick zu den Kameraden erntete nur Achselzucken. Endlich hatte sich der Offizier entschieden, er ließ sich die Waffe aushändigen und befahl beiden, ihm zu folgen.

In schnellem Trab ging es am Tross und der Marschkolonne vorbei. Goldrun beugte sich im Sattel leicht zur Seite. »Du musst höflicher sein.« Erstaunt runzelte Keve die Stirn. »Wieso? Ich bin doch … Ach was, Mädchen. Besser geht es nicht.«

Weiter vorn näherten sie sich einem Reitertrupp. Zwei Fahnen wehten hoch über den glänzenden Helmen. »Wartet da drüben auf dem Feld«, wurde ihnen befohlen. »Ich melde euch.«

Der Offizier drängte zwischen die Reihen. Wenig später kehrte er in Begleitung von fünf Bewaffneten zurück. Sie umringten die Fremden, dann erst löste sich ein Reiter aus der Mitte des Verbands. Sein Harnisch schimmerte, der dunkle Schulterumhang bauschte sich leicht.

Goldrun sah das Gesicht und atmete schneller, beim Näherkommen kannte sie die Augen, kannte die Kerbe am Kinn. »Walther«, flüsterte sie. Und die mondhelle Nacht erwachte wieder in ihr … ›Sei stark‹, hörte sie ihn sagen. ›Hier geht es um mehr als nur eine Flucht … Ich, vor allem ich muss zurück … Ich! … Ich! … Das sollte dir nicht schwer fallen zu begreifen …‹

Nein, Walther, dachte sie, das habe ich nie begriffen.

Er ritt nicht zu den Fremden im Kreis, zügelte das Pferd bei den Leibwächtern, und ohne Keve oder seine Begleiterin genauer zu betrachten, sagte er eisig: »Ein gottverdammter Hunne! Dein Anblick ekelt mich. Aber du behauptest, Gesandter des Hunnenkönigs zu sein. Kannst du es nicht beweisen, so lasse ich dich gleich hier vierteilen.«

Goldrun hörte neben sich das Grollen in Keve aufsteigen, doch er bezähmte sich und zückte den Lederköcher aus dem Wams. »Meine Beglaubigung, Herr. Darf ich näher kommen?«

Walther wedelte mit der Hand. Der stämmige Gesandte sprang ab und schritt auf ihn zu.

Jäh straffte sich der Herzog, heftig rieb er die Stirn. »Wer bist du? Nein, halt. Nicht weiter. Ich kenne dich …«

»Das ist wahr, Herr.« Auch Keve staunte. »Du warst doch Geisel bei uns im Königsordu …«

»Ich war Sklave«, schnappte Walther. »Musste die Kotgruben ausheben, musste für eure Hunde das Futter zerschneiden.« Er stach mit dem Finger nach ihm. »Und du warst es, der mich verschleppt hat. Dafür sollst du büßen, ganz gleich, ob du den Schutz eines Gesandten genießt oder nicht.« Walther wandte sich nach seinen Leuten um. »Legt diesem Kerl Fesseln an.«

Da hielt es Goldrun nicht länger. »Er hat dich gerettet!« Ein Schenkeldruck, und Wildrose sprang nach vorn, an Keve vorbei und kam Kopf an Kopf vor dem Pferd des Herzogs gerade noch rechtzeitig zum Stehen. »Verflucht, ihm hast du zu verdanken, dass du überhaupt hier bist. Und wage nicht, ihn anzurühren. Sonst werde ich …«

»Du? Wo kommst du her?« Wie eine Erscheinung starrte Walther sie an. »Nach so langer Zeit kommst du zurück?« Unmerklich bebte sein Kinn. »Was wirst du erzählen? Nein, ich meine …« Er verzögerte jedes Wort. »Sicher hast du viel zu berichten von dem Leben da in der Wildnis?«

Goldrun spürte seine Unsicherheit und nutzte sie. »Sehr viel. Zum Beispiel, wie eine Gefangene von zwei anderen im Stich gelassen wurde.«

»Darüber reden wir noch«, sagte er schnell. »Zunächst aber werde ich diesen Kerl …«

»Rühr ihn nicht an. Er ist wirklich Gesandter und hat den Auftrag, mich sicher nach Hause zu bringen. Wenn du ihn verschonst, kann ich viel von dem vergessen, was ich dich fragen wollte.«

Scharf sah Walther sie an, mit einem Mal verlor sich die Härte aus den dunklen Augen. »Und ich erinnere mich erst jetzt, wie stark du damals schon warst.« Langsam nahm er den Helm ab. »Willkommen in Burgund.« Er wandte sich Keve zu. »Steck das Schreiben wieder ein. Bei Hofe ist ein Hunne so kurz nach der Schlacht sicher unerwünscht. Zu groß sind unsere Verluste. Und innerhalb der Mauern würden dich die Witwen und Mütter der Gefallenen zerreißen.« Er lenkte sein Pferd bereits wieder herum, und über die Schulter gewährte er ihm seine Gnade. »Aber keine Angst, Hunne, du kannst den Auftrag gefahrlos erfüllen, weil ihre Familie außerhalb der Stadt wohnt. Sobald unsere Kirchen auf dem Hügel zu sehen sind, wird euch eine Eskorte hinführen und dich dann sofort bis zur Grenze geleiten. Dort erst geben sie dir deine Waffe zurück. Du hast zwei Tage von jetzt an. Danach, bei Gott, soll dich jeder töten, der dir begegnet.« Er schlug seinem Braunen die Hacken in die Seiten und galoppierte, flankiert von der Leibgarde, zurück zu den wehenden Fahnen.

Eitler Kerl, schimpfte Goldrun stumm hinter ihm her, du bist inzwischen noch ekelhafter geworden.

»So ein Glück«, murmelte Keve und schwang sich in den Sattel. »Nur gut, dass du da bist, Mädchen. So als feiner Gesandter tauge ich wohl nicht so richtig.«

Das Herz schlug hart, ausgetrocknet war der Mund. »Folgt uns«, hatte einer der beiden Bewaffneten gesagt, als das Ende des Sees erreicht war und auf der anderen Seite des ausfließenden Wasserstroms sich die Mauern von Genf erhoben. »Wir bleiben auf dieser Seite. Ist nicht weit, nur ein Stück die Rhône runter.« Seitdem ritten sie vornweg.

›Ist nicht weit‹, dachte Goldrun, das bedeutet: Wir sind gleich da. Wo denn? Zu Hause? Ich gehöre doch gar nicht hierher. Sie schluckte heftig, die Zunge aber klebte weiter am Gaumen. Neben ihr ritt Keve, unverwandt betrachtete er die Uferböschung, den Fluss. »Woran …?« Auch die Stimme war verklebt und gehorchte erst nach einem Räuspern. »Woran denkst du?«

»Dass du's bald gut haben wirst, Kleines.«

»Tut es dir nicht Leid?«

»Weil ich dich damals mitgenommen habe?« Er drehte sich zu ihr, sein Blick glitt über das Haar, umfasste ihre Gestalt und blieb im hellen Blau der Augen mit diesem seltsam schimmernden ockerfarbenen Ring. »Nein, Mädchen. Und glaub mir, wenn ich könnte, ich würde dich immer wieder mitnehmen. Aber das darf jetzt nicht sein. Deshalb will ich jetzt denken, dass du's bald gut hast.«

Goldrun presste die Hand vor den Mund, konnte nicht antworten.

Bald zweigte ein schmaler Kanal von der Rhône ab, verlief neben dem Fluss und speiste eine große Mühlenanlage. Das Rauschen nahm zu. Sie ritten an vier Wasserrädern vorbei. Vor den Mahlhäusern standen Fuhrwerke. Knechte schleppten Bottiche und Säcke hinein, während die Bauern beieinander standen, palaverten und lachten.

Weiter unten erreichten sie ein Gehöft. Hunde bellten, sprangen gegen ihre Halsstricke, knurrten und bellten. »Wir sind da.« Die Eskorte hielt am geöffneten Tor. »Wo musst du die Frau abgeben? Beim Mühlenherrn oder bei der alten Sighilde?«

»Wer ist das?« Misstrauisch verengte Keve die Lider. »Ich wollte …«

»Mutter«, flüsterte Goldrun vor sich hin. »Das ist ihr Name.«

»Zu der wollen wir.« Seine Finger glätteten die dünnen Bartsträhnen. »Damit alles wieder geordnet wird.«

Der Bewaffnete wies über den Brunnen in der Hofmitte zu den Gebäuden hinüber. »Am besten lasst ihr die Pferde vor dem Haupthaus und haltet euch an der Scheune rechts. Dann seht ihr's schon.« Sein Kumpan warnte Keve. »Denk dran, bis zur Grenze ist es weit. Also beeil dich. Wir warten hier.«

An den Hunden vorbei. Dem Brunnen. Wie sauber es hier ist, dachte Goldrun, so aufgeräumt wie auf unserm Gestüt. Keve sprang ab und reichte ihr die Hand. »Lass dir helfen, Mädchen.«

»Es geht schon, danke.«

Neben seinen Pferden band sie Wildrose und das Packtier an den Holm.

»Wer seid ihr?«, krähte eine Stimme.

Goldrun sah hoch, erschreckt hielt sie den Atem an. Ein kleiner rotblonder Junge stürmte mit einem Stecken aus dem Haus, breitbeinig stellte er sich vor die Fremden hin und musterte erst Keve, dann Goldrun, nachdenklich zog er die Nase hoch. »Ihr seht komisch aus. Aber wenn ihr Diebe seid, dann lass ich die Hunde los.«

»Nein, wir wollen nichts stehlen.« Zwei schöne abstehende Ohren, Goldrun konnte den Anblick des Jungen nicht fassen. »Und wer bist du?«

»Giselher der Kleine. Und Vater ist Giselher der Große, aber der ist noch bei den Mühlen.«

»Gut, dass ich das weiß.« Wärme lockerte die Faust unter ihrer Brust. »Wir wollen zu deiner Großmutter.«

»Das ist leicht. Kommt mit.« Wie eine Lanze legte er sich den Stecken über die Schulter und schritt mit großen Schritten voran. Zwischen der Scheune und den Ställen verkündete er, ohne sich umzudrehen: »Die Oma freut sich immer, wenn ich komme, Goldi ist ihr viel zu frech.«

»Und wer ist Goldi?«

»Na, meine kleine Schwester. Sie heißt ja Goldrun wie meine Tante, aber die kenne ich nicht, weil sie überhaupt nie da ist.« Er hüpfte jetzt. »Ganz weit weg wohnt Tante Goldrun. Und wir nennen meine Schwester Goldiiii…«, er ließ das ›i‹ aufquietschen, »weil sie genau so schreit, wenn ich ihr was wegnehme.«

Giselher der Kleine stürmte jetzt auf das niedrige, aus Felssteinen errichtete Haus zu. »Oma! Besuch ist gekommen. Oma!«

Die beiden gingen nicht weiter, warteten zehn Schritt vom Eingang entfernt. Zeit noch für einen Blick. »Er sieht genauso aus wie mein Bruder. Erinnerst du dich?«

Keine Antwort kam. Ungelenk reichte ihr Keve die Hand. »Ich muss dann gleich los, sobald … Ich mein, wenn ich dich der Mutter gegeben hab.«

»Nicht gleich.« Goldrun klammerte sich an der breiten Hand fest. »Du willst doch warten, ob ich es gut habe, das hast du gesagt …«

Sie hielt im Satz inne … Kein neuer Gedanke mehr. Der Junge kehrte zurück, und hinter ihm trat eine schlanke, aufrechte Gestalt aus dem Dunkel. Falten um Mund und auf den Wangen zeichneten das Alter, ihr weißes Haar war hochgebunden. Noch während sie ins Freie kam, grüßte sie freundlich: »Willkommen. Aber der Junge hat sich geirrt. Ihr wollt sicher zu meinem Sohn.«

»Nein, Frau. Ich bringe zurück, was ich dir weggenommen habe.«

Die Stimme ließ Sighilde zusammenfahren. Sie blieb stehen, starrte in das Gesicht und erbleichte; vor Entsetzen griff sie sich an den Hals. Der Junge fiel ihr ein, sie fasste seine Schultern, stieß ihn ins Haus. »Verriegele die Tür! Hörst du. Bleib da, bis ich dich rufe.«

Gefasst kehrte Sighilde zurück, ging jetzt wie eine Kämpferin auf ihn zu. »Niemals habe ich dein Gesicht vergessen. Nacht für Nacht höre ich deine Stimme. Und jetzt kommst du aus meinen Träumen hierher…«

»Aber Frau, sag das nicht.« Keve schob ihr Goldrun vorsichtig entgegen. »Ich dachte, du freust dich.«

Erneut stockte Sighilde, sie öffnete die Lippen, dann weinte sie stumm; die alte Frau schwankte, streckte wie eine Ertrinkende die Hand nach ihrer Tochter aus. »Halt mich. Er darf dich mir nicht wegnehmen.«

Goldrun war bei ihr, stützte sie, umarmte sie lange. »Mutter. Er hat mich zurückgebracht. Begreifst du?« Ein Kuss, er brannte auf der Wange. Goldrun spürte das Tasten im Haar, fühlte das Streicheln auf der Stirn. Immer wieder flüsterte die Mutter. »Mein Kind. O heilige Maria, hab Dank. Hab Dank.«

Schritte, sie entfernten sich rasch. Nein, so darfst du nicht gehen. »Warte, Mutter. Gleich.« Goldrun löste sich und lief Keve nach. Hinter ihr schluchzte Sighilde auf: »Nein, Kind. Geh nicht wieder fort! Bestrafe mich nicht. Bitte, so bleib doch.«

Er war schon aufgestiegen, als sie bei den Pferden anlangte. »Ich weiß nichts, Mädchen…« Hilflos hob er die mächtigen Schultern. »Auch nichts, was ich sagen soll.«

Goldrun griff sich mit beiden Händen ins Haar. »Du und Mela… Ihr wart meine besten Eltern, die besten Freunde… Bei euch ist mein Zuhause. Und… und Ernak? Ich bin seine Frau, für immer… Sag ihm das.« Sie atmete, rang um genügend Kraft. »Und jetzt warte bis ich die Augen geschlossen habe. Weil… immer muss ich fort, oder es geht einer weg von mir. Und ich, ich ertrage das Bild einfach nicht mehr.« Der Lidvorhang sank, gab ihr Dunkelheit. Sie vernahm das Zungeschnalzen … der Hufschlag schmerzte … Als die Hunde anschlugen, zitterte Goldrun … Dann schwieg das Kläffen, und sie kehrte zum Haus hinter der Scheune zurück.

Frau Sighilde saß vor dem Eingang auf der Bank, den Kopf vornübergebeugt, weinte sie. Behutsam berührte Goldrun die zuckenden Schultern. »Mutter.«

»Du bist geblieben?« Sighilde nahm die Hand ihrer Tochter und streichelte sie. »Und ich hatte Angst …« Sie blickte auf. »Ich musste dich diesem schrecklichen Hunnen mitgeben. Sonst hätte er uns alle getötet. Es war ein schlimmer Tag damals, als dein Vater starb. So konnte ich deinen Bruder retten, verstehst du. Aber ich habe immer gebetet, dass die heilige Maria dich beschützt …«

Goldrun beugte sich hinunter, das weiße Haar roch nach herben Kräutern; sanft küsste sie beide Augen der Mutter, schmeckte die Tränen auf den Lippen und flüsterte: »Gräm dich nicht länger. Ich bin ja zurück.«

Kinder schoben sich an Hauswänden entlang, wisperten, sie hielten mit Wildrose Schritt, hin und wieder nutzte die Hand vor dem Mund nichts mehr, und Kichern erhellte die dunkle Gasse zur Kathedrale hinauf. Schon unten auf der Brücke hatten einige Jungen mit großen Augen zugesehen, wie Goldrun vorbeiritt und dem Diener des Herzogs in die Stadt folgte. Kaum waren die beiden durchs Tor, sammelte sich rasch eine Horde von zerlumpten Mädchen und Kerlchen und schlich rechts und links neben ihnen her. Zuerst hatte Goldrun geglaubt, das Interesse der Kleinen gelte ihr, der Fremden in den sonderbaren Kleidern, bald aber merkte sie, dass die Finger nicht auf sie, sondern auf Wildrose zeigten, und der inzwischen unverhohlene Spott ihrer Stute galt.

»Schert euch weg«, fauchte sie, jedoch der Erfolg blieb aus, im Gegenteil, ein Mädchen sprang näher: »Bist du eine Gauklerin?«

»Warum?«

»Weil dein Pferd viel zu klein ist. Und der Kopf ist viel zu lang. Und weil du ihm die Mähne abgeschnitten hast.«

»Verschwinde, du kleines Biest.«

Lang streckte das Mädchen die Zunge raus, als es jedoch die gefährlich sprühenden Augen bemerkte, zog es sich zurück und rief im Schutz der Freundinnen: »Eine Missgeburt ist das. Und du bist eine rote Hexe!« Gleich fielen die anderen mit ein: »Hexe! Hexe!«

Goldrun streichelte den Hals der Stute. »Hör einfach nicht hin, meine Schöne.«

Unterhalb der großen Kirche bog der Diener in eine breitere Straße ab, und die Zerlumpten blieben zurück. Vornehmer, größer wurden die Gebäude.

Hildegund. Hier also lebst du jetzt.

Goldrun bestaunte die reich verzierten Holztore, die sorgsam mit Schindeln gedeckten Dächer, unvermittelt wankten die Mauern, wölbte sich die Straße; heftig rieb sie die Stirn, und das Bild wurde wieder ruhig. Goldrun seufzte. Später werde ich mir alles genauer ansehen; jetzt gibt es noch keine Ordnung, alles stürzt nur über mich her: die Stadt, der See, und diese Berge rundum sind furchtbare Riesen. Halte deine Gedanken fest, ermahnte sie sich, sonst platzt dir noch der Kopf. Los jetzt: Wie lange bist du hier in Burgund? Gestern kam der Bote und brachte die Einladung von Hildegund. Zwei Mal hab ich im Haus der Mutter geschlafen. Die Kammer gefällt mir, vom Fensterspalt aus kann ich in den Stall sehen. Also hat mich Keve erst vorgestern auf dem Hof des Bruders abgeliefert.

Giselher. Spät am Abend war er von den Mühlen heimgekommen. Hat er sich gefreut? Goldrun wusste es nicht genau. Zusammen mit der Mutter hatte sie in der Stube auf ihn gewartet. Sie konnte sich an ein Lächeln erinnern, an den festen Händedruck. »Du bist also wieder da. Gut siehst du aus, Schwester. Scheint dir bei den Hunnen nicht so schlecht ergangen zu sein.« Offenes Misstrauen schwang in der Stimme mit. »Und ich dachte immer, bei diesen Teufeln bleibt keine Sklavin lange leben.«

»Nur einige von uns sind gestorben. Ich musste viel arbeiten.«

Er drehte sich halb von ihr ab. »Dann hast du also Glück gehabt?«

Gleich stieg der Zorn, mit Mühe gelang es ihr, ihn nicht anzufahren. »Anderen erging es schlechter als mir.«

Der Schein der Öllampe fiel auf sein verstümmeltes linkes Ohr. Anstelle der Muschel war ein rot angelaufener Narbenwulst geblieben. »Ich bin müde vom Tag, muss jetzt zur Frau und den Kindern rüber. Du kannst so lange bei der Mutter wohnen, bis ich mir was für dich überlegt habe. Also, willkommen, Schwester.« Damit hatte er die Stube verlassen.

Was denkt sich Giselher eigentlich? Er will sich etwas für mich überlegen? Goldrun hob das Kinn. Verflucht, ich bestimme über mich selbst und nicht du.

»Öffnet!«, befahl ihr Führer. »Diese Dame wird von der Frau Herzogin erwartet.« Einer der beiden Wachposten zog das Tor auf und grüßte höflich. Im Innenhof sprang der Diener aus dem Sattel. »Darf ich der Dame helfen?«

Goldrun schüttelte den Kopf. Als er eilfertig eine dreistufige Steighilfe neben Wildrose stellte, schmunzelte sie. »Sag mal, benutzt deine Herrin dieses Ding?«

»Sollte es vorkommen, dass Frau Herzogin ausreitet, so verlangt sie stets danach.«

O, o, du bist aber ein Feiner, dachte Goldrun, hoffentlich brichst du dir nicht irgendwann die Zunge. Nur leicht stützte sie sich ab, und mit gekonntem Schwung flog sie vom Rücken ihrer Stute und landete direkt neben dem Diener. Vor Schreck stolperte der einige Schritte rückwärts, fing sich wieder und gewann seine Haltung zurück. »Ein erstaunliches Kunststück. Meine Anerkennung. Darf ich die Dame jetzt in den Frauentrakt geleiten? Dieses ... Tier versorge ich später.«

»Das ist eine ...« Ach, was, dachte Goldrun, ich hab keine Lust, mit dir zu streiten, und sagte dennoch: »Aber gib Acht, es beißt, und Feuer spuckt es manchmal auch. Und nun bring mich zu deiner Herrin.«

Bis auf Tor- und Mauerseite schlossen die Gebäude winklig den weiten Innenhof ein. Auf dem Weg zum linken Trakt erkundigte sich Goldrun, woher der Mann stammte. »Aus Mailand. Meine

Eltern waren römische Sklaven, sie dienten in einem vornehmen Haus. Dort habe auch ich gelernt, bis ich von König Chilperich gekauft wurde, der mich dann dem Herzog schenkte. So kam ich nach Genf und darf nun in diesem Hause die Stellung des ersten Dieners bekleiden.« Er pochte an der Tür, öffnete und verkündete. »Frau Herzogin. Wie mir aufgetragen, habe ich …«

Ein Jauchzer unterbrach ihn. Seide raschelte, Bänder flatterten; ein strahlender Engel in einem Traum aus Rot und Grün, bestickt mit Gold, stürmte quer durch die Halle. Goldrun sah die hellgrünen Augen ihr entgegenleuchten, sah keine blonden Zöpfe mehr, dann umschlossen sie Arme, küssten Lippen ihren Mund, die Wangen; als Hildegunds Busen an ihren drückte, dachte sie unvermittelt, etwas voller ist der Busen doch geworden. Und damals, als du gerade frisch verliebt in Walther warst, hattest du Angst, deine Brüste würden nicht wachsen. »Liebchen, du bist wieder da. Endlich. Komm, du musst mir erzählen.« Ein kurzer Wink scheuchte den Diener hinaus. Die Herzogin zog ihren Gast an der Hand zu den Sesseln nahe der Feuerstelle. »Wir trinken Wein. Und Süßes hab ich. Willst du Gebäck oder Honigfrüchte? Also, manchmal habe ich Heißhunger auf beides. Nun setz dich doch. Warte, lass dich erst mal ansehen.« Gleich krauste sie die Stirn. »Nein, Liebchen, so kannst du hier nicht rumlaufen. Nicht in dem Mantelkleid und schon gar nicht in Hunnenhosen. Ich werde dir nachher ein paar Sachen von mir geben. Ach, was freue ich mich. Du glaubst gar nicht, wie ich mich gefreut habe, als Walther mir sagte, dass du wieder hier bist. Und ist es wahr, dass Keve dich hergebracht hat? Dieser heimtückische Mörder? Also ich wäre …« Weil Hildegund atmen musste, nutzte Goldrun den Augenblick: »Er war immer gut zu uns.«

»Wer? Ach, du meinst den Truppführer? Bist du sicher? Ist ja auch jetzt egal.« Hildegund ließ sich in den Sessel fallen und tätschelte den Sitz neben sich. »Nun, komm. Machen wir es uns gemütlich.« Kaum saß Goldrun, musste sie von den kandierten Früchten kosten, gleich darauf vom Gebäck, und sobald eingeschenkt war, drückte ihr die Hausherrin den Kelch in die Hand. »Trinken wir.«

Jäh zog ein Schatten auf, vor Ergriffenheit rundeten sich die Augen. »Ich danke der heiligen Maria, dass sie mir meine beste Freundin zurückgebracht hat …« Feierlich nippte sie zwei Schlucke, wartete, bis auch Goldrun den Pokal abgesetzt hatte, dann sprudelte die helle Quelle wieder. Zwei Töchter hatte Hildegund inzwischen geboren. »Die eine ist jetzt vier Winter alt und die kleine bald zwei. Ich habe sie mit den Ammen weggeschickt, damit wir ungestört sind. Wenn du das nächste Mal kommst, dann zeige ich sie dir.« Die Stimme senkte sich. »Weißt du, Walther will unbedingt einen Sohn, und deshalb …« Sie legte beide Hände in den Schoß und bauschte bedeutungsvoll die Seide über ihrem Bauch. »Noch weiß er es nicht, aber dir verrate ich es: Ich trage wieder ein Kind. Und vielleicht wird es ein Junge.«

»Wie wunderbar.« Goldrun fühlte einen leichten Stich in der Brust. Ich könnte längst auch ein Kind von Ernak haben. »Wieso glaubst du, dass es ein Sohn ist?«

»Weil ich mich anders fühle. Weißt du, eine Mutter spürt das eben, aber davon verstehst du noch nichts.« Hildegund naschte von den Früchten, ehe sie näher rückte und den Arm der Freundin streichelte. »Liebchen, sei nicht traurig. Ich verspreche dir, bald hast du auch einen Mann. Walther sagte, das wäre er dir schuldig.«

Goldrun versteifte den Rücken. »Was meinst du?«

»Damals mit unserer Flucht, da hat er dich schlecht behandelt. Und jetzt will er das wiedergutmachen. Und deshalb wird er dir einen reichen Adeligen aussuchen. Stell dir vor, Liebchen, wir beide werden dann gemeinsam bei König Childerich eingeladen …«

»Ich habe einen Mann.« Weil sich das Netz bedrohlich zuzog, musste Goldrun die Maschen zerreißen. »Ich gehöre Prinz Ernak.«

Zum ersten Mal seit sie zusammen saßen, öffnete die Freundin den Mund, sagte nichts und vergaß, ihn wieder zu schließen.

»Ich weiß nicht, ob du dich noch an ihn erinnerst? Er ist der jüngste Sohn des Großkönigs. Aber du musst ihn im Palast gesehen haben?«

Hildegund schüttelte den Kopf, dann nickte sie.

Tief atmete Goldrun ein, sie fühlte sich befreit, fühlte sich wohler. »Und deshalb brauche ich keinen Mann.«

»Aber Liebchen …?«, flüsterte Hildegund, in ihrem Blick stritten sich Entsetzen und Neugierde. »Du hast mit einem Hunnen …? O heilige Mutter, bestimmt hat er dich vergewaltigt. Ich sag es niemanden, versprochen.«

»Ernak ist sanft und zärtlich …«

»Nein, Liebchen, du musst mir nichts vormachen. Ich kann mir denken, wie du gelitten hast. Diese Kerle haben doch so furchtbar lange …« Schaudernd deutete sie das Ausmaß zwischen den Händen an. »Und überhaupt, die Hunnen stinken doch so. Ach, du Arme.«

»Es ist nicht wahr, glaub mir. Ernak und ich … Unsere Nächte. Es war wie im Paradies.«

»Sag das nicht. Sag das bloß keinem hier in Genf.« Hildegund blickte zur Tür, wurde zur Mitverschwörerin und senkte die Stimme: »Nur wir beide dürfen das wissen, sonst niemand. Wenn wir allein sind, kannst du mir ruhig von deinem Prinzen erzählen. Aber sonst musst du schweigen, weil sich die Leute sonst das Maul zerreißen.«

»Lass sie doch.« Goldrun nahm den Kelch, blickte in den Wein und dachte: Wenn du wüsstest, wie gleichgültig mir hier alles ist.

»Ich werde von heute an auf dich Acht geben«, versprach Hildegund und plante die Zukunft. »Walther muss mit deinem Bruder reden. Gott sei Dank ist Giselher wohlhabend genug. Weißt du, so jung bist du auch nicht mehr. Dein Bruder muss dir eine hohe Mitgift geben, sonst finden wir keinen reichen Ehemann …«

Goldrun hörte nur halb hin, ließ die Freundin reden und dachte an Ernak, an ihre Sternenjurte.

»… Was hältst du davon?« Hildegund beugte sich vor. »He, du träumst ja.«

»Entschuldige.« Viel zu hastig trank Goldrun und setzte den Kelch wieder zurück. »Es ist alles neu hier für mich. Mir dreht sich der Kopf. Was hast du gefragt?«

»Ob du nicht hier bei mir im Haus wohnen möchtest? Du könntest mir helfen, und wir wären immer zusammen.«

»Ich weiß noch nicht«, Goldrun rieb sich die Stirn. Nur eins weiß ich, dachte sie, ich lasse mich weder von meinem Bruder noch von Walther verheiraten. »Gib mir etwas Zeit.«

»Aber ja, Liebchen.« Ein gönnerhaftes Tätscheln auf ihrer Hand. »Schließlich warst du sehr lange bei den hunnischen Teufeln. Gewöhn dich erst mal ans neue Leben. Und jetzt komm mit. Ich zeig dir meine Kleider. Staunen wirst du. Und dann darfst du dir was davon aussuchen.«

Nebel lag über den Jurten der Hauptstadt, hüllte den Palasthügel ein; tauchten manchmal die Umrisse der Gebäude auf, so erschien darüber auch die kraftlose Januarsonne, doch kein Bestand, das Licht siegte nicht, denn bald schon wurden Königsordu und die silbrige Scheibe wieder vom Dunst aufgesogen.

Attila eilte im Sturmschritt in der Halle auf und ab, passierte er seinen hohen Stuhl, schlug er mit der Faust auf die Lehne. Nicht ein Blick zum hochfliegenden Adler auf dem Wandteppich, er hatte die Lider verengt, sein Atem ging stoßweise. »Dieser Legionär im Kaiserpurpur, dieser Weiberknecht Marcianus weigert sich also erneut, mir den Tribut zu zahlen? Antworte.«

Schreiber und Logaden waren gegangen, nur Onegesius stand nahe dem Tisch, in Händen hielt er ein Schreiben, tiefe Besorgnis verdüsterte seine Miene. »So ist es, mein Fürst.«

»Und der Leiter der Gesandtschaft, dieser Apollonius? Er lehnt es tatsächlich ab, mir die Geschenke seines Kaisers auszuhändigen? Obwohl er sich noch diesseits der Donau auf hunnischem Gebiet aufhält?«

Der Ratgeber nickte langsam. »Selbst deine Todesdrohung gegen ihn fruchtete nichts. Im Gegenteil. Weil du ihn nicht empfangen wolltest, zeigte er sich empört über deine Forderung.« Mit dem Finger tippte Onegesius auf das Pergament und zitierte »… so sehe ich keinen Anlass, die großzügigen Gaben meines Herrn nutzlos zu vergeuden…« Er sah auf. »Mein Fürst, am Verhalten des Gesandten ist unschwer zu erkennen, dass Ostrom die Stirn erhoben hat. Wir sollten Marcianus nicht länger unterschätzen. Er ist aus anderem Holz geschnitzt als sein sanfter Vorgänger auf dem Thron.«

»Weißt du, was das bedeutet?« Mit einem Mal müde, kam Attila zum Tisch und ließ sich auf den Hocker sinken. Er zog den Weinkrug näher, füllte zwei Becher, den einen schob er seinem Ratgeber zu, wartete nicht und trank in langen Zügen. Als er absetzte, wirkte sein Gesicht gealtert, tiefe Falten furchten die graugelbe Haut, spröde waren die vollen Lippen. »Du und ich, wir wissen beide, dieser Krieg in Gallien hat kein Glück gebracht. Auf deinen Rat hin erhielten unsere Verbündeten viel größere Anteile an der Beute, als ihnen zustand. Doch die Wirkung blieb aus, mein Ansehen ist gesunken. Noch wagen es die meisten nicht offen zu zeigen, ganz deutlich aber lässt mich der Gepide spüren, dass ich…« Schwer fielen ihm die Worte. »Dass ich nicht länger der Unbesiegbare bin.«

»Bitte, mein Fürst. Solch ein Gedanke entbehrt jeder Grundlage.« Rasch nahm der Grieche neben ihm Platz. »Quäle dich nicht länger. Du hast die Schlacht nicht verloren. Im Angesicht dieser Übermacht kam der Rückzug ins Lager einem Sieg gleich. Und sind wir nicht mitsamt der beträchtlichen Beute in unserer Hauptstadt angelangt, ungefährdet vom Feind?«

»Guter Freund, du belügst dich selbst, um mich aufzumuntern. Allein Erfolg bedeutet Stärke und Ansehen, fehlt aber der Erfolg einem Herrscher, so kostet die Treue seiner Verbündeten mehr und immer mehr Gold. Und das fehlt mir.«

Onegesius zitterte die Hand, er musste den Becher absetzen, fahl wurde sein Gesicht. »Und welchen Schluss… Ich wage nicht zu glauben, was ich denke.«

»Du bist ein kluger Mann, kennst deinen Herrn sehr genau. Ja, mein Freund, mir bleibt keine andere Wahl. Krieg. Und zwar sofort, ehe die Römer ihre letzten Kräfte aufbringen und uns angreifen.«

Jetzt trank Onegesius doch, leerte den Becher, dann drehte er ihn lange in der Hand; seine Stimme klang verloren, als bestätige er ein Unheil, das er nicht verhindern konnte: »Die Logik sagt mir, dass du an Westrom denkst. Du willst Aëtius bezwingen.«

»Nein, er ist nicht der Grund.« Attila stieß den Zeigefinger auf die Tischplatte. »Westrom ist der schwächere Teil des Imperiums, deshalb. Außerdem verweigert mir dieser Valentinian immer noch meine Braut Honoria. Das ist Grund genug. Hinzu kommt …«

»Mein Fürst, magst du auch noch so viele Argumente aufzählen, so bedenke dennoch, dass deine Männer gerade aus einem Krieg zurückkommen. Sie sind geschwächt. Und ehe die Verbündeten …«

»Wir reiten allein mit den Gepiden. Dafür zahle ich gerne viel Gold an Ardarich.« Jetzt wachte die Glut in den Augenhöhlen auf. »Keine Fußtruppen, mein Freund. Und glaub mir, wie Peitschenhiebe werden wir zuschlagen. Nächsten Monat brechen wir auf.«

»Wäre es nicht besser …« Ehe der Ratgeber noch einen Einwand vorbringen konnte, packte Attila sein Handgelenk, riss ihn zu sich; der harte Griff zwang Onegesius noch näher, fast berührten sich die Gesichter. »Und eines merke dir, mein Freund: Von jetzt ab keine Bedenken mehr. Ich verlange Zustimmung von dir, Begeisterung für die Pläne deines Königs. Denn der Entschluss steht fest!«

Damit lockerte sich der Griff, gefolgt von einem Stoß, dass Onegesius zurückfiel und sich am Tisch festklammern musste, um nicht den Halt zu verlieren. Sichtlich betroffen richtete er sich wieder auf und strich die weißen Haarsträhnen aus der Stirn.

»Niemals werde ich dich im Stich lassen, mein Fürst.« Er fand seine Würde wieder. »Deine Entscheidung ist mir Befehl, den ich nicht zu kritisieren habe. Mit meinem Rat aber kannst … nein, musst du dennoch rechnen.«

Ein breites Grinsen zog über Attilas Gesicht. »Wir beide sind ein sonderbares Gespann. Aber wir gehören zusammen. Und das ist gut so.«

Onegesius nahm seine Worte wie eine Versöhnung an. »Danke, mein Fürst. Ich werde die nötigen Befehle ausgeben. Entschuldige mich jetzt.« Auf halbem Weg wandte er sich noch mal um. »Welcher deiner Söhne soll mit uns ziehen?«

»Unterkönig Dengizik.« Die gerade gewonnene Heiterkeit löste sich auf. »Mit Ernak bin ich im Augenblick sehr unzufrieden. Er scheint immer noch dieser verfluchten Burgunderin nachzuhängen. Und einen seufzenden Schwächling will ich nicht in meinem Zelt haben.«

»Hab Geduld mit ihm. Er erfüllt seine Aufgabe als Richter sehr umsichtig und gut. Die Bürger achten deinen Sohn nicht nur, sie verehren ihn geradezu.«

Attila wehrte mit beiden Händen ab. »Noch lasse ich Ernak gewähren. Für eine Heirat ist die Zeit jetzt zu knapp. Aber nach diesem Krieg werde ich die Zügel straffen. Erst wird er die Frau nehmen, die ich ihm aussuche. Und dann soll er im Norden die Hirtenstämme kontrollieren. Ich weiß, eine harte undankbare Aufgabe, doch sie ist erst der Anfang.« In der Stimme schwang ein drohender Unterton mit. »Seine Brüder mussten sich mir fügen, und es hat ihnen nicht geschadet. Und Ernak, gerade weil ich ihn mehr liebe als die anderen, muss ab jetzt meine Strenge kennenlernen, ob er will oder nicht.«

Onegesius wollte etwas erwidern, wurde gewarnt durch den düsteren Blick und verließ schweigend den Audienzsaal.

Erst im frühen Nachmittag hatte sich der Nebel verflüchtigt. Kalt war der Wind. Vor der Jurte des Truppführers sprang Ernak vom Rücken seines Schecken und überließ ihn den beiden Leibwächtern. »Seht zu, dass ihr hier irgendwo einen windstillen Platz findet. Es dauert nicht lange.« Einen Moment noch beobachtete er die Männer, wie sie mit den Pferden Schutz neben der Jurte suchten, dann wandte er sich zum Türfilz. »Darf ich eintreten?« Die Plane wurde ein Stück angehoben und gleich darauf mit Schwung aufgeschlagen.

»Freu mich, Prinz!« Keve strahlte, um ein Haar hätte er den Arm ergriffen, unterließ es, strahlte weiter und winkte den Gast herein. »Wir sind bei der Arbeit, Prinz. Wusste ja nicht, dass du kommst.

So ist es nun mal bei einfachen Leuten.« Entschuldigend zuckte er die Achseln und deutete zur groben Filzdecke neben der Feuerstelle. Dort lagen Knochen und Knochenspäne um einen Hocker. »Ich schnitze Pfeilspitzen für die Jagd. Sobald das Wetter besser ist, wollte ich in die Berge. Vielleicht ein Bär. Ich wär mit einem Hirsch auch zufrieden, aber sie will was Warmes fürs Bett.« Keve nickte zur gegenüberliegenden Zeltwand hinüber. Mit dem Rücken zu ihnen beugte sich Mela über eine Reihe von Tongefäßen. »Meine Henne friert jetzt viel«, er senkte die Stimme, »wenn sie mich lassen würde, würd ich sie ja wärmen. Aber nein, sie will lieber ein Fell.«

Das übertriebene Seufzen ließ Ernak schmunzeln, gleich aber wurde er wieder ernst. »Ich wollte euch nicht lange stören …«

»Sag das nicht, Prinz. Das ist doch eine Ehre.« Keve klatschte in die Hände. »He, Frau! Wir haben Besuch.«

Noch über die Arbeit gebückt, sah Mela mit dem Kopf nach unten an ihrer linken Seite vorbei. »Prinz!« Sofort richtete sie sich auf, und während sie herüberkam, wischte sie die Finger am Kittel ab, streifte die Haarmähne aus dem geröteten Gesicht. »Einen Monat ist es her, seit du uns das letzte Mal besucht hast. Ich hab schon geglaubt, dass wir dir nicht mehr wichtig sind, seit … seit …« Sie griff sich an den Busen. »Sobald ich daran denke, dass unsere Kleine nicht mehr da ist, könnte ich gleich losheulen.« Ihr Kinn bebte, die Augen rundeten sich, doch es gelang, die Tränen zu unterdrücken.

Als Keve, bald nach Ankunft der Truppen, auch in die Hauptstadt zurückgekehrt war und ihr gestand, wo er Goldrun hingebracht hatte, da prügelte sie auf ihn ein, schrie, verfluchte ihn, wollte seine Erklärungen gar nicht hören. Sie hatte einige Sachen zusammengerafft und war zu ihrer Schwester Tarcal aufs Gestüt gezogen. Nach drei Tagen hatte sich Mela so weit beruhigt, dass Keve wieder mit ihr sprechen durfte. Allerdings nur im Beisein der Schwägerin. Eine schwere Prüfung für ihn, weil beide Frauen überzeugt werden mussten. Schließlich aber war es ihm gelungen. »Das Leben musste ich ihr retten.« Und dass der Königssohn seine Geliebte selbst fortgeschickt hatte, war den Schwestern Beweis genug, in welcher Gefahr Goldrun bei einer Rückkehr geschwebt hätte.

Mela lächelte tapfer. »Sie fehlt einfach, nicht wahr, Prinz? Wenn sie herkam, dann sah es gleich heller aus in der Jurte.«

Ernak sagte nichts, nickte nur.

»Aber du möchtest bestimmt mit dem Alten reden.« Sie wollte nicht gehen, deutete dennoch mit einem Handschlenker in Richtung ihrer Tontöpfe. »Schafskäse. Die Milch ist schon dick. Entschuldige. Ich, ich muss jetzt die Tücher mit dem Quark rausheben und aufhängen. Damit die Molke raustropft.« Mela verschenkte ein kleines Lächeln. »Aber das ist für einen Königssohn sicher nicht so wichtig. Also ...« Sie wartete noch, weil aber keiner der beiden sie bat zu bleiben, kehrte Mela mit wiegenden Hüften an ihre Arbeit zurück.

Ernak bückte sich und nahm eine der schon geschnitzten Pfeilspitzen auf. »Mit der Jagd wird es nichts. Ich bin nur rasch hergekommen, um dir zu sagen, dass es wieder in den Krieg geht.« Er hatte einige Einzelheiten von Onegesius erfahren und gab sie mit knappen Worten an den Truppführer weiter.

»Nächsten Monat schon? Und direkt nach Westrom?«, brummte Keve, er zwirbelte an den Bartsträhnen. »In den Alpen wird noch Schnee liegen. Unsere großen Beutewagen können wir bei der Jahreszeit nicht rüberschaffen ...« Mit einem Mal sah er dem Königssohn prüfend in die Augen. »Ist ja sehr freundlich, dass du mir Bescheid gibst. Aber, Prinz? Deswegen hast du den Weg hierher gemacht? Ich mein, weil, morgen hätte ich es sowieso erfahren.«

Ertappt sah Ernak rasch zu Mela. Sie knotete gerade das mit einem Käseball gefüllte Tuch an die Leine. »Die Wahrheit ist ... Nein, schon gut. Ich sollte jetzt gehen.«

Der Truppführer folgte ihm. »Sag's nur, Prinz. Ich werd's schon begreifen.«

Nahe dem Ausgang blieb Ernak wieder stehen. »Auf diesen Feldzug werde ich nicht mitkommen. Das bedeutet, wir sehen uns dann lange nicht. Und ich wollte nur von dir ...« Er kämmte mit beiden Händen die Locken zurück, versuchte so sachlich wie möglich zu sprechen. »Der Bericht, Truppführer. Ich möchte noch ein Mal deinen Bericht hören. Wie war das in Burgund, als du die Stallmeisterin abgeliefert hast? Erzähle mir Einzelheiten. Und was genau hat sie gesagt?«

Keve blieb ernst. »Das verstehe ich, Prinz. Weil du mich in der Zwischenzeit sonst nicht mehr fragen kannst. Versteh ich gut.« Er hockte sich mit Ernak gleich am Eingang auf die Kissen und berichtete und wischte sich hin und wieder die Augen.

›Der Winter hütet das Land. Also schlaft ruhig, ihr Bürger von Aquileia.‹

Blühte auch in der Ebene zur Adria hin schon der Frühling des Jahres 452, solange die Berge noch verschneit waren, gab es keine Wachtrupps auf den Pässen, niemand sicherte die eng gewundenen Täler. Von dort drohte keine Gefahr.

Und doch … Ende Februar stiegen aus dem Eis und Schnee der julischen Alpen abertausend Kämpfer herab, ihre Pferde und Lasttiere führten sie an Lederleinen mit sich. Kein Lärmen, still sammelten sich die Horden auf den ersten grünen Weiden. Noch einige Tage Rast gewährte Attila den Männern, dann schwang er sich des Morgens in den Sattel und zückte sein dem Kriegsgott geweihtes Schwert. »Auf, Männer! Jede Stadt soll fallen. Zuerst Aquileia! Am Ende Rom!«

Jubel stieg! Hörner gellten! Bald schon erbebte die Erde unter den Hufen.

Auf den Türmen der Wehrmauer sahen die Posten mit geweiteten Augen den Feind von Norden herangaloppieren. Sie gaben Alarm, schrien ihre Angst in die Stadt. »Hunnen! Hunnen!« Der Name lähmte. Dann jedoch erwachten die Bürger. Einige rannten kopflos zum Hafen und flohen mit ihren Booten in die Lagunen und Sümpfe, die anderen jedoch griffen zu den Waffen. »Noch nie ist es einem Feind gelungen, unsere Stadt einzunehmen!«, bestärkten sie sich gegenseitig, sagten es laut und lauter, als könnten sie so die pochende Furcht in ihrer Brust übertönen.

Der erste Sturm prallte an den hohen Mauern ab, auch der

zweite. Am dritten Tag starben, beim Versuch Leitern anzulegen, mehr als hundert hunnische Kämpfer im Geschosshagel, der von oben auf sie niederprasselte.

»Wir belagern«, entschied Attila, als er mit seinem Ratgeber aus sicherer Entfernung zur Stadt hinaufblickte. Nach dem blutigen Kampftag war abendliche Ruhe eingekehrt. Kein Verteidiger zeigte sich auf den Wehrgängen. Nur hoch auf den Zinnen eines der Mauertürme baute ein Storchenpaar an seinem Nest.

»Vergeudest du nicht zu viel Zeit?« Onegesius furchte die Stirn. »Vergeben wir mit einer langwierigen Belagerung nicht den Vorteil des Überraschungskrieges?«

»Vielleicht, mein Freund.« Der Großkönig zeigte ihm die geballte Faust. »Doch Aquileia ist wie der Verschluss einer wertvollen Kette. Hier münden und beginnen die wichtigen Handelsstraßen. Diese Festung muss ich erst aufbrechen, und sollte es auch Wochen dauern. Die anderen Städte fallen uns dann in den Schoß.«

Aquileia aber hielt stand, nicht nur Wochen; selbst nach mehr als zwei Monaten entmutigten weder Hunger noch Verluste durch Brandgeschosse die tapferen Bürger. Ab Mitte Mai brannte die Sonne vom Himmel. Im Hunnenlager litten Mensch und Tier unter der Hitze. Und kam hin und wieder Wind auf, so wehte er süßlichen Gestank durch die Zeltstraßen. Ekel und Übelkeit breiteten sich aus. Denn vor den Mauern der Festungsstadt lagen aufgedunsene Pferdeleiber, verwesten inzwischen mehr als tausend Leichen. Jeder neue Angriff wurde zur Qual. Wieder und wieder mussten sich die Männer erst durch die auf und nieder wogenden Wolken der Fliegen und die Schwärme der Aasvögel kämpfen, ehe sie erneut versuchen konnten, mit Rammböcken und den notdürftig gebauten Katapulten das Mauerwerk zu erschüttern.

Ende Mai war der Kampfeswille erschöpft. Die Heilkundigen meldeten erste Erkrankungen an Durchfall und Fieber. »Mein Fürst, sollten wir diese unselige Belagerung nicht besser abbrechen?«, mahnte Onegesius. »Andernfalls wird dein Heer nicht im Kampf, sondern von Hunger und Pest besiegt.«

»Wieder eine Niederlage?« Der Herrscher beugte den breiten

Nacken und starrte in die geöffneten Hände. »Und ich war mir so sicher. Verflucht, obwohl sich alles in mir sträubt, muss ich mich wohl der Wahrheit stellen.« Er sah auf, stumpf war die graugelbe Haut in seinem Gesicht geworden. »Lass Vorbereitung zum Abmarsch treffen. Morgen ziehen wir uns zurück. Gib den Befehl an die Truppen aus.«

Bei Tagesanbruch näherte sich Attila, begleitet vom Gepidenkönig und Onegesius, noch einmal der unbezwingbaren Festung. Schwer setzte er den Fuß, schwerer noch fielen ihm die Worte. »Ein Feldzug ohne Beute. Ich habe meinen Söhnen einen Satz immer wieder eingebläut: Jeder Krieg muss sich lohnen. Und nun …?«

Ardarich bleckte die Zähne. »Großer König, mein Freund, wir sollten im nächsten Jahr zurückkommen.« Der Balsam in seiner Stimme konnte den Spott nicht überdecken. »Besser vorbereitet und mit stärkeren Belagerungsmaschinen bezwingen wir Aquileia ganz sicher. Das Gold, welches du mir schon bezahlt hast, wird mein armes Volk über den nächsten Winter retten. Und der neue Preis für unsere Beteiligung wird kaum steigen. Schließlich bin ich kein Wucherer.«

Attila antwortete nicht, er starrte zum Mauerturm hoch, auf dessen Zinnen sich das Storchennest befand. »Sonderbar.«

Jetzt blickten auch seine Begleiter hinauf, schirmten mit der Hand die Augen. Onegesius schüttelte den Kopf. »In der Tat ein seltsames Schauspiel.«

Am Nestrand kauerten die Eltern und trugen je ein Junges auf dem Rücken. Noch klapperten die roten Schnäbel, bald aber breitete einer der Störche die weiten Schwingen und stieß sich ab. Sofort sank er mit seiner Last ein bedenkliches Stück tiefer, heftiger Flügelschlag bremste den Sturz, dann entfernte er sich in ruhigen kraftvollen Bewegungen von Aquileia, flog über die Staunenden hinweg. In kurzem Abstand folgte ihm das andere Elternteil und führte den Nachwuchs im Gefieder sicher verwahrt mit sich.

»Das wird ein guter Braten zum Abschied.« Der Gepide hatte schon den Bogen in der Faust.

»Wag es nicht!«, befahl Attila scharf. Gleich fasste er nach dem

Arm seines Ratgebers. »Wann verlassen Störche mit den Jungen das Nest? Erinnere dich. Unser kleiner Schreiber Rufus hatte von mir Order, das Storchenpaar auf dem Wohnturm meiner Gemahlin zu beobachten. Er verfasste einen Bericht, den ich nie gelesen habe.«

»Erst im Herbst.«

»Und niemals während der Aufzucht, solange die Jungen noch nicht fliegen können. So ist es doch?«

Onegesius hob die Achseln. »Mein Fürst, ich sehe die Wichtigkeit der Frage nicht …«

Jäh pulste Lebendigkeit hoch, Attila rollte die Schultern, stand nicht mehr still. »Ein Zeichen. Durch diese Vögel geben mir die Dämonen ein Zeichen aus der nahen Zukunft. Sie ahnen den Untergang der Stadt.« Er sah die zweifelnden Mienen. »Weil Gefahr droht, verlassen die Störche mit ihrer Brut noch rechtzeitig ihr Nest. Und wir, wir sind diese Gefahr.« Er schlug die rechte Faust in die geöffnete Linke. »Wir bleiben. Gebt den Befehl zum Angriff. Lasst alle Katapulte wieder heranschaffen und ausreichend Steine …« Sein gestreckter Arm wies auf den Mauerabschnitt unter dem Storchenturm. »Unsere Schützen sollen die Festung mit Beschuss belegen. Und zwar genau dort, und nur dort!«

Im späten Nachmittag lösten sich Brocken aus dem Gefüge, Zinnen wankten, das Nest rutschte ab und stürzte, dann mit einem Mal sackte der ganze Mauerabschnitt in sich zusammen. Noch stiegen Staubwolken, als die Hunnenhorden über die Trümmer sprangen und in die Stadt einfielen. Auf der Seeseite flüchteten Bürger in überfüllten Booten durch die Lagunen, suchten das offene Meer zu erreichen; die aber keinen Platz fanden, wurden von der Bestie zerrissen. Bis zum nächsten Morgen hielt das Morden an. Als alle Schätze aus der Stadt geschafft waren, warfen die Hunnen den Brand in jedes Haus, in die Lagerhallen, Theater und Kirchen. Aquileia, der Verschluss der wertvollen Geschmeidekette, war aufgebrochen. Die Stadt war zerstört und lag in Schutt und Asche.

Schneller noch als das Hunnenheer die fruchtbaren Gegenden im Norden verwüsten konnte, erreichte die Schreckenskunde vom

Untergang der Festung die Städte auf seinem Weg. Angst lähmte jede Gegenwehr, furchtsam flohen die Bewohner, ließen Hab und Gut, ihr Zuhause im Stich.

Erfolg! Attila lachte und erschreckte seinen Ratgeber seit langer Zeit wieder mit bissigen Scherzen; er trank am Abend, ließ sich, von Onegesius gestützt, zur Schlafstatt führen, und von Tag zu Tag kehrte mehr von seiner alten Kraft zurück.

Unter den Füßen zertrat er Concordia, Altino, Padua; er schnitt den Städten Vicenza und Verona das Herz heraus, erblindete den Glanz von Brescia und Bergamo.

Im Palast von Mailand stand der Sieger vor einem Gemälde. Mit Purpur bekleidet thronten dort römische Kaiser auf den goldenen Stühlen, und zu ihren Füßen kauerten verängstigt der hunnische Großkönig und seine Logaden. »Bringt mir den Maler!«

Attila griff das Ohr des Künstlers und schleifte ihn so zu seinem Werk. »In zwei Tagen hast du diesen Irrtum bereinigt. Dann ruhe ich dort auf dem mittleren Thron und meine Unterkönige sitzen neben mir. Die römischen Kaiser aber kriechen mit Säcken beladen von rechts und links herbei und leeren vor meinen Stiefeln Gold und Edelsteine aus.« Unbarmherzig quetschte und drehte er das Ohr zwischen den Fingern, bis der Künstler in die Knie sank. »Hältst du den Termin nicht ein, so lasse ich das Bild mit deinem Blut übermalen.«

Wie im Rausch genoss der Großkönig in Mailand die Siege der vergangenen Wochen. Und Onegesius ließ seinen Fürsten gewähren, sah mit Freude, wie Attila im Triumph aufblühte. Vor den schlechten Nachrichten, die aus dem Heer gebracht wurden, schirmte er ihn sorgfältig ab. Erst als sie die Stadt verließen und mit den Horden in Richtung Süden auf Pavia zuritten, berichtete der Ratgeber von schnell um sich greifenden Krankheiten.

»Ich befürchte, solange wir in dieser feuchten Hitze unterwegs sind, wird das Wasser der Brunnen und Tümpel zum Gift für die Pferde wie auch für unsere Männer. Wir sind so geschwächt, dass jede Schlacht sehr leicht eine Niederlage für uns bedeuten könnte.«

»Melden unsere Späher irgendeine Truppenbewegung der Römer?«

»Zu unserm Glück scheint Aëtius eine Auseinandersetzung mit dir zu scheuen. Nach wie vor stehen die einzelnen Legionen in den weit zerstreuten Winterquartieren.«

Attila strich den Hals seines Rappen und ließ den Blick weit über die hügelige Ebene schweifen. »Gute Dämonen sind unsere Begleiter, mein Freund. Wir siegen inzwischen, ohne zu kämpfen. Wir plündern keine Häuser mehr, sondern nehmen die Schätze als Geschenk aus den Händen der furchtsamen Bewohner.« Er straffte die Brust. »Mein Ansehen ist zurückgewonnen, ob nun beim Feind oder in unseren eigenen Reihen.«

Onegesius ließ dem Hochgefühl genügend Zeit, ehe er behutsam die nächste Sorge vortrug: »Ein großer Feind jedoch kennt keine Scheu: der Hunger. Auf unserem Siegeszug haben wir die Ernten vernichtet. In spätestens zwei Monaten fehlt den Gebieten hier im Norden die Nahrung. Selbst wenn du Rom nicht angreifst und wir uns mit dem erbeuteten Reichtum gleich auf den Heimweg begeben, werden wir viele Entbehrungen zu erleiden haben ...« Er schüttelte den Kopf. »Mein Fürst, ich denke an die vielen Sklaven in den errichteten Lagern; auch diese Menschen sollen mit uns nach Hause ziehen. Ich befürchte, die Hälfte von ihnen wird unterwegs in den Bergen vor Hunger umkommen.«

Ohne etwas zu erwidern, spornte Attila den Wallach an, befreite sich aus dem Schutz seiner Leibgarde und galoppierte den steinigen Weg entlang. Nach einer Weile erst ließ er sich einholen, und als der Adler wieder über ihm wehte, drängte er seinen Rappen neben den Ratgeber. »Du hast Recht: Wer den Bogen überspannt, dem zerbricht er in den Händen. Fordern wir das Glück nicht länger heraus.«

Pavia ergab sich ohne Gegenwehr, und schon am nächsten Tag schwenkte die Reiterarmee nach Osten ab, folgte nun dem Lauf des Po in Richtung Adria.

Mittagshitze lähmte Rom. Im Palast auf dem Palatin schäumte Kaiser Valentinian vor Zorn. Seit einer halben Stunde schon erfüllten sein Schreien, Fluchen und Wutgeheul den Audienzsaal. Was er auch sagte, wie er sich auch gebärdete, sein Toben prallte am matt schimmernden Harnisch des Oberbefehlshabers ab. Flavius Aëtius stand mit unbewegter Miene in gebührendem Abstand vor dem Thron. Noch hatte sein Kaiser ihm keine Frage gestellt, so schwieg er mit halb geschlossenen Lidern und wartete.

»Du feige Memme. Verkriechst dich vor dem Hunnen wie ein Köter mit eingezogenem Schwanz!« Valentinian trampelte mit den Füßen, hämmerte gleichzeitig die Fäuste auf die Lehnen. »Du sammelst kein Heer, um diesen Teufel aus meinem Land zu jagen. Und ich sitze hier in der Falle und muss zusehen, wie die Hunnenhorde näher und näher kommt. Warum verteidigst du nicht deinen geliebten Kaiser? Warum? Warum?«

Jetzt fasste der Blick der hellen Augen nach der zappelnden Gestalt auf dem Thron. »Mit Verlaub, allmächtiger Herr, solange du in Rom weilst, darf ich Attila nicht reizen. Weil dein Leben von unschätzbarem Wert ist, schlug ich schon vor einiger Zeit vor, dass du und deine Familie nach Gallien fliehen sollten. Sobald ich dich dort im Palast zu Arles in Sicherheit weiß …«

»Hundsfott! Du willst mich loswerden. Ich spüre es genau.« Valentinian sprang hoch, stach mehrmals mit dem Finger nach dem General, unvermittelt hockte er sich auf die Thronkante, zog die Beine an und rutschte bis zur hohen Lehne zurück. »Schon gut, das habe ich nicht gesagt. Einverstanden?«

Aëtius tat die Beleidigung mit einem Handschlenker ab.

»Wie wäre es, General, wenn wir mit dem Hunnen verhandeln? Stopfen ihm das Maul voller Gold, und er verschwindet!«

»Ein hervorragender Gedanke, allmächtiger Herr.«

Das Lob ließ Valentinian wachsen. »Ich bin sehr geschickt, nicht wahr? Ich kenne mich aus.« Grübelnd spielte er eine Weile mit dem Zeigefinger auf seiner Unterlippe. »Und du sucht die Unterhändler aus. Aber die besten, hörst du. Schließlich schickt sie der mächtige Augustus von Rom.«

Leicht verneigte sich Aëtius. »Der kaiserliche Entschluss zu verhandeln ist mir Auftrag und Befehl. Deine Frau Mutter, Galla Placidia, die ich sehr schätzte, wäre heute stolz auf ihren Sohn.«

»Freund, Freund«, jubilierte Valentinian ihm nach. »Komm bald zurück und berichte mir. Und ich werde noch viele kluge Entscheidungen fällen.« Seine Stimme gluckste, gackerte, war wieder zu verstehen: « Du wirst es erleben. Ja, staunen wirst du.«

Draußen erkaltete das Lächeln sofort, und kaum bewegte der Oberbefehlshaber seine Lippen. »Mein Plan geht nicht auf«, flüsterte er grimmig. »Glück für dich, Attila, mein Freund aus alten Tagen. Ich lasse dir kampflos den Triumph, denn du musst wiederkommen, um endlich den Thron von diesem Unflat zu säubern.«

Die Luft flirrte in der sengenden Mittagsglut, bildete Wasserlachen weiter vorn auf dem Fahrweg, und dann waren sie doch nur Trugbilder, nur ausgedörrte, staubige Erde auf dem Weg zu Attila.

Langsam kam die römische Delegation voran. Drei würdige Greise näherten sich zu Pferd dem Hunnenlager am Ufer des Mincio. Neben ihnen her liefen Sklaven; an langen Stöcken hielten sie Schirme aus hellem Leinen und schützten die Gesandten notdürftig vor der Augustsonne. Einer von den dreien hatte jahrelang die Geschicke Roms als Präfekt geleitet; der andere war Konsul gewesen; in ihrer Mitte aber ritt der höchste Bischof aller Christen selbst: Papst Leo, der erste dieses Namens, gekleidet in die geheiligten Gewänder, und auf dem Haupte trug er die halbkugelförmige Mitra. Auch das mitziehende Gefolge bestand aus hoch angesehenen Männern, neben Kardinälen ritten Senatoren und Beamte des Kaiserhofs. Selbst das Zaumzeug der Maultiere war mit Elfenbein und Silber verziert.

Endlich gelangte die Delegation in den kühlen Schatten der Pinien. Hundert herausgeputzte Elitekämpfer standen Spalier. Und nach einem feierlichen Grußwort führte der oberste Ratgeber des Hunnenfürsten unter Hörnerklang die drei Greise durch die Ehrengasse auf das großräumige Feldherrnzelt zu.

Kein Wandschmuck verschönerte den Audienzraum. An der

Stirnseite war lediglich ein hohes Bett bereitet, dort ruhte Attila, lehnte mit dem Rücken halb sitzend in den Kissen. Er hatte auf jeden Pomp verzichtet, trug Wams und Hose aus schwarzem Leder, als einziges Zeichen der Macht lag neben ihm das dem Kriegsgott geweihte Schwert.

»Was führt euch her?« Kühl war die Stimme, doch das Lodern tief in den Augenhöhlen zeigte, wie sehr er die Szene genoss.

Der Präfekt trat vor. »Großer König der Hunnen ...« Er sprach von guter Nachbarschaft, die sich doch seit Jahrzehnten bewährt habe, sprach lange und endete: »Aus diesen Gründen bitte ich im Namen meines Kaisers um einen Waffenstillstand.«

Attila sagte nichts, ließ sich von Onegesius den Kelch reichen, trank einige Schlucke und gab das Gefäß zurück.

Durch das Schweigen verunsichert, verbarg der Konsul seine zitternden Hände auf dem Rücken. »Du mächtiger Herrscher ...« Er erinnerte daran, dass vor vielen Jahren der Gotenkönig Alarich zwar Rom zu Fall gebracht hatte, ihn jedoch bald danach der Tod ereilte. »Du siehst, es bringt kein Glück, die Ewige Stadt anzugreifen. Deshalb bitte ich, nimm die Geschenke an, und gib uns Frieden.«

Attila betrachtete ihn eine Weile, als der Senator den Kopf senken musste, stahl sich Spott in die Mundwinkel des Herrschers, so richtete er den Blick auf den Papst. »Du also bist der oberste Schamane der Christen? Seit mir die Kundschafter von deiner Ankunft berichteten, bedauere ich, dass mein eigener oberster Schamane nicht hier ist. Zu gerne hätte ich die Begegnung zwei solch weiser Zauberer miterlebt. Auch ein Wettstreit zwischen euren Künsten wäre ...«

»Du, König, der du auf dem Berge deiner Macht stehst, versündige dich nicht«, ermahnte Leo mit ruhiger tiefer Stimme. »Der Glaube an den einzigen Gott ist keine Magierkunst, jedoch wohnt in ihm eine Kraft, die solch einen Berg mit Leichtigkeit versetzen kann.«

»Nur weiter«, anerkennend nickte Attila, »berichte mir von deinen Fähigkeiten, und ich hoffe, sie sind nicht nur hohle Worte.

Mein Schamane begegnet in der unendlichen Ferne den mächtigsten Dämonen. Er überschreitet die Schwelle der Zukunft und kehrt zurück. Und du?«

Zorn wallte in dem bärtigen Gesicht hoch, sprühte aus den Augen; der Papst erwiderte nichts, trat aber zwei Schritte auf das Lager zu.

Sofort presste Attila den Rücken fester ins Kissen, für einen Moment weiteten sich die Augen. »Bleibe stehen! Der Abstand zwischen uns ist mir sehr angenehm.« Gleich überspielte er mit schroffem Ton das Unbehagen: »Komm zur Sache. Meine Zeit ist knapp.«

Schwer stützte sich der Kirchenvater am geschwungenen Hirtenstab. »Noch vor nicht langer Zeit waren Senat und Bürger Roms die Eroberer der Welt, nun aber kommen sie zu dir als Bittsteller. Inständig bitten wir um Gnade und Verschonung. Attila, du König der Könige, gibt es einen größeren Ruhm, als die Mächtigen zu deinen Füßen liegen zu sehen? Du hast Städte besiegt, Länder unterworfen, und niemand konnte dir widerstehen.« Der Greis atmete, sein Blick füllte sich mit Wärme. »Jetzt flehen wir dich an: Nachdem du andere bezwungen hast, erringe den größten, den wahren Sieg: Bezwinge dich selbst, lege die Geißel aus deiner Hand und verschone uns und unser geliebtes Rom.«

»Glaubst du etwa, dein Gerede kann mich beeindrucken?«, blaffte Attila. »Warum sollte ich Gnade zeigen?«

»Wir sind bereit, sie dir in Gold aufzuwiegen.«

»Spart euch die Waage, ich nehme mir ohnehin alles.« Ein kurzes Lachen. »Ach, Christenschamane, wenn ich in Rom einziehe, werde ich deine Kirche verschonen. Mehr kann und will ich nicht für dich tun.«

Voller Trauer blickte Papst Leo zum Zelthimmel, tonlos bewegten sich seine Lippen, nur leicht hob er den Hirtenstab.

»Wag es nicht!« Attilas Linke fiel auf die Schwertscheide, mit der Rechten packte er den Griff, doch so sehr er auch zerrte, die Waffe glitt nicht heraus. Schweiß perlte ihm von der Stirn, sein Atem ging schneller, und Furcht ließ den Blick unruhig werden.

Besorgt wollte Onegesius seinem Fürsten zu Hilfe eilen, der aber hielt ihn mit einer Handbewegung zurück. Erst nach einer Weile glättete sich die Stirn, ruhiger hob und senkte sich die Brust. »Was verlangst du, Christenschamane?« Jeder Spott, jede Überheblichkeit war verflogen. »Und was bietest du mir für den Waffenstillstand?«

»Gottes Segen, großer König, soll nicht allein der Lohn sein.« Papst Leo stellte den Hirtenstab wieder vor sich hin und nahm ihn als Stütze. »Vor allem möchte ich die gefangenen Frauen, Kinder und Männer vor der Sklaverei bewahren …«

Nur kurz dauerte die Verhandlung. Attila nahm das gebotene Lösegeld, ohne zu feilschen, an, erklärte sich auch bereit, unverzüglich mit dem Heer abzuziehen, und als ihm die Schreiber die Dokumente vorlegten, unterzeichnete er sie wortlos.

Längst hatte Papst Leo das Hunnenlager am Ufer des Mincio mit der römischen Delegation verlassen. Und immer noch ruhte der Großkönig schweigend auf dem Lager. Gegen Abend brachte Onegesius eine dampfende Schale mit Fleischsuppe. »Du musst essen, mein Fürst.«

Heftig zuckte Attila, warf den Körper hin und her, als schüttele er Fesseln von sich ab. Seltsames Lachen entrang ihm. »Umsorge mich nicht wie eine Amme.« Allmählich nahm sein Blick ein wenig an Schärfe zu. »Dieser oberste aller Christenschamanen … Vor ihm muss ich mich hüten. Er besitzt in der Tat ungeahnte Kräfte.« Attila wollte keine Suppe, verlangte nach Wein und leerte den Kelch, ohne abzusetzen. »Mein Freund, ich verlange, dass du mir glaubst. Als er, dieser bärtige Zauberer, den Stab hob und zur Zeltdecke blickte, da sanken zwei riesige Leibwächter nieder und bezogen rechts und links von ihm Posten. Fremdes Licht umgab sie. Gleichzeitig zückten die beiden ihre Waffen, breite, gebogene Klingen. Sie bedrohten mich. Meine Arme aber waren wie gelähmt. Ich konnte mich nicht wehren. Dann vernahm ich ihre Todesdrohungen gegen mich. Sollte ich keine Gnade üben, wollten sie mir das Herz aus der Brust schälen, es in tausend Stücke schneiden und den Fischen im Meer zum Fraß vorwerfen.« Gefasst blickte er zu seinem Ratgeber auf. »Ich musste mich fügen. Der Feldzug ist vorbei.« Und nach schwerem Seufzer setzte er hinzu. »Also doch eine Niederlage? Trotz aller Siege? Und nicht einmal ein General, nein, dieser oberste Christenschamane darf über mich triumphieren? Ist es so?«

Statt zu antworten, nahm Onegesius das Pergament zur Hand; je länger er es studierte, umso mehr hellte sich seine Miene auf. »Mag die Erscheinung dich auch beeindruckt haben, nüchtern betrachtet, sehe ich nur Erfolg. So von Krankheit geschwächt, wie unsere Truppen sind, wäre der Zug gegen Rom kläglich gescheitert. Und wir hätten die Mehrheit der erbeuteten Sklaven ohnehin zurücklassen müssen. Stattdessen aber«, er deutete auf die zahlreichen prall gefüllten Säcke neben dem Lager, »haben wir für die sperrige Ware Frieden gut transportables Gold erhalten.«

»Du lügst so wohltuend, mein Freund, dass ich es glauben will.« Erschöpft schloss Attila die Lider, ein wenig lächelte er noch vor sich hin, dann hob ihn der Schlaf auf.

Runde Bäuche, ausladende Kruppen. Goldrun schmunzelte und seufzte zugleich. So dicke Pferde hat es bei uns auf dem Gestüt nicht gegeben. Vielleicht die hoch trächtigen Stuten, mag sein. Aber das hier sind Wallache. Und Giselher behauptet stolz, dass er schöne Tiere im Stall hat! Von wegen. Vollgefressene, freundlich dumme, lahme Gäule sind es. Keinen scharfen Dreitageritt würden sie durchhalten.

Weil die Märzsonne schon wärmte, hatte Goldrun ihre Stute und die sechs Pferde des Bruders zur Pflege auf die hügelige Weide gleich hinter den Ställen des Mühlenhofes geführt. »Bleib ruhig, Dicker«, ermahnte sie den Falben und kämmte mit einer feuchten Bürste behutsam durch die vorher gründlich verlesene Mähne. Er schnaubte, schabte mit dem rechten Vorderhuf durchs junge Gras. »Sei froh, dass ich dir heute nicht auch noch die Hufe auskratze.« Goldrun kraulte ihn auf der Stirn. Sofort ließ er wohlig die Ohren hängen und genoss die Liebkosung. »Ach, ach. Sieh mal an. Ein bisschen mehr Stolz würde dir auch nicht schaden.«

Kindergeschrei näherte sich vom Haupthaus, zwischen Scheune und Ställen wechselte das ausgelassene Lachen jäh über in Schimpfen und Geheul, nahe dem Holzzaun erblühte daraus der gemeinsame Ruf: »Tante! Tante!«

Giselher der Kleine kroch auf dem Bauch unter der Einfriedung her. »Ich darf reiten!«

Gleich tauchte zwar auch der blonde Lockenkopf aus dem Gras hoch, weiter aber kam Goldi nicht, weil das Kittelchen an einem Holzspan festhakte. »Ich auch! Ich auch reiten.« Sie sah den Bruder über die Wiese davonlaufen, und gleich wucherte ihre Not zum gellenden Lebensunglück.

Giselher erbarmte sich nicht, er rannte direkt auf Wildrose zu, die etwas abseits der Wallache graste, besann sich und stürmte zur Tante hinüber. »Komm mit!«, forderte er. »Du musst mir reiten helfen.«

»Ich muss …?« Goldrun stemmte die Hände in die Hüften und dachte, du kleiner fünf Winter alter Wicht schlägst schon Töne wie dein Vater an. Na, warte. »Bist du taub?«

Überrascht von der Frage zog er die Nase hoch und schüttelte den Kopf.

»Hörst du deine Schwester?«

Er zeigte mit dem Daumen über die Schulter. »Goldi schreit da hinten.«

»Und warum, verdammt, hilfst du ihr nicht?«

Es dauerte einen Moment, als er begriff, strahlte ein entwaffnendes Lächeln auf. »Ach, so. Ist schon gut, Tante.« Giselher stapfte zurück und befreite seine Schwester. Nicht genug, er nahm die schniefende Vierjährige bei der Hand, war jetzt Retter, Bruder und Beschützer in einem, so führte er Goldi vor die Tante. »Da hast du sie. Und jetzt darf ich reiten, bitte.«

»Ich auch.«

»Gleich. Erst kürze ich dem Dicken hier noch etwas den Schweif. Geht schon mal rüber zur Wildrose.« Sie griff in die Kitteltasche und gab jedem Kind drei Kleieplätzchen. »Nicht selbst essen«, warnte sie den Lockenkopf. »Die sind nur für Wildrose.«

Goldrun sah den beiden nach. Weil der Friede zwischen ihnen andauerte, strich sie über die linke Hinterbacke des Falben und begann zu summen, dabei nahm sie die Schere aus dem Gürtel, ihre Hand glitt von der Wurzel den Schweif hinunter und kürzte das Haar auf eine Länge etwas oberhalb der Sprunggelenke. »Ist besser so, Dicker. Jetzt verhedderst du dich später auch nicht in der Wagendeichsel.«

Das empörte Geschrei des Mädchens ließ sie aufblicken. Giselher stand breitbeinig vor Wildrose, während er mit der einen Hand ihr das Plätzchen hinstreckte, stieß er mit der anderen seine Schwester immer wieder aufs Neue weg. Die Stute fraß nicht, sah aufmerksam den Kindern zu, schließlich schien ihr das Maß voll zu sein. Kurz senkte sie den Kopf, gab dem Jungen mit der Nase einen Stupser gegen die Brust; der kleine Stoß genügte, und völlig verschreckt saß er hinter seiner Schwester auf dem Po im Gras. In aller Ruhe beugte sich Wildrose zu der Kleinen und nahm ihr mit den Lippen sanft die Leckerei von der Hand.

»Ach, meine Schöne«, flüsterte Goldrun, während sie hinüberging. »Du bist wie ich und spürst genau, wen du beschützen musst.«

Wenig später saßen die Geschwister hintereinander auf dem Rücken der Stute. Giselher klammerte sich in die Mähnenbürste, seine Schwester lehnte eng an seinem Rücken und umarmte ihn. Goldrun schnalzte leise, führte die Hand zum Herzen, und ohne auch nur zu schaukeln, trug Wildrose die Kinder neben ihr her den Wiesenhügel hinauf. Zwei Runden voller Glückseligkeit, Klein-Giselher wagte vor Aufregung nicht zu prahlen, und Goldi vergaß einfach zu schreien; allein in ihren Blicken war schon zu lesen, was beide später beim Essen erzählen würden.

Unvermittelt fröstelte Goldrun, die Kälte kroch vom Rücken herauf und schmerzte im Nacken. Sie wandte den Kopf. Unten bei den Ställen stieß der Bruder gerade das Gatter auf, ihn begleitete Walther. »Wieso während des Vormittags?« Sie schob die Unterlippe vor und blies eine Locke aus der Stirn. Wenn Giselher ihr etwas sagen wollte, hatte er sie bisher stets nach dem gemeinsamen Nachtmahl gezwungen, am Tisch sitzen zu bleiben. Und Walther? Ihm war sie in dem unendlich langen Jahr seit ihrer Ankunft hier in Burgund vielleicht fünf Mal begegnet. »Zuletzt habe ich ihn bei der Tauffeier seines Sohnes gesehen.« Dennoch wusste Goldrun von der glücklichen Freundin alles über ihren Walther: seine Erfolge beim König, seine guten Geschäfte mit den Römern. Und sollte der Herzog ihr gnädigerweise wieder einmal einen Mann ausgesucht haben, so erfuhr sie davon meist vorher schon durch Hildegund. »Liebchen, ein Adeliger, zwar nicht mehr ganz jung. Weißt du, seine erste Frau ist gestorben, die Arme war immer schon kränklich, und nun ist er bereit, dich zu nehmen. Du siehst, Walther will nur dein Glück.« Goldrun aber hatte sich geweigert, hatte alle Beschimpfungen des Bruders, alle Ermahnungen der Mutter ertragen und war nicht bereit gewesen, sich dem Heiratswilligen auch nur zu zeigen.

Bis auf Rufweite waren die Männer inzwischen herangekommen. Und jetzt versuchen sie es zu zweit? Und das am helllichten Tag. Goldrun verspürte einen Kloß in der Kehle. »Verflucht, warum können sie mich nicht endlich in Ruhe lassen?«

»Halte sofort den Gaul an!« Die befehlsgewohnte Stimme des Mühlenherrn. »Wird's bald!«

Ein leichter Griff ans Halfter, und Wildrose stand.

Der Bruder war heran, mit rot angelaufenem Gesicht riss er die Kinder von der Satteldecke. »Lauft zur Mutter. Keine Widerworte …« Seine erhobene Faust genügte, Giselher der Kleine duckte den Kopf, griff in Goldis Kittelchen und floh mit ihr zum Holzzaun hinunter. Ehe Goldrun es verhindern konnte, versetzte der Mühlenherr ihrer Stute einen harten Hieb auf die Kruppe. Wildrose wieherte auf und galoppierte davon, hielt erst oben auf der Wiesenkuppe an.

»Warum …? Wieso schlägst du …?« Fassungslos stand sie vor ihm. »Dieses Pferd gehört mir.«

»Schwester!« Einige Male drohte er ihr mit dem Zeigefinger. »Das ist kein Pferd. Und merke dir ein für alle Mal: Meine Kinder reiten nicht auf dieser Hunnenmähre. Ich verbiete es. Sonst wird sie geschlachtet. Und jetzt kein Wort mehr davon.«

Die Empörung tobte in Goldrun, sie musste die Hände vor Mund und Nase pressen, um nicht loszuschreien. Nun mischte sich Walther mit dünnem Lächeln ein. »Dein Bruder hat nicht so Unrecht. Im Vergleich zu unseren kräftigen Pferden ist solch ein Steppenpferd doch sehr unterentwickelt.«

»Du bist…« Die Beleidigung konnte sie gerade noch verhindern, dafür besprühte ihr Blick ihn mit Verachtung. »Solch eine Stute hat dich vom Königsordu Attilas durch die endlose Weite über die Berge bis hierher getragen. Und du nennst sie unterentwickelt?«

»Weib!«, fuhr Walther sie an. »Auch wenn du die Busenfreundin meiner Gattin bist, erlaube ich dir nicht, in diesem Ton mit mir zu sprechen.«

»Dann rede auch nicht wie ein hirnloser…«

»Schwester! Das reicht.« Erneut hob Giselher die Faust. »Ich lasse nicht zu, dass du unseren ehrenwerten Herzog und meinen guten Freund Walther beleidigst. Sei also still.« Er ließ eine bedrohliche Pause und setzte dann in ruhigerem Ton neu an: »Dabei hat sich der Herzog nur deinetwegen hierher bemüht. Höre dir also an, was er dir vorschlägt.«

Goldrun verschränkte die Arme fest vor dem Busen. Gleich will er wieder mein Bestes, dachte sie. Und der Bruder grinst dazu scheinheilig.

»Sehr zur Freude meiner Gemahlin, von der ich dich herzlich grüßen soll«, begann Walther, seiner Stimme fehlte jede Begeisterung; er sprach in einem Ton, als wolle er sich heute endlich einer lästig gewordenen Pflicht entledigen. »Nach langem Suchen und dank meiner Verbindungen zum Bruder unseres Herrschers, zu König Gundar in Lyon, ist es mir dort am Hofe gelungen, erneut einen Angehörigen aus vornehmstem burgundischen Geschlecht für dich…«

»Nein!«

Walther stockte. Und Giselher packte Goldrun grob an beiden Schultern und rüttelte sie. »Nicht schon wieder! Ich vergesse mich noch. Schwester, du bist eine gottverdammte …«

»Sag es doch!«, fauchte sie ihn furchtlos an. »Na, los. Ich weiß genau, was ihr über mich denkt. Ihr beide!« Giselher stieß sie von sich. Goldrun stolperte rückwärts, behielt nur mit Mühe das Gleichgewicht. »Und ich bleibe dabei: Nein!« Nach tiefem Atemholen versuchte sie einzulenken. »Warum müssen wir denn streiten?« Sie ging einen Schritt auf Walther zu. »Ich weiß, welche Mühe du dir gibst, glaube auch, dass du nur mein Bestes im Sinn hast. Doch begreife endlich: Ich will keinen Mann. Ich will meine Ruhe.«

»Gut, dann werde ich mich an unsern Bischof wenden. Ein Frauenkloster wäre für dich der geeignete Ort.« Er sagte es so glatt, als sei nun sein wahres Ziel erreicht. »Auch über diese Möglichkeit habe ich schon mit deinem Bruder gesprochen.«

Ein Glas zersprang, die Splitter stachen Goldrun wie Nadeln in den Kopf, schmerzhaft griff sie sich mit beiden Händen ins Haar. »Was wollt ihr? Mich wegsperren? Zu den Nonnen?«

»Schwester, da bist du gut aufgehoben.«

»Verfluchte Kerle!« Sie atmete tief, hob das Kinn und trat nah vor Walther hin. »Ich habe dir deine Flucht ermöglicht. Und du …? Nein, sei sicher, ich sage nichts. Nur an eines will ich dich erinnern: Du hast mir versprochen, dass irgendwann der Tag kommt, an dem du mir deine Dankbarkeit beweisen wirst.« Ihre Stimme zitterte. »Walther, heute ist dieser Tag. Vielleicht bleibe ich nicht mehr lange hier beim Bruder und nehme das Angebot von Hildegund an. Dann komme ich als Freundin von ihr in dein Haus. Vielleicht. Aber jetzt hoffe ich noch …« Sie hielt inne, wollte sich nicht verraten, niemand durfte von ihren Gebeten wissen, von ihrem Flehen um ein Wunder Nacht für Nacht, und setzte leise hinzu: »Ich weiß es noch nicht. Bitte, lasse mich so leben wie ich will. Mehr verlange ich nicht.«

Walther zögerte, schließlich hob er seufzend die Achseln und nickte. »Einverstanden. Dann entscheide in Zukunft selbst.« Kühl wandte er sich an den Mühlenherrn. »Damit unserer guten Freundschaft kein Schaden zugefügt wird, solltest auch du ihren Wunsch respektieren. Und jetzt lebt wohl. Viel zu viel Zeit habe ich hier schon vergeudet.« Mit steifen Schritten ging er davon.

Giselher sah ihm nach, sein Gesicht war blass geworden. »Soweit hast du es schon geschafft. Der Herzog ist verärgert; er warnt mich – mich, seinen Freund.«

»Walther kennt keine Freunde.« Der Gedanke an die Nacht damals verursachte einen bitteren Geschmack auf der Zunge. »Das weiß ich nur zu genau. Er kennt nur sich und liebt nur den, der ihm nützlich sein kann.«

»Rede nicht so klug daher. Ich mahle das Mehl für die Hauptstadt. Ich bin der Mühlenherr von Genf. Dieses Amt hat mir der Herzog übertragen, dafür bin ich ihm zu Dank verpflichtet.« Er rieb sich das verkrüppelte Ohr. »Und jetzt kommst du nach so vielen Jahren von diesen Heiden zurück, zeigst keinen Gehorsam, weder mir noch ihm, und Herzog Walther lässt dir einfach deinen Willen. Und ich werde von ihm sogar gezwungen, dich unter meinem Dach leben zu lassen, wie es dir passt.« In großen Schritten stampfte er auf und ab. »Das Kloster war eine gute Lösung. Verflucht, wir hatten alles genau besprochen. Und was geschieht? Nichts, gar nichts.«

»Ach, Bruder, was habe ich dir denn getan?« Goldrun trat ihm in den Weg. »Warum hasst du mich so?«

»Weil du …« Er wich aus und blieb mit dem Rücken zu ihr stehen. »Mutter hat dich geopfert, für mein Leben. Solange du nicht da warst, haben wir für dich gebetet, und damit war es genug. Aber jetzt bist du wieder hier … und alle scheinen sich dir gegenüber schuldig zu fühlen. Verflucht, du störst unsere Ordnung. Bis auf die Herzogin versteht dich hier bei uns niemand, selbst Mutter nicht. Und dabei bist du nur eine …« Ohnmacht trieb ihn. »Nur eine Hunnenhure.«

Weil sein Blick das Fluchwort ihr schon hundertmal entgegengeschleudert hatte, schmerzte es ausgesprochen nicht mehr so sehr, doch es weitete die Traurigkeit in Goldrun. »Nichts weißt du von meinem Leben, Bruder. Aber du wirst … wirst dich an mich gewöhnen müssen.« Tränen stiegen, rasch wandte sie sich ab und ging in Richtung Wildrose den Hügel hinauf.

»Eine Hexe bist du«, schimpfte er ihr nach. »Ich wünschte, du wärst bei dem Hunnenpack geblieben!«

Wenn du wüsstest, dachte sie und weinte, nichts auf der Welt wünsche ich mir mehr. Goldrun beschleunigte den Schritt, lief zu ihrer Stute. Leises Schnauben empfing sie; das Streicheln spendete Trost, so weich war die Haut über den Nüstern, so fest und warm das Fell.

Hochzeitsvorbereitungen im Holzhaus gleich neben dem Turmpalast der Königin! Gestern hatten Handwerker die Ausbesserungen des Dachs wie auch der schmalhohen Fensteröffnungen abgeschlossen, danach hatten Kunstschmiede aus Kupfer, Gold und Silber gehämmerte Fabelwesen und Vogelfiguren an den Eckbalken und Außenwänden angebracht. Bis vor zwei Wochen hatte dort noch eine der älteren Gespielinnen Attilas gewohnt; um jedes Aufsehen zu vermeiden, war sie von Elitekämpfern über Nacht samt ihrer wenigen Habe entfernt und ins Frauendorf zur Witwe seines Bruders Bleda gebracht worden.

Jetzt blinkte und glitzerte das niedrige Gebäude im Morgenlicht wie eine wertvolle Schatulle für einen noch wertvolleren Schatz. Der Innenhof des Königsordu war erfüllt von eifriger Geschäftigkeit. Nach Krügen, Bechern und Waschschüsseln aus reinem Gold brachten Mägde jetzt das Bettzeug hinüber, die großen Fellkissen trugen sie auf dem Kopf, die kleineren, mit Seide bezogenen gleich zu fünft an den Busen gepresst. Kichernd verschwanden sie in der weit geöffneten Tür, und bei der Rückkehr aus dem Hochzeitshaus wisperten die Frauen miteinander, hoben die Brüste, ließen Hüften und Hintern schwingen und vollführten eindeutige Gesten vor ihren Bäuchen; ohne laut zu werden, steigerten sie sich gegenseitig, und die auswuchernden Phantasien trieben Röte in die Gesichter. Knechte mit Wandteppichen auf den Schultern kamen ihnen entgegen. Ein Blick zur gerollten, vornweg wippenden Last, und das lustvoll getuschelte Vergnügen entlud sich in lautem Gelächter. Gleich aber sahen die Frauen schuldbewusst zum ersten Stock des Turmpalastes hinauf.

Erschrecken weitete die Augen: Vorhin noch war der Balkon leer gewesen, nun aber stand dort an der Brüstung Großkönigin Kreka mit dem jüngsten Prinzen. Furcht jedoch bereitete den Mägden die erste Zofe. Stirnrunzelnd sah Frau Fulla zu ihnen hinunter, und jede ahnte, dass später eine Rüge, wenn nicht gar eine Bestrafung folgen würde. Mit eingezogenem Kopf eilten die Frauen aus dem Blickfeld der strengen Burgunderin.

»Alberne Gänse.« Ernak hob die Brauen. »Wieso versetzt eine bevorstehende Hochzeit diese Weiber nur in solche Aufregung? Man könnte glauben, jede von denen wäre …« Mit Blick auf die Mutter beendete er den Satz nicht. Er schlug mit der flachen Hand aufs Geländer. »Verflucht, musste Vater dieses Haus so herausputzen lassen? Ich dachte, er hasst Verschwendung. Wie war das damals bei deiner Hochzeit? Hat er dich auch in solch eine Prachtwohnung geführt?«

Kreka schloss die Lider. »Es war eine andere Zeit, Junge.« Ein kleines Lächeln stahl sich in ihre Mundwinkel. »Wie jung wir waren! Prinz Attila … Ja, dein Vater hat mich sehr verwöhnt. Er hatte Pläne, so viele Pläne, und ich habe ihn unterstützt, so gut ich konnte. Für übertriebenen Aufwand hatten wir beide damals keinen Sinn.«

»Aber für dieses junge Weib ist ihm heute nichts zu teuer.«

Die Großkönigin kehrte aus den Erinnerungen zurück und sah den Sohn verwundert an. »Warum erregst du dich so?«

»Weil ich mich schäme, dass Vater dich so demütigt.«

»Du hast ein gutes Herz. Aber du siehst, ich leide nicht übermäßig.«

Er seufzte und presste den Handrücken an die Stirn. »Verflucht, diese Hochzeit ist meine Schuld.«

Unbemerkt tauschte Kreka mit ihrer Zofe einen Blick und bemühte sich um einen heiteren Ton: »Du erstaunst mich?«

Ernak blieb ernst. »Nur weil Vater nach einer Gemahlin für mich sucht, ist die Ostgotin an unsern Hof gekommen.« Er deutete auf das Hochzeitshaus. »Und so ziehe ich dich noch mit in mein Unglück.«

Bereits im Winter hatte Attila die Brautschauer ausgeschickt, und sobald der Schnee taute, die scharfen Winde aus Ost sich legten und das Reiten nicht mehr so beschwerlich war, reisten die eingeladenen vornehmen Familien zum Königspalast. Schnell wurde aus dem Geflüster von Adelsgeschlecht zu Adelsgeschlecht eine Glücksparole, die sich rasch unter den Stämmen ausbreitete: »Der Großkönig sucht eine Gemahlin für Prinz Ernak!« Nun ritten Sippenälteste auch ohne Einladung mit den heiratsfähigen Töchtern ihres Dorfes in die Hauptstadt, meldeten sich beim obersten Ratgeber und priesen vor ihm die jungen Frauen an.

Über Onegesius brachen harte Wochen herein. Er musste größtes diplomatisches Geschick aufbieten, um die Angebote abzulehnen, ohne dabei Flüche und Verwünschungen auf das Königshaus zu laden. Dennoch blieben einige Oberhäupter hartnäckig. »Unsere Alia ist genau die Richtige für den Prinzen …«, dann folgten gereimte Lobpreisungen über die Tüchtigkeit des Mädchens, das Lächeln, die Haut, selbst dem Geruch der Schönen widmeten die Sippenältesten lange Verse. Oft genug geriet der nüchterne, sonst so umsichtige Ratgeber an den Rand seiner Geduld und entledigte sich der ungewohnten Pflicht, indem er nachgab. »Du darfst mit deinem Schützling beim Essen teilnehmen.«

Einmal in der Woche gab Attila, unter Ausschluss seines Hofstaates – nur Onegesius musste anwesend sein –, ein Festmahl für die eingeladenen Bewerberinnen und ihre Fürsprecher, um so bei köstlichen Speisen und Musik unauffällig eine engere Auswahl zu treffen. Die Anwesenheit der Dorfmädchen belustigte ihn, verursachte aber bei den Töchtern und ihren vornehmen Eltern böses Blut. Hin und wieder kam es zu Stößen mit den Ellbogen, sogar zu Tritten unter dem Tisch, und nicht selten ergoss sich ein umgestoßener Weinpokal über das fein gewebte Mantelkleid.

Die Kunde von der Brautsuche erreichte auch den ostgotischen

Fürstenhof. Logade Andagis, dessen Lanze den Westgotenkönig Theoderich in der Schlacht auf den Katalaunischen Feldern niedergestreckt hatte, griff nach der Gelegenheit, sich und seine Sippe in den höchsten Adel zu heben. Mit seiner fünfzehn Winter alten Nichte reiste er zum Ordu des hunnischen Großkönigs und erbat nun den Dank für seine Heldentat, und weil er selbst der schönen Rede nicht mächtig war, ließ er den Vater des Mädchens seine Bitte vortragen. »Großmächtiger Herrscher, hier bringe ich dir Ildiko. Keine Blume im Ostgotenreich gleicht ihr an Schönheit …«

Attila saß zurückgelehnt in seinem Stuhl. Für das helle Gesicht der Bewerberin hatte er nur einen gelangweilten Blick. Mit hochgezogenen Brauen jedoch betrachtete er den ungewöhnlich hohen Haarturm auf ihrem Kopf, den ein seidenes Tuch vollständig einhüllte. Seine Verwunderung wuchs zum Missfallen, weil ihre Gestalt unter einem grauen, knielangen Schultermantel verborgen war. »Warte, guter Mann«, unterbrach er den stolzen Vater und winkte Onegesius näher, tief musste der sich zu ihm beugen. »Wieso ist das junge Ding so vermummt?«

»Um Vergebung, mein Fürst. Trotz meiner dringlichen Ermahnung hat Logade Andagis darauf bestanden. Vielleicht gebietet es die Sitte der Ostgoten.«

»So ein Dummkopf«, raunte Attila. »Ich dachte, er wollte uns seine Nichte anbieten? Eine Stute wird auch nicht mit einer Decke über dem Kopf verkauft.« Schnell erlosch der aufgeflackerte Spott wieder. »Mein Freund, hier kommt ein ernstes Problem auf uns zu. Ernak muss eine Hunnin heiraten. Auf der anderen Seite benötigen wir die Ostgoten als treue Verbündete. Andagis muss also zufrieden gestellt werden.« Er tätschelte den Handrücken des Griechen. »Lasse dir eine Lösung einfallen.« Während der Ratgeber leicht erblasste und sich mit sorgenvoller Miene aufrichtete, bat Attila den Vater, mit der Lobeshymne fortzufahren.

»… Solltest du, von allen guten Dämonen der Lüfte geliebter Herrscher, in deiner Weisheit meine Tochter als Gemahlin für den Prinzen erwählen, so wird sie nicht mit leeren Händen kommen. Reich beschenkt von ihrer Sippe, bringt sie ihm edle Stuten und

Zuchthengste, eine Schafherde und Satteltaschen gut gefüllt mit Gold und Edelsteinen…«

Attila schien kaum hinzuhören. Die Lider halb gesenkt, ließ er die Fingerkuppen seiner rechten Hand auf der Armlehne trommeln.

»Und nun…« Der Vater hielt inne, dehnte die Pause; als der Herrscher verwundert aufblickte, lächelte er geheimnisvoll. »Und nun will ich dir meine Tochter zeigen, so wie sich im Licht der Morgensonne eine Knospe öffnet. Großmächtiger König, lasse deine Augen auf ihr ruhen und erfreue dich an ihrem Anblick.« Er trat zurück und überließ seinem Bruder die weitere Darbietung. Linkisch verbeugte sich Andagis und brachte ein Lächeln zustande. »Meine Nichte lohnt sich für deinen Sohn«, versprach er unbeholfen und gab ihr ein Handzeichen.

Die blauen Augen rundeten sich, ein kurzes Atemholen, dann streifte Ildiko den schlichten Mantel von den Schultern. Rein weiße, fast durchsichtige Seide umhüllte ihren schlanken Leib, die Knospen der runden festen Brüste drückten sich gegen den Schleier, dunkel schimmerte der Nabel, und weiter unten ließ der Flaum des hügeligen Dreiecks die Seide kräuseln.

Langsam umschloss Attila mit den Händen die Schnitzereien an den Kuppenenden der Thronlehnen.

Ohne jedes Lächeln hob Ildiko die nackten Arme, legte das Kopftuch ab und begann den hochgesteckten Haarturm aufzulösen. Kamm für Kamm sanken lange Zöpfe nieder, glitten über den Busen, die Seiten, den Rücken hinunter, fielen über Hüften und Po bis zu den Knöcheln. Mit geschickten Fingern löste Ildiko die geflochtenen, dicken Stränge, und als sie die Haarpracht von der Stirn aus wie ein Vorhang teilte und einen Schritt vortrat, umwehte sie ein blond schimmernder Lockenmantel.

Beinah andächtig hatte Attila dem Entfalten der Knospe zugesehen, jede Langeweile war von ihm gewichen, nun lächelte er der Blüte wohlwollend zu. »Bist du taub?«

Gleich räusperte sich Onkel Andagis: »Los, los. Sag etwas, Kind.«

Ildiko errötete leicht. »Ich werde Prinz Ernak ehren und ihm dienen … und ihm immer eine gute Frau sein.«

Attila nickte, dann musterte er den Vater mit durchdringendem Blick. »Sollte der Leib deiner Tochter irgendwelche Makel haben, so sage es besser gleich.«

»Bei meiner Ehre, Großkönig. Die Mutter hat das Kind gründlich besehen. Ildiko ist unberührt, hat auch weder Grind noch Geschwüre. Glaube mir, nichts mindert ihren Wert.«

Die Geste zur Tür galt beiden Männern. »Wartet mit ihr draußen, bis ich euch rufen lasse.«

Kaum hatten sich die Flügel hinter ihnen geschlossen, federte Attila aus dem Thronsessel, mit festem Griff straffte er den ledernen Rock über seinen kraftvollen Brustkorb. »Wie steht es mit deiner Lösung?« Er schnippte. »Ich warte.«

Bei dem unerwartet frischen Ton verdüsterte sich die Miene des Ratgebers noch mehr. »Mein Fürst, so sehr ich auch mein Hirn marterte, ein Vorschlag, der beiden Seiten gerecht wird, wollte mir nicht einfallen.« Er hob die geöffneten Hände wie Waagschalen. »Ganz gleich zu welcher Entscheidung du neigst, für eine der Seiten wird sich die Schlinge zuziehen. Heiratet Ernak dieses junge, in der Tat bemerkenswerte Geschöpf, so mischt sich dein Geschlecht mit gotischem Blut. Verweigern wir die Ehe, so kränken wir den Helden der Schlacht zutiefst und mit ihm das gotische Fürstenhaus.«

Attila lachte breit, er zog den Freund zum Wandteppich und wies hinauf zum hoch über der Landschaft kreisenden Adler. »Dein König sieht weiter. Er hat den Knoten der Schlinge längst durchtrennt. Ernak wird die Tochter meines Getreuen Braslil als Hauptfrau heiraten. Und ich … ich opfere mich selbst und nehme mir diesen unschuldigen Schmetterling.«

»Mein Fürst …?« Heftig musste Onegesius schlucken; es dauerte eine Weile, bis er sich von der Überraschung erholt hatte. »Solch ein Opfer …«

»Erspare dir die Mühe.« Attila zog ihn näher. »Nie sah ich ein schöneres Mädchen. Dieser Leib, diese Haarpracht. Ich werde aus ihr ein Weib machen, mein Weib. Und ihre Jugend wird mich selbst wieder verjüngen.« Er benetzte die vollen Lippen. »Begreifst du? Keine Verstimmung bei den Ostgoten. Wir werden zwei Feste hier im Palast feiern. Zuerst meine Vermählung mit allem Prunk. Und einen Monat später muss Ernak die Frau nehmen, die ich ihm gebe.«

Gefasst neigte Onegesius den Kopf. »Ich bewundere deine Kraft. Und sehe ich in deinen Augen dieses neue Feuer, so bleibt mir nur zu hoffen, dass der unglückliche Sohn sich von der Lebenslust des Vaters anstecken lässt.«

»Nichts wünsche ich mehr, als den Prinzen wieder nah an meinem Herzen zu haben.« Gleich glättete sich die Stirn wieder. »Mein Freund, bereite das Fest vor. Streue Gerüchte über die Schönheit der Ostgotin aus. Jeder soll erfahren, mit welch frischer Jugend sich der Großkönig schmücken wird.«

Und bald schon war Ildiko im Munde aller Höflinge des Palastes; die beiden Zofen, welche ihr zugeteilt waren und den Vorzug hatten, sie ohne Kopftuch und Schultermantel zu sehen, beschrieben das Äußere mit blumigen Worten, und aus der schüchternen, fünfzehn Winter alten Braut war rasch ein wundersam betörendes Fabelwesen geworden.

Großkönigin Kreka nahm die bevorstehende Vermählung und das Ausschmücken des Hochzeitshauses mit Gleichmut hin; mehr aber besorgte sie die verzweifelte Unruhe ihres jüngsten Sohnes. Behutsam berührte sie seinen Arm. »Gegen endgültige Entscheidungen deines Vaters sich aufzulehnen ist zwecklos, auch wenn sie einer harten und ungerechten Bestrafung gleichkommen. Er ist unser Schicksal. Eine bittere Lehre, Junge, ich weiß. Und glaube mir, ich habe lange gekämpft und musste mich letztlich doch fügen.«

»Warum sagst du mir das?« Ernak bebte das Kinn. »Auf welcher Seite stehst du, Mutter?« Ohne die Antwort abzuwarten, drehte er sich um und verließ im Sturmschritt den Balkon.

Kreka sah Hilfe suchend ihre Zofe an. Der Blick genügte, gleich folgte die Burgunderin eilig dem Prinzen. Halb war er schon die enge Treppe hinunter, sie war zu langsam und rief ihm nach: »Deine Mutter liebt dich!«

Ernak zögerte, blieb stehen, er schlug mit der flachen Hand gegen die Wand. »Davon spüre ich wenig.« Dann presste er seine Stirn ans Holz. »Und auf Mitleid verzichte ich gern.«

In Höhe seines Kopfes hockte Fulla sich auf eine Stufe und wartete still. Schließlich wandte er ihr das Gesicht zu. »Geh zurück. Ich benötige keine Amme. Das ist ein Befehl.«

Sie blieb sitzen. »Erinnerst du dich an den Tag, an dem ich dir zum ersten Mal von Goldrun erzählt habe? Damals warst du unglücklich, weil dein Vater dich nicht in den Krieg mitgenommen hatte.«

»Hör auf davon.« Ernak ballte die Faust. »Was willst du von mir?«

»Nur sagen, dass du solch ein Mann geworden bist, wie ich es mir erhofft habe: Du hast Augen und Ohren für andere Menschen, zeigst Mitleid, bist ihnen dennoch ein gerechter Richter. Leider aber …« Fulla sprach nicht weiter, sie erhob sich langsam und stapfte die Treppe wieder hinauf.

»Warte.« Mit einem Kopfschlenker warf Ernak das Haar zurück. »Verzeih, dass ich dich angefahren habe. Auch wollte ich zur Mutter nicht so schroff sein. Du willst mich daran erinnern, dass ich mein Amt nicht mehr richtig ausgeübt habe, seit … seit sie fort ist. Nur … mir fehlt die Mitte, dort klafft ein Loch. Mein Herz ist mit Goldrun gegangen. Ich bin ruhelos geworden, so angespannt, und weil ich keine ungerechten Urteile fällen will, habe ich Onegesius als Mitrichter hinzugezogen.«

»Wie lange noch?« Behutsam drängte die Stimme. »Es ist vorbei, Prinz. Endgültig. Goldrun gibt es nicht mehr. Und glaube mir, auch ich trage schwer an diesem Verlust.«

Fest presste Ernak die Lippen aufeinander, Fulla bemerkte es und sprach dennoch weiter. »Der Schmerz wird bleiben, vielleicht für immer. Doch wann wird dein Verstand einsehen, dass hier das Leben weitergeht und dass du ein wichtiger Teil davon bist.« Sie seufzte schwer. »Nur so kannst du ertragen, dich deinem Vater fügen zu müssen. In einem Monat wirst du heiraten …«

Wortlos ließ er sie stehen und hastete die Treppe hinunter. Fulla sah ihm nach, wartete, bis er aus dem Blickfeld verschwunden war, dann schüttelte sie besorgt den Kopf und kehrte zu ihrer Herrin zurück.

Hörnerklang begrüßte den großen Tag. Auf dem Wehrgang des hohen Palisadenzauns hatten sich die Bläser postiert, wie ein vielfaches Echo wanderten ihre Signale von einem zum nächsten rund um den Palasthügel und vereinigten sich dann in gemeinsamen, hell klingenden Jubelstößen, wieder und wieder. Alle Jurten der Stadt waren mit bunten Bändern geschmückt, alle Straßen und Wege von Unrat befreit.

Kinder belagerten die Ränder des weiten Platzes vor dem großen Tor, reckten ihre Hälse, um ja nicht den großen Augenblick zu verpassen. An zehn Stellen loderten schon die Feuer. Aber wann öffneten sich die Torflügel? Wann trugen Knechte die geschlachteten Ochsen und Schafe heraus? Wann endlich drehten sich die Braten über den Glutbergen? »Kommt und feiert mit eurem Großkönig!«, hatten die Ausrufer seit Tagen in den Zeltvierteln verkündet. »Keiner wird hungern! Keiner soll Durst leiden!« Fleisch, Brot und Bier im Überfluss waren den Bürgern versprochen worden. Wettkämpfe von Faustkämpfern und Ringern sollten das Volk unterhalten, auch Reitervorführungen und Bogenschießen.

Selbst das Wetter verneigte sich vor Attila; zeigte es sich gestern noch aprillaunisch, überspannte heute ein blauer Himmel den Königsordu, und Sonne wärmte den Innenhof. Bänke und Tische standen für die geladenen Unterfeldherren und Truppführer bereit. Auch hier glühten bereits die Herdstellen; Suppen dampften aus Kupfertiegeln; mit erhitzten Gesichtern standen die Köchinnen vor den Bratrosten und wendeten das Geflügel und würzten die triefenden Fleischstücke. Rauchschwaden, schwer vom Duft der fettigen Köstlichkeiten, lagerten über dem Palasthügel, drangen durch Flügeltüren und Fensteröffnungen und schmeckten den Mägden in der großen Audienzhalle auf der Zunge, während sie an der Festtafel den Platz des Brautpaares mit frisch gewundenen Blumengirlanden umkränzten. Kein Geplapper mehr, kein Kichern ... Bald stand die Sonne im Mittag! ... Angestrengt suchten die Blicke, fehlte etwas auf dem gedeckten Tisch? ... Bald kamen die Gäste! ... Da noch ein goldener Kelch, dort eine Silberschale. Ungeduldig war die Hochzeit herbeigesehnt worden, jetzt aber herrschte Furcht, die letzte Stunde bis zum Beginn des Festes würde viel zu schnell verstreichen ... War genug Öl in den Wandleuchten? Lagen genügend Kissen auf dem Prunklager an der Stirnseite des Audienzsaales ...?

Schweigen herrschte in der Jurte des Truppführers. Keve trug bereits sein braunledernes Festtagsgewand, den dunkelgrünen Umhang knautschte er zwischen den Fäusten. Ratlos sah er vor sich hin.

Nahe der Feuerstelle hockte Mela noch halbnackt auf dem Schemel, die schweren Brüste neigten sich zum Bauch; nur bekleidet mit der luftigen, blau und rot schillernden Pluderhose stützte sie die Hände auf die Knie. Neben ihr stand aufgeklappt die Korbtruhe, in der sie all die Jahre den Traum aus hellgrüner Seide aufbewahrt hatte. Jetzt lag das perlenbestickte und mit Ornamenten aus Goldfäden verzierte Gewand achtlos über den Deckel gebreitet.

Mela richtete sich seufzend hoch, langsam wandte sie das Gesicht ihrem Mann zu. »Darauf hab ich so lange gewartet. Grau bin ich fast schon dabei geworden. Und jetzt lädt der Großkönig mich wirklich zu einem Fest in seinen Palast ein, und ich könnte mir das Kleid anziehen, den Perlenreif ins Haar stecken. Keines von den Weibern hat so einen Gürtel mit Elfenbein und Silber«, sie gab sich einen Moment der Vorstellung hin, »nein, ganz sicher nicht«, dann schüttelte sie den Kopf. »Aber das ist mir jetzt gleich.«

Keve räusperte sich heftig. »Weißt du's auch bestimmt? Nicht dass wir auf halbem Weg wieder umkehren müssen.«

Sie funkelte ihn an. »Wofür hältst du mich?« Entschlossen stand sie auf, bückte sich über die Truhe, mit Schwung zog sie das dunkelblaue Mantelkleid und den bunt bestickten Schal heraus und drohte ihm damit. »Die Sachen hab ich damals unserm Mädchen geschenkt. Versprochen hab ich ihr, dass wir irgendwann mal auf das Fest zum Großkönig gehen. Aber zusammen! Goldrun ist nicht mehr da. Und da glaubst du, ich würde jetzt mit meinem Kleid allein hingehen. O verflucht...« Unglück öffnete ihr Gesicht. »Das kann ich unserem Mädchen nicht antun...« Sie schleuderte Kleid und Schal zurück, raffte ihren hellgrünen Seidentraum obendrauf, hin und her hüpfend stieg Mela aus den Pluderhosen und stopfte sie darüber; kaum war die Truhe geschlossen, setzte sie sich mit dem bloßen Hintern fest auf den Deckel, als wäre so jede Versuchung gebannt. »Ich ziehe mein Rotes an und dazu die gelben Hosen. Hast du was dagegen?«

Keve nickte nachdenklich; gleich aber hatte die Frage ihn erreicht, und er schüttelte er den Kopf. »Nein, nein. Ist mir sowieso lieber als dieses...« Er sah ihren Blick und zog es vor zu schweigen.

Warten auf den Höhepunkt, warten, dass die Braut aus dem Palast hinüber zum Hochzeitshaus geführt wurde.

Nach dem Essen wuchs der Lärm an den langen Tischreihen im Innenhof stetig an. Doch keine Zoten. Die meisten der Truppführer hatten ihre aufgeputzten Gemahlinnen mitgebracht. Obwohl die Frauen, nach vorn gebeugt oder zurückgelehnt, an ihnen vorbei lautstark mit der Nachbarin schwatzten, hüteten sich die Männer vor der sonst üblichen Prahlerei mit wollüstigen Abenteuern von unterwegs. Heute gab es nur Heldentaten aus der Schlacht, Legenden von der Wildheit dämonenhafter Ritte und von Bogenschüssen mit einer schier unglaublichen Treffsicherheit.

Keve hob den Holzkelch. Das Bier schmeckte, er trank mit großen Schlucken; als er absetzte, klebte Schaum in den fettigen Bartsträhnen. Laut rülpste er und schmunzelte. »Das lass ich mir gefallen.« Seine Hand glitt Melas Rücken hinunter und tätschelte den Hintern, griff fester in die Backen. »Erst Braten, dann viel zu saufen. Was meinst du, alte Henne? So eine Hochzeit macht gute Gedanken...«

Unsanft stieß sie ihm den Ellbogen in die Seite. »Wir sind hier beim Großkönig«, fauchte sie unterdrückt. »Kein feiner Mann redet hier am Hof über so was …« Unmerklich hob sich ihr Körper, gleich senkte Mela den Kopf, verbarg das Gesicht mit der grauschwarzen Haarmähne. »Nimm deine Finger da weg. Sonst …«

Keve brach den Ausflug seiner Hand ab, war mit dem bisher Erlebten sichtlich zufrieden und schenkte sich aus dem Tonkrug frisch ein. Nicht lange dauerte Melas Empörung, sie rutschte näher zu ihm. »Aber das kann schon stimmen … Ich mein, das mit den guten Gedanken bei einer Hochzeit.«

Die Türflügel zum Palast schwangen auf, heraus traten zwei Bläser, sie setzten die gebogenen Instrumente an. Helle, lang gezogene Hornrufe. Das Willkommen für den Großkönig! Alle Gespräche rissen ab. Jeder erhob sich von seinem Platz, rasch drängten die Frauen zum überdachten Säulengang hin, zwei Elitekämpfer trieben sie mit Händeklatschen zurück und bahnten dann freundlich lächelnd eine Gasse zwischen ihnen zum Hochzeitshaus hinüber. Mela war es nicht gelungen, einen Platz vorn am Spaliersaum zu ergattern. Ein gelbes und ein blaues Kopftuch behinderten ihre Sicht. »Wenn du willst, kann ich dich ja gleich hochheben«, brummte Keve dicht hinter ihr. »Mach ich wirklich gern.«

»Wag es nicht.« Kurz beugte sie sich vor, und mit gekonntem Schwung der festen Gesäßbacken stieß sie ihn zurück. »Du scheinheiliger Kerl.«

Onegesius, angetan mit einer weißen Toga, und der oberste Schamane im regenbogenfarbenen Federkleid traten aus dem Palast. Jeder nahm Aufstellung an einer Säule, zu ihnen gesellten sich zwei der Söhne des Herrschers. Nur Ellac und Ernak; der mittlere Sohn Dengizik hatte nicht herkommen können, er weilte im Auftrag des Vaters mit seinen Truppen an der Grenze zum Oströmischen Reich.

Der wuchtige Älteste trug zum Freudenfest einen blauen Rock. Sterne aus Edelsteinen glitzerten auf der breiten Brust, Ellac grinste unentwegt, sein Gesicht war schon gerötet von zu viel gegorener Stutenmilch und vom süßen Wein. Prinz Ernak hatte sich in schlichtes schwarzes Leder gekleidet, den Gürtel zierte eine silberne Brosche, die Haarlocken hatte er mit einem Stirnband gebändigt.

»Ach, Prinz, so blass siehst du aus«, flüsterte Mela vor sich hin. »Und so ernst.«

Vor der Überdachung bildeten Scotta, Edekon sowie alle Schreiber der Kanzlei mit den ostgotischen Gästen die Reihen weiter, die höchsten Logaden kamen hinzu, dann huschten vornehme Damen aus dem Palast, stellten sich an, bald wuchsen die Spaliere zusammen, und die bunt gesäumte Ehrengasse reichte jetzt hinüber zu dem mit Fabelwesen und Vögeln lockenden Hochzeitshaus.

Ein Aufseufzen aller Frauen begrüßte die Braut. Attila führte sie an der Hand einen halben Schritt vor sich her aus dem Halbdunkel des Vordachs ins Licht. Ildiko lächelte unsicher, und geblendet von der Sonne schloss sie halb die Lider, blinzelte durch den hellen Wimpernvorhang nach rechts und links. Ihre jugendliche Unschuld rührte die Herzen der Zuschauer. Beim Anblick des goldenen Diadems, das ihre Stirn unter dem hochgetürmten Haar zierte, presste Mela beinah schuldvoll die Hand vor den Mund, als wäre es bereits ein Diebstahl, die blau und tiefrot funkelnden Edelsteine nur anzusehen. Leise raschelte das seidene hellblaue Mantelkleid vorüber, über den Brüsten war es geschlossen von drei goldenen Fibeln.Mela sah stumm auf den Rücken der Braut, sah, wie Zofen sie vor dem niedrigen Gebäude in Empfang nahmen, und erst als Ildiko im Innern entschwunden war, griff sie sich an den Busen. »Die Leute haben Recht. Sie ist wirklich eine Blume.«

Klatschen ringsum weckte sie aus der Bewunderung. »Hoch lebe Attila!« Der Großkönig kehrte mit wiegenden Schultern langsamen Schritts zurück, er genoss den Jubel, lachte und winkte den Gästen. Am Säulenvordach griff er nach den Armen seiner Söhne und ließ sich ins Innere des Palastes geleiten. Gleich folgte der Hofstaat, jedoch nur die Männer, und mit dumpfem Schlag schlossen sich die Flügeltüren hinter ihnen. Für die Gattinnen der Vornehmen war das gemeinsame Fest zu Ende, sie begaben sich plaudernd zum

Haus des Onegesius. Dorthin hatte die Gemahlin des obersten Ratgebers zu Gebäck und süßen Getränken geladen.

»Freunde!« Im Audienzsaal wurde geklatscht, die Zurufe nahmen kein Ende. Attila stand zwischen seinen Söhnen vor dem Wandteppich, über ihm schwebte der Adler. Er hob beide Arme und versuchte sich Gehör zu verschaffen. »Danke! Ihr beschämt mich! Genug!«

Nur beim Ehrenbeweis war Ungehorsam erlaubt, und die Höflinge nutzten den Moment, sich zu widersetzen. Sie skandierten ihre Huldigung, lauter wurde der Chor, bis Attila sich geschlagen gab. Er ließ die Schultern sinken, zeigte die offenen Handflächen, und langsam ebbte der Sturm ab. Gut gelaunt begann er mit schon etwas schwerer Zunge neu: »Freunde. Jeder von euch, der mir gerade zugejubelt hat, steht in dem Verdacht, mit mir tauschen zu wollen. Leugnet es nicht, ich habe beim Festmahl eure Blicke beobachtet, wie ihr meine junge Braut verschlungen habt …« Er wartete das Gelächter ab. »Aber unser Freund, der ehrenwerte Logade Andagis, dieser Held in der Schlacht, er hat mir seine Nichte zugeführt. Und warum?«

Gleich drängte sich ein Beflissener mit der Antwort vor: »Weil du unser Großkönig bist, der Wohltäter …«

Jäh erkaltete Attilas Miene, scharf ging er den Höfling an: »Du wolltest sicher sagen, weil ich der schönste Mann aller Hunnen bin? Ist es nicht so?«

»Doch, doch. Ja, das meine ich. Ganz sicher.«

Bei dem erschreckten Gestotter wurden die Lippen des Herrschers wieder breit, zuckte Vergnügen in den Mundwinkeln. Nur wenige wagten, mit ihm zu schmunzeln. »Versauert nicht, Freunde«, wandte er sich an die anderen. »Es war nicht nur ein Scherz, sondern sogar eine Lüge.« Er klatschte. »Trinkt mit mir!«

Auf dieses Zeichen hatten die Diener an der Saaltür gewartet. Eilig brachten sie Weinkrüge und goldene Becher. Für Attila wurde ein Holzkelch gefüllt. Als erstem trank er dem jüngsten Prinzen zu. »Mein geliebter Sohn.«

Ernak trat vor ihn hin, blass und mit gefasster Stimme sagte er: »Mögest du mit deiner neuen Gemahlin … glücklich werden. Mögen die guten Dämonen dich und die Ostgotin schützen.« Er nippte nur am Wein.

Doch der Vater erlöste ihn nicht, schwieg, bis Ernak den Becher ganz geleert hatte. »Danke. Die Wünsche wärmen mein Herz.« In einem Zug trank er den Holzkelch bis zur Neige aus, mit der Hand umfasste er den Nacken des Sohnes und zog ihn näher an seine Brust. »Freunde! Heute feiert ihr euren Großkönig. Im nächsten Monat aber feiern wir die Hochzeit …« Er lockerte seinen Griff, drehte den Prinzen der Gästeschar zu. »Dann feiern wir die Hochzeit des Unterkönigs Ernak. Denn mit dem gleichen Tag werde ich ihn über einige Völkerstämme erheben. Dort soll er herrschen und gleichzeitig hier an meinem Ordu das Richteramt weiterführen.« Ein Wink, beide Gefäße wurden erneut gefüllt. »Trinkt mit dem Vater, der stolz auf seinen Sohn ist.«

Während alle ihre Becher erhoben, hielt es den Ältesten nicht länger im Abseits. Drei Schritte, und er schob sich nah an den Vater heran, halb verdeckte seine massige Gestalt den schlanken Prinzen. Attila bemerkte es, ohne Zögern gab er Ellac den Platz an seiner linken Seite. »Trinkt mit uns. Seht nur, mit welch prachtvollen Söhnen euer Herrscher beschenkt ist …«

Bei Anbruch der Dämmerung wurden Fackeln entzündet, Rauch ließ die Augen rot anlaufen und vermischte sich mit dem schalen Geruch nach verschüttetem Wein und kalt gewordenem Fett. Während die Weinkrüge unentwegt kreisten, Gesänge angestimmt wurden, hatte sich Attila leicht trunken mit Onegesius auf seinem mit Kissen gepolsterten Prunklager niedergelassen. »Wir dürfen nicht warten.« Er schlug sich an die Brust. »Der Feldzug durch Norditalien hat Westrom bewiesen, wer ich bin. Nun soll auch diesem Legionär auf dem oströmischen Thron eine Lehre erteilt werden. Verstehst du?«

Die hohe Stirn gefurcht, überlegte der Grieche lange, ehe er mit Bedacht antwortete. »Ohne Zweifel ist unsere Kraft erstarkt, unser Ansehen wieder gewachsen. Aber sich jetzt gleich in einen neuen Krieg zu stürzen …«

Attila schnappte nach dem Handgelenk und bog es auf. »Wage nicht, mich zu behindern. Wenn dieser Marcianus mir auch weiterhin den Tribut verweigert, so werde ich ihn vernichten.« Er bemerkte die schmerzverzerrte Miene und lockerte die Faust. »Ich wollte nicht so hart sein.« Nach einigen großen Schlucken nahm er das Thema wieder auf. »Nicht umsonst habe ich Dengizik mit einer schlagkräftigen Reiterhorde über die Donau geschickt. Als Vorhut, mein Freund, der wir bald mit dem ganzen Heer folgen werden …«

»Um Vergebung, mein Fürst«, unterbrach ihn Onegesius. »Ich muss dich an eine Pflicht erinnern.«

Der Stirnwulst über den Brauen hob sich. »Heute? An diesem Festtag?«

»Gerade heute. Ich denke, die Kriegsplanung kann gewiss noch einige Wochen warten, nicht aber …« Jetzt überzog leichte Röte das hagere Gesicht und umständlich wurde der Satz. »Ich meine, es gehört auch zu meinen Aufgaben, dich daran zu erinnern, dass du heute geheiratet hast, zwar nur eine Nebenfrau, dennoch wartet die junge Braut sicher in Sehnsucht auf den Bräutigam, und der Abend ist schon fortgeschritten …«

»Schon gut, ich habe verstanden.« Attila wölbte einige Male die Unterlippe vor und zurück. »Mein ostgotischer Schmetterling wartet. Ja, du hast Recht. Ich sollte zu ihm, solange der Wein …« Mit zu viel Schwung verließ er das Prunklager, trat in gebückter Haltung einige kurze Schritte vor, ehe es ihm gelang, sich aufzurichten. Schnell war Onegesius neben dem Fürsten, blieb eng an seiner Seite und lenkte ihn unauffällig in Richtung Saaltür. Attila grüßte die betrunkene Festgesellschaft, lachte noch im Vorbeigehen mit den Ostgoten und einigen engeren Freunden. Als der Ausgang erreicht war, hatte er seinen sicheren Gang wiedergefunden. Unter dem Säulenvordach aber, nach tiefem Einatmen der Nachtluft, musste er stehen bleiben. Seine Hand suchte den Arm des Ratgebers. »Du darfst mich hinübergeleiten.«

Still war es. Längst hatten die Unterfeldherren und Truppführer mit ihren Frauen den Innenhof verlassen. Auch Mela war eng an ihren Keve geschmiegt zum Palasttor hinuntergeschlendert. »Ein Fest bei unserem Großkönig.« Sie hatte zum glitzernden Himmel aufgeblickt. »So ein Fest hätte unserem Mädchen auch gefallen.«

Zwei Elitekämpfer standen Posten vor der erleuchteten Tür des Hochzeitshauses. Kaum näherte sich der Herrscher mit Onegesius, drohte er ihnen jäh aufgebracht: »Wollt ihr mich etwa belauschen? Zuhören, wie euer Großkönig das Fohlen besteigt?« Und ehe die Männer begriffen, jagte er sie weg.

»Mein Fürst, sie sind zum Schutz ...«

»Ich will allein mit ihr sein.« Attila wischte über die Stirn. »Sorg dafür, dass sich im Umkreis von dreißig Schritt heute Nacht niemand hier aufhält, auch nicht morgen früh. Niemand, sage ich.« Er tippte seinem Ratgeber die Faust gegen die Brust. »Ganz gleich, ob die Kleine schreit oder welche Laute auch immer zu hören sind, ich will ungestört bleiben.« Damit ließ er ihn stehen, betrat das Haus, mit einem Knall warf er die Tür hinter sich zu.

Einen Atemzug später wurde sie wieder aufgerissen, wie auf der Flucht hasteten die beiden Zofen ins Freie, und gleich schloss sich die Pforte des Liebesnestes wieder. Hart fiel drinnen der Riegelbalken.

»Gute Nacht, mein Fürst«, murmelte Onegesius. Müde vom langen Tag wandte er sich ab, gab die Order den Elitekämpfern weiter und ließ sich von einem Fackelträger zu seinem Haus führen.

Attila stand still da, seine breiten Schultern füllten den Zugang zum Schlafgemach, mit dem Handrücken rieb er die Augen. Das Bild veränderte sich nicht, und leise blies er den Atem zwischen den halb geöffneten Lippen aus. Ungezählte kleine Öllampen flackerten neben- und übereinander an den Wänden, versetzten den Raum in ein lebendes Flimmern. Duft nach Rosen und Moschus gab der Luft eine süße Schwere. Und über dem Bett aus Fellen und Kissen lag Ildiko, nackt, hingebreitet in ihrem Haar wie in einem hell schimmernden Lockennest. Sie hatte die Augen fest geschlossen.

»Schläfst du?«

»Nein, Herr.« Eine kleine verängstigte Stimme.

Attila trat näher; während er die Schlaufen seines Lederhemdes öffnete, fasste sein Blick nach dem schlanken weißen Leib, den Brüsten mit den rosafarbenen Knospen.

»Dann sieh mich an.«

Ildiko gehorchte, nur kurz flackerte das Blau, dann schloss sie die Augen wieder. »Ich fürchte mich.«

»Bist du von den Zofen nicht eingeweiht worden?«

»Doch, Herr, aber die Angst ist geblieben.«

»Nur meine Feinde müssen sich vor mir fürchten.« Nach dem Hemd streifte er auch die Stiefel ab und stieg aus den Hosen. Dunkel lachte er vor sich hin, stellte sich ans Bettende und betrachtete die aneinander gepressten Knie, den Flaumhügel, dabei fasste er nach der noch halbgeneigten Lanze vor seinen Lenden, strich den Schaft, bis er an Härte gewann und die Kuppe matt glänzte. »Du wirst mir jetzt in allem gehorchen. So haben wir beide unsere Freude.«

»Ja, Herr.«

Er kniete schon auf den Fellen. »Wenn du lächelst, habe ich noch mehr Gefallen an dir.«

Nur ein hilfloses Zucken der Mundwinkel gelang, dabei bebte das Kinn. Mit kurzem Griff beider Hände an die Innenseiten der Schenkel spreizte er ihre Beine. »So jung ...« Er atmete schwer, beugte den Mund über ihr Vlies und benetzte mit einem langsamen Zungenstrich die schmale Pforte. »Wie zart du noch bist.«

Ohne ihren Leib zu berühren, schob sich Attila über die Zitternde, stützte seinen Oberkörper mit den Armen und setzte die Lanzenkuppe an. Hart stieß er zu. Ein Schrei! Ildiko riss die Lider auf, der Schmerz blieb in ihrem Blick, als der Großkönig immer wieder in sie eindrang, nicht nachließ, sein Atem heftiger ging. Er keuchte, hustete. Verwundet starrte sie ins graugelbe, schweißnasse Gesicht über ihr; dann aber weitete Entsetzen ihre Augen. Blut quoll aus beiden Nasenlöchern auf sie herab, floss über ihre Stirn, die Wangen. Vergeblich warf Ildiko den Kopf hin und her, sie vermochte dem Strom nicht auszuweichen. Lustlaute entrangen Attilas Brust, dazwischen hustete er, prustete Blut aus Mund und Nase, er kümmerte sich nicht darum, gewaltiger wurden die Stöße seiner Lenden, schneller; jäh bog er den Rücken durch und entlud sich unter heftigem Zucken, schrie wie ein getroffener Bär, dann sank er nieder, begrub die junge Frau unter seinem massigen Körper, dabei keuchte er immer mehr Blut. Ildiko zappelte, wimmerte und versuchte sich zu befreien. Ein neuer Hustenanfall erschütterte den Großkönig, er hob das Gesicht aus ihrem Haar, rang nach Luft.

»Bitte, Herr!«, flehte sie und stemmte die Hände gegen seine Brust. »Du bist so schwer.«

Attila verzog das dunkel beschmierte Gesicht zu einem Lächeln, zwischen qualvollem Keuchen stammelte er: »Deine Jugend … mit dir werde ich jung.«

Damit wälzte er sich von dem kindlichen Leib und blieb auf dem Rücken liegen. Gleich krampften sich seine Finger in die Felldecke. Stoßweise pulste frisches Blut aus den Nasenlöchern. Ildiko rutschte von ihm weg, wollte zum Bettrand, sein Gewicht aber hielt ihre Haare fest. Immer wieder versuchte Attila sich auf die Seite zu drehen, doch Atemnot schwächte ihn, die Mundhöhle füllte sich, kein Husten befreite mehr, hilflos schlugen Arme und Beine, die Brust wölbte sich, sank zurück, wölbte sich wieder, dann befiel ein Beben den ganzen Körper, ebbte ab, und jäh erschlafften die Glieder.

Stille fiel in den Raum.

Die Augen geweitet kauerte Ildiko neben dem Großkönig; mit dem Haar an ihn gefesselt, wagte sie nicht, sich zu bewegen, wagte auch nicht, ihn zu stören.

Ein klarer Morgen zog herauf, die ersten Strahlen verwandelten das Holz der mächtigen Palastbauten in rötlich schimmernden Marmor, Tau glitzerte auf den Dächern, schnell stieg die Sonne und wärmte den Tag. Kein Lärmen im Umkreis des Hochzeitshauses, die Wachen hatten ein Absperrseil gespannt, streng achteten sie darauf, dass sich niemand dem Eingang näherte. Zäh vergingen die Stunden.

Sehr früh schon war der oberste Ratgeber auf dem Weg zur Kanzlei bei den Elitekämpfern vorbeigekommen. Schmunzelnd hatte er eine Weile die blinkenden und glitzernden Figuren an den Außenwänden betrachtet. »Gönnen wir dem Großkönig seinen Schlaf. Sobald er aber nach Dienern verlangt, ruft ihr mich.«

Als der Mittag nahte, kehrte Onegesius sichtlich verärgert zu den Posten zurück. »Wieso missachtet ihr meinen Befehl? Ihr solltet mich verständigen, wenn der Fürst erwacht.«

»Uns trifft keine Schuld, Herr.« Die Bewaffneten schüttelten den Kopf, zeigten zum niedrigen Gebäude hinüber. »Nichts. Keine Rufe, kein Geräusch.« Ihr Offizier blickte den Ratgeber offen an. »Wenn ich was sagen darf, Herr: Bis jetzt hat sich da gar nichts geregt. Und das gefällt mir nicht. Verstehst du, was ich meine?«

»Schweig.« Gleich aber nistete sich die Sorge ein. »Kein Geräusch, sagst du?« Onegesius blickte zum Sonnenstand. »Und der Tag ist schon halb verstrichen. Sehr ungewöhnlich.« Erst zögerlich, dann mit jedem Schritt entschlossener ging er auf den Eingang zu. »Mein Fürst?«, rief er gedämpft. »Darf ich stören?« Keine Antwort. Vorsichtig drückte er gegen die Tür, sie war verriegelt, er klopfte, pochte, schlug heftiger mit der Faust ans Holz, horchte, doch im Innern blieb es still. Bleich wandte sich Onegesius um und winkte die Wachen zu sich. »Ich befürchte eine Unpässlichkeit. Gewiss nichts Ernstes, dennoch muss die Tür aufgebrochen werden.« Er wählte zwei kräftige Männer aus, und ehe er die übrigen auf ihre Posten zurückschickte, schärfte er dem Offizier ein: »Der Befehl gilt immer noch. Ihr haltet jeden auf, ganz gleich, wer es ist. Und keine Frage wird beantwortet.«

Fußtritte, mit den Schultern warfen sich die beiden Kämpfer immer wieder gleichzeitig gegen die Tür, das Holz brach, splitterte, und bald konnten sie nach dem Querbalken greifen und ihn aus den Eisenhaken heben. Der Eingang war offen.

»Bleibt zurück.« Onegesius betrat allein den Flur. Wieder rief er nach seinem Fürsten. Doch seine Stimme erstickte in der Stille. Schwacher Lichtschimmer drang aus dem Schlafgemach.

Ein Schritt auf das Lager zu, und das sichere Band zerriss.

Der Ratgeber wankte. Sein Blick fand den Fürsten, schwarz verklebt das Gesicht, der Hals, die Brust, aufgetrieben der nackte Bauch. Und neben Attila kauerte reglos die junge Gemahlin. Onegesius ging näher, er berührte ihren Rücken. Da zuckte sie zusammen, schrie, versuchte zu fliehen, vermochte es nicht, immer wieder wurde ihr Kopf zurückgerissen.

»Was ist?« Endlich begriff er ihre Not, fasste das Haar und zog es unter dem schweren Körper weg. Ildiko sprang auf, klammerte sich an seinen Arm. »Lass mich nicht allein.« Sie blickte flehend zu ihm auf. Auch ihr Gesicht, auch ihr Körper waren gezeichnet vom Blut des Großkönigs. »Bitte, bring mich weg. Bitte.«

Onegesius sah durch sie hindurch; Tränen rannen über seine Wangen. »Gleich«, flüsterte er. »Gib mir etwas Zeit.« Tief atmete er, ein schmerzvoller Kampf durchbebte ihn, endlich war es ihm gelungen, das Unglück in seiner Brust einzusiegeln, und er erinnerte sich an die junge Frau. »Hab keine Angst mehr. Wenn du meine Anweisungen genau befolgst, wird dir nichts geschehen. Reinige, so gut es geht, Gesicht und Arme, und kleide dich an. Auf keinen Fall aber darfst du dieses Haus verlassen, ehe ich es dir erlaube.« Sein Ton wurde schärfer. »Solltest du vorzeitig hinauslaufen, bin ich gezwungen, dich als Mörderin des Großkönigs sofort töten zu lassen.«

Sie weinte nur und beugte sich gehorsam über die Waschschüssel.

Onegesius kehrte zum Ausgang zurück. »Ein Unwohlsein nach dem anstrengenden Fest, wie ich vermutet habe.« Mit Mühe unterdrückten die Kämpfer ein Grinsen. »Wagt es nicht …« Der oberste Ratgeber beide Fäuste geballt, gleich beherrschte er sich und lächelte dünn. »Ich sehe, ihr könnt den Zustand nachempfinden. Also dann, verständigt unsern obersten Schamanen. Der Großkönig benötigt seine Hilfe. Sofort.« Schon wollten die Männer los, als er sie noch einmal aufhielt. »Und kein Wort zu anderen.« Als Eingeweihte geadelt, nickten die beiden, und ihre Blicke sicherten ihm Stillschweigen zu.

Onegesius beschattete seine Augen, musste einen Moment die

Stirn in die Hand pressen, dann erst bat er mit halblauter Stimme den Offizier der Leibwache zu sich. »Wo hält sich Kommandant Edekon auf?«

Gleich sah der Mann zu Boden.

»Antworte! Ich muss es wissen.«

»Verzeih, Herr. Er … Das Fest gestern. Vor zwei Stunden war ich noch an seinem Haus, um den Einsatzplan für heute zu holen …« Der Offizier nahm Haltung an. »Die Wahrheit ist, Kommandant Edekon schläft noch seinen Rausch aus, Herr.«

Onegesius hob die Brauen. »Das ist bedauerlich für ihn.« Er ging einige Schritte nachdenklich auf und ab, bemerkte mit einem Mal erschreckt den ungesicherten Eingang zum Gebäude und stellte sich gleich wieder davor. »Wir können nicht warten, bis der Kommandant wieder nüchtern ist. So muss der Befehl auch ohne ihn ausgeführt werden. Bist du bereit?« Er wartete die Zustimmung nicht ab. »Unser Fürst verlangt, dass die Palasttruppen in Alarm versetzt werden …« Schnell und klar kamen die Anweisungen: Unverzüglich und ohne großes Aufsehen mussten an den Außenbezirken alle Straßen abgeriegelt werden. Bis auf weiteres durfte niemand mehr die Stadt verlassen. Auch sollten Bewaffnete vor den Häusern und Jurten der Vornehmen möglichst unauffällig Posten beziehen. »Hast du mir folgen können?«

Der Offizier nickte, wollte fragen, doch Onegesius hob warnend die Hand. »Du hast zu gehorchen, mehr nicht. Wie lange wird es dauern, bis der Befehl ausgeführt ist?«

»Ich schätze, zwei Stunden, Herr.« Die Stimme gehorchte kaum noch.

»Gut, also in spätestens eineinhalb Stunden erwarte ich deine Meldung.«

Jetzt starrte der Bewaffnete an dem Ratgeber vorbei ins Innere des Hauses. »Darf ich …?«

»Nein, du darfst nicht.« Onegesius bebten die Lippen, er verschränkte seine Arme, als könne er so das Hochzeitshaus besser hüten. »Sobald die Palasttruppen Stellung bezogen haben, wirst du Prinz Ernak und Unterkönig Ellac zu mir bitten.«

»Die guten Dämonen stehen uns bei!«, murmelte der Offizier mit aschfahlem Gesicht. Er nahm wieder Haltung an. »Ich habe verstanden, Herr. Und ich sorge dafür, dass kein falsches Gerücht in Umlauf kommt. Verlasse dich auf mich.«

Die Handgeste sollte ihm danken, der Ratgeber nutzte sie aber gleichzeitig, um Nässe aus den Augenwinkeln zu wischen. »Du bist ein tüchtiger Mann, ich werde mich daran erinnern. Geh jetzt.«

Vom Balkon des Turmpalastes beobachtete Frau Fulla das Geschehen vor dem Hochzeitshaus. Der Lärm beim Aufbrechen der Tür hatte Königin Kreka veranlasst, ihre Zofe hinauszuschicken. Seitdem kehrte die Burgunderin mit immer rätselhafteren Nachrichten zurück. »Soeben ist Ajarbas eingetroffen. Kaum hatte der Ratgeber einige Worte mit ihm gewechselt, als er sonderbare Sprünge vollführte, einmal im Kreis herumwirbelte, und dann verschwand er im Haus.«

Kreka ließ den Stickrahmen auf die Knie sinken. »Von der kleinen Ostgotin hast du immer noch nichts gesehen?«

»Nichts. Auch hat sich bisher keine ihrer Zofen gezeigt, obwohl ich angeordnet hatte, dass sie nach dem Ankleiden das Haus verlassen sollten.«

»Demnach liegt Attila immer noch bei ihr?« Die Großkönigin seufzte und ließ den Zeigefinger über die goldgefasste Bernsteinkette an ihrem Hals spielen. »Nein, so viel frische Manneskraft traue ich ihm nicht zu, selbst wenn das Kind viermal so jung ist wie ich. Eher glaube ich an eine Schwäche … Aber auch die gäbe keinen Sinn.« Sie nahm Nadel und Faden wieder auf, ein Lächeln spielte in den Faltenfächern ihrer Augen. »Neugierde ist keine Tugend einer Großkönigin, deshalb sei du weiter neugierig für mich. Mit Geduld werden wir das Rätsel schon lösen.«

Der Offizier stieg mit dem Prinzen übers Absperrseil und geleitete ihn zum obersten Ratgeber. »Der Mann wollte mir nicht sagen, was los ist«, beschwerte sich Ernak, mit beiden Händen kämmte er die Locken zurück. »Ich verlange …«

»Hab einen Moment Geduld«, unterbrach ihn Onegesius leise. »Gleich kläre ich dich auf.« Er wandte sich an den Bewaffneten. »Wo bleibt Unterkönig Ellac?«

Ein bedauerndes Achselzucken. »Auch er leidet noch an den Folgen des Gelages gestern. Ich habe nur mit seiner Gemahlin gesprochen. Sie hat zugesagt, den Unterkönig zu wecken. Er trifft sicher bald ein.«

»Danke. Lass uns allein.«

Onegesius wartete, bis der Offizier außer Hörweite war. »Prinz. Meine Worte reichen nicht aus, aber ein großes Unglück ist über uns hereingebrochen ...« Er musste die Brust dehnen, um sich aus der einschnürenden Enge zu befreien. »Dein Vater ... Mein geliebter Fürst ... Er ... Er ist nicht mehr bei uns.«

Ernak wich einen Schritt zurück, schloss die Lider, seine Wangen wurden blass. »Nicht mehr bei uns ...?« Kaum vermochten seine Lippen die Worte zu formen, sie schlossen sich nicht. »Meinst du, Vater ist ...?« Jäh schlug er die Augen wieder auf und deutete in den dunklen Flur. »Er liegt dort und ist tot?«

Zu keiner Antwort fähig, trat Onegesius zur Seite, seine unmerkliche Geste mit der leeren Hand wies den Weg.

Und Ernak ging hinein. Helles Summen drang an sein Ohr. Im Schlafgemach schlugen ihm Kräuterdünste entgegen. Rund um das Lager stiegen weiße Dämpfe aus Räuchertöpfen. Der Schamane kniete neben dem Leichnam auf den Fellen. Das Blut hatte er abgewaschen, seine langen Spinnenfinger formten an den Gesichtszügen. Kurz wandte er sich nach dem Prinzen um, dann arbeitete er weiter, zog die Lippen des Toten zu einem Lächeln. Hin und wieder unterbrach er sein vibrierendes Summen und verfiel in einen Singsang. »Heiter ... Neffe ... heiter sollst du hinübergehen ...«

Ohne jede Regung sah Ernak dem Schamanen zu, sein Blick glitt vom Gesicht Attilas über Arme und Leib, verweilte einen Atemzug lang bei den Lenden und wanderte bis zu den nackten Füßen. Abschied von einem Fremden, der früher sein Vater gewesen war, dem das Kind alle Liebe entgegengebracht hatte, dem der Jüngling mit Ehrfurcht und Bewunderung begegnete, der dem erwachsenen Sohn kein Freund wurde, sondern ihn in den Gehorsam zwang, sein Herr und gewaltiger Großkönig wurde.

Ruhig verließ der Prinz das Totenzimmer. Im Flur entdeckte er Ildiko. In einen Umhang gehüllt hockte sie am Boden, benagte den Saum des Stoffes und starrte leer vor sich hin. Einen Augenblick zögerte Ernak, dann ließ er, ohne zu helfen, die jüngste Witwe des Vaters dort sitzen und kehrte ins Freie zurück.

Ernst empfing ihn Onegesius. »Mein Mitgefühl soll dich stärken, Prinz.«

Ernak nickte, nach einer Weile des Schweigens reichte er dem Ratgeber die Hand. »Du benötigst Trost, vielleicht mehr noch als ich. Du hast den Großkönig geliebt, warst sein treuester Freund …«

»Nicht weiter«, flüsterte Onegesius. »An meine Wunde darf ich erst rühren, wenn die Pflicht getan ist.« Nach heftigem Räuspern wurde er seiner Stimme wieder Herr. »Wie es Sitte und Brauch vorschreiben, obliegt es dem Kanzler des Hunnenreiches, den Tod des Herrschers zu verkünden und den neuen Großkönig auszurufen …« Der offizielle Ton versiegte wieder. Näher trat Onegesius zum Prinzen. »Du weißt, dein Vater wollte Ellac als Nachfolger auf dem Thron sehen. Für dich hatte er wichtige Ämter vorgesehen, außerdem solltest du zunächst Unterkönig über einige Völker im Osten werden. Und später dann …« Er zwang die aufsteigende Rührung nieder. »Ich werde die Regierungsgeschäfte bis nach der Grablegung alleine führen, dann erst darf der Nachfolger sein Amt ausüben.« Die Stimme wurde drängender. »Ehe dein ältester Bruder hier eintrifft, muss ich wissen, wirst du die Entscheidung deines Vaters akzeptieren?«

»Du meinst, ich soll ihm immer noch gehorchen?« Ernak hob das Kinn und schwieg.

»Prinz, es geht um mehr. Wäre Dengizik hier, so müssten wir sofort mit einem Machtkampf rechnen, dessen bin ich ganz sicher. Und alles bisher von deinen Vorfahren und von deinem Vater Erreichte würde daran zerbrechen. Du aber könntest Vernunft walten lassen und ruhig mit meiner Unterstützung abwarten, bis deine Zeit anbricht. Und sie wird kommen, glaube mir.«

»Du hast nicht nur den Großkönig geliebt …« Ernak sah ihn durchdringend an. »Sei beruhigt, dein von dir gestaltetes Hunnenreich wird durch mich nicht gefährdet. Ich habe nicht vor, mit Ellac um den Thron zu streiten.« Er griff nach dem Arm des Ratgebers. »Aber ich rechne nicht nur mit deiner Unterstützung, sondern erwarte, nein, verlange deine Hilfe …«

Weil der Prinz so lange auf Onegesius einsprach, verließ Frau Fulla ihren Beobachtungsplatz an der Brüstung des Balkons und erstattete der Großkönigin einen Zwischenbericht. »Dein jüngster Sohn war in dem Gebäude und ist soeben ohne sonderliche Erregung wieder herausgekommen.«

»Schenke mir etwas Milch ein«, bat Kreka, als sie getrunken hatte und den Becher zurückreichte, schüttelte sie den Kopf. »Wir sollten uns schämen. Wie Klatschweiber belauern wir jetzt schon seit Stunden das Liebesnest meines Gemahls. Dieser Zeitvertreib ist äußerst unwürdig, meinst du nicht auch?«

Ein Hornstoß ließ beide Frauen zusammenfahren. Der Ton begann tief, wuchs hinauf und blieb lange hell und durchdringend. Nach einem Atemzug setzte er wieder an, schallte vom Hochzeitshaus herauf. »Ein Unheil?«, flüsterte Kreka. »So kündigen sie nur großes Unheil an. Hilf mir, meine Liebe.« Schnell nahm Fulla ihr Stickrahmen und den Stoff vom Schoß. Erneut ertönte das Signal. Die Burgunderin eilte auf den Balkon, stellte sich an die Brüstung, während Kreka im Schutz der Türöffnung zurückblieb.

»Aus dem Palast, aus der Kanzlei, von allen Seiten laufen Menschen zusammen. Auch Unterkönig Ellac ist eingetroffen. Er steht neben dem obersten Ratgeber. Sein Haar ist wirr. Verzeih, Herrin. So wie er mit dem Kopf schwankt und vor sich hin starrt, denke ich, dass er noch betrunken ist.«

»Entschuldige dich nicht.« Nun beugte sich die Mutter doch vor, um einen Blick hinunterzuwerfen. »Mein Sohn Ellac war immer schon haltlos, brutal, ein Wolf. Er wird sich niemals ändern, fürchte ich …« Jäh hielt sie inne.

Das dritte Hornsignal war verstummt. Onegesius trat einen

Schritt vor. Mit lauter Stimme verkündete er: »Der Großkönig ist tot!« Wiederholte es drei Mal. Dann lähmte Schweigen den Tag. Die Stille währte eine Ewigkeit, bis sich der Satz eingebrannt hatte. Langsam, mit feierlicher Geste griff der Kanzler nach der rechten Hand des Thronfolgers und reckte sie hoch. »Es lebe Großkönig Ellac!«

Die Starre fiel von der Menge ab. Kein Jubel für den neuen König. Zu groß war das Entsetzen über den Tod, ratlos liefen Männer umher, weinten, schlugen sich gegen die Brust. Ihr Jammern schwoll an, als die Bläser den Wehrgang des hohen Palisadenzauns bestiegen und die Klage vom Palasthügel aus der Stadt verkündeten.

Oben am Austritt zum Balkon war Kreka mit dem Rücken an die Wand gesunken. Sie hatte die Augen geschlossen, ihre Finger verkrallten sich im Halsschmuck. »Tot? All unsere Jahre ...« Die Kette zerriss, und die goldgefassten Bernsteine sprangen und rollten über den Boden. Gleich bückte sich Fulla nach ihnen, doch die Großkönigin bat: »Lass nur. Es lohnt nicht mehr, sie einzusammeln.« Ein bitteres Lächeln folgte. »Wir sollten das Nötigste packen, meine Liebe. Viel Zeit wird uns der neue Großkönig nicht gönnen. Erinnere dich daran, was ich dir noch vorhin über den Charakter meines Sohnes sagte.«

Endlos dehnte sich die Ebene. Wie verlorenes Spielzeug kauerten fern im Westen die Zelte der Hauptstadt, sonst war der Horizont leer, war nur eine Linie, an der sich Licht und Dunkel berührten. Wolkenberge trieben am Himmel, und unter ihnen, inmitten der Weite, hatte der oberste Schamane das weiße Zelt errichten lassen. Ajarbas, angetan mit dem Gewand des Regenbogens, wartete neben der aufgepflanzten Adlerfahne; er hielt den rechten Arm erhoben, verbarg das Gesicht im Gefieder. Als alle Vornehmen des Hofes, Truppführer und Unterfeldherren, die besten Reiter und Elitekämpfer des Heeres sich in gebührendem Abstand aufgestellt hatten und rundum Schweigen herrschte, rief er mit durchdringend schriller Stimme: »Attila! Sohn des Mundschuk! Attila …!« Der Wind nahm den Ruf mit, verwehte ihn.

Vier Leibwächter des Verstorbenen näherten sich von Nord, Süd, Ost und West dem Zelt, rollten gleichzeitig mit genau aufeinander abgestimmten Bewegungen die vier Seidenschals nach oben und banden sie unter den Baldachin. Aus Steinen war der Tisch errichtet worden, und Felle bedeckten ihn; so erhöht lag der Leichnam aufgebahrt zur letzten Feier.

»Attila, du Herr und König der tapfersten Völker. Attila …!« Und gemeinsam wiederholte die riesige Trauergemeinde den Namen des Großkönigs.

Der Seher glitt näher, umrundete die nach allen Himmelsrichtungen offene Stätte; in Höhe des Kopfes verharrte er, die Federarme wirbelten, dann blinkte ein langes Messer in seiner rechten Hand. Er zog sich die Klinge quer über die Stirn; als Rot hervorquoll und seine Wangen nässte, richtete er die übergroßen Pupillen auf den Toten. »Attila! Du Peiniger deiner Feinde, der du beide römischen Reiche mit Schrecken erfüllt hast. Nicht Gejammer und Weinen der Frauen, sondern das Blut deiner tapferen Männer soll dich betrauern.« Mit schnellem Schnitt trennte er eine Strähne aus seinem weißen Haar und gab sie als Opfer hin. Dann sprang Ajarbas zurück, erstarrte zur Statue.

Das Zeichen für den Beginn der Zeremonie. Ellac trat unter den Baldachin, breitbeinig, für einen Augenblick nur bebte der Rücken; gezeichnet mit der Blutträne trat er beiseite. Ernak hob den Dolch, fügte sich mit versteinerter Miene die Wunde zu und gab ein Büschel der schwarzen Locken. Ein schnell dargebrachtes Geschenk. Nach ihm begab sich Onegesius auf den letzten Gang zu seinem Fürsten, Schritt für Schritt trug er schwerer, Trauer beugte die hagere Gestalt. Zwei Mal öffnete er mit der Klinge seine Stirn, opferte fast alle Strähnen des dünnen Haars. Als er sich nach langem Verweilen umwandte, hatten sich seine Tränen mit dem Blut vermischt.

Der Schamane erwachte wieder. Er zog den Fahnenschaft aus dem Boden, ließ den Adler noch einmal seine Schwingen ausbreiten. Dazu stimmte er das Loblied an, zählte die Erfolge und Siege auf…

Jetzt ehrten alle Männer den Toten mit ihrem Blut, brachten ihm das Haar und die kostbarsten Geschenke: Edelsteine und goldenes Pferdegeschirr, Elfenbeinschatullen gefüllt mit Ringen, Perlen und Broschen.

Beseligt gelangte Ajarbas zur letzten Stunde des Großkönigs, rühmte das Glück, die Freude… »Attila! Kein Feind besiegte dich. Kein heimtückischer Mörder lauerte dir auf. Du gingst im heiteren Glanze. Ohne jeden Schmerz. Welch ein seliger Tod, der nicht nach Rache schreit.« Er warf das flatternde Banner dem Himmel entgegen. »Attila!«

Aus allen Kehlen brach jetzt der Name wie ein Jubelschrei. Fäuste reckten sich zu den Wolken, lauter und lauter priesen die Männer den Herrscher.

Indem der Schamane mit spinnengliedrigen Fingern die Fahne zusammenfaltete, brach er dem Adler die Flügel und legte das Wahrzeichen auf die Brust des Toten.

Zittern befiel die Gestalt im Federgewand, die Füße tappten auf der Stelle, stampften, Ajarbas federte hoch, und mit leichten Sprüngen, kaum noch berührten seine Sohlen das Gras, umkreiste er die Stätte. Über ihm spielten Sonne und Wolken mit Schatten und Licht. Da spornten Reiter ihre Pferde an, reihten sich hintereinander ein. Hufe erdröhnten die Erde. Eine Lanze aus Mensch und Tier flog auf das Totenzelt zu; jedoch als hielten die guten Dämonen einen Schutzschild für Attila bereit, warf der erste Reiter weit vor dem Ziel seinen Wallach zur Seite, die nächsten folgten, und gegenläufig zum Schamanen wechselte der Sturmritt über in eine Kreisbahn; aus Angreifern wurden Vasallen, sie schwenkten die Bogen und huldigten ihrer Mitte gemeinsam mit den übrigen Trauergästen.

Ajarbas stieß rhythmische Schreie aus, sie übertönten das Stimmengewirr. Während seiner Sprünge riss er nacheinander die hochgebundenen Seidenschals vom Baldachin ab und floh mit dieser Beute in buntschillernden Sätzen aus dem Ehrenkreis.

Kaum hatte er das Rund verlassen, griffen die Reiter zu den Köchern auf ihren Rücken, zogen gelb gefiederte Pfeile heraus. Zum Schuss bereit warteten sie. Ohne Unterlass dröhnten die Hufe. Da wich der Schatten, und für einen Moment erstrahlte das Totenzelt in hellem Sonnenlicht. Die Männer nahmen ihre Pferde nicht zurück, hoben sich mit den Schenkeln nur leicht aus dem Sattel, und in vollem Galopp schossen sie zum Himmel hinauf. Die Pfeile fanden hoch im Blau zueinander, verloren an Kraft, kippten, fielen zurück und schlugen nahe dem aufgebahrten Großkönig ins Gras. Ein mit gelben Federschäften dicht an dicht bestecktes Rund! Schatten legte sich wieder über das Totenzelt, doch er verdunkelte den Tag nicht mehr, denn die Getreuen hatten das Licht für ihren geliebten Herrscher erjagt und ihm ein Abbild der Sonne für den langen Weg mitgegeben.

Erneut brach Jubel aus. Die starre Ordnung löste sich. Karren, mit Speisen hoch beladen, wurden herangerollt. Bald kreisten die Weinschläuche, und Erinnerung an Mut und Größe des Herrschers würzte die Bissen und versüßte jeden Schluck. Niemand dachte an ein ausgelassenes Gelage, denn die blutverkrusteten Male auf der Stirn gemahnten zur Mäßigung.

Einige Logaden schoben sich in die Nähe des Thronfolgers. Wie es der Brauch befahl, erwähnten sie zwar mit keinem Wort den nächsten Tag, bemühten sich aber jetzt schon mit Blicken oder ergebenem Lächeln, ihre Zukunft bei Hofe zu sichern. Und Ellac trank mit jedem, der ihm den Becher hinreckte.

Onegesius nahm nichts zu sich; die Hände hinter dem Rücken in der Toga verkrampft, stand er nur da und sah über die Menge hinweg, als fände er im Horizont etwas Trost. Auch Ernak beteiligte sich nicht an den Gesprächen; in Gedanken versunken drehte er den Holzkelch zwischen den Händen. Als Keve vorüberging und freundlich grüßte, bemerkte ihn der Prinz zu spät; mit einem Mal lebhaft, wollte er dem Truppführer folgen, doch schon nach einem Schritt hielt er sich zurück.

Bis in den frühen Abend dauerte das letzte Festmahl mit dem Großkönig. Dann aber verstummte die Feier. Alle Köpfe wandten sich nach Süden, schweigend wichen die Männer auseinander und gaben eine Gasse frei. Der oberste Schamane nahte, die Augen geweitet, in der Iris schimmerte heller Glanz. Quer vor seiner Brust trug er einen gefüllten Lederschlauch wie ein Reisender, der für den Durst vorgesorgt hat. Und hinter ihm eskortierten zehn Leibwächter die hohe Grabtruhe auf dem Leichenwagen. An den vier Ecken der Ladefläche hingen die weißen Seidenschals hinunter, sonst gab es keinen Schmuck.

Vor dem offenen Zelt warf Ajarbas den Kopf zurück und breitete seine gefiederten Arme dem Himmel hin. Ohne die Lippen zu öffnen, rief er mit hohler Stimme nach den fernen Mächten. Als ihre Antwort ihn erreichte, war es, als träfen Faustschläge sein Gesicht; nur mit Mühe behielt er das Gleichgewicht, dann aber richtete er sich auf, wuchs, wurde zum Zeremonienmeister. Sein Fingerzeig dirigierte die Leibwächter.

Sie brachten die mit Eisen beschlagene Grabtruhe zum Totentisch, hoben den Sarg heraus, und nachdem der Deckel geöffnet war, befahl ihnen Ajarbas zurückzutreten.

Mit gleitenden Bewegungen nahm er ein durch vier breite Goldbänder verstärktes Tuch aus der Lade, bedeckte den Leichnam und bog das gelb blinkende Metall schützend um ihn. »Deine Hunnenvölker danken dir!«

Ein zweites Tuch mit Silberbändern befestigte er darüber. »Alle deine germanischen Völker ehren dich!«

Ein Wink, und die Leibwächter fassten die Felldecke an den Seiten; so hoben sie den verhüllten Großkönig vom Totentisch und legten ihn in den Sarg. Als der Deckel geschlossen und mit Eisenspangen verriegelt war, bat Ajarbas: »Nimm das Eisen mit hinüber, denn mit Eisen hast du die Feinde besiegt. So dreifach umhüllt kannst du nun die lange Reise antreten.«

Raunen setzte ein, aus tiefer Brust summten die versammelten Männer, und während der Sarg und danach alle Schätze in die Grabtruhe gegeben wurden, glich das Raunen dem Drängen des

Windes. Die zehn Leibwächter beluden den Leichenwagen mit der wertvollen Fracht, dann stiegen sie zugleich in den Sattel.

Von Bewaffneten wurden zwei hochbeladene Lasttiere herangeführt. Nun federte der Schamane auf den Rücken seines Pferdes und übernahm die Spitze. Langsam trabte der Zug nach Norden. Hinter ihm schwoll das Summen der Trauergemeinde an, begleitete noch eine Weile den Toten, blieb zurück, wurde leise und verebbte.

Rasch fiel die Nacht. In der Dunkelheit änderte der Schamane die Richtung. Kein Wort wurde gesprochen. Hin und wieder schnaubte ein Pferd. Allein das unentwegte Schaben der Räder gab der Stille den Takt. Dann klarte der Himmel auf, Kälte kam, und eine rötliche Mondsichel hob sich zu den Sternen.

Nach gut zwei Stunden ließ der Schamane anhalten. »Zündet die Fackeln an.« Einer der Leibwächter entfachte die Flamme im Gluttopf. Bald loderten Lichter und begrenzten den Ort. »Tragt die Grasnarbe vorsichtig ab.« Als die gestochenen Stücke beiseite gelegt waren, gönnte Ajarbas den Männern keine Pause mehr. »Schneller.« Tief ließ er die Grube ausheben, prüfte mit kreisender Fackel den Schacht, dann endlich wurde die Sargtruhe an Stricken hinabgelassen und sogleich mit Erde bedeckt. »Schneller, schneller.« Mit Fingerschnippen trieb der Schamane jetzt die Atemlosen an. Immer wieder sah er zum verblassenden Sternenhimmel, dann nach Osten. Und kaum war der Grasteppich zurückgelegt und festgestampft, befahl er den Aufbruch. Im Galopp entfloh Ajarbas mit dem Trupp der Grabstätte, als fürchtete er, von Dämonen verfolgt zu werden.

Erst beim frühen Grau des neuen Tages zügelte der Schamane das Pferd, hob kichernd die Hand und verkündete: »Genug! Lasst uns rasten.«

Wenig später hockten die Männer erschöpft im Kreis. »Habt Dank«, säuselte Ajarbas; er griff nach dem gefüllten Schlauch vor seiner Brust und setzte das Mundstück an die Lippen. Nach einem tiefen Zug fragte er: »Durst? Mit wem darf ich den köstlichen Trank teilen?«

Keine Hand blieb unten. Und der Schamane ging von einem zum anderen, labte jeden, dann huschte er in die Mitte des Kreises.

»Attila, hörst du mich?« Sein Flüstern klang gequält. »Nimm noch eine Gabe von mir.« Er wankte und fiel auf die Knie. »Ich … ich sende dir deine Leibwächter nach.«

Die Männer wollten ihm helfen, versuchten aufzustehen, ihre Kraft aber versiegte, jäh schwollen ihnen die Zungen an, sie rangen nach Luft, rissen an den Lippen und erstickten.

Ajarbas kämpfte, stritt mit den Händen über seinem Kopf gegen einen unsichtbaren Feind, Schaum brach ihm aus dem Mund, Federn lösten sich vom Gewand, wirbelten umher.

Mit einem Mal ließ er die Arme sinken, und Klarheit kehrte in seinen Blick zurück. Der Seher erhob sich. Milde lächelnd betrachtete er die Toten.

»Seid stolz. Niemand außer euch darf ihn finden. Nur ihr seid auserwählt …«

Raureif bedeckte die Wiesen, schimmerte weiß auf den Jurten. Der Frühling war über Nacht wieder erfroren, als fürchte er den neuen Tag. Noch war die Hauptstadt nicht erwacht.

Im Schritttempo lenkte der Reiter seinen Schecken durchs Zeltviertel. Atem dampfte aus den Nüstern. Schnaubte das Tier, strich er ihm beruhigend über den Hals. Leise. Nur kein unnötiges Aufsehen. Er trug einen langen Fellumhang, die Kapuze hatte er tief in die Stirn gezogen. Vor der Wohnstatt des Truppführers hielt er an und glitt aus dem Sattel. Ehe der Reiter jedoch den Boden erreichte, wurde er von hinten am Pelzkragen gepackt, herumgewirbelt, seine Füße fanden keinen Stand, und er knickte in die Knie, ein harter Würgegriff riss sein Gesicht hoch. »Was willst du? O verflucht …« Keve grinste verlegen, half seinem Opfer auf, er rückte den Fellumhang zurecht, und während er ihn auch noch abklopfte, entschuldigte er sich weiter: »Hab dich nicht erwartet, Prinz. Konnte ja nicht ahnen … Und so früh schon gar nicht.«

»Genug. Lass gut sein.« Ernak entzog sich mit energischem Schritt der unbeholfenen Reinigungsversuche. »Du hast mich nicht niedergeschlagen. Auch sind meine Sachen nicht zerrissen.«

»Hätte aber leicht sein können«, brummte Keve. »An so einem

Tag wie heute …« Er hob die Achseln. »Ich mein, weil sich da hinten im Königsordu wieder alles ändert. Wer weiß, wer sich da jetzt aufspielt beim neuen Großkönig. Und da sag ich mir: Trau erst mal keinem Fremden und schon gar nicht deinem eigenen Kommandanten. Vielleicht will Edekon dich jetzt beseitigen, weil du ihm mal die Meinung gesagt hast, und schickt dir deshalb einen Mörder. So ein eitler Kerl vergisst nicht …«

»Sorg dich nicht um den Kommandanten.« Ernak sah zum Eingang hinüber. »Ist deine Frau schon wach?«

»Die alte Henne …« Keve zwirbelte an einer der dünnen Bartsträhnen. »Wieso?« Er sah die jähe Ungeduld in der Miene des Prinzen und beeilte sich, Auskunft zu geben. »Sie ist bei den Hühnern. Füttern und Eier holen.«

»Bitte mich in deine Jurte«, sagte Ernak mit veränderter Stimme. »Wir dürfen nicht zu viel Zeit verlieren.«

Wortlos ging der Truppführer voran. Im Raum stand noch der Geruch der Nacht, Rauch schwelte aus der Asche und mischte sich mit Schweißdunst. Nach wenigen Schritten blieb Ernak stehen. »Ich bin so früh hergekommen, weil …« Er benetzte die Lippen und begann neu: »Du stehst nicht mehr im Dienst des Großkönigs.«

»So ist das …« Als wäre eine furchtbare Last auf ihn niedergestürzt, wölbte Keve den Rücken, die Halsmuskeln spannten sich. »Edekon, du verfluchter Hund …« Er wischte mit dem Handrücken über die Stirn. »Schnell war der Kerl. Konnte keinen Tag abwarten, um mich wegzujagen.« Sein Lächeln misslang. »Hab verstanden, Prinz.«

»Nein, nichts verstehst du.« Offen sah ihm Ernak in die Augen. »Es war mein Wunsch. Gleich nach Vaters Tod habe ich dafür gesorgt, dass du freigestellt wirst. Nein, sag jetzt nichts, höre erst zu. Mit dem Erbe werde ich zum Unterkönig über einige Völkerstämme aufsteigen. Und in Zukunft möchte ich dich immer in meiner Nähe haben. Und zwar als Kommandant meiner Leibgarde und meiner Palasttruppen.«

Keve schüttelte den Kopf. »So was … Ich ein Befehlshaber …«

Langsam ging er zur Herdstelle, befreite die Glut von der Asche, gleich unterbrach er die Arbeit wieder. »Und du irrst dich nicht, Herr?«

»Nach Scherzen ist mir nicht zumute.«

Mit beiden Händen kratzte sich Keve ausgiebig im Haar. »Das ist gut.«

»Ich sehe, du bist einverstanden.« Die Ungeduld kehrte zurück. »Jetzt aber …«

Ein erschrecktes Aufseufzen vom Eingang her unterbrach Ernak wieder. »Besuch? … Ich wusste nicht … O nein! Nichts ist aufgeräumt.«

Nur ein Blick über die Schulter. »Es gibt Wichtigeres«, sagte er knapp. »Soviel aber sollst du wissen, ab jetzt steht dein Mann in meinen Diensten. Und ich erteile ihm gerade den ersten Auftrag.«

Mela drückte die mit Eiern gefüllte Schüssel fester an den Busen, öffnete den Mund und schloss ihn wieder.

»Danke.« Ernak hob das Kinn, bemühte sich um einen nüchternen Ton. »Kommandant. Du weißt, wo sie lebt?«

Verwundert runzelte Keve die Stirn, dann hoffte er die Frage verstanden zu haben, wollte sich aber vergewissern: »Du meinst, unser …?« Das stumme Nicken ließ sein Gesicht aufleuchten. »Wo unser Mädchen jetzt wohnt? Den Ort find ich immer.«

»Ich …« Ernak räusperte sich. »Die Wahrheit ist, ich habe Sehnsucht nach ihr.«

Mela seufzte, die Schüssel entglitt den Händen, Eier zerbrachen auf dem Boden, ohne darauf zu achten, ging sie quer durch die Jurte und zerrte energisch die Korbtruhe ins Licht. Sie schlug den Deckel zurück, nach einigem Wühlen hob sie das blaue Mantelkleid heraus und zeigte es den Männern. Tränen liefen ihr über die Wangen. »Das wird dem Mädchen nicht mehr passen. Ich muss sehen, ob ich noch so einen Stoff finde. Jetzt verschwindet endlich. Bis zum Fest hab ich noch viel zu tun.«

Ernak schloss den Fellumhang vor der Brust und nickte Keve. »Reiten wir.« Er wandte sich zum Ausgang. »Auf nach Burgund.«

Mit Attilas Tod öffnete sich die Faust, welche das Hunnenreich bis dahin zusammengehalten hatte. Sohn Ellac gelingt es nur wenige Monate, ungefährdet als neuer Großkönig aufzutreten. Trotz der Unterstützung durch den treuen Ratgeber seines Vaters fehlen ihm Funke und Verstand, um die Stammesfürsten auf sich einzuschwören. Überdies fordert Dengizik lautstark den Teil an der Macht. Er zwingt Ernak, nach dessen Rückkehr mit Goldrun aus Burgund, in seine Gefolgschaft. Bedrohlich wird nun die Forderung an den ältesten Bruder: »Wir wollen gleichberechtigte Könige neben dir sein!«

Die Zentralmacht wankt, spaltet sich auf in zwei Lager. Onegesius sieht das drohende Unheil und vermag es nicht zu verhindern. Die Bruderheere fallen übereinander her, zerfleischen sich, doch letztlich gewinnt Großkönig Ellac die Oberhand.

Inzwischen haben die Herrscher der unterworfenen Völker begonnen, ihre Fesseln abzustreifen. Unter Führung des Gepidenkönigs vernichtet am Fluss Nedao eine Übermacht das ermattete Hunnenheer auf dem Rückweg zur Hauptstadt. Ellac fällt im Kampf. Und Ardarich zieht im Jahre 455 als neuer mächtiger Großfürst in den Königsordu auf dem Palasthügel.

Bereits zwei Jahre nach Attilas Hinscheiden hatte sein mächtiges Reich aufgehört zu existieren.

Das Weströmische Reich gleicht einem Fest ohne Hausherr, zügellos plündern die Gäste Keller und Scheune, zertrümmern Geschirr und Einrichtung.

Längst schon bestimmte der Kaiser nicht mehr die Geschicke des Reiches. Die wahre Regierungsgewalt war spätestens seit dem Tode Galla Placidias auf den obersten Feldherrn übergegangen. Der schwächliche Valentinian III. hasst Aëtius und fürchtet dessen mehr als achttausend Elitekämpfer zählendes Leibwächterheer. Nach der Schlacht auf den Katalaunischen Feldern aber war der Ruhm des Feldherrn weiter gestärkt worden, und Valentinian musste sich wohl oder übel mit ihm aussöhnen. Zum Beweis der Aufrichtigkeit verlobt er seine zweitälteste Tochter mit dem Sohn des Gefürchteten. Mit ihrem zwölften Geburtstag im Jahre 454 erreicht die Prinzessin nach römischem Recht die Heiratsfähigkeit. Sofort besteht Aëtius auf der Eheschließung, drängt und erlaubt keinen Aufschub. Der Kaiser argwöhnt Böses. Warum diese Eile? Plant der Feldherr etwa, seinen Spross auf den Thron zu heben? Und sollte dies zutreffen, so müsste er erst den Kaiser beseitigen? »Gefahr«, flüstert Valentinian und trommelt die Fingerkuppen gegeneinander. »Mein Leben ist in höchster Gefahr.«

Eine Audienz! Der Kaiser bittet den obersten Feldherrn um ein privates Gespräch. Am 21. September 454 betritt Aëtius in Begleitung einiger unbewaffneter Freunde den Palast. Vor dem Thron verneigt er sich. Da springt ihn Valentinian an und stößt ihm das Schwert in den Leib, zur gleichen Zeit fallen Palastwächter über die Begleiter her. Noch während des Blutbades erliegt Flavius Aëtius seinen Verletzungen. Der Kaiser vollführt einen Freudentanz. Einer seiner Berater aber seufzt: »Großmächtiger Herrscher, nun hast du mit deiner linken Hand deine rechte abgehauen.«

Keine Bestattung der Toten! Sie müssen auf dem Marktplatz dem Pöbel zur Schau gestellt werden. Welch ein schmachvolles Ende nach solch ruhmvollem Leben! Jeder Protest bleibt aus. Jetzt da der fähigste Mann des Reiches tot ist, wittern Machthungrige im Senat wie auch die Fürsten der Barbaren ihre Chance. Mühsam geschlossene Bündnisse zerbrechen. Die Alemannen überschreiten wieder den Rhein, der Norden Galliens wird von den Franken geplündert, auch die Westgoten schicken sich an, ihre Grenzen auszuweiten. Valentinian will unbedingt das Leibwächterheer des Ermordeten für sich gewinnen. In seinem Wahn glaubt er, durch Anbiederung das Ziel schneller zu erreichen und nimmt persönlich an den Militärübungen teil. Am 16. März 455 wird Valentinian III., während er seine Fähigkeiten im Reiten und Bogenschießen verbessert, von Gefolgsleuten des Aëtius getötet. Schon einen Tag später lässt sich der Senator Petronius Maximus zum Kaiser ausrufen.

Und das letzte Fest des Weströmischen Reiches beginnt sich schneller zu drehen und taumelt, ohne jeden inneren Halt, dem Abgrund zu.

Die Hunnen waren zu besiegen! Mit der verlorenen Schlacht am Nedao hatte sich auch der Ruf ihrer Unschlagbarkeit in Nichts aufgelöst, die noch vor wenigen Jahren von ihnen unterdrückten Völker verspürten ihre eigene Stärke und dehnten sich nach Westen aus.

Mit dem Tod Großkönig Ellacs zerstreuen sich die überlebenden Einheiten seiner Elitetruppen, suchen nach neuen Aufgaben. Der Großteil wird begierig von den oströmischen Heerführern in die Armee eingegliedert. Als schlagkräftige, schnelle Horden müssen sie die Grenzen sichern. Die Räuber von einst sind jetzt die Vollstrecker; blutige Strafzüge gegen Feinde Ostroms sind ihr Geschäft.

Aus Furcht vor Strafe wegen des missglückten Attentats auf Attila zieht es Kommandant Edekon vor, sich mit Frau und Sohn in den Westen abzusetzen. Schnell knüpft er dort Kontakte und ermöglicht seinem Sprössling Odoaker eine steile militärische Karriere. Für seinen Intimfeind, den ersten Schreiber der Kanzlei, hatte er beim Abschied kein Wort erübrigt. Ein eisiger Blick beendete die jahrelange Zusammenarbeit der beiden Männer am Hofe des Großkönigs. Orestes kehrt mit seiner Gemahlin in die Heimat zurück. Pannonia Savia gehört nun wieder zum Weströmischen Reich, und der Gebietskönig Romulus empfängt den Schwiegersohn mit offenen Armen.

Die Hunnenfürsten Dengizik und Ernak werden weiter nach Osten abgedrängt.

Der mittlere Sohn Attilas kann sich mit der Rolle des Verlierers nicht abfinden. »Wer sich mir widersetzt, den vernichte ich!« Selbstherrlich fordert er Ostgoten und Oströmer immer wieder zum Kampf heraus. Nicht genug, wie sein Vater verlangt er jährliche Tributzahlungen vom Kaiser, droht mit Krieg; tatsächlich überschreitet er mit seinen Truppen die gefrorene Donau und dringt auf die Hauptstadt vor. Nahe der Stadt Serdica, dem heutigen Sjredec, kommt es im Jahre 469 zur entscheidenden Schlacht, das Hunnenheer wird vernichtet und Dengizik getötet. Seinen Kopf lässt der Sieger General Anagastes auf eine Stange spießen und im Triumphzug durch die Straßen von Konstantinopel tragen.

König Ernak hatte sich lange schon vom Bruder losgesagt. In den unsteten Jahren der Flucht nach Osten waren ihm von Goldrun zwei Kinder geschenkt worden. Eine Tochter und ein Sohn. Schöne Kinder.

Sie sind der Stolz des Vaters. »Beide haben sie dein Haar, deine Nase.« Goldrun entzieht ihm ihre Hand. »Gib ihnen endlich ein Zuhause. Auch dein Volk will nicht länger umherziehen.«

Kein Widerstand. Nur zu gern willigt der König ein. Von Onegesius, der inzwischen sein oberster Ratgeber geworden war, werden die Bittgesuche an den oströmischen Hof verfasst. Der Kaiser zeigt sich gnädig. »Ich habe es gern, wenn aus Feinden Verbündete werden.« Er weist dem jüngsten Sohn Attilas und dessen Volksstämmen einen fruchtbaren Landstrich unterhalb der Donaumündung als Siedlungsgebiet zu. Damit erfüllt sich die Weissagung des Schamanen Ajarbas. Er verkündete Attila: »Mein Neffe, mein Fürst, … dein Geschlecht wird dereinst untergehen und allein in Ernak wieder neu erstehen …«

Westrom gleicht einem Jahrmarkt, in dessen Mitte sich das Herrscherkarussell dreht. Nur von brüchigen Ketten sind die Thronsitze gehalten, und während der schwindelerregenden Fahrt werden die Kaiser nacheinander wie Puppen davongeschleudert. Drei Monate hatte sich Petronius Maximus des Purpurs erfreuen können. Dann bedroht der Vandalenkönig Geiserich mit seiner Heeresmacht die ewige Stadt. Maximus versucht zu fliehen und wird am 31. Mai 455 von aufgebrachten Bürgern auf offener Straße wegen seiner Feigheit in Stücke gerissen.

Ihm folgt Avitus. Er muss den Vandalen die Schätze Roms überlassen. Den Tod findet er im Oktober 456 durch Mörderhand.

Auch Ostrom erlebt einen Wechsel. Marcianus, den kaiserlichen Legionär an der Seite Pulcherias, ereilt bei einer Prozession der Schlag. Sein Nachfolger Leo I. übernimmt mit starker Hand die Macht. Er will die Geschicke beider Reiche lenken. »Niemand darf im Westen herrschen ohne meinen Segen.« Doch auch ihm gelingt es nicht, das Taumeln anzuhalten. Oft erreicht die Nachricht von der Erhebung eines neuen Westkaisers den Palast zu Konstantinopel erst, wenn dieser Herrscher schon getötet und ein nächster bereits ausgerufen ist. Maioran, Severus, Anthemius … Kaum einer der Namen bleibt lange im Gedächtnis haften.

Als Kaiser Nepos im Jahre 474 den Thron besteigt, war seit Valentinian sieben Männern der Purpurmantel umgelegt worden. Nepos fürchtet seinen Oberbefehlshaber von Gallien, setzt ihn ab und überträgt das mächtigste Amt des Reiches dem inzwischen greisen Orestes aus Pannonia Savia. »Dieser alte Mann wird meinem Thron nicht gefährlich werden.« Erleichtert lehnt sich Nepos zurück. Nicht lange. Orestes hatte als Geheimschreiber Attilas die Ränkespiele der Politik erlernt. Er sieht die Schwäche des Reiches und nutzt die günstige Gelegenheit. Für sich selbst will er die Macht; sein noch unmündiger Sohn aber soll das Diadem tragen. Und geht es um die Versorgung des Nachwuchses, so handeln insbesondere Väter spätgeborener Sprösslinge auf Grund ihrer Erfahrung und Weisheit schnell und entschlossen. Orestes verfügt über mehr Truppen als der Kaiser und erklärt ihn Ende August des Jahres 475 für abgesetzt. Nepos wehrt sich nicht, besteigt ein Schiff und kehrt in seine Heimat Dalmatien zurück.

»Vivat Romulus!« Dem weißhaarigen Vater genügt der Jubelruf nicht. Kurzerhand schmückt er den Knaben noch mit dem Titel Augustus. Welch große Namen, welch eine Bürde für die schmalen Schultern. »Vivat Romulus Augustus!« Beim Anblick des Kleinen fällt vielen Damen der Respekt schwer, die mütterlichen Gefühle obsiegen, und so rufen sie gerührt: »Vivat Romulus Augustulus!«

Die Staatskassen sind geplündert. Steuern bleiben aus. Womit sollen die Truppen bezahlt werden? Zum größten Teil bestehen die Legionen aus angeworbenen germanischen Kämpfern. Gefährlicher Unmut wächst in diesen Heeren. »Gebt uns Ackerland!«, fordern die Söldner, »damit wir uns ernähren können.« Doch Orestes weigert sich im Namen des Kindkaisers. Laut und lauter wird der Protest. Nichts von alldem dringt bis zu Romulus Augustulus vor. Sein größter Kummer ist die Langeweile im großen Thronsaal.

Draußen steigt Odoaker, der Sohn des ehemaligen Kommandanten der Palastwache am hunnischen Hof, auf eine Tonne und spricht zu den Söldnern: »Ich gebe euch alles, was ihr begehrt …« Lange spricht er und begeistert: »Jeder wird seinen Sold erhalten. Mehr noch …« Erst jubeln die Männer ihm zu, dann rufen sie ihn am 23. August 476 zu ihrem König aus. Odoaker zögert nicht. Nur fünf Tage später tötet er Orestes und betritt den Palast. Der kleine Kaiser argwöhnt nichts. Aus großen Augen sieht er den Besucher an. »Weißt du ein neues Spiel?«

Da löst Odoaker die Hand vom Schwertgriff und lächelt sogar. »Ich will jetzt Herrscher sein.« Nur zu gern überlässt ihm Romulus den Thron und darf unbehelligt zu Verwandten aufs Land ziehen.

Der Lärm des Festes ist verstummt, das weströmische Kaiserreich hat aufgehört zu existieren.

Vivat Odoaker! Es lebe das Königreich Italien!

Gustav Lübbe Verlag in der Verlagsgruppe Lübbe

Originalausgabe

Textredaktion: Helmut W. Pesch
Satz: Bosbach Kommunikation & Design GmbH, Köln
Gesetzt aus der Adobe Caslon
Druck und Einband: GGP Media GmbH, Pößneck

Printed in Germany

ISBN 3-7857-2223-0

5 4 3 2 1

Sie finden uns im Internet unter:
www.luebbe.de

»Ein mitreißendes Porträt über die Geschichte, Politik, Religion und das Leben im Florenz des 15. Jahrhunderts.«

KÖLNER ILLUSTRIERTE

Tilman Röhrig
WIR SIND DAS SALZ
VON FLORENZ
896 Seiten
Gebunden mit Schutzumschlag
Mit Illustrationen von
Tina Dreher
ISBN 3-7857-2094-7

»Wir sind das Salz von Florenz«, sagt Lorenzo de' Medici zu seinem Bruder Giuliano, als beide auf der Höhe ihrer Jugend und Macht die Huldigung des Volkes entgegennehmen.
Aber Girolamo Savonarola, der finstere Prediger von San Marco, ist überzeugt, dass das Heil der Welt in der Abkehr von allem liegt, was Freude bringt.
Nur die junge Laodomia Strozzi lässt sich von ihm nicht täuschen. Trotz Willkür und Glaubenswahn sucht sie mit ihren Freundinnen, der Magd Petruschka und der lebenslustigen Fioretta, unbeirrt ihren eigenen Weg.
Ein ferner Blick auf die dramatische Zeit der Renaissance, die uns wie ein dunkler Spiegel der Gegenwart erscheint.

Gustav Lübbe Verlag

»Ein hervorragend recherchiertes, spannendes Abenteuer, das alles hat, was man sich von einem historischen Roman nur wünschen kann.«

BOOKLIST

Stephen Lawhead
DER SOHN
DER GRÜNEN INSEL
Historischer Roman
688 Seiten
Gebunden mit Schutzumschlag
ISBN 3-7857-2198-6

Sein Leben ist ein sorgloses Spiel – bis irische Piraten ihn versklaven.
Sein Leben ist die reine Qual – bis Druiden ihn in ihre Lehren einweisen und er der Sklaverei entflieht.
Sein Leben scheint verwirkt – bis ihn eine abenteuerliche Reise quer über die blutigen Schlachtfelder Europas zurück nach Irland führt.
Dies ist die Geschichte des jungen Briten Succat, der auf der Suche nach Freiheit durch eine von den Wirren der Völkerwanderung heimgesuchten Welt zieht. Er wird vom Adligen zum Sklaven, vom Sklaven zum Soldaten – und schließlich zu einer Legende, die das Geschick eines ganzen Volkes für immer verändert.

Gustav Lübbe Verlag

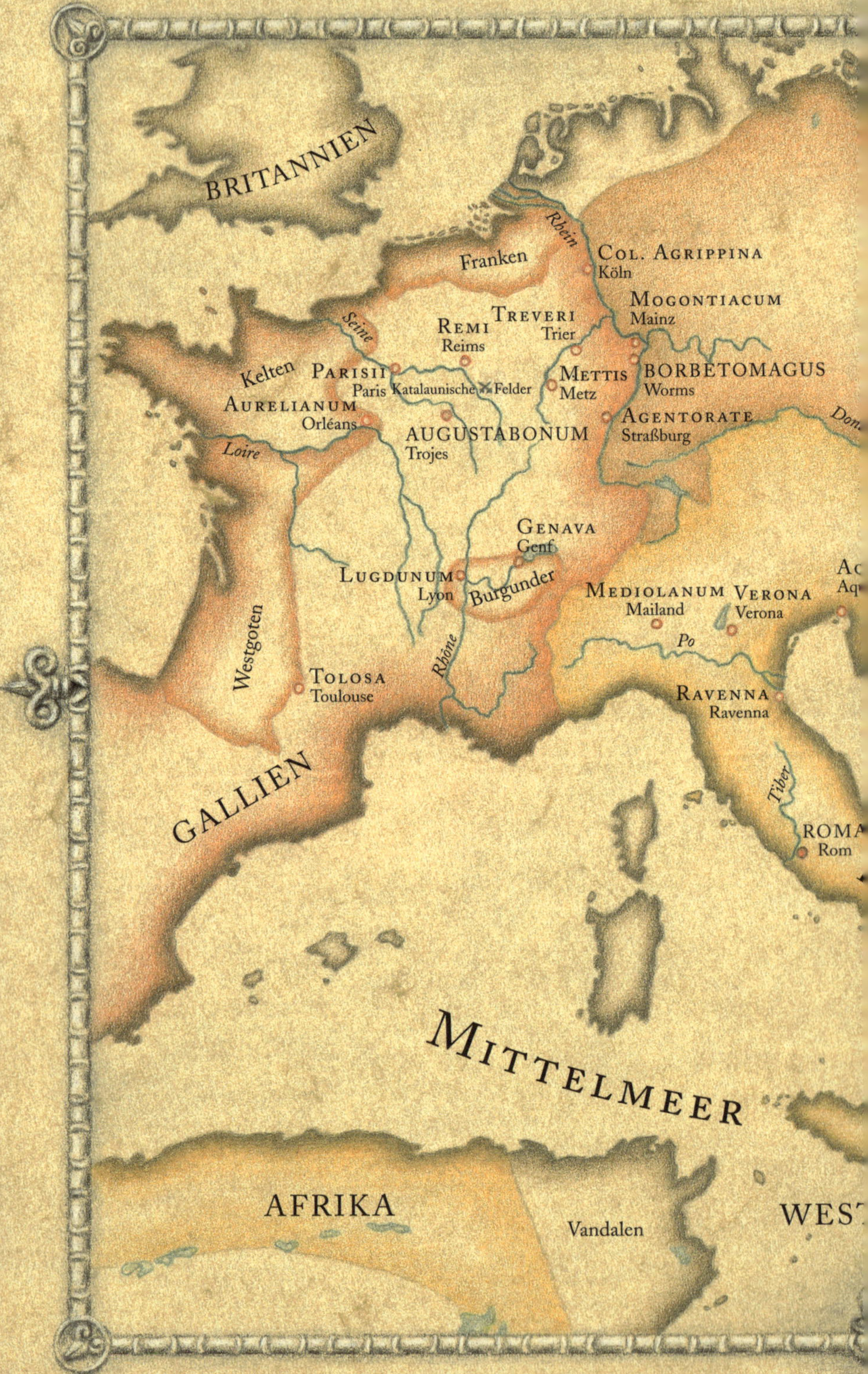
BRITANNIEN
Franken
Rhein
Col. Agrippina
Köln
Mogontiacum
Mainz
Seine
Remi
Reims
Treveri
Trier
Kelten
Parisii
Paris
Katalaunische Felder
Mettis
Metz
Borbetomagus
Worms
Aurelianum
Orléans
Augustabonum
Trojes
Agentorate
Straßburg
Loire
Genava
Genf
Lugdunum
Lyon
Burgunder
Mediolanum
Mailand
Verona
Verona
Po
Westgoten
Tolosa
Toulouse
Rhône
Ravenna
Ravenna
GALLIEN
Tiber
Rom
MITTELMEER
AFRIKA
Vandalen